Einaudi Tascabili. Letteratura

212

Dello stesso autore negli Einaudi Tascabili

Il carcere
Il compagno
La casa in collina
Il diavolo sulle colline
Le poesie
Tra donne sole
Dialoghi con Leucò
La luna e i falò
Il mestiere di vivere

Cesare Pavese
Racconti

Einaudi

Prima edizione «Supercoralli» 1960

ISBN 88-06-13532-5

Racconti

Ciau Masino

Il Blues delle Cicche

Masino – altrimenti, Tommaso Ferrero – aveva un posto in un giornale di Torino, che lo soddisfaceva pienamente. Bisogna però dire che non è difficile essere soddisfatti del posto nel giornale quando si ha l'età di Masino – ventiquattro, venticinque – e l'esagerata adattabilità ai fatti esterni, che aveva lui. Non parlo ora di quelli intimi, che è tutta un'altra cosa. Comunque, si aggiunga che il lavoro di redazione – allegra tortura del giovanotto – gli lasciava quasi sempre tutta la mattinata per andare in giro o stare in casa, lavorare o far nulla, essenzialmente per godersi il risveglio e lo spettacolo della vita che riattacca, e si concederà che Masino era uno di quei giovanotti scapati che, forse non accorgendosene nemmeno, sanno crearsi stati magnifici pieni di avventura e di interesse e – questo è il bello – senza nessun bisogno, per farlo, di uscire dalla gran struttura macchinale della vita d'oggi. Al loro posto gente piú anziana troverebbe solo da bestemmiare e da guastarsi l'anima rimpiangendo i tempi passati. Noi invece, ci adattiamo come un pendolino e stiamo allegri, che è poi l'essenziale.

Masino, dunque, si svegliò una mattina tutto pieno di energie e ascoltò con profonda compiacenza il frastuono di automobili e di tram che, per la finestra aperta allora, gli saliva attraverso la nebbia pungente della strada, fin nella camera tutta in aria. Dopo un breve scambio di vedute con quei di casa che lo vennero a assediare per quel diritto ormai acquisito di ripulirgli la stanza e fargli il letto *tutte le mattine*, Masino capitolò da uomo che era, abbinando la ritirata coll'altra grande voluttà cosmica d'inondarsi d'acqua e tastarsi i muscoli. I soliti brani di velleità mattutine cominciarono intanto a passargli per il capo. Ma qualcosa di diverso c'era quel giorno. Magari qualcosa di piú definito. Masino fischiettava ogni tanto, segno che a spilluzzico meditava.

E questo qualcosa gli fu chiaro in testa quando, con un passo da appuntamento fallito, fece le volte davanti all'uscio della camera, vociando a tutta la casa di dargli l'accesso e lasciarlo tranquillo.

Ed eccolo finalmente seduto a un tavolino nel freddo frizzante, chiusa allora la finestra. Il rumore dei tram giunse piú soffocato. Sul tavolo c'era qualche libro e un fascio di bozze: *Spettacoli e Didascalie*.

Masino fumava e pensava. L'idea, ormai afferrata interamente, era semplice e grande: fare una canzonetta. Né per pubblicarla né per leggerla in giro. Fare una canzonetta. Una specie di bisogno fisico.

Naturalmente, per bravo ragazzo che fosse, Masino non era tanto scemo o inesperto da alzarsi un mattino e mettersi a fare il poeta cosí di testa, come ci si mette a scrivere una lettera di ringraziamenti. Qualcosa aveva già in mente Masino, una specie di avventura e di filosofia allegra, ma spiegarli questi precedenti non è semplice e del resto sarebbe inutile. Basti che, qualunque fossero stati quei precedenti, da qualche tempo e specialmente in quella mattina Masino era convinto di non essere fatto per vivere insieme a una donna. E non si parla ora di moglie o di figli: neanche di un'innamorata da passeggiare alla sera chiacchierando e sbaciucchiando per ingannare il tempo, Masino sapeva che farsi. E forse il motivo che si seccava era proprio questo, che s'immaginava la bella come una cosa da ingannare il tempo, mentre la sola donna che conta è quella che ci lega mani e piedi, ma allora c'è l'altro inconveniente della schiavitú e insomma Masino non ne voleva sapere. Avesse o no torto in queste sue idee, Masino in una cosa era bene fondato: non aveva mai fatto il deluso o lo scettico e tutto il resto, come tanto usava dopo la guerra. Aveva anzi al proposito tutta una teoria Masino, che lui era un piemontese, che i piemontesi non si sono ancora rivelati abbastanza e che colle donne i piemontesi debbono essere teste quadre e smaliziate. Citava volentieri che, quando in una famiglia della provincia piemontese il figlio porta in casa una nuora, prima cosa che pensano suoceri e figlio è di mandar via, per riduzione di personale, la servente che possono avere. Cosí stando le cose, Masino non aveva mai scritto una canzonetta da dopoguerra, perché era invece intento a un'impresa migliore: conoscere bene ed amare, bevendoci sopra ogni tanto, la sua razza.

E a vederlo, la mattina di cui si parla, seduto nella sua stanza fumando, canticchiando e fischiando da farsi ronzare le orecchie, non pareva un deluso dell'amore e tanto meno della vita. Eppure sul foglio aveva scritto: «Il Blues delle Cicche». *Blues* vuol dire malinconie e Masino lo sapeva. Com'era dunque?

Qui c'è un'altra teoria che s'allaccia alla prima sul Piemonte, e talmente s'allaccia che è difficile vederci un po' chiaro. Nemmeno Masino del resto sapeva bene che cosa intendesse ed è meglio perciò rimandare la cosa a un momento che lui stesso la spieghi.

L'ultima sigaretta, che Masino fumò in casa quella mattina, fu guardando fuori della finestra, dove la nebbia d'ottobre aveva ormai lasciato un bel cielo dolce e pulito e quasi tiepido. Davanti, sul tavolo, gli stava il ritornello del blues finito. Si comincia sempre dal ritornello. Masino se lo godeva fantasticandoci su. Niente di piú bello che star a fumare davanti un lavoro proprio appena questo è finito. Ogni tanto gli dava un'occhiata. Ecco qui il ritornello:

Butta la cicca, ce n'è ancora tante,
cosa ti fermi a guardare all'in sú?
e se ti pianta la bimba o l'amante
ce ne son cento che valgon di piú.
Tutte le cicche si lascian fumare,
tutte le donne han la stessa virtú:
è molto peggio dover lasciar stare
quando le cicche non tirano piú!

Masino non stava piú nella pelle e aveva bisogno di muoversi, di uscire, di vivere, se esprimo quel che voglio dire, la sua canzonetta. Gli venne finalmente un pensiero. Il caffè del varietà era tranquillo a quell'ora e ci si sarebbe potuto lavorare. Cambiar posto era necessario. E si rivestí in furia, con una lontana idea che in quel caffè ci bazzicavano i cantanti e i musicatori.

Cominciar le cose è sempre facile, finirle bene è un'ira di dio. È questa una regola tanto universale che a dirla sembra una sciocchezza. Ma comunque, cosí pensava Masino, imprecando tra i denti e rompendosi la testa a costringere nei versetti obbligati di un *couplet* una qualche avventura che si potesse concludere col suo ritornello.

Nel caffè non c'era nessun avventore e un cameriere in bianco con una gran faccia seccata stava maltrattando la macchina espresso. Nella foga dello sforzo cerebrale, intanto, Masino si lasciava sfuggire a mezza voce frammenti di motivi improvvisati. Tanto bastò.

– Côme ch'a l'è la stagiôn st'an sí? – gli chiese a un tratto il cameriere.

– La stagiôn?... Ah, cantô pa mi, – sbottò Masino seccato e contento che qualcosa lo distraesse dal martirio. – Giôrnalista –. E poi, va a saper perché, concluse: – Musica d'enne enne.

Il cameriere ch'era pratico, capí quello che un altro non avrebbe capito e gli venne al tavolino. Poi, con aria discreta: – A l'è dispost chiel a travajè 'n sociô a fè 'd canssôn?

– Secônd.

– Ch'a senta: mi j lô rangiô côn 'n maestrô... 'N tripôlin: Ciccio aggio a compo' 'na grande canzone! A cerca un diverss dai solit, sa ben, 'na perssôña pi istruija. Chiel a me smja lon. A l'è 'n maestrô nôminà. Maestro d'Afflitto. A l'a fait la musica... saj pi nen 'd cosa.

A Masino piaceva far l'uomo d'affari astuto. Chiese quindi con un'ingenuità impressionante: – E chiel aj gôadagna môtô bin anssima? – Il cameriere non rispose ma andò fin dietro al banco, passò uno straccio su un rubinetto e poi si degnò: – Si j l'aveissa da vive mach 'd côla rendita lí, j staría fresch.

Masino rimase un momento imbarazzato.

L'altro non parlava e lui non sapeva cosa dire.

– A l'è 'd Napoli 's Ciccio sí? – chiese poi malsicuro.

Il cameriere sorrise: – Ch'aj lô ciama a chiel, – concluse. – A l'è sí ch'a riva.

Entrava infatti un tale enorme con due occhi astuti sepolti nel grasso. Si sbottonò il pastrano e si sedé al primo tavolino soffiando: – Salute a tutti! Oh Ciccio, quel tonico che sai.

Masino lo guardò attento mentre Ciccio si dava da fare alla macchina espresso. Nessuno parlava.

Ricevendo il caffè l'uomo grasso cominciò: – Sempre mi tocca d'incontrare l'italo-napoletana...

– Maestro, – lo interruppe il cameriere. – C'è qui il signore che mi avete chiamato. Scrittore che vi può servire la canzone...

Il maestro volse gli occhi a Masino e bonariamente: – Lo vidi all'entrare ch'era lui. Be', cosa mi dite, giovanotto?

Masino stava appunto pensando: «Se non mi sveglio, qui passo per fesso» e genericamente, mentre Ciccio si ritirava, accennò alle proposte di quest'ultimo, accennò alle proprie qualità di scrittore e ammise che l'arte popolare della canzonetta poteva interessarlo.

– Canzonette? 'A canzone! – lo fermò il maestro. – Noi non facciamo canzonette, so' roba commerciale: cerco no poeta che mi sappia fare la grande canzone, la canzone italiana... Siete poeta?

– S... s... sí, ma bisogna intenderci sul genere e su che cosa dobbiamo lavorare. Se musica e parole son d'un diverso stato d'animo... voglio dire, sentimento... Bisogna che la musica risponda alle parole –. Masino che cercava di parlar popolare era uno spettacolo ghiotto.

Replicò il grassone: – Come? So' le parole che debbo' rispondere alla musica, giovanotto! Generi poi, si sa, ce n'è due, la canzone e la macchietta, ma u sentimento è uno solo, u sentimento...

– Io avrei appunto in mente, – s'arrabattò Masino, – di far qualcosa che non fossero né macchiette né canzoni, qualcosa di moderno, qualcosa di piú schietto che dica in forma popolare le cose che si sentono oggi.

– Capisco, capisco, – dichiarò il maestro pensoso, – qualcosa de artistico. E faccia quindi la canzone: la canzone non è solo poppolare, è anche artistica.

Era il caso, se fosse stato agosto, di asciugarsi i sudori. Masino tornò all'assalto.

– Non mi sono spiegato, – assentimento del maestro. – Le dirò: io vorrei che, come la musica si è rinnovata ai nostri tempi, si rinnovassero anche le parole. Sa, le parole sono il corpo della canzone, – sorpresa, – come la musica ne è l'anima, – approvazione. – Penso a parole che rispondano interamente allo spirito della musica d'oggi: sa un fox non è piú un valzer e un blues, – disse proprio *blus*, – non è piú una romanza. Veda il jazz... – disse proprio il giaz...

– Ah il giazze, il giazze! ma ne avete già fatte di parole per giazze? – Il maestro ebbe un sogghigno beato. – E chi vi diede la musica?

Qui Masino vergognoso dové confessare che era nuovo al mestiere. E quasi quasi temeva una sfuriata. No. Il maestro ne fu invece incantato. – Siete vergine. Cerco no poeta vergine, io. La canzone vol l'animo sensibbile. Andate al caso mio.

Masino piemontese friggeva. Si buttò di nuovo al «giazze». – In questo dobbiamo imparare dall'America. Lei ha sentito qualche canzonetta di film?

– Non mi parlate del filme sonoro, giovanotto, che affama i musicisti. L'America, l'America! Siamo noi che abbiamo fatto l'America. Siamo tutti napoletani laggiú –. Non aveva mica torto. – Che vole? 'A melodia è nostra.

Masino pensò di rispondergli che l'Italia purtroppo non è l'America, ma si accorse che prima di tutto si sarebbe data la zappa sui piedi e che poi, almeno le apparenze, per esempio in quel caffè, dicevano che anche «Turine» era piuttosto «am-fibbia».

Comunque volle tagliar corto.

– Ad ogni modo lei, maestro, vorrà avere un saggio di quel che so fare prima di lavorare con me. No, maestro?

– Giusta idea. Venite da me alla pensione. C'è no pianoforte laggiú.

– Sí, ma qualcosa dovrò ben prepararle. Che cosa mi consiglia?

– Giovanotto, se vol lavorare con me, 'a prima cosa è l'ispirazione. Lei faccia quello che crede. Se poi io lo sento, affare è fatto.

– Maestro, mi dovrebbe dare un saggio della sua musica... Per affiatarci, dico.

– 'A mia musica? Ma se sona, la mia musica. Sa, cedo tutto al prestanome perché mi tocca compo' cose commerciali...

(Attesa di Masino).

– ...Vole no titolo? 'L famoso «Tango de la nuí». Sí. Quello è mio.

Presto nel pomeriggio Masino aspettava su un angolo, occupazione non prevista nella mattinata, ma che fa parte, come tutte queste cose, dell'unica avventura che gli accadde quel giorno. Del resto, cosí pensava anche Masino e l'imprevisto appuntamento gli avrebbe servito non solo a passare il pomeriggio, ma ancora ad altro che a suo tempo sarà chiaro anche troppo.

Un biglietto in una calligrafia nota e sgrammaticata l'aveva chiamato e lui pronto, là in attesa. E qui non serve confondersi al ricordo che Masino doveva seccarsi a passeggiare colla bella. Qualunque maschio, per nemico che sia delle donne, non sa resistere alla tentazione di sperimentare nella realtà il suo odio contro di loro. Odio e amore hanno detto che si somigliano e cosí in definitiva il campione si comporta come se non le odiasse affatto.

Ma non Masino. Masino quel giorno fu impeccabile e osceno e vigliacco. E se la racconto è perché un po' tutti si somiglia a Masino.

Con solo cinque minuti di ritardo arrivò la ragazza. Vestita anche bene, per una commessa che era. S'incamminarono; lui alto e trasandato, lei con un paltoncino bruno e un caschetto di feltro. E s'eran stretta la mano pieni di confidenza.

– Come va, bambina?

– Son contenta, hai potuto venire?

– Come vedi.

Erano sotto i portici. Masino chiese come mai quell'appuntamento improvviso. – Ero sola, – gli rispose sorridendo la ragazza, – tanto sola. Non ci siamo mai piú veduti. Ti ringrazio che sei venuto, piccolo caro –. Masino passò sopra al piccolo caro. Aveva già altre volte protestato contro l'epiteto, tanto che ora la ragazza lo diceva ridendo, con intenzione.

– E ben, Daina, dove andiamo?

– Non so, dove vuoi –. Dina si chiamava, ma Masino aveva per massima di mutare il nome alle belle, come un segno di possesso e un ricordo che le facesse fantasticare quando lui non c'era. Da Dina, Daina, scritto Dinah, inglese. Tanto bello. Non sempre però riesce.

– È strano, Daina, no, che noi c'incontriamo solo una volta ogni tanto, un giorno o due, e poi stiamo dei mesi senza vederci? Ricordi l'ultima volta, quel prato?

Dina ricordava. Abbassò il capo con un sorriso ambiguo e si strinse di piú al fianco di Masino. – Va' là, va' là, – disse al compagno. – E quella sera in barca, dici niente? – Quella sera in barca per poco non erano finiti tutti e due nel Po, tanto rollio i loro abbracci avevano impresso al legno.

Dopo un silenzio Masino uscí fuori: – Contami su, che cos'hai fatto di bello in questi giorni. Sola, eh? – aggiunse con un sorrisetto furbesco.

– Sí, sono sempre stata sola. Non uscivo quasi mai. Da quella volta dell'ingegnere, piú niente.

– Non mi hai mai contato bene la storia dell'ingegnere, Daina. Com'è stato, su?

– Cosa vuoi che sia stato... Ma dove andiamo?

– In un bel posto, Daina. Chiudi gli occhi e racconta. L'ingegnere...

– Tutto qui, l'ingegnere aveva l'automobile. Mi ha fatta salire una volta e siamo andati in collina.

– E che cos'avete fatto in collina? – chiese astutissimamente Masino. Del resto, quelle eran tutte moine, poiché null'altro li univa, Masino e Dina, che il ricordo di un'avventuretta carnale una volta o due e un po' di un qualcosa non ben definito. Ma quel giorno Masino sentiva, come dire, la nostalgia dell'avventuretta e voleva spiegata la storia dell'ingegnere non mica per gelosia, ma perché quello era un mezzo di entrare nel solletichevole argomento. Quando si è giovani, si sa.

Difatti Dina, stupendosi molto: – Ma niente, caro, – e poi con un tono pentito, tra il sorriso: – neanche quello che ho fatto con te.

– Grazie, Daina, – tentò di dire Masino, ma, per la dignità della razza, un'automobile minacciò di travolgerli all'uscita dei portici e lui poté perder la battuta.

– Davvero, sono sempre sola, – riprese Dina, – certe volte piango.

– Eh! eh! – fece Masino. – Dovresti cercare di sposarti... piccola cara.

Dina non sorrise a questo. Erano in una strada deserta ora e Masino sentí il solito dovere: dare un bacio passionale e disinvolto, noncurante degli eventuali passanti: era quello il gesto che l'aveva reso simpatico a Dina la prima volta. Eseguirono, una, due volte; le mani fecero la loro strada, poi Dina si staccò. Scosse l'abito e pensò al rossetto. Masino teneva lo specchio. Ma Dina era assorta:

– Con chi vuoi che mi sposi? Ormai sono stata troppo con gente fine, te, l'ingegnere, non saprei adattarmi alla vita della mia classe. Chi posso sposare? – Questo discorso era lento e interrotto dai ritocchi alle labbra, ma piú dalla penosità della confessione. – Chi posso sposare? Un muratore? E poi? Che vita faccio? Non posso piú stare con un operaio. Mi batterebbe, non avrebbe finezza, non potrei.

– È mica detto che sposi un operaio, – cercò di intromettere Masino. – Quanta gente c'è al mondo: chissà chi puoi trovare! – E senza compromettersi voleva sottintendere nelle parole chissà che significato, ma si sentí soltanto ridicolo. La bella baldanza dell'inizio se n'era andata. Dina, senza saperlo lo aiutò:

– Voglio raccontarti una cosa che mi è successa. Non te l'avevo mai detta. Sai quel tale che mi ha salutata quella domenica, in barca? È l'amico di uno che ha un mucchio di soldi. Sono in due con questo qui: sono furbi. Un giorno ci siamo trovati tutti quattro, siamo andati al caffè. Uno dei due parlava col milionario. L'altro mi diceva che il loro amico era ricchissimo e stupido, che non aveva mai avuto donne. Mi faceva capire che se io lo innamoravo, c'era da guadagnare per tutti tre. Poi mi hanno invitata a salire nella loro garçonnière. Quello ricco mi stava già dietro, ma non osava dirmi niente. Nella garçonnière facevano tutto gli altri due. Ci hanno dato il tè e le paste. Io chiacchieravo e ridevo, ero allegra. A un certo punto quello della barca ha cominciato a abbracciarmi e baciarmi, sai? Voleva che mi togliessi il vestito. Io non ho voluto e allora si son messi in due a pregarmi e a minacciarmi. Quello ricco stava zitto. Io allora sono ricorsa a lui, ho fatto la donna forte, sai, e lui mi ha fatto uscire.

– Ebbene ho veduto gli altri due un giorno e hanno cercato di accompagnarmi. Io non ho voluto e loro mi hanno detto che sono una stupida. Che con quello che ho fatto potrei anche farmi sposare dal milionario. No? Potrei farmi sposare se volessi. Ebbene non mi piace, non lo voglio. Pensa se vorrei un muratore...

Masino ascoltava e non voleva confessarselo, ma il pensiero di Dina in una camera in procinto di spogliarsi, in quel momento lo agitava. Fermò un proposito che aveva in mente, poi cercò di metter parole:

– Quelli sono stati piú che dei mascalzoni, degli stupidi. Non è cosí che si fa, vero Daina? – con un sorriso. – Ma godere un po' la vita, è un'altra cosa, no? – e tentò un altro sorriso.

Anche Dina sorrise – in un modo un po' scialbo – e si strinse al suo braccio. Stettero un po' in silenzio, toccandosi stretti.

– Vieni con me oggi, Daina? Ti conduco in un bel posto.

– Dove?

Masino cercò le parole.

– Staremo un po' soli. Non ti piace, Daina? Come quella volta in barca, – e se la strinse di piú al fianco.

– No oggi, Masino, non voglio oggi. Usciamo insieme. Andiamo al cinematografo.

– Perché Daina? Ci vediamo tanto di rado. Su, vieni.

– No, Masino, no. Stiamo bravi.

– Perché? C'è degli impedimenti? – con un sorrisetto a doppio fondo.

– Non sono gli impedimenti. Oggi non voglio. Parliamo insieme. Ti vedo tanto di rado.

– Ma possiamo parlare insieme anche là. Saremo piú soli.

– Masino, poi non ci vediamo piú. Non serve a nulla. Oggi no.

– Via, Daina, buona, vieni.

– No, Masino, – la ragazza fu energica, – piuttosto torno a casa subito.

Masino comprese che quel giorno era inutile. Quel giorno Daina voleva parole. E lo soffocò un'ira contenuta che il poco conto in cui teneva l'avventura gli moltiplicava. Per un capriccio, nulla piú di un capriccio. Questo, lo esasperava.

– E torna a casa, allora, – ribatté allontanandosi. – E vatti a far fottere da un altro.

Dina rimase un attimo immobile, emise un oh! che parve un gemito e se ne andò quasi correndo.

Masino aveva fatto i *couplets.* Stava seduto al caffè fumando e aspettava il don Ciccio. Poiché la mattina, tira tira il maestro aveva accettato le proposte di canzonette moderne (i blues!) e la sua idea fissa della canzone si era rivelata niente piú che un'idea fissa entrata in quell'anima sensibile a rifarla dei torti dell'esistenza.

Col capolavoro in tasca Masino aspettava. E mentre si aspetta si può sentire questi *couplets* che del resto sono essenziali alla storia.

Il primo è generico:

Quante donnine per strada c'è
che sembrerebbero sogni d'amore,
ma se le fermi, povero te,
allora subito senti l'odore;
tu te le vedi tutte virtú
girare l'angolo se un uomo ammicca,
ma appena sono a tu per tu
quelle gli dicono: – Dammi na cicca.

E segue il ritornello che si sa.
Ma il secondo, il secondo è il delitto.

Ci son poi donne fatte cosí
che è una delizia fumarle un giorno:
baciale in bocca o giú di lí
ma tosto levale da starti intorno.
Come una cicca spenta a metà
quelle ti serbano un brutto sapore
sta' attento allora, per carità,
non devi illuderti che ci sia amore.

Questo aveva potuto fare Masino.

Finalmente entrò il maestro. I due si salutarono e s'incamminarono verso la pensione.

– Giovanotto, avete lavorato? – chiese don Ciccio vedendo l'altro imbarazzato à parlare.

– Ho provato un blues, – e trasse di tasca il foglio.

– Vedremo, vedremo, – ribatté l'altro. – Al pianoforte. Anche il blusse è robba artistica. Siamo quasi giunti.

Come Dio volle arrivarono. Salirono la solita scala impossibile e finalmente furono in un camerone, freddo, pieno di cose eteroclite. Un letto, un paio di mutande appese in aria, una chitarra alle pareti e montagne di spartiti musicali da ogni parte. C'erano poi oleografie intorno alla chitarra.

– State comodo, comodo, – cominciò il maestro. – Fa fresco aquí nel pomeriggio –. E andò senz'altro a sedersi al piano, soffiando. – Dunque, 'a canzonetta è pronta? Date qua, se m'ispira, 'affare è fatto.

E prese il foglio che Masino gli porse, a dire il vero, un po' trepidante.

Don Ciccio si voltò al leggio, vi posò il manoscritto e guardò i tasti. Poi attaccò:

– Il blusse delle Cicche? No grottesco dal titolo? E be', vale anche lo grottesco. Vediamo.

E lesse tutto impassibile, toccando i tasti ogni tanto e una volta al principio del secondo *couplet* piegandosi e chiamando Masino a decifrare uno sgorbio. Masino era ormai piú calmo e padrone di sé.

Letto che ebbe, don Ciccio guardò ancora i tasti e si mise a suonare una tarantella, tutto assorto.

– Un'aria di blues, avrei intenzione, – interpose Masino un po' intimidito.

– E sicuro, – disse l'altro, – sicuro. Ma sto pensando ora all'argomento. Mi dà l'idea no grottesco troppo forte. Voi cosa dite, giovanotto?

Masino cosí alla sprovvista non seppe troppo cosa dire. Vi fu un certo silenzio, poi:

– 'O verso è comico, giovanotto, voi lavorate accuratamente. Ma bisognerebbe mutare l'idea. Sa il pubblico non tollera. Noi diciamo che la femmina è 'o serpente, è 'o veleno e questo è ammesso... Ha ragione sa, giovinotto, ha ragione: 'a femmina è perfida, perfida, ma 'a cicca tutti la pestano. No marito, n'amante che ci fosse nel teatro si ribellerebbe. Ma son d'accordo con voi, sapete... io so' scapolo, 'a femmina è peggio che la cicca della strada, 'a femmina vole 'o denaro...

Masino aveva perso ogni speranza. Volle però interrompere e mentire:

– ... Appunto. Si parla di donne della strada.

– Come? Aquí? E sí e no, giovanotto. 'A canzone-blusse è na malincunia e 'a malincunia l'ispirano tutte le donne. Noi diciamo 'o serpente, 'o veleno, ma 'a cicca no' se po'... credete a me, giovanotto, no' se po'.

Masino che come si è detto aveva un carattere molto remissivo ed era piemontese, non fu poi troppo seccato. Mise via il foglio con filosofia e fece per uscire, ma il maestro l'imbottigliò e volle suonargli una canzone. Ce ne fu fino a ora di cena.

Ora Masino era un bravo giovane e andando a casa ripensava al *couplet*. Ci pensò tutta la sera e ci pensò la notte. E da ogni parte che lo rivoltava lo trovava sempre piú vigliacco. Ci fu un momento che si stupí di aver fatto una cosa simile. E poi pensò che Dina aveva guardato a lui quel giorno, come alla salvezza della sua vita. «Ma perché ho fatto questo?» si chiedeva. Che è una domanda affatto inutile. Poiché il mattino dopo Masino tornò a svegliarsi e a lavorare pieno di gioia al frastuono dei tram e delle automobili.

Congedato

Giantommaso Delmastro che la coca del Lingotto aveva chiamato Masin, era stato a vent'anni un buon meccanico.

La leva l'aveva trovato un po' selvaggio, ma gli uomini svegli si rivelano sempre e lui aveva finito il servizio, seccato a morte, ma automobilista patentato dello S. M. di Napoli. La sua posizione voleva dire prigione poca e libertà di litigare coi marescialli.

Cosí era tornato a Torino, pieno di energie nuove e faceva ora il collaudatore per la Fiat, solo – la coca era scomparsa – e pensava a salire nel mondo.

Voleva un diploma Masin e dopo la giornata di velocità su per la collina vestito del toni inzaccherato, e tutto sussultante di terra e di vento, si richiudeva alla sera in una classe sonnacchiosa con una ventina di altri impiegati e operai a imparare un mucchio di cose inutili e un po' di meccanica razionale. Due anni di quel lavoro e poi avrebbe passato un esame che doveva portarlo avanti nella fabbrica.

A Masin pareva di non far nulla e ricordava tutta la pretensiosa vacuità dell'esistenza militare dove tutti si lavora rigidamente per tener su una baracca che se non ci fosse sarebbe lo stesso e nessuno se ne accorgerebbe. Ma il mondo è fatto cosí: chiudiamo gli occhi e prendiamo un diploma. E meno male che Masin veniva giú a rotta di collo sulle strade, valicava le colline, si bagnava alla pioggia e asciugava nel sole. Dopo tutto, alla scuola studiava anche le cose che praticava di giorno. E saper disegnare pulito quel motore che gli pulsava sotto durante i collaudi era anche una soddisfazione e una scoperta.

Il male, che non c'era solo quello. Masin imparò a scuola che doveva elevarsi. Gli rivelarono che la sua esistenza era sempre stata materiale. Ora, che le case dove viveva fossero buchi luridi e che da ragazzo specialmente avesse fatto la fame, Masin l'aveva sempre saputo.

Ma *materiale* era una parola grossa e Masin non si sentiva di applicarla ai ricordi di un anno prima: le bevute colla coca, le chitarrate all'osteria e le minacce a denti stretti, sugli angoli. Era stata serissima quella vita. Se mai, materialmente si viveva da soldato.

A farla breve, alla scuola serale volevano insegnargli che lui era un italiano e che italiani erano stati Giulio Cesare, Balilla e Cavour, che in italiano avevano scritto, Dante la *Divina Commedia*, e Vincenzo Monti... che cosa? che la patria e la lingua sono la prima ricchezza dell'emigrante e che Roma aveva insegnato al mondo la vita civile. Meno importanza aveva al confronto persino la storia naturale. Pare che queste materie ci fossero perché l'operaio doveva uscire un uomo. Ora, Masin aveva conosciuto molti uomini ai suoi primi tempi e poi da soldato. Ed eran gente dalla parola sicura, gente equilibrata che quel che dicevano o facevano si poteva dargli fiducia, anche se erano teppe o caporali. Lui stesso, Masin, non ci pensava ma si sentiva un uomo.

E convincersi adesso che quel vecchio bischero della botanica, vestito di marrone, sempre balbettante, emettente classificazioni come uno sbronzo i ragionamenti, dovesse insegnare a lui come si diventa uomini, lo faceva ridere, a dir poco. Il professore d'italiano e di storia poi, uno sposo giovane che leggeva con voce commossa e aveva la mania d'interessarsi della vita privata degli allievi per elevarli nel mondo della cultura, lo faceva bestemmiare. – Garibaldi 'na rôla – una volta, mentre lo sposo declamava il Carducci, un compagno aveva borbottato, – l'ha mach fane 'l regal 'd côj terôn, Garibaldi –. Ed era stata una grande verità per Masin.

Una sera il professore d'italiano e storia patria entrò severo come al solito e andò sollecito alla cattedra, un tavolino traballante. Là estrasse un fascio di compiti, scritti sulle carte piú pigroelitiche del mondo – fogli di quaderno, paperasse protocollo, stralci bianchi, pagine di dare e avere – se li mise davanti e guardò a lungo la classe con aria furbesca. Poi disse al piú vicino: – Distribuisca.

Quando i compiti furono tutti recapitati tornò il silenzio e Masin mezzo in piedi guardava il profe. – E il mio?

– Lei, Delmastro, è qui, – riprese l'altro, mostrando un foglio che s'era tenuto. Poi battendo un po' la mano sul tavolo: – Delmastro, ne ha fatta una delle solite. L'altra volta era la Chiesa, adesso è Pietro Micca. Mi vuol spiegare come mai ha scritto – ssst! – una cosa simile?

Masin si sentí a posto. Una certa apprensione l'aveva avuta, adesso era tranquillo. Non seppe però cosa dire:

– Ho svolto il tema... non sapevo... a me mi pare... – Che andasse al diavolo quel bischero! a cosa servivano quelle fregnacce?

Il profe tagliò corto, perché aveva già il suo discorso pronto.

– Le ho già detto che lei Delmastro può far molto. Lei è pieno di idee confuse ma vive. Quello che le occorre è di liberarsi dai pregiudizi e di leggere molto. L'altra volta mi ha parlato contro la Chiesa. Dove può darsi che lei abbia ragione, ma comunque non è piú il tempo di pigliarsela coi preti, e del resto che cosa ne sa lei dei preti? Altri problemi ci interessano e specialmente interessano noi lavoratori italiani... – lo sposo giovane si dava del lavoratore: aveva mai visto un forno ad alta fusione? – ... lo Stato, la famiglia, la cooperazione sono i nostri problemi, i problemi, del resto, eterni dell'uomo. Ora, lei mi ha dato un'interpretazione del mito di Pietro Micca... – Cosa ch'a l'è 'n mitô? – ... tutta sua personale e certo vivace, tanto che vale la pena di discuterla e per divertire un po' i suoi compagni la leggeremo forte, ma non vorrei che il fatto si ripetesse. Perché... – aggiunse con un sorrisetto da schiaffi, – perché sono pericolose certe sintesi storiche.

Masin bolliva. Era stato una matteria il suo componimento, ma mettendosi cosí le cose, si sentí l'anima di difenderlo contro l'universo.

– Vuol dunque venire alla cattedra, Delmastro, e fare un po' la lezione di storia ai compagni?

Masin venne alla cattedra e prese il foglio. Diede una brutta occhiata al profe che continuava a sorridere spiritualmente e attaccò il tema:

– *Parlate del gesto eroico di Pietro Micca. Suo rapporto coll'idea di famiglia e l'idealità del sacrificio. La perenne giovinezza della figura dell'eroe.*

La classe incuriosita si agitò per prepararsi ad ascoltare. Uno disse: – Forssa Delmastro! – Silenzio! – scattò il profe severo. Poi: – Avanti, Delmastro, e legga il suo testo integro. Taccia le correzioni che ho fatto –. Si udí allora:

– Svolgimento. Pietro Micca fu un eroe del 1706. I torinesí si difendevano contro il re Vittorio Amedeo III. Una notte mentre tutta la città era nell'infausto riposo i francesi, cercarono di penetrare dentro le mura soterranee, dentro questi luoghi c'erano le polvere e uno dei soldati chiamato Pietro Micca di Biella, mediante l'erismo e il sacrificio nel sentire il rumore tese gli orecchi e pensò che erano in cantina e mandando un soldato a portargli da bere per passare il tempo. Il compagno che bevvero insieme gli disse di fuggire con lui, ma Pietro Micca gli rispose che erano sul dovere di sentinella e non dovessero abbandonare il posto. Pietro Micca fu quando che comandò bene il pichetto e ha detto sempre; state pronti ragazzi che abiamo la patria in pericolo. Ma l'eroe biellese non sapendo che tutti gli uomini hanno grande paura e mentre egli solo beveva nel barile i comilitoni insieme erano tutti scappati. Onde Pietro Micca si mise sull'attenti e pensando alla Patria, perché bevette un'ultima volta ch'era proprio l'ultima e fece scoppiare la mina con una grande fiammata che se incendiò nel corridoio e cosí è stata salvata la patria e le rovine le vedono ancora sicché il monumento sorge, e qui l'eroe s'immortalò tenendo vicino sulla piazza il barile dove bevé l'ultima volta prima di morire.

Masin lesse le ultime parole sogghignando, che a stento si capirono. La classe trattenuta continuamente da sibilanti «silenzio!» e da manate sul tavolino, scoppiò finalmente. Voci, scalpiccio di piedi, risate, ira di Dio. Il professore agitò le mani in aria per ottenere la calma, ghignando lui stesso. Niente. Allora, prese due nomi a caso e li segnò. Poi: – Hanno sentito, dunque? Silenzio! Non badino alla lingua che non è perfetta. Cosí è come il loro compagno vede Pietro Micca...

– 'T nancorse nen, ch'a 't pia 'd mes? – rantolò uno dagli ultimi banchi.

Lo sposino si fermò. Capiva il piemontese. – Silenzio! – Poi si volse a Masin con una faccia vigliacca. La frase l'aveva colto alla sprovvista.

– Che... che cosa dice lei? È vero questo? – «Che bischero, che bischero», pensò Masin e vuotò il sacco:

– Dipende se uno capisce. Certe volte a forza di studiare non si accorge piú di quello che succede. Io avevo un caporeparto che aveva studiato troppo e tutti lo fregavano.

La risposta era carina. Scoppiò un'altra sghignazzata in fondo ai banchi, insultante e limpida come un nitrito.

Il profe cercò di uscirne con onore.

– Lei conferma allora la sua intenzione di fare una sciocchezza?

– E già, cosa veullu ch'a sia? – non poté trattenersi Masin.

– Va bene, allora. Vada a costituirsi dal direttore, ché io non l'ammetto piú in classe.

Masin uscí e uno fece per dargli di nascosto una stretta di mano che lui non volle. Borbottò invece: – Gaôte côla nata, fabioch.

Il mattino dopo nel semibuio Masin era già di collaudo sulla salita del Pino. Un meandro faticoso che s'arrampica in mezzo a vigne e alberi – un piacere percorrerlo attaccando le marce – e dietro giú nella valle, Torino.

Ma non che Masin s'accorgesse della strada o del motore. Andava avanti, occhi e fanali spenti, e pigliava le curve bruscamente, come svegliandosi. Aveva tutta la bocca macerata dalla grappa della notte e la testa anemica, indolorita, che in quella solitudine gli martellava ancora col motore.

Non pensava quasi a nulla Masin. Si concentrava solamente, a occhi chiusi, per arrivare fino al Pino e discendervi e mangiare qualcosa.

Per fortuna, c'era quasi. Fece l'ultimo tratto pianeggiante sulla cresta della collina, maledí un turbine di macchina che gli sferzò accanto ed entrò nel paese deserto a quell'ora.

Cercò la trattoria dove scendeva sempre, all'entrata da occidente, vicino ai grandi cartelli gialli, rivolti alla strada, dell'Atlantic Oil e della Spidolèine. La solita ragazzina stava togliendo i battenti. Un saluto svogliato e il giovanotto entrò in un tepore come di letto all'alba. Si accasciò su una panca e non si mosse piú fino a che non ebbe davanti il padellino.

L'aria intanto si schiariva. Entrò un secondo avventore, un contadino baffi grigi che prese il cicchetto traballando. Masin masticava una fetta di salame. Inorridí al pensiero di quell'altro che beveva.

Quand'ebbe finito, s'arrotolò una sigaretta e sbadigliò. Poi stette un po' nel fumo a pensare.

Non c'era nulla da pensare. Bisognava portare il motore per molti chilometri ancora – Villafranca, mettiamo. Poi, se Dio voleva, pranzo. Questo lo consolò.

Nel pomeriggio, niente. Nella sera, *niente.* Dalla scuola l'avevano espulso. Ebbene? Viva la graspa! tanto erano bischeri tutti, professori e allievi.

Ma piú niente ufficio tecnico cosí. Tutta la vita a rotolare nei collaudi. Ebbene. «Tant 'n dí o l'aôtr, aj dasia 'l gir».

Masin uscí disponendosi a salire sull'alto sedile scoperto della macchina. Sotto, l'intelaiatura lunga, nuda, degli assi e il motore, gli attacchi, tutto scoperto, tutto vivo, tutto polveroso, l'essenza della macchina nella velocità. Partí rimbombando verso Chieri, verso oriente, dove la nebbia si faceva tutta rossa. Sentí bene il contrappeso dei petroni alle spalle – la sua carrozzeria – e si dispose a lanciarsi tra le case. Appena uscito, avrebbe trovato il rettilineo in discesa da percorrere d'un fiato fino a Chieri.

Sbucò nell'ultima via. Si trovò innanzi il sole rosso, abbacinante. E la testa gli dolé tremendamente.

In quell'istante sentí un grido. Ed un urto, un leggero sobbalzo. Non pensò bene a ciò che fece. Fermò il motore e scese. Due uomini correvano verso di lui gridando. A Masin ballarono le ginocchia. Aveva investito uno.

La cosa finí presto. Gli tolsero la patente, licenziandolo dalla fabbrica. Non lo misero dentro, soltanto perché anche l'ucciso era bevuto – il contadino del cicchetto. E Masin ch'era come solo a Torino e nel mondo, saltò un giorno su un treno con quaranta lire in tasca oltre il biglietto.

I Mari del Sud

Camminiamo una sera sul fianco di un colle,
in silenzio. Nell'ombra del tardo crepuscolo
mio cugino è un gigante vestito di bianco
che si muove pacato, abbronzato nel volto,
taciturno. Tacere è la nostra virtú.
Qualche nostro antenato dev'essere stato ben solo
– un grand'uomo tra idioti od un povero folle –
per insegnare ai suoi tanto silenzio.

Mio cugino ha parlato stasera. Mi ha chiesto
se salivo con lui: dalla vetta si scorge
nelle notti serene il riflesso del faro
lontano di Torino. «Tu che abiti a Torino... –
mi ha detto – ... ma hai ragione. La vita va vissuta
lontano dal paese: si profitta e si gode
e poi, quando si torna, come me, a quarant'anni,
si trova tutto nuovo. Le Langhe non si perdono».
Tutto questo mi ha detto e non parla italiano,
ma adopera lento il dialetto che, come le pietre
di questo stesso colle, è scabro tanto
che vent'anni di idiomi e di oceani diversi
non gliel'hanno scalfito. E cammina per l'erta
collo sguardo raccolto che ho visto, bambino,
usare ai contadini un poco stanchi.

Vent'anni è stato in giro per il mondo.
Se n'andò ch'io ero ancora un bambino portato da donne
e lo dissero morto. Sentii poi parlarne
da donne, come in favola, talvolta
ma gli uomini, piú gravi, lo scordarono.
Un inverno a mio padre già morto arrivò un cartoncino
con un gran francobollo verdastro di navi in un porto
ed augurî di buona vendemmia. Fu un grande stupore,

ma il bambino cresciuto spiegò avidamente
che il biglietto veniva da un'isola detta Tasmania
circondata da un mare piú azzurro, feroce di squali,
nel Pacifico, a sud dell'Australia. Ed aggiunse che certo
il cugino pescava le perle. E staccò il francobollo.
Tutti diedero un loro parere, ma tutti conclusero
che, se non era morto, morirebbe.
Poi scordarono tutti e passò molto tempo.

Oh da quando ho giocato ai pirati malesi,
quanto tempo è trascorso! E dall'ultima volta
che son sceso a bagnarmi in un punto mortale
e ho inseguito un compagno di giochi su un albero
spaccandone i bei rami ed ho rotta la testa
a un rivale e son stato picchiato,
quanta vita è trascorsa.
Altri giorni, altri giochi,
altri squassi del sangue dinnanzi a rivali
piú elusivi: i pensieri ed i sogni.
La città mi ha insegnato infinite paure:
una folla, una strada mi han fatto tremare,
un pensiero talvolta spiato su un viso.
Sento ancora negli occhi la luce beffarda
dei lampioni a migliaia sul gran scalpiccio.

Mio cugino è tornato, finita la guerra,
gigantesco, un alpino. Ed aveva denaro.
I parenti dicevano piano: «Fra un anno, a dir molto,
se li è mangiati tutti e torna in giro.
I disperati muoiono cosí».
Mio cugino ha una faccia decisa. Comprò un pianterreno
nel paese e ci fece riuscire un garage di cemento
con dinnanzi fiammante la pila per dar la benzina
e sul ponte ben grossa alla curva una targa-reclàm.
Poi ci mise un meccanico dentro a ricevere i soldi
e lui girò tutte le Langhe fumando.
S'era intanto sposato, in paese. Pigliò una ragazza
esile e bionda come le straniere
che aveva certo un giorno incontrato nel mondo.
Ma uscí ancora da solo. Vestito di bianco,
colle mani alla schiena ed il volto abbronzato
al mattino batteva le fiere e con aria sorniona
contrattava i cavalli. Spiegò poi a me,

quando fallí il disegno, che il suo piano
era stato di togliere tutte le bestie alla valle
e obbligare la gente a comprargli i motori.
«Ma la bestia, – diceva, – piú grossa di tutte,
sono stato io a pensarlo. Dovevo sapere
che qui buoi e persone son tutta una razza».

Camminiamo da piú di mezz'ora. La vetta è vicina,
sempre aumenta d'intorno il frusciare e il fischiare del vento.
Mio cugino si ferma ad un tratto e si volge: «Quest'anno
scrivo nel manifesto: Santo Stefano
è sempre stato il primo nelle feste
della valle del Belbo» e che la dicano
quei di Canelli. Poi riprende l'erta.
Un profumo di terra e di vento ci avvolge nel buio,
qualche lume in distanza: cascine, automobili
che si sentono appena: ed io penso alla forza
che mi ha reso quest'uomo, strappandolo al mare,
alle terre lontane, al silenzio che dura.
Mio cugino non parla dei viaggi compiuti.
Dice asciutto che è stato in quel luogo e in quell'altro
e pensa ai suoi motori.
Solo un sogno
gli è rimasto nel sangue: ha incrociato una volta
da fuochista su un legno olandese da pesca, il Cetaceo,
e ha veduto volare i ramponi pesanti nel sole,
ha veduto fuggire balene tra schiume di sangue
e inseguirle e innalzarsi le code e lottare alla lancia.
Me ne accenna talvolta.
Ma quando gli dico
ch'egli è tra i fortunati che han visto l'aurora
sulle isole piú belle della terra,
al ricordo sorride e risponde che il sole
si levava che il giorno era vecchio per loro.

L'acqua del Po

La sera di una giornata in barca Masino non s'annoiava mai. E dire che sovente usciva a fare un giretto di mezz'ora con visita a un caffè e fumata. La ragione è che per tutta la sera gli restava nel corpo dalla fatica del giorno un torpore di stanchezza ch'era come la presenza attuale del fiume. Non può sentirsi annoiato dopo, chi va sul Po. Ma s'intende chi va sul Po come si deve, ben disposto e con compagni scelti. E niente donne. Colle donne, come sempre, ci si secca tutto il tempo e ci si secca il giorno dopo a ripensarci.

Ma la sera di cui parlo Masino era un po' piú che non annoiato. Non ci pensava allora, ma se qualcuno gli avesse ricordato che anni prima lui era stato un bel po' incerto se togliersi la vitaccia, sarebbero state imprecazioni alle memorie.

Gli lucevano gli occhi quella sera. E camminava un po' malfermo: la divina stanchezza, se si vuole. Era anche piú bello Masino. Il tepore intimo di pensieri e pensieri lo illuminava tutto e faceva persino scordare la barba lunga di tre giorni. Il fatto era che Masino e i suoi soci s'erano fermati di ritorno dal fiume all'osteria e lí avevano trincato a rinfondersi nelle vene l'umore vitale disseccato dal gran sole.

Adesso Masino ripensava al pomeriggio e la vece del sole gliela teneva negli occhi il fulgore di un'estasi un po' brilla.

Ma non era ubriaco Masino. Si sentiva soltanto in una gran beatitudine. E per goderla meglio, per studiarla con calma, andò a finire in un caffè del centro, posto nel gran corso verde e luminoso che attraversa Torino.

Il pomeriggio era stato davvero robusto. E come tutte le grandi giornate anche quella era cominciata malamente, tra dubbi e incertezze, dando molto da trepidare e da sudare a Masino organizzatore, per poi risolversi in un modo che lui neanche s'era immaginato.

L'impresa di Masino era stata di far conoscersi e convivere per tre ore *sulla barca a punta* due suoi amici nuovi l'uno all'altro. Erano gente di una natura spinosa che già a starci insieme lui, ci voleva tutta la sua adattabilità.

Il primo era un tipo di sportivo taciturno dalle parti di Biella, dedito alla meditazione, parlatore di dialetto e fumatore di pipa, mai stato in barca in vita sua. Si chiamava Merlo.

Un gran compagno costui, che Masino conosceva fin da ragazzo e che da un pezzo diceva male delle spedizioni fluviali del collega. Masino l'aveva deciso finalmente a provare di persona.

Mentre i due nella capanna del barcaiolo si mettevano in mutandine e Merlo cercava sospettoso un luogo da nascondere i soldi, arrivò il secondo.

Questo era un giovane piccolotto ma di buona muscolatura, giornalista anche lui nel giornale di Masino e si chiamava Hoffman. Su di lui Masino aveva rifatto l'antica scoperta che i figli di due razze sono i tipi piú svegli. Madre ebrea, padre italiano, faccia spregiudicata e conversazione rotta, estrosa, ora quasi diabolico, ora che pareva un frate. Masino l'aveva conosciuto un giorno cavandolo dal Po in stato semicomatoso e siccome non c'era nessun bagnante pratico lí vicino a perpetrargli la respirazione artificiale, il giovanotto se l'era passata con poco danno. Hoffman l'aveva appena ringraziato, che subito se l'era presa col fondo fetido del fiume, invocando la superiorità delle Paludi Pontine per la punta. Ma siccome la vita era una vaccata, continuava sul Po e alle paludi non ci andava.

Quando i tre scesero alla barca, Masino aveva già fatto un discorsetto come, essendo stati tutti studenti, bisognava darsi del tu. – E nota, Merlo, che Hoffman non capisce il piemontese. Bisogna che parliamo in italiano. – L'italian j lô saj, – rispose Merlo. – S'impara alle elementari, – aggiunse Hoffman.

C'era un sole formidabile. Le piante dei piedi non resistevano il terreno. Hoffman aveva in testa un fazzolettaccio rosso alla pirata e Masino un berrettino bianco da soldato di marina. Quasi nudi coi pali sulle spalle come lance, dovevano fare una certa impressione a Merlo che seguiva in mutandine rigate, col suo cappello borghese e una pagaia in mano.

Staccarono la barca in silenzio. A Masino cominciavano

i dubbi sulla riuscita della fusione. Se Merlo continuava a star caparbio e Hoffman dava libero sfogo ai suoi pensieri rabbinici e alle sue invettive, la giornata era perduta. E la sua pace guastata, poiché lui temeva i pensieri di Hoffman. E gli sarebbe spiaciuto di rinunciare alla beata incoscienza e brutalità della punta per trascinare un pomeriggio diplomatico di compromessi e di menzogne.

Era adesso dritto a poppa, ben poggiato col destro sulla sbarra traversa e alzava e piantava il remo con la sola sinistra, dominando. Tentò, nello sciacquio della corrente avversa, un'osservazione: – Ci vuole un voto di plauso per Merlo che se ne sta tranquillo stravaccato e non cerca lui di *aiutarci* a spingere. È la cosa piú perfida. Tutti in principio voglion darci dentro e sbandano solo la barca. Poi quando sarebbe ora di lavorare al ritorno giú per la corrente e non c'è piú bisogno di capacità, sono stanchi e stanno a guardare. Sono pochi i novellini come Merlo.

– Novellino lo è di sicuro, – disse Hoffman dal mezzo della barca dove stava aggottando l'acqua. – Guarda, portiere, che quel cappello lo porti a casa in tanti pezzi con 'sto sole.

– Meglio il cappello che la testa, – fu la risposta in italiano, piena di degnazione.

Ora Masino per la paura di aprire un argomento che li facesse litigare, stava zitto. La barca risaliva faticosamente un correntino. C'era un sole cosí ardente che il palo usciva gocciolando dall'acqua e quando si rituffava era già asciutto.

A un tratto Hoffman disteso al cielo con un'aria da padrone dichiarò che alla Rapidissima avrebbe dato il cambio a Masino. La Rapidissima era una corrente maligna un po' piú a monte, larga quanto il fiume, precipite e di fondo magro e sassoso. – Oggi dev'essere piú bassa –. Ci voleva perciò pugni solidi e espertissimi.

E fu allora che Merlo parlò: – Se non avete paura che vi affoghi, alla Rapidissima provo da solo.

Masino guardò Hoffman. Era come se uno senza saper nuotare volesse fare i tuffi. Non che ci fosse gran pericolo, ma si sarebbe tante volte tornati indietro a capriola, da lasciarci l'anima e la voglia.

Nell'imbarazzo circostante Merlo tirò fuori la pipa dalla cintura e domandò: – J l'aj ancôra temp a fumè 'na pipa??

Questo piemontese lo capí anche l'ebreo che ruppe fuori

dando a Merlo un'occhiata curiosa: – C'è tempo. Provi lui. Dopo tutto, può riuscire.

Seguí un altro silenzio. – Tra poco siamo al Salto delle Pivie, – tentò Masino. – Gli ho messo quel nome perché ci ho visto le pivie fare il bagno –. Nessuno disse nulla e Masino si sentí voglia di pigliarli a schiaffi.

La barca attraversava ora un gran lago d'acqua quasi calma, il bacino sotto alla Rapidissima, e le rive eran lontane. Piú innanzi il fiume si sarebbe ristretto. C'eran poche altre barche quel giorno, ma sempre una gran gente alla confluenza del Sangone, sul promontorio sovrastato dal bosco dei pioppi densi contro il cielo. Dalla punta estrema, il Salto delle Pivie, giovanotti operai in gamba piantavano tuffi alti sei metri, tra il gran formicolio e il baccano. Vicino alla barca d'improvviso emerse dall'acqua un ragazzo ben bronzato e membruto, tutto stillante. Merlo, vergine di sole, apparve ridicolmente cittadino al confronto. E Hoffman diceva ai due: – Vedere bei corpi è altrettanto necessario che conoscere persone intelligenti.

– Certô ch'a piasô, – concesse Merlo.

– Tutti e due insegnano l'umiltà necessaria a vivere.

A un tratto dal gran sole la barca entrò nella penombra verde degli alberi. E Masino dando gli ultimi colpi rabbiosi si arrovellava cosa mai capisse Merlo di quell'idea sull'umiltà. Sempre Hoffman: non cambiava per nessuno. La Rapidissima a due passi borbottava.

– Se vuoi provare, sotto, – disse Hoffman. Merlo si alzò e venne a poppa barcollando. Tastò il palo col pollice, poi l'impugnò: – Mi pare che il segreto sia di non guardare il palo, ma davanti alla barca, – rivolgendosi a Hoffman. Questi approvò col capo.

– Non ci riesci, Merlo, – disse Masino. – Puoi essere in gamba fin che vuoi, ma è come parlare inglese se non l'hai studiato.

– E bin, mi preuvô: prôfessor a l'è nassuje gnun, – ribatté l'altro. E si cacciò su per il filo obliquo della corrente tutta increspata dal fondo e dalla rapidità.

Aveva una struttura dinoccolata e formidabile Merlo, da giocatore di calcio che era e trovò in principio la posizione giusta, busto eretto e appoggio sul remo. Masino stava pronto con l'altro palo a inchiodare la barca se sbandasse e Hoffman guardava.

La prora cominciò a oscillare. Merlo irrigidí le braccia.

Ma stavano fermi. Allora per spingere si curvò fino a toccare l'acqua e guardò il palo. Bastò. La prora fece un giro. Masino piantò il palo e raschiò il fondo. Sbatacchiando ridiscesero in velocità nella corrente.

Hoffman non si mosse e osservò solo: – Lavora essenzialmente col millimetro e non dare scatti, non serve.

Il secondo tentativo fu lo stesso.

Ma il terzo finí peggio. Nell'andirivieni la barca s'era accostata alla riva dove per un piccolo canale era piú violenta la corrente. E nell'inevitabile discesa abbandonata, la barca andava a sbattere a un troncone che sporgeva. Merlo senza vedere stava per darvi della schiena.

Masino gridò per avvertirlo, ma Hoffman fu piú svelto. Saltò alla pagaia e la cacciò contro la riva, facendo forza tanto da spezzarla. – Meno male ch'era frusta, – esclamò, e intanto la schiena di Merlo passava a un palmo dal fittone.

Masino, solo nel caffè, gradevolmente brillo, si stupiva ancora del miracolo ch'era seguito.

Passata la Rapidissima per mano sua, erano entrati nelle acque calme e qui lui infaticabilmente, fino a che non fu tutto sfigurato dal sudore, aveva manovrato la punta per i passaggi, i correntini, i mozziconi di diga, fino sotto a Moncalieri. Poi s'era buttato trafelante sulle tavole. Hoffman e Merlo discorrevano.

– Carichiamo donne, – propose Hoffman.

– Questo aggiusterebbe, – osservò Merlo. – Ma c'è Masino che non le vuole, – e scuoteva il capo.

– Masino è un fesso, – dichiarò l'ebreo. – Guardalo lí che tira l'anima. Una buona ragazza stupida va sempre bene sul Po. Lui vuol fare l'atleta ascetico.

Masino era beato. Cominciava a riaversi e guardò in giro. A quel punto usava fare il tuffo. – Sposta la barca fino al Gran Verdone. Vado in acqua. – Bravo e non saltare da scimmia ché tanto non c'è ragazze a vederti. Noi andiamo a cercarle.

Masino in piedi si strofinò il sudore. Poi si tolse il berrettino. La barca veniva lentamente fino a una fossa d'acqua scura. Masino prese le misure. Si sentiva conscio di Merlo.

– Pronti. Venite a prendermi laggiú –. Un respiro mozzato e si tuffò nell'acqua senza slancio, abbandonandosi. Un grande fresco lo avvolse nel buio.

Ricomparve a qualche metro. Cercò la barca e vide che l'allontanavano. Fu soddisfatto. Non gli dispiaceva al ritorno trovare ragazze bell'e cacciate, ora che aveva fatto il suo sforzo e che avrebbe nuotato.

Gridò: – Venite, – e si distese per nuotare. Ci si mise con calma, a grandi bracciate, per provare insieme la velocità e la resistenza. Vedeva un piccolo orizzonte. Era tutto assorto nei bei movimenti, tutto elastico di fatica e di sole. Dava gran colpi colle gambe e ad ogni bracciata le allungava, si stirava godendosi tutto.

Arrivò ansando dove s'era proposto. Cercò la barca. I due eran lontani, manovravano insieme e parevano incerti. Era tranquillo ormai. S'eran capiti. In un qualche modo virile, misterioso, dopo il momento critico alla Rapidissima i due s'intendevano. Anche troppo. E si distese nudo sull'erba ad aspettare, chiudendo gli occhi e respirando.

Ma il bello, la giornata, era venuto dopo.

Eran tornati a rivestirsi dal fiume, verso sera, ed eran poi saliti sulla riva alta della pianura dov'è Torino. I due parlavano delle donne che non avevano trovato e ci filosofavano con gusto. Nel cielo – chi voleva ammirare – c'eran colori e trasparenze, riflesse negli alberi, riflesse nel fiume, dappertutto. Hoffman gridò a Masino che camminava alle loro spalle: – Perché non siamo andati all'isola del Carnaio per ragazze? – Poi disinvolto: – Le ha messo il nome quell'animale di Masino che ha la mania di poetizzare i luoghi. Si è vista lí una volta una donna grassa come un vaccone, che prendeva il sole.

– Pa mal, – borbottò Merlo.

– Adesso non esageriamo, – si difese Masino, – se io ho poetizzato il carnaio, tu hai fatto lo stupido sul Passaggio in Bleu – tutto perché c'era una ragazza colle mutandine bleu. Ma la Spiaggia dell'Atollo, chi l'ha trovata la Spiaggia dell'Atollo?

– Be', – concesse Hoffman, – quella è l'unica cosa intelligente che hai pensata in tre mesi –. Merlo venne istruito che la Spiaggia dell'Atollo era cosí detta perché ci si vedeva sempre una tale con nessun seno. – Alfa privativo, – gli spiegarono. Tutti e tre in qualche giorno dell'infanzia lontana avevano studiato il greco.

Merlo fu tutto entusiastico e brandí la pipa e propose di andare a bere una volta.

– Io prendo una gassosa, – osservò Masino.

– Facciamo quattro chiacchiere, – disse Hoffman.

L'osteria praticabile – il Cannone d'Oro – era proprio alla fermata del tram. Era comodo, all'ultimo momento si usciva e ci si imbarcava per casa. I tre andarono in una stanza vuota nel retro.

Dopo molta discussione furon decisi ed ebbero davanti né gassose né parole, ma una robusta bottiglia dorata cui tutti attinsero simpaticamente.

Merlo aveva borbottato. Lui voleva vino nero «'d côl ch'a se sciaira». Masino ch'era astemio beveva da profano. La responsabilità del vino d'oro andò tutta ad Hoffman che gli fece ottima cera e diede subito sulla voce al malcontento.

– Siete buffi, voi piemontesi, col vostro vino nero. Non vi pare di essere uomini se non date mano al vostro barberone. È una superficialità questa, come in molte altre cose, che avete congenita.

Masino era astemio. Ma delle «altre cose» ne «beveva». Assalí quindi ferocissimo:

– Dopo tutte le tue teorie che non esistono le razze mi pare discretamente superficiale pigliarsela coi piemontesi.

Ma ci voleva altro a dirla con Hoffman. – Non esistono le razze in quanto si tratta di essere intelligenti, – riprese quello, – gli uomini sono uguali in dignità. Ma è quando non si pensa, quando si dicono fregnacce e si ripete pregiudizi che ci si differenzia. Voi a forza di ripetervi che siete solidi e quadrati e che vivete in certi modi, finite di vivere sul serio in questi modi, e fate i tipi senza accorgervi delle cose piú importanti che c'è al mondo.

Masino ci pensò sopra un po' seccato. Era sempre la solita storia: Hoffman tirava giú una sentenza imprevista e improvvisata e lí per lí non si sapeva cosa dire.

Ma c'era Merlo. Il quale, caricando la pipa soddisfatto, diede ragione... bisogna sentire:

– Giusto. Tutti si vantano di bere e poi al buono non resistono il quartino, Napoli, specialmente –. Non c'era troppa logica, ma c'era Merlo. Hoffman, tra lo stupore di Masino, rispose anche a lui (se la intendevano quei due):

– Bevitori si nasce. Di tutte le ipocrisie la piú antipatica è quella del finto Gargantua.

Masino rimase di guano. Ma che diavolo era Hoffman?

Dopo quattro ore di conoscenza aveva già tanto capito Merlo, che gli sapeva parlar di Gargantua, la bibbia di quell'uomo dal gusto tanto difficile.

Merlo naturalmente non rispose. Preferí allungare le labbra al bicchiere e sorbire.

Per un po' dissero nulla. Chi fumava e chi sputava. Poi Masino ruppe l'aria:

– Di' Merlo, com'è andata la partita col Novara?

Sorriso di Merlo. – L'è pa 'l Nôara, a l'è 'l Verssej.

Masino scosse il capo. Volle dar la colpa al vino, ma la verità era che non s'interessava di calcio e per lui tutti quei nomi eran lo stesso. Fece allora il praticissimo:

– Ti hanno dato del lavoro? – Merlo era portiere.

– Sono segreti professionali, – entrò Hoffman, e questa fu l'unica frase stonata che disse quel giorno. Difatti Merlo andò avanti.

– Mi hanno slogato un dito, – e fece vedere. – C'è uno in quella squadra che tira delle cannonate scurrili. È mica come col Saluzzo. Uno, in porta contro il Saluzzo, fuma la pipa.

Hoffman anche qui doveva dir la novità. Entrò:

– Il mestiere del portiere sviluppa le attitudini meditative. Si vede il mondo arrabattarsi davanti e si fa niente. Qualche volta si para un colpo dell'avversa fortuna.

Merlo apprezzò questa letteratura, tanto piú che era in suo onore. Masino l'astemio, azzardò sarcastico: – Chi veramente sta a meditare astraendosi dal mondo, è l'arbitro, no? – ma era l'epigramma di un incompetente, come quelli che si possono fare sulla suocera. E Merlo glielo bocciò.

A questo punto finí il vino e si trattava di ricominciare. Si contarono i soldi. – Bene, ci stiamo –. E la nuova bottiglia suggerí nuovi pensieri. Faceva caldo, ormai.

Merlo raccontò che un mese prima era stato a caccia al suo paese, su per le montagne di Biella, dove ci aveva una cascina.

Masino, mezzo estatico, pensò allora al *suo* paese, la pianura di Bandito, dove avevano avuta la cascina, ma da tempo era affittata e lui era cresciuto in città.

E già Hoffman li aveva capiti. Anche in questo, la loro parte piú gelosa, li aveva capiti.

– Siete beati voi, che ve ne andate da Torino e avete un feudo lí a due passi e ci trovate il vostro vino e i contadini. Se tutto il mondo moderno andrà all'aria come spero, voi non avete da perderci, voi scappate al paesello e siete a posto.

E Masino godé a fondo il momento. Era la vena sentimentale di Hoffman quella, ma veniva fuori tanto sobria e precisa da non parere che il prolungamento, che l'alone necessario alla straordinaria macchina logica di quel senza patria.

Merlo, nel fumo, continuava per suo conto: – Gran bella cosa la proprietà. Avere un campo che uno può lavorare o farci niente, côm 'aj pias. Dare i calci alle pietre senza guardare in faccia nessuno –. E siccome era dotto e aveva un tempo fatto studi di legge, aggiunse:

– *Dominium est jus utendi atque abutendi re sua, quatenus juris ratio patitur*. Sent côm' a l'è bel!

Hoffman, osservato nel fluttuar delle atmosfere da Masino, fissava curioso il giocatore di calcio, poi scattò: – La proprietà è bella all'antica, è un modo d'esser naturale, un modo di vivere, ma averci adesso una proprietà che nemmeno si vede o si conosce e che altri lavorano a tuo nome, è una trista decadenza.

E questo disse colla voce un po' rauca, e quasi femminile, di quand'era piú commosso. Ma tutti e tre erano immersi nel fumo e nessuna tristezza li toccava.

Masino rimase poco al caffè quella sera. Fumò qualche sigaretta, guardando interessato e irrequieto la gente che passava sul corso. E non sapeva che il piú osservato era lui, colla sua aria abbronzata e il modo vigoroso di tirare alla sigaretta.

Il gelato era finito da tempo. E Masino sentí d'improvviso una grande stanchezza. S'alzò allora, ricordandosi che per non guastare la giornata, dall'osteria eran tornati a piedi.

La Langa

Aveva detto Masin: – Turin ten caôd. Andôma ’n mes aj pacô.

Da tre mesi viveva coi *pacô* e le cose non andavano troppo bene. Autorimesse ce n’erano, ma c’eran anche giovanotti che sapevan lavorarci. Aveva scelto. Santo Stefano nella valle del Belbo per esser sicuro della riuscita. Di Santo Stefano Belbo era un meccanico della Fiat, che ai suoi tempi disgustava tutti col suo torinese grosso: – Dës, porta quë r̂’acumur̂atôr̂ –. In quel paese doveva esser facile regnare, aveva pensato Masin. Trovò invece da fare il garzone lattoniere. In un’autorimessa dove aveva provato, un ragazzino di quattordici anni, Gôsto, ne sapeva almeno quanto lui. E per giunta il padrone possedeva terre e non gli dispiaceva se i dipendenti a un’occasione piantavano olio e ferri e venivano a dargli una mano nei lavori di campagna. Masin provò a tagliare il fieno, ma rischiò di portar via una gamba a una ragazza. Lasciò allora la falce e le automobili.

Vivere in paese saldando e martellando le grondaie non dava molte soddisfazioni. Ma era almeno vicino alla censa e il padrone-lattoniere sapeva farsi piacere. Bisogna dire che Santo Stefano, all’imbocco della vallata del Belbo, è un poco la metropoli delle Langhe. Il paese ha su di sé di rappresentare dinnanzi alla provincia di Alessandria che confina, tutti i vanti e le virtú dei contadini retrostanti. E mônssú Rôss, il padrone, amava far confronti ed emettere giudizi: – Adesso voi venite da Torino e parlate italiano e ci dite che noi siamo della Granda, ma noi non siamo le piú sucche.

Mônssú Rôss dava il vitto e l’alloggio al dipendente «pr nen cô andeissa pr lë» oltre a un magro salario che tratteneva promettendo un interesse. A queste condizioni il torinese aveva protestato, ma il padrone tanto aveva detto e consigliato sul risparmio, sulla vecchiaia, su tutto, che Masin per aver pace ora ci stava.

Era un accidenti quel padrone e in fatto di linee rette non si poteva fargliela. Le grondaie avevan sempre qualche scarto e dopo gran parole la discussione finiva: – Amprende, fanciôt. Lo ch'j vor̂e savej 'd canâ a Tur̂ën ch'j ej tute ar̂ quârt pian?

Anche mônssú Rôss aveva beni ma tutto si riduceva al *ciabòt* con qualche pergola di viti, messo da parte chi sa come; e il padrone vi conduceva volentieri il lavorante alla domenica quando, con tutta la famiglia, due figliole e una moglie, saliva a far merenda. Si trovava a mezza costa di una collina la cascinetta – una di quelle colline bianchicce quasi isolate, dove tutto è viti e nell'estate, dicono, i pampini si coprono di zucchero tant'è generosa la natura della terra.

Masin nei giorni di lavoro vestiva la camicia nera da macchinista, sua antica eleganza. Si poteva sporcarla che non si vedeva. Alla domenica, idem, perché in quei paesi non valeva la pena di aver troppi riguardi.

Le prime domeniche Masin dové combattere una battaglia. Il padrone lo chiamavano anche don Rôss perché era pieno di unzione, parlava qualche volta in italiano e sapeva comandare a tutti. Don Rôss era molto di chiesa e quando porgendo la pancia salutava i paesani o toccava l'acqua santa e se la portava alla fronte col grosso pollice teso, pareva un imperatore romano o un papa.

Aveva poi don Rôss fama di essere un tremendo pasticcione e truffatore e con tutte quelle belle parole non pareva improbabile.

Cosí, quando la prima volta una domenica Masin disse: – Stamatin j vadô a 'Canej, – il padrone, approvando con aria paterna: – Ô peu 'ndè a Mëssa a r̂a Capela dër Grâssie. A resta... – Masin stette a sentire e non andò alla cappella.

La domenica dopo, sempre con un'aria da esercizio spirituale, il padrone chiese a Masin: – Venlô a Mëssa con nôj, ancheú? – Masin lí per lí non seppe cosa dire. Poi fece lo spiritoso: – L'ultima messa ch'j l'aj sentí mi, l'è staita quande pare e mare a sôn mariasse –. L'altro allungò le labbra: – No, venta pa-no scherssè. Dess quë j sôn libër̂ 'd fe tucc côme ch'j veur̂o, ma tucc j ôma r̂a nostr̂a crôs. Che cos'è l'uomo senza la fede nel Signore? E chiel ôn-a debsògn dr̂a fede: âr̂o nen di crusse dr co chiel?... – Continuò un pezzo e Masin disse male dei preti e spiegò un po' di storia universale e dell'inquisizione in particolare, parlando secco e definitivo. Ma fu il padrone che concluse:

– Venta pa-no giudiché da ȓa perssona ȓa cossa. Sôma tucc pecadôr... Adess ancheú cô vâga pura pr j prâ, ma chiel ô me smia 'n brâô fanciòt, ô ȓe 'n deȓmâge vastesse...

Masin se ne andò bollendo. Il giorno della conversione non giunse mai perché don Rôss l'aveva capita. Ma un bel pomeriggio di maggio che fuori era tutto fresco e nuvolette, quello lo condusse a riparare una tubatura in sacrestia, passando dalla chiesa. E si fece un gran segno della croce, don Rôss e mostrò a Masin tutti i vetri istoriati, chiedendo poi di parlare «côn 'l sôr arciprete» che – spiegò al dipendente – era vicario foraneo in qualche parte e cameriere di Sua Santità.

Lo lasciò solo in chiesa a meditare e quando uscí coll'arciprete, un bel parroco alto, cogli occhi minuti, questi lo salutò e gli chiese di dov'era.

Finí che ritornando Masin chiese a bruciapelo al padrone: – E chiel përché a l'è nen fasse preive?

– Ȓa vôcassiòn, fanciòt, Nosgnôr ô ȓa nen dâ-me ȓa vôcassiòn.

Masin non andò mai a messa, ma alla domenica quando tornava a mangiare a mezzogiorno si sentiva malsicuro e preferiva non incontrare gli occhi autorevoli di don Rôss e di tutta la famiglia che lo trattava ora un po' freddo.

– Pieve vârdia, fanciòt..., – predicò un giorno don Rôss a capotavola trinciando il bollito e guardava Masin. – Pieve vârdia daȓ vën e daȓ dâne. Chi dice donna dice danno. Schërdive nen, përché j sej giôâ, 'd pôrté 'ȓ capèl côme ch'j veuȓe...

Masin stava a sentire un po' beffardo. Quel dialetto era proprio da *pacô*. Ma come, come lui era rotolato in quel paese?

Però i consigli erano buoni. Gli dispiaceva tanto la provincia che a Masin ripugnava anche di cercarsi lí una pischerla. E ne sentiva il bisogno. Certe ragazze sode del paese, che gli passavano accanto guardandolo, gli crepavano gli occhi. Si scoperse un giorno che fissava le gambe alla figlia del padrone – quattordici anni.

Fu cosí che decise di andare a Canelli – Parigi – e spendere quel che ci voleva. Era l'unico mezzo per non capitolare in paese. Chiese un giorno di libertà e cinquanta lire di saldo a don Rôss che lo avvertí che sprecava – lasciar fruttificare i capitali – poi forse comprese e borbottò qualcosa.

Alla sera Masin ritornò. Stanchissimo, con quindici lire in tasca. Disse in negozio che non aveva fame e uscí a girare. Gli mancava qualcosa a Masin, qualcosa che non sapeva. Si sarebbe preso a calci quella sera. Era i primi di giugno e già nell'aria pesava l'afa del grano maturo, mista a un forte sentore di terra. La luna sul paese era piena e inondava le colline sovrastanti d'uno splendore quasi rosso.

Masin camminò per lo stradone di Cossano. Poi si sentí che era stanco. Tornò allora e andò a sedersi, fuori, all'Albergo della Posta, dove chiese del vino. Di dormire non ne aveva ancor voglia. Gli mancava qualcosa quella sera.

Dall'albergo uscivan suoni allegri. Una chitarra, gente giovane, risate, parole. Masin cominciò a bere: un vino guasto come sempre nelle osterie dei paesi che lo fanno buono.

Pure, un fondo di robustezza restava nel bicchiere e Masin cominciò a sentirsi piú sicuro, dimenticò la Langa e ascoltò piú attento la chitarra.

– A Côssèn sônôma tucci pr pañej. Tin, vâtë 'n festa a Cañòss?

– In.

– Maledetti, un altro dialetto, – bestemmiò Masin; eppure eran ragazzi come lui.

Entrò nella stanza dov'era la chitarra. Il suonatore aveva un cappello illustrato da pezzi variopinti di carta e da una piuma, e una giacchetta marrone. Era un giovane dalle mascelle forti e dava risposta a tutti. Intorno, due o tre altri giovani canterellavano; due contadini in un angolo guardavano sorridendo beati e fumando la pipa; l'oste raccomandava ogni tanto il silenzio. Il suonatore benché gioviale pareva preoccupato. Masin s'accorse allora che era a pezzi e aveva con sé un sacco a viveri.

– 'Dess 'n dô ch'j 'ndeve a sônè? – chiese uno dei contadini. – Elô nen mej si travajeisse 'n campâgna?

L'altro fece un gesto di disgusto.

– Fa pa-no debsogn. J eissa 'n clarën 'nsëm, fass j sôd a caplà. Na vâta j nassiva 'n fanciòt, 'm ciamevô a sônè. 'Dess j an tucci ña crise.

Masin riconobbe in quel giovanotto finalmente un suo simile. Entrò nel discorso:

– D'andôa a l'è chiel? – ma sentí che il torinese stonava. L'altro fu svelto e *gli parlò in torinese*.

– Sôn si de stè côliñe, ma j sôn stait 'n pess a Turin.

Il pubblico, giovanotti e contadini, allargarono gli occhi. I due erano ora il centro della sala.

Masin si sentí meglio. Offerse da bere al chitarrista. Quello accettò spiegando che era stato da militare a Torino. Masin disse: – Mi sôn staje a Napôli sôt naja. Che 'd teȓon! – L'altro rise. Si chiamava Talino. – J piasla la chitara? – chiese poi conciliante. – 'Na volta j savija bin gratela, – dichiarò Masin ch'era ormai nel suo centro. – Ch'a fassa prôvè.

Ebbe la chitarra. Bevve un bicchiere. Tutti attendevano. Dimenò le dita e le sentí a gioco. Attaccò *Ramona*. Qualche nota s'impigliò, ma il tango nel suo insieme gli uscí come mai s'era sentito in quella sala. I contadini fumavano pietrificati. Un giovanotto che orecchiava si fermò.

– Bravô! – scoppiarono tutti quand'ebbe finito. Gli chiesero il bis. Masin provò simpatia persino per i *pacô*. Ma Talino, Talino era il suo pubblico. Era una teppa, quello.

Bevvero ancora. Talino gli parlava in confidenza. Gli spiegò che in quel mestiere si faceva la fame. Masin, grave, lo comprendeva. Si diedero del tu. – Penssa ch'j l'aj 'ntenssiôn 'd vende fiña la chitara e dè man a la sâpa –. Non era perfetto quel torinese ma Masin si sentiva contento. Chiese come si facevano i soldi suonando, da quelle parti.

– 'N teȓ feste... – spiegò Talino, – ... a ȓa spôsa, a sfôjè d'istà, 'n tle piole. Ma a j'è pi gnun ch'a scaja, – e qui rise sottolineando il bel vocabolo vasco.

Passò presto la sera. Uscirono ch'era oltre mezzanotte. Masin pensava seccato alla faccia di don Rôss quando lui sarebbe rientrato a quelle ore. L'avrebbe licenziato? Ebbe un'idea.

Talino cercava un socio col clarinetto.

– Dis, Talino, ti t'ses propi 'm nume a rôa, – che bel torinese! si sfogava quella volta, – mi l'aj idea 'd deje 'l gir al baôdro... Butômsse 'nsema.

Talino meditò. Poi lo guardò di sotto in su. Camminavano sulla strada di San Sebastiano dove Talino dormiva nel fienile. Sotto la lea di platani, erano.

– Me idea, – rispose poi, – saria 'd vende la frôja. Am va pi nen sa vita. 'Dess j'è 'd travàj 'n campagna, fiña a la vendemmia. Fôma l'afè?

Masin preso alla sprovvista tentennò. Gli dispiacque soprattutto di non poter trattenere Talino. – E lassa perde, ven 'n gir, – supplicò. L'altro era della Langa. – Ah! n'aj basta. 'T veule prôvè 'n poc tin adess?

Masin si toccò in tasca. Aveva undici lire. Ma certo era un'idea. La chitarra era ottima. Almeno uscire dalle grinfie di Don Rôss. Disse: – Sí, ma j l'ai pa 'd gran –. E Talino: – Cosa 'd veure deme?

– Dis ti, la frôja a l'è boña.

– Sent lire e 'na bôta 'd dôssèt –. Risero.

– J aj pa sent lire, – rispose Masin.

– Cosa 't lâs? – chiese Talino.

– 'N sacocia, ôndes lire. J'aôtri a j'à mônssú Rôss, pa tanti.

– Ah, 't ses côn mônssú Rôss?

– Cônôsse?

– 'N tuta la vallâda j ȓo cônôsso. Cosa 't veuȓe stè côn côl piantabâle? Cômpra la frôja e bat la côliña.

– Dame la chitara –. Talino gliela porse. Masin giocherellò sulle corde, tentò un motivo: la *pënna*, la *pënna*!

– Sa, fôma 'n pressa. 'T dagô sessanta lire, si j aj.

– Poch, poch, – disse Talino, e dimenticando completamente il torinese: – 'Na veuj aȓmeno ôtanta.

Discussero sotto la luna. Sulla porta del fienile di S. Bastian, col cane che latrava, giunsero a un accordo. Settanta lire da consegnarsi domani al negozio di Don Rôss. Si salutarono.

– E 'ndôma a beive 'na volta peuj, – gli gridò dietro Talino, lasciandogli subito la chitarra. Pensò Masin: «'S fida nen 'd poch» e camminò a casa, sotto la luna, strimpellando.

Talino era stato pagato. Al mattino sul fresco erano usciti, avevan bevuto una volta alla Posta e i denari avevan cambiato tasca. Masin stette a sentire tutto contento Talino che gli spiegò il segreto di un accordo.

Poi si lasciarono calorosamente. Talino disse che andava a cercar lavoro nella Piana di Canelli. – 'N côliña a l'è pi fatiga.

Due ore dopo mentre Masin stava litigando con don Rôss, Talino ricomparve. Prese da parte Masin che sussultava dalla rabbia e gli chiese confidenzialmente se poteva prestargli un pomeriggio la chitarra, ché gli era capitata un'occasione di suonare a un ballo privato e poteva guadagnarsi venti lire.

– Sent, – gli sibilò Masin, – dagô 'n caôss a 'sta boita e veñô anche mi.

Disse Talino: – Ma 't sâj, a fe 'na festa privà, seu nen... mej ch'a vaga sôl: fôma parej, fôma mecia dël prôfit... Vâlô ben?

– L'è pa per lon, – continuava Masin. – Penssa mach. Ma j l'aj sto spagneul si ch'a-m ten caôd. A dev ancôra deme 'd sold...

– Ben... – tagliò corto Talino, che pareva non avesse troppa voglia d'incontrare mônssú Rôss, – ... ô veu dí ch'ass beutôma d'acorde stasseifa. Trôvômsse af Pont dfa Stassiôn a neuv ôre?

Se ne andò colla chitarra. Masin ritornò nel negozio e disse secco: – Bin, de-me 'l me sold, fôma pi nen 'd parole, ma j seve 'na carogna.

Don Rôss lo guardò desolato di dietro al banco come se a lui, Masin, fosse capitata una disgrazia. Era capitato che al momento di vedersi liquidare lo stipendio, Masin s'era sentite ritenere dieci lire per domenica in conto dei pasti che, spiegò don Rôss, erano estra. I pasti compresi nello stipendio eran soltanto quelli dei giorni feriali. Incredulità di Masin. E don Rôss suadente e severo gli aveva fatto notare che il vitto era sempre stato onesto e quello domenicale, suntuoso. Soltanto, bisognava pagarlo.

Masin parlò persino della papessa Giovanna. Don Rôss gli gettò diversi anatemi e si turava le orecchie. Ci fu un momento che Masin afferrò una mazza e la levò per sfondare, ma la mano gli urtò ad uno spigolo, e ritornò in sé.

Si calmò. Non valeva la pena di farsi mettere dentro. Tanto quel gesuita non gli avrebbe dato un soldo di piú, neanche in punto di morte. In quel momento era sopraggiunto e partito Talino.

Tornato in negozio Masin ebbe i pochi quattrini che ancora gli spettavano, detratte le domeniche. Sentí una gran voglia di darli in faccia a qualcuno. Don Rôss scuoteva il capo.

– Fanciôt... – volle cominciare, e Masin cacciò un ruggito. – ... Piantla, côtín, l'è a sente mëssa ch'j 't ses drissate.

Quando fu uscito col suo fagotto, Masin si guardò attorno. Dove andare? Ah, l'appuntamento per la sera alla stazione. La chitarra di Talino. Storse la bocca a un tratto. S'era dimenticato di farsi dire dove era andato a suonare. Cosí, se non lo trovava quella sera non l'avrebbe visto mai piú.

Era giunto sulla piazza del paese, sotto il sole, e tremava

ancora di rabbia. Quel porco d'un padrone. Pancia, aria santa, onestà, consigli. Gente onesta non ce n'è che in prigione. Come può uno che ha famiglia, che è legato col mondo, essere onesto? Deve fare tutti i versi della scimmia, e i piú vergognosi, per tirare avanti nel mondo e assicurarsene i mezzi e il rispetto. Gente onesta non c'è che sulle strade o in prigione.

A questo punto delle sue meditazioni, Masin tornò a fermarsi. Paese fottuto. Sembravan stupidi e poi fregavano. E sotto c'era una paura nuova. S'era accorto a un tratto Masin, che anche Talino era di quelli. Talino che aveva i soldi e la chitarra.

«Ma no, a l'è 'n fieul drit...» Ma chiunque, anche una civica, colla merce e i soldi in tasca taglierebbe la corda.

La rabbia della certezza cominciò a bollirgli. Masin cercò di spiegarsi come avesse consegnato la chitarra tanto ingenuo. E non trovò. Soltanto ricordava di esser stato tutto in furia, di aver urlato, di aver quasi ucciso un uomo. Quel maiale!

E gli dispiacque, ebbe quasi paura di dover dar tra poco quel titolo anche a Talino. Si fermò all'orlo della strada presso un palo del telegrafo. Ma no, Talino non poteva. Sí, Talino poteva. Ma no, Talino...

– Diô faôss! – urlò di colpo sulla strada. Vide chiaro che era stato giocato.

Anche gli ultimi soldi erano andati. S'appoggiò al palo e chiuse un attimo gli occhi, perché avrebbe voluto fosse notte e non vedere piú quelle colline. Invece il sole tutt'intorno trionfava.

Le maestrine

Le mie terre di vigne, di prugnoli e di castagneti
dove sono cresciute le frutta che ho sempre mangiato,
le mie belle colline – hanno un frutto migliore
che fantastico sempre e non ho morso mai.
Quando si hanno sei anni e si viene in campagna
solamente l'estate, è già molto riuscire
a scappar sulla strada e mangiar frutta acerba
coi ragazzotti scalzi, in pastura alle vacche.
Sotto il cielo d'estate, distesi nei prati,
si parlava di donne tra un gioco e una lite
e quegli altri sapevan misteri e misteri
sussurrati ghignando nell'ozio divino.
Sulla strada davanti alla villa si vedono ancora
– la domenica – parasolini passar dal paese;
ma è lontana la villa e non c'è piú ragazzi.

Mia sorella era allora ventenne. Venivano sempre
sul terrazzo a trovarci bei parasolini,
vesti chiare d'estate, parole ridenti:
maestrine. Parlavan magari di libri
imprestati tra loro – romanzi d'amore –
e di balli, di incontri... Io ascoltavo inquieto
e non pensavo ancora alle braccia scoperte,
ai capelli assolati. Il mio solo momento
era quando sceglievano me per guidare il gruppetto
a mangiare dell'uva e sedersi per terra.
Mi scherzavano insieme. Una volta mi chiesero
se non avevo già l'innamorata.
Fui seccato, piuttosto. Io stavo con loro
per distinguermi: come sapevo salire su un albero,
per trovare i bei grappoli e correre forte.

Una volta incontrai sulla strada ferrata
la piú schiva di queste ragazze, una faccia un po' assorta
ma bruciata di biondo e parlava italiano.
La chiamavano Flora. Io gettavo in quel mentre
sassi al disco dei treni. L'amica mi chiese
se sapevano a casa di quelle prodezze.
Io confuso. E la povera Flora mi prese con sé
perché andava – mi disse – a trovar mia sorella.
Era un gran pomeriggio dei primi d'estate
e per stare un po' all'ombra e arrivare piú presto
ci buttammo nei prati. Vicino a me Flora
mi chiedeva qualcosa che piú non ricordo.
Arrivammo a un ruscello ed io volli saltarlo:
finii mezzo nell'acqua, tra l'erba.
Dall'altra parte Flora rise forte,
poi si sedé e ordinò ch'io non guardassi.
Ero tutto agitato. Sentivo sciacquare
la corrente, sciacquare e mi volsi improvviso.
Svelta com'era e forte nel corpo nascosto,
la mia amica scendeva la riva, le gambe scoperte,
abbagliante. (Era ricca Flora e non lavorava).
Mi rimproverò un poco coprendosi subito,
ma ridemmo alla fine e le porsi la mano.
Per la via del ritorno ero troppo felice.
Ma quando fummo a casa, niente busse.

Come Flora, a ventine ce n'è ai miei paesi.
Sono il frutto piú sano di quelle colline,
i parenti arricchiti le fanno studiare
e qualcuna ha mietuto nei campi. Hanno volti sicuri
che ti guardano seri e son tanto golosi:
signorine si vestono come in città.
Hanno nomi fantastici presi nei libri,
Flora, Lidia, Cordelia ed i grappoli d'uva,
i filari dei pioppi, non sono piú belli.
Me ne immagino sempre qualcuna che dica:
Il mio sogno è di vivere fino a trent'anni
in una casa in cima a una collina
ben battuta dal vento e accudire soltanto
alle piante selvatiche spuntate lassú.
Sanno bene che cos'è la vita: alle scuole
passano in mezzo a tutte le miserie,

le bestialità aperte di piccoli bruti,
e sono sempre giovani. Da vecchie...
... ma non voglio pensarle da vecchie, per me
le avrò sempre negli occhi, le mie maestrine,
col bel parasolino, vestite di chiaro,
– la collina un po' scabra e bruciata, per sfondo –
il *mio* frutto, il piú buono, che ogni anno rinnova.

La zoppa

Un mattino tiepido di settembre Masin sbucò, da un sentiero, sulla strada di Alba. Era tutto sporco e strappato, specialmente la sua camicia nera scolorita.

Sullo stradale c'era un vecchio con una grossa barba sporca, che piluccava lentamente un grappolo d'uva. Masin si fermò lí a un muretto e gli chiese se aveva un po' di tabacco. Il mendicante senza rispondere si mise in tasca il grappolo non finito c poi cominciò a rovistare nel pastranaccio verde-bruno che lo copriva fino ai piedi.

Tirò finalmente fuori una pipa. – Il tabacco c'era ieri, – cominciò a dire con una voce acuta e annusò la pipa, – se volete sentire, giovanotto, il profumo è ancora buono.

Masin non rispose e chiese: – L'è ancôra lôntàn Alba?

– Secondo la salute, – continuò l'altro, – un'ora e mezzo o i tre quarti. Io attendo un carro e mi faccio portare in due ore e non fo la fatica.

Masin aveva fame. Non stava piú in piedi. Non disse nulla. Guardò la costa della collina da cui era sceso e si esaminò la mano destra. C'era sul dorso una scorticatura che dava ancor sangue. Cominciò a leccarsela.

– Non c'è lavoro, eh? – chiese a un tratto il mendicante.

Masin guardò tutt'intorno le colline con aria critica e disperata. – A sôn pais 'd le bale –. Poi tornò a guardarsi la mano. Aveva lí tutti i guadagni della Langa. Quel colpo battuto l'ultimo giorno nella bottega del lattoniere di Santo Stefano un mese prima, gli aveva lasciato il segno. Ma ieri sera s'era conclusa la faccenda. Aveva incontrato in una cascina di Barbaresco quel tal Talino colla sua chitarra. E s'eran presi e insultati e picchiati. I contadini del luogo avevano difeso Talino. Masin aveva menato un po' in giro i pugni come una furia, poi era stato gettato fuori sulla strada, colle ossa rotte. Ma soddisfatto. Talino era caduto al terzo colpo. E la chitarra era sfondata.

La scorticatura s'era riaperta nella lotta. Masin la considerava attento.

– Non è ancora la vendemmia, – disse a un tratto il mendicante, – e i carri non passano. Di qui c'è sempre molto traffico di navazze d'uva.

Masin non lo ascoltava. Aspettava soltanto Masin che passasse un'auto per farsi portare fino ad Alba. Pensò a un tratto che se restava lí col vecchio, nessun padrone si sarebbe fermato a raccoglierli. Come levarsela d'intorno quella piattola? L'altro sembrava pratico e si distese sul muretto sonnecchiando.

– Arvedse, – fece Masin e attaccò lo stradale.

Dopo un po' che camminava sotto il sole, tornò a sentir fame. Si guardò attorno. Piú avanti, c'era una vigna. Vi arrivò e fece per entrare. Un vecchio uscí dai filari e gli chiese che cosa cercava. Masin vide dei peschi. – Vôria ceuje 'd feuje 'd perse da fumè, – disse innocente. – Oh è gieugh, – strillò l'altro, – ciapè sa strâ e côre, plandròn –. Far forza non si poteva: scendeva un altro piú giovane dal sentiero della vigna. Masin non disse nulla, uscí e riprese a camminare.

Era ormai mattino alto. Qualche nuvola leggera ingombrava il cielo, ma l'aria era tiepida, matura. Masin cercò di fischiettare e non riuscí. Aveva ancora troppo nel sangue l'ira del giorno prima. Ma era andata come si deve, botte, denti, sangue. Se non glielo avessero cavato dai pugni, l'avrebbe strozzato. Pesce una volta, ma poi basta.

Lo stradale svoltava. Masin pensò: «ma non passa proprio nessuno?» e a un tratto vide a un cento metri innanzi una macchina ferma con intorno persone affaccendate.

L'istinto del collaudatore gli gridò nelle vene. Fece l'ultimo tratto quasi correndo.

Automobili cosí ne aveva toccate di rado. Era una macchina straniera dalla lunga carrozzeria, bella – pensò – quasi come i suoi scheletri di motore in collaudo.

S'avvicinò. C'era intorno un giovanotto sportivo tutto imbrattato, colla testa nel cofano. All'interno, sui cuscini, colla faccia spaventata, stava seduta una signora d'età, colla testa scoperta e vestita di chiaro, che aspettava. E a mezzo sportello una ragazza dall'aria seccata, che parlava alla signora e parve a Masin una bella ragazza. Ma non stette a pensare.

Girò avanti all'automobile e lesse *Chrysler*. La signora

diceva al giovanotto: – Vedi, Giulio, l'ho detto: se avessimo preso Enrico non ci sarebbe toccato di fermarci in quest'orribile luogo –. Perché orribile?

Masin stava per parlare all'uomo, quando gli venne da ghignare: s'era accorto di un mucchio di letame affiancato alla strada. La signora si faceva fresco con un fazzolettino.

Masin allora attaccò: – Ha bisogno d'un aiuto d'un meccanico, signore?

L'altro alzò la testa congestionato, guardò Masin in fretta e rispose: – No, grazie, – e tornò a pasticciare.

Le due donne osservarono Masin che ebbe paura per i suoi abiti frusti e la faccia affamata. Poi, la signora: – Giulio, lascia che ti aiutino: quest'uomo ne saprà certo piú di te –. Masin parlò non interrogato e disse: – Sono stato quattro anni collaudatore alla Fiat –. Giulio s'era alzato. – Non c'è proprio niente da fare, – disse, – dev'esserci una fuga di gas –. Masin tentò: – No, signore, non si ferma allora: ci è sempre la candela sporca in questi casi qui –. Saltò su la ragazza: – Se lo fa dir da tutti, Giulio, e lei se la prende colla fuga.

Masin si abbassò sul motore. – Lascia fare, Giulio, – insisté la signora severa e Giulio con un mezzo inchino si tirò da parte malcontento.

In un attimo Masin aveva veduto. Non era la candela, era il filo rotto. Ma tacque, non si rialzò, maneggiò i pezzi, prese un filo alla cieca tra gli strumenti sparsi sul predellino, picchiò, sveltissimo e tutto fu a posto. Rialzandosi disse: – Provi un po' il motore adesso –. Giulio era incredulo. Volle aiutare a chiudere il cofano e poi salí. La ragazza rimase a terra.

Masin guardava sicuro. Avrebbe dato chissà quanto pur di stringere lui il volante e sentirsi ronzar sotto i comandi.

Il motore rispose. Tutti diedero un grido di soddisfazione e Giulio si piegò sul sedile, coll'aria attenta di un corridore.

Masin s'accorse in quel momento che la ragazza zoppicava. Era un po' piccola, ma nervosa di corpo. Peccato, zoppicava. Una faccia chiusa, bella.

Giulio chiamava: – Signorina, salga che siamo in ritardo per il pranzo –. La ragazza aprí lo sportello svogliata. Giulio chiamò Masin e fece per tirar fuori il portamonete. Masin tentò il colpo.

– No, non voglio niente. Magari se sapesse un posto

da trovar lavoro. Magari da meccanico, lo faria volentieri.

– Presto, Giulio, – disse la signora, – andiamo via da questo luogo.

– Sí, – disse Giulio, – ma prenda qualcosa per l'aiuto –. E non tirò fuori niente.

La signora interloquí: – Digli che venga a Alba a cercare di te, ne parlerà con Bernardo. Va', Giulio.

Niente automobile. – Indirizzo di chi? – gridò Masin alla macchina che già muoveva e fissò la ragazza. – Conti Celano, – fu la risposta, strozzata dal motore e dal balzo. – ... Celano.

E Masin rimase solo sulla strada e senza un soldo.

Per farsi accettare dallo chauffeur di casa Celano Masin aveva dovuto rivelargli che era senza patente. Cosí lo chauffeur poteva star tranquillo che il meccanico non l'avrebbe in futuro soppiantato e avendo le spalle al caldo gli fece alcune confidenze sulla calma indispensabile a guidare, sulla vecchia scuola francese, sulla dignità di aprire lo sportello, arte ignota ai moderni volgari rompicollo e concluse aggiungendo che l'automobile era un salotto da governarsi colle cure di un domestico. Andasse quindi a pulire i vetri.

C'erano due automobili in rimessa, la Chrysler coperta da viaggio e una piccola 509 per l'economia della benzina. C'era attrezzi, fucine e un impianto per il rifornimento. A Masin diedero un toni e uno sgabuzzino dietro la rimessa. Quello era il suo regno e di lí non avrebbe dovuto uscire. Gli tornavano le macchine impolverate e roventi, ed era affar suo rimetterle all'ordine. Quasi mai Bernardo – lo chauffeur – era soddisfatto. Nel garage non si doveva fumare.

Passò una settimana e Masin fece conoscenza col Signor Conte. Venne questi insieme a un gruppo di visitatori – due signore variopinte, un giovanotto mezzo tisico e un ossuto capitano ch'era stato in Africa – a farsi bello degli impianti del garage.

A Masin che da tre ore s'annoiava gironzando lí intorno e non vedendo nessuno, non parve vero. Si precipitò alla porta e l'aprí mettendosi poi sull'attenti vicino alla Chrysler. L'ufficiale salutò. Il Signor Conte guardò sorpreso e soddisfatto. Avesse saputo che Masin stava strozzando nella mano una sigaretta!

– J'e-lô Bernard? – chiese.

– No, Signore, è fuori colla macchina, – scattò Masin, – ma è tutto in ordine.

I visitatori passarono oltre. Le signore si estasiarono alla veduta verde del giardino, che s'apriva dai finestrini, il giovanotto aprí l'indicatore dell'impianto e poi non seppe piú chiuderlo.

Il Signor Conte e il Capitano parlarono poco tra loro. Ma dicevano tutto oro.

– Son riuscito a eliminare coll'impianto anche quello spreco minimo di benzina dei bidoni, – osservò il Conte, un vecchiotto scarnito e giovanile che parlava meglio in dialetto e il capitano se ne accorse.

– A sôn 'd cose, – rispose asciutto.

Poi i visitatori se ne andarono e Masin seduto davanti al garage, li vide nel giardino col contino e la zoppa giocare a tennis. Era una cosa che lo incuriosiva il tennis, Masin. Mostrarsi tutti in bianco, su un rettangolo pulito a scambiare colpi netti, cacciando parole incomprensibili e strilli nervosi, gli pareva tutto ciò che sapessero fare quella gente. Quel diavolo di giovanotto mezzo tisico teneva l'anima coi denti e su quel campo diventava un altro – salti, colpi, comandi, era sempre in vista. La zoppa...

La zoppa faceva quel che poteva e giocava colle mani, ma era pietoso vederla arrancare per il campo a inseguire la palla.

Venne un giorno a sedersi su un tavolino in mezzo al giardino, coi capelli scuri in aria, tutta sudata e ansante dal gioco. Masin si fermò alla porta della rimessa per osservarla. Quella gli fece un segno. Mezzo stupito Masin guardò se era proprio lui.

– Avete un bicchier d'acqua?, – gridò la ragazza.

Masin si precipitò col secchio fresco, senza bicchiere e voleva andarlo a cercare, ma l'altra tagliò corto e bevette alle mani.

– Fumate? – chiese poi, vedendo la cicca.

Masin si nascose la faccia scherzando. – Vuole fumare, signorina? – rispose. E aggiunse: – Me le faccio da me, le sigarette.

– Un giorno o l'altro vengo a chiedervele, – canzonò l'altra e saltò giú dal tavolino.

Masin la guardò allontanarsi. Gli piaceva quella ragazza. Aveva un modo superiore di ubbidire al Signor Conte, che Masin dapprima non comprese, fin che non seppe il posto di lei in quella villa.

Glielo disse Bernardo: – La signorina è una maestra. È qui per preparare agli esami d'ottobre il fratellino del contino – Rodolfo. È una zucca Rodolfo, non ha la testa del Signor Conte –. Bernardo parlava sempre in italiano – per non perdere l'esercizio coi signori – che gli parlavano in dialetto.

Masin cominciò a pensarci intorno. Capiva adesso l'aria superiore della zoppa, era una che lavorava e che veniva su dal basso. L'idea gli era restata dai suoi studi alla scuola serale.

A questo punto cominciò a rimpiangere di non essere piú istruito. Avrebbe saputo cosa dire alla ragazza. E cosí si trovò a invidiare Giulio, che poteva averla sempre sottomano. «Maj pi, – pensò poi, – s'a l'è côme mi, j da 'n sle bale 'sti picieur». Ma le donne, chi può sapere.

Dal giorno dell'acqua la zoppa non aveva piú rivolto neppure un'occhiata a Masin e Masin ci pensava.

Una cosa li uní. Nella villa sovente si sentiva dal giardino suonare un grammofono. Quel che piacesse a Masin star lí tra l'erba ad ascoltare quella musica, non si dice. Per via del contino sportivo, quasi tutti i dischi eran di canzonette moderne e Masin le capiva e le seguiva. Tra le altre una – un tango – lo faceva godere e dopo due volte che l'ebbe sentito, lo sapeva già fischiare intero, con tutte le variazioni e gli strumenti.

Una volta che la zoppa e lo studente passarono lí davanti per andare al tavolo di studio, Masin dal garage fischiettava senza pensarci. E la zoppa si fermò e ascoltò attenta fino alla fine e Masin non ne avrebbe saputo nulla se Rodolfino non si fosse avvicinato cautamente alla finestretta scoppiando poi in una gran pernacchia e fuggendo. La zoppa gridò qualcosa al ragazzo. Alzando il capo Masin aveva veduto la zoppa colta in fallo fare un cenno distratto e poi andarsene in fretta.

Quella sera Masin in cucina s'informò, mangiando, di tutto quello che poté sul conto della zoppa, che pareva si chiamasse Roberta.

E seppe gran cose – segreti delle cameriere. Prima di tutto che Roberta e il contino si trovavano nel garage. – Cristô! Pa mai vistie! – gridò Masin –. Gran risata su tutta la tavola. – Apri l'occhio! – gridò il cuoco. E poi, che la zoppa beveva.

– Côme? – chiese Masin.

– Sí, beve, asciuga, schiarisce, – spiegò ancora il cuoco ammiccando al torinese. Una cameriera aveva ricevuto confidenze dalla zoppa, un momento che questa era sotto l'alcool. Roberta beveva per dimenticare. Liquori: di vino a tavola era astemia. Dimenticare che cosa? Che era zoppa e che era bella e che nessuno l'avrebbe mai sposata, ma che tutti la volevano. Per esempio...

Tutto questo aveva detto Roberta, da ubriaca.

E Masin continuava a pensare chissà quando s'eran visti nel garage.

Cominciò a vigilare. Evidentemente quando lui non c'era. E allora? Alle ore dei pasti senza dubbio. E mangiò in fretta e corse subito *al lavoro*. Per un po' non serví a nulla. Una sera...

Quella sera c'era ricevimento in villa. Masin pieno di voglie e di idee comuniste, osservava avidamente dal giardino le finestre illuminate, sentiva la musica, le esclamazioni, le risate. Molte donne aveva visto entrare, una piú elettrica dell'altra, e tutte sdegnose come se non cercassero un uomo anche loro. Masin aveva quasi dimenticato la zoppa e ascoltava incretinito un dialogo di una vecchia signora col capitano d'Africa, su un balcone.

– Sí, marchesa, la contessina è incinta e quel che è peggio il mio ufficiale soffre di una grave malattia venerea. Ma questo scandalo non macchierà l'esercito, stia certa, marchesa, – diceva il capitano.

– Quand'una è figlia d'una crinaccia come sua madre, presto o tardi si rivela, – diceva la vecchia.

– Che vuole, marchesa, quand'uno ha la disgrazia di piacere alle donne...

A questo punto Masin piegandosi dalla sorpresa vide un'ombra nel giardino. Subito dimenticò il balcone. E gli parve di accorgersi che quell'ombra zoppicava. Corse allora tra gli alberi e attese un momento. Non sentí nulla. Si avvicinò alla finestretta del garage tenendo il fiato.

Il garage era buio. Ma sentí voci soffocate e, piú che voci, stropiccii. Sentí un gran schiocco di un elastico.

La rabbia gli diede alla testa. Che andasse a divertirsi colle sue donne, quel pistino. Ma riuscí a trattenersi. Fece solo qualche passo indietro e cominciò a fischiettare. Poi andò al garage, spalancò la porta, sempre fischiando, e tornò a allontanarsi. Attese tra gli alberi.

Dopo un po' vide uscire un uomo, il contino, che prese in fretta un sentiero e sparí. «Vigliach!, – pensò Masin, – a scapa 'l prim». Poi, dopo una certa pausa si affacciò la donna. Nel buio Masin la vide avvicinarsi. Gli fu accanto.

Allora Masin si alzò nel buio, fece «sst» dolcemente per non spaventarla e le prese una mano. La donna si fermò e si dibatté senza parlare. Masin la cinse ai fianchi, se la premé al corpo, la baciò. Con energia. La donna non protestò piú. Gli mise lei la lingua in bocca.

Poi si staccarono. La donna fuggí. E Masin restò di nuovo istupidito. Non zoppicava, non era Roberta.

Di Roberta Masin ebbe notizie il giorno dopo. Era stata trovata al mattino ubriaca sconcia nella sua camera, mezzo vestita da sera, colle bottiglie di whisky nella valigia spalancata.

Il Signor Conte aveva fatto presto. – Finisca di chiudere la valigia e prenda il treno. Certe lande in casa mia non le voglio.

Roberta aveva fatto le valige. Cogli occhi impastati, il corpo fluttuante, aveva girato per la camera e detto addio alle cameriere. Poi scese nel giardino. Bernardo era via. Il contino volle esser cavaliere e si offrí di pilotare la Fiat fino alla stazione. La Contessa non volle. Condusse tutti dall'altra parte della casa e lasciò Roberta a sbrigarsela con Masin.

Masin tirò fuori la Fiat e fece salire la zoppa. Poi se la mise vicino al volante e filò verso la stazione. A metà strada disse: – Tota, son villani in quella casa, non bisogna pigliarsela.

Roberta alzò la faccia che teneva piegata a guardare fisso il radiatore e fissò gli occhi su Masin.

Masin continuò:

– Io sono trattato nella stessa maniera.

Roberta non disse nulla. Alzò le spalle e tornò a guardare la strada. Masin fischiettò. Roberta non si mosse.

A poca distanza c'era la stazione. Masin vide ch'era la fine. E gettò un braccio intorno alla ragazza, facendo per baciarla.

L'altra disse: – Seccante, via!, – e lo ributtò indietro. Aveva una voce dura. Poi: – Fermate, vado sola, – e Masin dové fermare. Cercò di guardare con baldanza quella faccia, sbattuta ancora dalla notte, ma non riuscí. Dové porgerle la valigia, voltando gli occhi.

– Buon viaggio, – disse.

Silenzio.

Arcadia

Questa è una storia dei primi tempi quando Masino non aveva ancora acquistato quella stabilità virile che gli permise in seguito di fare qualunque sciocchezza con ponderatezza e buon umore.

Masino universitario amava molto il cinematografo, ma aveva i suoi gusti. Erano gli ultimi tempi quelli, del film muto e la stabilità virile che ancora mancava al giovincello era supplita da un sodo senso contemplativo, per cui un pomeriggio passato in un cinemino di mezza barriera tra operai e gente spicciola, sotto un piccolo telone traballante come il piano che l'accompagnava pareva allo studente l'ottimo dei pomeriggi.

Una vita dannata lo studente. Tutto il giorno a far flanella fumacchiando e pensando cosa fare il giorno dopo. Seccantissimi gli amici, eppure l'unica salvezza metter su una serata, un'impresa qualunque, insieme a loro. Sotto tutto, la speranza di un amore per impiegar la giornata. Masino in quei tempi invidiava gli operai, si vergognava di essere al mondo. In tutto quel ludibrio spirituale, venivan su gusti perversi. Per un mese di seguito, la mania di lasciar la propria classe e di cantar nei varietà. Altre volte, un'ossessione di imbarcarsi senza un soldo e girare tutto il mondo lavorando, faticando in qualche modo, pur di vivere. Meno male che la stessa fiacchezza che produce queste voglie, taglia i nervi per attuarle.

Masino si salvava al cinema. Questo è stato per la nostra giovinezza una gran manna. Le settimane interminabili venivan cosí rotte in tante ore trascorse in un mondo ormai famigliare, eppure sempre affascinante.

A Masino piacevano i filmetti d'America. C'era anche, innanzi a questi, l'orgoglio di scoprir sempre qualcosa, di vivere in un mondo nuovo. Questi film sono fatti apposta per i locali di barriera. Masino usciva al pomeriggio, camminava per vie interminabili, oltre i corsi, oltre le grandi vie del centro, fino a Dora, fino alle regioni dei prati, tra le case operaie, dove tutto è recente e in costruzione – grandi case nel cielo coi fianchi lisci, tagliati, pronti a riceverne altre, all'infinito – respirava quell'aria piú aperta, piú frizzante, guardava i negozietti lucidi, provinciali e immaginava di vivere quella vita, di soffrire quel lavoro – le fabbriche, le acque luride, le erbe bruciacchiate, l'orizzonte.

I film americani. Costava poco entrare in quei cinemi e si vedevano le cose piú belle. Buck Jones, Giorgio O'Brien, Olive Bordeu, Sue Carol – il mare, il Pacifico, le foreste, le navi. Ma soprattutto le cittadine dell'America, quelle case nitide in mezzo alle campagne, quella vita schietta e elementare. Tutto era bello. Gli uomini, individui sicuri, forti, con un sorriso tra i denti, pugni sodi ed occhio aperto. Le ragazze, sempre le stesse dai villaggi alle metropoli, corpo chiaro, volto allegro, sereno, anche in mezzo alle sventure. Si usciva leggeri da quei film. Nel centro dicevano che eran cose banali senz'effetto e senza vita, ma a Masino pareva proprio d'imparare a vivere assistendo a quelle scene.

Il pubblico anche, piaceva a Masino. Se si passava sopra alla puzza e alle pulci – pregiudizi – quelli avevan tutta l'aria di gente piú seria e degna del mondo. E poi, lavoravano quelli, spaventosamente, e Masino s'esaltava, si vergognava, perché lui come ho detto era uno studente che faceva flanella tutto il giorno.

Una sera Milone gli scoprí l'America. – Mi piacerebbe conoscere quelli che parlano il gergo, – aveva detto per caso Masino al vecchio amico studente e quello: – Mach lon? Conducoti quando desideri.

Milone era figlio di un banchiere fallito ch'era stato in galera; di qui le sue conoscenze e la sua massima: – Tuti j'omni decis van finí 'n drinta. Mi sôn già bele decis. Basta fè gnente –. La quale massima Milone applicava scrupolosamente, e in attesa delle manette studiava spiritismo e astronomia, portandosi in casa facce che, dal tempo del processo paterno, i famigliari non avevano piú visto le compagne. Dai poliziotti ai pregiudicati, Milone conosceva tutti, se li teneva tutti buoni. – Tant 'n dí o l'aôtr 'ndôma a la sôsta 'nsema –. Gli piaceva ubriacarli i poliziotti al giovanotto e poi ragionarli dimostrandogli che erano schiavi di un ordinamento morale iniquo: cercassero di rinascere alla luce. E quelli, attoniti, dicevano di sí.

Masino seguí Milone in una tampa dignitosa in fondo a un corso. Era la fine di marzo e faceva bello camminare nella penombra tra i radissimi lampioni. C'era sempre l'odor d'asfalto tra le piante e il centro di Torino arrossava il cielo in distanza. Di lí s'udiva appena qualche trabalzo di tram.

Milone salutò un giovanotto sull'orlo di un prato. – A j'è Môschin?

Entrati nella tampa trovarono Môschin colla chitarra al collo, un gran maglione da ciclista e due ragazze al tavolo.

Milone cercò altri cogli occhi, vide vuoto e disse: – A j'è si 'n sociô ch'a rasôña côme mi –. Una delle ragazze guardò un poco di striscio Masino che si era messo il cappello per traverso, poi parlò con Milone ridendo. L'altra continuava a tormentare le corde della chitarra del ciclista e non diceva nulla.

– N'a sônôma 'n toch stasseira? – chiese Milone a Môschin. – Aj veul Rôssòt, – disse una ragazza. – Rôssòt a ven, – finí Milone. – Daje mi 'n côlp 'd fil.

– Pastura, Masino, – disse poi rivolgendosi all'ospite, – c'è la signorina che vuole stringerti la mano –. E Masino imbarazzato, dopo una pausa di disinvoltura: – Canta anche chila, tota?

– Greta, Greta, – interruppe Milone strisciando l'erre. – La tota risponde al nome di Greta ovvero la Vergine Folle.

Masino sorrise. Davvero quella femmina aveva una faccia patita e un tantino fatale. La giudicò un'operaia.

– Aj pias 'l ciñe antlôra? – continuò.

– Hachè. L'è Milô ch'a me sgônfia. Greta 'm pias prope gnente.

– L'è 'ne student côme Milô chiel? – entrò a chiedere la seconda, una faccia impertinente e bocca rossa.

Môschin intanto parlava a Milone: – Côla piciôrla 'd San Pè, l'ha trôvà da môdista. – Bel, – annuí Milone e – ... spetômne 'n toch a beivne 'n bichio?

Venne il bicchio ed anche le ragazze sorseggiarono. Masino non sapeva cosa dire. – Parej, aj pias nen Greta? – ripeté alla ragazza. – Ma l'è prope so seugn? – tagliò quella. – Mi m 'pias 'd pí Maria Jacobini.

Parlarono un poco di cinematografo e Masino scoprí che

le perle per quella gente erano i film storici, e in genere quelli europei di gran vita, di corse, di castelli, insopportabili a lui. Tom Mix le ragazze lo trovavano sgalfo.

Môschin intanto parlava serio a Milone della tensione di una corda nella frôja, e s'aiutava con pizzicate scientifiche. – Sent son, Milôn, – diceva colla serietà di un maestro da ballo e muoveva le dita in accordi pazzeschi. Milone ascoltava furbesco e scuoteva il capo.

– Cantômne 'n toch, Môschin, – disse la seconda purilla staccandosi dai discorsi di Masino. Dopo un attimo la stanza bassa rintronava d'un gran coro:

Laggiú nell'Arizona...

Le due ragazze cantavano. Milone faceva il baritono. Verso la fine una voce squillante s'uní alla massa. Masino si volse e vide un biondo ossuto, alto, che appoggiato alla porta, colla mano alla guancia accompagnava.

– Rôssòt, – la ragazza impertinente gli gridò allegra. La chitarra si fermò. Môschin sorseggiò guardando Masino. Gli altri erano corsi tutti alla porta a festeggiare.

– 'Na beivlô de stôrnej? – chiese Môschin alla tavola vuota. Masino rimase interdetto poi rispose qualcosa.

– Sa côst?, – disse l'altro e s'accompagnò:

La vita è fatta a chiodo,
tu ci hai l'amante bella, io te la godo.

Masino sorrise: – Mi j l'aj 'na vôs da can.

Fiôrin daffiore...

continuò il ciclista senza ascoltare, quando intervenne Milone: – Bôgiôma le bije? Suvômne ancôra 'n bichio e peuj 'ndôma per i pra. J fôma sente queicos sí a me amis –. Venne il biondo e si presentò: – Rossotto.

– Chiel a l'è Masino, – disse Milone, – aj pias sente sônè.

. . . .

Nei prati Masino era ancora imbarazzato. Si sedettero sull'erba – la Greta accanto a lui – e guardavano il cielo.

Rôssòt gli aveva detto qualcosa in italiano e Milone aveva interrotto: – Peule parleje a la vigliaca ti, l'è pa 'n terôn me amis.

Faceva freschetto e Masino non osava farlo notare. Môschin senza dir nulla stava accordando lo strumento. – Taca sta frôja, – sbottò uno. Qualche nota agile di preludio e tutti tacquero. Una pausa. Poi Rôssòt:

Mamma, lu commissario de Trastevere...

Un'aria lamentosa. Rôssòt cantava colla mano alla guancia.

... s'è messo 'n testa de
mandarme via,
mandarme a l'isuletta 'n mezzo al mare
che ha nome la
Pantelleria.

Milone toccò Masino e sottovoce: – Sent sôssí, l'è nen mej che la diviña cômedia?

... Mamma vallu a pregare,
pregalu a mani giunte...

Masino disse in fretta: – Fa freid sí –. A un tratto incontrò colla sua mano quella di Greta. Si ritrasse di scatto intimidito.

... fallu per papà mortu
ed io te giuro...
. . . .
Mamma li bullo canteno
canteno li stornelli e' malavita...

Le ragazze e Milone levarono un gran coro cacofonico, gli stornelli dei bulli.

L'ultimo strappo della chitarra trovò Masino che pensava alla miseria di quell'operaia.

La canzone l'aveva agitato. Quella voce un po' rauca e le calze bucate sulla magrezza delle gambe.

– Fanta, mi 'm fà piôrè, – diceva Milone; e Masino a Rôssòt: – 'Na san gnuñe 'n piemônteis?

– Côsta? – canterellò Môschin accompagnandosi:

... E madamiña dal prim pian
ciapa le ciimess côn le man
mentre chiel da 'n tel côrtil
j pianta 'd côlp côn el fusil...

Milone ghignava: – Nen fanta, Masin? – Ostia – fece l'altro tutto sbarazzino, – pajèj. Ch'a tôrna a deje për piasí.

Ma in quel momento si levò dalla strada un canto d'ubriaco. Si vedeva un uomo camminare traballando. Rôssòt e Milone gli gridarono il silenzio. L'altro continuava. I due andarono allora per levarlo dai piedi. Anche Môschin si alzò e si avvicinò alla ragazza impertinente, parlottando.

Masino pensava: «Domani ho un bel catarro» e tornò a incontrare la mano di Greta. Volle ritrarsi. Ma quella, afferrandogli il polso, – ch'a staga ferm 'na volta, – gli soffiò in un orecchio.

Passò un mese e già all'odore d'asfalto s'era unito l'odor di terra e di vento. E Masino incontrava Greta prima di entrare alla tampa.

Dalla prima sera Masino aveva fatto tutto quello che aveva saputo. La coscienza gli era testimonio che lui non aveva cercata la ragazza. Ancor adesso, levandosi da un prato o stringendosi negli angoli, Masino provava per lei una pietosa tenerezza quasi assurda.

La conosceva bene ormai. Era il suo primo amore carnale e quel lungo corpo ossuto significava per lui, pur mettendogli ogni volta una voglia disperata di troncar tutto, un mondo nuovo. Era un poco taciturna, un poco gaia – di una gaiezza grossolana, rauca – e quell'aria cosí misteriosa che le aveva meritato il soprannome non era che una maschera vuota.

Masino ne adorava, e insieme sopportava, l'aria stracca, la miseria, l'ignoranza. Una sera tornando a casa aveva mezzo pianto a ripensare a una borsetta sgualcita e sfilacciata dove Greta teneva uno specchietto e un fazzoletto sporco di rosso.

Una sera si trovarono fuori della tampa al riparo di una casa, e Masino aveva un pacco. Sentiva avvicinarsi una fine, Masino, e una grande insofferenza lo tormentava. Greta docile diceva nulla e gli camminava al fianco. Masino non sapeva come cominciare. Poi si decise:

– A j'è 'n pachèt sí për ti, – e con allegria, – da buteje tuti to sold.

Greta prese il pacco, lo disfece e trovò una borsetta lucida, nuova. Masino aveva creduto, per incontrare il gusto della ragazza, di esagerare nei colori: era a scacchi rossi e neri, micidiali.

Greta guardò Masino. Aprí la borsetta, ci trovò tutti gli

amminicoli. Si strinse al braccio di Masino. Gli sfregò la guancia sulla spalla.

– Grassie, Masin, franch bel.

Masino non aveva piú niente da dire. E sarebbe rientrato volentieri nella tampa dove c'era Milone e Rôssòt e gli altri.

Greta lo accarezzava. Lui rese le carezze. Poi si diedero baci. Poi Masino tentò di dirigersi alla tampa.

Greta lo seguí, ma stringendogli la mano e – si sentiva – a malincuore, convinta di una freddezza nell'amico. Entrando, gli disse: – 'M pias, tôa bôrssetta, Masin, ma 't veule pa deme 'l gir côn lon?

. . . .

Nel locale fumoso della tampa c'era Milone e un tipo pallido mezzo tisico con una sciarpa al collo, che bevevano a un tavolo. Môschin in un angolo pasticciava sulle corde.

Milone parlava con una grande eloquenza, rivolgendosi allo sconosciuto, alla bottiglia e al fumo. Masino e Greta si sedettero ad ascoltare. Diceva Milone:

– 'T vas an 'tn ôspidal andôa a j'è pi 'd miserie, andôa 'l Padre Eterno aj fa pi grosse e 't sente ch'a l'è lí ch'ass prega 'd pi côl pôrssel ch'a l'an 'nventà j preive.

Lo sconosciuto annuiva: – 'T fan bignola li 'ndrinta. Ma côl ch'a l'ha nen 'l sold, sta mal istess.

Milone doveva aver bevuto molto, ma era sempre piú lui: – Dis, Masin, spieghie ti che 'tl'as studià, – aveva studiato anche lui, ma aveva il cuore largo Milone, – ti che 'tl'as studià, spieghie ti a Greta côme l'è fait 'l mond, cosa sôma 'ntë sta vita, spieghie ti mia bibia.

La Bibbia di Milone erano le opere di Flammarion e di Schuré.

Greta fissava Milone. Lo sconosciuto era tutt'orecchi. Môschin si alzò dall'angolo e venne anche lui al tavolo. Milone parlava ora delle stelle.

– J lô seve che la tera l'è 'n átomo 'ntë 'l ciel, che tute le steile sôn pieñe 'd gent, ch'a jè magara 'd linge côme nôj, queich part, che a traôndô e a parlô côme nôj, stasseira?

Masino pensò che era rischioso parlare di linge in mezzo al covo, ma nessuno batté ciglio. Greta gli prese la mano.

– Ti j sas anche ti 'ste cose, oh pacioccante Masino, – proseguí l'oratore, – e perchè ti j dise nen, perchè te spieghe nen a tuti che j preive a sôn 'd carogne, che l'universo a l'è immenso e l'anima immortale côme forssa psichica?

Qui bevvero. Lo sconosciuto osservò che non credeva che l'anima fosse a quel modo e che «na volta partí, 's tôrna pí nen». E Môschin tutto truce: – L'è bel, bel, avej studià.

E Milone: – Ma cosa 't na sas ti 'd l'anima? J sôn 'd forsse che 't l'as maj imaginà 'n torna 'd nôj, tut el mônd l'è 'n camp 'd forsse ch'as picô... – e continuava.

Masino era tutto perso nello stupore per quella gente ignorante, che pendevano a quelle parole. Si ricordò a un tratto che aveva vicino una donna, Greta. Non si comprese piú. Si vergognò di maltrattarla. Ma non riusciva a credere a quel mondo.

– Certô, l'è 'n bel tirinbalin, – commentò Môschin quando Milone ebbe data una pazzesca idea dell'intero sistema planetario e delle nebulose e dei mondi e di tutta la vita. Anche il padrone della tampa era venuto a sentire.

E Masino si vergognò allora di pensare all'ingenuità di Milone.

Poi venne Rôssòt: la serata finí in cori disperati che asciugarono molti litri. Masino avrebbe dato chissà quanto per non essere studente. E andando a casa ben carico non riusciva a cavarsi di testa una strofa, composta naturalmente da una teppa:

La rôndine straniera fa ritôrnô
al vecchio campanile
quando s'allunga il giôrnô
quando ritorna aprile.

Qualche giorno piú tardi Masino ricevette una telefonata. Una voce grossa, angosciata.

– Sei tu, Masino? – Pronto. – Proprio tu? – Chi parla? – Milô... Sta atent... Non andar piú alla Sereña... a j'è la vola ch'at grôpa...

– Cosa?... la polizia? – Sí, hanno fatto la retata. È andato dentro Môschin, Leta e Rôssòt. Mi l'à telefôname Rôssòt, prima ch'a lô pieissô...

– Côme l'è stait?... – chiese Masino ansioso senza ricordarsi di Greta.

– Oh 'd bale. Jer seira l'an angiacà 'n morô, 'n milite ch'a fasia l'erlô. Sôn dasse del cômunista. L'an pôrtaje 'n fritura ch'a sbaratavô... Lí 'l'è peuj saôtaje fora 'na carogna ch'a l'ha sôffià 'd Môschin... côla côtlà 'd l'aôtr an, beivume?

– Sí, sí.

– E bin adess j piantràn 'n procèss. Ah, j'è anche Greta ch'aj va 'd mes...

– Istô... Sent; trôvômse te 'm cônte.

– Macché... 'L ferino genitore l'a ciavame 'n te ca për nen chi côra a ficheme 'ndrinta... për nen chi disônôra la famija... Sí a j'è anche Greta. A n'avrà për queich an...

Quel giorno Masino tornò a sentire come una coltellata la pietà per le povere calze rotte. Una pietà angosciosa da mordersi i pugni. E Môschin – un assassino – e Rôssòt – cosa avrebbe fatto Rôssòt?

Spavento, la vita. Si vide Greta piú torva che mai, vestita a casaccio, comandata seccamente, in mezzo a una folla anonima. Risentí quel riso rauco e gli parve un sorriso infantile, di fronte all'avvenire. Provò a canterellare.

E la rondine straniera...

Ma fu una cosa morta. Gironzolò a lungo per le stanze irrequieto. Per far qualcosa strinse un elefantino sul caminetto e lo scagliò a terra. Non si ruppe. Lo schiacciò allora col piede.

Tutto a un tratto si scoprí in cuore un pensiero: era abituata Greta alle fecce dell'esistenza. Era forte, quasi insensibile. E provò persino un po' di soddisfazione di esserle stato amante e di averla finita. Veniva cosí ad essere quasi orgoglioso di conoscere quella ragazza. E naturalmente a questo punto si mordeva le mani.

Il Blues dei blues

Non c'è nulla di male a portare una bimba
nella propria stanza a sentire un gramofono.
Ma veniva il momento che i dischi morivano
soli e nessuno di noi due li ascoltava.
Si capisce – eravamo piú giovani ancora di loro
e quelle arie, quei suoni cantavano forte la vita.

Il male cominciò con me seduto
sul sofà e la ragazza che canterellando scendeva
a rimettere un disco dei soliti – un blues.
Erano cose gaie d'America, anche i blues
ma sentirli ripetere – sempre gli stessi –
e vederli ripetere, sempre, dalla medesima mano.

Ora – parlo soltanto di ieri – ma il giorno è venuto
che darei, darei tanto per tornare a vedere
la ragazza salirsene canterellando da me
e rimettere il disco d'un tempo – anche un blues.

Masino padre

Masino, nei giorni che gironzava per gli uffici del suo giornale, capitava ogni tanto a scambiar due battute con una stenodattilografa, sua brava collega. Era una donna piuttosto angolosa, non brutta, ma la faccia non l'aveva piú molto giovane.

Una volta a mezzogiorno che si stavano salutando sullo scalone, la collega guardò nella via e alzò la mano chiamando. – Là c'è mia sorella –. Masino volle andarsene, ma non fece a tempo. Li raggiunse una signorinetta ben formata, vestita svelta di bei colori e che non lo degnò di uno sguardo.

Di botto Masino la riconobbe. Era una sua antica avventura di cinematografo. Lei ed una signora anziana che parlavano insieme in dialetto e s'interessavano esageratamente al film. Masino s'era appoggiato a quella spalla per scioperataggine, l'altra non aveva fatto un gesto – eccitazione del giovane – le dita s'erano strette – una certa passività da parte della ragazza – e a un bel momento Masino s'era trovato con una mano, scomodissimo, sul seno della bella. Poi la luce s'era accesa – sguardi distratti – e tutto a un tratto le due se n'erano andate.

Proprio lei. La collega si volse e presentò: – Mia sorella Clara. Il signor Masino... Ferrero.

Masino fu lí per dire che si conoscevano già, ma si trattenne. La bella lo guardava con due occhi scontrosi. La mano era fresca e cedevole.

La collega disse qualcosa. – Clara fa la signora e ogni tanto si degna di venirmi a prendere. Però, non dovrei dirlo, ma lei lavora in casa. Vero, Clara? – con un'aria maliziosa.

Clara fece un sorrisetto seccato: – Andiamo?

Masino fu sollevato. – Buon giorno allora, – buttò lí risoluto.

– Uh che fretta. Arrivederci Masino e venga qualche volta a trovarci. Le diamo una tazza di tè –. E si allontanarono tra la folla parlottando. Masino, seguendo cogli occhi l'avventura, risentí nelle vene la tentazione del cinematografo.

Andò a prendere il tè. All'entrata gli venne aprire Clara. Era ben educato Masino. Strinse soltanto, con insistenza, la mano alla ragazza guardandola fisso. L'altra disse con una voce limpida: – Ernesta viene subito: dà la pappa a Carluccio.

Entrarono in un salottino tutto leggero, arredato di mobili chiari, col consueto sofà-letto variopinto.

– C'è anche un bambino? – chiese Masino dopo un po' d'imbarazzo.

– È nostro fratello, tanto che creda, – sorrise il capo di Ernesta, dietro a una portiera. – Sempre gentile lei.

– Qui anche i muri hanno orecchie, – seguitò Masino. – Stanno cosí da sole? – chiese poi serio, rivolto a Clara.

– Da quando è morta la mamma, cosa vuole? – fece la ragazza. Ci guadagnamo la vita. Benché Ernesta dice ch'io non voglio che si sappia. Creda, è difficile con un bambino da tirar su. Facciamo tutte e due la nostra parte.

Masino si sorprese ad osservare l'abito rosso attillato che la bella indossava. Era davvero gioioso quel corpo un po' acerbo. Considerato poi come già proprio! L'aveva appena sentita la spiegazione di Clara, e tornò a sé quasi di soprassalto. – E il papà? non conosco il loro papà.

Neanche il papà. Era morto tubercolotico di guerra.

– Lei crede, – disse Ernesta che entrava asciugandosi le mani, – che tutti facciano la sua vita beata... Fumare e venire all'ufficio quando se ne ricorda? Pensi a noi, povere diavole: io arrivo alle volte a casa alle otto e debbo ancora ripulire e mettere a letto il bambino...

– Ma non c'è la signorina Clara... – un sorriso – ... per questo? – interpose Masino. Clara s'agitò sul sofà. Ernesta fu evangelica. – Clara lavora anche lei, come può, ma non può badare a tutto.

Qui la bella protestò. – No, no, qualche volta tocca a me, eppure lascio tutto da fare per Ernesta, quando torna stracca morta.

«È anche buona», pensò tra sé Masino. Gli piaceva, gli piaceva.

– Vogliono fumare? – chiese poi, estraendo una marca di sigarette fiammante, comprata per l'occasione.

– Oh che riccone lei. Io non fumo, – disse Ernesta. Ma Clara fumava. E prese la sigaretta con una disinvoltura che rapí Masino.

Quando furono serviti, Masino chiese, piú a suo agio: – Come va che lei Ernesta non fuma? Non è la piú moderna lei, che lavora fuori casa?

La questione era d'importanza sociologica ed Ernesta aveva delle vedute in proposito. Disse ridendo un po' a scatti: – Io moderna? Avessi almeno tempo a pensarci. Stia sicuro Masino che le donne che fanno le moderne sono quelle che non fanno nient'altro e trovano quella scusa. Chi lavora sul serio non è né moderno né antico, è un povero diavolo.

Difatti Clara saltò su un po' esitante: – Ha letto, signor Masino, quel libro francese tanto famoso *La Garçonne*? – arrossí un po', – dicono che è molto spinto, ma io non ho trovato.

Masino l'aveva letto e pensava anche che fosse un po' vecchiotto.

– Bene, quella Monica non è un tipo moderno, quella? Lavora da sé, si rifà la vita, è libera – non crede?

A Masino piacque una sola cosa nel discorso. Che se Clara aveva letto *La Garçonne* non doveva esser difficile amarla. Tanto piú che al cinematografo...

Clara era veramente invitante, distesa sul sofà. Ernesta disse: – Su Clara, cosa sembri? – Ma la bella sorrise, levando la sigaretta: – Esser sole e lavorare in qualcosa d'artistico, come Monica, dev'esser bello.

– Piú sole di cosí, – commentò Ernesta. – E c'è Carluccio che è artistico. Di notte alle volte pianta certi strilli che pare la radio.

Ma Masino per i suoi scopi preferí allora Clara.

– Prende il tè, Masino? – disse Ernesta. Masino ebbe una battuta: – Se proprio è necessario! Ma vorrei veder sua sorella prepararlo. Fa tutto lei Ernesta.

Clara scattò in piedi. – Cosa crede? Che non sappia fare il tè. Vedrà subito –. E uscí dal salotto energica. – Speriamo che vada bene, – commentò Ernesta. Poi: – Ma mi dica, Masino, che cosa fa di bello, adesso? Non posso credere che lei vada sempre in giro a perdere il tempo. È un tipo sornione lei. Che cosa fa?

– Che cosa vuol che faccia? Sbrigo il mio giornale e poi vado a casa alle ore piú piccole che posso. Non sempre bene in gambe.

Clara passò davanti alla portiera ascoltando.

– Ecco che esagera, – disse Ernesta. – Io lo credo troppo intelligente, per far soltanto questo.

L'antichissima storia. Ma valeva la pena di insistere, per Clara.

– Le assicuro che sono un libertino. Bevo e fumo e litigo, se posso. Dell'altro non si parla –. E difatti, se non tutto, di vero qualcosa c'era.

Rientrò Clara. – Dove hai messo le tazzine? – e diede un'occhiata a Masino. – Ah, sono là? A immischiarsi in due della casa, si fa meno che uno solo –. Tornò in cucina.

– Com'è la signorina Clara col bambino? – chiese improvvisamente l'ospite, con un tono impersonale e d'importanza.

– Che domande curiose. Come vuole che sia? Lo maneggia come può. Ha tre anni. Parla già e gioca. Un altro giorno che non dorma, glielo presentiamo. Ora sarebbe un peccato svegliarlo.

– Sicuro, – annuí Masino austero e accese un'altra sigaretta.

Arrivò il tè. Clara dispose le tazzine e cominciò a versare. E dalla teiera uscí uno zampillo limpidissimo. – Cosa c'è? – Ernesta s'avvicinò. C'era che la bella aveva dimenticato di mettere il tè nell'acqua.

Risero tutti con varia cordialità e Clara disse qualcosa di brusco sottovoce a Ernesta.

Poi tornò a stendersi sul sofà.

Masino era irritatissimo. Era ormai diventato di casa, ma niente Clara. Una volta sola ch'era venuto apposta nel pomeriggio e non c'era Ernesta, era riuscito a stringersi la mammina e a tentar di baciarla con un'aria un po' ironica, ma l'altra s'era divincolata ed aveva fatto la nuova. – Stia bravo, signor Masino. Qui i muri hanno orecchie e occhi – Come fare a ricordarle il cinema? Non c'era buon gusto.

Aveva tentato di ricondurre Clara al buio – c'era anche Ernesta però – e la sola cosa possibile era stato di stringerle la mano per tutto il tempo. Di piú, niente.

Ormai Masino provvedeva le sigarette – di lusso – e basta.

Discorsi se n'eran fatti tanti. Col bambino tra le gambe Masino era già persino riuscito a premettere l'osservazione che riteneva indispensabile con tutte le donne di sua conoscenza: – Se non fossi un tipo errante, innamorato della libertà come della vita, che non riesco a fermarmi in niente, pensi che bello Clara avere un ragazzino cosí in una casetta, da soli.

– Tanto carino, – aveva sorriso Clara e prendendolo in parola aveva cominciato a lasciarlo solo col bambino.

Masino non poteva entrare in cucina. Clara stava di là lavorando, pareva che stirasse o cucisse, va a sapere, e l'ospite nel salotto le parlava ad alta voce, giocherellando con Carluccio.

Era un bel bambolino Carluccio, che Clara nei momenti di tenerezza chiamava Uccio o anche baby. Poiché la perfida aveva un modo di far tenerezze al fratellino, con presente Masino, davvero immorali. Se lo stringeva al grembo, lo baciava, lo lisciava, gli toglieva le mutandine, lo gettava in aria, sempre con un sorrisetto, con piccoli gemiti che rimescolavano il sangue al giovanotto.

Carluccio rifuggiva volentieri da quelle furie buttandosi tra le ginocchia dell'ospite e costringendolo a fare estenuanti discorsi infantili che consumavano il tempo in una seccante inazione.

Quando c'era Ernesta poi, Clara diventava la ribelle, e fumava chiacchierando ed al bambino non pensava piú. Diventava cattiva. Una volta gli tirò un ceffone perché quello voleva toccare la sigaretta, un'altra scappò in cucina perché Ernesta ne prese le difese.

Era una gran commedia Carluccio. Serviva da valvola alla casa e, tra Ernesta occupata d'altro e Clara lunatica, riceveva un'educazione davvero fanta.

Masino cui la dignità vietava di trar sospiri, si sfogò a studiarlo osservando l'ambiente, e ogni tanto tentava sermoni. Una volta ne parlò persino con Ernesta al giornale.

– È sbagliato il sistema, – canterellò. – C'è troppo l'abitudine di tirar su i bambini seccandoli colla pretesa che si fa loro del bene. Di sotto, poi, tutti i rimproveri e i castighi son soltanto uno sfogo isterico o una protezione del comodo proprio. Il bambino non mangia i cavoli? botte perché impari e non abbia a trovarsi male nella vita, ma la verità è che a una quantità di parenti non piacciono i cavoli e mangiano costolette. Il bambino gioca e fa fracasso? schiaffi perché impari l'educazione e il rispetto degli altri, ma la verità è che il fracasso in quel momento ci disturba o dà sui nervi. Il bambino sbatte le labbra mangiando? botte...

– Va bene, ma, – chiese una volta Ernesta che prendevano il tè nel salottino e avevan litigato sopra una brutta parola piemontese di Carluccio, – ... che cosa si deve fare ai bambini allora? bisogna ben educarli.

– Non rompergli le tasche, – scattò Masino. – Non pretendere che adottino un mucchio di regole che sono sciocchezze. E soprattutto non pretendere di *far loro del bene*, quando le correzioni nascono solo dal nostro capriccio o dai nostri nervi. Dir loro chiaro: te le do perché mi secchi, e a me piace star tranquillo. Sai regolarti. Tutte queste cose non voglio che tu le faccia. Qui comando io e non rompere... Un ceffone se trasgrediscono e basta. Sempre amici. Non perseguitarli colle nostre sciocche idee che poi tanto, una volta cresciuti, debbono rifarsi o lasciar perdere.

– Lei è troppo esagerato. Ma che mostri vengono su allora i bambini?

– Macché! Un bambino è contentissimo di avere un suo mondo definito, dove può fare quello che vuole, pensare come vuole e preferisce certo che i limiti siano i gusti confessati, del piú forte – l'unica forma di legge che può capire e che almeno dovrà piú tardi nella vita soltanto integrare, non sostituire – piuttosto che parole astratte, lattiginose, di rispetto, di giustizia, di amore, che ancora non capisce e ad ogni modo scoprirà lui stesso piú tardi e che per ora non si fa che vilipendere adoperandole per scusare i nostri motivi niente affatto ideali... –. Qui tirò il fiato.

– ... Senza contare poi che cosí un bambino comincia ad avere del mondo un'idea molto piú reale che non colla pretesa educazione solita: si abitua a considerarlo un gioco d'astuzia e di forza, come la selezione naturale ci...

Qui Masino si fermò perché s'accorse che andava nel difficile. Ed Ernesta scuoteva il capo: – Lei è un burlone –. Ma Clara s'interessava e lo seguiva con gli occhi.

– Macché burlone! Le assicuro...

– Sí, sí, – troncò Ernesta, – ma i bambini non son tutti cosí intelligenti come sarà stato lei e a vedersi maltrattare a quel modo, finirebbero male, creda a me.

– Come se *educarli* non fosse già maltrattarli per definizione e con ipocrisia per giunta, – borbottò Masino.

Ma Clara aveva gustato la sfuriata. Conseguenza fu che in una passeggiata pomeridiana al Valentino, tra i rami brulli e il gran silenzio della neve, la bella s'era lasciata baciare. Un bacio camminando lungo il Po e Masino che respirava con convinzione l'odore acre dei pini, uní a quella salubrità l'altra del contatto vivo delle due labbra irrequiete, strinse il corpo tiepido sotto la pelliccia, pensò a Dante nel castello medievale, e le diede del tu.

Il pomeriggio dopo – Masino non ne poteva piú – venne ad aprirgli Ernesta. Lampo d'odio negli occhi di Masino. Che cosa faceva sempre costei tra i piedi?

Ma Ernesta disse preoccupata: – Proprio lei Masino. C'è Clara che non sta bene. Mi ha mandata a chiamare all'ufficio. È a letto –. Qui Masino s'intenerí tutto. E s'accorse da una gran debolezza che gli tagliò le gambe quanto a fondo era ormai preso. – Che cosa diavolo c'è? – balbettò.

– Niente. Tra noi, Masino, credo che sia una delle solite ubbie di quella matta. Ma bisogna accontentarla. Faccia il favore. Vada fino alla farmacia qui vicino, a pigliare del laudano.

– Subito –. Sulle scale al ritorno Masino ansante dalla corsa si fermò un attimo e lo colse un pensiero perverso. Quello di Ernesta, del resto. Ma in lui fu paura.

Presso il letto di Clara – ci poté arrivare – ebbe la certezza del sospetto. Distesa, abbandonata, la ragazza faceva la pallida e soprattutto non lo guardava in faccia. Vergogna del giorno prima, no. Ricordava le mani al cinema. No. Era che a Clara piaceva quel gioco. E sentí un'ira formidabile.

Dové dire invece, in presenza di Ernesta: – Come va? stata fuori la sera eh?

Poi Masino si fermò a cena a tener compagnia a Ernesta e fu una cena stramba, mezza scherzosa e mezza funeraria, con Clara che chiamava dal letto, e a forza di laudano s'era ridotta colle occhiaie. Masino sarebbe entrato da belva in quel letto – se era malata tanto meglio – e invece tutta la situazione assurda gli faceva stringere i pugni. Ernesta gli disse: – Che brutta faccia, Masino; se fossi malata io, se la piglierebbe tanto? – e lo mandò a chetare Carluccio che gridava alleluia.

Il giorno dopo fu la stessa storia. Masino era adesso di nuovo intenerito e temeva per la bella. Quel giorno ci fu la zia, quella del cinema. Non lo riconobbe. Si sedé accanto al letto e guardò con severità il giovanotto che girava per casa. E Masino che aveva sperato un momento di solitudine per avvicinarsi a Clara, continuò a rodersi, colla paura di apparire il fidanzato.

Il terzo giorno trovò Clara in piedi. Le zie erano in due ora e Masino, maledicendole, le scambiava una per l'altra. Tutti insieme chiacchierarono e Clara parlò a lui come cogli altri. Di una sola cosa era sicuro, Masino, di aver detto forte e piano che non si sarebbe mai sposato.

Clara ricominciò a sfuggirgli. Mandava ora Ernesta a aprir l'uscio. E appena si accorse che Masino aveva le zie su una scatola, gliele mise sempre intorno, gli rovinò la pace. Un bel giorno venne fuori la crociata antiblasfema.

Masino aveva sempre continuato a fare un poco il vantatore, il cinicone, come alla prima visita, ed ora in quella recrudescenza di passione l'unico piacere che gli restava con quelle donne era di distinguersi, di riuscire l'intelligente che viene da una vita piú sana e materiale.

Cominciò a pretendere il liquore nelle sedute pomeridiane al salottino e questo glielo concessero volentieri. Fumava come un incendio e beveva come una pompa. Le donne intorno a calmarlo. Ci riuscí soltanto Clara che gli tolse di mano il bicchierino, con un mesto sorriso. Ma le zie rovinarono l'impresa osservando soddisfatte che cosí Carluccio non avrebbe avuti cattivi esempi. Rifecero la pace sull'uscio e stabilirono che da quel giorno Masino non avrebbe piú bevuto che un bicchiere per pomeriggio.

Allora il giovanotto si sfogò nei discorsi. Riprese la pedagogia e tirò fuori massime addirittura oscene. Per sua sventura questo divertiva le donne e Clara, Clara lo guardava cogli occhi spalancati.

Una volta che Masino poté finalmente afferrarla sull'uscio per darle un bacio feroce, sussultorio, la ragazza s'abbandonò mormorandogli: – Mi piaci cosí, ma in questo ambiente non possiamo vivere!

«Ci manca altro che la fuga», meditò Masino andando a casa. Ma allora che cosa voleva da quella ragazza? E cominciò a bestemmiare.

Questa soda abitudine Masino l'aveva sempre avuta. Colle donne si tratteneva però. Ora non ci pensò piú. E gli «ostia» i «porco cane» cominciarono a infiorare la sua conversazione. Da solo o col ragazzo, si lasciava anche andare a espressioni piú sostanziose.

Una volta che scherzavano, un po' tesi, nel salotto, con Ernesta e la bella, Masino provò, per dire qualcosa d'allegro, a citare l'antica definizione: «Cristo, parola greca che serve a dar forza al discorso».

Le donne non gustarono la cosa e fecero qualche osservazione sull'empietà di Masino. Questi ascoltò a testa bassa e dové sorbire un fervorino sull'utilità sociale della religione. S'attaccò allora a quest'ultima speranza. Discusse di cose sacre. Chiese le prove della superiorità del cristianesimo sul buddismo.

Le prove gliele diede una zia in un'altra occasione, dicendogli che lei era stata allevata nella sua fede e ciò bastava – a suo modesto avviso – a sciogliere ogni dubbio. Il che minacciò di riportare Masino in una delle sue crisi mistiche. Andò però che le donne, sentito il vento, non insisterono.

Come si eran fatti seccanti i pomeriggi nel salotto! Ormai Masino si sentiva sopportato. Ma non riusciva piú a strapparsi a quella vita. E attendeva la liberazione, andando là con fasci di bozze del giornale.

Un giorno che correggeva sul sofà del salotto, con Clara che cuciva su un seggiolone e una zia che contava a tutti una lunga storia ansimante, Carluccio si mise a strillare. Non trovava piú un suo palloncino per fare il dirigibile. – E sta' buono, baby, – disse Clara.

– Polco Dio... – cominciò il baby.

Masino alzò la testa. Dopo un lungo silenzio venne il tè, qualcuno disse qualcosa, ma la macchina era guasta. Da qualche giorno inoltre, Clara aveva sulla faccia i bruffoli di primavera e non era piú lei.

Tornò Ernesta dal lavoro e non riuscí a riscaldare l'ambiente. Masino salutò tutti e se ne andò.

Ospedale

Masin si stava già dicendo che un inverno in città coi Conti Celano non l'avrebbe piú resistito quando quelli gli tolsero il disturbo.

Capitò che alla villa mancarono strumenti di giardinaggio e il Signor Conte denunziò la cosa.

Capitò che il maresciallo dei carabinieri di Alba era un abruzzese che gli piaceva eccessivamente sorbire al riparo accanto al fuoco i vini piemontesi.

Capitò infine che quell'ottobre pioveva l'universo e le foglie eran già morte e l'aria fradicia.

Messo tutto insieme, i Conti non riuscivano piú a levarsi di casa il Funzionario che istruiva di qua, investigava di là e lodava senza vergogna la cantina, baciando poi la mano alla Contessa alla partenza.

Un giorno prese i nomi del personale per orientare i sospetti e dopo neanche una settimana, seduto davanti alla solita bottiglia, notificò al Signor Conte che tra l'altro il suo meccanico aveva ucciso un uomo.

Salti. Interrogatori. Masin secco. Licenziato.

. . . .

Faceva freddo ormai e Masin non aveva piú voglia di vagabondare. Ma cosa fare in quei paesacci? Saltò sul treno, cambiò a Bra e un'ora dopo era a Torino.

«Andè 'n Calcuta, – meditò, – j veuj maj pi vëdë 'd pacô. Turin l'è granda. Queicos faraj». Ma accadde che se nella Langa Masin era stato il torinese, di ritorno a Torino fu il *pacô* e *quader* per giunta.

Suo padre – operaio – lo assalí (perché Masin andò a trovarla la famiglia) con parole malferme e cominciò dall'investimento di Pino, toccò della vita militare, e che il figlio aveva imparato là a non far niente e che sua madre era all'ospedale e che lui avrebbe fatto la guardia civica.

– Va 'nciôchete, papà, – gli disse Masin.

Peggio. Il vecchio aveva tralasciato di bere per via dell'ammalata e passava ora le giornate a lamentarsi che neanche con quella privazione non si poteva andare avanti.

Masin gli diede quaranta lire – metà della sua scorta – s'informò della corsia dov'era la vecchia e uscí a camminare.

Abitavano Oltredora la sua famiglia, in una casa a sette piani e dei ragazzotti nel cortile non lo riconobbero piú al passaggio. Masin si toccò il mento e sentí una stoppia di tre giorni.

Attraversò la Dora, tutta lurida e fangosa, sul ponticello di legno della tranvia. Era già verso sera e i campanili di Porta Palazzo si vedevano appena nel cielo arrossato. Masin da ragazzo aveva sognato che quei campanili in distanza fossero la città dove ci si divertiva. Ora camminò sui marciapiedi senza neanche alzare gli occhi.

Entrò da un barbiere, affollato, sulla piazza. Si sedette a guardare i giornali illustrati.

I commessi parlavano eccitati della partita di calcio del giorno dopo. Partita internazionale, Italia-Germania. Masin non s'era piú occupato del gioco da tre mesi e, a sentir nominare un portiere che non conosceva, gli andò il sangue ancor piú per traverso.

Quando uscí non sapeva dove finire. Gironzolò un poco, si fece quasi investire da un tram, poi entrò in un cinema da una lira. C'era Tom Mix. Uff.

Dopo un atto, scappò via. Sempre lo stesso. Pensò che quella gente guadagnava milioni a fare il cine.

Andò allora a comperare salame, vino e pane e tornò a casa. Suo padre lo aspettava fumando il toscano. – J lô savia che t' sarie tôrnà a deurme –. Si misero a tavola. Suo padre si lagnò che il vino era cattivo e poi: – J l'aj pôrtaine 'n fiasch, 'nceuj a tôa mare –. Masin non aveva voglia di vino. Chiese invece: – L'a sempre la sciatica, mare? – Il vecchio borbottò a lungo. – L'è l'umidità... sôn ste pieuve... pa fumè... pa beive... venta che t' travaje Masin... fè 'l civich, bin pagà... distôrb 'd j intestin... girô le bale... plandrôn... – Masin andò a dormire.

Una settimana dopo Torino era di nuovo da starci. La pioggia continuava, le giornate eran buie, ma Masin lavorava. Aiuto-macchinista all'Odeon.

Ci fu uno scambio di compagnie e dal mattino alla sera i

macchinisti dovettero stare a montar scenari. Piacque specialmente a Masin la promiscuità serale con ballerine e attori. Tutte quelle gambe, quelle facce, quegli strilli e quelle commedie lo interessavano. Da dietro le quinte vedeva pezzi della rivista e gli piaceva ascoltare l'orchestra e le canzoni. Ma gli attori uomini che gli passavano sui piedi parlando italiano, li aveva in un occhio.

Tra la clac trovò un giorno un collega del Lingotto.

– Ciaô Masin, travaje? – Costui parlava il torinese antico e Masin s'accorse con ansia che lui l'aveva già mezzo perduto. Poi venne fuori che il collega lavorava in donne e fece anzi proposte a Masin. Masin accettò una volta – una corista – ma il collega che intendeva trattarlo da amico non volle soldi, solo chiese le impressioni e gettò certi approcci per associarsi Masin.

Masin scosse il capo: – 'Ncôra nen. 'N dí o l'aôtr faraj anche lon.

Era andato a vedere sua madre all'ospedale e se n'era tornato pieno d'astio. La vecchia stava meglio, sarebbe uscita tra poco, ma parlava come non ci fosse piú che lei al mondo e con aria severa chiese a Masin dov'era stato quell'estate. Le cure dell'ospedale l'avevano guastata. – 'Des ch'j seurta, faraj... 'des ch'j seurta 't dijô... – E Masin per arrivare fino a quel letto a metà della corsia aveva dovuto passare tra due file di malate, tra un odore di rinchiuso, puzza di medicine, parole basse e un gran crocefisso in fondo. Non ricordava nessuna delle facce Masin, ma aveva nelle ossa il freddo di quei corpi magri, stentati, di donne, distesi sotto le coperte a febbricitare. Giurò che non sarebbe tornato mai piú. E alla sera le belle gambe nervose e le schiene, le facce lustre delle ballerine gli erano parsa tanta carne da ospedale. «J l'aj 'l sang cativ», disse tra sé quella notte tornando a casa e cercò di fischiettare una canzone del teatro.

Non gli sarebbe spiaciuto ormai di lasciare l'impiego all'Odeon e tornare ai motori – quelli non ammalavano – se non per un'idea che cominciava a farsi strada. Cantare sapeva, suonare anche – perché non tentare di riuscire un artista, come quei terroni che gli stavano tra i piedi?

Ci pensò a lungo come fare Masin. Non sapeva se andar dritto dal padrone ed esporgli la cosa o cercare per mezzo di donne di farsi conoscere e appoggiare. Tentò tutte e due le vie e nessuna riuscí. Il padrone non lo stava a ascoltare; le ragazze, qualcuna si lasciava di nascosto abbracciare – era un giovane sodo Masin – gli scherzavano insieme anche, ma si vergognavano di lui davanti agli altri.

Una sera che mancò un buffo, Masin si offrí di sostituirlo – sapeva la parte. Non lo vollero. – Non è suo mestiere, – gli dissero. Masin lavorò allora di progetti. Perché limitarsi a mendicare un posto nella rivista? Si poteva anche fare l'artista isolato – varietà – rendeva di piú e uno era piú libero.

Esaminò l'idea. Difficoltà: non sapeva cosa fosse un programma, non s'intendeva dei contratti, non conosceva nessuno. Si mise allora d'attorno a istruirsi. Interessò il collega del Lingotto.

– Sôn bale 'sti mestè, – disse l'altro. – Lassie fè aj napôletàn –. Masin testardo. E gli venne un'idea. Da solo non avrebbe mai fatto nulla, ci voleva una compagna. Combinare un duo.

Assaggiò qualche corista. Fece proposte serie, da uomo d'affari: gli risero sul muso. Fece il farinello, dando pizzicotti e canterellando motivi. Gli risero dietro le spalle. Stufo Masin e visto che suo padre diventava sempre piú piagnucoloso, posò gli occhi su una ballerina, allegra, torinese e malcontenta e le propose di sposarla.

Naturalmente scelse un momento che andasse. Stavan parlando di malattie, di difficoltà nella vita. Masin l'accompagnava fuori del teatro, di nascosto dagli altri. Disse che aveva studiato qualcosa, che conosceva la musica, che aveva fatto il macchinista per trovare un tipo adatto e che lei era il tipo. Volevano provare a lavorare insieme? Per darle fiducia l'avrebbe sposata.

Pucci – Maria – parlò della mamma che desiderava difatti vederla famosa. Si lagnò che in teatro non la lasciavano fumare, guardò Masin.

Masin si era vestito quella sera con un abito piú pulito e la camicia piú bianca. S'era fatto tagliare i capelli. S'accorse che Pucci lo paragonava mentalmente a un qualche giovanotto bischero conosciuto di notte. E si fece forza.

Andò come sperava. Pucci non disse che l'avrebbe sposato. Ma accettò di provare in segreto qualche numero. Intanto lui cercasse le scritture. Quando fossero sicuri, ma proprio sicuri avrebbero visto.

Si lasciarono al portone con Masin che tentò di darle un bacio e Pucci che scappò sulle scale cantando – alle due.

Da due settimane provavano e Masin si sforzava di far solo l'artista. Non voleva abituar male la ragazza, visto che un giorno o l'altro sarebbe stata sua moglie. Lei si faceva sempre piú insidiosa e comandava Masin – ormai rassegnato a non imparare la piroetta e convinto che altro era collaudare le automobili, altri riuscire nel duo.

Provarono passi, provarono canzoni in casa di Pucci – tra la disapprovazione della madre che non voleva quel pezzente – e Masin si privò di cene per vestirsi decente, da artista.

Tacitamente era ormai convenuto che Pucci non avrebbe mai fatto il duo con lui, ma restava il discorso del matrimonio, restava la relazione che per Pucci voleva dire divertirsi a contatti con Masin facendolo ballare e ridendo tutti e due delle goffaggini.

Avevano preso l'abitudine di andare uscendo dal teatro a bere il caffè insieme. Non sempre, ché ogni tanto Pucci aveva appuntamenti. Masin cominciò a rodersi. La loro intimità eran soltanto risate o porcheriole, va bene, ma non l'aveva scelta Masin per farsene una compagna di lavoro? Piú niente duo, va bene, ma insomma, se l'aveva scelta, era stato per qualche cosa e gli bolliva il trattamento.

Innocentissima Pucci fumava e rideva. Rideva, rideva, finché un giorno si fermò. Proprio quella volta Masin era venuto in teatro da spettatore, per annunziare alla compagna che aveva trovato una scrittura per lei, un numero di canto. E sentí che la vecchia di Pucci era all'ospedale, e pareva molto grave. Ricacciò in gola la soddisfazione, ricacciò la scrittura e si consolò perché aveva visto Pucci ballare – ora s'intendeva un po' di passi e conosceva le sue mosse e la distingueva tra tutte.

Nei giorni successivi Masin si mise a consolare Pucci, nel solito caffè. Tornarono a parlar serio, delle difficoltà della vita e delle disgrazie. Ma se Masin per sollevarla faceva l'allegro, Pucci se la prendeva – che era un egoista, come tutti –; se le parlava chiuso in faccia, taciturno, erano scatti di impazienza. – Stagô già tut 'l dí 'mpicà a l'ôspidàl.

Intanto Pucci trovava il tempo per gli appuntamenti. Una sera che scappò via in automobile, senz'aspettarlo, Masin tornò in casa furibondo e spaccò l'uscio rinchiudendolo e alzò la voce e svegliò padre e madre e imprecò all'ospedale e tornò a uscire. Il giorno dopo, non potendone piú, andò sul mezzogiorno a cercar l'innamorata.

Salí in quella casa – via Santa Chiara, quinto piano, cortile largo tre metri – e a metà scala ricordò che a quell'ora Pucci andava all'ospedale. Fece dietro-front, fu in strada, poi pensò che non sapeva la corsia, bestemmiò, risalí di corsa, s'informò e tornò a discendere lento, ruminando.

Gli dispiaceva tornare all'ospedale – ricordava sua mamma – ricordava il primo effetto macabro della corsia e ci pensò tanto che ne esagerò l'impressione e quando arrivò e passò tra i letti, andò spigliato come fosse stato di casa.

Arrivò al letto della madre di Pucci. Una donna grassa che opprimeva il materasso e teneva i capelli tutti in disordine, non come quando gli veniva aprire in via Santa Chiara con mala grazia, coll'aria di una portinaia che riceve un inquilino povero. Allora madama Tecia aveva avuto una gran pettinatura elaborata, con spille e cornicioni.

Pucci non c'era. Masin strinse i pugni e si mostrò alla donna. La salutò: – Côm'a va, madama? – L'altra aprí due occhi spaventati e con tono piagnucoloso riconobbe Masin. – Eh, sôma sí.

– Maria a l'a dime ch'a va mej, – fece Masin per entrare in argomento e tacitare l'antica avversaria.

– Oh, Maria, a treuva sempre ch'a va mej. I dôtôr maj, tuti j dí 'm fan la pôntura. Dassí 'm lassô pi nen seurte.

Masin s'appoggiò al letto. C'era sul comodino un vetro pieno d'orina. Dalle finestre grandi filtrava un po' di sole pallido, una giornata azzurra di dicembre, freddissima. Masin guardò fuori e pensò a Pucci, che chiamava Maria.

– Ch'a staga 'n gamba, madama, j dôtôr sôn pià 'n tla testa –. Si fermò. La donna si mosse un poco e mugolò. – Maria a la cudiss, no? – le chiese poi brusco.

Madama Tecia era domata e istupidita. Rispose: – A l'è sí Maria, l'è 'ndaita giú a pieme 'd pôrtugaj për bagneme la gôla. La frev... – Continuò a spiegare i suoi mali. Masin guardava intorno e la gran rabbia della notte cominciava a cadere. Nella corsia passava qualcuno, lontano, tra i letti si sentivano parole in sordina. L'ansito di una respirazione strozzata cominciò a martellarlo da qualche parte.

Madama Tecia parlava di Pucci: – A l'è 'na brava fija Maria. Lon ch'a travaja, porta tut 'nte cà, menô 'l fumè. Chiel ch'a van d'acorde, ch'a preuva a dije ch'a fuma nen tan. Mi già, j lô diraj pi nen.

Masin chiese di Maria. Volle sfogare in qualche modo a

se stesso la sua furia. Disse che ognitanto lei s'eclissava in macchina.

Gli occhi della malata si fecero duri poi lacrimosi. – L'è so travaj côllí. L'aveissa mach la testa a post, Maria. Côla volta... – e si fermò.

– Cosa a l'è staje? – incalzò Masin.

Venne fuori a pezzetti una storia. Maria qualche anno prima aveva stretto relazione con una carogna, «n'avôcàt dle bale». Soldi, automobili, tabaren, ville, Maria aveva lasciato una scrittura con una buona compagnia e s'era inoltre innamorata. Gite a Milano, in Riviera, appartamenti. E dopo un po' l'avvocato si era scoperto un truffatore e per poco anche lei non era finita in galera. – Lajàn d'ën lajàn, mach 'd parole, mach 'd boria...

Masin fu piú calmo. Strano, non provava irritazione contro Pucci, solamente una gran voglia di strozzare il passato rivale.

– ... mach pien 'd supa. Maria l'à dime: «Mama, si l'aj fait lon l'è ch'a cherdia ch'a fussa rich, rich... Cosa 't veule? J'omni sôn mach 'd carogne...» 'Des j dijô nen a chiel...

Masin approvava cogli occhi. Non poteva piú farne a meno adesso, di Maria, cavarla da quella disgrazia, dall'ospedale. «Meno male ch'a l'è saña», pensò tra sé.

In quel momento sentí chiamare: – Dotore, dotore! – da una voce trafelante, sforzata. Si volse e non vide nessuno. E dopo un po': – Dotore, po' d'acqua, dotore!

Tornò a guardare. La voce veniva da qualcuno dei letti. Ma non c'era nessuno in corsia. Rimase imbarazzato.

Madama Tecia disse: – L'è 'na fômna lí 'n facia ch'a l'a gnun, ciama da beive...

– Dotore, dotore!

Masin si mosse. Guardò madama e questa: – Ch'aj daga 'n bicer d'aqua.

La malata che chiamava guardava Masin. Non si sollevava sul letto. Magrissima, mosse una mano a indicare un lavandino di fronte. – Da bere, dotore –. Masin si spigliò. Prese con ripugnanza un bicchiere sul comodino di latta e andò a lavarlo e a empirlo. La malata ansimava.

Masin le porse il bicchiere. Quella non poteva prenderlo. Masin s'accostò di piú e le bagnò le labbra e le vide quasi bianche e le occhiaie livide. – Va bin, parej? – disse poi per dir qualcosa, tentando un sogghigno.

– Ah... – respirò la malata non guardandolo. – Fresco...

ghiaccio, dotore –. Masin s'impazientí. Non veniva nessuno. Tentò allora: – No, no, staga ferma, adesso arriva la suora –. La malata lasciò ricadere la mano alzata e supplicò: – Da bere –. Masin tornò a inumidirle le labbra borbottando qualche cosa. E quella chiuse gli occhi.

– L'a malatia 'd cheur, – gli disse ad alta voce madama Tecia dal suo letto. – Tut 'l dí parej. Mai gnun a cudila.

Masin tornò da madama. Era adesso impaziente, insofferente, voleva Maria.

Il giorno che madama Tecia fu in piedi, Masin andò con Pucci a prenderla all'ospedale. Fu una corvé che Masin fece per politica. Ma entrare un'altra volta là dentro gli puzzava. Attese in portineria e Pucci salí. Solo, Masin fumò; poi si guardò allo specchio: era vestito elegante per la conquista. Era molto cambiato Masin. S'era messo in giro e aveva trovato da fare il piazzista di motori a scoppio. Una posizione.

Quando madama scese al braccio di Pucci, Masin non seppe cosa dire. Meno male che le due donne parlavano di certi torti fatti agli indumenti privati nell'ospedale. Pucci strillava. Madama imprecava e malediva alle suore.

Dopo un poco Masin disse:

– Fa piasí seurte da sí.

E Pucci:

– Oh për ti! 't ses maj amnuje 'na volta!

E fu qui che la madre lo difese:

– Anvece 'l'è stait tan grassiôs e t'vedeisse che deuit a cudí le malavie! – Madama faceva già i doppi sensi. Masin chiese brusco: – E côla veja 'd côl dí, ch'j l'aj daje da beive: che fin l'a fait?

– Quala?

– Côla ch'a ciamava «dotore»...

– Ah... l'è spirà la neuit. Gnanca 'na sôora a guardeje! Chiel a l'è stait l'ultim ch'a l'a parlaje.

Se l'aspettava Masin, pure rimase male e strinse il braccio di Pucci ben vestita, nel paltoncino maròn. Abbassando gli occhi vide le belle gambe dritte sulle scarpette di serpente, e fu contento e intimidito.

Il vino triste

È un bel fatto che tutte le volte che siedo in un angolo
d'una tampa a sorbire il grappino, ci sia il pederasta
o i bambini che strillano o il disoccupato
o una bella ragazza che passa di fuori,
tutti a rompermi il filo del fumo. «È cosí, giovanotto,
ce lo dico davvero, lavoro a Lucento».
Ma la voce, la voce angosciata del vecchio
quarantenne – non so – che mi ha stretto la mano
nottetempo nel freddo e poi mi ha accompagnato
fino a casa, quel tono da vecchia cornetta
non lo scordo, nemmeno se muoio.
Non diceva del vino, parlava con me
perché avevo studiato e fumavo la pipa.
«E chi fuma la pipa, – esclamava tremando, –
non può essere falso!» Approvai colla testa.

Ho trovato ragazze al ritorno, piú aperte, piú sane,
colle gambe scoperte – digiuno da mesi –
e mi sono sposato soltanto perché ero ubriaco
della loro freschezza – un amore senile.
Ho sposato la piú muscolosa e la piú impertinente
per sapere di nuovo la vita, per non piú morire
dietro un tavolo, dentro un ufficio, dinnanzi ad estranei.
Ma anche Nella fu estranea per me ed un allievo aviatore
me la vide una volta e ci mise le mani.
Ora è morto quel vile – quel povero giovane –
capottato nel cielo – no sono io il vile.
La mia Nella accudisce un bambino – non so se è mio figlio –
ed è tutta di casa ed io sono un estraneo
che non so accontentarla e non oso dir nulla
e anche Nella non parla, ma solo mi guarda.

E, il piú bello, piangeva quell'uomo a contarla,
come piange uno sbronzo, con tutto il suo corpo,
e mi cadeva addosso e diceva: «Tra noi
sempre rispetto» ed io, a tremare nel freddo,
a cercare di andarmene, a dargli la mano.

Fa piacere sorbire il grappino, ma è un altro piacere
ascoltare gli sfoghi di un vecchio impotente
che è tornato dal fronte e vi chiede perdono.
Quali soddisfazioni ho mai io nella vita?
Ce lo dico davvero, lavoro a Lucento.
Quali soddisfazioni ho mai io nella vita?

I cantastorie

Masin e Pucci si sposarono sul finir dell'inverno e al pranzo di nozze il padre di Masin si fece venire il delirio a forza di bere.

Masin fu contento di scappare con Pucci in due camere ammobiliate vicino alla Stazione – per comodità del suo lavoro.

Madama Tecia disse a Pucci: – Lasslô maj beive perchè a l'è 'd rassa –. E a Masin sua madre: – Ant' mia famija a l'è maj staje 'd balariñe.

I primi giorni passarono nella consueta schiavitú dello sposo. Masin era tutto incantato di Pucci. Tra loro si capivano: lui aveva voluto un tempo studiare, lei in ogni gesto sapeva essere elegante.

Masin si fermò a quel presente. Non aveva piú progetti. A salire nel mondo, da tempo senz'accorgersene aveva rinunziato: da quel mattino dell'investimento, quando aveva ancora la patente. Ai figli, alla famiglia non pensava. Mangiava, dormiva con Pucci, parlava poco e fischiava salendo le scale.

L'impiego era il piazzista. Quasi tutte le mattine prestissimo saliva su un treno, finiva in qualche parte del Piemonte, andava in giro a far clienti e, se poteva, la sera tornava. Se gli toccava dormir fuori, tornava a casa a tutti i costi il mattino seguente. Non aveva campioni con sé. Mostrava opuscoli e disegni e fotografie. Di motori non ne vide mai uno. Decantava la macchina al cliente, parlava, si accalorava di rado e se gli andava bene segnava l'ordinazione. Sopportava quel mestiere, non l'amava.

Con sé aveva sempre invece la soddisfazione del possesso di Pucci. In treno, nell'albergo, dappertutto, tra le noie del lavoro, gli invadeva le membra un torpore delizioso, socchiudeva gli occhi e pensava alla moglie. E quando il treno s'infilava sbatacchiando verso la stazione di Torino, anche a Masin si sbatteva il sangue.

Pensava qualche volta che bellezza se fosse ancora stato collaudatore come un tempo. Avere in casa, al caldo, Pucci ad attenderlo e lui scorrazzare sulle strade a suo piacere, fermarsi un momento per benzina e filar via e accelerare come un fulmine sulla strada del ritorno. Era invece ridotto a viaggiatore, a uomo piccolo, finito, che per tutta la vita sarà viaggiatore e mai avrà nemmeno i soldi da affittarsi un'automobile.

Pucci era sempre lei. Scontrosa a volte, e a volte gaia, ma soprattutto pigra. Masin finí per non trovarla quasi mai che distesa sul sofà o coricata nel letto o dentro il bagno, che cantava. Perché avevano anche il bagno.

Una volta gli venne aprire colla sigaretta accesa. Lí per lí Masin non disse nulla, ma a tavola con noncuranza osservò che non gli piacevano le donne che fumavano. E Pucci secca: – 'T l'avie mach da pietne uña a to gust.

Masin era in vena di riflessione quella sera e non insisté. Pensò invece che dopo tutto era un passatempo anche quello e certo Pucci tutto il giorno sola doveva annoiarsi. – Cosa 't fas tut 'l dí sôla? – le chiese bonario. – Spetô 'l maritô, – gli rispose la ragazza ridendo.

Masin immaginò se stesso nelle poche ore d'inazione cui lo costringeva il treno e si sentí cadere l'anima. Era quella la vita di Pucci? Ma no, una donna ha sempre da fare in una casa.

Ma non Pucci. Anzitutto Pucci non s'era mai vista con un ago in mano e le stoviglie s'accontentava di lasciarle sotto il rubinetto; poi, in un alloggio di due stanze come il loro, il lavoro neanche a cercarselo non poteva ammazzare.

Pucci poltriva. Dal mattino al pomeriggio alla sera si strascinava dal letto sul sofà, dal sofà al letto e i momenti che girava per la casa eran brevissimi, e aveva un'aria abbattuta, sonnacchiosa e i capelli arruffati e la vestaglia in disordine. Solo ogni tanto si sentiva canterellare.

Per settimane Masin non la vide che a letto. Si alzava presto al mattino per partire e la lasciava che ancora dormiva; alla sera tornava e la trovava già coricata, coi resti della cena sul tavolo e allora anche lui s'affrettava e si chinava a abbracciarla.

Masin però non s'illudeva. S'era sposato un po' per vedere come andava a finire, ma il bisogno non l'aveva mai sentito. Tant'è vero che i figliuoli li evitava. Questo a Pucci non piacque.

Glielo fece dire un giorno dalla madre, oltre a scherzarci lei continuamente. Madama Tecia si fece vedere piú sovente e parlava della propria fecondità quand'era giovane. Una sera lo fecero bere perché cedesse, ma i nervi del giovanotto erano buoni e si salvò.

Gli accadevano intanto delle cose. La *sua* madre era di nuovo all'ospedale e fece sentire per mezzo di papà che le sarebbe piaciuto avere la nuora ad accudirla. Venne una volta o due il papà a cercarlo e non trovò che Pucci e Pucci si divertí e gli diede da bere e al ritorno di Masin il vecchio era indecente. Poi, da soli, Pucci esprimeva il suo disgusto per quell'uomo e Masin s'infuriava e gridava. Ma intanto pensava che se la madre voleva Maria era segno che stava proprio male. Era energica la madre di Masin e non doveva piú esser lei, a dimenticare cosí gli odii.

Andò a trovarla e infatti la vide molto giú. Fece qualche spesa per curarla. Pucci non disse nulla. Ma il denaro mancava. Ormai il padre l'avevano sempre in casa. E a Masin seccava molto di esser via tutto il giorno. Tornava alla sera e trovava la casa in silenzio. Pucci in qualche parte col muso e il vecchio che borbottava lunghe querele sulla vita.

Voleva dire a Pucci: – Pare 't ten 'n poch cômpagnia, – ma temeva una mala risposta.

Un giorno sua madre morí. Fu piú la noia dell'avvenimento per Masin, che il dolore. Comunque rimase due giorni tetro, pronto a strangolare chiunque gli venisse avanti con storie. Ma nessuno disse nulla. Suo padre andò al funerale con lui, con madama Tecia, coi pochi altri e Pucci restò a casa a preparare la cena. La quale cena riuscí un pasto freddo colla minestra troppo salata. Ma solo il vecchio lo fece osservare.

S'imponeva adesso la questione che preoccupava Masin. Bisognava che il padre restasse con loro. Ne parlò il giorno dopo con Pucci. S'aspettava proteste. Niente. Pucci disse soltanto: – Oh për mi! – Ma il disagio di Masin riuscí anche piú forte. Per fortuna, pensava ora, quasi tutta la giornata era via. E poi cosí Pucci non restava piú sola.

Il vecchio dormí in uno sgabuzzino accanto all'entrata. Eran passati i tempi degli amori. La sera i tre mangiavan cena in silenzio tra imbarazzati e tesi. Anche prima gli sposi avevan mangiato in silenzio, ma nessuno a quei tempi nascondeva pensieri. Se ora parlavano, parlavano di affari e capitava che Pucci e il padre si alleavano a lamentarsi del lavoro di Masin. Ed anche il vecchio cominciò a volere un figlio. Pucci rideva.

Chi non rideva era Masin che cominciò a ruminare un'idea balenatagli un giorno che sentiva Pucci cantare nel bagno.

Possibile che la ragazza avesse dimenticato tutto, tutto il suo mondo di un tempo, lei che era nell'animo – aveva ragione sua mamma – tanto a fondo ballerina? Aveva certo avuto un qualche amico occasionale colla Lamda e possibile che ora fosse decisa di restare con lui e di fare quella vita?

Era tutto un campo di tormenti e Masin, nell'abito nero cui lo costringeva il caso recente, passava il tempo in treno a pensarci. A questi nuovi sospetti univa nell'immaginazione l'indolenza e il sentore che nella sua casa era – piú che di ciprie ormai – di donna e di carne. Meno male – cominciò a respirare – che ora in casa c'era il vecchio e andava giusto bene che padre e nuora si stavano su una scatola, cosí questo sorvegliava Maria.

Dopo un poco, al ritorno, Masin cominciò a chiedere al padre che cosa aveva fatto la moglie in giornata. Niente. Niente. Troppo niente, anzi, secondo il vecchio: le donne dovevano lavorare di piú.

Masin fu tranquillo. Ma un giorno Pucci lo sorprese che chiedeva sue notizie. – L'aj fait lon ch'a me smia, – gli gridò come una tigre, – e côntinueraj a felô, se 't veñe balengô parej... E tut 'm cherdia, menô che lon... 'T ses propi côme to pare...

Gliene disse Pucci. Masin s'accorse che la cosa era piú seria: non si parlava solo della sua ultima villania, ma di tutto uno stato di cose. Pucci doveva esser gonfia ancor piú di lui. «Sôma ôit tuti dôj», meditò e se ne andò a testa bassa.

Pure il sospetto non lo abbandonava. Pucci si mise a fargli il broncio a letto. Masin sopportò un poco e una notte l'afferrò colla forza. Pucci gli diede del brutale e non si toccarono piú.

Cosí Masin ebbe da sentirsi anche colpevole. In quei tempi suo padre si mise a difender Pucci. E sovente alla sera, quando Masin ritornava, lui era già a letto. Poi capitò una volta che a tavola gli cadde il bicchiere. Gli tremavano le mani.

Masin chiese se beveva. – No, no, – disse Pucci.

Eppure beveva. E un giorno si seppe.

Masin tornava quella sera da un viaggio disgraziato. Un cliente gli aveva chiuso l'uscio irritato. Tanto che lui era scappato prima del tempo, da Bastia, con il treno delle cinque.

A Torino era ancor chiaro. Masin uscí dalla stazione sguazzando nella neve che sgelava. E arrivato quasi a casa non ebbe voglia di salire subito. Si guardò attorno e decise di andar a bere qualcosa al caffè.

Entrando nel locale, e pensava a tutt'altro, fece un salto. A un tavolino c'era il padre. Con davanti il mezzo litro. Gli corse addosso e lo afferrò.

– L'aj dite 'd nen beive!

Il vecchio alzò gli occhi atterrito.

– Chi l'a datie j sold?

Gli occhi fradici guardarono Masin. Disse poi vivacemente: – E bin? L'a damie Maria, ch'j vada a beive 'na volta. A fa nen mal a beive –. E volle alzare il bicchiere. Masin glielo strappò di mano. – L'a dat-ne aôtre volte? – chiese poi con un lampo in mente. Il vecchio brontolò. – A l'a pi 'd cheur che ti, Maria...

– 'Ndôa l'è 'des Maria? – gli tagliò affannato Masin. E non stette ad attendere. Lo piantò lí e attraversò la strada, corse le scale e batté all'uscio.

Dopo un po' sentí voci di saluto – un uomo, Pucci – e s'aprí l'uscio. Comparve Pucci. – C'è qua mio marito, – disse allegra. – Vieni, Donato –. E Donato, un individuo ben messo, dalla faccia lustra, tutto ridente, fece per uscire. Masin sbarrava il passaggio. L'altro si fermò. Disse Pucci:

– Mio marito... Signor Donato... artista... un vecchio compagno di scena che si è ricordato di me –. Donato tese la mano cortese. Masin restò lí.

Dové tender la mano. L'altro si tolse la bombetta e s'avviò leggero. – Fortunatissimo... verrò a trovarli ancora – Poi s'affrettò giú per le scale.

Masin guardò Pucci. Pucci guardò Masin. Pucci aveva un bell'abito da passeggio indosso e le labbra tinte allora. Raramente gli era venuta aprire cosí elegante.

Brutalmente Masin la spinse dentro e chiuse l'uscio. C'era in camera un odor di sigaretta fine. Tutto in ordine.

Tornò a guardare Pucci. E Pucci, coll'aria sorpresa, si mise a ridere, ma si sentiva lo sforzo.

– E bin, cos'at pia? – chiese poi canzonatrice.

Masin perse il lume degli occhi. Le saltò addosso, l'afferrò per una spalla e le menò tre schiaffi rabbiosi. Poi la sbatté via, per terra. Le gridò colle vertigini, sussultando: – E adess se 't veule, va da tôa mare.

Pucci colla faccia arrossata si raggomitolò sul pavimento e alzò le spalle.

Da quel giorno le parti invertirono. Era adesso Masin che evitava la moglie e, se prima nella casa si parlava di rado, ormai regnava la congiura del silenzio.

Masin arrivava e partiva ostentando la piú grande indifferenza. Dava i comandi secchi, impersonali, a lei o al padre, non importa e si trovava servito. Non gli occorreva altro. Dopo tutto, quella era la pace.

Il padre, solo, brontolava. Dopo la sfuriata di quel giorno Masin non se ne curò piú – facesse a suo piacere – e il vecchio trovava che non cosí si dirigevan le famiglie.

In treno, Masin ripensò troppe volte all'avventura e – strano – piú che il bellimbusto di Pucci gli veniva in mente a quel pensiero la figura del padre, gettato come un sacco all'osteria a ubriacarsi con *quei* soldi. Ci pensò tanto che finí per farsi una specie di fissazione: non riusciva piú a levarsi di testa che cosí fosse stato, all'osteria del Pino, il contadino ammazzato da lui, tanto tempo prima, sulla strada del collaudo. – Ch'j l'abia d'avej sempre 'd vej 'ntle rôe?

Denaro in casa non ne diede piú che quel poco necessario. Pucci non protestò.

Dopo tre giorni dagli schiaffi, Pucci aveva voluto spiegare. E Masin sbattendo l'uscio era scappato.

Ora Pucci tornava ogni tanto alla carica, ma Masin, capito il vantaggio, non si lasciava abbindolare, anche se a volte ne aveva voglia.

Masin non la toccava. Era questa la vendetta delle due settimane passate da lui con Pucci sdegnata. E ogni tanto piú infuriato si chiedeva: – Ma përchè a va nen daj sò?

Pucci era appiccicosa. Masin non la capiva piú. Tanta voglia di fargliela prima e adesso era libera, perché non andava?

Si prese quei gusti che volle, Masin. A Cuneo durante un

viaggio spese quaranta lire per tradirla e la tradí, ma al ritorno la soddisfazione era poca e le voglie eran le stesse.

Cominciò a dire in casa che aveva deciso di lasciare l'impiego. – Son stôfe 'd ruschè e 'd veñe 'n gnente –. Pucci gli osservò con un'aria pensosa: – Si l'aveissô 'n cit, Masin, saria diverss –. Masin non rispose. Continuò la sua idea: – Lassô perde j môtôr, peuj vedraj.

Pucci lo fissava sorridendo. Disse il padre sospettoso: – 'T lasse 'n mestè sicúr për 'na lofia. Cosa 't veule fè 'nt-l'ôra?

Masin alzò le spalle. Un mestiere da teppa, pensava, vivere un po', come voleva, la sua vita. Sperava sempre un giorno di tornare ai motori, quelli veri, quelli vivi e di sedersi ancora a un volante. Era tutto questo che Pucci gli impediva.

– Perchè ndôma nen via? – chiese la ragazza in quel momento. – Perchè 't vas nen a piè la patente 'nt'naôtr post?

Masin fu costretto brontolando a riconoscere l'idea. Si alzò da tavola quella sera e volle andarsene fuori come al solito. Pucci lo fermò a chiedergli per la cena di domani. Il padre era già a letto. Pucci andò nella loro camera e Masin stava sull'uscio. Pucci si cominciò a svestire. E gli parlava col tono distratto, famigliare, solito ai primi tempi.

Pucci allo specchio alzò le braccia a scuotersi i capelli. Disse a Masin d'un tratto: – Om-mi, 'na j'è un bianch, – e tese un lungo filo castano.

Masin s'avvicinò. Rise alla cosa: – Ma s'a l'è neir! – E Pucci colle spalle gli si appoggiò leggera al petto.

Masin richiamò tutta la sua forza. Comprese che tornava al tempo di una volta. Perdeva tutto, ogni vantaggio. Ritornava il marito tradito. Ma le braccia gli si alzarono da sé e si strinse al corpo la moglie.

Hoffman

Una sera di quell'autunno ci fu un banchetto del giornale, dove con Masino venne anche Hoffman – redattore di un reparto di cronaca giudiziaria. Masino c'era andato rassegnato e Hoffman osservò beffardo: – Vedrai che orgia intellettuale.

Erano amici molto intimi i due e non l'avevan mai saputo, tranne forse Hoffman. Masino sentiva crescersi continuamente innanzi la ricchezza umana e la straordinarietà di Hoffman e non era ormai piú un ragazzo che la spregiudicatezza dell'altro gli potesse far perder terreno. Ma prima, prima Masino ci aveva lasciato la carne e il sangue.

Incontrare Hoffman e valere qualcosa per meritare che Hoffman s'interessi di voi, ma per difetto d'esperienza non essere ancora intero il proprio individuo, è come cadere in acqua nel paese dei nuotatori l'ultimo giorno di carnevale e non sapere nuotare. Risate, spunzonate, gorghi, salti vertiginosi, schiaffi, calci, tutto questo l'intelligenza di Hoffman aveva inflitto all'intelligenza di Masino.

I due avevano discusso milioni di cose e Masino aveva un po' veduto via via le idee d'Hoffman formarsi. Condensarsi come nebulose, perché, malgrado certe fissità di punti che parevano i meno importanti, ad Hoffman come un film scorreva nella testa l'universo.

Facevano paura queste idee a Masino. Alcune parevano cosí definitive – soluzioni alla vita – che Masino non poteva pensarci senza sentire la sua personalità recalcitrare a una corrente irresistibile. La quale personalità – aveva pianto Masino – malgrado tutti i colpi d'ironia e di beffa inflittile da Hoffman, non era mai ancor riuscita a esser nulla. Ma non da un po' di tempo, Masino era diventato quel piemontese inteso a scoprire le proprie energie nella razza che eccettera e giudicava di Hoffman alla pari. Il che non toglie che una volta fosse arrivato a pensar d'ammazzarlo e ancor ora soffrisse, sorridendo, a vederlo cosí strapotente da imporre sempre il suo umore all'ambiente e – lui triste – buttare in faccia a tutti la malinconia o, altrimenti, litigare.

Al banchetto Masino disse: – Almeno ci divertiremo a sentire le fessate dell'oratore –. E Hoffman: – È piú fregno star a sentirle che dirle, alle volte –. Poi, con voce finta misteriosa: – Stanotte, ho voglia di orgiare, – e tirò su le labbra in un gesto di grossa compiacenza.

Il banchetto fu un capolavoro di respirazione artificiale. A un certo punto Hoffman voleva andarsene, Masino lo trattenne a fatica per la giacca e lui: – Divertimi, allora.

Lí vicino c'eran colleghi, redattori, cronisti, quasi tutti conoscenze. Stavano facendo un discorso assennato. Hoffman si cacciò nel discorso.

Diceva un tale: – Manca solo che il personale di un giornale lo facciano stare insieme come in una caserma a mangiare e dormire per venire che si pensi tutti allo stesso modo. La vita moderna toglie a poco a poco ogni libertà –. Era il gruppo delle persone ragionevoli. E uno, coll'aria di chi fa un'obiezione giocosa che non tocca per nulla la serietà della proposta, osservò: – Allora lei non sarebbe qui a mangiare questo ottimo pranzo, signor Caldi! – Risero tutti e si divertivano molto.

Chiese Hoffman: – Crede che se invece di andare a mangiare a un ristorante che s'immagina di scegliere tra mille, ma dove la chiacchiera cogli altri è regolata sempre dalle stesse muraglie di licet e tabú, lei mangiasse dietro un tavolone di caserma-giornale e fosse vestito come tutti e avesse un numero alla spalla e i capelli tagliati e tutto cosí, non crede che sarebbe piú libero nei suoi giudizi, piú produttivo nel suo lavoro mentale, piú *uomo* che non è ora?

Il signor Caldi era famoso per la sua virilità. – Io non so cosa c'entrino il licet e il tabú...

Ma finiva il banchetto. Hoffman piantò l'interlocutore, saltò alle spalle di due altri redattori giovani, raccolse Masino e tirò tutti via. – Fuori, fuori che si scoppia.

– Andiamo noi ora al banchetto. Noi, noi che dobbiamo agli Dei l'espiazione per l'abominazione della sera passata a mangiare quando si doveva ruttare, a bere quando si doveva tracannare, a parlare quando si doveva agire –. Questo gridò agli altri tre sulla porta del locale. Era notte. – Abominio! abominio!

Masino propose: – Andiamo a bere in qualche posto –

Nessuno al banchetto s'era potuto ubriacare. Gli altri due erano incerti: – Dove andiamo?

– Dovunque! – strillò Hoffman, – dovunque noi andremo quivi sarà la gioia!

Uno dei redattori cominciò a ridere.

– Quest'è niente, – entrò Masino. – Stasera conoscerete una bevuta degli Dei.

Dopo un po' di tentativo di corsa per i viali che le altre due piattole non vollero accettare, Hoffman si mise a discutere, perfettamente calmo. Solamente che ogni tanto camminando faceva un saltetto. E Masino pensava che quell'uomo, ridotto a storpio, a cieco, a lebbroso, a qualunque dannazione, avrebbe ancora saputo godere la vita, dare ai suoi atti un valore supremo, anche al piú umile, al piú inutile: la piú straordinaria figura d'uomo che aveva mai incontrato. Ora Masino sorrideva. Sapeva com'era. Ma un tempo aveva rimuginato di ucciderlo.

– Qui ci vuole dell'alcool! – scoppiò di nuovo l'ebreo, dopo una gran risataccia drammatica che fece fermandosi di colpo e atteggiandosi tra i due. – Satana parla in me! Tracannare! – Consigliò a voce bassa uno dei redattori ridendo: – Piú piano. Poi andremo a puttane.

Hoffman afferrò Masino per un braccio. – Eccoli! Rifiuto dell'umanità. Piccoli uomini! Per godere non sa che parlare piú piano e finire a puttane! No! no! no! Questa sera io voglio danzare la danza del sangue. Fuori le ipocrisie dei piccoli uomini! Parlare piú piano? Questa sera sveglieremo il Padre Eterno a rutti e assaliremo le donne per strada e le violenteremo nel ferro e nel fuoco...

Il viale era deserto, ma i due si volgevano intorno preoccupati, ridendo nervosi e dando colpi sulle spalle di Hoffman. Masino non credeva che Hoffman non fosse capace di far quello che diceva. Ma non aveva paura. Aveva visto l'amico già fradicio insultare le guardie e cavarsela svelto.

– Bere! bere! – gridò anche lui. Era una specie di pazzia comune che li prendeva, per gioco, e Masino si lasciava trasportare dal torrente d'Hoffman. Ma da solo non sapeva far nulla.

Entrarono con Hoffman blaterante, in una tampa. Qui Hoffman tacque. Accumulava le energie. E nella sua esaltazione a bianco conservava sempre una grande ragione, che dominava sulle piccole paure di chiunque.

Bevvero chissà quanto. Vinaccio di botte robusto. Masino che gli ripugnava il colore del vino, si diede ai liquori, tra gli insulti di Hoffman. E allora seccato si gettò sopra il fiasco e buttò giú da principiante. Anche i due redattori adesso stavano bene. Cominciarono a cantare. Hoffman li zittí, fece un urlo e saltò sulla tavola. Accorse il padrone. Qualche carrettiere ch'era lí, giú a ridere. Ridevan anche come meloni i due colleghi. Masino fumava colle tempie ronzanti.

L'oste mostrò il cartello e Masino sillabò: – Sono vietate le discussioni politiche e il cant... – commentando: – Alla Camera ci vuole l'avviso, non qui –. Hoffman saltò il fiasco e gli urlò: – A morte la piccola politica e chi ce ne parla.

Poi ragionò coll'oste. – Sono una botte. Il vino è nel mio ventre. Lascia bollire il mio vino –. I due soffocavano. Masino ammirava.

Rotolarono poi fuori. I redattori continuavano ancora a cantare, come avevan sempre visto fare nelle sbronze. Hoffman prese la corsa e saltò una panchina del viale doppia. – Gambe! – gridò Masino. – C'è il civico –. Nessuno gli badò.

In un attimo furono a Po. Qui Hoffman cominciò a insultarli: – Andiamo al centro. Non qui dovete finire. Vigliacchi! Non qui! Ma i palazzi e le chiese debbon vederci e tremare!

I due redattori sbronzi com'erano non volevano saperne e ciondolavano emettendo boati. Masino che aveva un grandioso taglio di gambe, ma la ragione sempre lucida, gli seccava andare al centro a fare gesta, perché lui nella sbronza non riusciva a esaltarsi e il mondo gli appariva sempre nelle stesse proporzioni.

Hoffman fece un discorso. I redattori fecero rutti. Masino guardava il cielo.

Poi si volsero al ponte. Arrivava dalla collina una comitiva di giovanotti bevuti, con garofani all'occhiello e chitarra. Masino sentí voci. Gli parvero meridionali. Gesto di disgusto.

Hoffman fece due passi. Ascoltò. Gli altri si avvicinarono vociando. Improvvisamente Hoffman prese la corsa e saltò in mezzo al gruppo, gridando un nome.

Seguirono feste. Venne fuori (piú tardi) che quelli erano stati colleghi di Hoffman ai tempi che Hoffman aveva fatto il tornitore. Perché Hoffman era stato come Cristo anche operaio.

I due redattori scomparvero definitivamente. Masino

non vide che una faccia tra i meridionali e non disse parole.

Il chitarrista strimpellando, vicino al monumento dei Mille fece la solita proposta: – Pigliamo l'accetta a Garibaldi e poi andiamo a Porta Nuova a tagliar la testa a D'Azeglio –. Masino brontolò: – Tagliare a te qualcos'altro, – ed era un uomo superiore agli odii di razza.

Hoffman stava bene dappertutto. Comandava.

– Tu sei un idiota, Gesú. Questa sera trucidiamo gente viva. Saccheggiamo un armaiuolo e facciamo le barricate. Domani saremo i padroni del Piemonte –. Ma i meridionali non capivano.

Ricominciò allora la corsa per i viali. Saltando le panche, arrampicandosi sui pali, dando calci alle saracinesche, vociando, cantando: queste cose il gruppo della chitarra le capiva e rideva sgangherato e aiutava.

Masino avvicinò l'amico per sentire se ce n'era ancora per un pezzo. Hoffman disse: – Non ancora. I miei tempi non sono ancora maturi, – e prese una corsa vertiginosa dietro a un cane. Masino dietro. E tutti gli altri.

Volevano ancor bere. Cercarono nel centro un luogo aperto. Masino era stufo. I meridionali sapevan ridere meglio dei due redattori, eran piú schietti, piú ignoranti – ma anche loro non sapevano ballare la tregenda. A fatica Hoffman li muoveva.

In piazza San Carlo benché a quell'ora fosse quasi deserta, cominciarono le dissidenze. Anche il gruppo degli operai si guardavano ormai intorno intimiditi dalle enormità che si riprometteva ad alta voce Hoffman. Uno di loro che non lo conosceva disse: – Cosa vuole quel fesso? – Masino gli tirò un calcio dietro. Il chitarrista diede torto a Masino. Hoffman a qualche passo gridava: – Lasciali andare: chi non è degno di me, resti nella sua melma.

Si fermò alla porta di un caffè. Arringò con gesti scalmanati un ometto che passava e che lo stette ad ascoltare istupidito. Ma quando entrò nel locale gridando – Iddio lo vuole! – non entrarono con lui che Masino e un altro.

Ora, in tre non è lecito far baccano. Cacciano fuori o peggio, in un momento. Non è come quando si invade un locale a forza, a piaga d'Egitto.

Hoffman sentí il momento critico. Masino venne verde. E l'altro ciondolava. Un cameriere accorse. Hoffman ricominciò a vociare: – Chi è qui dentro il responsabile? Si presenti, si presenti per Dio! – Lasciò andare una botta su un tavolo. Il cameriere indietreggiò. – Sangue e dannazione, voglio il responsabile! Dov'è il padrone?

I camerieri aumentavano. Venne un maggiordomo che non ne sapeva nulla.

– Il signore?...

– Dov'è il padrone? – gli rombò ancora Hoffman.

– Io... – disse l'altro, – ... i reclami... ho l'incarico... Se il signore...

– Il signore... – entrò qui Masino freddamente, – *i signori...* desideriamo un caffè –. E pensò di essere stato magnifico.

– Idiota! – gridò Hoffman. – Vile! – e riuscí ad afferrare un bicchiere su un vassoio che passava, e tracannare.

– Sei stato di spirito, Masino, – giudicò Hoffman giorni dopo, mentre salivano su per la collina. – Peccato che come tutte le cose di spirito che fai tu, quella era fuori posto.

Masino sopportò. Era soddisfatto di aver dopo tutto salvato il collega tirandolo via dalla mischia. Hoffman aveva ancora una mano bendata. Si voltò a considerar Torino dalla costa, tra gli alberi, che si raccoglieva vasta là sotto nella pianura.

– È ancor lontana la villa del miracolo? – incalzò Hoffman. Masino gli aveva proposto di portarlo a discorrere con un sacerdote di sua conoscenza, un grand'uomo – diceva lui – un'energia da medioevo, viva e operante.

– Adesso ci siamo, – e voltò per un sentiero fangoso, tra l'erba. Hoffman dietro.

– Guarda gli alberi come se ne infischiano di noi, – osservò l'amico. – La santa natura. E noi del resto ci infischiamo degli alberi.

Al cancelletto il solito cane cominciò a dar nelle stelle.
– St! St! brutta bestia.

Arrivò un vecchio senza barba, curvo e bavoso.

– Cerchiamo don Rione –. Entrarono e videro una signorina in bianco scomparire sotto una pergola.

Davanti alla porta della villa – muri rossicci, macchiati di verderame – attesero un momento.

– Questo prete insegna alle figlie e al figlio del padrone, – spiegò Masino. – È stato spretato e poi ricomunicato – qualcosa cosí – e dev'essere mezzo in punizione. Un bel tipo.

Hoffman fece una smorfia. – I preti liberi pensatori sono la genia peggiore sotto il sole, – disse definitivo.

Tornò il vecchio bavoso. Salirono una scala. Attraversarono stanze, vecchie stanze dipinte a pannelli sulle porte. Roba del settecento. C'era silenzio e tranquillità. Da una finestra videro un pezzo di verde. E all'invito di una voce profonda il vecchio li fece entrare in uno stanzone.

– Salute don Rione, – gridò Masino gioviale. Il prete – capelli in aria, occhi fermi, un uomo – si alzò da un tavolino e venne incontro. In piedi, nel corpo ossuto, era solenne. Masino vedendolo pensava sempre a qualche apostolo martirizzato.

Si sedettero intorno al tavolino. C'era sopra, tre libri, un breviario e fogli. Il resto della camera conteneva un letto, e una stufa, spenta.

– Bravi giovani, mi son venuti a trovare, – disse il prete sorridendo. – Ebbene, Ferrero?

Masino svolse un libro che aveva portato e lo tese a don Rione.

– Letto. Ecco.

Un libro bianco-crema con segnapagine rosso. Sopra, inciso in oro, *Eptameron*.

– Ebbene, l'ha interessata sant'Ambrogio? – chiese il prete.

– Buono, – disse Masino per dir qualcosa. – Un'ingenuità francescana –. Poi si pentí di averlo detto.

Hoffman aveva preso il libro e l'esaminava con aria critica. Gli altri due attesero.

– Mi sa spiegare perché è tanto in voga adesso lo spirito finto francescano? Non le pare un po' imbecillità?... parlo latino.

Don Rione si aggiustò sulla sedia. A Masino venne freddo.

– ... Sí, – continuò Hoffman, – vanno tutti in brodo i liberi pensatori laici per quattro sciocchezze sentimentali. Non certo questo è che fa la grandezza della Chiesa.

Don Rione fu combattivo dall'inizio.

– Ma nemmeno soltanto la spada. O meglio, – continuò infervorandosi, – abbiamo qui le due facce di una sola realtà, l'amor di Dio. Come è stato concepito da san Paolo...

Masino non si orientò piú. Hoffman invece ribatté svelto.

– No, non parliamo del passato o della spada. Io ho dinnanzi una religione che dovrebbe esser fondata su una bruciante carità. Amore di Dio e amore delle creature. E se la considero agli effetti, trovo che tutto si riduce a una nebulosa tenerezza verso entità nebulose, l'umanità, il bambino, la vergine. Dov'è il vero amore di Cristo?

La questione era posta. Masino pensava stupito che, per venire a parlare di religione lui col prete, aveva messo dei mesi. E Hoffman dopo quattro parole era già al punto.

– Questa, – rispose don Rione, – è la domanda angosciosa di ogni santo. Questa è la perfezione cui in terra non ci è dato pervenire, se non muniti di una grazia speciale, illuminante. Noi, per mezzo della Chiesa, perpetuiamo sulla terra in forma tangibile l'ideale che negli istanti di santità è balenato a pochi uomini...

– Ma Cristo, – tagliò Hoffman, – e Cristo? Che cosa ci sta a fare allora il figliuolo di Dio?

Masino comprendeva a sprazzi solo, ma qui ebbe un'idea. Perché don Rione parlava soltanto di uomini? Quell'accidenti di Hoffman! doveva averlo già toccato.

– Giovanotti, – riprese don Rione, agitandosi ancora sulla sedia, – vedo che loro sono tipici rappresentanti di una mentalità contemporanea. Certo loro sono superiori a molti pregiudizi e posso quindi parlare senza tema di venir malinteso. Dirò dunque: la Chiesa comanda, a noi spetta ubbidire. Convinti che siamo, della verità della Fede, non abbiamo che da umiliarci, da rintuzzare il Satana che è dentro di noi, accettando ciecamente l'ordinamento che della vita spirituale ci dà la Chiesa... voluta del resto da Dio..

«Quel *del resto*, – pensò Masino: – qua c'è puzza d'eresia».

– ... la nostra Fede è tutta carità...

– No, no, no, – interruppe brusco Hoffman. – Umiliarci dinnanzi a che cosa? O la Chiesa è un edificio perfettissimo, cementato dall'amore vero di Cristo, oppure quest'amore vive operante nel mondo, malgrado la Chiesa. O lei mi giustifica anche il piú sciocco e inutile degli atti del culto o butta la tonaca alle ortiche.

Don Rione rimase grave fissando la finestra. E Masino guardava per terra e lavorava d'intelletto.

Diceva don Rione:

– È l'eresia contemporanea rinnovata da secoli. Nulla di nuovo sotto il sole. Gli iconoclasti o gli albigesi parlino. L'orgoglio matto che tutto vorrebbe perfetto. Ma la carne è imperfetta per natura. Se non fosse imperfetta a che cosa varrebbe questa prova della vita? Le tende d'Israele si mostreranno soltanto nella vita futura. È il fondamento della vera religione.

Hoffman taceva. Disse Masino palpitando:

– È questo che non soddisfa noi moderni. Abbiamo sete di realizzazione noi. Rimandare a un lontano futuro ciò che nulla impedirebbe di attuare sulla terra, ci brucia, – e guardò di sottecchi Hoffman assorto.

Disse don Rione sforzando una risatina:

– Se pare a loro tanto facile attuare sulla terra, perché dunque non l'hanno mai fatto?

E Masino: – Ma nostra vita è la ricerca.

Hoffman disse per suo conto: – Non ho compreso mai a che servano quelle piccole dosi di misticismo bolso che la Chiesa somministra ai fedeli sotto forma dei culti minori. Dov'è finito l'amore di Cristo?

– Ma questi sono i gradi della scala all'amore di Cristo. Il fedele comune non è il santo. Le ho detto che la santità è di pochi.

– Senta, – gli fece Hoffman senza nessuna reverenza, – questo sistema che ha la Chiesa di condurre l'umanità mi ha l'aria di una coppia di cavalli che trascina un'automobile. Se lei che è sacerdote mi conferma che la Chiesa non è che un accorgimento organizzativo, riconosca allora che la fede approvata consiste in sottintendere che Dio non esiste e poi adorarlo...

Qui don Rione interruppe e guardò in aria con un occhio ispirato.

. . . .

Nel tardo pomeriggio ch'era già semibuio i due vennero giú dalla collina. C'era Masino seccato delle violenze dialettiche del collega e Hoffman ogni tanto parlava di questo e di quello, indifferente. Alla fine venne al punto.

– Gran coglione quel tuo prete.

Masino strinse i pugni. Quando mai una persona che gli era parsa intelligente o importante, aveva incontrato l'approvazione di Hoffman? Certo don Rione non s'era difeso troppo bene. Ma Masino era diverso da Hoffman: cosa importava se un uomo s'era o no difeso bene in discussione?

– Quel prete è un grand'uomo, – ribatté. – È uno che ha passato tutte le idee e le ha sofferte tutte e se si è fermato a Cristo è perché non poteva piú andare avanti.

– Bravo, – sghignazzò Hoffman, – bravo –. E cominciò lui a parlare dell'amore di Cristo.

– Non avremo mai piú la ricompensa dei cieli. Non saremo che poveri uomini che nascono e muoiono. Dimenticheremo le vanità della superbia e della speranza. Ripeteremo entro di noi la vita di Cristo, ingigantendolo fino a farne un uomo. Non daremo piú il soldo al mendicante, ma impiegheremo la vita a distruggere il soldo che ha creato il mendicante. Non diremo piú, a chi soffre, di morire per rifarsi della vita, ma impiegheremo la nostra a consolarlo. Infrangeremo la prigione, la caserma e il lupanare per trarne le creature e indirizzarle alla vita...

Continuò per mezz'ora. Dava un tono cadenzato, profetico alle frasi, per incitarsi a pronunciarle, per salvarsi le spalle e sogghignava talvolta, ma alla fine gli splendevano gli occhi e per tutta la faccia gli parlava una solennità commossa.

E Masino risentí voglia di ucciderlo – o di adorarlo.

Antenati

Stupefatto del mondo mi giunse un'età
che tiravo gran pugni nell'aria e piangevo da solo.
Ascoltare i discorsi di uomini e donne
non sapendo rispondere, è poca allegria.
Ma anche questa è passata: non sono piú solo
e se non so rispondere so farne a meno.
Ho trovato compagni trovando me stesso.

Ho scoperto che, prima di nascere, sono vissuto
sempre in uomini saldi, signori di sé,
e nessuno sapeva rispondere e tutti eran calmi.
Due cognati hanno aperto un negozio – la prima fortuna
della nostra famiglia – e l'estraneo era serio,
calcolante, spietato, meschino: una donna.
L'altro, il nostro, in negozio leggeva romanzi
– in paese era molto – e i clienti che entravano
si sentivan rispondere a brevi parole
che lo zucchero no, che il solfato neppure,
che era tutto esaurito. È accaduto piú tardi
che quest'ultimo ha dato una mano al cognato fallito.
A pensar questa gente mi sento piú forte
che a guardare lo specchio gonfiando le spalle
e atteggiando le labbra a un sorriso solenne.
È vissuto un mio nonno, remoto nei tempi,
che si fece truffare da un suo contadino
ed allora zappò lui le vigne – d'estate –
per vedere un lavoro ben fatto. Cosí
sono sempre vissuto ed ho sempre tenuto
una faccia sicura e pagato di mano.

E le donne non contano nella famiglia.
Voglio dire, le donne da noi stanno in casa
e ci mettono al mondo e non dicono nulla
e non contano nulla e non le ricordiamo.

Ogni donna c'infonde nel sangue un qualcosa di nuovo
ma s'annullano tutte nell'opera e noi
rinnovati cosí, siamo i soli a durare.
Siamo pieni di vizi, di ticchi e di orrori
– noi, gli uomini, i padri – qualcuno si è ucciso,
ma una sola vergogna non ci ha mai toccato,
non saremo mai donne, mai schiavi a nessuno.

Ho trovato una terra trovando i compagni,
una terra cattiva, dov'è un privilegio
non far nulla pensando al futuro.
Perché il solo lavoro non basta a me e ai miei,
noi sappiamo schiantarci, ma il sogno piú grande
dei miei padri, fu sempre un far nulla da bravi.
Siamo nati per girovagare su quelle colline,
senza donne e le mani tenercele dietro alla schiena.

Religiosamente

Quell'anno Masino passò una parte dell'estate, come corrispondente cinematografico, in Francia, dove per la novità dei suoi talloncini sull'argomento, era riuscito a farsi mandare dal giornale. Al ritorno andò una mezza settimana a Bandito a far la solita campagna. S'invitò dietro Hoffman e facevano insieme una ventina di chilometri in bicicletta per arrivare fino al Po di Carmagnola e là prendere una barca e manovrare di punta.

Di ritorno a Torino non vollero perdere gli ultimi giorni sul Po. Specialmente Masino. Hoffman seguiva e parlava e godeva, tutto da sé. Non era ancor salito nel mondo Hoffman. Nella cronaca aveva cominciato, sulla cronaca picchiava ancora. Masino ormai la sua rubrica – «Le Didascalie» – la firmava e arrivava ogni tanto a qualche viaggio. Hoffman non lo maltrattava. Gli disse una volta che se un uomo riesce a imporsi può anche essere una nullità, ebbene aumenta sempre di valore. – Tu poi, eri già intelligente.

Un sabato d'ottobre, trasparente, freschissimo, col sole che pareva filtrato per una cupola diaccia eppure scaldava, i due, unici su tutto il fiume, tornarono ai vecchi amori.

Su un barcone pesante, infracidito, di quelli tutti logori dall'acqua e dal sole, eran saliti dandosi il cambio fin oltre Moncalieri. S'eran fermati lassú in una correntia leggera tutta inverdita dalle sponde basse e un colpo di palo ogni tanto bastava a tenere immobile la barca. Non c'era stato nemmeno da sudare. Masino si distese sul fondo e non pensava ad Hoffman.

L'altro in piedi, appoggiato alla punta, cominciò:

– Era bello davvero a Carmagnola con intorno le montagne. Eran lontane, ma pareva di esserci in mezzo.

Anche Masino si lasciò andare al ricordo.

– Ma è sempre piú bello Bandito, verso sera, con la collina bassa incendiata dal sole, e l'aria limpida, tagliente, che fa smagliare tutti quei bruni, quei verdi e le casette della costa.

Poi si alzò e venne a prendere il palo. Aveva la giacchetta del pigiama sui calzoncini: il suo solito costume elegantissimo, lodato persino da Hoffman. Il ricordo di Bandito l'aveva reso irrequieto. Si sentiva il bisogno di muoversi e di faticare.

Nel tepore frizzante del sole era bello condurre. Hoffman si diede alla pagaia. Le gocciole d'acqua scorrevano alle mani tiepide. Masino in piedi a poppa tentò di descrivere la sua gioia. Ed era sicuro di dire sciocchezze.

– Il bello del palo è che cosí si conosce tutto il fondo del fiume. Si tasta, si preme, si conoscono le pietre, si sprofonda nel fango. È uno strumento d'amore, direbbe D'Annunzio, – concluse. – Tutto il corpo manovra la barca. Le braccia dan forza, le gambe dirigono, il petto respira. Tutti i muscoli si stendono e nel gesto si somiglia a una statua.

Hoffman non disse nulla.

Masino gettò un urlo di gioia. Il cielo, le piante, la gran solitudine, gli riempivano l'anima. Cacciò un lungo respiro ed urlò un'altra volta.

– Mi sento selvaggio!

Hoffman guardava e non diceva nulla. Era cosí traboccante, Masino, che si sentiva di resistere anche alle prese in giro e ai colpi bassi dell'amico. Ma era evidente che questi pensava ad altro. E Masino fu perfino temerario: ebbe il coraggio di sfidare Hoffman su un discorso spinoso, che già tante volte gli era rimasto tra i denti dalla paura di sentirsi condannare. Domandò a bruciapelo:

– Sono tanto baldante che ho bisogno di sentirmi avvilire. Hoffman, dimostrami che sono un idiota.

E Hoffman dichiarò inaspettatamente:

– Sei fortunato tu, canaglia. Non tentare il Padre Eterno. Quando a un uomo incapace come te riescono i piani, quest'uomo dev'essere un genio. Tu sei la testa piú importante che abbia mai conosciuto. Tu sei meraviglioso. Tu puoi essere un fesso, che avrai sempre una tal personalità nella vita che sarai sempre grande.

Masino non fu troppo stupito. Difatti se Hoffman lo teneva con sé voleva dire che l'aveva ben scelto. Era tanta la sua ammirazione per Hoffman che poteva ben credergli in questo. Ammirare se stesso perché l'aveva detto lui, non gli parve poi altro che un chinargli la testa davanti. E di tutte le idee dell'amico, quella dell'umiltà necessaria a comprendere e a vivere, era stata la piú tormentosa per lui – forse quella che un poco l'aveva cambiato, facendolo calmo e capace di vivere come viveva, padrone dei suoi fatti.

– ... Sei e sarai sempre pieno di idiozie e di ignoranza, di pregiudizi stolti e di superbie, ma sei degno di vivere. Tu non sei di quegli idioti che *si cercano*, ma colle tue ignoranze riesci a vivere e a comprendere.

– Bravo, – concluse Masino. – Puoi dirlo –. Voleva continuare con un tono scherzoso e sicuro, ma sentí che stonava. Hoffman aveva fatto sul serio.

– Ho un difetto soltanto. Che non capirò mai la politica. E questo vuol dire, che sarò sempre un dilettante nella vita.

– È il difetto del vostro mondo, – osservò il compagnone. – È il difetto piú atroce. Ma di te non dispero. Forse un giorno ti convertirai. Tu mi sembri una tempra di apostolo.

Certo l'idea parve strana. Ma piú strano pareva a Masino quell'improvviso far dolce di Hoffman, quel rispondere benigno, dove per tutto il passato non aveva risposto che insulti e giudizi taglienti. Davvero era immenso l'amico. Masino si sentí ancora piú umile e discepolo, senza piú invidie ormai od amarezze.

Parlò d'altro Masino, per sollevare la tensione del suo spirito.

– Fa fresco stasera, tornassimo.

– Non c'è che scendere in acqua, per scaldarsi, – consigliò Hoffman. Poi riprese: – Spòsati, Masino. Capirai tante cose che ti sembrano indegne e lontane da te. Scoprirai un'altra vita, delle migliaia d'esperienze che c'è al mondo.

Ma qui Masino aveva idee chiare. Un grand'orrore di qualunque legame l'aveva fin'allora distinto. La sua anti-umiltà. Rispose, superiore:

– Ah non parlare di donne. Non ne ho conosciute molte ma mi è bastato per capirle. Sono qualcosa di nemico le donne. Il mio ideale è un uomo che sappia servirsene, ma levarsele dai piedi.

– Tu sei un idiota, Masino. Sei un idiota della specie intelligente che vi vedete drammatizzati nella vita. Ragiona cosí: il supremo piacere che si può avere con una donna, si può avere anche con un uomo. Non c'è bisogno quindi, di fare il cinicone, ma chinare la testa e meditare il mistero...

No, assolutamente, Hoffman non era piú quel di una volta. Parlava come un cristo morituro.

– ... L'amore di una donna vale invece per l'intimità inaudita che permette, per l'esperienza che apre innumerevoli spiragli su una vita sconosciuta. Il dovere del matrimonio è un legame che ti insegna che cosa è la catena del mondo e ti dimostra il bisogno che ha l'uomo, anche il piú ignorante, di sentirsi una parte di qualcosa. L'amore matrimoniale nella sua calma e continuità ti parla della calma e continuità della vita, ti insegna la bellezza di un sacrificio comune...

Continuava Hoffman. «Possibile – diventato latte e miele?» pensava Masino e un po' se la godeva a sentire il terribile senza patria diffondersi in lirica tanto banale.

Glielo disse: – Ma è la storia antichissima di ogni libro per bene.

– Appunto, – scattò Hoffman col tono secco delle sue sentenze taglienti, – qui sta l'importanza di quello ch'io dico. Il matrimonio è una cosa comune, tanto comune che è odiosa, e per questo bisogna praticarlo, per liberarci della nostra superbia borghese, per liberarci della nostra cultura. Oh idiota che chiami filisteo tutto il prossimo!

Masino non aveva mai chiamato filisteo tutto il prossimo, ma rimase lo stesso toccato. Era ben quello l'Hoffman che gli scaldava i pugni e lo avviliva. L'umiltà, liberarsi, il nuovo mondo d'amore, tutte le semplici idee che il cerebralissimo Hoffman gli aveva tante volte agitato dinnanzi, atterrandolo e riempendolo di angosce sulla propria vita.

E Hoffman continuò coll'esempio di tante volte: – È il motivo per cui sono contento di scrivere cronaca impersonalmente, che leggono tutti, che è la vita di tutti, piú di te che descrivi in superbia i tuoi vizi intellettuali e individuali, colla critica fessa, ignorantissimo del mondo.

E Masino fu calmo di nuovo. Superò quella che un tempo gli sarebbe divenuta una angoscia spirituale di tre giorni e piantò il remo con vigore, incoraggiandosi lucidamente: – Se ho superbia nell'anima, me ne so vergognare. La vita è una vaccata. È forse già troppo averci capito qualcosa.

Intanto tutti e due si guardarono intorno. La corrente li aveva riportati fino innanzi a Moncalieri.

Anche lí, sulle rive e nel fiume non c'era un'anima. Il sole era ancor alto nel cielo, ma il fresco aumentava. Lentamente la barca con vergogna di Masino andò arenarsi sopra un banco.

– Sta' attento, buono a niente. Perdi il tempo a discutere e le tavole vanno in fascio, – ruppe Hoffman.

Dovettero scendere in acqua e scrollare la barca. Si rimisero nella corrente.

Masino bagnato fino alla cintola si distese sul fondo per profittare di quel poco di sole. E non dissero nulla. Hoffman puntava.

Masino non vedeva che il cielo tra le tavole e qualche nuvola e la grande luminosità del crepuscolo. Rispecchiava là dentro i suoi pensieri. Continuava a assillarlo il problema come mai s'era fatto cosí sicuro di sé da sopportare senza idee suicide una discussione con Hoffman. Vedeva il mondo piú staccato, quello poco ma sicuro. Non era l'età, non era l'ora, o il successo nella vita: che cos'era? Stava di fatto che non s'era mai sentito in un attimo simile di comprensione e d'energia. Certo, la scena, intorno, del crepuscolo sul Po, pensò sarcastico, contribuiva anch'essa.

Sentirono uno strillo lontano tra i boschi, sulla destra del Sangone. Disse Hoffman: – Qui violentano una vergine –. Poi di nuovo guardarono la corrente, assorti.

Improvvisamente Hoffman saltò in piedi. – Fa freddo, vado in acqua.

– Ma va là.

– Niente. È tiepida l'acqua ora. Non lo sai?

Masino stava bene com'era. E l'altro portò la barca sulle fosse verdastre della riva sinistra. Masino se la godeva a immaginarsi disteso solo, nella barca, sotto il cielo.

Hoffman si tolse il fazzoletto di capo. Diede un calcio a Masino che saltò su bestemmiando, poi prese la rincorsa, attraversò tutta la barca e saltò in prora, rovinando nell'acqua immobile con un grande scossone per i pali e il compagno.

Ma accadde una cosa inaudita. Il corpo di Hoffman non s'immerse di testa. Il capo – il primo a toccar l'acqua – ebbe un rimbalzo sordo e, fermandosi di colpo tutto il corpo, le gambe caddero di peso sommergendosi.

Masino saltò a prora. – Cosa fai? – Era come se il tuffo fosse stato su un prato.

Il corpo inerte, nudo, tornò a galla nei cerchi che si allargavano sbatacchianti. Masino atterrito afferrò il palo, poi lo posò, perché tanto era vicino. Sentí un brivido a dover saltare in acqua. Buttò via il pigiama. Poi si calò nell'acqua, senza tuffo, per non scrollare colle ondate il corpo inerte.

Gambe e testa eran sommerse. Non si vedeva che la schiena bianca galleggiare. Gridando: – Tieni duro, – afferrò il corpo alla spalla. Il corpo s'abbandonò.

Masino con una mano tenne l'orlo della barca, e coll'altra dibattendosi alzò il capo dell'amico. Nell'orgasmo dell'acqua vide una brutta faccia informe.

Ne spinse il mento ad appoggiarsi sull'orlo. Con gran fatica risalí. Poi, tenendolo alle spalle guardò la faccia e tremava.

Sulla fronte c'era un livido largo e, vicino alla tempia, usciva sangue diluito nel pallore bagnato. Gli occhi eran chiusi. Masino volle ragionare e intanto sosteneva il corpo sempre immerso fino al petto. Hoffman doveva aver picchiato su un tronco di legno dei tanti piantati in fondo al fiume – antiche dighe. I denti del pescecane – pensò battendo i denti – il nome allegro che avevan dato quell'estate alle punte aguzze, mortali del fiume.

Era morto Hoffman. Masino non pensava nemmeno che fosse svenuto. Sempre sostenendolo nell'acqua, scomodissimo, agitò quel capo, sfregò le guance, toccò le palpebre. Ce n'era una socchiusa. La alzò e vide un occhio stravolto, insensato.

Non sentiva piú il freddo ma tremava febbrilmente. Con grandi sforzi tirò il corpo sulla barca. Lo distese sugli assi.

Intanto il sangue s'era fermato. Non restavan piú che i lividori, la macchia purpurea sulla guancia e un gran pallore per tutte le membra inerti.

Fu imbarazzato Masino. Provava, insieme alla gran disperazione, uno smarrimento, un'ira per non saper cosa fare. Hoffman – *lui* – certo, avrebbe saputo cosa fare. Gli venne in mente di spruzzarlo d'acqua, ma si diede dell'idiota – non era già fradicio?

Toccò le gambe, le mani. Poi ricordò che c'era il cuore. Prese il polso, che gli sfuggí due o tre volte – la viscidità dell'acqua. Il polso non si sentiva. S'abbassò esitando coll'orecchio sul petto. Si toccò tra le proprie costole per sentire il luogo preciso del cuore, il *suo* cuore, che picchiava e saltava. E contò e ricontò le *sue* costole. Provò allora a contare le costole sul petto dell'altro e non riuscí. Riavvicinò l'orecchio, l'appoggiò risolutamente sul freddo della pelle a sinistra, a destra, dappertutto e non sentí nulla. Hoffman era morto. Senza dubbio.

Allora si alzò in piedi. Aveva in testa un uragano. Dové

ripetersi forte, gridarselo: – Sta' calmo, sta' calmo – *lui*, sarebbe calmo –. Poi gli venne il terrore che un istante perduto potesse esser fatale. Ma se era morto. No, no. Era morto. Dunque. Gli girava la testa.

Strinse i denti e i pugni, si sedette, guardò intorno, guardò il cielo. Ma gli alberi e il fiume eran lontani: non s'occupavano di lui.

Gli venne un'altra idea che lo fece singhiozzare in disprezzo di esser tanto nervoso. S'avvicinò alla testa e cominciò a chiamare a bassa voce – Hoffman, Hoffman – una decina di volte, convinto che era inutile.

Allora pensò di cercare aiuto. Non per paura, non per incapacità, si ripeté energico, ma per vedere un po', per sentire, consigliarsi. Ma tanto era morto.

Guardò le rive e non c'era nessuno. In dieci minuti poteva arrivare al barcaiuolo. Saltò allora sul palo. E si piantò, colle gambe che balenavano, a poppa, voltò la barca a gran fatica – piú pesante gli parve la barca – «non fare lo stupido, idiota» – e pigliò la velocità giú per il fiume, piegandosi fino a rompersi la schiena.

Dimenticò cosí di osservare la purezza delle rive e del cielo, di godere il crepuscolo, straordinario sfondo – si accorse piú tardi – a quel bel funerale sulle acque.

. . . .

Quando piú tardi, sotto la tettoia del barcaiuolo, Hoffman rinvenne e si preparò ad essere ancora quello ch'era sempre stato, a Masino salí una gran rabbia.

Gli era troppo piaciuta l'idea della morte. Masino si accorse che aveva sperato di restare solo, col monopolio della memoria del compagno. E invece si sentí ringraziare e siccome il collega era solo nel mondo gli toccò di sorbirsi le giornate d'ospedale e molto altro tempo ancora.

Masin 'dla frôja

Nell'estate prima di emergere ad Alba, Masin aveva passato piú di un mese come al buio, girovagando senza scopo per le Langhe. Soldi ne aveva scarsi, tutto a piedi.

Si trovò al mese d'agosto in cima alle alte colline che dividono dal Belbo la vallata della Bormida. Càstino è un paese sempre battuto da un vento frizzante e di là si vedono fiumi lontani, piccini, nei vapori. Verso sera specialmente, pare di essere in cielo.

L'aria è fresca piuttosto, lassú, e Masin su quelle strette pianure della vetta dove si stabilí, non faceva che bere per scaldarsi. Si riprometteva di scendere d'un fiato, un giorno o l'altro, e tornare a Torino, e malediva quei posti, ma ci stava e beveva. Aggiustò una volta un'automobile di passaggio e guadagnò cinquanta lire. Fece un gran pranzo con bevuta.

Da tempo non faceva piú pranzi Masin. Agosto è un mese senza frutta e tranne qualche saccheggio di prugne o di mele mezzo acerbe, nelle cascine non si poteva scovar nulla. Masin attendeva la stagione dell'uva. Cosí il grande pranzo all'osteria, che gli costò quindici lire fu un avvenimento.

L'ultima bella mangiata Masin l'aveva fatta quindici giorni prima. Passava allora allo Scarrone, a mezza costa per Càstino – qualche casa, niente di piú, ma allo Scarrone c'è la fontana d'acqua igienica – Masin non seppe mai perché – e venivano fino da Alba o da Asti in comitive per berne. Quel che stupisce è che nessun albergatore abbia mai pensato di farci l'Hotel, nella penombra di quegli alberi enormi che sovrastano lo spiazzo. C'è una cannella nella pietra, una vasca ben grezza sotto, un canaletto melmoso di scarico e, chi vuole, beve e paga niente.

Masin era arrivato sul posto. Gli eran finiti i soldi di don Rôss; dal mattino non mangiava e a quell'ora il sole stava spegnendosi. Il polverone della strada gli bruciava nella gola. Si avvicinò alla fontana, di cui gli aveva parlato anche don Rôss.

Chinandosi per bere, ci vide tre bottiglie di vino nero tuffate in fresco. Un uomo sui cinquanta, in maniche di camicia, cappello in testa, veniva barcollando verso lo spiazzo e chiamava: – Gina! Gina!

Masin attese fin che lo sconosciuto fu alla fontana. E poi gli chiese: – A l’è bôn ’s dôssèt? – L’altro, afferrando una bottiglia, s’illuminò tutto in faccia: – Istô! Fâr̂ô më! – E con un alito pesante gli tese la bottiglia: – Beive, ’na vâta?

Masin afferrò famelico il vino e stappò e cacciò in bocca e alzò la faccia e cominciò a deglutire. Pareva un mulino. Poi rese con un ahhh! per il refrigerio e ringraziò: – Bôn dabôn!

In quel momento arrivò Gina, una vecchia vestita da festa e guardò male Masin. Osservò: – J’en sa ditr̂o Natâl, ’d pi nen beive ar̂ môr̂ e ’d nen deje da beive a tucc côj ch’j pâssa.

Natal guardò Masin addolorato. Masin alzò le spalle. Ringraziò con un’aria pacata il vecchio e se ne andò senza guardare la donna.

Finse di andarsene, ma si fermò tra i cespugli a spiare. Sospettava che quei due facessero la cena. Certo avevan già mangiato là a mezzogiorno.

La vecchia infatti portò un cesto. Sulla strada un birroccino con un cavallo svelto, all’ombra, attendeva. Presero il cesto e le tovaglie. Distesero il tutto sull’erba, vicino alla fonte. Avevano piatti e bicchieri. Poi venne fuori il pane, la pentola colla minestra serbata tiepida e un gran pollo bollito. I due parlavan tra loro brontolando, la donna stridula, il vecchio conciliativo.

Di tra i cespugli a Masin scappò un sogghigno, pensando alla coppia reumatica. Ma il pollo lo tentava. Aveva una fame feroce. Di un giorno. E cominciò a rotargli il sangue. Che quei due che ci avevano persino il cavallo, gli facessero l’elemosina del vino maltrattandolo anche e poi dovessero mangiare il pollastro sdentati, mentre lui se li sentiva tremare alle radici i denti – no. Non ci pensò due volte. Nessun altro si trovava alla fontana. L’aria era semibuia. La vecchia accese una candela e la piantò in un fiasco.

Masin uscí sullo spiazzo. E chiese con voce malferma: – Ch’am dagô ’n toch da mangè.

La vecchia alzò gli occhi agitata.

– 'Ndè a travajè, plandrôn, – poi rivolta al compagno: – 'T vôghe lo ch'ôj capita a deje da beive a tucc i piôlòt?

Masin si avvicinò nella luce traballante. Aveva un'aria decisa.

– 'Ndè via se 'd no a bŕaj, – minacciò la vecchia spaventata. – Bôgte, ti, – disse stridendo, al compagno. L'altro scosse la testa e sorrideva idiota. Propose: – Dâje da beive. Ssa, veurlô beive, fanciôt? – e tese il vino.

– Niente 'd aô tut, – strillò la vecchia balzando in piedi.

Masin tagliò corto. Con una mano cacciò via la donna, coll'altra afferrò il pollo e fece per andarsene. La vecchia lo rincorse urlando. – A ŕ'âŕma, a ŕ'âŕma, aô lâdeŕ!

Masin si volse e la guardò di traverso; le lasciò andare un ceffone sulla bocca e poi, con un salto, scattò a correre.

Non si fermò finché tutto non fu silenzioso, in un campo deserto, zappato di fresco e si sedette su un po' d'erba nel buio, cominciando a staccar morsi. Gli spiaceva soltanto di non aver preso anche il vino ed ebbe quasi voglia di tornare indietro.

Il cinquantone dell'automobilista non doveva andare sprecato. Con una quindicina di lire Masin mangiò e bevve in abbondanza la sera stessa; le altre avrebbero servito per la discesa da Càstino. Per tornare a Torino.

Invece Masin non si mosse dagli spiazzi ventosi della vetta e dopo tre giorni non aveva piú un soldo. Tutto in mangiare e in bere.

Era però ormai lontano da Càstino. Si era messo a camminare sul taglio delle cime – per non scendere, ché la discesa gli faceva mal di stomaco, con tutto quel vino – e si trovava ormai ben lontano per quei greppi, ma sempre sulla cresta.

Non c'eran quasi strade lassú, ma Masin se le faceva e un poco in un campo, un poco in un bosco, un poco in una vigna, riusciva a andare avanti. Trovava anche facilmente ospitalità. Altrimenti viaggiava di notte e dormiva a mezzogiorno in un ritano, all'ombra dei noccioli.

Eran rare le case. Case basse, d'un giallo nerastro, come bruciacchiate, molto vecchie con grandi fienili e il letame sull'uscio.

Sempre piú quadri lassú i contadini. Correvano i bambini a guardarlo, come non avessero mai visto un uomo. Le donne scappavano dai cortili al suo arrivo. Da bere gliene portavano sulla strada. Parlavano in un modo indecente. A fatica Masin si faceva capire. E cosí non aveva da chiedere lavoro. Apriva soltanto la bocca e mostrava il palato coll'indice. E i contadini si sbagliavano, comprendendo piuttosto che avesse sete. Poiché lassú la gente offre piú volentieri vino che non pane – il vino l'hanno in casa, il pane pesa a portarlo fino al forno nella valle – e in definitiva Masin era sempre mezzo sbronzo e affamato e sovente sbagliava di strada. Il che importava poco, perché quella giusta non c'era.

Masin pensava ancora alla chitarra di Talino. La rabbia. E poi, averci la musica in quei posti, chissà quanti soldi. No, magari niente; ma almeno, sarebbe stata una compagnia.

Tentò di farsi con canne una specie d'ocarina o di fischietto, ma rovinò il temperino, senza venire in nulla.

Si buttava affaticato sotto un albero e pensava a un'automobile in quei posti. Con un salto sparir giú nella vallata e filare via tra la gente civile. Pure gli piaceva quella gran solitudine rinfrescata dal vento che spazzava da tutte le parti e di dove pareva che non ci fosse piú il mondo.

Qualche volta Masin dalle cime guardava lontano le valli, le case isolate e pensava che laggiú c'era il lavoro. Se non ci fossero stati quei contadinacci.

Venne il giorno che apparve il primo grappolo d'uva annerito. Sapeva d'acerbo, ma scomparve in un attimo. E le colline cominciarono a scendere.

Venne un gran temporale che lasciò Masin fradicio tutta una notte. Bestemmie. Tentativi di accendersi un fuoco. Il sole riapparve e tornarono le giornate di caldo. C'era adesso piú frutta mangiabile ma diminuiva l'ospitalità. Per levarsi la fame, Masin corse pericoli. Venne scacciato da una vigna. E da bere gli davano l'acqua. Le colline scendevano.

Giunto a valle Masin aveva fame e non stava piú in piedi. Il paese dove arrivò era Canelli. Si buttò a giacere su un muretto e chiuse gli occhi. Nel buio gli ballavano avanti scintille. Aspettò un poco, poi si alzò colla testa indolenzita. Fermò un'automobile e chiese se volevano comprare un orologio. Lo guardarono. Masin si toccò in faccia e sentí barba ed ossa. Ripeté la domanda. L'uomo che era nella macchina, disse al conduttore di andare avanti.

Passò un'altra automobile. Masin colla voce malferma tornò a offrire l'orologio. Il conduttore – era solo – questa volta chiese di vedere l'orologio. Masin si toccò in tasca, poi scusandosi in fretta, – Ostia, l'aj perdulo! – e stette ad aspettare. Il conduttore tirò un sospiro. Schiacciò il pedale e partí.

Masin chinò la testa e s'incamminò verso il paese. Entrò nel primo negozio e, senza guardare in faccia nessuno, chiese se avevano lavoro. Uscí con dieci soldi in tasca.

Fece cosí fino a una piazza. A Canelli son tirchi. Arrivò con in tasca uno e sessanta. E allora andò a comprare sigarette, ne accese una, la fumò mezza, poi la buttò via. Aveva fame.

Cercò una trattoria. Entrò all'insegna del Bue Rosso. Chiese del padrone. Si offrí di pagare la cena colle sigarette che gli restavano. Lo mandarono via con una pagnotta. Mangiò la pagnotta ingozzandosi.

Ormai i negozi eran chiusi. Masin cominciò a girare i caffè chiedendo a tutti. Mise insieme due lire. Cercò allora un'osteria e chiese vino. Bevve fin che ne ebbe e fumò da signore. Non uscí fin che non chiusero.

Quando fu fuori, Masin barcollava. Non aveva pensieri. Infilò la prima strada e camminò. Passò il ponte sul Belbo e arrivò fuori del paese. Era una notte buia: aveva di nuovo piovuto e ad ogni passo s'incespicava nel fango.

La strada saliva. Masin non se ne accorse. E fu qui che gli capitò la facezia.

Dopo un poco nell'ombra tra gli alberi Masin non si sentí piú solo. Davanti a lui camminava a ritroso, guardandolo, un altro Masin.

Il giovanotto non fu affatto stupito. Levò appena la testa, borbottando: – Fa prestô che a rivôma a Sant Stevô –. E l'altro, senza levarglisi dai piedi, sempre sgambettando all'indietro, gli diceva:

– L'è l'aôto ch'aj veul për rivè a Sant Stevô. Ma 'dess che ssiô là, cosa fôma 'n mes aj pacô? Dis, Masin, mi sôn ôit de 'sta vita. Aj veul l'aôto da filôtè via. Përchè 't l'ass përdulô l'aôto, Masin?

Masin scosse le spalle e tirò innanzi incespicando. Lo scossone che diede per rimettersi in equilibrio, lo lasciò solo. Di botto, guardandosi intorno, cercò il compagno. S'accorse allora che *qualcuno* era stato con lui. Dov'era?

Tornò a proseguire a testa bassa. Dopo un po' risentí lo scalpiccio innanzi a sé e rivide Masin che lo fissava.

– Sent, va feura da le bale, – disse scuotendosi. – Mi l'aj sempre marcià drit e j l'aj nen veuja 'd feme pisté i pè da gnun. Àngôla, bônòm.

E la voce di prima: – Aj veul l'aôto, Masin, l'aôto o la frôja da tôrnessne a Turin. Perchè 't sôñe pi nen la frôja, Masin?

– L'aj vendula, – rispose secco Masin, per levarsi l'altro dai piedi.

– E l'aôto, – riprese la voce calma, – 't l'ass vendulo anche l'aôto, Masin?

– Sent, – attaccò Masin deciso. – Gnun l'è amnute a cerchè ne ti, ne l'aôto. Se j t' l'ass la frôja, gràtet-la, mi sôn për 'rivè a Sant Stevô e j l'aj seugn. Mi j l'aj perdú la frôja e stop. E stasseira queicos l'aj traôndú e traôndraj dômàn e sempre...

– Masin, 't l'ass perdulô to aôto, Masin...

Qui Masin perdé la pazienza e saltò sull'altro. Che, leggero come aveva sempre camminato, girò di fianco e portò Masin barcollante fino al fossato della strada. Poi scomparve. E Masin crollò disteso nell'umidità di quell'erba, trovò una buona posizione e, con un brutto grugnito, si mise a dormire.

Donne perdute

Hanno proprio ragione a trattarle cosí.
E certo è meglio che compassionarle
col cuore e poi godersele nel letto.
«È un bisogno piú forte di tutta la vita»
di' piuttosto «e siam tutti dannati a quel passo;
ma se mai la ragazza mi facesse il mestiere,
soffocherei di rabbia o saprei vendicarmi».

Sempre compassionare fu tempo perduto,
l'esistenza è tremenda e non muta per questo,
meglio stringere i denti e tacere.
Una sera
ho viaggiato su un treno che c'era una donna,
vesti sobrie, dipinta, serissima in faccia.
Fuori i lumi un po' pallidi e il verde un po' grigio
cancellavano il mondo. Eravamo isolati
nel vagone – una terza – la donna ed io giovane.
Non sapevo a quei tempi attaccare discorso
e piangevo pensando alle donne. Cosí
feci il viaggio osservando nervoso e quell'altra
mi guardò qualche volta e fumava. Non dissi,
non pensai certo nulla, ma ancora ho nel sangue
quello sguardo diretto, quel riso di un attimo
di chi ha ben lavorato ed ha preso la vita
come occorre, in silenzio.
Un amico, di quelli
che hanno in mente parole, vorrebbe salvare
una donna e asciugarle le lacrime e darle le gioie.
«No, è un bisogno piú forte di tutta la vita.
E noi, siamo dannati che han l'unica forza
in un'anima dura, che non serve a nulla».

Le potete salvare a migliaia le donne
ma le tante che ho visto fumare e guardare
colla faccia sdegnosa o sorridere stanche –
– le mie buone compagne – saran sempre vive
a soffrire in silenzio e pagare per tutti.

Carogne

Masin camminava lungo il treno con altri a quattro a quattro, nel mattino presto. L'avevano svegliato alle cinque alle Nuove, fatto passare negli uffici, ammanettato e incatenato con tipi cenciosi – lui era ancora decente come prima del processo – e sul cellulare erano arrivati alla stazione, in compagnia dei brigadieri.

Attesero sulla banchina vicino alla porta spalancata di un vagone-bagagli, vuoto di panche. I guardiani e il brigadiere capo si davan da fare intorno a loro. Masin cercava di capire i movimenti della colonna per non farsi spingere o vociare. Gli pareva di essere ancora militare, dove la noia era in fondo anche peggio. Quella marcia era una novità e osservò che, invece che a tre, eran disposti a quattro.

Aspettando là Masin si scosse per scaldarsi, ma la catena gli impediva movimenti troppo bruschi. Il vicino di sinistra borbottava e alzava le mani per lisciarsi la barbetta, scusando cosí i movimenti degli altri.

Masin cercò di convincersi che era militare e che alla sera sarebbe cominciata la prigione di rigore. La prigione di rigore per sedici anni. Se da soldato si faceva impunemente per quindici giorni, Masin sperava che l'avrebbe resistita per – fece il conto – ventiquattro volte all'anno, moltiplicato sedici – venti per sedici, dieci per sedici – trecentoventi, piú quattro per sedici – una cinquantina. Trecentocinquanta volte la prigione di rigore. Trecentocinquanta giornate di quindici giorni. Quasi un anno di queste giornate. Libero a quarant'anni. Sarebbe uscito coi capelli grigi e colla schiena curva.

Qualcuno nella colonna era disperato. Masin aveva sentito di uno che ne aveva per vent'anni. Chi sa se quello pensava alla prigione di rigore – ventiquattro per venti – che voglia – si aggiusti da sé.

Il vicino di destra era un giovanotto magro, con un berretto da teppista. Masin sentí che parlava da meridionale e cominciò a guardarlo brutto.

Masin ghignò tra sé a un pensiero che aveva avuto in quei giorni, dopo la sentenza. Dànno sedici anni – poi si esce – che stupidaggine – e uno allora fa i suoi conti e torna a uccidere.

A buon conto, Maria era morta e lui sarebbe uscito – quattrocento prigioni di rigore – no, meno – bell'e libero – come se non avesse mai fatto niente. C'era senso?

Il brigadiere gridava, cacciandosi tra la colonna e disturbando tutti. Cosa c'era? Cercava uno, faceva l'appello. Quando chiamò lui, Masin rispose con un grugnito indistinto. E la voce passò avanti. Masin si guardò attorno. Sulla banchina non c'era nessuno tranne loro. I treni che partono al mattino presto son quasi vuoti. Pensò a quando partiva lui al mattino presto. Meno male che nessuno li vedeva. Ebbene, era un uomo come tutti gli altri. Quella catena, però.

Per strada aveva chiesto: dieci ore di viaggio. Poi nel penitenziario, sedici anni.

La colonna tornò ad agitarsi. – Si monta o no? – chiese il vicino di destra, il meridionale. – Noi si vole montare, – aggiunse forte sogghignando. Molti altri protestavano. – Silenzio, – urlò il brigadiere.

Il vagone era lí aperto, eppure non si entrava. – Andiamo, – dicevano tutti. – Fa freddo.

Masin pensava alla frase del meridionale. Doveva esser brutto stare adesso per sedici anni senza moglie. Ebbe a un tratto ben chiara in mente, Maria. Chissà dov'era in quel momento Maria? Con gli altri, no. Masin capí finalmente che l'aveva uccisa. Non fa piú male a nessuno. Cosí si fa. Queste troie di donne. Ma pensava – Si capisce, son tutte le stesse.

Non aveva rancori in fondo. Solo gli spiaceva di non poter piú vedere per sedici anni una donna. – Côme sedess ani 'd malatia, – si disse poi. – A l'è pôssibil? – Ce n'era stata gente per tanto tempo all'ospedale? Sarebbe uscito coi capelli grigi. Mah! Masin sperava la grazia. Certo la grazia la davano solo a chi l'aveva fatta ancor piú grossa, ma metti che si sposasse una figlia del re. Non sapeva quante figlie del re c'erano ancora da sposare. Chi sa! Chiederlo ai due vicini non osava. Avrebbero capito che voleva la grazia. Far ridere il napoletano? No.

Dal processo era venuto in luce che Masin batteva la moglie e angariava il vecchio. Che era gelosissimo, e lui stesso aveva detto dalla gabbia che, a vivere sempre separati come si vive, le donne fan bene come fanno. E gli uomini fanno bene a ammazzarle. Era stato fortunato a non pigliarsi l'ergastolo.

Masin aveva contato su meno di sedici anni. Da un mese, prima di lasciarsi pigliare dalla rabbia e strozzare Maria, leggeva sempre le cronache giudiziarie e confrontava i delitti e le condanne per regolarsi. Gli era parso che gli assassini del suo genere prendessero dai tre ai sette anni.

Ma nel processo si era sentito cosí gonfio e seccato da tutte quelle parole e quelle storie, che aveva risposto male all'avvocato difensore, aveva detto di esser disposto un'altra volta a strangolare e gridato al presidente che la mollasse: aveva ucciso Maria e basta.

Pure, tra istruttoria e interrogatori, senza che lui se ne accorgesse, gli svelti cancellieri misero insieme dalle sue parole, tutta una versione del fatto, che uscí poi su un giornale in questa forma:

«... è questa una delle tante pietose tragedie famigliari che si riscontrano nel nostro triste ufficio ed hanno alla base uno stato sociale d'ignoranza e di vizio. La figura dell'assassino risulta dalle indagini e dal suo contegno stesso al processo, abbietta e traversata da lampi di ferocia e di incoscienza. Egli, vissuto nell'ozio, già colpevole di un omicidio commesso in stato di ubriachezza, che gli valse il ritiro della patente di autista, sposa una ballerina conosciuta probabilmente in locali di malavita e inizia un'attività commerciale improvvisata, al solo scopo del lucro e trascura per questa attività la sua stessa vita famigliare, insistendo – pare – presso la compagna perché anch'essa ritorni alle scene a guadagnare col suo disgraziato mestiere qualche soldo di piú.

«Entra in scena a questo punto il padre del Delmastro – pietosa figura di alcoolizzato che ha la sua spiegazione nel contegno del figlio prima della vita coniugale, quando cioè, la madre dell'assassino era degente in un ospedale della nostra città, in quello stesso ospedale nel quale poi morí; e il figlio vagabondava senz'arte né parte. Esulcerata dal dolore quest'anima di onesto operaio si piegò a cercare un paradiso artificiale nell'alcool. Ma della fondamentale dirittura dell'uomo che sciaguratamente non “risurse per li rami” del figlio degenere, è prova il collasso fisico e morale che lo abbatté la notte dell'assassinio, quando lui – l'alcoolizzato – venne trovato a singhiozzare sul cadavere della vittima stroncata dal Delmastro. Pare, dalle deposizioni dei parenti di quest'ultima, che i due coniugi avessero frequenti liti a causa della permanenza del padre con loro. Il padre amava la vittima – ne è prova il suo pianto sulla morta –; risulta cosí che il figlio indegno non voleva saperne di sostentarlo nella vecchiaia e piú volte cercò di cacciarlo di casa, se la povera ballerina cresciuta in mezzo al fango, non avesse trovato nella generosità istintiva del suo cuore di donna un affetto e una carezza per quella miserevole canizie.

«È stato detto che i motivi dell'assassinio non sono chiari e da qualcuno si è insinuato che ci fosse un addentellato coll'esistenza condotta dalla vittima precedentemente all'unione infelice. Ora, tanto la spiegazione quanto il rimprovero di questi “imparziali” non possono quadrare che a coloro che esigono nella vita il fatto bruto, materiale, e che per paradossale mania di sottigliezza vorrebbero fermare ogni corso alla giustizia.

«Quanto ai motivi, l'imputato si è chiuso nel mutismo piú assoluto e questo ci pare dia la chiave del mistero. Se avesse avuta la benché minima speranza di imputabilità per la vittima, noi crediamo che il Delmastro non avrebbe esitato a insozzarne e ucciderne la memoria, come ne ha ucciso il corpo.

«No, a questo proposito anche il cinismo dell'assassino si è rivelato impotente ed egli stesso ha dovuto tacere, schiacciato sotto l'enormità dell'evidenza. No, soltanto l'ignoranza e il vizio e l'abitudine della malavita poterono indurre quello sciagurato al gesto fatale. Possa egli trovare nell'espiazione, il raggio di luce che lo sollevi dall'inferno morale dove sinora ha brancolato...»

Masin non lesse mai queste colonne sui giornali, ma le stesse cose se le sentí ripetere infinite volte al processo. E ne uscí infatti con un respiro di liberazione.

Il treno scrollava i condannati nella corsa monotona per la pianura. Ogni tanto si fermava o rombava sopra ponti o strepitava innanzi a case. Non si vedeva nulla dal vagone, perché le porte eran chiuse e non c'era che le finestrine da buoi, in alto, sbarrate.

I brigadieri seduti su uno scanno, i prigionieri stesi a terra o appoggiati alle pareti, sobbalzavano e qualcuno borbottava. Masin disteso in un angolo contro la spalla del vecchiotto, per un po' seguí il viaggio dai rumori esterni, poi cominciò a chiudere gli occhi.

Gli davan noia le catene. Un giorno o l'altro sarebbero arrivati. Ci sarebbero stati i lavori forzati? Che cosa, le cave? il piccone? O far la calza, come aveva sentito? Però, sedici anni! gli dolevano le ossa.

Sonnecchiava. Vicino a lui, anche il vecchiotto stava inerte. Uno piú discosto borbottava una canzone e il brigadiere disse nulla.

Una gran voglia di far niente si sentiva Masin. Dormiva. Nel vagone freddo, semibuio – sedici anni!

Dopo un poco si accorse di sognare. E stette calmo per sognare meglio.

Si sentiva disteso, indolenzito, sotto il sole... Gli pareva di dormire sotto il sole. E un vento fresco muoveva tra gli alberi. Masin cominciò a respirare larghissimo e l'aria veniva fresca, leggera, nei polmoni. Soltanto, si sentiva come tutto indolenzito.

Poi s'accorse che il tepore era il tepore di un letto. Era a letto Masin e si sentiva tutto caldo, gli pareva di stringersi a qualcosa di bruciante. Era Maria, accanto a lui.

Allora – nel sogno, Masin – scese dal letto e guardò un poco Maria, distesa di profilo colla guancia sulle mani e tutti i capelli negli occhi. Maria dormiva. Masin sentí un gran desiderio di lei, ma non osava svegliarla. Tornò allora a distendersele accanto, s'appoggiò a lei e la godeva tranquillo.

Uno strattone e una voce lo svegliarono. Era il vecchiotto che lo spingeva colle mani. – T'ancamiñe già adess, salòp?

Masin, stordito dal sonno, guardò intorno e gli dispiacque una cosa sola. Di aver perduto Maria, di non sognarla piú.

Da sveglio ricordò che l'aveva strangolata – a quel modo, quasi – nel letto. Bestemmiò a lungo, in silenzio.

I prigionieri riscossi dalle ingiurie del vecchio s'agitarono un poco, qualcuno gridò a Masin: – Daje 'n pè 'ndrinta a côl môssú –. Scoppiò una risata. Il brigadiere con una voce grossa rimise l'ordine.

Masin stette di nuovo ad ascoltare i rumori del treno. Si mise a contare i sobbalzi delle ruote. Sedici – un anno per uno – era finito. Lui era libero. Quanto ce ne stava ancora.

Contare i giorni là sopra. Cominciò. Non arrivò nemmeno a cento. Cosí – pensò – si sarebbe stancato di contarli anche nel penitenziario.

Accanto a lui il meridionale era stato fin allora in silenzio. In quel momento lo si sentí a mezza voce cantare:

Carogna, carogna,
so' a vita – dannate
si vengô – graziate
vendetta aggiô a fa'.

«Piant-la, terôn», volle gridargli Masin, ma poi pensò al brigadiere e preferí chiudere gli occhi.

Il mare

Masino era ormai un grand'uomo. Alto, un po' sardonico, spigliato – anche troppo a parole – dove arrivava lo sentivano. Guadagnava molti soldi, divertendosi e senza nemmeno pensarci. È cosí che si fa.

Ma era destino che in febbraio dovesse sentir caldo. Gli andò bene un antico disegno – tanto bene che benché avesse deciso (all'inglese e alla piemontese) di non scomporsi mai, passò l'intero pomeriggio di capo d'anno a saltellare e fischiare per le strade.

La riuscita era questa. Il suo giornale in vena di modernità aveva deciso per l'anno nuovo di interessarsi di quanto avveniva nel mondo. Cominciavano a parergli provinciali le asciutte comunicazioni della United Press e addirittura volle pubblicare corrispondenze inedite, dai quattro punti cardinali.

Lo scopo era di sorbire agli assidui lettori notizie etniche ed esotiche escogitate nei paesi «piú significativi per la futura civiltà del domani». E scelsero la Scandinavia, la Russia, gli Stati Uniti e l'Argentina. Ma quattro corrispondenti costavano troppo. Gli assidui lettori potevano aspettare. E decisero che l'Argentina confina cogli Stati Uniti e la Russia con la Scandinavia. Uno in Europa quindi e uno in giro per l'America.

Scelsero due vecchioni: un fanatico ibsenista e antico critico teatrale, per l'Europa del Nord e un professore d'economia politica, che non sapeva l'inglese, per l'America.

Tutto era deciso. Nel giornale si guardavano con invidia i corrispondenti che arrivavano in automobile a conferire col direttore e uno, il professore, si faceva sorreggere per salire le scale, da tanto era reumatico e ansimante.

Il giornale annunciò le corrispondenze con grandi pubblicità e promesse agli assidui lettori. Poi all'ultimo momento i due fortunati si presero un raffreddore che passò in influenza, che rovinò in polmonite; e alla fine dell'anno erano morti o in agonia.

Nel disorientamento Masino colse l'attimo. Filò dal direttore, gli ricordò il servizio in Francia, accese negligentemente una Chesterfield, ne offerse una al direttore, e si propose per partire anche domani.

Il direttore ascoltava.

Masino ragionò: «So l'inglese benino, anzi so l'americano. Il cinematografo è un'arte di là. Credo di averLa sempre soddisfatta nelle mie corrispondenze. L'America è giovane. Ci vuole un giovane. Anzi ho un'idea. Perché passare dall'Atlantico e perdere una corrispondenza? Con poca spesa in piú si può mandare il corrispondente per il Pacifico e ricevere notizie sulla Sonda e su Tahiti. I romanzi di Conrad hanno messo di moda la Sonda... sí le isole olandesi sotto la Cina».

Due giorni dopo Masino riceveva l'incarico.

Seguendo la stessa felicità di improvvisazione, il direttore aveva pure designato un giovanetto per la Svezia. – Creda a me, – spiegava Masino, – Ibsen interessa sí e no. Quel che ci vuole è uno sportivo. Quello è il paese degli sci...

I due nuovi fortunati si conoscevano appena. Un giorno che uscirono dalla direzione insieme, dove il capo aveva spiegato loro come intendeva la modernità: – L'Italia, soprattutto. Fare confronti, frequenti. Qualche parola esotica. Dà il tono. Ma l'Italia, l'Italia, il fascino di Roma... – uscendo insieme Masino che non era mai cosí intraprendente come quando non conosceva una persona, propose un bicchierino insieme per beneaugurare. Disse poi ingenuamente: – Per un pezzo non berremo piú il grappino, sorbiamoci l'ultimo.

Il giovanotto per la Svezia – fin allora un corrispondente sportivo di prima qualità – era un biondastro muscoloso, tutto spellato dalla montagna.

– Da bere se ne trova dappertutto.

S'interrogarono poi sugli equipaggiamenti. Lo svedese diede molti consigli: – Per esempio, – spiegò, – ci sarebbero molti al mio posto che si porterebbero dietro gli sci, in Svezia.

– E già che non vanno, – sghignazzò Masino.

Al banco lo svedese non volle il grappino ma chiese il cherry-brandy. – Di dov'è lei? – chiese Masino. Difatti era romano.

– Sa, che intenzioni ho io? – disse Masino. – Il mondo è tutto uguale. Faccio gli articoli prima di arrivare sul posto e negli articoli ci metterò sempre il tabarino, le danze e i marinai. Cosí non sbaglio.

Ma lo svedese aveva altre preoccupazioni che letterarie.

– È un giornale fottuto il nostro. Sessanta lire di diaria e stipendio normale. Noi italiani siamo sempre straccioni.

Quel che assorbiva di piú Masino, sul treno verso Genova, era il pensiero che tra un mese sarebbe stato nell'Oceano Indiano a scoppiare di caldo – e vedere lí i finestrini agghiacciati, e fuori alberi brulli e nebbia.

«Chi sa se patisco il mal di mare? Voglio vedere. Dico di no, che non lo patisco – *no* – e poi basta mangiare».

Il treno era passato da Alessandria. Gli era spiaciuto a Masino non passare per Bandito. Dare un'occhiata al suo paese. La collina un po' bassa. I suoi ritani. «Sono sciocchezze».

Però il Po l'aveva passato. Non visto, per la nebbia, ma sentito al rimbombo del treno. Quello era l'ultimo legame. Ricordò Hoffman che gli invidiava, senza dirlo, quel viaggio. Il grande Hoffman che restava nel suo buco.

«Be', tutto è lo stesso. Sarebbe meglio mi sposassi a Bandito con una bella ragazza e non mi muovessi piú di là».

Il consiglio di Hoffman. Maledetto, lo perseguitava anche nel mondo. Sorrise per liberarsi dai pensieri.

Nel vagone non si scoppiava di caldo. Masino viaggiava in terza per guadagnarci i primi soldi. Aveva già il biglietto per il piroscafo a Genova. Aveva già il baule là, tutto fatto. Piú nessuna preoccupazione. E sul treno s'annoiava.

La campagna fuori non aveva nessun interesse. L'ultimo viaggio in Piemonte che avrebbe dovuto esser fantastico, era solo noioso.

Fuori gli alberi sparivan nella nebbia. Parevan disegni in grigio su cartone. Alle sei di sera, d'inverno, non si può veder molto.

Ancor un'ora. Il treno imboccò i Giovi. Qui Masino si chiuse nel paletò, accese una sigaretta e fissò a terra. Non aveva compagni di viaggio.

L'Oceano Indiano. Singapore. Il Pacifico. Poi S. Francisco. Panama. Niente avventure, come andare a Cavoretto. Ma il mondo era bello.

Cercò di sonnecchiare per sopire il noioso fervore intimo e l'ansia.

Non piú parlare italiano. Ma era bello il Piemonte. Maiale! bello è andare altrove. Cosí si fa, Masino.

I Giovi durarono un pezzo. Si scendeva ormai, verso il mare.

Quando sbucarono era buio, ma si sentivan le colline. Salí qualcuno. Masino era in piedi. Fra poco Sampedena.

Masino andò nel corridoio a fumare. Ma per camminare, per muoversi, per calmarsi. «Non fare l'idiota, Masino».

Un finestrino era aperto. Masino aspirò guardando innanzi nel senso del treno. Voleva sentire l'odore del mare. Questo l'aveva sempre fatto, arrivando alla costa, ma non l'aveva mai sentito. Il giorno dopo, invece, svegliandosi uno ci si trovava tuffato e respirava con gusto.

Lumi, sbattacchiamenti e voci, ormai, alle fermate. C'eran quasi. Sampierdarena. S'indovinava a destra un gran vuoto, ma era buio. L'odor salso, ecco, era quello. Sí. No. Non importa. «Lo sentirò anche troppo. Ma come corre questo treno. Pensare che la fa tutti i giorni questa strada».

I lumi di stazioni eran sempre piú frequenti. Tutti in piedi, come all'arrivo di qualcuno. Cominciava il balletto d'arrivo sugli scambi di Porta Principe. «Quanta gente. Di dove è sbucata?»

Dopo cena, dall'albergo vicino alla stazione Masino uscí a fare due passi. Tutto il movimento delle strade lo confondeva. Andare a vedere il porto? «No, è stupido. E poi, l'ho già visto l'altr'anno».

C'era solo da passare un po' di sera e camminare e poi tornare, dormire, cercar di dormire. Domani far tutto. Rivedere i documenti. Salire a bordo. «A quest'ora domani non sarò piú a passeggiare per le strade».

Masino aveva un'idea. Andarsi a sedere in un caffè straniero, del porto, – inglese – e ascoltare la gente, i marinai. Al cinema no, durava troppo. E poi, dov'erano i cinemi di Genova?

Ma dov'era il caffè?

Masino arrivò, sempre guardandosi indietro per ritrovare poi la strada, in una grande via che dall'altra parte aveva i moli. Si sentivan sirene muggire. Ma la nebbia accecava anche qui. «Siamo a Londra», pensò Masino.

S'incamminò per quella via. Guardava le insegne. Una tedesca. Niente. Odiava il tedesco.

Un negozio che in vetrina aveva ramponi. Bello. Ma è finito il tempo dei ramponi. Le balene ora le ammazzano a cannonate. Che freddo faceva! Chissà il mare com'è freddo.

Finalmente Masino trovò una Sailor's Inn. «Chissà se si può entrare liberamente? Coraggio. Dovrò entrare in tanti posti, da padrone». Masino entrò.

Vide ragazze che servivano tra i tavoli e ne sentí una parlare genovese. Si andò a sedere sogghignando.

Guardò intorno. C'era cinque o sei operai luridi che mangiavano salame. Un marinaio col maglione beveva vino rosso. In fondo c'era l'altare delle bottiglie.

S'avvicinò la ragazza e per parlare inglese Masino gridò «Whisky».

Venne il whisky, un bicchierotto da medicine.

Masino era a posto. Tutto il mondo è lo stesso. Si tenne il suo inglese ed accese una macedonia.

Entrò altra gente, marinai, scaricatori – qualcuno parlava davvero incomprensibile. La taverna era piena. Fumo e voci. Tutto contento Masino capí che un marinaio là al banco chiedeva dove si poteva dormire. Si sforzò tra i rumori e capí anche che la ragazza faticava a rispondere. Sogghignò un'altra volta.

Cominciava già ad averne abbastanza e pensava a dormire. In quel momento entrò un negro, gigantesco – finalmente – stracciato, con un berretto di lana in capo. Quello era certamente un marinaio.

Masino si alzò e si avviò al banco per pagare. Anche il negro venne al banco. Disse il negro alla ragazza che si aggirava là dietro severa in faccia: – I 'm gwine to sail to morro. A boàre –. Masino capí la pronuncia barbarica e fu soddisfatto, tanto che, preso bene l'abbrivo, propose con pronuncia negra imparata sui libri:

– Wanna glass o' beer, sailor?

Miracolo. Quell'altro si volse e capí. O almeno rispose:

– Yea.

La ragazza non capiva e attendeva. Masino le disse in italiano: – Pago un whisky per me; una birra al signore.

Scodellata la birra, Masino la spinse verso il negro che lo guardò. Non capiva. Allora Masino:

– It's for you.

Il negro rise e prese il bicchiere.

– T' your health, – brontolò Masino. L'altro, bevuto che ebbe a metà, guardò la ragazza, guardò Masino, poi bevve di nuovo. Masino provò a chiedere:

– Where are you from?

Il negro non staccò il bicchiere dalle labbra.

– Goody, – disse poi. E tese la mano a Masino.

– Good-by, – disse Masino.

Una mano nuda, da scimmia.

– S' long, – rispose l'altro e se ne andò.

Racconti

Terra d'esilio

I.

Sbalzato per strane vicende di lavoro proprio in fondo all'Italia, mi sentivo assai solo e consideravo quello sporco paesello un po' come un castigo, – quale attende, una volta almeno nella vita, ciascuno di noi, – un po' come un buon ritiro dove raccogliermi e fare bizzarre esperienze. E castigo fu, per tutti i mesi che ci stetti; mentre di osservazioni esotiche andai non poco deluso. Io sono un piemontese e guardavo con occhi tanto scontrosi le cose di laggiú, che il loro probabile significato mi sfuggiva. Mentre, gli asinelli, le brocche alla finestra, le salse screziate, gli urli delle vecchiacce e i pezzenti, tutto ricordo ora, in modo cosí violento e misterioso, che davvero rimpiango di non avervi messo un'attenzione piú cordiale. E se ripenso all'intensità con cui allora rimpiangevo i cieli e le strade del Piemonte, – dove ora vivo tanto inquieto, – non posso concludere altro che cosí siamo fatti: solo ciò che è trascorso o mutato o scomparso ci rivela il suo volto reale.

Laggiú c'era il mare. Un mare remoto e slavato, che ancor oggi vaneggia dietro ogni mia malinconia. Là finiva ogni terra su spiagge brulle e basse, in un'immensità vaga. C'eran giorni che, seduto sulle ghiaie, fissavo certi nuvoloni accumulati all'orizzonte marino, con un senso di apprensione. Avrei voluto tutto vuoto oltre quella balza disumana.

La spiaggia era desolata, ma non repellente. Volentieri – tanta era la noia nel paese – vi camminavo, al mattino o verso sera, seguendo la zona dei ciottoli per non faticare nella sabbia; e mi sforzavo di godere i cespuglietti di geranio fiorito o le foglie potenti d'agave. Ogni volta mi indisponeva il tallo sabbioso di qualche ficodindia divelto o sconquassato, dove la polpa verde di certe foglie era disseccata e rivelava il reticolo delle fibre.

Ricordo un mattino di luglio, tanto intenso che il mare non si staccava sul cielo. A pochi passi sopra il greto, s'attruppavano le barche scolorite e consunte; e qualcuna reclinata, pareva riposare dalla pesca notturna. Le onde alla riva frusciavano appena, come schiacciate dall'immane distesa d'acqua.

Seduto all'ombra contro una barca vidi il confinato operaio. Guardava verso la collina, alla vetta biancorocciosa di muraglioni, dov'era la frazione antica del paese. Pareva incantato da quella lucidità di cielo, che alleggeriva e velava ogni cosa. Al mio passaggio non si volse. Aveva il berretto a visiera tirato sugli occhi, e l'abito marrone sdrucito ai gomiti e informe alle ginocchia.

Quando fui oltre, mi sentii chiamare. Dalla tasca mi sporgeva ben riconoscibile un giornale di Torino.

Mentre il giovanotto leggeva, io respiravo rannicchiato all'ombra della barca. C'era un odore di legno assolato e di sabbia bruciante. – Non fa il bagno? – gli chiesi, dopo un po'.

– Questi giornali dicono tutti le stesse cose, – rispose l'altro, e si frugò in tasca. – Non ha da fumare?

Gli diedi da fumare. Cominciai a spogliarmi nel sole.

– Non sono un politico, – riprese. – Io sui giornali non cerco la politica. Mi fa piacere leggere quello che succede a casa. Invece parlano solo di politica.

– Credevo fosse...

– Io sono un comune, – tagliò quello, svelto. – Ho preso a pugni un milite, ma sono un comune –. Si tirò il berretto sugli occhi. – Gliele ho date per motivi personali.

M'infilai le mutandine e sedetti nel sole. Guardavo verso il mare tremolante e immobile. Pregustavo la schiuma delle bracciate, la freschezza del fondo, le screziature del sole sott'acqua. Mi faceva senso quel corpo vestito, che travedevo sotto la barca. Lunghe maniche, calzoni pesanti, berretto calcato: come non soffocava?

– Fa il bagno? – chiesi di nuovo.

– Preferisco l'acqua di fiume, – rispose assorto.

– Qui non ce n'è, – dissi.

Tornai a riva grondante e mi buttai sulla sabbia. Tenevo gli occhi chiusi.

Quando li riaprii e mi sedetti, diedi uno sguardo smarrito alla costa. Sul pallore disperato delle piante grasse e delle vicine case rosa picchiava sempre quel sole. Il mio vestito faceva una macchia scura presso la barca.

– È anche lei confinato? – gridò di là il giovanotto.

– Qui lo siamo un po' tutti, – dissi forte. – L'unico sollievo è andare in acqua.

– E d'inverno, che sollievo c'è?

– D'inverno si pensa ai nostri paesi.

– Io ci penso anche d'estate.

Mi venne vicino e si sedette sulla sabbia. S'era tolta la giacca e portava una camicia scura, senza maniche.

– A che paesi crede pensi la gente di qui? – chiese.

– Pensano all'alta Italia piú di noi.

– Sí, ma il loro paese è questo. A loro non manca niente.

Attraverso la via ferrata, tra la spiaggia e le prime case scrostate della frazione marina, passava un gruppo di donne. Andavano al loro angolo tra gli scogli, su per la costa, a prendere il bagno. Erano vecchie, vestite di marrone e basse, e tra loro una ragazza in bianco.

Dissi qualcosa. – Certo nel Po si nuota meglio. C'è meno sole e piú comodità.

– Dove abitava lei a Torino?

Glielo dissi.

– Ma che cosa fa in questo paese?

– Lavoro alla strada provinciale. Sono l'ingegnere.

Il confinato si fregò il naso col dorso della mano. – Io ero meccanico, – disse, guardandomi. – Riceve posta lei da Torino?

– Ogni tanto.

– Io ne ho ricevuto l'altro giorno, – e si cavò di tasca una cartolina con la veduta della stazione. – Conosce questo posto?

Guardai un po', sorridendo, l'illustrazione e gliela restituii, imbarazzato.

– Ci sono i saluti di una ragazza. Se mi manda i saluti vuol dire che mi fa le corna. Io le conosco.

La vanteria mi dispiacque. Accesi una sigaretta senza rispondere: aspettavo il resto. Ma l'altro tacque. Dopo un po' mi rese il giornale, con un brusco saluto, e se ne andò, incespicando nella sabbia.

II.

Certe sere, di ritorno dal lavoro, attraversavo il paese marino e mi riusciva ogni volta incomprensibile che, per qualche suo figlio sparso nel mondo, quella terra fosse l'unica, il suggello e il rifugio della vita. Non pensavo alla scarsità dei campi e delle acque, alla falsa bizzarria delle piante grasse e contorte, alla nudità della costa. Queste cose sono solo natura e io stesso le combattevo asfaltando una strada.

Ostico e vuoto era proprio il vivere della gente: parole e fogge di una sciatta realtà, che snaturavano resti di un remoto impenetrabile. Con un'indolente vivacità gli uomini uscivano a tutte le ore dalle casupole per recarsi dal barbiere. Pareva non prendessero sul serio la giornata. Passavano il tempo in strada o seduti sulle porte a chiacchierare, e parlavano quel dialetto che, lontano, sulle montagne dell'interno serviva ai mandriani e ai carbonai. Forse di notte lavoravano, o nascosti, nelle case gelose e soffocanti, ma alla luce del sole, dal mattino alla sera, parevano soltanto ospiti annoiati, in libertà. E nessuno voleva vedere in strada la sua donna. Uscivano le vecchie, uscivano le bambine, ma le spose, le fiorenti, non uscivano.

Per questo, certo, il paese era inamabile. Quegli uomini parevano starci provvisori. Non s'incarnavano con le sue campagne e le sue strade. Non le possedevano. Vi erano come sradicati, e la loro perenne vivacità tradiva un'inquietudine animale.

Pure, sull'imbrunire, s'addolciva sotto il cielo anche il paese. Veniva dalla marina un poco d'aria e per le strade rotolavano i bambini seminudi, e le vecchie strillavano. Dalle porte esalava tanfo di fritto e io solevo sedermi a un'osteria, di fronte alla stazione deserta. Guardavo passare il gregge di capre, che dava il latte al paese, e m'insonnolivo nella penombra, assaporando la solitudine. Mi tuffavo in un'amara commozione al pensiero che alle mie spalle, oltre le montagne, continuava a vivere il grande mondo e che un giorno l'avrei riattraversato. C'era laggiú chi mi aspettava e questa sicurezza mi dava un tacito distacco da ogni cosa e ad ogni tedio un'indulgenza trasognata. Accendevo una sigaretta.

Subito sbucava Ciccio. – Cavaliere, mi date qualcosa?

E, fregandosi le mani in attesa: – Sono fumatore anch'io.

– Grazie: servitore.

Ciccio era piccolo, tutto abbronzato, con la barbetta grigia e gli occhi furbi. Si drappeggiava in un mantello scolorito e aveva i piedi avvolti in pezze assicurate da cinghiette. Quando aveva speso le elemosine in vino, si teneva nascosto per non dare brutto spettacolo di sé. Veniva da un paese dell'interno, e la sua leggenda era nota. A me ne avevano parlato – come di ogni loro cosa – con orgoglio.

Ciccio era scemo e ogni tanto lo prendeva un parossismo, per cui inveiva all'aria per la strada contro certi suoi fantasmi. L'aveva ridotto cosí la moglie, scomparendo con un tale. E Ciccio piantò tutto, lavoro casa e dignità, e frugò per un anno quelle coste, senza sapere chi cercasse. Poi lo misero all'ospedale, ma lui non volle e ritornò nei suoi paesi e diventò il vero Ciccio, il mendicante simbolico, che preferiva un mozzicone o un bicchierotto a un grosso piatto di minestra.

Quando all'osteria si giocava alle carte, lo scacciavano come seccatore. Ma quando si annoiavano o passava un forestiero, Ciccio valeva oro. Era un esempio convincente della passionalità locale.

Nei primi tempi del suo accattonaggio, era stato carcerato varie volte su per quella costa e glien'era rimasto un tale orrore per il chiuso, che anche d'inverno dormiva sotto i ponti. – Altrimenti che soffrire sarebbe? – mi spiegò tutto d'un colpo con la voce arrangolata. Pensai sovente a questa frase. Gli erano forse sopravvissuti dei rimorsi, che ora dessero un motivo alla sua vita? Ciccio non era, benché tocco, sempre stupido. Un tracollo come il suo, una sofferenza da inebetirlo, poteva bene avergli portato in luce una sua colpa vera o presunta e troncato il diritto ai lamenti. Ma a questo modo – privo pure del conforto di gridare all'ingiustizia – Ciccio sarebbe stato davvero troppo infelice. A quel tempo preferivo credere che avesse parlato senza senso, come del resto elemosinando faceva anche troppo.

A certe villane indiscrezioni sulle sue disgrazie, Ciccio rispondeva con un garbuglio di ragioni che deviavano il discorso. Quando arrivò di città la biondina, fatta venire di nascosto e accomunata per due giorni nella macelleria, a Ciccio il macellaio stesso spiegò: – Vedi, Ciccio, dovevi ammazzarla tua moglie. Adesso fa anche lei la puttana, come questa –. Ma Ciccio con aria furba: – Se la donna fa peccato, il piacere è suo e il peccato è dell'uomo. In quanto che sappiamo ancora divertirci...

III.

Di notte mi facevo venir sonno, sedendo sulla spiaggia e ascoltando lo sciacquio del mare nel buio. A volte stavo in albergo studiando la mappa dei lavori o rileggendo i miei giornali, e fumando fantasticavo sul trasferimento che non poteva tardare.

Una sera irrequieto tornavo dalla spiaggia in paese, quando una voce mi chiamò. Mi volto e travedo l'operaio torinese seduto su un muricciolo. Mi stupí: sapevo che il suo regolamento gli vietava di uscire a quell'ora.

– Come va, Otino?

Mi diede una sigaretta e ci mettemmo a passeggiare sulla strada fiancheggiata da uliveti. C'era l'aspro profumo delle campagne di settembre sotto il cielo fresco. Il confinato non parlava. Camminammo un cinquanta metri, poi ritornammo, passando e ripassando davanti alle bicocche in cui lui abitava.

– È un sistema ben trovato per stare in casa e prendere l'aria, tutto insieme, – dissi finalmente.

L'altro taceva; per quanto vedevo, con le labbra serrate. E fissava la terra, dove camminava.

– Ha ancora molto da scontare?

Neanche questa volta mi badò, ma con una specie di sforzo, quasi avesse la gola tagliata, disse senza guardarmi:

– Rompo la testa a qualcuno.

Mi arrestai, lo afferrai per un braccio: – Cosa diavolo succede?

Quello si svincolò e si fermò. – Non dico a lei, – borbottò scontrosamente. – Le donne sono carogne. Io sto qui a fare il frate e quella si fa sbattere.

– Quella della cartolina? Se le scrive.

Il meccanico mi fissò con odio. – Era mia moglie.

Lo guardai atterrito.

– Quand'ero dentro, veniva tutti i giorni a vedermi e piangeva e voleva venire con me. Ma come faceva a vivere qui? Qui non ci sono fabbriche. Poi l'ho capita e le ho scritto di venire. Lei non mi ha piú risposto. In questo momento è a letto con qualcuno.

– Ma non siete...?

– Stavamo insieme –. Si raschiò la gola e io guardavo in terra.

– Già, – dissi poi, confuso.

C'eravamo appoggiati al muricciolo, dove il meccanico sedeva prima. Il frastaglio nero degli ulivi ci faceva intorno un muro. Il mio compagno respirava come avesse le costole fiaccate. Poi, scattando: – Camminiamo –. Riprendemmo, di buon passo.

– Ma che non le scriva, – cominciai io a un certo punto, – non vuole ancora dire...

– Storie, – tagliò quello, – non lei. Non è una donna a posto. Anche quando c'ero, mi toccava ricominciare tutti i giorni. Non lasciava mai capire la sua idea. Non che mi comandasse, ma era dura, dura. Sono stato tranquillo solo quando l'ho vista piangere. Per due anni l'ho tenuta. Allora, me l'ha fatta –. Dicendo queste cose, pareva attanagliato. Esitava a parlare e trattenersi non poteva. I muscoli della mascella tesi gli facevano una faccia ancor piú scarna.

– Perché non le scrive lei, Otino? Le ragazze di Torino sono gentili. Vorrà ben rispondere.

– Non lei. Sei mesi fa le ho scritto, che venisse, subito, tre lettere le ho scritto. Ha veduto la risposta.

Continuò a parlare nella sua tana ammobiliata. Mi chiarí che era al confino per aver cacciata a pugni la politica in testa a un milite che corteggiava quella donna. Ne aveva per cinque anni e non era ancor finito il primo. Voleva dare la testa nei muri.

– Perché non fa una domanda di grazia? – chiesi cauto.

– La domanda? La farò, – disse fissando rabbioso la candela. – La farò. Bisogna... Tanto mi prenderò vent'anni, – aggiunse secco. – Se ritorno.

Lo guardavo, a disagio. C'era un tavolo tarlato, carico di giornali accartocciati, un piatto sporco, e la candela accesa, piantata in una bottiglia. Un odor misto di sudore, di fumo e di letto opprimeva quella luce.

Camminava in su e in giú. Dallo sgabello, dove mi aveva seduto, lo scrutavo. Conoscevo quel suo tipo brusco e taciturno. Non sapevo piú che dirgli.

– E non ne può piú fare a meno di questa ragazza? – azzardai infine.

– Ne faccio a meno! – gridò. – Ne ho fatto a meno per un anno –. E si appoggiò alla parete. – Ne farò a meno ancora. Ma che lei faccia a meno di me, non voglio.

– Adesso lo sa, – riprese secco. – Senta, le parlo da amico, anche se non lo siamo. Se ha una ragazza, la ingravidi. È l'unico modo per tenerla.

– Ci vuole calma.

IV.

Nel tedio della giornata e del paese, l'ossessione del confinato che passeggiava senza pace la stanza o la spiaggia, sempre solo, gli occhi fissi, mi teneva compagnia. Si lasciava vedere poco – gli ricordavo il suo dolore – ma bastava un saluto a distanza o che lo sentissi nominare, per accorgermi con un insolito sussulto che non ero solo, in quella terra abbandonata, e che qualcuno ci soffriva come avrei potuto soffrir io. La pena, quasi un rimorso, che l'esasperazione dell'esiliato mi inferiva, mi strappò l'ultimo interesse che potevo sentire per quella vita. Anelavo ormai di andarmene come da un'isola deserta. Eppure, avvicinandosi il giorno probabile del commiato, sempre piú mi abbandonavo con un'amara compiacenza all'atmosfera desolante di quel luogo.

Fra i terrazzieri della mia strada, ne avevo alcuni che erano stati per il mondo senza farci nessuna fortuna, o dissipandola. Me li trovavo all'alba, spelacchiati, sulla soglia della baracca che avevamo drizzato in testa al ponte della foce, già finito. Fumavo con loro all'aria fredda, contro il basso orizzonte marino, tirando umide boccate.

I terrazzieri cicalavano.

– La mattina a Niú Orleàn stavo a letto con la femmina. Il lavoro era poco e la vita era facile. Maledetta la stagione che son tornato alla fiumara.

– La fortuna è la fortuna. Se ti metti a lavorare sei fregato.

– Bisogna chiederlo a Vincenzo Catalano che strofinava le carene dei vapori e dormiva per terra insieme ai negri.

– Non bisogna essere fessi. Sono i paesani che ti fregano.

– Solamente per il mondo si sta bene.

– Basta andare in Altitalia.

– Basta non essere fessi.

– C'era un viale di palme in riva al mare, dove una volta camminai dal mattino alla sera senza veder la fine. A notte ero ancora in città e fu dentro quel caffè che incontrai...

Mi toccava fare il sorvegliante, ora che il ponte era finito. Stare a guardare quei tre o quattro che mettessero fuoco alla caldaia e piantassero i picchetti, era ormai tutto il mio lavoro. Presso la caldaia c'era un'agave bruciacchiata. La caligine del bitume si mesceva all'odore salmastro della spiaggia e salendo velava un sole pallido, che faceva male agli occhi.

Allora me ne andavo passo passo via dal mare, su per la strada spoglia, socchiudendo gli occhi a quelle montagne sconosciute.

Giú per la strada qualche volta m'incontravo in villani sopra l'asino. Piú piccolo del padrone, l'animale trotterellava paziente e mi passava accanto senza guardarmi, mentre il villano si toglieva il berretto. Veniva da sotto a quelle coste, silenzioso, da una bicocca secolare o da una capanna, e mi scrutava un attimo con le occhiaie fosche. Per qualcuno di loro il mare era un'incerta nube azzurra. Qualche volta una bassa contadina vestita di marrone, cotta dal sole e dalle rughe, passava a piedi nudi con una cesta in capo, o un maialino alla corda, trotterellante per le tre zampe libere. Non mi dava uno sguardo: fissava innanzi gli occhi immobili.

Di questi incontri non provavo sazietà. Questa era gente ignota, che viveva sulla sua terra la sua vita.

Ritornavo alle baracche, e i terrazzieri mi aspettavano seduti, essendo sorta qualche difficoltà che non toccava a loro risolvere. Cosí veniva mezzogiorno, e poi la sera, e l'indomani; e con ottobre cominciò il diluvio.

Asfaltare ancora era impossibile. Pioveva che pareva una cascata. Scrissi alla ditta di risparmiare me e i denari, e mi rinchiusi le giornate intiere all'osteria.

Una volta il macellaio mi prese in disparte. – Ingegnere, mettete dieci lire e siete socio. Domenica scrivo. La merce arriva mercoledí, e fino a venerdí in qualunque ora voi ne abbiate volontà bussate tre colpi e vi aspetta l'amore.

La biondina saltò dal treno una sera di vento e d'acqua, il macellaio la coprí con un ombrello, un altro le prese la valigetta, sparirono nella viuzza scura dietro la chiesa.

Tutto il paese lo sapeva, ma all'osteria si continuò a parlarne solo tra i fidati, vantandosi il macellaio che a quel modo si sarebbe trovato qualche altro cliente per Concetta. La nutrivano a carne e olive, ma la tenevano chiusa. Chi andava, chi veniva. Io ci fui la seconda sera. Nella bottega scura intravvidi due capretti sventrati penzolanti dagli arpioni su un mastello. Il macellaio mi accorse incontro, mi aprí un altr'uscio tarlato e, stringendomi la mano, m'introdusse.

V.

Di Concetta si discusse sovente all'osteria. Chi la diceva scipita, chi proponeva di richiamarla presto. – Il fatto è che in città si stancano troppo queste ragazze. Un'altra volta bisogna che venga piú riposata –. Aveva colpito specialmente il contrasto tra la carnagione scura e grassa e la leggerezza esotica dei capelli biondi.

– Viene da un incrocio, – spiegò il barbiere. – È cresciuta al brefotrofio. Sono le migliori. Quand'ero in Algeria, fui con un'araba bianca come il latte, e i capelli rossi. Si diceva figlia di un marinaio.

Io bestemmiavo tra me e me, che non mi avrebbero preso piú. E neanche quei discorsi postumi mi piacevano troppo. Sentir uomini d'un'altra terra parlare di donne è avvilente. Cambiai discorso: – Chi ha veduto il confinato?

– Piano! – sibilò un giovanotto, abbassando la faccia tra le nostre. – Pianissimo! È arrivato ieri uno della questura a interrogarlo. C'è di mezzo un omicidio.

– Gentaglia.

– Chi hanno ucciso?

– Niente. Non l'hanno arrestato. Volevano solo schiarimenti. Il delitto è avvenuto in Altitalia.

– Che ne sapete?

– Lo vidi infatti ieri sera camminare sulla spiaggia come un matto. Non aveva berretto e pioveva.

Corsi a cercarlo. In casa non c'era. Ne chiesi ai vicini. Era uscito all'alba come sempre. Ritornai lungo la spiaggia: trovai Ciccio, sotto una barca capovolta, che si fasciava i piedi.

Ciccio l'aveva veduto. – Ve lo mostro. Compatitemi.

Attraversammo il paese. La gente era incuriosita. Salimmo volgendo le spalle alla marina. A mezzanotte c'era un portico che dava sui tetti sottostanti. Ai piedi di una colonna sedeva Otino, guardando a terra.

Levò una faccia infastidita e sofferente. Mi fece un cenno di saluto.

– Che cosa è successo, Otino?

– Quel che doveva succedere.

Dall'altra colonna, dov'era corso a sedersi, Ciccio mi fece il gesto di chi fuma. Lo mandai all'inferno.

– Ho saputo che uno della questura...

– Tutto si viene a sapere, – disse Otino con aria cupa. Poi si guardò intorno e scrutò Ciccio.

– È uno scemo che non sente, – feci io. – Se vuole raccontarmi, può.

– Quello che gli è scappata la moglie? Bisogna essere ben terra da pipe per ridursi in quello stato.

– Otino, è una mezz'ora che la cerco: mi hanno detto che sta male.

– Io? – quello scattò. – Io? Una cosa sola, – e scandí le parole con due labbra scolorite, – mi è rimasta nel gozzo: che adesso non lo posso piú far io.

– Che cosa? – balbettai.

– Ma la pianti, – mi gridò in faccia. – Qui le cose si sanno. Cosa viene a far finta?

– Otino, se lo dico, mi può credere. Ho saputo che uno della questura le ha parlato, ma che cosa le abbia detto o che schiarimenti volesse, non ho idea.

– Mi dia da fumare, – fece brusco. Porsi la sigaretta; poi guardai Ciccio e gli gettai la sua, che prese al volo.

– Allora senta. Mia moglie, – e tentò un sorriso, – mia moglie è stata uccisa da un compagno di lavoro, col quale conviveva da sei mesi, e aveva rapporti da due anni. Il sottoscritto viene interrogato perché frequentava la vittima – frequentava – e potrebbe gettar luce su importanti precedenti. Sa il piú bello? – fece poi, afferrandomi un braccio. – Le ha sparato sette colpi, tutti in faccia.

Di ridere non tentava piú. Parlava con una secca vivacità, ripetendo le parole come per obbligo, senza che la sua voce trasalisse. Quand'ebbe finito, rimase a dondolare il capo, fissando la sigaretta ancora intatta tra le dita. Poi scattò. Serrò nel pugno la sigaretta e la scagliò via, con un rugghio come gettasse anche la mano.

Sentii al braccio prigioniero il sussulto. Svincolandomi, dissi piano: – Scusi, Otino.

– Quel che mi sta nel gozzo è che non lo posso piú far io, – gemette un'altra volta. – Da due anni, – e si prese il capo tra le mani. – Da due anni.

Da quel portico aperto sul mare me ne andai indurito e avvilito. I due che rimasero non erano tipi di gran compagnia. Pure li vidi giorni dopo, in piazza, seduti sul lungo tronco. Non parlavano, ma insomma erano insieme.

Io passai gli ultimi giorni a gironzare anche sotto la pioggia. Il mare evitavo di guardarlo: era sporco, sconvolto, pauroso. Il paese e le campagne si erano come impiccioliti. In pochi passi raggiungevo qualunque luogo e me ne tornavo insoddisfatto. Non ne potevo piú. Ogni colore era sommerso e, nel cattivo tempo, le montagne erano scomparse. Mancava ora a quel paese anche lo sfondo, che in passato aveva dato un orizzonte alle mie camminate.

Solo, restò ben visibile dalla finestra dell'albergo, nella pioggia, la collina brulla dai muraglioni biancosporchi in cima: il paese antico. Con quella vista negli occhi, una mattina che al solito la luce agonizzava, partii per il mio destino.

Jettatura

Sentii un giorno la cassiera che diceva: – Ecco, sembra un malato: com'è odioso, – e mi voltai tutto stupito. Parlavano proprio del mio collega, che sbucava lentamente dalla scala con una bracciata di libri. Nel momento che mi volsi, emergeva dal pavimento solo il suo capo calvo; poi, uscirono le spalle curve, la lunga sopravveste grigia, e Berto venne a posare i libri, che teneva a catasta contro il petto, sul banco. Aveva in faccia un'immobile tensione d'angoscia, come di chi faccia sforzi per non piangere, e stranamente i suoi occhi apparivano sprofondati sotto le palpebre, luccicanti come l'acqua d'un pozzo.

– Eppure non è sposato, – sussurrò il primo commesso alla cassiera, che aveva ancor la bocca increspata dalla smorfia. Guardò me che ascoltavo, e mi fece segno. Avvicinai il capo alle loro teste chine e mi parve certe sere quando si esce dal negozio in un tepore primaverile. Non ero mai stato cosí vicino a quella donna, per me, garzone, irraggiungibile. – Gigi ci sta a ascoltare, – disse sorridendo. – Ha sempre una faccia simile in magazzino? – mi chiese scuro il commesso.

– Ma, signore, una faccia bisogna averla, – risposi.

– Tu sei un ragazzo sveglio, – riprese, – non ti dice che cos'ha, non si lamenta con te? Non è permesso guardar senza motivo la gente in quel modo.

– Io un bel giorno reclamo, – disse la cassiera.

– Se fosse preso un incendio in negozio o licenziassero qualcuno, direi che è uno iettatore; ma non sono superstizioso, – fece preoccupato l'altro. – Tu, Gigi, cosa dici?

– A me quando passa davanti fa ribrezzo, – sibilò la cassiera, – temo esca di prigione.

– L'età ce l'ha: sui quarant'anni.

Di tali sospetti io non ne avevo avuti mai. Ero allora molto giovane e poco propenso a studiare le facce altrui; tanto meno quella di Berto silenzioso. Lo vedevo molto poco, perché giravo tutto il giorno in bicicletta a consegnare ordinazioni. Le rade ore che passavo in magazzino a disfar pacchi o cercare volumi per i commessi, quasi sempre vedevo Berto di schiena, rivolto alle scansie, che frugava col capo piegato da una parte. Oppure traversava a passi rapidi, come un'ombra, guardandomi senza dir nulla. Se gli gridavo qualche cosa, si voltava di soprassalto e mi serviva subito. Un invecchiato, mi pareva, forse impotente. Una volta che tornai fradicio di pioggia, mi fece un mezzo sorriso, stirando la faccia e strizzando quegli occhi remoti.

Davvero, come diceva la cassiera, sembrava un malato. Ma un malato in fotografia, dall'espressione immobile e stampata addosso indelebile. Persino quel gialliccio malsano delle vecchie foto gli traspariva intorno, nello stanco riverbero delle lampadine economiche. Ma lui nemmeno di questa tirchieria del padrone, che pure ci faceva doler la fronte a leggere su per gli scaffali, si lagnò mai, se non con la muta nudità di quegli occhi, sempre sul punto di riempirsi di lacrime. Una volta, che mi accecavo a scovare un libro in un angolo, maledii la baracca e accesi un cerino. Berto accorse e lo soffiò. Poi disse, pieno d'indignazione, che c'era pericolo d'incendio.

Era la sera che avevo saputo del disgusto dei commessi. Fissai Berto e lo trovai repellente. Quel capo pelato; la bocca cascante, tenuta su a smorfie; e la pelle tutta arrugata, contratta, come di una febbre raggelata nelle ossa o nell'anima, mi indignarono. – Ma hai mal di pancia, tu? – gli vociai rialzandomi.

Berto mi ripeté con la sua voce bassa che non si poteva accendere; che lui avrebbe volentieri anche fumato, nel magazzino, ma il padrone l'aveva cantato chiaro e non si poteva dargli torto. Mi scappò da ridere e gli spiegai che intendevo veramente malattia: coliche, gastrica, intestini. – O hai lo scolo, forse? – conclusi.

– L'ho avuto alla tua età, – disse Berto esitando. – È un brutto malanno. Sono guarito bene, però.

– E adesso che male hai?

– Adesso? – Lo stupore gli sbiancò ancora la faccia sovrapponendosi alla tensione consueta. Dibatté gli occhi. – Non ho nulla: perché? Sto male?

Era certo sincero. – Sembri un morto: ecco cos'hai. A casa ti picchiano?

L'animazione di Berto svaní. – Ragazzo, – disse poi parlando adagio, – io vivo solo. È da molto tempo che nessuno mi picchia. Avrò preso del freddo: sono vecchio, per questo ho brutta cera.

Quel modo serio e stupefatto di ricevere le domande mi impedí di continuare. Era come camminare sulla sabbia: molta fatica e poca strada. Certo però non aveva mentito. E del resto, a studiarlo un po', la sua faccia non mostrava malattia. Ci sarebbe voluto un dolore lancinante, continuo, per contrargli la bocca in quel modo e rifugiargli gli occhi cosí a fondo. E poi, qual è il malato che non coglie avidamente un'occasione di lagnarsi? Era piuttosto una desolazione, quella di Berto, quale appare sulla faccia di un marmocchio viziato che sta per piangere. Cominciavo anch'io a sentirmi cattivo in sua presenza. Come non me n'ero mai accorto?

Il giorno dopo, salito su in attesa di un pacco, colsi un momento che due clienti seccatrici vollero il padrone per non so che pasticcio, e mi avvicinai al primo commesso che le guardava livido e compito.

– Pare non abbia malattie, – gli mormorai, un poco fiero della confidenza.

– Che cosa? Chi? – tempestò quello.

– Berto, – dissi intimidito.

– Al diavolo! È colpa vostra se non si spediscono le ordinazioni. A guardarvi in faccia uno si dimentica dei libri. Che cosa fate sempre qui tra i piedi?

Mi salvai come potei. La cassiera invece, a mezzogiorno, mi chiamò gentile nel corridoio e, mettendosi il cappello, mi disse se non potevo portar su io i libri. – Tu, Gigi, sei piú svelto; e poi nel negozio ci vogliono persone di presenza. Come si può sopportare quel vecchio imbecille? – e aggiunse, scuotendosi tutta, – me lo vedo anche di notte nel buio come un fantasma –. Le risposi che volentieri avrei servito io, ma quand'ero in commissioni toccava pure a Berto. La bella Luisa se ne andò sorridendo.

Per vari giorni, dopo la sera del cerino, vidi poco il mio compagno. Ci salutavamo ora all'uscita e, anzi, sovente mi sentivo addosso quegli occhi e, incontrandoli, ne avevo un penoso sorriso. Questa sua smorfia mi allarmava e mi gettava in un disagio quasi fisico. Restava sempre sottintesa quell'angoscia vigliacca, quella spietata solitudine degli occhi. Come doveva colorarsi il mondo attraverso quegli occhi?

Una sera uscimmo insieme; era già buio, ed io, esaltato da una brezza che sapeva odor di neve, offrii a Berto di sederci e bere una volta all'osteria. Ricordo che voltando l'angolo, Berto levò il capo al gran palazzo della Centrale, che a notte allinea fino al cielo innumerevoli finestre illuminate, e disse soffermandosi: – Quanta gente che lavora. Quelli ci staranno tutta la sera.

– E tu che fai la sera?

– Vado in letto a leggere. Non mi prendo altre soddisfazioni.

Che cosa leggesse già sapevo. Quasi ogni sera, me n'ero accorto giorni prima, si ficcava all'uscita nella tasca interna del soprabito qualche libro, che riponeva delicatamente furtivo il mattino dopo. Talvolta era un manuale di storia, piú sovente un romanzo. Sospettavo del resto che lo stesso facesse la cassiera.

All'osteria bevvi un quarto e Berto prese il caffè. Ciò mi scaldò un po' il sangue e dimenticai il disagio della sua presenza. Gli esposi invece i miei progetti, come intendevo diventar primo commesso e che in attesa di ciò mi sarei accontentato di portare in collina la cassiera.

Berto ascoltava con l'abituale smorfia di sofferenza. – Tu sei giovane, – mi disse, – hai molto tempo: puoi anche diventare proprietario. Lascia stare la cassiera: per bene che vada, una donna non ti può dare che dei figli. Hai molto tempo davanti. Pensa a guadagnare ora.

– E a te cos'hanno dato le donne? – gli chiesi.

Berto disse gravemente, e serrava gli occhi come volesse sorridere: – Niente –. Ripeté poi: – Niente. Cosí càpiti a te, Gigi. A molti fanno del male. Pensa che c'è una donna sola adatta a ciascun uomo, e non sempre la si trova.

– Solo una? – feci preoccupato.

– Però siamo ingiusti, – continuò Berto. – Anche per le donne è come per noi. Che cosa diamo noi alle donne? Molti le maltrattano.

– Io no, – dissi.

Insomma, per quella sera la figura di Berto mi si velò di nebbia, e lo lasciai dandogli persino la mano. Ma già nella notte, sonnecchiando, provavo come una vaga apprensione di esser stato cosí aperto sotto quegli occhi morti. Mi ricordai verso il mattino con un sussulto che la sua smorfia angosciosa me l'ero già vista in faccia anch'io, riflessa in una vetrina, una volta, che ero ragazzo, quando mio padre mi cacciò di casa urlando e tirando calci. Poi avevo trovato lavoro ed ero stato ripreso, ma un'avventura come quella me la ricordavo ancora tremando. I pensieri che avevo fatto allora – e tra questi il piú allegro era stato di buttarmi nel fiume – mi tornarono in mente. Ora, Berto aveva appunto la faccia di chi ci si è buttato. E ci piange ancora sopra. Sempre, dal mattino alla sera.

Il giorno dopo c'erano nuovi arrivi da portare su in negozio e noi due si saliva e scendeva con gran bracciate di libri, sorvegliati dal primo commesso. Per tutta la mattinata questi si montò i nervi e specialmente a Berto non ne passava una. Io filavo in silenzio e notai che, alla prima comparsa del poveretto, un commesso vicino alla cassa si frugò nella tasca dei calzoni con vigore e disse qualcosa alla bella Luisa. Questa fece un risolino e poi gettò un'occhiata risentita su Berto, che barcollava sotto il suo carico. Il padrone ogni tanto faceva capolino dalla sua tramezza e rientrava soddisfatto.

Verso mezzogiorno ci fu un po' di respiro, e il primo commesso mi chiamò per darmi commissioni.

– Berto è un buon uomo, sa. Deve averlo piantato la moglie, – dissi con disinvoltura. L'altro mi guardò fisso. – L'abbia piantato chi vuole, però maltratta i libri.

– Se li legge da tagliare, senza farci una piega, – dissi.

– Quando legge?

Mi morsi la lingua. – Non so... in magazzino, un'occhiata nei momenti liberi. Leggo anch'io qualcosa.

– Come? Leggiamo forse noi commessi alla vendita? Ah, è per questo che non salite mai alle chiamate? Che sia l'ultima volta.

– Ma no, signore, sbaglio. Berto non perde tempo. Io poi avrò scorso tre pagine in due mesi. Mi ha detto solamente che gli piace la lettura.

– Però non compra libri, – concluse scuro.

Quel pomeriggio lo passai tutto per la città a consegnar pacchi. Saltavo in bicicletta e via. Era un lavoro senz'avvenire, come il garzone macellaio, e qualche volta umiliante, ma vorrei adesso ritornare a quelle fughe a rompicollo per le vie piú disparate, sempre allegro e irresponsabile. Qualche volta capitavo in corsi lontani, tranquilli, dove non ero stato mai, e pigliavo certe volate sull'asfalto, che non mi pareva nemmeno di lavorare. Poi ritornavo spensierato, serpeggiando a passo d'uomo, e mi guardavo le ragazze e finivo la sigaretta. Ero pagato per quello.

La sera ritornai che imbruniva. C'era stato un po' di sole, sul pantano raggelato delle strade, e le dita sul manubrio non le sentivo quasi piú. Rientrai nel negozio, che stavano chiudendo.

Trovai il primo commesso, asciuttissimo, che passeggiava con aria offesa davanti alla cassa, dove la bella Luisa era intenta a studiarsi le unghie. Dalla tramezza della direzione giunse una voce incollerita: – Lo sa che il suo è quasi un furto?

Scambiammo occhiate con gli altri due commessi, che mi fecero con le mani il segno di chi se ne va. Credetti dicessero a me e vacillai sulle gambe. Guardai ancora in giro e nessuno si muoveva. Allora traversai, sollevando la macchina dal palchetto, tutta la sala e scesi giú nel magazzino. La luce era già spenta.

Stetti irresoluto nel buio quando, sull'ultimo gradino, udii la voce fatta isterica gridare: – Se ne vada, le dico! E la smetta di guardare in quel modo.

Viaggio di nozze

1.

Ora che, a suon di lividi e di rimorsi, ho compreso quanto sia stolto rifiutare la realtà per le fantasticherie e pretendere di ricevere quando non si ha nulla da offrire; ora, Cilia è morta. Penso talvolta che, rassegnato alla fatica e all'umiltà come adesso vivo, saprei con gioia adattarmi a quel tempo, se tornasse. O forse questa è un'altra delle mie fantasie: ho maltrattato Cilia, quand'ero giovane e nulla doveva inasprirmi, la maltratterei ora per l'amarezza e il disagio della triste coscienza. Per esempio, non mi sono ancora chiarito in tutti questi anni, se le volessi davvero bene. Ora certamente la rimpiango e ritrovo in fondo ai miei piú raccolti pensieri; non passa giorno che non rifrughi dolorosamente nei miei ricordi di quei due anni; e mi disprezzo di averla lasciata morire, soffrendo piú sulla mia solitudine che sulla sua giovinezza; ma – quello che conta – le ho voluto davvero bene, allora? Non certo quel bene sereno e cosciente, che si deve a una moglie.

In verità, le dovevo troppe cose, e non sapevo ricambiarla che con un cieco sospettare i suoi motivi. Ed è fortuna che la mia innata leggerezza non sapesse sprofondarsi nemmeno in quest'acquaccia, contentandomi io allora di un'istintiva diffidenza e rifiutando corpo e peso a certi pensieri sordidi, che, accolti in fondo all'anima, me l'avrebbero avvelenata del tutto. Comunque, mi chiedevo qualche volta: «E perché Cilia mi ha sposato?» Non so se fosse la coscienza di un mio valore riposto, o di una profonda inettitudine, a propormi la domanda: fatto sta che almanaccavo.

Che Cilia mi avesse sposato, e non io lei, non c'era dubbio. Quelle sere di abbattimento trascorse in sua compagnia a passeggiare senza pace ogni strada, stringendola al braccio, fingendo disinvoltura, proponendo per scherzo di saltare insieme nel fiume, – io non davo a questi pensieri molto peso, perché c'ero abituato, – la stravolsero e la intenerirono, tanto che mi volle offrire, dal suo stipendio di commessa, una sommetta per sostenermi nella ricerca di un miglior lavoro. Io non volli i denari, ma le dissi che trovarmi con lei alla sera, se anche non si andava in nessun posto, mi bastava. Fu cosí che scivolammo. Cominciò a dirmi con molta dolcezza che a me mancava una compagnia degna, con cui vivere. E che giravo troppo per le strade e che una moglie innamorata avrebbe saputo aggiustarmi una casetta tale che, solo a entrarci, sarei tornato gaio, non importa quanto stanco o disgustato mi avesse ridotto la giornata. Tentai di rispondere che nemmeno da solo riuscivo troppo a tirare avanti; ma sentivo io stesso che non era questo un argomento. – In due ci si aiuta – disse Cilia – e si risparmia. Basta volersi un po' di bene, Giorgio –. Io ero stanco e avvilito, in quelle sere, Cilia era cara e seria, col bel soprabito fatto dalle sue mani e la borsetta screpolata: perché non darle quella gioia? Quale donna piú adatta per me? Conosceva il lavoro, conosceva le privazioni, era orfana d'operai; non le mancava uno spirito pronto e grave – piú del mio, ne ero certo.

Le dissi divertito che se mi accettava cosí brusco e scioperato com'ero, la sposavo. Ero contento, sollevato dal calore della buona azione e dal coraggio che mi scoprivo. Dissi a Cilia: – T'insegnerò il francese –. Lei mi rispose ridendo negli occhi umili e aggrappandosi al mio braccio.

II.

A quei tempi mi credevo sincero e misi ancora in guardia Cilia dalla mia povertà. L'avvertii che guadagnavo appena da finire le giornate e non sapevo ciò che fosse uno stipendio. Quel collegio dove insegnavo il francese mi pagava a ore. Un giorno le dissi che, se intendeva farsi una posizione, doveva cercare un altro. Cilia imbronciata mi offrí di continuare a far la commessa. – Sai bene che non voglio, – borbottai. Cosí disposti, ci sposammo.

La mia vita non mutò sensibilmente. Già nel passato Cilia era venuta certe sere a star con me nella mia stanza. L'amore non fu una novità. Prendemmo due camere ingombre di mobilio; quella da letto aveva una chiara finestra, dove accostammo il tavolino coi miei libri.

Cilia sí, divenne un'altra. Avevo temuto, per mio conto,

che una volta sposata le desse fuori una volgare sciatteria che immaginavo essere stata di sua madre, e invece la trovai piú attenta e fine anche di me. Sempre ravviata, sempre in ordine; persino la povera tavola, che mi preparava in cucina, aveva la cordialità e la cura di quelle mani e di quel sorriso. Il suo sorriso, appunto, s'era trasfigurato. Non era piú quello, fra timido e malizioso, della commessa che fa una scappata, ma il trepidante affiorare di un'intima contentezza, pacato e sollecito insieme, serio sulla magra giovinezza del viso. Io provavo un'ombra di risentimento a quel segno di una gioia che non sempre dividevo. «Lei mi ha sposato e se la gode», pensavo.

Solo al mattino risvegliandomi, il mio cuore era sereno. Volgevo il capo accanto al suo, nel tepore, e mi accostavo a lei distesa, che dormiva o fingeva, e le soffiavo nei capelli. Cilia, ridendo insonnolita, mi abbracciava. Un tempo invece i miei risvegli solitari mi gelavano e lasciavano avvilito a fissare il barlume dell'alba.

Cilia mi amava. Una volta in piedi, per lei cominciava un'altra gioia: muoversi, apparecchiare, spalancare finestre, guardarmi di sottecchi. Se mi mettevo al tavolino, mi girava intorno cauta per non disturbare; se stavo per uscire, mi seguiva con lo sguardo fino all'uscio. Ai miei ritorni, saltava in piedi pronta.

C'eran giorni che non tornavo a casa volentieri. Mi urtava pensare che l'avrei inevitabilmente trovata in attesa, – benché sapesse magari fingere disinteresse, – che mi sarei seduto accanto a lei, che le avrei detto su per giú le stesse cose, o magari nulla, e ci saremmo guardati a disagio, e sorriso, e cosí l'indomani, e cosí sempre. Bastava un po' di nebbia o un sole grigio per piegarmi a quei pensieri. O invece era una limpida giornata d'aria chiara o un incendio di sole sui tetti o un profumo nel vento, che mi avvolgeva e mi rapiva, e indugiavo per strada, riluttante all'idea di non essere piú solo e non potere gironzare fino a notte e mangiucchiare all'osteria in fondo a un corso. Solitario com'ero sempre stato, mi pareva di far molto a non tradire.

Cilia, attendendomi in casa, s'era messa a rammendare e guadagnava qualcosa. Il lavoro glielo dava una vicina, certa Amalia trentenne, che c'invitò una volta a pranzo. Costei viveva sola, sotto di noi; prese a poco a poco l'abitudine di salire da Cilia col lavoro, e passavano insieme il pomeriggio. Aveva il viso devastato da una scottatura orribile, che s'era fatta da bambina, tirandosi in testa una pentola bollente; e due occhi tristi e timidi, pieni di voglie, che si torcevano sotto gli sguardi, come a scusare con la loro umiltà la distorsione dei lineamenti. Era una buona ragazza; dissi a Cilia che mi pareva la sua sorella maggiore e scherzai e le chiesi se, abbandonandola io un bel giorno, sarebbe andata a star con lei. Cilia mi concesse di tradirla, se volevo, con Amalia, diversamente guai al mondo. Amalia mi chiamava signore e intimidiva in mia presenza, cosa che dava un'allegrezza folle a Cilia e lusingava me un tantino.

III.

Quello scarso bagaglio di studi, che ha in me malamente sostituito la pratica di un mestiere e sta alla radice di tante mie storture e male azioni, poteva riuscire un buon mezzo di comunione con Cilia, se soltanto non fosse stata la mia inconsistenza. Cilia era molto sveglia e desiderava di sapere tutto quanto io sapevo, perché, volendomi bene, si faceva una colpa di non essere degna di me e nulla che io pensassi si rassegnava a ignorare. E chi sa, se io fossi riuscito a darle questa povera gioia, avrei forse nella tranquilla intimità dell'occupazione comune compreso allora quanto degna fosse lei, e bella e reale la nostra vita, e forse Cilia vivrebbe ancora al mio fianco, con quel sorriso che in due anni le gelai sulle labbra.

Cominciai con entusiasmo, come so fare sempre. La cultura di Cilia eran pochi romanzi a dispense, la cronaca del quotidiano e una dura, precoce esperienza della vita. Che cosa dovevo insegnarle? Lei avrebbe voluto intanto imparare il francese di cui, chi sa come, qualcosa aveva già messo insieme e che, sola in casa, andava rintracciando sui miei dizionari; ma io aspirai piú in alto e pretesi di insegnarle addirittura a leggere, a capire i piú bei libri, di cui – mio tesoro – un certo numero avevo sul tavolino. Mi gettai a spiegarle romanzi e poesie, e Cilia fece del suo meglio per seguirmi. Nessuno mi supera nel riconoscere quel che è bello e giusto in una favola, in un pensiero; e nel dirlo con accese parole. Mi sforzavo di farle sentire la freschezza di pagine antiche; la verità di tutti quei sentimenti, sperimentati quando né io né lei eravamo nemmeno al mondo; e quanto la vita sia stata bella e diversa per tanti uomini e tanti tempi. Cilia mi ascoltava attenta e mi faceva domande e sovente m'imbarazzava. Qualche volta, che camminavamo per strada o cenavamo in silenzio, lei usciva con una voce candida a chiedermi conto di certi suoi dubbi; e un giorno che le risposi senza convinzione o con impazienza – non rammento – le scappò da ridere.

Ricordo che il mio primo regalo di marito fu un libro, *La figlia del mare*. Glielo feci un mese dopo il matrimonio, quando appunto cominciammo le letture. Fino allora né stoviglie né indumenti le avevo comperato, perché eravamo troppo poveri. Cilia fu molto contenta e foderò il volume, ma non lo lesse mai.

Con le scarse economie andavamo qualche volta al cinematografo e qui davvero Cilia si divertiva. Le piaceva anche perché poteva stringersi al mio fianco e chiedermi ogni tanto spiegazioni, che sapeva capire. Al cinema non volle mai che con noi venisse Amalia, benché questa una sera gliene avesse chiesto il permesso. C'eravamo conosciuti in un cinema, mi spiegava, e in quella beata oscurità noi dovevamo essere soli.

La crescente frequenza di Amalia in casa, e le mie meritate delusioni, mi fecero presto trascurare, e poi smettere, le letture educative. Mi accontentavo ora, quand'ero in vena di cordialità, di scherzare con le due ragazze. Amalia perse un po' della sua soggezione e una sera, che tornai dal collegio molto tardi e nervoso, giunse a piantarmi in faccia il suo timido sguardo con un lampo di rimprovero sospettoso. Io fui anche piú disgustato all'orrenda cicatrice di quel volto; cercai malignamente di rintracciarne i lineamenti distrutti; e dissi a Cilia, quando fummo soli, che magari Amalia da bambina le era somigliata.

– Poveretta, – fece Cilia, – spende tutti i soldi che guadagna, per farsi guarire. Spera poi di trovare marito.

– Ma non sanno che cercare un marito, le donne?

– Io l'ho già trovato, – sorrise Cilia.

– E se ti fosse capitato come ad Amalia? – sogghignai.

Cilia mi venne vicino. – Non mi vorresti piú? – chiese balbettando.

– No.

– Ma che cos'hai questa sera? Ti dispiace se Amalia viene in casa? Mi dà lavoro e mi aiuta.

Avevo che quella sera non potevo liberarmi dall'idea che anche Cilia era un'Amalia e tutte e due mi disgustavano ed io mi facevo rabbia. Fissavo Cilia con occhi duri e la sua tenerezza offesa m'impietosiva e m'irritava. Avevo visto per la via un marito con due bambini sudici al collo, e dietro una donnetta patita, la moglie. Immaginai Cilia invecchiata, deturpata, e mi sentii serrare in gola.

Fuori c'erano le stelle. Cilia mi guardava silenziosa.

– Vado a spasso, – le dissi, con un brutto sorriso; e me ne uscii.

IV.

Non avevo amici e capivo qualche volta che Cilia era tutta la mia vita. Traversando le strade, ci pensavo e mi dolevo di non guadagnar tanto da pagarle ogni mio debito con gli agi e non piú avere a vergognarmi rientrando. Nulla dei nostri guadagni sprecavo – non fumavo neppure – e, orgoglioso di ciò, consideravo almeno i miei pensieri cosa mia. Ma che fare di questi pensieri? Passeggiavo andando a casa, guardavo la gente, mi chiedevo come tanti conquistassero fortuna, e anelavo mutamenti e casi strani.

Mi soffermavo alla stazione studiando il fumo e il trambusto. Per me la fortuna era sempre l'avventura lontana, la partenza, il piroscafo sul mare, l'entrata nel porto esotico col fragore di metalli e di grida, l'eterna fantasticheria. Una sera mi fermai atterrito, comprendendo a un tratto che, se non mi affrettavo a fare un viaggio con Cilia giovane e innamorata, una moglie sfiorita e un bambino strillante me l'avrebbero poi per sempre impedito. «E se venissero davvero i soldi, – ripensai. – Si fa tutto coi soldi».

Bisogna meritarla la fortuna, mi dicevo, accettare ogni peso dalla vita. Io mi sono sposato, ma non desidero un figlio. Per questo sono meschino. Che davvero con un figlio debba venire la fortuna?

Vivere sempre assorto in sé è cosa deprimente, perché il cervello abituato al segreto non si perita di uscire in sciocchezze inconfessabili, che mortificano chi le pensa. La mia attitudine agli ombrosi sospetti non aveva altra origine.

Qualche volta fantasticavo i miei sogni anche in letto. Mi coglieva d'improvviso in certe notti senza vento, immobili, il fischio remoto e selvaggio di un treno, e mi faceva trasalire accanto a Cilia, risvegliandomi le smanie.

Un pomeriggio, che passavo avanti alla stazione senza

nemmeno fermarmi, mi sbuca innanzi un viso noto e mi grida un saluto. Malagigi: dieci anni che non lo vedevo. Mano in mano, ci fermammo a festeggiarci. Non piú laido e maligno, demonio di chiazze d'inchiostro e complotti al cesso. Lo riconobbi in quel suo ghigno.

– Malagigi, ancora vivo?

– Vivo e ragioniere –. La voce non era piú quella. Mi parlava un uomo.

– Parti anche tu? – mi fece subito. – Indovina dove vado –. Raccolse intanto da terra una valigia di pelle, intonata al chiaro impermeabile e all'eleganza della cravatta, e mi prese a braccetto. – Accompagnami al treno. Vado a Genova.

– Ho fretta.

– Poi parto per la Cina.

– No?

– Tutti cosí. Non si può andare in Cina. Che cos'avete con la Cina? Invece di farmi gli auguri. Potrei non tornare. Sei anche tu una donna?

– Ma che mestiere fai?

– Vado in Cina. Vieni dentro.

– No, che non posso. Ho fretta.

– Allora vieni a prendere il caffè. Sei l'ultimo che saluto.

Prendemmo il caffè lí alla stazione, al banco, e Malagigi irrequieto m'informava a scatti dei suoi destini. Lui non era sposato. Lui aveva avuto un bambino bell'e morto. Lui la scuola l'aveva lasciata dopo di me, senza finirla. Aveva pensato a me una volta rifacendo un esame. La sua scuola era stata la lotta per la vita. Tutte le ditte se lo contendevano. E parlava quattro lingue. E lo mandavano in Cina.

Ribattendo sulla fretta che non avevo, urtato e scombattuto, me ne liberai. Giunsi a casa ancor agitato dall'incontro, balzandomi i pensieri in convulsione dall'inaspettato ritorno dell'adolescenza scolorita, all'esaltante impertinenza di quel destino. Non che invidiassi Malagigi o mi piacesse; ma l'improvvisa sovrapposizione a un ricordo grigio, ch'era stato anche il mio, di quella vivida e assurda realtà, da me malamente intravvista, mi tormentava.

La stanza era vuota, perché adesso Cilia scendeva sovente a lavorare dalla vicina. Rimasi un po' a meditare nel buio velato appena dal barlume azzurrino del fornello a gas, su cui sobbolliva quieta la pentola.

V.

Molte sere trascorsi cosí, solo nella stanza, in attesa, dando volte o buttato sul letto, assorto in quell'altissimo silenzio del vuoto, che la foschia del crepuscolo attutiva a poco a poco e riempiva. I brusii sottostanti o lontani – vocío di ragazzi, fragori, strilli d'uccelli e qualche voce – mi giungevano appena. Cilia s'accorse presto che di lei non mi occupavo rientrando e tendeva il capo, cucendo, dall'alloggetto di Amalia, per sentirmi passare e chiamarmi. Io entravo con indifferenza – se mi sentiva – e dicevo qualcosa e chiesi una volta sul serio ad Amalia perché non saliva piú da noi, dove c'era molta luce, e ci obbligava a sloggiare ogni sera. Amalia non disse nulla e Cilia, distogliendo gli occhi, arrossí.

Una notte, per contarle qualcosa, le accennai di Malagigi e la feci ridere beata di quello strambo figuro. Mi lagnai però che lui facesse fortuna e andasse in Cina. – Piacerebbe anche a me, – sospirò Cilia, – andassimo in Cina –. Io feci una smorfia. – In fotografia forse, se la mandiamo a Malagigi.

– E non per noi? – disse. – Giorgio, non abbiamo ancora una fotografia insieme.

– Soldi sprecati.

– Facciamoci la fotografia.

– Ma non dobbiamo mica lasciarci. Stiamo già insieme giorno e notte. A me non piacciono.

– Siamo sposati e non abbiamo un ricordo. Facciamocene una.

Non risposi.

– Spenderemo poco. La terrò io.

– Fattela fare con Amalia.

L'indomani Cilia, rivolta alla parete, con i capelli sugli occhi, non voleva saperne di guardarmi. Dopo qualche moina mi accorsi che resisteva e saltai dal letto infastidito. Anche Cilia si alzò e, lavatasi la faccia, mi diede il caffè con una calma guardinga, abbassando gli occhi. Me ne andai senza parlare.

Ritornai dopo un'ora. – Quanto c'è sul libretto? – vociai. Cilia mi guardò sorpresa. Era seduta al tavolino con un'aria smarrita. – Non so. L'hai tu. Trecento lire, credo. – Trecento e quindici e sessanta. Eccole qua –. E piantai sul tavolo il rotolo. – Spendile come vuoi. Facciamo baldoria. È roba tua.

Cilia si alzò e mi venne incontro.

– Perché fai questo, Giorgio?

– Perché sono uno stupido. Senti, non ho voglia di parlare. I denari, quando ce n'è pochi, non contano piú. Vuoi ancora la fotografia?

– Ma, Giorgio, voglio che tu sia contento.

– Io sono contento.

– Ti voglio bene, io.

– Anch'io –. Le presi un braccio, mi sedetti, e me la tirai sulle ginocchia. – Qui la testa, su –. E feci la voce viziata, dell'intimità. Cilia non disse nulla e appoggiava la guancia alla mia. – Quando andiamo?

– Non importa, – bisbigliò.

– Allora senti –. Le presi la nuca e le sorrisi. Cilia, ancor palpitante, mi stringeva alla spalla e volle baciarmi. – Cara. Ragioniamo. Abbiamo trecento lire. Diamo un calcio a ogni cosa e facciamo un viaggetto. Ma subito. Adesso. Se ci pensiamo sopra, ci pentiamo. Non dirlo a nessuno, nemmeno Amalia. Stiamo via solo un giorno. Sarà il viaggio di nozze che non abbiamo fatto.

– Giorgio, perché non l'hai voluto fare allora? Dicevi che era una sciocchezza, allora.

– Sí, ma questo non è un viaggio di nozze. Vedi, adesso ci conosciamo. Siamo come amici. Nessuno ne sa niente. E poi, ne abbiamo bisogno. Tu, no?

– Certo, Giorgio, sono contenta. Dove andiamo?

– Non so, ma si fa presto. Vuoi che andiamo al mare? a Genova?

VI.

Ancora sul treno, mostrai una certa preoccupazione, e Cilia, che alla partenza cercava di farmi parlare e mi prendeva la mano e non stava piú in sé, trovandomi cosí ombroso ben presto comprese e si mise a fissare con una smorfia il finestrino. Io guardavo in silenzio nel vuoto e ascoltavo nel corpo il sussulto, in cadenza, di ruote e rotaie. C'era gente nel vagone, cui badavo appena; al mio fianco scappavano prati e colline; dirimpetto anche Cilia, piegata sul vetro, pareva ascoltasse qualcosa, ma a tratti con occhi fugaci tentava un sorriso. Mi spiò cosí, a lungo.

Arrivati ch'era notte, trovammo riparo in un grosso albergo silenzioso, nascosto tra gli alberi di un viale deserto. Ma prima salimmo e scendemmo in un'eternità di ricerche tortuose. Faceva un tempo grigio e fresco, che invogliava a passeggiare naso all'aria. Mi stava invece appesa al braccio Cilia stanca morta e fui ben sollevato di trovare da sederci. Tante strade abbaglianti avevamo girato, tanti vicoli bui, col cuore in gola, senza mai giungere al mare, e la gente non badava a noi. Sembravamo una coppia a passeggio, non fosse stata la tendenza a uscir dal marciapiedi e gli sguardi affannati di Cilia ai passanti e alle case.

Quell'albergo faceva per noi: nessuna eleganza, un giovanotto ossuto mangiava a maniche rimboccate a un tavolino bianco. Ci accolse una donna alta e fiera, con un vezzo di coralli sul seno. Fui lieto di sedermi perché, comunque, girare con Cilia non mi lasciava assorbirmi in ciò che vedevo e in me stesso. Preoccupato e impacciato, dovevo pure tenerla al fianco e risponderle almeno coi gesti. Ora, io volevo – volevo – contemplare, conoscere in me solo, la città sconosciuta; c'ero venuto apposta.

Attesi sotto, trepidante, a ordinare la cena, senza salire nemmeno a vedere la camera e discutere anch'io. Quel giovanotto mi attirava, baffi rossicci, sguardo annebbiato e solitario. Sull'avambraccio doveva avere, scolorito, un tatuaggio. Se ne andò raccogliendo una rattoppata giacchetta turchina.

Cenammo ch'era mezzanotte. Cilia al tavolinetto rise molto dell'aria sdegnosa della padrona. – Ci crede appena sposati, – balbettò. Poi, con gli occhi stanchi e inteneriti: – Lo siamo vero? – mi chiese, carezzandomi la mano.

C'informammo dei luoghi. Avevamo il porto a cento passi in fondo al viale. – Guarda un po', – disse Cilia. Era assonnata, ma quella passeggiata volle farla con me.

Giungemmo alla ringhiera d'una terrazza col fiato sospeso. Era una notte serena ma buia, e i lampioni sprofondavano ancora quel fresco abisso nero che ci stava dinanzi. Non dissi nulla e aspirai trasalendo il sentore selvaggio.

Cilia guardava intorno e m'indicò una fila di luci, tremolanti nel vuoto. Una nave, il molo? Giungevano dal buio aliti labili, brusii, tonfi leggeri. – Domani, – disse estasiata, – domani, lo vedremo.

Ritornando all'albergo, Cilia mi stringeva al fianco tenace. – Come sono stanca. Giorgio, che bello. Domani. Sono contenta. Sei contento? – e mi strisciava la guancia sulla spalla.

Io non sentivo quasi. Camminavo a mascelle serrate, respiravo, mi carezzava il vento. Ero irrequieto, lontano da Cilia, solo al mondo. A metà scala le dissi: – Non ho ancor voglia di dormire. Tu va' su. Faccio due passi per il corso e ritorno.

VII.

E anche quella volta fu la stessa cosa. Tutto il male che ho fatto a Cilia e di cui mi coglie ancor adesso un desolato rimorso, nel letto, sull'alba, quando non posso farci nulla e fuggire; tutto questo male io non sapevo piú evitarlo.

Feci ogni cosa sempre come uno stolto, un trasognato, e non mi accorsi di me stesso che alla fine, quand'era inutile anche il rimorso. Ora intravedo la verità: mi sono tanto compiaciuto in solitudine, da atrofizzare ogni mio senso di umana relazione e incapacitarmi a tollerare e corrispondere qualunque tenerezza. Cilia per me non era un ostacolo; semplicemente non esisteva. Se avessi soltanto compreso questo e sospettato quanto male facevo a me stesso cosí mutilandomi, l'avrei potuta risarcire con un'immensa gratitudine, tenendo la sua presenza come la mia sola salvezza.

Ma è mai bastato uno spettacolo di angoscia altrui, per aprir gli occhi a un uomo? O non occorrono invece sudori d'agonia e la pena vivace, che si leva con noi, ci accompagna per strada, ci si corica accanto e ci sveglia la notte sempre spietata, sempre fresca e vergognosa?

Sotto un'alba nebbiosa e umidiccia, quando il viale era ancora deserto, rientrai indolenzito nell'albergo. Scorsi Cilia e la padrona sulla scala, che discinte altercavano, e Cilia piangeva. Alla mia entrata la padrona in vestaglia cacciò uno strillo. Cilia rimase immobile, appoggiata alla ringhiera; aveva un volto spaventoso, disfatto, e tutti i capelli e le vesti in disordine.

– Eccolo.

– Che c'è, a quest'ora? – feci severo.

La padrona, stringendosi al seno, si mise a vociferare. L'avevano svegliata a metà notte, mancava un marito: pianti, fazzoletti strappati, telefono, questura. Ma era il modo? Di dove venivo?

Io non stavo piú dritto e la guardai assente e disgustato. Cilia non s'era mossa: soltanto, con la bocca dischiusa respirava profondo e il suo viso stirato avvampava.

– Cilia, non hai dormito?

Ancora non rispose. Lacrimava immobile, senza battere gli occhi, e teneva le mani congiunte sul ventre, tormentando il fazzoletto.

– Sono andato a spasso, – feci cupo. – Mi son fermato al porto –. La padrona fu per ribattere, alzando le spalle. – Insomma, sono vivo. E casco dal sonno. Lasciatemi buttare sul letto.

Dormii fino alle due, sodo come un ubriaco. Mi svegliai di botto. La stanza era in penombra; giungevano frastuoni dalla strada. Istintivamente non mi mossi; c'era Cilia seduta in un angolo, che mi guardava, e guardava la parete, si scrutava le mani, a scatti trasalendo.

Dopo un po' bisbigliai cauto: – Cilia, mi fai la guardia? – Cilia levò vivamente gli occhi. Quello sguardo sconvolto di prima le si era come raggelato sulla faccia. Mosse le labbra per parlare; e non disse nulla.

– Cilia, non va bene far la guardia al marito, – ripresi con la vocetta scherzosa da bimbo. – Hai mangiato, piuttosto? – La poveretta scosse il capo. Saltai dal letto allora e guardai l'orologio. – Alle tre e mezzo parte il treno, Cilia, facciamo presto, mostriamoci allegri alla padrona –. Poi, siccome non si muoveva, le venni vicino e la tirai su per le guance.

– Senti, – le dissi, mentre i suoi occhi si riempivano di lacrime, – è per stanotte? Avrei potuto mentire, raccontarti che mi sono perduto, darti dell'olio. Se non l'ho fatto, è perché non mi piacciono le smorfie. Mettiti in pace, sono sempre stato solo. Neanch'io – e la sentii sussultare – neanch'io mi sono troppo divertito a Genova. Pure non piango.

Misoginia

I.

Sotto le montagne, a una svolta scura della strada, c'era questo alberghetto. Giusto odiava le comitive in gita e serviva in questi casi soltanto per equità verso la sorella. Perciò, inoltrandosi l'estate, si faceva sempre piú scontroso.

Una sera deserta di ottobre, il giovanotto si versò un bicchiere da una bottiglia ammezzata, abbassò la lampada e sedette, coi piedi sul tavolo, a scorrere un vecchio giornale. Gli mancava qualcuno dei suoi clienti consueti, per dar sugo a un'oretta. – Chiudi bene la porta, – disse la sorella, – se resti –. Poi s'incamminò senza voglia su dalla scala, sospirando.

Giusto rimase solo col vino e, fissando il giornale, pensò ai fatti suoi. Dietro il banco, lo scaffale dei liquori, in penombra, cigolava: forse era troppo vecchio o ci correva un topo. Da fuori non veniva che l'alito del buio per la finestra socchiusa, e nemmeno si sentiva sciaguattare il torrente, perché l'estate era finita e in fondo ai prati doveva ormai stagnarci la nebbia. Pure, tant'era la pace, si sarebbe detto di sentir rabbrividire l'erba o rotolare qualche pietra. Quando alla fine un grillo si mise a trillare, Giusto si riscosse sulla sedia e prese il bicchiere.

«Stanca lei e stanco io. Lavora troppo? Si sposi e cosí lavorerà con ragione. Ma non la vuole nemmeno un carrettiere».

Giusto si bagnava un'altra volta le labbra, quando uno scarpiccío nel cortile, e voci soffocate, lo fermarono. Si ricordò di aver trasentito poco prima vibrare in distanza una macchina e alzò gli occhi. Balenò un viso umano alla finestra, qualcuno disse «sí, sí» in fretta, e la porta si schiuse.

Tenendosi per mano, sgusciarono dentro un giovanotto scarno e guardingo, tutto spalle, e una brunetta dai grossi occhi, stretta in un chiaro impermeabile. Tutti e due si arrestarono sulla soglia, fissando Giusto, in silenzio. La donna strascicava una valigia, e il giovanotto scarmigliato si toccava e ritoccava la fronte.

– Buona sera, – fece Giusto.

Il giovanotto diede un guizzo e, senza venire avanti, chiese aggressivo se c'era benzina.

– E dov'è l'automobile? – disse Giusto.

L'automobile aspettava sullo stradale. S'era fermata da sé. Bisognava far presto.

– Non ho benzina, – rispose Giusto pacato, sbirciando la donna.

Il giovanotto allibí: Giusto lo vide serrare un attimo gli occhi. Apparve un viso esangue sotto la fronte ossuta. Quanto alla donna, s'accasciò sulla valigia, fissando il compagno come appesa a quel viso. – Non dir nulla, non diciamoci nulla, Renato, – sibilò precipitosa, a denti chiusi. – Di chi la colpa? Non fa nulla, non dir nulla. Dove andremo ora, Renato?

Giusto rivolse gli occhi all'uomo e lo trovò che boccheggiava. Gli scappò da ghignare e chiese perché non passavano la notte nell'albergo.

– Non possiamo, – precipitò la donna, – e la macchina? Non possiamo star qui –. Giusto risentito borbottò che non erano poi i primi. – Ma la macchina? – La macchina andiamo a spingerla, io e il signore. È lontano? Di dove vengono? – Dopo molto confondersi e ribattere, ammisero tutti e due di esser diretti in Francia. – Benissimo. Domani mandiamo il primo che passa in bicicletta, a caricarsi un bidone in paese, e loro sono a posto e vanno dove vogliono, ma se nelle montagne restano a secco un'altra volta, piú nessuno li cava. – Non si può proprio andare adesso in paese? – Se ho detto no, perdio, dormono via quei del negozio. – Non ascoltarlo, Renato, non credergli, vuole soltanto farci fermare; andiamo via.

Il giovane intanto s'era un po' ripreso. Chiuse la porta e venne nel mezzo della stanza. Offrí il doppio della retta per la notte, se gli si diceva la verità vera. Si poteva trovar subito la benzina? Giusto fu per sputargli sui piedi, ma s'accorse che il poveretto avvampava; e anche la donna accovacciata, non gli staccava ora gli occhi di dosso, febbrilmente. Scosse il capo e chiamò Tosca. Poi si alzò in piedi e disse forte: – Fino a domani, niente benzina. Vogliamo andare a prender l'auto?

Allora la donna, balzando, respinse col piede la valigia al

muro e afferrò il braccio al compagno, supplicando di non lasciarla là, sola. – Qui c'è mia sorella, – disse Giusto. – Ora scende, – e finí il suo bicchiere.

Per tutta la gita, tra il nero dei prati, Giusto non aprí bocca. Incontrata la macchina, accesero i fari e lentamente, pesantemente cominciarono a spingere. A qualche osservazione, che azzardò l'altro, Giusto non rispose, ma borbottò ch'era meglio essersi dimenticata, delle due, la ragazza.

Di ritorno, palpitanti e accaldati, trovaron vuota la saletta. Il caschetto della donna giaceva in terra, presso la valigia, e Giusto lo raccolse. Si fece sotto la scala e sentí le due donne armeggiare di sopra. – Siamo noi, – vociò.

– Non rispondono, – disse un istante dopo, il giovane. Giusto lo rassicurò e gli chiese se adesso volevano andare a dormire.

– Dormire?

– Immagino, – fece Giusto spazientito. – Naturalmente, se la signorina permette.

– Poveretta, – disse l'altro, con una smorfia scarna. – Poveretta. No, non vado a dormire, – e si cacciò una mano nei capelli.

Giusto venne a piccoli passi fino al banco e prese una bottiglia. Ne versò due bicchierini e invitò il giovane. – Cognac, – disse schioccando la lingua. L'altro bevve d'un fiato, ad occhi chiusi. Poi corse su per la scala.

II.

Giusto tornò a sedersi al tavolo, dove aveva gettato il giornale. Per un istante gli ronzarono le orecchie; poi tutto fu silenzio, rotto appena da qualche tonfo e scricchiolio di passi sul soffitto. «Un cane, ci vorrebbe in questo albergo, – pensava. – La gente va e viene, e nessuno ne sa nulla». In quel momento apparve Tosca, malgraziosa e preoccupata.

– Si è buttata sul letto, – disse.

– Lui no?

– Lui è in piedi, che le liscia la mano e guarda per terra.

– Sposati non sono, non ha la fede. Pure non sembrano ragazzi via da casa.

– Lei ha almeno trent'anni; sarà sua sorella.

Giusto fece un sorriso di scherno. – Se hanno paura l'uno dell'altra. Lui non osava nemmeno salire. E non si gira di notte, dimenticandosi la benzina, con una sorella cosí nervosa.

– Non hanno cenato, – disse Tosca.

– Lo immaginavo. E non hanno nemmeno coperte per passare la montagna.

– Zitto.

Comparve il giovane. Con quella faccia pallida nell'andito della scala, pareva un malato su dal letto.

– Occorre qualcosa?

Quello venne avanti esitando: – La valigia, dov'è la valigia?

Giusto si alzò. – Nessuno l'ha presa –. Andò alla porta, piegandosi. Il giovane corse innanzi: – Faccio io. Faccio io.

– Ma no, – disse Giusto. – Tocca a me. Lei piuttosto deve riempire il registro. Tosca, il registro.

S'incamminò per la scala. L'altro gli venne alle spalle e gli tolse di mano il carico. – Sentite. La signora sta male. Potete darci del latte?

Tosca portò su il latte, agitata. – Non si dorme stanotte, – passò a dire scendendo. – La ragazza ha la febbre.

– Che siano venuti qui per partorire? – canterellò Giusto.

– Villano, – scattò la sorella. – Va' a letto, va' a letto.

A quel rimbrotto, Giusto arricciò il naso, divertito, e si dispose a salirsene. – Domani avremo un bambino, – rise, davanti alla camera dei due. – Purché non ce lo lascino qui, – concluse, entrando nella sua.

Lo svegliò a notte alta uno strattone di Tosca. Era stanca, non stava piú in piedi: pensasse lui se chiamavano. La donna aveva straparlato, s'era buttata giú dal letto, voleva prender l'automobile. – E il bambino? – Ma che bambino: quei due avevano la tremarella, ne avevan fatta qualcuna, a parlargli improvviso trasaltavano come conigli.

Giusto barbugliando nel buio, rassicurò Tosca e cominciò a vestirsi. Faceva freddo. Si prese il mantello e uscí sul pianerottolo, fermandosi in punta di piedi alla fessura di luce dell'altra camera. Sentí un lungo sospiro e bisbigli. Crollò il capo e discese.

Una volta sotto, andò alla porta, nel barlume della lampada, e la spalancò. Era buio pesto; non si vedeva il cielo. Infreddolito, richiuse e venne a sedersi al tavolo, dov'era ancora la bottiglia.

Passò cosí piú di un'ora, sognacchiando, trasalendo, bagnandosi le labbra qualche volta. Aveva innanzi quel vecchio giornale, ma non riusciva a leggere. A tratto a tratto lo stoppino fumigava.

Intese un passo malsicuro per la scala e apparve nell'ombra la punta rossa di una sigaretta.

– Chi è?

Venne avanti il giovanotto, ancor piú pallido, occhi pesti. Cercava da bere. Giusto andò a prendere il cognac.
– Dorme la ragazza? – chiese piano.

Si sedettero a fronte e si guardarono in silenzio. Sulle guance del giovane c'era un pelo di due giorni, che gli dava un aspetto ancor piú sbattuto. Bevve d'un fiato, senza dir nulla.

– Questo riscalda, – fece Giusto. – Toglie il batticuore. Le donne non lo capiscono.

L'altro piegato su di sé, pareva in ascolto. – Non passa nessuno qui, di notte? – chiese a un tratto, rauco.

– Raramente, – disse Giusto. – Se mai, d'estate, verso il mattino. Carrettieri. Qualche volta, la finanza.

– La finanza? Dove vanno?

– Bevono un bicchiere e ripartono in perlustrazione. Ma non ci sono malviventi da queste parti.

Il giovanotto si alzò in piedi e cominciò a passeggiare. Giusto lo seguí con l'occhio.

– È lontano il confine?

– In macchina, sei ore. Chi ha il passaporto in regola, gli conviene meglio il treno.

– Noi l'abbiamo il passaporto, – s'agitò l'altro. – Preferiamo...

– ... dimenticarci la benzina, – finí Giusto.

– Non mi crede?

– Caro signore, il mio mestiere è di credere a tutti. Se arriva in macchina un vecchione con la pelliccia, in compagnia di una monella mal dipinta, e mi dice che son padre e figlia: io gli debbo credere. E se arrivano due senza carte e con l'insonnia, e lui dallo spavento mi vuol pagare per andarsene: io non debbo ficcarci il naso. Ma, da uomo a uomo, posso però osservargli che toccare il confine è niente: passarlo, e con una donna che strilla, è la questione.

Il giovanotto s'era fermato, con le mani nelle tasche. Si portò la destra al capo, mordendosela. Disse piano: – Se le ho dato qualche noia, mi scusi. Non posso rispondere, non posso difendermi. Vorrei soltanto dormire.

Poi si sedette, accasciato. – Mi capisca. Lei non avrà noie, lei non ci conosceva. All'alba partiremo.

Giusto, stizzito, si guardò intorno. Nell'andito della scala gli parve di travedere un lampo d'occhi. Si contenne. – Tutto questo per una donna? – chiese tonto. – Ma che cos'avete fatto?

La testa pallida del giovane si rialzò. Febbrilmente le pupille smorte palpitavano sui tratti ossuti.

– Che cos'avete fatto?

III.

– È sicuro che la ragazza dorma? – continuò Giusto. – Quell'agitazione, quell'ansia di andarsene; e la paura che vi leva il fiato, è possibile che la lascino dormire?

– No, – disse il giovane, – non dorme. È come assopita, e non sogna, ma vede. Vede sempre. Da due notti dormiamo cosí.

– Vede che cosa?

– Quello per cui fuggiamo.

– La prigione?

– Oh, – bisbigliò il giovane, – se io fossi innocente, entrerei subito in prigione e ci starei degli anni, tutta la vita, pur di sapere che mi han fatto un'ingiustizia. Ma anche lei dovrà entrarci: lei che ci fu costretta; e là dentro nessuno ha pietà: non c'è piú giusto e ingiusto. Lo stesso rimorso ci leverà il sonno. Non se lo merita lei: ci fu costretta. E ora deve soffrire ingiustizia e spavento.

Dalla cima della scala venne uno strillo incontenibile:

– Renato, son sola.

Il disgraziato balzò in piedi e fissò Giusto smarrito. – Mi ascoltava? – gli chiese. – Ho la testa che spacca, non so piú quel che dico.

– Vada su, – disse Giusto, – ha la febbre piú lei che quell'altra. Beva prima –. E gli versò il cognac. L'altro disse qualcosa e si lanciò per la scala.

Tacque presto ogni voce. Giusto volle sedersi e pensare. La lampada stanca lottava esasperata nell'ombra. – E quello vuol andare in Francia, – le disse Giusto. – Come fanno, come fanno?

Allungò la mano per regolare la fiammella, e la vide pallida. Dalle finestre scendeva un chiarore sporco, si scorgevan le sedie e il calendario sulla porta: le fessure sibilavano. Con la bocca impastata Giusto prese il bicchiere, e lo posò svogliato.

Lo svegliò Tosca strepitando con le pianelle. Usciva grigia e spettinata, dalla cucina. Era spenta la lampada e si vedeva ormai chiaro.

– Hanno chiamato questa notte? – Aveva anche lei la voce rauca e intontita. Giusto si scatarrò e si mise in piedi. – Dormivo. Fa un bel freddo.

Andò alla porta e la spalancò. Nell'aria umida e grigia, vide vicino l'automobile bassa dai vetri appannati. – Se si svegliano, falli mangiare. Vado alla Grangia, che mandino a prendere un bidone.

– Chi paga? – disse rapida Tosca.

Ritornò che piovigginava. Trovò la coppia al tavolo, e Tosca che versava il caffè. Al giovane che si voltò in angoscia, strizzò l'occhio. Poi fissò la ragazza.

– Tra poco ci sarà la benzina, – osservò. – Come avete dormito?

Le guance tese si mossero a un sorriso di sfida. – Bene, – disse poi, levando gli occhi.

– Ho sentito che ha avuto febbre. Ci vuole cognac, come fa suo marito.

A questa parola, gli occhi enormi sul piccolo volto s'intorbidarono. Il giovane posò la tazza inquieto. E Giusto continuava che sua sorella quella notte aveva sentito delirare. Stessero attenti, una volta in Francia: cacciarsi in bocca un fazzoletto piuttosto. Tosca stupita si fermò. Rasparono alla porta.

Nel gran silenzio entrò un vecchiotto malvestito, fatto su in un mantelletto militare, strisciando le suole. Con la vocetta catarrosa salutò in giro, portando la mano al berretto e inchinandosi. Tutti lo guardarono incantati: aveva un viso impicciolito dalle rughe, come un bimbo.

– Non è niente, – ruppe Giusto. – Pedrotto vuole il latte.

Mentre il vecchio, scrollandosi l'umido come i cani, veniva al banco, accorse Tosca e gli mescé qualcosa.

– Pedrotto, c'è ancora un passaggio al confine? – chiese Giusto pacato.

Quello gorgogliò nel bicchierino, sbirciandoli.

– Un omo pratico, a piedi, passa sempre, – arrangolò adagio.

– E una donna?

– Secondo.

Giusto chinò il capo tra i due. – Lo volete? – disse piano. – Non gli darete piú di cento, e solamente a cosa fatta. Andrà ad attendervi per strada oltre il paese. Ma badate, è piú furbo di voi.

Tosca s'era ritirata. – Mia sorella vi preparerà un cesto, – aggiunse Giusto. – Vi dimenticavate anche quest'altra benzina. Avrete tempo di morir di fame. Pensateci bene, una volta nelle sue mani non si torna piú indietro.

Il giovanotto girava gli occhi imbarazzato. Allora la donna fissò Giusto e disse forte: – D'accordo.

Il vecchietto uscí fuori. S'alzarono tutti. – E che non vi venga in mente di mostrare il passaporto. – Non l'abbiamo, – disse quella.

L'alba s'era ormai distesa in tanta nebbia, che vaporava stillando alla porta socchiusa. Mentre Tosca e la donna facevano i conti, Giusto uscí col giovanotto che si mordeva le labbra scolorite. Giunse un ragazzo in bicicletta col bidone e tutti insieme lo versarono nel serbatoio. – Sia in gamba al rifornimento, – disse Giusto. – Non rifaccia il disperato –. L'altro sommesso chinò il capo e pagò.

Chetamente Giusto salí a prendere una coperta da letto e la gettò nell'automobile. – Se ci tiene a conservarsela, non la lasci morire di freddo.

Poi lo prese in disparte e gli disse: – Io non c'entro e non so quel che abbiate fatto. Ma ho trent'anni, e ho sempre veduto le donne cavarsela e restarci l'uomo. Non c'è proprio rimedio? – L'altro sorrise torvo: – Quanto ci costa la coperta? – Nulla, – sbottò Giusto e rientrarono.

La ragazza attendeva seduta contro il tavolo. S'era messo il cappello e rifatte le labbra: non pareva piú il viso di prima, affilato e segnato. Solo un grave pallore le sprofondava gli occhi, e le sfuggivano riccioli alle tempie. Disse al compagno di pagare Tosca e venne alla porta con la valigia. Giusto scostandosi, la lasciò passare, e poi corse ad aprirle lo sportello. La donna salí.

Giunsero il giovane, e Tosca col cesto. – Quando sarete tra la neve, non fate bere Pedrotto, – raccomandò Giusto, piegandosi nella macchina. – È già porco anche troppo.

Salí il giovane e si mise al volante. La macchina indietreggiò, poi si volse alla strada.

– Addio, – gridò la ragazza.

– Ci ricorderemo sempre di voi, – disse sporgendosi il giovane.

– Farebbero meglio a dimenticarsene, – borbottò Giusto a Tosca che rabbrividiva nella nebbia.

L'intruso

I.

Il mio compagno di cella faceva tortuosi discorsi in un borbottio che non usciva dalle quattro pareti. Nulla ci avrebbe impedito di altercare magari o, con qualche cautela, di cantare; e, giovane com'ero, io cacciavo ogni tanto sospiri di pena che finivano in un gemito; ma il mio compagno non lo sentii mai altro se non borbottare. Si buttava sulla branda e fissava il soffitto. Gli stillavano le frasi dalla bocca storta, come un'acqua sommessa e inesauribile. Sovente immaginavo d'esser solo e mi portavo lo sgabello all'uscio: di là fissavo la mia branda vuota, appoggiando la schiena allo spigolo, e mi accorgevo che la voce soffocata di Lorenzo mi aveva accompagnato in tutti i gesti, suggerendomi quello stesso che nell'istante pensavo.

Lorenzo era un vecchio alto e grosso e la sua voce pareva schiacciata dai suoi muscoli. Malgrado se la pigliasse a quel modo con l'aria, era un uomo taciturno; se gli chiedevo qualcosa restava ogni volta un poco immobile, esitando pareva, a formar la risposta. Che poi veniva brusca e sottovoce. Certamente, al mattino eravamo tutti e due svegli e attivi e lavavamo, pulivamo ogni cosa con alacrità, fra i tintinnii, le voci e i tonfi. Poi si andava al passeggio, si mangiava, si vedeva insomma qualche faccia. I miei sospiri cominciavano nel lungo pomeriggio e nel crepuscolo; e Lorenzo a borbottare. E nemmeno, come io facevo, Lorenzo trasaliva e si agitava, se qualche novità accadeva all'uscio, o un trepestio o una guardia allo sportello a disturbarci. Restava disteso sulla branda o in piedi dov'era, e non fiatava.

Talvolta leggevo non so che libro del carcere e Lorenzo, che leggere non sapeva, traballava avanti e indietro con quel suo corpo pesante e finiva poi, slacciandosi la cintola, per sfasciarsi sulla branda.

– Si è mai veduto, – cominciava, – si è mai veduto leggere un libro come fosse un giornale? È una triste compagnia che non vale un bastone da camminar soli. È roba del governo: li vengono a offrire nel carcere perché servono a loro. Uno che legge, sta tranquillo e tratta bene il superiore: gli fanno fare quel che vogliono. La legge scritta è la forza del carcere. Disgusta vedere un giovanotto qui dentro leccare quei fogli come fosse pagato. Nel carcere non si deve far niente, e lasciar che il tempo passi. Un uomo dritto basta lui a finir la giornata: se ha bisogno di leggere per tenersi compagnia, allora è come le donne che han sempre voglia di qualcuno intorno e, se non hanno nessuno, prendono un gatto.

– Se dite a me, Lorenzo, – feci una volta, scattando, – dovete sapere che non c'è nulla come un libro per ammazzare il tempo. Occupa meglio che giocare alle carte.

– Paragone d'avvocato, – continuava l'altro senza muoversi. – Per giocare alle carte si sta in compagnia e qualcuno poi paga. E si vede chi è in gamba e chi no. C'è la gara d'astuzia e ci sono le regole. Solamente i pitocchi giocano per risparmiare quella lira: ma è una soddisfazione d'uomo guadagnarsi il bicchiere per forza di scienza. Permettono forse le carte nel carcere? Qui si vede che altro sono le carte, altro i libri.

Aveva forse cinquant'anni e la sua bigia corona di capelli gli stava sempre ben liscia sul cranio, indisturbata dai pensieri testardi. Quando taceva masticava come un bue la cicca. Né mai pareva preso da quell'affanno del domani, che a me dava tanta stretta ogni crepuscolo: nel sospiro di sollievo alla fine del tedio, la disperata certezza che il giorno dopo sarebbe stato un tedio uguale, e un'uguale speranza, e l'identico affanno. Quando mi avevano introdotto, la prima sera, nella celletta; e rimase una guardia a porta spalancata sorvegliandomi, mentre fuori andavano e venivano con stoviglie e coperte; Lorenzo, ch'era disteso sulla branda, mi aveva buttato un'occhiata senza vivacità. Una volta soli, io, con lo slancio dell'inesperto che il sopraffiato attanaglia, gli parlai baldanzoso, chiedendogli se aspettava il processo. Ma il mio grosso compagno aveva mosso una mano, borbottando infastidito che né io né lui eravamo della giustizia cui spetta fare simili domande. Saremmo andati d'accordo se ciascuno di noi avesse atteso alla sua parte, se ci fossimo trattati con cautela, se avessimo insomma coabitato come due galantuomini sorpresi dalla pioggia nella stessa baracca. Altro non occorreva, se non di compatirlo caso mai russasse la notte.

Cadeva in quei giorni sulle carceri, sui tetti, nei cortili, una pioggia insistente che infradiciava ogni cosa e illividiva anche l'aria della nostra inferriata. Si toccavano a malincuore con le mani torpide le coperte ruvide; ogni oggetto al mattino ci aspettava umido e tetro; solo, all'ora del rancio la gavetta scottante, stretta fra le ginocchia, era una presenza cordiale. Alla gavetta Lorenzo faceva lunghe chiacchierate, sporgendosi sul fumo che tutto l'accarezzava, passandovi sopra la mano, senza badare a me, come fosse quello il suo focolare.

Diversamente, stava sempre sulla branda steso ai suoi soliloqui. Io pensavo in quei giorni che ciò fosse l'effetto del tempo cattivo, che invogliava anche me a rannicchiarmi, a cercare il sopore e ignorare le pareti squallide. Ma finí la pioggia e vennero groppi strepitosi di vento che seccarono e rasserenarono: nel nostro cielo altissimo, squadrato di sbarre, passarono nuvole bianche; e sempre Lorenzo trascorreva il piú delle ore scontrosamente vaneggiando al soffitto. Adattai ben presto le mie gambe all'angustia del passeggio in cella; e allo stesso modo finii per avvezzarmi a quel borbottio interminabile, dove mai Lorenzo trattava di sé, ma, inconsistente qualche volta come un ubriaco, ravvolgeva in parole miei gesti o domande o lasciava affiorare spezzati pensieri, tutti sul carcere e sull'astuzia e la stupidità e l'osteria. Non potendo far altro, m'ero provato anch'io a dir forte qualcosa, come parlando ai muri, ma non trovai ben presto alcun costrutto in quello sfogo che non mi sfogava e mi lasciava invece, orecchie tese, inquieto.

Verso sera riuscivo a scordarmi che c'era Lorenzo, soltanto addormentando intontito quell'altro affanno del domani e lasciando che il crepuscolo m'intorpidisse come un gelo. Assaporavo in questo modo la mia unica solitudine. Quanto a Lorenzo, dal crepuscolo in cui gorgogliava, non pareva volere uscir piú. Una mattina, mentre afferrato alle sbarre, spaziavo alla finestra respirando, lo sentii borbottare nel fresco silenzio non so che imprecazione.

II.

– Che succede, Lorenzo? – gli feci volgendomi. Lorenzo, seduto sulla branda, levò il capo da un paio di calze che stava infilando, e rimase a guardarmi.

– Che vi accade, Lorenzo?

Neanche questa volta rispose, ma richinato il capo, prese a biascicare in silenzio, segno abituale d'un discorso che andava innanzi tutto solo. Mi diedi allora a camminare per la cella, aggrappato alla mia inquietudine, travedendo in un attimo di lucido orrore, frequente in quei mattini, quant'era irreparabile il mio stato.

– Se non sapete dominarvi da solo, – si chiarí a un tratto il borbottio, – come farete alla casa di pena, o poi, quando vi avranno liberato? Sembrate un malato che si studia la febbre. Leggete il vostro libro, piuttosto; ma se non v'insegna nemmeno a stare in carcere, allora vuol dire che siete davvero ammattito, e in questura hanno sbagliato le bollette. S'io fossi voi, farei ricorso, un bel ricorso per quel posto.

– Non mi conviene, – l'interruppi rianimato. – Ci starei come qui.

– Sentite, Lorenzo, – ripresi dopo un poco, – perché prima stavate a lagnarvi? Io non vi ho fatto nulla e vorrei che tutte queste storie finissero. Siamo già in prigione: se ancora litighiamo, questo diventa il purgatorio.

Il mio grosso compagno sorse in piedi. Con una di quelle manacce che potevano scaraventarmi al soffitto, si forbí il naso. – Avete sognato anche voi? – chiese dubbioso.

– Che sognato?

– Va bene: non avete sognato. E allora perché fate il ragazzo?

– Io non faccio nulla.

– Voi non sapete ancora che cos'è stare al mondo. E venite in carcere. Mettetevi a fumare fin che ve ne dànno, perché vi occorre un calmante, e voi da solo non ce la farete. Chi avete fuori? L'innamorata che non vi viene a trovare?

– Sono sposato, – balbettai.

– Vostra moglie allora sarà finalmente tranquilla che non vi schiacceranno gli autocarri. Le avete dato fuoco al letto, giocando coi fiammiferi?

– Lorenzo, voi potreste essere mio padre e vi lascio dire. È vero che sono io nella vostra cella e non voi nella mia, ma di ciò non ho colpa. Né vi ho chiesto perché siete qui. Ci siamo e basta.

Di nuovo il vecchio mi guardò dubbioso. – Ricordatevene allora, che ci siete. E capite che voglia dire. Non mordetevi i pugni e non fate sospiri. Non correte alla porta, quando passa qualcuno. Distendetevi sopra la branda e imparate a star solo. Un ragazzo che va dal dentista, ne sa piú di voi.

Anche quella mattina trascorse. Passò la ronda, portarono il pane. Lorenzo uscí all'aria. L'attesi solo nella cella, nel brusio del silenzio, guardandomi intorno. Rifiutavo talvolta di uscire, per variare, per fare qualcosa di mia volontà. Ma non ero tranquillo quel giorno. Passeggiai straccamente in lungo e in largo, pensandomi solo davvero; e compresi che ormai quest'idea mi atterriva.

Mi aveva scritto mia moglie che se davvero quell'indegnità dell'accusa mi restava nella schiena al processo, dalla vergogna avrebbe chiesto lo scioglimento e ringraziava Dio che in quei tre anni non avevamo fatto figli. Questa notizia mi era passata sul capo come un'onda a chi nuota: mi dibattevo prima e mi dibattei dopo, sott'acqua come sull'acqua. E dovevo ben presto imparare che una simile lettera non manca mai a nessun carcerato: chiara e spietata o diluita in molto inchiostro, viene sempre quel giorno che per lo stretto sportello ve la caccian tra le dita. Quel mattino vedevo me stesso come chiuso nel vetro, non piú prigioniero di muri o di sbarre, ma isolato nel vuoto, un vuoto freddo, che il mondo ignorava. Quest'era la pena vera: che il mondo escludesse il recluso. Non tanto di uscire anelavo, quanto che entrasse il mondo nel mio vuoto e lo colorasse, lo scaldasse con gesti o parole. Leggere non bastava, diceva giusto il mio compagno; occorreva che almeno, nel mondo, pensassero a me, me ne dessero i segni, e non tutto svanisse in quell'atroce, innaturale immobilità.

Quando tornò, Lorenzo si ricordava ancora che me l'ero supposto padre. Ridacchiando senza voce, bofonchiò un pezzo su quest'idea e io, stufo di leggere, lo stetti a sentire.

– Nel carcere, – cominciò poco dopo, – non bisogna farsi illusioni. Solamente gli stupidi si fanno illusioni. Il governo ci mette qui per castigarci: sta in noi farlo fesso e uscir fuori piú dritti di prima. Qui si vede ogni cosa com'è: chi è che si fa il sangue cattivo in carcere? I detenuti, forse? Nossignore, se lo fanno i superiori, che corrono, sgobbano, gridano, come i facchini alla stazione. Noi ci lasciano tranquilli. Ed è per questo che, se trovo un cristiano mangiarsi l'anima qui dentro, mi viene voglia di batterlo. Non muore nessuno nel carcere.

– Non lo diranno, ma ne muoiono.

– È una gran cosa fare a meno della gente, – riprese Lorenzo, ormai assorto in soliloquio. – Che cos'è questo mondo? Tante parole inutili si dicono, si fan piú versi che la scimmia. Uno che gira a piede libero, non ha mai pace. Vede una donna e la vuole; vede un terreno e ci mette le mani. Viene la guardia e gli chiede: «Perché hai toccato quella donna? Perché hai rubato quella terra?» «Ma ne aveva bisogno», dicon tutti gli stupidi. «Se ne aveva bisogno, venga con me, non ne avrà piú bisogno».

– Ha ragione la guardia. Ma ci sono di quelli che sono piú furbi di tutte le guardie. «Non è il caso di alzare la voce, non siamo stati a balia insieme». Se anche il carcere è pieno, c'è sempre una cella. «Dovrete star solo». L'uomo furbo gli scappa da ridere. Non è mai stato solo. «Volevo provare».

– E d'or innanzi sa. Non gli fa piú paura la cella e lascia correre le guardie. Si vede tutto il mondo, come a salire sulla luna. Là c'è un morto, là c'è un ubriaco; là una donna che ammazza un bambino. «Arrestateli. Sotterrate quel tale. Correte».

– Invece chi è furbo, non corre, perché il carcere ha posto per tutti. Tante celle ci sono e ciascuno ha la sua. Ha il diritto di starsene solo. Qui si vede com'è fatta la gente, che s'infuria se la mettono sola.

III.

Nottetempo sotto la spettrale lampadina, ascoltavo inquieto il respiro della branda accanto. La mia stanchezza era tutta di testa, non avevo mai sonno. Mi chiedevo se anch'io sonnecchiando emettessi quei rauchi sospiri. Stavo cheto, per addormentarmi, per non sommuovere le angosce, e mi pareva di sentirle accovacciate al mio capo, pronte a balzare e farmi strazio. Con furtiva cautela accostavo l'oblio. Ma cigolando e borbottando, la montagna di Lorenzo dava volta: riaprivo gli occhi alla sudicia luce. La ronda entrava con fracasso di chiavistelli. Tornavo a chiuderli.

A notte fonda mi assopivo e facevo sogni incoerenti, dove ogni cosa era quella di un tempo e la mia mente, conscia del suo disordine, non vi trovava alcuna pace. Stupidamente mi rivedevo ancor ragazzo e fuggivo nei campi, o discorrevo con mia moglie e le facevo sciocche tenerezze.

Sotto l'alba, nella penombra, ero già desto e presentivo

lo scoppio sbatacchiante della campana, cogliendone la vibrazione soffocata all'urto di chi l'afferrava.

Lorenzo si sedeva sulla branda, solamente quando giungevano i primi tintinnii estrosi del controllo alle inferriate. E aveva finito di vestirsi quando, di cella in cella, il martello squillante era giunto alla nostra.

Si spalancava, e il capo entrava salutando. Una guardia correva alla finestra, levando la sbarra.

– Dico a tutti... – si sentí gridare un mattino.

– Va' avanti, tu, – fece il capo alla guardia. – Che volete?

Nel frastuono assordante Lorenzo venne avanti eccitato e barbugliava qualcosa.

– Che c'è? – vociò il capo. La guardia riattendeva già alla porta.

Il mio gigante abbassò nel silenzio echeggiante una faccia molle sporgendo le labbra. Guardò l'altro, imbambolato.

– Che volete?

– Nulla, – disse Lorenzo.

Il capo si toccò la nuca, dubbioso. – Avete un reclamo? – chiese, fermandosi alla porta.

Lorenzo, volto a me, ripeté sollecito: – Avete un reclamo? – Il capo uscí fuori e sbatterono l'uscio.

Imperturbabile Lorenzo attese alle cose consuete. Vennero a togliere il pattume e toccava a lui scoparlo fuori. Poi rammendò una calza e masticò la cicca. Andammo insieme al passeggio e Lorenzo seduto su un mio giornale illustrato, s'appoggiò al muro del cortiletto, con le tempie tra le mani. Non si lasciava dir nulla e rugliò come un cane le due volte che tentai. Io mi distesi allora al cielo, studiando il volo dei colombi.

Quando rifummo in cella, si piantò sullo sgabello e balbettò a testa bassa:

– Avevate un reclamo?

– Lorenzo, non si fanno queste cose, – gli dissi nervosamente. – Imparate a stare in prigione.

– Se avete un reclamo, – continuò quello testardo, – io voglio avvertirvi. Voi non sapete che cos'è un reclamo. Bisogna farlo a voce, e non scrivere sulla domanda, perché le carte le conservano e le leggono al processo. Bisogna esser furbi nel carcere. Vi tengono qui apposta per sapere e farvi fesso. Vi fanno leggere, vi fanno scrivere, cosí state tranquillo e firmate ogni cosa che occorre. Non vi siete ancora accorto perché vengono a battere i ferri? Non è sorveglianza: nessuno ha mai rotto le sbarre. Ma picchiando, facendo fracasso, il mattino e la sera, sperano di confondere la testa al carcerato, di farlo gridare, parlare, e gli dicono allora: si vedrà, si vedrà, ma adesso scrivete, mettete la firma. Poi avvertono il giudice.

Non sapendo che rispondere, staccai un pezzo di pane dalla pagnotta fresca e a bocca piena ruminai quel che ascoltavo.

– Lorenzo, – interruppi, – a questo punto vi hanno ridotto?

Lorenzo mi sbirciò sospettoso. – No, – disse adagio. – Ma provano con tutti. Bisogna essere furbi.

Quella sera, nell'ora che ricominciava distante il martellio alle inferriate, mi tornò in mente la scena del mattino. E venni alla branda di Lorenzo che stava disteso con gli occhi morti al soffitto. Lo vidi scuotersi.

– Sentite, Lorenzo, – gli feci brusco, – che volevate insomma dal capo?

Lorenzo chiuse gli occhi, come assopito.

– Lorenzo, – ripetei, – non fate lo sciocco. Cos'è quella bugia di stamattina?

Senza aprir gli occhi, levò su la grossa mano, facendo segno di passare oltre. S'avvicinava nel frattempo a brevi pause il martellio vivace. Irritato e stimolato dal frastuono, ripetei la domanda e gli presi il polso. Con un guizzo rabbioso il gigante rovesciò il braccio e me lo piombò sul petto, balzando in piedi e inginocchiandomi. Tanto convulsivamente mi artigliò camicia e pelle dello sterno, che oltre l'urto non sentii il dolore. E mi giunsero addosso in un ansito caldo due occhi stravolti.

– Niente a te, – mugolò con la voce dell'odio, – né con te né con gli altri, non parlo a nessuno. Non ti voglio vedere, nemmeno di notte. Questa branda è la mia, questa cella è la mia.

Io dibattendomi ansimavo e non pensavo che a una cosa: dovevamo staccarci prima che entrasse il gruppo. Mi squillavano nel capo i martellii sempre piú acuti. Mi rombavano le orecchie. E sempre Lorenzo, con la bocca sformata, mi sbruffava addosso, mi sbatacchiava avanti a sé, mi piombava ceffoni con la mano enorme.

Poi mi sentii strappare da qualcuno e vidi guardie e caddi a terra fracassato. Tre uomini addosso a Lorenzo gli menavano alle gambe per farlo cadere. Nella lotta uno mi pestò una mano. Si rovesciarono tutti finalmente sulla branda e vi inchiodarono Lorenzo che sputava e muggiva.

– Portatelo sotto, – disse il capo, avanzandosi. Tutto il gruppo si mosse. – Voi restate –. Una guardia si staccò e levando la sbarra diede i suoi colpi assordanti. Poi se ne andarono serrando l'uscio.

Un istante dopo s'aprí lo sportello. – Vi ha fatto del male quel pazzo? Tenetevi pronto per il verbale, – e richiusero.

Le tre ragazze

Mi stupisce che Clara, Lucetta e perfino la signora Ugolina che non è piú una ragazza, ripetano tanto volentieri che tutti gli uomini sono disgustosi e che loro li disprezzano e non sanno che farsene. Non parlano d'altro. Io non credo di aver mai dormito in lenzuola di seta, ma nemmeno quand'ero una sciocca dicevo tra me queste cose. Veramente di Clara, che trova disgustosa persino me perché vado in barca, non c'è da stupire. Clara è fatta di cristallo e potrebbe rompersi. A sentir lei, c'è un gran liquore in quel cristallo e non bisogna versarlo. Se lo berranno insieme nel palazzo d'inverno con quella brutta strabica che si porta dappertutto, quando avranno il palazzo d'inverno. Lucetta poi dice per dire: sono violenti, ingannatori, nientedibuono, ma se cosí non fossero, li farebbe diventare e va a cercarseli con lo stecchino. Quel suo aviere impudente, per esempio, che morde la sigaretta a mano riversa storcendo la bocca e strizzando gli occhi, di cui è tanto matta e viene a sfogarsi con me. Quello la maltratta, le dice villanie, si fa prestare i soldi, ma che lasci a mezz'aria una boccata per farle un sogghigno, e Lucetta gli salta al collo. Ha un fegato simpatico Lucetta: a me sembra piú sveglia del demonio e non può non piacere; peccato quel chiodo. Qualche volta penso però che è troppo furba per crederci davvero, e non mi stupirebbe se a lei piacessero e dessero uno sfogo proprio i cattivi trattamenti di cui si lagna.

Non posso dimenticare la sera che venne quel suo ragioniere a prenderci all'uscita. Ciò fu prima che conoscesse al Nirvana il suo grande amore rabbioso. Davanti a quel tipo occhialuto io stavo per andarmene ridendo, ma Lucetta, che meditava qualcosa, mi fece restare, con un'esaltazione fredda negli occhi, e volle che il serio Gino ci prendesse a braccetto tutte e due. Ce lo portammo cosí a passeggio per il centro, io gentile e contegnosa, Lucetta saltellante e dandogli ogni tanto una gomitata e scattando in risate folli che facevano contrar le orecchie all'individuo sotto le occhiate dei passanti.

– Calmati, calmati, – le diceva. Con me faceva il tollerante, esagerando in compitezza per correggere gli strappi di Lucetta; e m'informava della sua vita, dei suoi disgusti, e poi dei suoi divertimenti. Aveva qualcosa della cimice, cercava di sgusciare, di nascondersi, come se io fossi un lenzuolo. Lucetta spietata lo faceva parlar forte, lo scrollava, minacciava anche il mio contegno. Lo chiamava «Mal di Pancia». Balbettante e allarmato costui lasciava in tronco la spiegazione del suo orario e bisbigliava a quella matta: – Calmati, Luci, calmati.

– Un uomo come te dovrebbe nascondersi, quando passeggia con ragazze tanto maleducate. Su, perché non ti nascondi? Perché non salti in un tombino? Che uomo sei? Che cosa vuoi da me? Se ti vergogni, dillo. Noi non ci vergognamo.

Questo davanti al Centrale. Io scrutandolo aggiungevo un sorriso di mamma buona che scombussolava del tutto il disgraziato.

Cosí è fatta Lucetta, che nei giorni di pioggia chiama malvagi gli uomini. Ma Lucetta è spensierata, vive del momento gaio come di quello triste, e si dispera quando il suo sardonico amore le dice chiaro che non intende sposarla. È tutt'altro che stupida, solamente un poco pazza: si aspetta troppo dal mondo. Fa la disinvolta per strada e ride degli uomini, ma nulla è piú facile che sorprenderla e spalancarle gli occhi di voglia. A me sembra qualche volta che vada nuda e non lo sappia. Una sera che uscivamo, ci si mette al fianco un seccatore. Io la tirai via e non risposi. Dopo un po' Lucetta osservò indispettita: – Peccato che non fossero due.

Non invidio queste bambine di città. Sono cresciuta in mezzo alle vigne scalza e poi chiusa in un collegio, e mio padre ancor adesso sparpaglia lui il letame, ma mi pare di saperne piú di loro. Gli uomini non mi fanno né schifo né pena, ma nemmeno li vado cercando come una gatta. Passeggiando per le strade, vengono tante idee, ma si può dimenticare che come gli altri solo sbirciando come siamo vestite non san nulla di noi, cosí di loro non sappiamo nulla? Mi pare un bel gioco questo, di scegliere colori, adattar fogge, studiare il passo o lo sguardo; ma appunto, so che è un gioco. Lucetta lo prende sul serio.

Chi non capisco è la signora Ugolina. Quando le salii in casa, accompagnata dalla zia, baciò e abbracciò la zia e poi anche me. Pazienza; ma quando cominciò, sedendosi appena, a chiazzarsi di rosa e mangiarmi con quegli occhi foschi, e la zia le parlava e lei si rivolgeva a me dimenando la testa, dal dispetto le risi in faccia.

Poi restandole in casa, la conobbi meglio. Adesso ho imparato a distinguerle in viso la contrazione di ogni piccola ruga e quale vampa l'accenderà a seconda della passione. Non è vecchia, ma ossuta; pure a guardarla sono certa che aveva una meno bella persona da giovane; e Clara, che viene qualche volta a cena, mi susurra socchiudendo gli occhi, che ancor adesso la nostra ospite è donna amorosa.

Con me nei primi tempi fu di molto tatto. Con casuali osservazioni mi rimondò di certi impacci provinciali, mi consigliò senza parere come meglio vestirmi, mi accompagnò qualche volta per strada: ma soprattutto mi lasciò fare e girare e provare da sola.

– Mi confondete, voialtre ragazze, – sospirava in quei giorni, – col vostro impiego. Fate una vita da scapoli che non vi dona affatto. Quando ti fai svegliare il mattino, Lidia, per vestirti in furia e scappare, io restando qui sola mi sento l'unica donna al mondo. Che cosa sono i giorni per voi? Fogli del calendario. Ah, m'invecchiate a vedervi passar cosí il tempo. Tu Lidia, non pensi a prepararti un miglior avvenire? Bada che non vengano un giorno altre ragazze piú spietate e vi caccino via come fate a noi vecchie e vi chiudano in casa a ricordare. Si resta giovani, solo quando lo si è state.

Tutta accesa invece e stirata, le lustra la pelle, ora che mi ha in maggiore confidenza e può sfogarsi. Ci siamo presto intese: lei non è piú vecchia di me che negli anni; tutto il resto, pensieri, ansie, fissazioni, può scoprirmelo come a un'amica. Mi lascia intravedere un convulso livore che faccio sforzo a penetrare, tanto l'ha sempre ben celato sotto il sospiro benevolo della saggia signora.

– Lidia, – mi dice angosciata, – la sorte piú atroce è arrivare ai miei anni e convincersi che tutto è illusione, sporca, disgustosa illusione. Non serve dar tutto, abbandonare tutto, fare l'ultimo sacrificio, essersi messe anche in ginocchio; fin che ci resta un po' di grazia e di sangue, ce lo prendono, se lo dicono e strappan fra loro, ci sopportano; e poi, quando non sanno piú che farsi di una donna, le rinfacciano la stessa umiliazione che ha sofferto innanzi a loro. Se sei piaciuta, se li hai divertiti una volta, dovrai saperli divertire sempre. Anche questo è accaduto. Questo è terribile, Lidia, dovertelo dire alla mia età.

– Mi lasci dunque le illusioni, signora.

– Ah tu scherzi, Lidia, tu mi geli il sangue a volte: vi conosco voialtre ragazze, voi credete che basti guardare gli uomini negli occhi come i cani, e dominarli. Voi non sapete che l'uomo piú vile, piú meschino, piú fatuo, può piegare una donna, umiliarla, schiantarle l'esistenza. La natura ha voluto cosí.

Queste cose dice a tavola, fissandomi negli occhi, trascolorando, riversando il suo disgusto sul boccone che ha posato. Io piegata mangio svelta, studiandola di sotto in su. Quella durezza dei suoi occhi m'impedisce di capirla. Non è, benché tanto ci tenga, una donnetta spaurita e calpestata, e s'accanisce con troppo vigore sulle sue umiliazioni. A me non riuscirebbe di parlarne, se qualcosa m'avesse tanto umiliata. O forse le piace esagerare per sentirsi piú donna.

Però è vero che in città non si può vivere senza pensarci. Me ne accorgo vestendomi, camminando, guardando in giro. Comprendo adesso perché i primi giorni uscivo di casa tanto leggera e vogliosa d'andare e guardandomi innanzi, beata di quella striscia di cielo che precede ogni via. Queste cose in campagna non dicono nulla: ce n'è troppo di cielo, e non serve a nessuno. Ma non è solo il cielo. Dà gioia pensare che al disopra e nel mezzo delle strade c'è una luce fresca, il sole e l'ombra, il marciapiede, la gente che va: ma non è solo questo. C'è la sorpresa, la felicità di sapersi una donna, e di non dover nulla a nessuno e, guardando negli occhi chi passa, saperlo un eguale. C'è – piú che tutto – una calma tensione, quasi un'ansia raccolta, di attesa, di assurda speranza.

Non si può non pensarci. È un bel gioco e dà un senso al trambusto, ai colori, a ogni cosa. Fin qui capisco Lucetta: lei mi parla dei soliti casi, dei giocondi dispetti, delle tristezze assurde; io l'ascolto e altro intendo, che le scappa dagli occhi. I primi giorni bastava una voce per strada, un saluto, un sorriso del primo passante, per levarmi a una limpida, aerea gioia tanto piú intensa quanto piú segreta. D'istinto giocavo a lasciare animarsi le vie intere in quell'ebbrezza, e io stessa bevevo ardita l'impalpabile senso di ignoto. E poi mi stupivo accorgendomi che, sotto tutto, c'era l'occhiata involontaria di un uomo, che la sua donna riafferrava scattando risentita. O un bel pensiero nato allora fatto di nulla, di un ricordo sorridente. O il pulsare tranquillo del sangue.

Ma rimango la stessa anche in questi momenti. Studio il passo e li godo da sola; tutt'al piú mi riscontro alle pietre dei muri o alle macchine in fuga, senza lasciar la presa di me stessa, senza tradirmi. Perché questo è il pericolo, tradirsi. La signora Ugolina e Lucetta sono gente che si tradisce, e di qui nasce ogni loro immaginaria disgrazia. Lascian capire che fanno sul serio quel che è un semplice gioco.

Quanto non si agitò la signora quella volta che Nanni venne a prendermi in casa. Gli studiò tutte le grosse nocche delle mani, mentre lo intratteneva; gli fece dire come mi chiamava; se veniva in barca solo per farmi piacere; se portava sempre quel maglione bianco; se stava in camera ammobigliata o coi suoi; tentò insomma di penetrarlo tutto, anelante e graziosa, convincendosi di farlo per me. Nanni la stava a sentire con quella sua placidezza e la giacca buttata alle spalle, ridendole appena. Quando uscimmo, mi prese il sacco e mi chiese brusco: – Fa l'amore cosí, anche con te?

– Abbiamo tutte questa malattia, – gli spiegavo. – Quand'ero bimba anch'io, baciavo il gatto e gli facevo i discorsi che la signora ha fatto a te. Poi diventando donne... – (Nanni se la godeva) – ... innamorandosi, c'è chi capisce che gli uomini voglion altro, e chi no. Ma è un pregio raro restar bimbe, come lei.

– Donne che siete, – scattava Nanni.

L'ultimo mese non stemmo una sera senza vederci. Lui lavorava nella stessa via e passava a prendermi all'uscita. Andavamo insieme a cenare, e sempre aveva già telefonato alla signora che sarei tornata tardi. Col batticuore la signora mi attendeva sveglia e mi avvertiva che mi ero troppo abbandonata e lo lasciavo far troppo. Non si capacitava di quegli occhi imperturbati e di quella giacchetta sulla spalla. Gli supponeva i piú loschi disegni e mi chiedeva come stava in calzoncini.

Ma Nanni mi aveva capita o forse era stato sempre cosí. Ricordo ancora i suoi silenzi quelle sere che salivo da lui, nella penombra variegata da spire di fumo. Faceva tutto con semplicità come a me piace – un ragazzo che mangia la frutta – e non mi chiese mai se ero sua. Lo vedevo agitarsi: temevo ogni volta che stesse per dire qualcosa di sciocco e invece usciva nell'invito imbarazzato a discendere, muoverci, sbatterci altrove.

Appena fuori diventava vispo, come la strada fosse cosa sua, e andavamo d'impegno. Lui non era mai stanco, io ben presto mi chinavo ridendo a soffregarmi una caviglia, e allora Nanni si rassegnava per un caffè.

Discorrevamo di minute cose: lui mi parlava della sua smania di viaggiare e rimpiangeva di non esser marinaio, e mi chiedeva delle mie campagne e se avrei sempre continuato in quegli uffici. Non gli piaceva la città e mi consigliava di piantare quella gente e ritornare ai miei paesi. Che bisogno abbia una donna di impiegarsi non capiva. Io stavo a sentire, ogni volta sorpresa, la semplicità con cui spiegava i suoi pensieri e mi pareva di specchiarmi nella sua compagnia, ascoltandolo esprimere tanto tranquillo ciò ch'io dicevo soltanto a me stessa.

Quando partí per le miniere (era stufo di stare a un tavolo) me lo disse sommesso, come ci avesse qualche colpa.

– Ma, Nanni, fai benissimo. Vivrai come piace a te, senza la giacca e sempre sporco. Non si portano gli stivaloni in miniera? E poi non ci sono donne. Vorrei poter venirci anch'io.

Nanni mosse le labbra per dire, ma poi mi sorrise intento tacendo. Se altro non ricordassi di lui, mi basterebbe l'ombra di quel sorriso per farmi ogni volta chiuder gli occhi dalla tenerezza. Ero tanto felice che non mi chiedesse nulla che, se avesse parlato, temo ancora avrei detto di sí.

Mi fece pena come a una sciocca vederlo partire e dover ritornare all'ufficio. Venivo dalla stazione, dove l'odore stesso del carbone (era un mattino fresco) mette voglia di buttarsi in un treno e scappare. Pensavo alla terra brulla e affumata che Nanni amava, a quelle buche fredde e senza fondo dove sarebbe sceso, e levavo gli occhi al cielo arioso, come Nanni li avrebbe levati risalendo.

Quant'ero sola, lo capii con Clara giorni dopo. Mi chiese ammiccando s'era lecito andare in barca sole donne. Le consigliai il costume sotto l'abito e ci trovammo una domenica sul fiume. Clara portò con sé la strabica, che faceva il broncio, e si distesero in fondo alla barca lisciandosi le gambe e spogliandosi cautamente. Scivolavamo sotto una riva d'alberi, deserta. Clara, che è snella come una bionda, rimase in un bel costumino bianco. Io remavc e loro bisticciavano. Bisticciavano a occhiate, volgendosi le spalle, strappandosi indumenti, tacendo. C'era un gran sole e socchiudevo gli occhi, remando, ripensando al passato, come se Nanni fosse ancora là a dar gli strattoni e io, seduta, a fissare le nuvole.

Clara, con quel suo fare freddo, sa parlare. Si mise a scherzare sul mio allenamento e tappò intanto la risata sgradevole dell'altra con una manciata di caramelle. Costei, smorta e ossuta, fatta su nell'accappatoio, si grattava i polpacci pelosi, e succhiando non smetteva di lagnarsi del sole. Non capisco come Clara, che vuol essere di fine cristallo, sia cosí intima di tanta bruttezza e scioccheria. Si vogliano pur bene se ci tengono, ma perché mostrarmela anche in costume? e perché venirmi a richiedere, quando il sole gliela offende?

Scorata e seccata, non godevo piú con serenità nemmeno la gita e avrei dato volentieri i remi in testa a tutte e due. Mi vergognavo, al confronto, d'esser stata una volta, fra quelle stesse rive, tanto scioccamente felice.

Ma fu proprio la strabica a levarmi d'impiccio. Passandoci a fianco una barcata di giovanottoni allegri che vociarono i soliti auguri, lei si slacciò l'accappatoio, entusiasmata, e lo sbandierò in alto agitandosi. Ne seguí che i giovanotti si vollero avvicinare, dicendo ancor altro, e ci porsero i remi e uno già stava saltando nella barca, se Clara non avesse menato un secco schiaffo al suo tesoro e io, dando nei remi, scostato il bordo, per cui quell'altro stramazzò nell'acqua. Ci furon grida, risa; ce la cavammo a malapena.

Ormai Clara e la strabica non eran piú da vedere: invelenita l'una, tremante l'altra, si litigavano a non piú finire. Alla fine, io lasciai la voga e sibilai a Clara: – Le scenate fatele in casa. Qui imparate a trattare con gli uomini –. E Clara mi guardò, non trovò da rispondere, gettò un ultimo cipiglio a quell'essere, poi disse: – Sarà meglio che torniamo.

È d'allora che son disgustosa perché vado in barca. Ma non rimpiango quella gita, perché soltanto ripensandoci ritrovo quel senso di liberazione che avevo già dimenticato. Non m'importa di Clara o Ernestina: ritorno in me stessa. Discendendo dalla barca con quelle due intruse, come un peso mi cadde ogni pena di sciocco rimpianto, ogni tristezza di ricordo: Nanni era stato una compagnia cara, e io tale ero stata per lui; c'eravamo compiaciuti e abbracciati, c'eravamo lasciati: bastava. Senza saperlo c'eravamo compresi. Quella stessa serena chiarezza che avevamo cercato a vicenda, non doveva incrinarsi nel nostro ricordo. Né le amiche né il peso dei giorni contavano nulla. Non tradirsi: nemmeno a se stessa. Ritornare sul fiume, rievocare il passato, ma studiare ogni passo e ogni sguardo. Chiuder gli occhi, piuttosto.

La baldanza di essermi ritrovata mi dovette dare un'allegrezza incontenibile i primi giorni, se Lucetta che di allegrezza s'intende mi disse: – Che hai Lidia? il tuo canottiere ritorna? – Io le chiesi se andava a ballare e la volli con me. Lucetta aveva la promessa che il suo tormento veniva a prenderla e passò un pomeriggio al tavolino scattando e ridendosi attorno. Poi se ne andarono insieme a braccetto. Li raggiunsi dopo cena, al Nirvana.

Ora si è accorta anche la signora Ugolina che non c'è piú Nanni e mi guarda alla sera con occhi solleciti come io fossi malata. Arrossisce e sospira, e fa discorsi anche piú convulsi, spiandomi addosso la pena. Non si capacita ch'io torni in barca, cosí, sola.

– Ah Lidia, sentivo che doveva finire cosí. Mi metto nei tuoi panni e soffro io per te. Ti vedevo presa talmente. E adesso che vuoi fare? dimenticarlo, Lidia. Vi scrivete?

– Oh ti capisco Lidia, questi dolori tolgono il fiato, ci fanno disprezzare noi stesse. Ma che ti ha detto? ti ha promesso qualcosa? Non credere a queste promesse, non credere a nulla. Poverina, gli andavi in casa?

Lascio che dica e le rispondo a smorfie, senza darle la soddisfazione che vorrebbe, di raccontarle umiliazioni e indegnità. La signora per incoraggiarmi apre a volte le fogne del suo passato e bisbiglia i segreti. È curioso come qui non arrossisca. Diventa invece smorta e traspira.

Eppure avrei cose da contarle che la farebbero trasecolare. Allora sí che fui malata. Uscivo appena dal collegio quando mi prese quella febbre. Ma capirebbe come quegli inizi sono finiti a questa pace?

Se talvolta mi sveglio di notte e mi stringo al cuscino, con l'angoscia di un sogno e la mano che brucia, e non oso nemmeno di muovere un dito, mi ricordo d'allora. Torno a sentirmi sradicata e miserabile, torno a vedermi traversare la campagna, a balzi ansiosi, a improvvise fermate, col cuore in bocca e le narici tese, atterrita di quel che facevo ma piú atterrita di non farlo. E poi Giusto arrivava fischiando, mi diceva «la povera figlia!» mi prendeva alla vita palpando gli schianti del cuore e lodandomi, poi discendeva nel ritano: io lo seguivo.

C'eran piantine di castagno in quella riva (ancora piú tardi ho ritrovato in un mio libro una gran foglia disseccata) e letti di felce nodosi e taglienti, con qualche po' di muschio. Le prime volte Giusto mi sbatteva a terra dove gli capitava, e rideva se io mi divincolavo sopra un sasso intollerabile. Mi disse un giorno che lui si sentiva maschio e che, se io ci venivo, ero dunque contenta di lui. Come una sciocca gli nascosi il volto sul petto e mi sforzai di non piú lagnarmi. Non sapevo nemmeno ch'ero io la piú forte.

Ma cosí sconvolgendomi, queste corse almeno mi sfogavano, mi lasciavano sola e sfibrata al ritorno, qualche volta persino serena. Mi sedevo da parte nell'aia e ripensavo avvampando, alla scappata. Ero come una cagna che ha sonno: ora tremo pensando al pericolo corso, ma proprio la violenza di quella mia febbre e i terrori e ogni cosa, mi protessero forse. Giusto, fresco di moglie, neanche ci pensava; io avevo sedici anni.

Tutto questo potrei raccontarlo, ma come descrivere il mio stato tra i miei: le notti insonni, il disgusto ai risvegli e l'angoscia rabbiosa di quando avvilita pensavo al futuro e non osavo sperare che quell'assurdo attaccamento sarebbe mai cessato? A Lucetta forse, potrei raccontarlo, se mi ammirasse un po' meno.

Giusto aveva una moglie di un anno, palliduccia e asservita; e, lo seppi piú tardi, già incinta. Gli badava alla casa e al negozio, un negozio di stoffa, quasi fuori paese. Io fui presa da Giusto proprio nella gioia che mi dava, quell'estate, correr da casa nel nuovo negozio e sceglier le stoffe del primo vestito che mamma mi concesse dopo il collegio. Sotto gli occhi della moglie, Giusto mi strizzò la mano tra le pieghe di una mussola verde di seta che mi faceva trepidar tutta tant'era bella. E malgrado l'abbia poi conosciuto per un qualunque avventuriero da fossati, mi turbo ancora a ricordare il lampo cangiante di quegli occhi fermi, tra le stoffe.

La moglie timida mi sorrideva, ogni volta che passavo. Sapeva, credo, d'esser già tradita, non con chi; e non lo chiedeva e s'umiliava tutta sola. Era molto di chiesa. Ora so di non essere stata nemmeno la prima. Potevo capir quella donna: io stessa non ne ero gelosa, ma nell'avvilimento mio e suo vedevo una specie di sorte comune, una gioia e una pena comune (non aveva vent'anni). Una cosa ricordo bene: mai le invidiai d'essere lei la moglie; e ciò vuol dire che qualcosa resisteva allo sconquasso, forse solo un istinto, una voce affiochita, ma salda, di me stessa quale ero bambina, ma quale tornai. Quando penso al pericolo in cui sono stata di perdermi, e come mi sono salvata d'istinto, d'un tratto, come per forza inconscia, davvero credo che ogni cosa accade in noi senza che noi possiamo nulla; e che ragione e volontà sono parole; che non c'è chi si perde o si salva, ma quali siam nati tali sempre restiamo.

Giusto volle servirsi di me e gli accadde invece che tra le mani gli divenni una donna. La sua forza era stata il mio disperato bisogno di uscire dai campi, di venire in città, di conoscere meglio me stessa, come mi ero sognata in collegio. Mi trovò temeraria e spaurita, e non ebbe che a porger la mano e credette di avermi sedotta. Ma la verità vera è che mi compiacqui della sua cruda intimità e degli occhi freddi, come di me stessa allo specchio. Nessuno del resto ha saputo finora sedurmi.

Intanto, scatenata com'ero, soffrivo e avevo fatto anche l'imprudenza di parlargli dei miei sogni, per cui spesso mi chiamava dattilografa. Una volta che gli dissi esitando: – Sei pazzo: domani non vengo, – lui si provò a farmi paura, figgendomi un gelido sguardo. Ma l'estate bruciava e non potevo fermarmi. Non lo desideravo del resto nemmeno. Quella nettezza di decisione per cui piú tardi convinsi la zia a trovarmi lavoro qui e piegai tutti a consentire, mi s'era come intorbidata. Mugolavo tra me abbassando il capo.

Poi d'un tratto fui libera. Senza volerlo e senza sforzo. Non mugolavo e non soffrivo piú. Lí per lí non compresi neppure. Mi trovai sola e palpitante e un poco stanca, ma serena, serena e schietta come l'acqua, come non era nemmeno quel cielo. Attraversavo quel giorno una nostra vigna per raggiungere il sentiero dei castagni; era già tardo pomeriggio e tra le piante s'innalzava una gran luna trasparente. Non avevo quella sera speciali rancori, anzi m'ero convinta che Giusto faceva sul serio e la sua bruscheria celava soltanto il timore di perdermi. M'ero mossa da casa piuttosto impaziente e pensando che forse avrei fatto un po' tardi. Camminavo raccolta, bucavo i filari, pensando all'incontro e sorpresa di me. Mi piegavo a strattoni, incespicando sulle zolle, irritata d'andare.

E d'un tratto fui libera. Mi soffermai drizzandomi, chiedendomi quel che cercassi da Giusto. Sorrisi a me stessa. Lo immaginai solo, in attesa, insinuante, accigliato, tagliente. Mi sentii ridere in silenzio. M'invase un'ansia di provarlo, di ferirlo, feci un passo di corsa; mi rifermai a sorridere, sentii i pipistrelli che guizzavano sopra la luna; e levai allora le braccia come una bambina, come una sciocca, cacciando strida, ridendo, rovesciandomi indietro. Ero sola. Bastavo a me sola. Anche l'ansia maligna di rivedere Giusto abbandonato mi lasciava. Ero libera e sola.

Né quella sera né i giorni seguenti andai da Giusto. I primi tempi feci la stanca in casa e cosí Giusto sentí dire che non ero in salute. La verità è che lo temevo ancora un poco e non avrei forse saputo stargli a fronte. Ma appena mi seppi convincere che davvero la febbre di tutta l'estate mi era uscita dal sangue come a un tuffo dileguano la stanchezza e il sudore, non ebbi piú ritegno a uscire.

Lo rivedo ancora gironzare per i campi, spiarmi, seguirmi, e una volta affrontarmi scuro in faccia, avvilito. Ma le minacce e le suppliche m'impazientirono soltanto; le scenate alla moglie arrivavano in piazza e indignarono tutti; da me non ottenne piú nulla. Poi gli nacque una bambina, io decisi di venire in città e non ne sentii piú parlare.

Notte di festa

I.

Sull'aia liscia e soda come un tavolo di marmo, saliva il fresco della sera. Ai piedi di una collina, quando il sole è appena calato dall'altra parte, la terra pare schiarirsi di luce propria, una luce fresca e silenziosa, che esce dai sassi e dalle cose nude. Nell'aria immobile, dietro la stalla, scoppiava a tratti da lontane colline, dondolando sul vento, un frastuono di musica ballerina, che pareva una rissa di gole squillanti.

I garzoni strisciavano i piedi scalzi sulla durezza fresca del suolo, spazzando con scope di frasche l'ultimo tratto d'aia. Con l'occhio losco i due coglievano l'attimo che il Padre piegava il capo nella botte, e giú una sferzata sulle orecchie dell'altro. Un terzo, anche lui scalzo e coi calzoni lunghi, era seduto sul muricciolo e annodava con una scorza di salice le sue frasche scompigliate. Gli cadevano i capelli sugli occhi ogni volta, e si liberava rigettando il capo. A uno scroscio piú forte di quei due, sogguardò verso il Padre che, con la sottana succinta, continuava piegato sulla botte a rimenarvi il bastone, e sibilò al piú piccolo:

– Dàgli bagnato di merda.

C'era un'altra botte aperta sull'aia, e anche da questa usciva un tanfo estuoso e gagliardo che s'ammorbidiva salendo nel crepuscolo. Il ragazzo levò la frasca, per immergervela, ma gli cadde di mano. Il Padre s'era rialzato, rosso in faccia, forbendosi le dita al grembiale di sacco, e l'altro garzone fuggiva muggendo: – Padre, Rico mi vuole sporcare, Padre.

Il Padre fece gli occhiacci e si voltò a quello seduto. – Sei tu la pietra dello scandalo, – gli vociò, levando alla fronte il dorso della mano per detergersi il sudore e arrestandosi a mezz'aria. – Sei sempre tu, Biscione. Che cosa fai lí seduto? Avete già mangiato cena, eh? Vi gonfia il ventre? A far letame siamo tutti buoni; solo a impastarlo vanno giú le braccia. Animo, spazzate quest'aia, viene notte.

– L'aia è pronta, – disse Biscione, senza muoversi.

Svoltò allora dal sentiero del letamaio, il Professore, con la giacchetta sulla spalle, affibbiandosi la cinghia dei calzoni.

– Che bel fresco fa qui, – brontolò camminando rasente il muro della stalla, dove l'aia non era battuta. Venne a sedersi sulla vaschetta della pompa, una vaschetta disseccata e piena di stracci, e allungò le gambe, aspirando per le narici e socchiudendo gli occhi.

– Guardate qui le formiche che passeggiano, – diceva il Padre, curvo a terra. – Guarda tu, Biscione. Vanno anche loro in festa. Come corrono. Sentono che verrà la meliga. Gliela daremo noi la meliga.

– Si riposi un momento, Padre, – ruppe il Professore, inzeppando una pipetta, – e ascolti suonare. Sembra che sia il cielo limpido che suona; è il vento stesso che fa musica, stasera.

Biscione stava parando gli altri due al mucchio di frasche. Il Padre si volse al Professore e s'accostò, fra le botti.

– È un gran brutto vento che ci ha portato questa musica. E lei parla del cielo. I nostri ragazzi, chi li vuole trovare, deve andarli a cercare fra i baracconi. Tirasegno e serraglio, serraglio e tirasegno. Quanti ne son venuti oggi a ripetizione?

– Due.

– Ma bene. E i parenti sono anche peggio. Mangiano e bevono, bevono e ballano. L'ascoltassero almeno la musica. Vuol credere che ieri passavo in piazza per salire in comune e ti vedo – eran le sei del pomeriggio – quella... quella maestra della stazione – avrà già la sua età, Professore – che a braccetto di suo padre – di suo padre, le dico – montano sulla giostra degli automobilini e cominciano a girare avanti e indietro, gridando, saltando contro le altre macchine, cozzando come bestie. Pensi quel che succede in quelle automobili alla notte. Uno però, mi han detto, si è schiacciato la mano tra due macchine.

Il Professore, con un sorriso giallo, guardava il fumo della sua pipa e, al di là, come in uno specchio annebbiato, i due garzoni che legavano frasche. Biscione era sparito.

– Non giudichiamo, Padre. Non tutti gli scapoli sono penitenti come noi.

– Ma la sente lei, – brontolò il Padre, cavandosi una cicca dalla sottana e mordendola vivamente, – la sente lei la gioventú che ritorna tutta la notte per lo stradone, da un fossato all'altro, brilli che non si tengono in piedi, vomitando tutte le enormità che sanno, e quelle che non sanno, tirando calci nel nostro cancello, come fosse l'osteria? E non mancano le donne, nemmeno.

– Vuol dire che alla Madonna di Settembre una bella processione laverà anche il cancello.

– Bastasse! – sbuffò il Padre. – Questi zingari dei baracconi hanno fiutato l'affare e non usciranno tanto presto dalla valle. Sono come – col nostro rispetto – questo sterco del preparato: a ficcarci una volta le mani, non se ne perde piú l'odore.

E il Padre tornò a stropicciarsi i pugni contro il sacco che gli pendeva dal collo. Erano grossi pugni bruni, striati di nero nelle pieghe, sotto le unghie, ai polsi. Parevano di legno o di polpa rugosa. Da sotto il telo di sacco gli uscivano i piedi scalzi, anch'essi nodosi, interrati e contorti come radici.

– Non è cattivo quest'odore, – fece il Professore impassibile. – Non dev'essere spiacevole nel primo mattino, sparpagliato in mezzo ai solchi.

– Fin che fosse di bovina, son d'accordo, – disse il Padre. – Ma questo qui fa pianger gli occhi. Tanto scalda e inacidisce, che non serve nemmeno d'ingrasso.

Il Professore tirò alla pipa. – Per me questo è un segno del privilegio e della miseria della nostra condizione. Nel nostro corpo c'è un elemento diabolico – la cattiva volontà – che avvelena anche ciò che espelliamo. L'acidità è dello spirito, – e sbirciò nel fumo sornione la faccia scarna del Padre.

– Niente di piú facile, – disse il Padre, – niente di piú facile... Biscione! sono pronte le scope? Dov'è andato quel boia?

Mentre Rico e l'altro venivano avanti, brandendo lunghi ciuffi di frasche d'ontano, Biscione ricomparve di corsa, facendo l'atto di tirarsi ancor su i calzoni. Il Padre gli andò incontro guardandolo fisso e lo afferrò per un polso. Biscione aveva quasi la sua statura, ma era gracile e piú pallido. – Stavi a fumare, eh? – gli fece il Padre accostandogli il viso. – Dove li prendi i soldi? – Senza rispondere, Biscione divincolava il braccio prigioniero e con l'altro ostentava di allacciarsi i calzoni.

– Stavi a fumare? – ripeté il Padre, senza mollarlo. – Non

fare commedie. Si sente al fiato. Dove li prendi i soldi? – Biscione non rispondeva.

– Raccoglierà le cicche, – disse il Professore dalla pompa.

– Macché cicche. Ho persino trovato le sue, di cicche, – ringhiò il Padre. – Mi va a vendere le pesche a cestini; se non mi fa peggio. Ma lo sai che derubi il bene del Signore, tu? Lo sai? – E gli frugò nelle tasche ansimando e strattonandogli il braccio. Non trovò nulla. – A sedici anni! Questi sono i poverini che raccogliamo per carità. Dice che son scemi, il Superiore. Che da soli dormirebbero nei fossati, che finirebbero male. Sei scemo come me e il Professore, tu! Nei fossati sí che finirai, se non peggio. Vagabondo! – E gli tirò un ceffone. – Scappami ancora di notte per San Rocco –. E gliene tirò un altro. – Tu non sai quello che fai! – E d'un calcio del piede nudo lo spinse a tre passi. – Raccogli una frasca e lavora, Biscione. Ti sta bene quel nome.

Ma Biscione, scattando da terra dove s'era lasciato afflosciare, fu sul punto di saltare sul Padre. Lo si vide tremare, levare le braccia, afferrarsi la stoffa e la pelle di un fianco, e piegarsi all'innanzi. Il Padre indignato stava dritto in attesa e la sottana dietro gli era ricaduta sui talloni. Biscione sputò, mugolò, poi volse il capo e tutto il corpo, e prese a correre e sparí dietro le stalle.

Il Professore s'era alzato e brandiva la pipa in una mano.

Il Padre restò a bocca aperta come sul punto di gridare; poi scrollandosi si volse agli altri: – Sono pronte le scope? Alla botte. Suonatori del boia, non smettono nemmeno per l'Ave Maria. Avanti voialtri.

Il Professore si tornò a sedere. L'aria limpida, vitrea, cominciava a imbrunire attutendo e isolando i rumori, che parevano tutti piú freschi e sommessi sotto il lago del cielo. Le colline eran nere e lontane, dietro il fruscio dei gelsi oltre il rialto. Quegli scoppi di musica adesso giungevano aerei, frequenti, turbinando nell'aria tranquilla, liberandosi nel cielo del tumulto, della foga e del vino da cui nascevano, puro suono oltreumano come quello del vento.

Sulla pallida sodezza dell'aia scalpicciavano i piedi nudi. I due garzoni si curvarono avanti alla botte, pronti con le frasche d'ontano. Non si vedevano piú in faccia, parevano tesi a un gioco. Il Padre si piantò dietro alla botte, gambe larghe nelle mutande pallide e afferrò a braccia aperte l'imboccatura. Come un lottatore diede una scossa al grosso fusto, dondolandolo per farlo sciaguattare. Sibilò: – Pronti –.

I due garzoni stavan tesi. Allora spinse innanzi la botte, dirigendone la bocca in mezzo a loro, verso l'aia. L'equilibrò un istante cosí obliqua, e poi piú adagio, con cautela, se la lasciò cadere innanzi, accompagnandola, piegandosi e ansimando, tendendo le braccia, la schiena, i garretti, scricchiolando anelante. Davanti a lui, fra i due garzoni cominciò a scorrere quel liquido nerastro, in un impeto schiumoso. Piombò giú come l'olio e allagava. I due garzoni eran saltati indietro. – Sotto, voi, – ruggí il Padre nei muscoli tesi, – sotto, dentro, allargate.

E allora i due si piegarono e menarono le frasche. Veniva giú uno stramazzone dopo l'altro e faceva uno scroscio schiumoso sprizzando le zacchere da tutte le parti. C'eran saltati anche coi piedi e si dibattevano a gara, levando in alto le scope fischianti, abbassandole subito perché sgocciolavano, serrando gli occhi e distogliendo il naso, sfiorandosi a volte nel colpo, sordi e invasati. – Assassini, – urlava il Padre nello sforzo. – Assassini; basta, ché piove. Date di fianco. Che la possiate mangiar tutta... date di fianco, umanamente... accompagnate... Ah! – e sputacchiava scatarrandosi, sempre curvo sulla botte, sempre inchiodato a quell'urna che versava, versava inesorabile e lenta il preparato.

Fino al Professore giungevano zaffate quasi liquide, quasi palpabili, di quel tanfo e si sentiva preso al capo, occhi e narici gli mordevano, la musica lontana rimbombava, e lo invadeva una smania di scalzarsi, di spogliarsi, di gettarsi anche lui, barbetta al vento, negli spruzzi e saltare e gridare. Ma non batté ciglio, se non per le lacrime che gli spicciarono dagli occhi stralunati.

I due garzoni s'eran già calmati. Sotto la voce del Padre passettavano ora compunti, curvi, e con la lunga scopa irriconoscibile menavano lente spazzate gorgoglianti stemperando la schiumaglia, accompagnandola lontano, sorvegliandosi a vicenda. Scolando la botte il Padre nella foschia s'era piegato fino a terra, e facevano un ammasso solo.

– Quest'odore, Padre, dà alla testa come il mosto, – disse nell'ombra il Professore sputando.

– Ne siamo un poco tutti responsabili.

II.

Rico posò il lanternone sul davanzale della finestra e guardò nel magazzino. Ballarono un poco con la fiamma i grossi ammassi d'ombra, tutto vacillò in un terremoto rossastro, e poi le corone d'aglio penzolanti, le gialle pannocchie sfogliate dell'anno prima, la catasta rigonfia dei sacchi di grano, si calmarono e apparvero, incerti.

– È qui, dorme.

Entrarono sul pavimento di terra battuta i due garzoni scalzi, lasciando il lume alla finestra.

– Il Padre voleva che ci lavassimo, – ansò in un bisbiglio Rico. – Io ho sonno; piuttosto tengo i piedi fuori del pagliericcio.

– Se il Padre ti prende, vedi cosa ti fa. Guarda Biscione che oggi si è rivoltato, – muggí Gosto sottovoce.

– Sei un somaro. Biscione fa tutto apposta. Guarda che cosa gli ha fatto. Niente. Biscione è scappato e venuto a dormire. Cosí non ha piú lavorato. Tutte le volte che Biscione si fa dare dei calci, restiamo noi soli a lavorare. Quando c'era da zappare il giardino, ha fatto lo stesso. Poi il Padre l'ha perdonato, ma intanto ho zappato io. Tu eri nella vigna allora.

Rico scosse il lanternone per spegnerlo. Nelle vampe traballanti balzarono in luce i tre pagliericci allineati contro la parete: sopra l'ultimo, sdruscito, stava bocconi a gambe unite e torso nudo Biscione, le braccia pallide incrociate sotto la faccia. Non si era mosso. Nemmeno al muggito di Gosto, né al crepitio delle foglie secche dei pagliericci. In un grande oscillare d'ombra Gosto fece il gesto di tirargli un sasso, e storceva la bocca.

– No, – bisbigliò Rico, mentre al suo soffio il magazzino precipitava nelle tenebre.

Si sentirono gli ansiti dei corpi che si allungavano, il gemito crepitante dei pagliericci, grugniti, un sospiro; e poi la gran finestra riapparve spalancata nella penombra incerta.

Per la finestra, nella notte fresca, tornò a echeggiare vicinissimo e remoto un clamore di musica, insieme limpido e attutito. Parve ansare col vento; cessò d'un tratto; ritornò confuso fra gli stridi dei grilli; fu coperto da una voce gagliarda, chi sa dove, che si mise a cantare; poi la voce si perse, morí nella notte e l'ondata dei suoni s'allontanò tra le piante.

– Rico, – muggí Gosto, – puzzi che fai venir male.

– Sei tu che puzzi. Io sono andato a correre nel prato per lavarmi i piedi.

– Non è bastato, Rico. Non c'era ancora la rugiada.

– Il Padre ti griderà domani. Vedrai. Non sei Biscione tu.

– Io domani, – disse Gosto, soffocando la voce contro il pagliericcio, – chiedo al Padre se mi lascia andare a fare il bagno alla Piana. Ha detto che, se non scappiamo di nascosto, una volta ci lascia. So un laghetto fresco come il pozzo, dove ci vanno le ragazze. Ne ho già viste una volta, che tenevano solo la camicia. Gli dico che ci portiamo le braghette e poi correndo arriviamo fino al bagno delle ragazze. Il Padre ci lascia andare per lavarci, se ci portiamo le braghette, e cosí ci fermiamo fin che vogliamo.

– Come hai fatto per vedere le ragazze, Gosto? Non si lasciano.

– Ci sono delle canne sulla sabbia del fiume; si può arrivare vicino senza che se ne accorgano. Chiedi anche tu al Padre, cosí ci lascia. Hai bisogno anche tu di lavarti.

– Sei un somaro, Gosto. L'aia è già finita; domani raccogliamo la meliga. Vengono i lavoranti e si va in campagna avanti giorno. Proprio domani ci lascia andare! Porteremo tanti di quei cavagni invece che il bagno lo faremo alla camicia. Dovrà lavorare anche Biscione domani.

Gosto grugní un sospiro e si rivoltò strepitoso. Nel magazzino formicolavano cigolii, rodimenti, frulli. Biscione non si muoveva.

– Andremo un'altra volta e con Biscione, – bisbigliò Rico. E dopo un silenzio: – Vanno sempre le ragazze?

– Se viene anche Biscione, il Padre se ne accorge. Oggi si è già rivoltato. È capace di mettersi a parlare con le ragazze, e allora io non vengo piú, – brontolò Gosto.

– Come sono le ragazze? Si vede?

– No, perché tengono la camicia. Ma si vedono le gambe. Quelle grandi le hanno bianche come il burro.

– Biscione ne ha vista una volta una con un uomo, quando è andato a pestar l'uva ai Rossi. Dice che erano coricati dietro i rovi verso sera, nel Pratone, e facevano come i cani. Ha sentito che la donna rideva.

– Quando?

– L'anno scorso, la festa del Rosario.

– Fa peccato, Biscione. Perché non l'ha detto al Padre? Solo noi dobbiamo confessarci?

– E poi l'uomo è andato via e la donna ha visto lui e dice che si è lasciata abbracciare nell'erba, – la vocetta trafelata di Rico ruppe in un ghigno soffocato.

– Uh, – muggí Gosto, schiacciando la bocca sul guanciale.

– A me Biscione ha dato una sigaretta una volta, – riprese Rico sommesso.

– Hai fumato?

– Sicuro.

Di nuovo il vortice lontano della musica echeggiò tra le piante. Rico attese che morisse fra le vocette dei grilli, poi ripeté intento:

– Sicuro. E mi ha detto che al Padre non viene il gozzo solo perché cicca. Vedi il Professore che fuma nella pipa: non ha il gozzo come te. Tu dovresti fumare per guarire. Io fumerò perché non mi venga.

– Ma Biscione non l'ha mai avuto.

– Appunto perché fuma. Mi ha detto che il Padre non ci lascia fumare, perché cosí verrà il gozzo anche a noi e nessuno ci darà da lavorare fuori di qui.

– Ma le donne, che non fumano, non l'hanno mica tutte, il gozzo.

– Le donne è diverso. E poi, una volta sullo stradone è passata una in carrozza che veniva da Canelli e ho visto che fumava.

Disse Gosto dopo un certo silenzio, formando appena le parole:

– Vedrai che stanotte non scappa piú come domenica. Se il Padre se ne accorge non lo lascia piú entrare. È per questo che oggi ha risposto al Padre.

– Biscione scappa quando vuole e ritorna sempre, – disse Rico fermamente, – anche se gli fai la spia come domenica.

– Ma era andato a ballare.

– Somaro. Come vuoi che lascino entrare al palchetto uno scalzo. Invece è andato a vedere il baraccone del serraglio, e dice che ci sono tante altre cose, ma questa è la piú bella.

– Davvero?

– C'è una donna vestita come fosse nuda, di una maglia che luccica, che aspetta sulla porta e chiama la gente. Dentro si sente il leone che salta nella gabbia e il domatore che batte con la forca sui ferri per farlo voltare. Dice che fa degli urli come il tuono. Vanno tutti a vedere. Biscione non poteva entrare perché si paga dieci soldi, ma dice che si sente tutto da fuori, perfino il domatore che parla con il leone e la donna quando balla. Si sente perfino l'odore di selvatico dello strame: altro che il nostro. Poi Biscione, quando chiudevano, ha parlato col domatore. Dice che porta gli stivali e i braccialetti di cuoio. È un ungherese che conosce i leoni come fossero i buoi. È andato un momento al tirasegno e ha sparato quattro colpi a piumetto, tutti nel centro. Poi, dice che rideva e parlava con le ragazze in ungherese, e la donna è venuta cosí nuda con quella maglia a prenderlo e lui le è corso dietro con la frusta fin nel vagone dove dormono.

– Davvero la donna ha solo una maglia? – muggí Gosto sottovoce nel silenzio.

III.

A uno scoppio piú forte della musica Biscione levò il capo di soprassalto. Nella notte deserta quel tumulto avvinazzato era solo, sul vento. Stette immobile sbarrando gli occhi, e presto distinse le pareti immense, l'incubo vago degli utensili, dei sacchi, e le pannocchie penzolanti. Dal pagliericcio muggiva il respiro spesso di Gosto.

Biscione si alzò cauto e scavalcò la finestra. Fuori, la notte era fresca e alta. Levò gli occhi tra gli alberi pieni di stelle, per assicurarsi che non fosse tardi. Non sentí cantare i grilli. Corse leggero attraverso il cortile fino alla porticina del Padre. Correndo teneva una mano serrata sulla gamba dei calzoni.

Giunto alla porta, si guardò intorno a fronte bassa, tendendo l'orecchio. Sotto il fragore che cadeva lontano sul vento, la musica era cessata. Nulla si sentiva, nemmeno lo sgocciolio della pompa. Ci sarebbe voluto il clamore di un ubbriaco sulla strada, l'urlo di un cane, qualcosa: invece la notte pareva tutta vuota, sospesa, ostile, e rombava nelle orecchie di Biscione, come attendendo.

Giunto alla porta, si guardò intorno a fronte bassa, tendendo la roncola. La brandí un attimo nella penombra del muro. Era fredda, la gran lama adunca, ma la liscia impugnatura di corno, rotta in cima, conservava il tepore dei calzoni. Biscione ridendo se la passò sulla gota e il gelo gli diede un brivido. Poi la menò in aria col braccio silenzioso. Se il Padre avesse avuto il gozzo come Gosto, eccolo squarciato. Biscione si ricordò di quando aveva troncato in due quella biscia. Che colpo. E i due pezzi non la smettevano di saltare. A Biscione sfuggí un mugolio.

Spinse la porticina. Era chiusa. «Bastardo, non si fida di nessuno», sibilò indietreggiando e corse alla finestra. Quest'era aperta, spalancata. Biscione si sporse e gli parve di non udir nulla in quel buio. I grilli stridevano a gola spiegata. Non si sentiva altro. «Se non lo svegliano i grilli, non lo sveglia nessuno. Purché non si mettano adesso a gridare gli sbronzi». Dal buio venne un lieve scricchiolio – forse il legno nel vento – e a Biscione sfuggí di mano la roncola. La riprese al volo, quasi a terra, con uno spasimo e un gemito: piegandosi, aveva picchiata la fronte sul davanzale. Gli parve che tutto crollasse: la notte, le stelle, nel buio. Cadde in ginocchio sotto la finestra e restò istupidito, premendosi il male, ansimando sommesso.

Nulla si mosse nella stanza. «Nostro Signore, fa' che non mi abbia sentito». Poi si rialzò, in ascolto. Scavalcò il davanzale.

Posati i piedi sulle fredde mattonelle, si avanzò alla cieca, serrando gli occhi per abituarsi piú presto. Si arrestò a un tratto, cogliendo un urlio nella notte, lontano. Stringendo la roncola, aguzzò gli occhi nel buio. Si rivolse alla finestra. Nella penombra scorse le prime mattonelle sotto il davanzale, una sedia nell'angolo, l'armadio vago. Si voltò: ecco la macchia pallida del letto. Tenne il fiato e avanzò un altro passo. Scattò la luce e l'inondò sul posto.

Drizzato nel letto, una gamba a terra, il Padre capelli irti gli sbarrava gli occhi addosso e da una mano teneva ancora l'interruttore. La gran camicia aperta gli scopriva la gamba ossuta, tesa fra le coperte rigettate, a cercare il pavimento. Si levò la sinistra dal petto e la tese verso Biscione che si ficcò in fretta la roncola dentro i calzoni.

– Cosa cerchi, assassino?

Biscione buttava il capo da tutte le parti per pigliare la corsa e saltare in cortile, salvarsi nel buio. Ma sentí scivolarsi la roncola gelida giú per la gamba e imbrogliarlo nel piede.

– Non scapperai, – gridava il Padre, saltando dal letto e svolazzando nel camicione bianco, – non scapperai fin che son vivo. Dove volevi scassinare? – Gli fu addosso e lo scosse. Biscione si contorse, tentando di curvarsi. – Posa lí. Posa lí. Di notte in notte ci facciamo piú ladroni. Cos'hai nei piedi? – Biscione cercò di buttarsi per terra, stringendo i denti e mugolando. Ma il Padre lo scostò di peso con un pugno e chinandosi raccolse l'arnese ch'era caduto sferragliante. – Malandrino. Con le roncole si gira a mezzanotte. Cosa volevi scassinare qui con questa? Pratichi i ferri del mestiere già?

– Io non volevo scassinare nessuno, – ringhiò Biscione, afferrato dietro la schiena al tavolo, dov'era finito ansante.

– Delle due l'una: con la roncola o si scassina o si ammazza. Da ammazzare per te non c'è ancora nessuno; che cercavi qua dentro?

Si fissarono nella luce cruda abbagliati: il Padre, losco, scarmigliato, in quella camicia che pareva gliel'avesse sbattuta addosso il vento; Biscione, ansimante, floscio come i calzoni che lo tiravano a terra. Si fissarono muti. Un sogghigno scontroso passò sulla bocca di Biscione. Fin nella pozza della gola aveva pelo il Padre.

Gli occhi del Padre a quel sogghigno balenarono. Si scosse tutto come a un tremito. Girò la testa da ogni parte, smemorato. Poi levò gli occhi con una guardataccia, cambiò di mano la roncola e si fece un grande segno di croce, imbrogliandosi nel giungere le mani. Biscione stava attento, a fronte bassa.

– Non muoverti, – gli borbottò rapido il Padre. E corse alla finestra e guardò fuori. Poi chiuse. Ritornò al letto e cercò le mutande. – Non muoverti, – ripeté minaccioso. Posò la roncola sul comodino; s'infilò le mutande, sforzandole nella fretta, e poi cercò la sottana. Se la passò sul capo, rapidissimo, riemergendo a guardare prontamente Biscione, che non si muoveva dal tavolo ma ci si era appoggiato e seguiva ogni gesto del Padre con quell'ombra di sogghigno di prima.

– Non c'è niente da ridere, allocco, – fece il Padre, venendogli addosso, vestito. Biscione si piegò da lato, quasi a parare un colpo.

– Inginocchiati adesso.

Biscione invece si issò con le mani sul tavolo, sempre fissando il Padre.

– Inginocchiati, – ruggí il Padre levando il pugno. – Insensato, inginocchiati, ché potresti morire stanotte.

Biscione si lasciò scivolare a terra e batté le ginocchia sulle mattonelle. Vide i piedi nodosi del Padre e, sbirciando all'insú, gli occhi curvi indignati.

– Mi pento Signore mio Dio

– Mi pento Signore mio Dio

– dell'orrendo pensiero che ho avuto
– dell'orrendo pensiero che ho avuto
– contro il mio benefattore
– contro il mio benefattore
– e vi ringrazio d'avermi salvato
– e vi ringrazio d'avermi salvato
– nella vostra infinita Misericordia
– nella vostra infinita Misericordia
– dalla morte dell'anima
– dalla morte dell'anima.

– Fatti il segno della Croce adesso e recita l'atto di contrizione –. Biscione si raccolse le mani al petto, piegò il capo e cominciò a susurrare tra sé, devotamente. Il Padre gli stava sopra col braccio teso, accompagnandolo. Quando Biscione rialzò il capo esitando, gli tracciò in fronte, severo, l'assoluzione.

– Meno male, – disse ansando. – Speriamo che ti serva. Sabato ti confesserai di nuovo con gli altri, capito? e allora farai la confessione generale e vedremo cosa meriti. Reciterai cinque pater, ave e gloria, tutte le sere, fino a sabato.

Biscione s'era rialzato e si batteva, con le mani incrociate, sulle braccia, guardando inquieto il Padre che si tergeva la fronte.

– Vagabondo, era questa che volevi scassinare? Ma lo sai che anche solo pensarci è peccato mortale? Ringraziamo il Signore che ha voluto salvarmi e salvarti. Ma che cosa ti ha preso? Non lo sai nemmeno tu. Tutto perché non ti lascio fumare?

Biscione, sempre inquieto, lo lasciò dire, poi fece scontroso, guardando la finestra accecata:

– Sabato non ci sono piú.

– Come...?

– Io ve l'ho poi detto, Padre. Di qui vado via.

– Dove vuoi andare?

– Qualche posto lo trovo, ma qui non ci sto.

– Ma dove vuoi andare, vagabondo? Con quello che hai fatto e farai? Cosí ti penti, cosí muti vizio? Dio ti ascolta, carogna. Ma se non ti tiene il Padre, chi vuoi che ti tenga? Vuoi davvero morire in un fosso? Proprio domani che cominciano i raccolti, e col peccato mortale alla gola? Smettila, Biscione, non hai bisogno di scappare: davanti a me sei perdonato, ma Dio ti chiama a render conto e cambiar vita.

– Vado via perché qui siamo bestie.

– Bestie come?

– Bestie. Dite quel che volete a Rico e Gosto, davanti a chi volete; ma a me dello scemo e del morto di fame – in presenza del Professore – non me lo dovevate dare. Io lavoro come gli altri, piú degli altri perché non sono uno scemo; ma quando ho finito, ho finito, e mi voglio riposare, come si riposa il Professore e si riposano tutti; e, se ho voglia, fumare e passare in paese a giornata finita come tutti i lavoranti. Di stanotte mi pento e non lo farò piú, ma non sarò tanto scemo da lavorare ancora per chi non mi paga.

– Biscione, – gridò il Padre, – ti sei pentito e pensi ancora alla paga? è cosí che temi Dio? alla tua età?

– Io non volevo rubarvi niente, – riprese Biscione, – e se sono giovane non è colpa mia. Lavoro come un altro, quando è tempo, e voglio essere pagato altrettanto.

– Ma quello che mangi, quello che dormi, quello che porti indosso, non è paga che basti?

– No che non basta. Da mangiare ne date anche ai lavoranti. E gli date da bere l'acquetta e a noi no. Dormire non costa. E i calzoni ve li dànno già strappati, per carità. Rico che è piú basso, ci stava due volte e li ha dovuti tagliare. Io non sono contento.

Il Padre andò lento alla finestra e l'aprí. Entrò nel caldo soffocante, un alito morbido di notte. S'allungò nel cortile, incerto, il rettangolo di luce dentro il fragore vago della notte, corso da brividi di tonfi e da trilli lontani.

– Senti, Biscione, tu sei nato disgraziato; fuori non hai famiglia, non hai nessuno, vieni dall'ospedale. Non pensare adesso al Professore. Voi non siete i figli dei signori che vengono a ripetizione. Qui trovate una casa, imparate un mestiere, avete sotto gli occhi il buon esempio. Perché non ti contenti? perché non ringrazi il Signore? Credi forse che via di qui troveresti lavoro, alla tua età, senza il nostro aiuto? Disgrazie, troveresti, vizi e tentazioni. Quel che sai fare l'hai mostrato già stasera. Minacceresti qualcun altro, che ti prenderebbe sul serio, questa volta.

– Il mondo è pieno di gente che minaccia e si fa rispettare. Quand'uno ha la sua paga, non patisce tentazioni.

– Vedi, Biscione, tu per disgrazia non sei scemo, ma il Signore ti avrebbe voluto bene, se ti avesse fatto nascere allocco. Nei lavori di campagna è una fortuna essere semplici di spirito e non guardare mai piú in là dei proprî buoi, ringraziando il Signore di quel poco di bene...

– Neanche voi, Padre, siete un allocco, e non ci sono solo i lavori di campagna.

Il Padre si accostò aguzzando gli occhi.

– Che altri lavori?

– C'è uno della Piana che guadagna quattro lire al giorno a governare i cavalli della giostra in piazza. Un po' di paglia mattino e sera e portarli alla vasca. È già d'accordo per andare con loro in Alba...

– Eccolo il demonio, – ruggí il Padre scattando. – I cavalli del baraccone, tutto il giorno a girare, andare in Alba, far la vita dello zingaro. Se dovevo pensarlo, che veniva di lí... Queste sono le feste e gli effetti che fanno. Te l'hanno dato loro quel bel consiglio di prima? Tu sei pentito come me, sei pentito. Vagabondo. Osi parlare di paga. Ma la paga la prende chi lavora, non chi gira le strade suonando e ballando. E bastasse. Che altri miracoli ti han fatto sperare?

– I miracoli li fate voi, Padre. Chi parla di suonare e ballare?

– Ma boia d'un vagabondo, lo sai che son tutti scappati di casa e delinquenti? Se con la vita che fai qui, sei già tanto carogna; cosa farai con quella gente?

Il Padre agitava le braccia congestionato, imponendo la voce su un'urlata di cani e di sbronzi, che scoppiava in quel mentre di là dalle piante sulla strada. Anche Fido s'era messo a latrare e far sibilare il filo, cui era legato scorrevole, presso il cancello. D'un tratto il Padre corse alla finestra e scrutò fuori. Borbottò un poco a voce rauca e ritornò verso Biscione, menando il capo a scossoni.

– Ecco i frutti di questa esistenza, – disse acido, a voce piú bassa. – Questo è quanto vuoi fare anche tu? Non ti manca la stoffa, non ti manca. Ma sta' attento che non c'è che i furbi per farsi fregare dai piú furbi. Non saresti il primo che ammazzano di lavoro e, finita la festa, ti piantano in strada, senza dargli un quattrino.

– Dappertutto è difficile farsi pagare, e per questo non chiedo che di passare a mezza giornata. Mezza paga fino alla vendemmia, e mangiare e dormire. Perché sono giovane. Alla semina se ne riparla. Libertà la domenica e permesso di uscire, quando il lavoro non spinge.

Biscione guardava dritto in faccia il Padre e teneva ora le mani ficcate alla cintola sul ventre nudo.

Il Padre disse rapido:

– Ti do la domenica, se non ritiri la paga e la metti a frutto nelle semine. Però prima sentiremo il Superiore.

– La domenica senza paga è come la messa senza vino. E il Superiore siete voi. Sono troppo giovane per entrare a frutto. Vuol dire che al sabato mi confesso da voi.

Il Padre si tirò le nocche delle dita.

– Adesso è tempo di dormire, Biscione. Ne parleremo al Superiore. Queste cose non si combinano di notte e non posso...

– O di notte o di giorno. Basta intendersi. Vuol dire che io sono scappato e tornato ai raccolti e che c'era bisogno di braccia e mi avete impiegato a giornata. Per levarmi dalle tentazioni. C'è qualcosa che non va?

Il Padre andò adagio a prender la roncola sul comodino e ritornò al tavolo. – Boia d'un Biscione, la meriteresti in testa –. Gliela tese, dicendo: – Va' a dormire e rimettila a posto.

– D'accordo, Padre, – e si ficcò la lama alla cintola. Poi si volse, si guardò in giro, e tornò deciso al tavolo. – Ma questa è una messa senza vino, Padre.

– Cosa c'è?

Biscione fece un ghigno. – I patti bevuti sono quelli buoni –. E non si mosse.

– Vagabondo d'un vagabondo, – sbottò il Padre. – Anche a quest'ora. Proprio tu, non ti fidi?

Ma andò all'armadio e tirò giú un bottiglione con un bicchiere. Tornò al tavolo e mescé il vino, nero. – Prendi su, ch'io domani ho la messa. È già passata mezzanotte.

Mentre Biscione sorbiva, dalla finestra rimbombò un'altra urlata e calci contro la lamiera del cancello, che gli ululati deliranti di Fido coprivano appena.

IV.

Dal tavolino in ferro a cui era seduto, il Professore ascoltò morire strepitosamente l'ultimo ballabile nella piazza, piú vibrante e clamoroso che mai. Il rombo dei tromboni coprí il sibilo dei clarini, infuriarono i piatti, si raccolsero e distesero le trombe in uno squillo lacerante, e tutto tacque inaspettatamente, in un vocío sommesso e brulicante, quasi la voce della musica giunta all'apice ripiombasse a terra ronzando.

Nella notte fresca ammorbidita dal vino riprese l'andirivieni degli avventori. Nello stanzone, sussultante alle vociferazioni, si soffocava. Agli urlacci, che scuotevano il coltrone di fumo, strizzava il sudore. Facevan crocchio ai tavoli carrettieri dalle cinture di lana rossa, vecchi villani col cappello sugli occhi, giovanottoni infagottati, bicchieri in mano, labbra succhianti, schiaffi sul tavolo, urlacci, carte buttate, pozze di vino. Fuori c'era la festa, perdio.

Il Professore dal suo posto accanto alla porta, si rinfrescava accostando la mano alla bottiglietta vuota della birra, col suo sorriso imbronciato, poggiato alla parete. Fra le penombre e le schiene la brusca serva navigava. Era una grande ossuta a fianchi forti, che mescendo dai litri o dai fiaschi spagliati atteggiava la bocca a una smorfia sdegnosa, come se vino e festa, tutto fosse un disgusto. Le scattavano i fianchi ogni volta che si drizzava e il Professore socchiudeva gli occhi.

Fuori della porta, dove il Professore vedeva cadere la luce rossastra della lampada appesa all'architrave, era cominciata una rissa tra due villani dalle voci pesanti. Non si muovevano: si udiva soltanto, nel vocío crepitante di trombette e di grida e l'immenso scalpiccio interminabile, suonare le ingiurie rauche, faticose, come gli ansiti di un paio di buoi. Continuarono un pezzo testardi, fra grida lontane che si cercavano e tonfi, finché la serva non si fece sulla soglia e cominciò a inveire stridula per scacciarli altrove. Allora seguí un gran silenzio, in cui soltanto una strombettata rabbiosa si levò chi sa dove, e respingendo la serva i due villani entrarono a passo imbrogliato, stretti a braccetto gravemente, e puntarono a un tavolo in fondo.

La serva rimase un attimo sulla porta, il suo fianco a due palmi dalla gota del Professore, tendendo il collo nella luce rossa a guardare verso la penombra sbiancata di oscillanti fiammelle ad acetilene. Si sporse anche il Professore a sbirciare tra il fianco e lo stipite, e la serva si piegò brusca e gli guardò le mani accigliandosi in faccia e gracchiando: – Che scusi.

– Levate l'aria, – barbugliò il Professore.

– Non è l'aria che manca, – ribatté l'altra, scattando a una chiamata.

Inoltrandosi la notte, il fragore esterno si faceva meno assordante. Soltanto qualche rombo sperduto di musica levava ancora il capo nel brusio moribondo e rianimandolo moriva. Ma si spegnevano le lampade e la piazza sfollava. Cominciavano lontano, sulle vie delle colline, clamori vaghi, barcollanti al vento. Nello stanzone c'era meno gente e piú fumo, piú fortore di vino e un chiacchierio rauco.

Il Professore aveva acceso la pipa cacciandosela fra i denti sani e guardava ogni cosa attraverso quel fumo, con gli occhi piccini. La serva s'era venuta a sedere all'altro lato della porta, rivolta all'esterno, dando occhiate inquiete agli scarpiccii, puntata una manaccia sulle ginocchia sporgenti. La sua smorfia erano rughe di stanchezza.

A un certo punto si schiarí a un sorriso. Era comparsa sulla porta un'altra donna, avvolta fino a terra in un mantello scuro che si stringeva al seno, dal viso biondo, avvampato e disfatto. Esitò sulla soglia e sorrise alla serva.

– Adele, – disse.

Adele, scostando le ginocchia, la fece passare fra sé e il tavolo, a sedersi nell'angolo.

– È finita, – sospirò la bionda abbandonandosi contro la parete ad occhi chiusi. – Sono assai piú stanca di un cavallo.

Adele sorrideva un ossuto sorriso. – Io no, forse? – disse senza muovere la bocca. Poi si alzò per andare, e si fermò alla porta, cercando fuori con gli occhi.

– Non c'è fretta, Adele, non ho nemmeno desiderio del latte stasera. Dappertutto c'è odore stasera: che tanfo qui dentro. Gridano e puzzano come le bestie. Esse almeno non sanno lavarsi.

Mentre allungava le gambe sotto il tavolo apparvero scarpini rosa e, scivolando un lembo del mantello, la calza rosa che continuava attillata fino al seno. Raccolta cosí nell'involucro disfatto pareva nuda, di una posticcia nudità senza vita.

– Aspetti sempre colui, Adele? – chiese fiacca guardando a mezz'aria nel fumo.

Adele si volse vivamente. – Io mi domando perché le altre volte salta giú dal carro che è ancor sera, e non si leva piú dai piedi – si siede lí dov'è lei – e mi tiene che casco dal sonno a sentire fino a giorno mangiando e ridendo, e a dargli ascolto mi farebbe anche ballare...

La bionda ascoltava arricciando il labbro inferiore sui denti, levato il mento, risentita.

– ... Viene San Rocco, e non lo vedo piú. Tira via sul suo carro, ubbriaco, gira tutte le osterie della vallata, dorme sotto le stelle, ma finché c'è la festa e c'è un banco, qui non passa nemmeno a morire. Dappertutto va a bere, qui no. Figurarsi se voglio aspettarlo. Ma io domando: non è lo stesso dappertutto il vino? che gli farebbe di venire qui? gli costerebbe meno, anche.

– Nessun uomo bada alla spesa, quando vuol divertirsi, – disse la bionda, adagio. – E non amano il vino di casa. Non tornassero almeno quando al mattino non osano farsi vedere, hanno la testa che duole e ci parlano piagnucolando. Siamo noi le stupide che gli diamo ancora il caffè.

– Non l'ho ancora sposato e non posso comandarlo, – ringhiò Adele. – Ma se viene quel giorno, il caffè glielo macino in testa a quel vagabondo. Nei fossati dovrà dormirci con me.

L'altra sorrise appena. – Credi a me che ci sono cascata: se ora ha ancora vergogna e va a bere lontano; una volta sposato non avrà piú vergogna.

La bionda aprí il mantello e se ne sventagliò il lembo davanti alle gote magre. Inguainata in quel rosa flaccido, i capelli leggeri agitati al suo gesto, le labbra troppo rosse corrugate a soffiare, pareva una figura da calendario nell'angolo fumoso, e da qualche crocchio della stanza la fissavano accostando il capo e confabulando. Il Professore, soffiando la sua pipa nell'altra direzione, non smetteva di guardare sottecchi e ascoltare, e trangugiava discreto la saliva.

– Per me tutto l'anno è San Rocco, – ansimava la bionda. – E noi siamo sempre nei fossi, sulle strade in un carro che balla e che prende la pioggia. Il tuo carrettiere almeno va solo e tu lo aspetti in pace. Non ti tocca andargli dietro di giorno e di notte, e non conoscere nessuno in nessun posto come noi e farti compagnia con due bestie prepotenti che si sporcano e mangiano, si sporcano e mangiano, tutto il giorno, tutto loro, e bisogna pulirle e bisogna nutrirle, altrimenti si ammalano e non si mangia piú noi. Lui non pensa che alle sue bestie e se piove bisogna uscire a coprirgli la gabbia, se non c'è soldi bisogna trovarne per loro, se mi nascesse un bambino lo mangerebbero loro...

Il Professore non batté ciglio.

– ... Eppure tutto sopporterei se non fosse questo puzzo, – continuava quell'ansito. – Sono sei anni che non sento che questo puzzo. E dappertutto la gente puzza: musica, baccano, facce rosse, ubbriache, gente che spalanca la bocca, gente che grida, che beve. Se è d'estate odor di sudore, se è d'inverno odor di stalla. Fin nel letto me lo sento delle notti. È lui che me lo porta; lui che, appena siamo fermi, corre a riempirsi di vino, a sfregarsi con tutti, e ha un bel passare la notte nei fossi, ce l'ha ormai nella pelle il selvatico, puzza piú del leone...

Adele era balzata alla porta allo sferragliare fragoroso di un carro e la bionda continuava, rivolta al Professore:

– ... Delle notti non capisco come faccio a dormirgli insieme: tanto varrebbe dormir nella gabbia, ma dev'essere che ormai puzzo anch'io. Perché sono qui dentro, per esempio, perché? – Si guardò intorno, sbarrando gli occhi. – Vino e sudore. Non ci sono che ubbriachi. Dammi il latte, Adele. Puzzo anch'io, puzzo.

Il Professore batté la pipa sul cavo della mano e si asciugò la fronte, senza rispondere.

Adele si voltò dalla porta e guardò smemorata la bionda. – È passato, – esalò in un soffio.

– Chi? Ah, il tuo carrettiere? Vedi, dunque.

– Ma erano in quattro che frustavano il cavallo. Ubbriachi eran già e vanno a berne dell'altro.

La bionda le prese la mano, contratta sul tavolo e le fece, senza scomporsi:

– Consòlati, Adele, il mio che l'ho sposato, ha piantato persino i leoni stasera, a metà spettacolo. Mi è toccato frustarli da me. Se mi sono sfogata. Mi pareva di battere lui, e di vendicarmi di tutta questa sudiceria. Chi sa in che stato mi ritorna domattina: non vi lavate voi donne in questo paese. Su, vammi a prendere il latte, piuttosto.

Quando Adele si fu allontanata torva, il Professore si schiarí la gola e disse a un tratto:

– Ma non le tiene caldo quella maglia?

La bionda lo sogguardò, aprí il mantello abbassandosi gli occhi sul seno, e rispose:

– Vuole che vada senza?

Dopo un certo silenzio il Professore riprese:

– Non mi pare che lei abbia odore.

– Che cosa ne sa? – fece la bionda.

Quando Adele ritornò col tazzone, la bionda le chiese assonnata:

– Ti ha mai messo le mani addosso, questo signore?

Adele guardò malamente il Professore che spalancava gli occhi, e scoprendosi i denti come un cavallo distorse la bocca:

– Quello lí? È il Professore: sta coi preti.

La bionda, dilatando gli occhi mentre beveva, coprí col tazzone una pallida smorfia.

– Volevo esserne sicura, – disse gravemente quand'ebbe finito. Poi si raccolse sulle spalle il mantello.

– Se vuole proprio, signore, andiamo dunque a prendere il fresco. Questa maglia mi tiene davvero molto caldo.

V.

Il Padre spense la luce e uscí nel cortile buio. Sotto le piante che nascondevano la strada, sentí Fido guaiolare, e fin sul suo capo vibrava il filo di ferro scosso. Chiamò con un anelito e il cane, catapulta scura, gli piombò, dimenandosi, le zampe sul ventre. – Buono, Fido, – susurrò il Padre. – Anche a te è entrato il diavolo addosso. Buono. In queste notti devi stare a casa.

Fido, sfregandosi alla sua mano, gli porgeva il collo per essere liberato e guaiva di smania. Il Padre ne rigettò le zampe e si scostò ripetendo: – Buono. Fa' la guardia e da' tu il buon esempio –. Strattonando il filo, Fido cercava di raggiungere l'ombra scura che se ne andava, e mezzo strozzato, ricadendo, divincolandosi, cacciava latrati sommessi.

Il Padre andò alla finestra del magazzino e cercò a tastoni la lanterna. L'accese, piegandosi a terra, e poi si drizzò a mano tesa, gettando la luce improvvisa nello stanzone, sui paglericci. Tumultuarono le grandi ombre, e un fortore misto di erbe secche, cessina e sudore esalò in viso al Padre. – Non si sono lavati, villani –. I corpi seminudi, scoperti, tremolavano gialli e schiacciati. Rico dormiva raggomitolato e contorto con la faccia nel pagliericcio, e sporgeva un gomito riverso. Gosto, coi calzoni sbottonati sul ventre nudo, fissava il soffitto a bocca aperta, emettendo un barbuglio dal gozzo gonfio e brunastro, come una poppa nata a soffocarlo. Sopra l'ultimo giaciglio, Biscione era disteso di fianco, sempre in calzoni, con le palpebre serrate, raggrinzite alla luce. – Quello dorme com'è vero che dormo io, – mugolò il Padre. Per la prima volta s'accorse che le gote di Biscione mostravano qua e là chiazze rosse di peluria. O forse era il riflesso di quel lume.

Dondolò in alto la lanterna, scorrendo l'occhio sopra i sacchi, sulle pannocchie secche, sulle lame di falce accatastate nell'angolo, e gli giunse nella notte immobile il clamore attutito di un canto da qualche cascina remota, una voce grave e gagliarda che non stonò nel silenzio e morí a poco a poco allontanandosi. Quello almeno faceva San Rocco da solo.

Scuotendosi, il Padre abbassò il lanternone e si volse alla stalla. Nell'ala sbieca della cascina sotto il fienile, si allungava il basso muro, bianco e cieco, della stalla. Il Padre girò l'angolo e, levando la lanterna, spinse il legno levigato della porticina.

Era tutto quieto, nella grave penombra. I due buoi ruminavano accosciati in abbandono sullo strame, di là dallo scalino. Mossero appena le orecchie all'afflusso improvviso di luce, e continuarono a guardar nel vuoto, i gran musi ondeggianti al ritmo uguale e silenzioso delle mandibole.

Il Padre posò la lanterna sulla finestra bassa. Di là dall'inferriata il cerchio di luce scoprí il terreno sodo dell'aia, qua e là oscurato e raggrumato dall'umidità recente. Invece che dai gelsi l'aia era limitata da un muro di tenebra.

Il Padre, tridente in pugno, venne allo scalino e menò una pacca al bue, sulla schiena. L'animale rivolse la fronte, pacato, con un tintinnio di catena. Allora il Padre lo punse col tridente per farlo levare; e cigolando, sbuffando, urtando il muso nella greppia, il bue si rizzò sulle ginocchia anteriori, poi, menando la coda, issò a livello le gran cosce inzaccherate.

– Sbrodolone, – disse il Padre. – Sei piú sporco dei garzoni.

Puntando il piede nudo sullo scalino, piantò il tridente nello strame, presso gli zoccoli, dove la paglia era tutta intrisa, e levò una gran fetta nerastra. Reggendo il manico a due mani, andò verso il barile in fondo e vi scaricò il tridente, con un sospiro di sollievo. Ritornò poi con una forcata di paglia che gettò e rimescolò sotto il bue. Appena il Padre ebbe finito, l'animale senza smettere di menar la mandibola, piegò le zampe e si adagiò di nuovo. Per tutto il tempo, l'altro bue guardò nel vuoto, continuando a masticare.

Nel tepore soffocante il Padre venne alla finestra e spense la lanterna e guardò fuori tra le sbarre, al buio. Dalla distesa incerta dell'aia saliva impastato alle tenebre il tanfo non ancora dissolto nella freschezza della notte. Prendeva allora la rugiada, e sotto questa doveva impregnare il terreno assodandolo senza crepe. Inquieto, il Padre diede un'ultima occhiata alle masse pallide dei buoi che si staccavano appena nell'ombra, e venendo alla gran porta tolse il trave attraversato ai battenti, e sgusciò fuori. Era avanzato di un passo per tastare col piede lo spazio battuto, quando intravide, alla luce ambigua delle stelle, una figura umana che si muoveva sopra il terrapieno del letamaio cercando il sentiero.

– Chi viene? – esclamò.

Dopo un istante di silenzio, l'ombra immobile disse:

– Non c'è modo di fargliela, Padre, son io.

E saltò giú nell'aia. Calpestando il battuto, venne svelto alla volta del Padre che fece appena in tempo a gridargli – Rasenti, Professore, – e già l'aveva accanto.

– Non fa nulla, – disse quello, scarpicciando. – Fango, sterco e rugiada, son gli elementi della notte.

– Fa sí, – sbottò il Padre, – mi guasta il battuto con le scarpe. A quest'ora va in giro? La credevo da tempo di sopra a dormire.

Il Professore si guardò tutt'intorno, aspirando dal naso. Levò la testa al cielo nero e tornò ad aspirare, rumorosamente. Guardò l'ombra scura del Padre che s'era mossa verso la finestra della stalla. Sentí sfregare un fiammifero e al bagliore improvviso lo vide avanzarsi nell'aia, proteggendo con la mano la fiammella ballonzolante; e piegarsi al suolo, reggendo scalzo la sottana, a esaminare lo stato del terreno.

– E lei, fa sera o mattino, Padre? – chiese imperterrito, con una vibrante giocondità nella voce.

– Lei, mi pare, ha fatto tutta la notte, – venne il brontolio di risposta. La luce scarsa dondolò disperata, e rimbalzando, le tenebre, piú nere, si richiusero intorno. – Non è andato a dormire? – ansimò la voce rialzandosi.

– Troppo baccano di ubbriachi e di festa, troppi canti di grilli, troppo caldo, – fu la risposta tumultuosa. – A proposito, – riprese, – non mi accorgevo che i grilli hanno smesso e che fa quasi freddo: chi sa mai?

– È che siamo già sotto l'alba, – rilevò venendo alla sua volta il Padre.

– Possibile? come passano presto le notti d'estate.

– Specialmente a San Rocco. Dicono cosí anche i lavoranti che al mattino si addormentano sul solco.

– Quanto a me non ho sonno, ma un grande appetito. Non ho piú sonno, mi pare di aver scoperto che la notte stimola tutti i sensi.

– Per questo, di notte è usanza dormire.

– È un peccato, Padre.

Ormai tutti e due distinguevano nel buio le sagome scure delle cose. Appoggiati contro la parete sassosa della stalla, avevano innanzi la bassa distesa dell'aia, oscurata in fondo dalla muriccia del primo campo rialzato che i gelsi, neri, coronavano. Di là dai gelsi, la collina immensa, saliente, si rivelava soltanto come un vuoto di stelle, una plaga del cielo deserta. Una bava di brezza agitava, stimolante, l'aspro tanfo notturno e le foglie accompagnavano sommesse, cigolando.

– Io siedo qua, – fece il Professore. – Aspetto l'alba –. E si cacciò la pipa in bocca, poggiato alla pompa. – Tanto non può tardare.

Il Padre camminava avanti e indietro in mezzo all'aia, intento a saggiare sotto le piante nude l'umidità persistente di certi tratti. – Se il sole del mattino mi trova questi laghi, – brontolava tra i denti, – me li crepa come vetro. Maledetti garzoni, invece di allargare, hanno fatto la pasta –. E si succhiava il dito pollice, sputando subito; esponendolo in alto a saggiare la brezza.

– Che pace questa notte, – emetteva il Professore tra il fumo. – Non mormori, Padre.

– Maledetto Biscione.

– Ma lei, Padre, che assiste sempre all'alba, perché non mi ha mai detto quanto son belle queste ore notturne? Cosí misteriose e tranquille. È un altro mondo. Tutto ha mutato faccia e tutto vive in segreto. Accadono le cose piú strane. Solamente a respirare, si gode. Ci si sente carezzati dal buio, dagli odori, dal silenzio. Ci si sente piú grandi, nel bene e nel male. Si sta bene soli e si sta bene in compagnia. Persino questo lezzo fa bene, è fresco e tiepido, è gagliardo, è umano. Pensare che di notte si fanno i delitti. Com'è assurdo il mondo. Può accadere ogni cosa di notte.

– Non lo sapeva?

– Mi ricordo solo adesso che lo sapevo da ragazzo. Ma allora avevo paura del buio.

– Senta, Professore, – disse il Padre, piantandosi nell'aia, – mi pare che a lei l'aria fresca faccia l'effetto del vino. Fino a ieri l'ho creduto astemio.

Il Professore si fermò un momento sulla sua pipa, poi sgranocchiò una risatina rauca.

– Infatti, – barbugliò scatarrando, – infatti: ho bevuto

un vino; il vino che si beve soltanto di notte... il vino della meditazione, – aggiunse guardandolo.

– Sono contento d'essere al mondo, Padre, – riprese improvviso, levando la faccia e brandendo la pipa. – Lei non l'ha mai questo contento?

– Non a San Rocco, di tutto l'anno, e se chiedeva il mio consiglio, non le dicevo di cercare la pace e il silenzio in questa notte. Dove diavolo li ha trovati?

Il Professore sputò a terra.

– Non li ho cercati, sono venuti a me, – disse lento e convinto, e sul viso che già affiorava nella foschia, passò una smorfia d'orgoglio.

Il Padre alzò le spalle. Poi volse il capo ansioso alla collina che spiccava nera sul cielo pallido, e aspirò ancora il vento.

Amici

Dal cortile di cemento un giovanotto a gola tesa gridava al terzo piano di ombre e sprazzi di luce:

– State tranquilli, sono disoccupato.

Strillavano bambini in cortile e per le scale, e da tutti i sei piani di balconi brulicavano finestre illuminate, nei riflessi delle ringhiere.

Al terzo piano, immobile in tutto quel vocío, era piegata una donna.

Sbucò dalla scala un giovane alto col cappello. L'altro, testa e barba rossa arruffate, un fazzoletto bianco annodato largo al collo su un camiciotto a taschini, lo incontrò in mezzo al cortile e col pollice arrovesciato gli indicò alle spalle l'alto della casa. Il compagno allora levò il capo e senza parlare agitò la mano a saluto. La donna rientrò.

I due uscirono sul corso.

– Quanto si mangia al mondo, – disse il Rosso. – Da tutta la casa viene solo odor di fritto. A pensarci, spaventa.

L'altro si toccò il cappello passando davanti a un ometto in maniche di camicia, cavalcioni su una seggiola, davanti alla porta.

– Hai trovato qualcosa? – chiese poi grave al compagno.

– Senti, Celestino, – disse il Rosso fermandosi e prendendogli la manica, – vengo con te per svariarmi. Da solo non ce la faccio. In un minuto arrivo alla cicca, dal nervoso. Dove andare non so. Vengo da te per stare allegro e tu mi chiedi se ho trovato. No, che non ho trovato e me ne infischio. Ci vuol tanto a capire che secchi? È la moglie che ti ha rammollito? Non sei piú Celestino. Tu somigli a mio padre. Porti il cappello come lui, persino. Però guarda che mio padre, con sua moglie adoperava la cinghia.

Celestino, liberatosi il braccio, diceva: – Ricorre alla cinghia, chi non gli bastano le mani. È il sistema di tutti i fannulloni, con la moglie. Ma che cosa c'entra qui la Gina? che cosa c'entri tu?

– Io?... Niente. Dicevo per dire che cominci male. Le stai troppo attaccato.

– Come va trattata devi insegnarmelo tu, che hai imparato con le negre?

Il Rosso levò il braccio e lasciò andare una manata sulla spalla di Celestino. Celestino, seccato, lo fissò, occhi piccini, e vedendolo ridere, si schiarí lui pure. – Mai parlare di donne, – esclamava il Rosso, – se non dopo la frutta. Siamo amici e via la moglie. Celestino, Celestino, diventiamo vecchi: tu ti tieni la moglie, io mi tengo la rabbia. Patti chiari: non parleremo di tua moglie, ma nemmeno di me se lavoro o no. Dove andiamo?

– A spasso, fa fresco.

Sotto gli alberi del corso i lampioni gettavano chiazze di luce e ammucchiavano ombre fresche e indecise. Tanti erano gli anfratti della sera e cosí denso il profumo delle piante che a volta a volta i due parevano balzare, e balzavano le ombre, dal marciapiede variegato a sprofondarsi nell'ammasso di foglie. Il Rosso aveva acceso una sigaretta e tirava lunghi soffi. Celestino fece di cappello a una signorina svelta che sbucò d'improvviso dall'angolo.

– Quella, – bisbigliò poi, – ha cominciato un anno fa dal magazzino. È già arrivata al direttore del negozio.

– Di' la verità, che le invidi la carriera.

– Io? di quella?... fa porchera, non carriera. Non la toccherei nemmeno lavata nella benzina.

– Lavata no, ma da lavare magari. Celestino, quest'è di tua moglie. Una volta, che non avevi il cappello, le salutavi cosí le ragazze? Non sei piú quello, Celestino...

Celestino alzò le spalle.

– ... Che idea dar la benzina alle ragazze...

Celestino fissò gli occhi su una folata di monelli che sbucarono ululando da una via traversa dietro uno dei loro e dilagarono nel viale, buttandosi tutti accavallati su una panca. Ci furono calci, corpo a corpo, strilli, e sul clamore una vocetta che emetteva detonazioni a mitraglia, mentre un altro, piccino, ronzava a motore correndo intorno alla mischia, librando le braccia e muggendo: – Oh il ghebí, oh il ghebí.

– ... Voglie di donne incinte, – continuava il Rosso, – e poi dar fuoco alla benzina. Dev'essere una donna che ha inventato il lanciafiamme. Di' la verità che è di tua moglie.

Celestino si contorse e chiese secco: – Hai trovato lavoro?

Il Rosso si fermò, si grattò in testa e guardava l'amico, levata una mano a proteggere il capo. – Fessi che siamo, – disse.

– Cosa vuoi che facciamo, – riprese Celestino, – altro che parlare di donne, noi due?

– Una volta ti piaceva anche il litro...

– Di quello sí che è gelosa: non direbbe niente per Carmela e farebbe fiamme se tornassi a casa bevuto.

– Chi sa che fine ha fatto Carmela. Eravamo allegri quell'anno.

– Tutte le ragazze d'allora ci davano corda, per spassarsela loro. Per questo ho sposato la Gina: fin dal primo ballo mi ha detto che quando sente uno puzzare di vino, le viene voglia di pigliarlo a schiaffi.

– Ti ha preso a schiaffi?

– È un'idea delle donne. Si capisce, poverette: meglio avere da fare i conti con un'altra che col litro; un'altra è sempre una donna.

– La ragione vera, – disse il Rosso, fermandosi e cavando la sigaretta di bocca, – me l'ha data un ruffiano di Massaua – gente che se ne intende, hanno molte mogli, laggiú – un uomo che torna a casa ubbriaco ha lo stesso occhio lustro, la stessa faccia da stupido, di quando se lo comandano loro nel letto. Concorrenza. Di' che gli arabi non capiscono le cose.

– Adesso poi che aspetta il bambino le fa male anche solo l'odore.

– Te la permette l'aranciata?

Celestino si fermò sorridente nel riverbero obliquo di una tabaccheria e fece cenno d'aspettarlo. – Meno male che ti lascia il fumo, – gridò il Rosso.

Dopo un po' che attendeva ascoltando il clamore di una radio da una finestra spalancata di là degli alberi, il Rosso salí il gradino del negozio. Ci trovò Celestino che, appoggiato sul banco, confabulava col padrone.

– Che gli vendi? la radio?

Celestino agitò una mano, impaziente; disse ancora due parole e si voltò in un sorriso.

– Non c'è bisogno di gridare. Do un'occhiata a un apparecchio.

Sparirono nel retrobottega e dopo un po' tornò il padrone. Il Rosso s'era seduto in un angolo e accendeva un'altra sigaretta.

– È lei che è stato in Africa?

Il Rosso levò gli occhi a una faccia tonda e cicciosa, dai gran baffi. Altro pelo schizzava dalla camicia sbottonata sulla maglia.

– Roba vecchia.

– Io ho fatto l'altra.

Allora il Rosso s'accorse che al ciccione mancava una mano e sul pallore dell'antica cicatrice il moncherino era ingrassato tondeggiando.

– Ci ha guadagnata la tabaccheria?

– Guadagnata? – ruggí quello. – Pago l'affitto sacrosanto. E l'alloggio e l'imposta.

Entrò un tale a comprare un toscano. Pagò e uscí.

– È vero, – tornò a chiedere il ciccione, ficcandosi il moncherino alla cintola, – è vero che in Abissinia dànno gratis la concessione dello spaccio esente d'imposta e d'affitto per dieci anni?

– Le regalano anche l'automobile per fare il giro dei clienti.

– Faccia il piacere. Le chiedo se è vero che ai mutilati della campagna hanno fatto queste condizioni.

– Io non sono mutilato.

– Vedo bene, – disse l'altro squadrandolo severo. – Dov'è stato lei?

– In posti dove si fumava gratis.

In quel momento rientrò Celestino. Parlò sottovoce al padrone, che sbirciava malamente il Rosso. Gli batté alla fine una mano sulla spalla dicendogli: – Al massimo, – e uscí spingendosi avanti l'amico.

– Con questi lavoretti vesto la Gina, – disse, una volta fuori, Celestino.

– Fai bene, – esclamò il Rosso. – Frega la ditta, falli fessi, altrimenti fanno fesso te. Peccato che hai sposato la Gina. Quand'ero laggiú, dicevo: «Una volta congedato, mi levo dal caldo e torno coi soldi a far società con Celestino». Invece mi hai fregato: hai fatto società con la Gina.

– Però anche tu hai mangiato i soldi.

– I primi e gli ultimi. Non si conservano i soldi guadagnati alla guerra. Uno dice «potevo restarci», e avanti, dài dentro. Tante stazioni di là a casa, tanti biglietti che volano. Poi prende la malinconia: uno si ricorda Pinotto che il giorno prima si lavava i piedi e il giorno dopo l'han buttato sulle pietre come un passerotto; viene in mente Celestino che si sposa e se ne infischia; e tutto fa: si canta una volta, si beve due, Napoli è tutta sole, specialmente la notte – chi s'è visto, s'è visto.

– Di', è vero che dopo un'azione si sente odore di carne bruciata?

– Non parlare di odori.

– Ma tu, insomma, hai sparato?

– Agli uccelli.

– È vero che...

– Sei peggio del mutilato. Perché non sei venuto a vedere? Un bel viaggetto con tua moglie: vi hanno messo al mondo perché giriate, no? Il piú bel lavoro che ci sia, viaggiare. Quando si ha l'occasione. Dovevi portarci la Gina che non sopporta il fiato di un ubbriaco. Se trovassi l'occasione, ripartirei domani, io.

S'eran messi, accalorandosi, per uno spiazzo oscuro, in fondo a cui splendevano certi finestroni dietro una siepe in vasi. Davanti erano fermi sfaccendati col viso tra le foglie, in ascolto dell'orchestra strepitosa.

– Mai piú venuto al Paradiso, – disse il Rosso. – Mai piú ballato da allora, a Torino. A Napoli, una volta, ho trovato una torinese in una sala. Non mi conosceva neanche la voce, tanto ero anch'io terre bruciate. L'ho capita da come rideva e diceva «sta' bravo che c'è il geloso». Dicono che là le tengono chiuse le donne, ma il suo era piú carogna: la mandava a ballare e lui prendeva la bibita. A me la ragazza ha fatto l'occhio, quando le ho detto di dov'ero. Finito il giro, volevo restare e lei: «fila, fila non sei piú in Africa. Ci voleva la guerra d'Africa perché un torinese si facesse crescere la barba».

Davanti al Paradiso, si fermarono. Si vedevano all'interno le alte pareti verdemare dipinte, a colori leggeri, di qualche palmeto e negri nudi e leopardi e antilopi. L'orchestra strepitosa, tutta in nero, era in una nicchia al fondo. Sul palchetto passavano coppie allacciate e assorte: un sergente attillato traversava la sala. Per i finestroni spalancati circolava l'aria fresca della sera.

– Come me l'han ridotto, – esclamò il Rosso. – Non è piú il Paradiso questo. E Carmela e la Lidia e Ginetta, dove vanno a ballare? Non ci sono piú ragazzi in borgata?

– È tutto un altro ambiente, – disse Celestino. – Non

son piú i tempi che eravamo belli. Prova un po' a entrare in maniche di camicia come sei, senti il padrone.

– Sarà pieno di napoli.

– No, è che la vita cambia. Anche la Lidia, tu che dici, l'ho veduta quest'inverno con una pelliccia che non deve aver rubato.

– Voglio vedere la faccia di Monsú Berto.

– Non è piú lui il padrone. È andato a terra. Ha rilevato ogni cosa un romano che ha cambiato perfino il palchetto. Ha fatto dipingere, ha messo le inserzioni sul giornale e la cassiera, il doppio d'orchestra, si beve spumante e mangia tramezzini: ci ha speso, ma ci guadagna. La gente viene in automobile.

– Quest'è colpa delle donne. Venissero ancora Carmela e Ginetta, vedresti che l'ambiente cambia subito.

– Prova tu con la tua barba, – disse beffardo Celestino.

Il Rosso si passò due dita tra il collo e il fazzolettone. Rimase un poco incerto, stazzonando la seta, poi riprese a ghignare. – Pensare che questo straccio l'ho comprato a Massaua per roba indiana. Scommetto che è Viscosa. Seta! È già ridotto come il biglietto che l'ha pagato.

– Sarai tu che non ti lavi il collo.

– Che collo. A far la vita che ho fatto io, pensi a salvarlo il collo. Laggiú fazzoletto e barba erano cose da sultano.

– Sembri il negus con quella faccia cotta.

– Li avessi io i soldi che ha lui.

– Dovevi prenderglieli.

Il Rosso girò gli occhi lungo la siepe verde e li fermò sull'angolo della piazza dove posteggiava una fila di macchine lucide.

– Insomma per ballare con una torinese mi tocca andare a Napoli? Non c'è piú il Paradiso! Tu grigni, perché hai moglie.

– Consòlati che non si chiama piú il Paradiso.

– E come si chiama?

– Nuovo Fiore.

Celestino si divertiva. Prese il Rosso per il braccio e lo tirò via dicendo: – Vieni, Milio, ché a star qui c'è caso ci facciano pagare –. Il Rosso si lasciò condurre fuori della piazza, tacendo.

Si misero per una via lunga, a radi lampioni. Il Rosso traeva dal mozzicone le ultime boccate, con cautela per non scottarsi le dita. Poi buttò il pizzico di carta.

– Non fumi stasera? – chiese con gli occhi bassi a Celestino.

– Un mezzo sigaro, seduto tranquillo. È piú salute e costa meno.

– Risparmia chi ha.

Fissavano camminando la lastra del marciapiede, lucidata dai lampioni. Strisciando le suole e piantandosi fermo, il Rosso levò a un tratto il capo.

– Dove finiamo la sera?

– Prendiamo un po' d'aria, non esco mai.

– È da stamattina che giro sulla pietra. Il primo caffè, metto i piedi sotto il tavolo. Tu, che dici?

– Un momento, sí.

Continuarono per la via interminabile. Non passava un'anima. Solo a volte un'auto silenziosa li prendeva alle spalle in un gran fendente di luce, faceva balzare e girar su se stesse le due ombre, svelava ogni sasso, e fuggiva innanzi in una tenebra improvvisa, rotta appena da un punticino rosso. Dopo un poco che ebbero camminato a passo svelto senza parlare, girando gli occhi ai radi negozi illuminati, Celestino disse:

– Con tanti caffè che abbiamo al centro, noi corriamo in barriera. Vuoi finire nei prati?

– Non c'è neanche un tranvai. Siamo salami. È una traversa.

– Che differenza c'è, domando io. Non son tutte traverse, una dell'altra?

– Torniamo indietro, – esclamò il Rosso, arrestandosi. – Alla peggio si va al Paradiso. Ci sarà ben da bere. Curiosa. Torino è piú grande di notte che di giorno.

Rifecero la strada discutendo. Giunsero sulla piazza. Nell'aria risuonavano gli squilli dell'orchestra. Guardarono appena i fasci di luce che inverdivano la siepe là in fondo, e presero per una viuzza laterale donde veniva il fracasso sferragliante di un tram.

– Siamo di nuovo a Torino, – disse il Rosso, – non hai niente da fumare?

– Vuoi metà? però, a romperlo ancora, non vale piú niente.

– Lascia stare. Sull'angolo dev'esserci una tampa.

Trovarono la tampa. Era un locale sfogato su un giardinetto interno, con pergolato di glicini donde penzolava come un frutto una lampadina senza riflettore. In alto, muri ciechi. Si sedettero su sedie di ferro, a un tavolo screpolato. C'erano una donnetta, un operaio e un bambino al tavolo accanto, il bambino beveva a un bicchierone con due mani. Venne una donna grigia e guardò di traverso il fazzolettone del Rosso.

– C'è un caffè? – disse Celestino.

– Macché, – disse il Rosso. – Non ti prendo il toscano, a patto che bevi con me. Ho ancora due lire, vanno tutte nel vino. Non ti piace piú il vino? Litro!

La donna partí. Celestino guardò con una smorfia il compagno. – Non è a me che non piace, lo sai.

– Ma è ben per questo, – disse il Rosso. – Se piace a te, basta. Che diavolo. Guarda quel gorba come sorbisce. Non perde tempo lui.

Il bambino staccava allora il bicchierone dalle labbra. Sollevò due occhi enormi e li girò tutt'intorno affannosi, a riprendere fiato. Incontrò lo sguardo del Rosso che lo minacciò con la mano. Il bimbo chinò il capo di scatto tossendo. Intervenne il vecchio operaio che gli batté sulla schiena.

Arrivò il vino. La donna mescé. Il Rosso tracannò una sorsata fissando gli occhi su Celestino che accostava il suo alle labbra.

– Forza m... Vino tagliato, ma almeno lo beviamo in casa nostra. Lo sai che in Africa si patisce la sete d'acqua?... Forza. Cosí mi piaci.

– So bere da me, – disse Celestino.

– Allora bevi.

Celestino trasse dal panciotto il mezzo sigaro; lo tastò tutto, sporgendosi in luce; poi se l'accese con cura e, tirata la prima boccata, lo brandí fra due dita puntando un gomito sul tavolo: con l'altra mano prese il bicchiere e sorbí un altro sorso.

– Alla salute, – disse il Rosso e, afferrando il suo, tracannò di colpo. – Vuota che torno a empire, – disse a Celestino.

Celestino parò la mano sulla bocca del bicchiere. Allora il Rosso mescé nel proprio, raso, e poi a forza volle colmare le due dita che mancavano nell'altro.

Celestino gli respingeva il braccio. Uno spruzzo di vino schizzò sul tavolo. – Attento, – brontolò Celestino.

– Ah, ti dispiace che si sprechi?

– Mi dispiace che sembriamo due ubbriachi.

– Niente paura, – disse il Rosso, spiandolo con gli occhi piccini. – Sarebbe bella. Ma bevi.

Celestino trangugiò mezzo il bicchiere che venne subito riempito.

Il Rosso piantò i gomiti sul tavolo e fissò l'altro scrutandolo.

– Questo vino è come Torino, – cominciò, – c'è piú meridionale che barbera, dentro. Però scalda, è l'essenziale. Ebbene, vuoi credere che i meridionali, vivendogli insieme, sono gente come noi? Le carogne sono carogne dappertutto, ma quelli dritti fanno amico che non t'immagini. Va' a conoscere, però, dai dritti alle carogne: hanno tutti una ciancia...

– Un direttore e il corrispondente, da noi, sono siciliani. Giovanotti di trent'anni. Due anni fa, per farsi stirare i calzoni, dovevano mettersi a letto, e adesso se non hanno l'automobile...

– Che c'entra? A lavorare riesce chiunque, basta trovarne. A me piacciono invece quando non fanno niente. Sanno far niente, meglio di chiunque. Già in casa loro sono cosí, ma bisogna vederli in viaggio, a riposo, appena arrivati in un posto. Prima cosa, vanno a spasso.

Il Rosso sorbí e invitò al gesto Celestino. Celestino, occhi socchiusi, tirò una boccata e non si mosse.

– ... Non se la pigliano mica come noi, quando manca il lavoro. Neanche se hanno famiglia. Non vanno a cercarlo, il lavoro: vanno a spasso. Un negro invece, lascialo libero e si siede per terra. I negri bevono...

– Devono essere zucconi: non ho mai sentito di un negro che avesse imparato a portare una macchina.

– ... eppure, con tanto vino che hanno, i napoli non bevono. Sono di gran compagnia e tutto, ma preferiscono l'anice. Qui non li ho mai capiti.

Il Rosso si bagnò le labbra e fissò ironico il compagno: – Cosa fai? il napoli? Bevi una volta –. E Celestino: – Lascia fumare –. Il Rosso ghignava. – Bevi, ti dico, non è lecito –. Celestino alzò le spalle. Il Rosso tracannò il bicchiere e tornò a empirselo.

– Hanno dei buoni vini, – riprese rimettendosi sui gomiti, – che tirano venti gradi come niente. Ne ho bevuto uno che aveva il colore del caffè. Tanto forte che lasciava la bocca asciutta. Non come questo brodo: se non ci fosse un po' di meridionale dentro. Bevi su, ché una volta resistevi la brenta. È acqua.

– Cos'è quel vino di palma? – uscí Celestino.

– Mai veduto. Dev'essere una cosa come l'olio di gomiti. I negri sí che bevono: come tante scimmie.

– Ma non c'è mica vino laggiú?

– I negri basta che sentano una cosa che puzza e tranguggiano. Anche la benzina bevono.

Il Rosso spinse il bicchiere ancor raso, contro la mano di Celestino, invitandolo con gli occhi, e Celestino abbassò il capo a sfiorare, allungando le labbra, l'orlo traboccante.

Entrarono due soldati in grigioverde, che s'andarono a buttare in un angolo, rincorrendosi come ragazzi. Celestino girò gli occhi nel fumo del sigaro e osservò il tavolo di quei tre, dove il bambino s'era addormentato con la fronte sul braccio accanto alla bottiglia, e l'operaio si dondolava sulla sedia con le mani in tasca fissando il vuoto. La donna piluccava briciole e tozzi sparsi, tra i cartocci.

Il Rosso chiamò la padrona. – Voglio pagare.

– Còmprati le cicche, pago io. – Ti ho detto che pago io. – Non sei milionario. – Ma non ho una moglie da mantenere –. La padrona aspettava.

Celestino le tese due lire. – Va bene, – disse il Rosso, – allora io ne pago un altro. Padrona, litro.

Celestino fece per alzarsi. Il Rosso lo tenne per la manica, guardandolo con gli occhiacci supplichevoli. – Cos'hai bevuto? niente. Hai paura della Gina lo stesso?

– Ma che Gina. Non voglio fare il porco. Domani debbo lavorare.

– Per un amico, Celestino. Starai ben sveglio ogni tanto, a fare il porco. Tienimi ancora compagnia. Sono solo tutto il giorno.

Celestino si sedette.

– ... E finisci il bicchiere. Andavamo già d'accordo. Non è mica cattivo.

Celestino non bevve, e tirò invece nervoso una buffata al mozzicone.

Arrivò il vino. Il Rosso pagò in fretta e mescé al compagno, poi si versò il suo. Schioccò le labbra e levò il gomito.

– Sfido che non trovi lavoro, – esclamò Celestino a denti stretti.

– Ah, – disse il Rosso con un lampo di malizia negli occhi, – stasera lavoro. Solo che è peggio d'una strada rotta... Ho la ruggine in gola; da un mese non bevo, perché debbo fumare. Non ho piú da impegnare che il fazzoletto. Quanto mi dài?

– Un calcio di dietro e ti lascio l'articolo. Hai dimenticato il tuo mestiere, ecco cos'hai.

– Non ho mai pasticciato tanto in autocarri e motorini come laggiú. Vuoi sapere davvero cos'ho? Io non ho mai dimenticato niente: siete voi, la gente di una volta, che avete dimenticato me. È questa la storia... Bevi una volta.

Celestino gettò il mozzicone e si bagnò le labbra. – Dài, – fece il Rosso, prendendogli il gomito e cacciandolo in su, – tu, hai dimenticato come si beve.

– Porco, – ringhiò Celestino ritraendosi di botto al traboccare del vino.

– Niente paura. Alla salute –. E il Rosso brindò.

Celestino si forbiva gli spruzzi. – Credi di essere sempre alla guerra, – borbottava. – Si vede che vieni dai napoli, come metti le mani addosso.

– Lascia stare la guerra, tu non sai neanche che odore abbia. Tu l'hai fatta alla radio la guerra... Andiamo, senz'offesa: beviamoci sopra.

Celestino non bevve.

Il Rosso posò il bicchiere. – Bella cosa la guerra. Non si pensa piú a niente. Dopo, si pensa al pericolo. Si vive alla giornata. Tu hai il tuo posto, tutti ce l'hanno. L'unica paura è di perderti. Mi ricordo uno al Gemma che girava sugli assi con l'elmetto al collo, sporco di sudore come un ciclista, che mi ferma, con due occhi cosí, e mi fa: «Dov'è il mio pezzo, santa madonna, dimmelo tu dov'è il mio pezzo». Ancora, quello si era perso nella colonna ma pensa uno che si perda, solo, in terreno scoperto, fra quelle piante secche che sembran tante fascine interrate. Chi ti viene a cercare allora? Altro che dimenticarti. Sopra ti volano i falchetti.

Il Rosso si piegò a terra, raccolse il mozzicone del compagno e l'accese, scottandosi alle labbra. Soffiò il fumo e tornò a piantarsi sui gomiti, occhi fissi in fronte a Celestino.

– Io mi sono perso una volta, – riprese a un tratto parlando come fosse solo. – Tornavamo a Dire Daua. Cominciavano le piogge. Nuvoloni che non hai mai visto. Il cielo là sembra piú largo. Esco dall'autocampo verso sera, a pestare un po' di fango in una campagna piatta che sapeva di marcio. Pareva da noi quand'è finita la vendemmia.

– Mi prende la pioggia fuori dal villaggio indigeno. Pareva cadessero dei rospi. Mi sono buttato nella prima capanna perché, visto non visto, non si conosce piú da cielo a terra e c'è rischio d'annegare.

– C'erano dentro degli stracci e degli occhi di gatto: altro non vedevo perché era buio. Ma quei neri mi guardavano. Fuori pioveva da sfondare terra, vedevo la schiuma saltare davanti alla porta. Pensavo: qui mi dànno una coltellata e si rifanno della guerra. Sono stato non so quanto, poggiato contro la porta, con la schiena al marcio, baionetta alla mano, pronto a saltar fuori. Non sentivo l'odore, ti dico.

– E poi non ti hanno fatto niente?

– Che cosa vuoi che mi facessero? Avevano loro paura di me. Ho capito però che a far la guerra bisogna essere in tanti. Ammazzare uno, tu solo, è da matto.

– Ne hai ammazzati tu? – disse alzandosi Celestino.

– Non lo so. Nessuno lo sa. Ne ho visti morti, questo sí.

– Legge di guerra. Andiamo?

Il Rosso restava seduto, levando il capo, smarrito.

– Non vorrai che avanziamo il vino, – balbettò, prendendo il bicchiere.

– Oh per me, puoi lasciarlo.

– Tienimi ancora compagnia, Celestino. Tanto hai bevuto poco. Cosa vuoi che ti dica la Gina? Lo sa bene che sei con me.

– Ma è ben per questo, – disse l'altro ghignando. – È perché son con te che la Gina mi aspetta.

– Ti secca se bevo e se parlo dell'Africa? Santo dio, ci sono stato, no? Sei tu che mi chiedi. Non parli di niente, tu. Contami della Gina, allora. Quando lo fa il bambino? Finisci di bere.

Il Rosso tracannò il suo bicchiere e lo riempí, con mano malferma, di quanto restava nel litro.

– Senti, – gridò a Celestino che si scostava sotto il pergolato, – volevo sbronzarti stasera; poi ho pensato «no, deve avere un figlio lui non è disoccupato, è meglio di no». Ma tienimi compagnia.

– Sei un porco, Milio, o vieni subito o stai.

– No che non vengo, – gridò allora il Rosso. – O me o la Gina. Non ritorno dall'Africa per farmi comandare dalla moglie di un altro. Se non hai piú la libertà del litro, non sei piú Celestino... Bevi qua, stupido... I negri sono piú furbi di te.

Celestino se n'era andato.

Temporale d'estate

Sul casotto dell'«Imbarco» ai piedi delle colline, non giungeva ancora il sole. Grandi alberi l'ombreggiavano. Di là dal fiume che balenava immobile, schiarito dall'alba, si drizzavano case luminose, i sobborghi isolati, e su esse pareva già alto mattino. La barcaiola, vecchia terrea, ancor tutta spettinata, andava adunghiando con un raffio successivamente le barche ormeggiate allo scalino, accostando le piú mollate e chinandosi, con la sinistra sull'anca, a ricuperarne le funi. Ad ogni sussulto che dava una barca violentemente incuneandosi fra le altre, gli scafi ad uno ad uno ripercuotevano l'urto, sciaguattando sulla corrente.

Da dietro il telo di sacco che chiudeva il ripostiglio a tettoia, venivano tonfi, fruscii, parole. Qualcuno stava spogliandosi.

– Sono vostre la camicia e le calze di seta? – gridò una voce prorompente.

La vecchia alzò la fronte, cessando scontrosa il suo lavoro. Da certe nuvole rosse di là dagli alberi veniva un riflesso che accendeva il fiume e le avvampava il viso.

– Fine anche la sottana. Sono due, sono, – riprese la voce. Si scostò il telo e venne fuori un giovanotto abbottonandosi sulla spalla il costume. Era basso e poco muscoloso, ma tutto abbronzito e ricciuto.

– Credevamo poi di essere i primi, stavolta. Ma qui fa fresco, – disse, battendosi sulle coscie accapponate e saltellando. – Si tratta d'esser quadri, levarsi da un letto le ragazze a quest'ora per portarsele in barca.

– Sono sole, – disse la vecchia, riabbassandosi al suo lavoro. – Sole e sportive. E perché nessuno le veda fare le sportive, non hanno vergogna di disturbare la gente avanti giorno. Non mi han lasciato il tempo di pettinarmi. Donne.

– Sole! – aveva gridato il giovanotto facendo un salto. –

Sentito, tu? Abbiamo avanti due ragazze sole. Vieni fuori di lí, Moro –. Si rivolse: – E come sono, come sono?

– Non avete visto le camicie? – fece la vecchia grignando. – Dalla camicia alla pelle d'una donna c'è poco...

– C'è niente. Chi sono?

– Non sono clienti. Una, magra, color della paglia. L'altra parlava poco, ma era già nera dal sole, tracagnotta, sportiva che a momenti mi sfondava la barca saltandoci dentro. Tutte e due, una gran superbia e malfidanza.

– È molto che sono partite?

– Un'ora.

– Belle ragazze? Che maglia?

– Domandale se han preso la borsetta, Aurelio, – esclamò bruscamente un'altra voce dietro il telo.

La vecchia strizzò gli occhi. – L'amico se ne intende, – disse beffarda. Alzò la voce: – State tranquilli. Sono donne che la barca la pagano loro. Ma hanno l'aria di costare molto piú di una barca.

– Secondo chi trovano, – e dalla tettoia uscí l'altro. Giovanotto ossuto, dai grandi piedi sudici e dalle mani arrossate, si annodava, sulla spalla esangue come il ventre di un pesce, le mutandine cascanti. Si guardarono in faccia lui e la vecchia che ancora scintillava dalla malizia. Nell'occhio del giovane biancheggiò una luce smorta.

La vecchia lo squadrò tutto, di sfuggita.

– Siamo nuovi, eh? Mai andato in barca, di quest'anno, a quanto vedo.

Rispose Aurelio: – Sta meglio lui col remo in mano, di tutti i mariti che avete buttato a Po. Qualunque remo. Anche un bastone, gli dice.

– Non l'ho mai visto neanche passare. A guardarlo, sembra piuttosto buon'anima dell'ultimo dopo tre mesi di sciatica. Fa piacere pigliare un po' d'aria, eh?

Il giovanotto storse le labbra e sputò a terra. Disse all'altro, senza voltarsi, con la bocca e una guancia contratte come vi ballasse una sigaretta: – Manca niente?

Aurelio saltò al telo della tettoia e ne uscí con una minuscola valigetta che posò nella prima barca. Poi scese in questa e, piantandosi a gambe larghe, crollò lo scafo per il traverso, producendo uno sciabordio tumultuario fra tutte le imbarcazioni.

– Non occorre, – gridava la vecchia di ritorno col remo ferrato e una pagaia. – Le ho già vuotate a secco dopo che mi hanno svegliato quelle due. Non c'è piú che da montare, – e tese con un gesto di forza il palo pesante.

– Speriamo, – rispose Aurelio.

La vecchia si volse ridendo a Moro che se ne stava immobile, e lo fissò, incuriosita, di sotto in su. Disse, parlando ad Aurelio: – L'amico ha gli occhi ancora sott'acqua. Sveglia. Se picchiate in un ponte, le avaríe sono a carico.

– Attenta, – disse Moro, che non picchino voi –. E scese pesantemente nello scafo, facendo traballare Aurelio. – Date qua la pagaia, – disse freddo voltandosi, – e slegate.

La vecchia ubbidí. Aurelio osservava il cielo. I nuvoli rossi eran scomparsi. In piedi a poppa, Aurelio tuffò il palo verticalmente, rinculando la barca a forza di polso. La barca uscí incerta di fra le altre, sobbalzando nella prima corrente. La vecchia brontolò un saluto cui nessuno rispose, e si volse a rientrare sotto la tettoia. Aurelio, in piedi nella maglia nera, sollevava e abbassava il palo, tastando il fondo, piegandosi a spingere di forza contro la massa d'acqua. Guardava fisso innanzi a sé, stringendo gli occhi, la piana corrente luminosa. Uscí nel sole.

Moro, steso in fondo alla barca, la riempiva tutta. Le gambe pelose poggiavano divaricate sui bordi. Si coprí gli occhi con la mano.

– Di', Moro, che bel sole.

Moro disse, sottovoce: – A vederlo di qui.

– È lo stesso dappertutto, – disse Aurelio. – Stamattina ha il catarro. Guarda che salgono le nuvole.

– Il brutto là dentro è che il sole ci sta soltanto a scaldarti la cella. Non è piú sole, è un forno.

– Allora d'inverno si sta al caldo.

– D'inverno geli e non dici niente. Ma la rabbia è d'estate che c'è un sole cosí e, nossignore, bisogna pigliarlo con giacca e calzoni. Tu ti levi la giacca quando ti portano in cortile. Non si può. Perché non si può? Non si può.

– Come da soldato, insomma.

– Peggio. Chiudono apposta un uomo per fargli girare le scatole.

Aurelio curvo a tuffare il palo, rise sulla testa di Moro. Levando la mano e torcendo gli occhi, questi gli rimandò il sogghigno.

– Detenuto vuol dire carogna, – riprese Moro ricoprendosi il viso. – Nessuno carogna come noi per loro. Ci dicono che bisogna cambiar vita e intanto ci tengono chiusi come conigli. Se c'è da cambiar vita, avanti, metteteci subito fuori. Invece no: sta' lí due, tre, dieci anni, secondo che dice il tuo libro; diventa giallo, verde, grigio, cosí cambi vita. Capisci che alla casa c'era uno da vent'anni? Sembrava mio nonno da morto e ne aveva quaranta. Omicidio. Tutto perché aveva bevuto una volta.

– C'è però i gabbiani che si lasciano prendere quando non dovrebbero, – fece Aurelio chinandosi.

Moro balzò a sedersi, volto ad Aurelio.

– Ma se è peggio la giustizia che noi, – esclamò agitato. – Perché non ammazzano uno sul fatto? O, se alzava soltanto una tasca, non gliene dànno un fracco subito, da uomini? Allora si vedrebbe chi è piú in gamba. Non è roba da preti tener uno chiuso degli anni?

– Ti hanno poi dato un anno e mezzo.

– Un anno è niente. Sono lunghi i giorni.

– Moro, prima eri piú furbo. Quel pane del governo tu non l'hai digerito. E la gastrica lascia una faccia che sembra paura.

Moro frugò nella valigetta e ne trasse una sigaretta. La fiammella pallida nel gran sole gli incavò la pelle stirata delle gote. Gettò via di scatto il cerino.

Disse Aurelio: – Pensa piuttosto a farti furbo e sta' attento dove lavori un'altra volta. Chi ha mai visto adoperare di giorno la mazza. Non sei fatto per le botteghe, tu.

– Per la barca sono fatto, – esclamò Moro, scattando in piedi, tanto che Aurelio traballò. – Dammi quel remo.

Aurelio sgusciò cauto a fianco di Moro e gli passò il palo. Poi si sedette e cercò da fumare. Moro, con la sigaretta convulsa tra le labbra, tastò il fondo del fiume e diede la prima spinta rizzandosi adagio.

Bianca alzò la pagaia sgocciolante e la barca avanzò sotto gli alberi nell'acqua immobile.

– Non c'è piú sole, – disse Clara.

Bianca a denti stretti si rilassò sul banco e guardò intorno. – L'acqua è scura per via di quella nuvola, ma se torna il sole, diventa argento.

– Pioverà? – disse Clara.

– Non credo. In ogni caso siamo qui per bagnarci.

– La donna del fiume, – mormorò Clara. Bianca guardò altrove per non odiare l'indolenza beffarda di quegli occhi.

– Come mai non osservi che là in Po le rondini volano basse? – disse ancora Clara.

Bianca si volse di scatto al fiume che scorreva tumultuoso in una banda di sole, davanti alla piccola foce dov'erano entrate. A mezza corrente sussultava, increspando le acque, la draga galleggiante ormeggiata a un cavo obliquo, solitaria.

– Là potremo andare, se piove. Non sono mai salita su una draga.

– Non c'è un'anima qui, – disse Clara. – Una volta rimontati quei poveri sabbiatori – però, visto che passano la vita in acqua, potrebbero anche lavarsi – il fiume è un deserto. Qui si può morire, o nascere, senza saperne nulla. Ma non per questo, – fece piegandosi sul bordo della barca, – le scatolette di sardine e i vasi rotti cessano di parlare di civiltà trascorse. Davvero, il tuo fiume non è una cosa seria.

Il corpo sottile di Clara curvo sull'acqua verdastra, nell'attillato costume citrino, vi gettava un riflesso pallido. Bianca con occhi riluttanti la sogguardò senza dir nulla. Ma poi sorrise: Clara fissava nell'acqua il proprio viso e col dito si stropicciava un angolo d'occhio.

– Basta uno specchio per dar fine alle bionde malignità di donna Clara –. La voce assurdamente le vibrava.

– Specchio per specchio, preferisco il mio. Con quello almeno non ti esce d'un tratto un branco di pesciolini dalla bocca. E non ti sembri ubbriaca. E non hai per aureola un catino sfondato.

Senza volerlo, Bianca strinse i pugni. Ma si riprese e stirò le braccia e le dita ingranchite. Torse il capo voluttuosamente, scorrendo gli occhi sul cielo, agli alberi della riva, dietro i cui tronchi smagliava una plaga serena, aperta sotto la nuvolaglia.

– Non ti ho promesso il Rio delle Amazzoni, – disse beata, – ma se piove l'avremo. Perché ripararsi? Che cosa è piú bello di un temporale al mattino?

– Senti, cara: se hai intenzione di fare il tuffo, sbrígati. Qui fra poco diluvia e il mio costume teme l'umidità.

– Voglio vederti bere.

– Bianca, per questo mi hai portata fin quassú? per tuffarmi nell'acqua nera e sporcarmi nel fango brutto e farmi mordere dai coccodrilli? Bianca, io ho una pelle da conservare bellina. Fortuna che il tuo sole è stato onesto e rispetta una povera bionda che non ha piú vestiti.

– Sciocca, – disse Bianca alzando le spalle. – Questa vita ti farebbe bene, ti renderebbe piú forte e sicura di te.

– Ma lo sono, purtroppo lo sono, forte e sicura di me. Avrei bisogno del contrario. Mi è costato un affare, la forza.

Bianca si chinò a slacciarsi le scarpe di tela e ascoltando sogguardava Clara.

– Non dare mai troppe prove di forza e dominio di te. Non avrebbero scrupoli a fartela.

– Perché non smetti questa vita incoerente? – disse Bianca sorridendo.

– È ancora la meno seccante.

– Ti capisco, – mormorò Bianca adagio, e cacciò la mano nella borsa a cercarvi la cuffia di gomma.

Quando fu in piedi e pronta, si volse a Clara che, abbandonata sul fondo contro il duro banco, la fissava con una smorfia.

– Dunque, non vieni?

– Ritorna vittoriosa. Applaudirò.

– Nuota almeno qui intorno, ti sostengo io.

– Tesoro, sei ridicola: queste cose si fanno con gli uomini. Va' presto e non romperti il collo.

Bianca scese nell'acqua rabbrividendo e a passi incerti camminò verso la foce. Si abbandonò a sommergersi, serrando i denti. L'acqua non era fredda. Laggiú in mezzo al fiume la draga rideva nel sole. Si rialzò in piedi gocciolante, nell'acqua fino alla cintola, e si sentí contro le spalle il brivido della brezza.

Era giunta alle increspature e mulinelli della foce e davanti le scorreva poderosa la corrente. Il piede sprofondava. Torcendo il capo sulla spalla in un'occhiata che colse, sul pelo dell'acqua, le rive basse, la barca – chiazza imprecisa, – le piante, ogni cosa, si distese d'un balzo, levando le braccia e puntando le gambe. Nella corrente sussultante fu subito a gioco. Piegò il corpo a monte della draga, dritto alla collina velata di sole e di nubi, e tuffò il viso nell'oscurità gorgogliante. L'acqua le sfuggiva eguale sulla bocca negli scatti del respiro tra le bracciate e le falciate calme. Nell'obliquo cammino l'equilibrio instabile minacciava ad ogni attimo di scomporle la cadenza e Bianca non vedeva altro che il rapido balenío delle gocce nel respiro. Rituffando un'ultima volta la bocca affannata, scorse repentinamente le vaghe trasparenze subacquee del sole diffuso. Levò il capo. Aveva la draga a pochi metri.

Bianca si dibatteva intorno al cassone galleggiante per trovarvi un appoggio, quando sull'acqua corse un'ombra. Se ne andava anche l'ultimo sole. La brezza fredda ringagliardí.

Bianca si issò spellandosi un ginocchio sul cassone. La soprastruttura metallica di carrucole e griglioni insabbiati lasciava una breve cornice tutt'intorno. Camminandovi malferma Bianca ne fece il giro e trovò una tettoia fatta d'assi che entrava sotto i macchinari. Aveva un piancito terroso e, in un angolo, dei sacchi ripiegati. Nel mezzo, le tavole s'aprivano a un vano d'acqua nera, gorgogliante – il fiume – dove una catena di secchie arrugginite, penzolante da un foro luminoso, pescava.

Bianca uscí fuori a guardare la corrente che riemergeva da sotto il cassone. Spaziò gli occhi alla rapida – irta di sassi e di pali – della diga che avevano risalito a forza di remo un'ora prima; e si ricordò di Clara.

Corse saltellando sul fianco della draga e cercò la foce. Dapprima non vide che una riva bassa e verde, assai lontana e immobile, sotto gli alberi stormenti, poi colse dietro una lingua di terra la maglietta pallida di Clara che, in piedi, agitava la pagaia.

La vocetta stridula gridava qualcosa nel vento improvviso, mostrando il cielo.

– Uh uh! Qui c'è riparo, – vociò Bianca. – C'è riparo.

Parve che Clara avesse sentito, perché agitò la mano e scomparve dietro la lingua di terra. Brontolò sordamente remoto il primo tuono. Bianca si strappò la cuffia di gomma, nervosa. Dal cielo, dove nuvole spaurite brulicavano contro gli alti vapori, guizzò fievole un lampo, come un palpito. Bianca si premé le mani sulle costole, fissando l'acqua che le schiumeggiava sotto. Lo schianto tardava.

– Clara, – gridò, – c'è... – Cominciò un ruglio vago che a poco a poco prese forza, d'eco in eco, sempre piú vasto come un franamento. Si scaricò lontano, con un sordo rimbombo mancato. Bianca arrossí, rinfrancata. In città pioveva certo. Il cielo laggiú a valle, era uno spavento.

– Clara, qui c'è riparo, vengo a prenderti –. Sotto le fredde raffiche che risalivano il fiume tutta la draga sibilava, cigolando sull'ormeggio. – Ma dove s'è ficcata, quella stupida? – mugolò Bianca, scrutando la riva bassa e i grandi alberi che si divincolavano sullo spacco sereno d'orizzonte.

Ecco la barca che usciva dalla foce. Dentro c'era Clara, nel centro, curva a menare grandi colpi schiumosi di pagaia.

Ma una volta in corrente, perse la direzione, presa dai mulinelli e dalle ventate. – Attenta, – urlò Bianca. – Finirai sulla diga, – e correva per il cassone a seguire la discesa inesorabile. Allora Clara si alzò in piedi – Bianca la vide che pareva un canarino – e diede di piglio al grosso remo ferrato, piegandosi a tuffarlo per spingere. La barca scendeva. Clara afferrata al remo lo piantava a perpendicolo cercando il fondo e il fondo non c'era e la corrente ogni volta le spingeva la barca sul remo stroncandole i polsi.

– Idiota, – urlava Bianca fuori di sé. – Tieniti obliqua. Posa il remo. A pagaia.

S'infilava a casaccio la cuffia, quando sentí uno strillo e non vide piú Clara, piombata nell'acqua dietro al remo. Il ribollimento disordinato in coda alla barca mostrava dove quella si dibatteva.

Nell'istante che spiccò il tuffo, Bianca fu quasi accecata da un lampo. Solo nell'acqua si sentí al sicuro. Nuotò frenetica, a testa sommersa, senza guardare e senza udire. Non le giunse lo scoppio del tuono; non pensò nulla di Clara; tendeva con ogni suo senso alla barca, a raccogliere il remo, per raccogliere Clara.

Urtò nel remo col braccio. Si guardò attorno negli spruzzi e vide lontano qualcosa di biondo che schiumava; vide dall'altra parte, nel filo della corrente, la barca deserta. «Senza la barca, non la tiro fuori», le lampeggiò in mente; e scagliò il remo innanzi, verso la barca, e lo raggiunse, e lo scagliò un'altra volta. Le parve di strapparsi le spalle issandosi, dall'acqua fuggente, su quelle tavole. Vi si rovesciò dentro tutta contusa e afferrò la pagaia.

Quando si volse non vide piú Clara. Solo ora s'accorse che pioveva a cascata, a grandi staffilate d'acqua che levavano i solchi e gli spruzzi nel fiume. Tutto, intorno, fumava del pulviscolo, e la schiena le prudeva, intiepidita dalla violenza del rovescio.

Clara non c'era piú. Bianca rigettò indietro il capo a liberarsi dalle ciocche fradice che l'accecavano. Aveva perduta la cuffia. Ma dovette spiccicarle con le dita, tanto la pioggia le incollava. Le sfuggí un urlo: – Clara.

Tutta l'acqua ribolliva, disordinata, eguale. Drizzò la barca con la pagaia e la inchiodò contro corrente. Scrutò le strosce tormentate e crepitanti, cercando il luogo dove Clara era scomparsa. Le migliaia di bolle diffondevano un pallore assurdo fra l'acqua e l'aria. Nelle lacrime di pioggia

Bianca spaziò lo sguardo alle rive, ogn'intorno, e ogni cosa svaniva in un profilo incerto. Era sola sul fiume.

Batté rabbiosamente la pagaia e avanzò controcorrente, a casaccio, pur di restare su quell'acqua. Osservò coi capelli negli occhi che un albero isolato sulla riva corrispondeva a quel punto. Battendo i denti dalla tensione, scattò in piedi, nelle raffiche fradice, e posò la pagaia. – La donna del fiume, – mormorò ansante. Si tuffò a casaccio, urtando malamente il piede.

Sott'acqua trovò una gran calma. La massa eguale, densa, attutiva e rendeva ogni gesto remoto, enorme. Spalancò gli occhi nell'oscurità e andò brancicando, torcendosi, tastando con le mani e con gli occhi. Non vedeva e non sentiva se non il peso dell'acqua. Quando emerse, fu sorpresa della luce e della pioggia: le aveva dimenticate. La barca non era lontana. Tornò a tuffarsi e a brancolare, con le orecchie muggenti, menando fievoli bracciate. Riemerse e nuotò alla barca. Vi salí lacerando il costume, aggrappandosi con tutto il corpo.

Quand'ebbe ripreso in pugno la pagaia, nell'acqua fino alle caviglie, girò smarrita gli occhi all'altra riva e le balzò il cuore. Una barca nei vapori filava radente, sospinta da due figure in piedi, curve, dritta alla draga.

Bianca si mise a urlare, saltando in piedi, agitando la pagaia. Le schizzava in bocca la pioggia tiepida. Quelli non si voltavano.

– Venite, – urlava Bianca da spellarsi la gola. Fu per gridare «aiuto» ma si tenne. Strappò dalla borsa fradicia, che quasi galleggiava, un asciugamano e balzò sulla cassetta agitandolo, inviluppato nella pioggia. Non smetteva di chiamare.

Quelli erano all'altezza della draga, e lasciarono allora le punte, si buttarono seduti e pagaiando guadagnarono la draga. Bianca li vide che uno saltava sul cassone, l'altro, piegato nella pioggia, gli porgeva la fune. Bianca guardò di scatto la corrente schiumosa che andava sudiciamente interrandosi; poi si scrollò sotto l'acqua e volse la barca alla draga pagaiando a denti serrati.

Emerse nella pioggia a fior del cassone quella testa d'annegato.

– Oh, – disse Aurelio buttato sui sacchi, – guarda in che

stato siamo –. Moro che in fondo alla tettoia, nudo, torceva le mutandine, non si volse.

– Ma è una donna, – esclamò Aurelio.

La donna gettò le mani sul cassone. Di sotto, la barca le sfuggiva.

– C'è un'annegata, – gridò stridula. – Venite ad aiutarmi.

Aurelio corse a darle una mano: – Se non sale, annega anche lei. Moro, mettiti le brache.

La donna, mano nella mano, tentennava la testa da loro al fiume. Vaporava di pioggia come un cavallo e aveva la pelle abbronzata e tramortita: braccia e gambe, coperte di graffi.

– Mi è annegata un'amica, bisogna trovarla. Da tanto è che chiamo.

– Annegherebbero anche i pesci, oggi, – disse Moro nella penombra della tettoia, facendosi schermo delle mutandine al ventre peloso.

– Salga su, salga su, – ripeté Aurelio. – Tu copriti il piú grosso. Se è da tanto, è già morta, dov'è stato?

– Laggiú, – fece la ragazza con la voce di pianto, additando la corrente. Volle divincolare la mano. – Laggiú.

– È andata sotto?

– Vuoi che anneghino per aria, – disse Moro, là in fondo.

– Salga su, – disse Aurelio. – Tropp'acqua fa male. Qui c'è una tettoia. La barca è già piena.

Moro venne avanti con le mutandine drappeggiate sul ventre. – Dov'ha detto che è stato?

– Laggiú, subito dopo il Sangone –. Girava gli occhi tra i capelli incollati, che pareva piangesse.

– Venga al riparo, – riattaccò Aurelio tirandole il braccio. – Se è là che è affondata, la corrente non la porta oltre la diga. Sappiamo dove trovarla. Aveva la sua età?

– Sapeva nuotare? – aggiunse Moro.

– E voi, sapete nuotare? – chiese bruscamente la ragazza.

Moro si buttò seduto sotto l'orlo della tettoia, cacciandosi le mutandine tra le cosce. Tirò una pacca sul garretto di Aurelio, che stava sempre sporto in fuori nel rovescio a trattenere l'altra.

– Capito, Aurelio? – disse nell'angolo delle labbra, – sono quelle dell'imbarco. Cara la mia bagnante, noi sappiamo nuotare meglio di voi che venite qui a far le stupide nei giorni feriali, ma nuotiamo sott'acqua non sotto la pioggia. Se vi piace, si vedrà dopo. Adesso come adesso, lasciamo piovere. Lascia che vada a pescarsela lei.

Aurelio allentò le dita indeciso e si raddrizzò sotto la tettoia, sgrondando. Lentamente la barca prese a indietreggiare. La ragazza, in piedi, rimase un attimo in pieno rovescio, levando una spalla a fregarsi la guancia. Poi si chinò, mano alla pagaia, e riaccostò la draga.

Senza parlare si issò sul cassone, tenendo fra i denti la catena della barca. Quando ci fu, volse le spalle accoccolandosi per arrivare a infilar la catena in un anello del cassone. In quei movimenti scopriva sul fianco sinistro illividito un lungo squarcio del costume nero e uno sbrindellamento alla coscia sull'orlo. Non era piú la carne abbronzata e lucente delle gambe e delle spalle: ma qualcosa di bianco.

Assicurata la catena, si sporse a prendere una borsa nella barca. Aurelio seguiva il gioco dello squarcio sulla pelle livida. Senza guardarli, la ragazza si rialzò balenando sui piedi – era bassa e bruna come lui – e posò la borsa gocciolante, sotto la tettoia. Poi si sedette al riparo in disparte dai due. Raccogliendo al petto le ginocchia, si poggiò su i gomiti e si prese le gote tra le mani. Rimase immobile, fissando la pioggia.

Tutta la draga crepitava e vibrava sciacquando sulla corrente. Giú dal foro delle carrucole in fondo alla tettoia s'ingolfavano ventate fredde che tagliavano la schiena. Aurelio accoccolato sui sacchi, vedeva la schiena grande e nuda di Moro e le spalle raccolte della ragazza, luminose sullo sfondo balenante della pioggia.

– Moro, – disse a un tratto nel silenzio, – copriti il sedere ché prendi un colpo d'aria.

Moro volse un profilo di sogghigno. – Non sta bene mettersi i calzoni in presenza d'una signorina.

– Credi di essere bello? Le signorine non guardano.

– Sono troppo educate per dire «crepa».

Aurelio ficcò una mano nella valigetta gettata sui sacchi. – Moro, vuoi una sigaretta?

– Se non sono annegate anche loro.

Aurelio si alzò e venne a tendere il pacchetto a Moro, togliendone intanto una con le labbra. Poi si volse alla ragazza e porse le sigarette. – Ci fumi sopra, – le disse. La ragazza non mosse ciglio e continuò a fissare la pioggia.

– Grazie tante, non fumo, – brontolò Aurelio e si volse ai sacchi, sfregando il cerino.

– Hai visto come sono le donne, – diceva Moro, sfregando a sua volta, inutilmente. – Tutto il mondo al loro servizio. Fanno le valorose e si mettono nei pericoli quando non sanno che cosa vuol dire Po e a uno che le ragiona sputano sui piedi e chiedono ancora se sa nuotare. Chi sa davvero, annegare non lascia. Vuoi scommettere, Aurelio, che anche l'altra sapeva nuotare?

Aurelio esasperato dal cerino, lo sbatté via con la sigaretta. Gironzolò un poco sotto la tettoia, irrequieto; andò a tastare la catena delle secchie; si passò la mano sotto il costume a massaggiarsi il petto rabbrividito; e venne finalmente a sedersi all'entrata della tettoia, accanto alla ragazza che Moro sbirciava di traverso.

Si tirò anche lui le ginocchia al mento e vi poggiò la gota.

– Però le belle ragazze non piangono, – disse socchiudendo gli occhi.

L'altra scattò in piedi avvampando e fece per volgersi sotto la tettoia. Aurelio le teneva un braccio prigioniero e cercò di tirarla giú. Si divincolarono. – Buona, buona, noi ci conosciamo, – disse Aurelio. – So perfino che la sua amica era bionda.

La ragazza lo fissò un attimo con gli occhi brucianti. – L'ho detto io, – mormorò.

Poi, liberatasi, corse dentro. Nella penombra, si volse. – Come fa a saperlo?

– Mi dica come si chiama lei e glielo dirò, – sorrise Aurelio, drizzandosi.

La ragazza disse rapida: – Piccone: ebbene?

Scoppiò una risata di Moro, che si picchiò le palme sulle cosce. E Aurelio sorridendo: – Il suo nome le dico: che cosa m'importa della famiglia?

La ragazza restò un attimo interdetta, poi tutto il viso le avvampò e si contorse, come a uno schiaffo sulla bocca.

Scoppiò in quel momento una bestemmia di Moro. S'era alzato di scatto e le mutandine eran volate in acqua. Buttandosi avanti, in ginocchio, tuffò inutilmente il braccio. Allora saltò, cosí nudo, sulla barca della ragazza, levando un gran spruzzo, e le pescò grondanti. Risalí, senza coprirsi, il cassone. – Bastarde, eran già asciutte, – esclamò sbattendole in un angolo, e avanzò risoluto sotto la tettoia.

La ragazza lo guardò venire, fissandolo in faccia. Senza distogliere gli occhi, Moro disse nell'angolo delle labbra:

– Le barche sono piene, valle a vuotare, Aurelio –. La ragazza indietreggiava.

– Dove abbiamo veduto la bionda, Piccona? – le diceva Moro sul viso. – Ma i morti galleggiano, stupida: sanno nuotare piú di me e di te. Lo sai dov'è adesso la bionda? – Moro abbassò la voce; la ragazza gli vide i denti. – Ti sta dietro, nel pozzo, ha gli occhi aperti e le unghie rotte, e ti chiama, alza la mano, ti prende... – La ragazza si volse incespicando nei sacchi. Moro le rise sulle spalle: – Stupida –. Poi le gettò le mani ai fianchi.

Aurelio gli afferrò una spalla. – Non è cosí che va fatto, scarpone. Cosí la spaventi soltanto. Credi di essere sempre in galera? C'ero io e tocca a me.

La ragazza si dibatteva in ginocchio. Moro la inchiodava, pugno alla nuca, piantandole uno stinco nelle reni. Volse di scatto il viso scarno e teso, e ghignò verso Aurelio. – Va' a vuotare le barche, ti ho detto. La Piccona mi ha visto e le piaccio. È cosí che mi vuole.

– Non dovevi spogliarti: non è piú uguale.

– Sicuro, – disse Moro sussultando agli sforzi della ragazza. – Se aspettavo le tue ciance. Va' a vuotare le barche ché affondano.

La ragazza si abbandonò a un tratto sui sacchi, tanto che Moro fu per caderle addosso. Il corpo prono nel nero costume lacero giacque floscio e biancheggiante.

– L'hai ammazzata, – gridò Aurelio.

– Sono come i gatti; muoiono solo a tenerle sott'acqua.

Quando Aurelio fu alla pioggia, invece che le barche si mise a guardare la corrente. Gialla di fango schiumeggiava sudicia sotto l'acqua del cielo. Mulinelli e mulinelli si formavano e scioglievano intorno alla draga, brulicanti a miriadi di sonagli. Qualche ramo stravolto passava balenando, subito sommerso. La draga ondeggiava, scossa dai sussulti profondi. A valle, tutto era grigio e incerto: le masse d'alberi sulle rive deserte parevano di un altro mondo. S'indovinava, là in fondo alla corrente, il muggito e l'accavallarsi della schiuma sopra la rapida della diga.

Le due barche eran colme d'acqua; quella della ragazza, mezzo sommersa. Aurelio sbirciò sul fianco l'ingresso grondante della tettoia, poi si buttò innanzi e raccolse la cucchiaia di legno che galleggiava nella barca. Accecato dalla pioggia, sporgendosi dal cassone menò qualche palettata rapida e svogliata. Si ritrasse, giungendogli dalla tettoia un ansito e un secco gemito di stoffa squarciata. Si voltò di scatto e intravide nell'ombra un viluppo bianco.

Si sedette allora sull'orlo del cassone, allungando le gambe scure alla pioggia, fisso alla barca che ballonzolava adagio. L'acqua lí dentro era limpida rispetto a quella del fiume, vi trasparivano le tavole di fondo verniciate a legno chiaro. Non c'era che il palo ferrato: la pagaia se l'era portata via la corrente.

Sentí bestemmiare Moro. Non volle voltarsi. Poi stropiccii di lotta e un gemito lungo. Poi, di nuovo la pioggia.

Aurelio si sbottonò il costume sulle spalle e lo calò alla vita. Poi si tastò il petto, gonfiandolo. L'aria fredda sapeva di fango e di foglie. Provò a contrarre le labbra rattrappite e sibilò un motivo senza riuscire a zufolarlo.

– Aurelio, pronti, – scoppiò la voce rauca di Moro. – Altro che morta.

Aurelio s'alzò di scatto, Moro in fondo alla tettoia, seduto, si stringeva al petto le ginocchia. Ma non fece a tempo, Aurelio, di vedere la ragazza distesa, che quella balzò in piedi e, bianchissima malgrado i lividi sanguinosi, malgrado i brandelli di costume, attraversò l'ombra e urtando Aurelio piombò in acqua.

Picchiato il ginocchio sulle tavole, Aurelio rimbalzò e si volse, le orecchie piene di una risata di Moro.

– Te l'ha fatta: le vedi, le donne.

La ragazza già lontana. Nuotava disordinatamente, a grandi spruzzi, tutta fuor d'acqua. Aurelio saltò sulla barca, che quasi traboccò. Bisognava slegare.

– Non serve, – disse Moro sopraggiungendo, – te l'avevo detto di vuotare. Non fai piú in tempo. L'hai lasciata scappare.

Aurelio infuriato voleva gettarsi in acqua. Moro lo tenne. – Non va lontano. Io la stanco una donna. Guarda.

La ragazza era travolta dalla corrente. Senza direzione, era finita proprio nel mezzo del fiume e le sue braccia non davano piú se non radi spruzzi. Filava rapida verso la diga. – Non sa nuotare, però il suo servizio l'ha fatto, – disse Moro.

– Ma annega e io...

– Torna all'ombra, – disse Moro, tirandolo per il braccio, – diventi stupido? Non poteva andar meglio. Ci ha pensato da sé per levarsi di mezzo. Le donne come quella poi parlano.

Aurelio aveva perso di vista quel punto nero e aguzzava gli occhi, sussultando.

– Adesso sí che fumo volentieri, – disse Moro rientrando.

Quando, dopo qualche minuto, Aurelio lo raggiunse e si buttò sui sacchi, brusco, Moro riprese: – Fumati una sigaretta. Farai tu il primo, un'altra volta.

Carogne

I.

Neanche uno dei tre detenuti poteva sentire lo sciacquio del mare che quel giorno doveva esser un olio, ma tutti e tre stavan buttati sulle brande come nuotassero a morto. A occhi socchiusi, lo strepito e le voci dalla strada giungevano intrisi di sole e di sabbia e riempivano di mare torrido le muraglie della cella.

I cassoni tenebrosi di legno che vestivano all'esterno le due inferriate, spalancavano in alto due anguste losanghe di cielo pallido e, sotto, il legno crivellato e screpolato smagliava di impercettibili forellini luminosi. La penombra diceva la rabbia del sole contro la parete.

– Arriva il treno, – esclamò Nanni buttando i piedi scalzi giú dalla branda.

Gli altri due non si mossero. Nanni, reggendosi i calzoni, corse alla finestra. Tese l'orecchio al cielo esterno, e si volse all'altra inferriata. Si sentí un tonfo tintinnante e uno scroscio, e con un gemito Nanni si chinò su di sé.

– Guardalo il porco. Te la faccio leccare, – gridò il Biondo, rizzandosi a sedere sulla branda.

Nanni si stringeva la punta del piede saltellando. – Chi lascia il bugliolo in giro? – ansimò curvo. – Te la pigli con me? Io mi sono azzoppato. Parla ai gelati.

Il Biondo, fitta un'occhiata all'orinale prontamente raddrizzato da Nanni, tornò a sdraiarsi sulla branda, arcuando nella maglia rossa il torace e stirandosi fino a scricchiolare.

Nel silenzio la voce del terzo, tutto in bianco, disteso con le calze nei piedi e la barba grigia in aria, disse: – Ma che attende la grazia, questo ragazzo, dal treno? Tutti i giorni a quest'ora comincia a schiumare. Non è naturale. Se non impara a starsene tranquillo in carcere, dove imparerà?

Il Biondo si mostrò sogghignante. – Quando uno ha la coscienza sporca, – disse, – tutti i treni sono per lui. Verranno a prenderlo con le manette, lo isseranno sul treno, farà un viaggetto al buio, e poi entrerà in gabbia con due carabinieri, dove gli leggeranno la sentenza ai lavori forzati. Guarda che viso fa. Li radono, Nanni, li vestono di sacco e li incatenano al piede. Quanti polli hai rubato, Nanni?

– Ho rubato un asino che sei.

Il Biondo dalla gioia menò un calcio all'aria e un sandalo slacciato gli partí dalle dita dei piedi e schizzò sul letto del vecchio.

– Di', gelati, – fece allegro ficcandosi le palme sotto la nuca e accavalciando le gambe, – oh che ve ne porteranno ancora di cicche?

– Qui non si dorme piú, – sbottò il vecchio, girandosi verso l'uscio.

– Perché non ci venite col carrettino e la bottega? – continuava il Biondo. – Per sei giorni che fate si starebbe allegri. A voi la vostra vecchia, a me l'anguria in ghiaccio e a Nanni costí la gelateria per curarsi la terzana. Vedilo come stringe.

Nanni era rimasto aggrappato all'inferriata e si sentiva attraverso il fustagno il bruciore della parete cui aderiva: senza veder nulla fissava gli occhi nel bagliore d'una fessura del cassone e tendeva l'orecchio al brusio esterno. Cominciava il ritorno dei bagnanti dalla stazione, dove andavano a godere il primo fresco e salutare il passaggio del treno. Ora tornavano alla spiaggia i signori in bianco, donne dai sandali a capo scoperto, vocianti, giovanotti, bimbi, ragazze che ridevano. Nanni non vedeva nulla: si sforzava di immaginare come fosse fatta quella strada davanti al carcere che scendeva al mare, ma non sapeva nemmeno se c'erano alberi o case basse o siepi di fiori. Entrando, non aveva pensato di guardare.

Nanni si volse, tutto sudato per esser stato in piedi, e un frastuono di voci e di tonfi, uno scarpiccio numeroso, si udí di là dall'uscio, nell'entrata.

Anche il Biondo s'era rizzato sul gomito, volgendo gli occhi inquieti. Echeggiavano voci insolite.

A un accento piú forte anche il gelataio levò la barba svogliato, torcendosi verso i due. Si guardarono in faccia. – Oh Biondo, potrebbe essere per te il viaggio, – osservò ghignando. – O per Nanni? Bazza a chi tocca, viaggerà sul fresco e starà al fresco. Le carceri della provincia non sono quelle mandamentali.

– Sangue della Madonna, neanche in prigione si sta tranquilli, – bestemmiò il Biondo, saltando dalla branda.

Nanni fissando l'uscio, osservò adagio: – A quest'ora il treno è già lontano. Gente che arriva, non che parte.

Il vocio continuava. Qualcuno salutò e se ne andò. Si sentiva adesso Ciccia parlottare e dar ordini. Poi, lo sciacquio dell'acqua in un catino, i tintinnii e gli sbruffi di chi si lava.

– Chi vuoi che arrivi col treno in questo buco? – diceva il Biondo. – Secondo me, sono venuti a far la barba a quello scemo.

– Non ce l'ha ancora la barba, – disse il vecchio.

– Avrà tempo di crescergli in galera, – ghignò il Biondo.

– Avranno preso qualche altro: è di un paese che non si fermano al primo morto.

Sferragliò un giro di chiave, scattando il paletto. Comparve Ciccia di fianco, spingendo col sedere l'uscio. Nanni fissò il vano luminoso.

– Non c'è altro posto, reverendo, si metta qui per ora, – brontolava Ciccia tra i baffi. – Non avrà dove dormire, ma giuro al cielo che qualcuno sgombrerà... per una notte...

Apparve sulla soglia, nella repentina corrente, un uomo scuro, strizzato in una giacca sudicia di tela grigia. Ma in faccia era scarnito e girava intorno, socchiudendoli, due occhi pesti e luccicanti.

– ... Si metta in libertà, reverendo, altri letti non ci sono, bisognerà bene che qualcuno le ceda il suo... il piú giovane... Nanni. Vedremo piú tardi... ora penso all'assetato... abbiamo un assetato. Voialtri, fate posto e non dite sporcizie, il reverendo vi sente... Abbia la bontà...

L'uscio si richiuse. L'uomo dal viso scarno venne avanti di qualche passo e levò una mano. – Vi saluto, tutti, – disse piano. Il Biondo s'era alzato, passandogli alle spalle, e gli guardava in testa.

Anche il gelataio s'era alzato e si lisciava la barba.

– Sarebbe un prete travestito, lei? – sbottò finalmente il Biondo, tornandogli a fronte senza perderlo d'occhio.

– Sí, sono un sacerdote, – rispose quello senza muoversi.

Il Biondo gli menò un'occhiata e si lasciò cadere sulla branda. – E, scusi, che viene a fare qui?

– Andiamo, via, non ci badi, – intromise il gelataio, – stattene zitto, scalzacane. Il reverendo è giunto col treno? Chi sa che sudata, eh?

– Scusatemi, figlioli, – disse il prete serrando gli occhi, – sono accecato da quel bel sole che c'è fuori. Non distinguo bene. Spero di non disturbarvi. Riparto domani all'alba.

– E dove va? – chiese il Biondo.

– Mi portano al confino. Alle isole.

– Anche i preti?

– Perché no? – disse il gelataio. – La giustizia si attacca con tutti.

– Confino? Che cosa bisogna fare per andare al confino?

– Quando uno non lo possono mettere in carcere, lo mandano al confino, – spiegò il gelataio.

Gli occhi del prete stavano ormai fermi. Nanni che si era avvicinato, gli vide le guance chiazzate di una barba di tre giorni e, malgrado la stanchezza che gli sbatteva le occhiaie, un luccichio energico sotto la fronte.

– E questo che non parla? Ma sei ancora un ragazzo, – disse il prete, costernato.

– Nanni è per i polli, – spiegò il Biondo. – Rimase in tagliola l'altr'ieri.

– Hai rubato? – esclamò il prete. – Debbo crederlo? Ma non c'era la mamma che pensasse a te? Toccare la roba degli altri?

– Vede, reverendo, – disse il gelataio, – lei ha ragione: non dico per il Biondo qui, che si merita questo e peggio, però a una famiglia come quella di Nanni non si dovrebbe incarcerare il ragazzo. Siamo giusti: tiravano avanti con quei polli.

Nanni indietreggiò con gli occhi abbagliati di lacrime e urtò, muto, le spalle nel muro. Quando il tempestare del sangue si fu calmato, tornò a distinguere innanzi a sé la cella e il vecchio barbagrigia seduto accanto al prete su una branda.

Il prete ora fissava terra e non levava gli occhi in faccia a nessuno. Una camicia dal colletto bianco sfilacciato gli chiudeva il collo, senza cravatta. Teneva le mani appoggiate sulle ginocchia vestite di panno nero pesante, e le maniche scarse lasciavan scoperti gli avambracci. Nanni lo colse a un tratto che, sogguardando furtivo, si sfregava un polso. Abbassarono la fronte tutti e due.

– Hai viaggiato coi ferri? – chiese il Biondo.

Scattò il paletto un'altra volta e ricomparve Ciccia. Teneva in mano una pagnotta e sotto il braccio le coperte che posò sullo sgabello. Nanni gli vide gli occhi lustri.

– Ciccia, almeno al reverendo farete assaggiare quel vinetto che vi bevete tutto solo, – disse il Biondo.

– Sicuro, e perché non a tutti? perché non a tutti? non siamo mica alla taverna. Apri e chiudi, apri e chiudi, tutti comandano come fossero signori. Non sono mica io il carcerato. Non dico a lei, reverendo, questo non la tocca, dico a questi lazzaroni. E ci chiamano ancora carnefici... Dunque, come si trova? mala compagnia, eh? Che vuole, siamo in carcere. Qualcuno le cede la branda? Aspetti...

Faceva per uscire e il Biondo gli gridò dietro: – Lo spiraglio, Ciccia, lo spiraglio per il reverendo –. Ciccia rientrò subito con l'aria tonta, succhiandosi i baffi. – Non confondere, – brontolò. – Cercavo le coperte e sono già qui –. Tirò a sé lo sgabello e vi si sedette con un sospiro, addossato allo spigolo della parete, socchiudendosi l'uscio alle spalle.

– Per lei non c'è posto e per me non c'è pace, – disse sogguardando il prete. – Anche l'omicidio ci voleva, non bastavano queste buone lane. Sí, da ieri abbiamo un assassino. Tutta la mattinata non fece che chieder acqua: neanche volesse annegarsi. Sarebbe meglio per lui e per tutti.

Il prete, che aveva ascoltato a testa bassa, levò d'un tratto due occhi fissi.

– Signore! – disse giungendo le mani. – Quest'uomo sta peggio di noi tutti che siamo qua. Dov'è? chiede del sacerdote?

– È ben probabile quando gli fuma ancora il fegato per la rabbia che l'hanno preso, – disse il Biondo.

– Ma che ha fatto? chi è? – incalzò il prete.

– Chi fosse, prima di ieri nessuno sapeva, – disse Ciccia, – è dei villani della bassa montagna, pare sia stato a lavorare alla Spezia. Quanto al delitto, tre coltellate nella pancia a un tale, storie di donne, non sappiamo; ma c'era di mezzo del vino, perché in tutto il giorno non ha mangiato e solo chiede da bere, e non è gente che patisca febbre... Avete dato al reverendo acqua fresca?...

– Ma è dunque giovane?

– Pare fosse di leva quest'anno. Tutte cose che non vuol dire neanche al maresciallo: le dirà alla Spezia...

Nanni vide il prete alzarsi corrucciato e dirigersi rapidamente alla finestra. Fece appena in tempo a chinarsi e spingere sotto la branda l'orinale, sguazzando il piede nell'acquaccia versata. Senza vederlo, il prete si volse e tornò indietro. Poi rifece la strada, seguito dagli sguardi di tutti. Poi ancora, su e giú, a braccia conserte stringendosi i gomiti sul petto, sussultando le labbra, a capo chino. Tutti gli guardavano la chierica, finché il gelataio non ruppe il silenzio, volto a Ciccia:

– Se dimostra di avere ammazzato nel vino, può cavarsela con la dozzina...

Il prete si piantò avanti a Ciccia:

– Ma è solo al mondo? Nessuno lo visita?

Ciccia sbalordito levò un occhio socchiudendo l'altro. – Bella cosa da visitare. Toccherà al giudice a suo tempo.

– Ma la famiglia non sono venuti? Non ha donne in casa? Quel disgraziato ne ha necessità. Il curato non visita il carcere?

Il gelataio e Ciccia esclamarono insieme: – Non si può senza permesso –. Poi Ciccia continuò: – Le donne verranno purtroppo. Si piantano davanti alla porta coi bambini in braccio e non si può piú fare un passo che vi pestano i piedi. Una volta il maresciallo...

– Ma il curato? non viene il curato? È suo dovere.

Ciccia allungò le labbra: – Mai visto.

Disse il Biondo che, disteso sulla branda, sbocconcellava un pezzo di pane: – Alla Spezia c'è un frate che voleva confessare un mio amico. È un'altra città, la Spezia.

Il prete agitatissimo abbassò gli occhi sui piedi di Ciccia. A Nanni faceva l'effetto che dovesse sputare qualcosa. Le guance tese s'arrossavano. Poi, come ricacciasse un boccone, rialzò il mento.

Ciccia lo sogguardava e ammiccò al gelataio. Alzandosi a fatica dallo sgabello e crollando il mazzo di chiavi, disse al prete: – Confessi questi giovanotti, reverendo, non è sovente che vedono un prete, li confessi. Quell'altro me lo confesso io, gli ordini sono ordini. Torno ancora per l'acqua.

Appena fu uscito agganciando la catena sullo spiraglio, il Biondo saltò dalla branda e mirò la porta scagliando il tozzo di pane. – Carogna, a noi l'acqua e a lui vino. Che non gli dite niente, gelati, per i toscani che vi sgraffigna?

In quell'istante un uscio sbatté, corsero passi, una voce inarticolata e un tintinnio di chiavi passarono. Rimbombò un urtone all'uscio e per la fessura balenarono i baffi di Ciccia che con un gemito insinuò: – Qui no –. Poi lo sentirono correre fuori, battere la cancellata, e gridare, crollando le chiavi.

Il prete s'era riseduto sulla branda e si fissava il pavimento tra le ginocchia, assorto. Nanni vide il Biondo correre all'uscio e gridare, agitandosi, qualcosa all'esterno. La voce stravolta di Ciccia rispose. E, a un tratto, un altro urtone all'uscio respinse indietro il Biondo e sbatté lo spiraglio: chiusero a chiave.

II.

Stupefatto, Rocco spinse l'usciolo che si spalancò senza cigolare. Nell'entrata piena di luce non c'era anima viva e per il vano della cancellata si vedevano i ciottoli abbaglianti della strada. Si poteva camminare fin là.

Nella toppa del cancello c'era la chiave e Rocco la girò accompagnandola in punta di piedi. Da dietro uno degli uscioli ferrati venne una voce concitata. Rocco si precipitò fuori d'un salto.

In fondo alla viuzza, contro il cielo, lo spigolo bianco doveva essere la caserma dei carabinieri, e Rocco si cacciò dall'altra parte, pronto a correre e svoltare, occhi abbagliati e spalle raccolte: di secondo in secondo attendeva una fucilata.

Nella strada traversa non vide un'anima. Gli giungeva uno strepito di voci e di spiaggia, uno scampanio lontano, echi di musica. Si sentí sfiorare il collo da qualcosa di vivo. Alzò il capo: era l'aria libera; e di là da un ciuffo chiaro di verzura sopra un muricciolo rosso vide una zona di cielo piú sbiadita, immobile.

Lo guardavano lungo tutta la strada interminabili persiane abbassate nel sole. Giunse, rasentando i muri, a un viottolo per cui andavano e venivano bagnanti alla spiaggia. Rocco serrò gli occhi come per tuffarsi, e andò a urtare contro una donna grassa che coi piedoni nudi nei sandali pesti passava trascinando una bimba gialla. Rocco si prese una secca gomitata senza rialzare il capo o ascoltare, e saltò dall'altra parte. Qui una bella automobile grigia premeva e strombettava, ingorgando tutti. Rocco scattò via, a corsa pazza.

Si fermò solamente davanti alla porta di Petro. Entrò rinculando, fissando il vicolo, e nell'ombra fresca si volse, saltò su per la scala. Bussò, col cuore in gola.

Venne ad aprire una ragazzetta bianca nella penombra. Petro non c'era, che voleva? Rocco le posò una mano sulla guancia e avanzò, tirandosi l'uscio alle spalle. La bimba lo seguí nella piccola cucina. – Oh che vuole? – diceva.

– Aspetto Petro. Vengo fin dalla Spezia. Non vedi come sono sudato? Perché non c'è Petro?

La bimba lo guardava tra spaventata e impertinente.

– Lei è quello che hanno arrestato?

A Rocco gelò il sudore.

– Che cosa ne sai tu?

– L'ha detto Petro stamattina. Lei è Rocco perché porta i baffetti. Se lo vedesse la mamma! fortuna che è dal nonno a raccogliere i fiori.

– Petro non c'è?

– Petro lavora al «Nettuno». Perché non lo va a cercare alla spiaggia?

– Che cosa diceva Petro?

– Allora lei è davvero Rocco e non viene dalla Spezia come ha detto, ma è stato in prigione?

– Che cosa diceva Petro?

– Petro ha solo detto che l'hanno arrestato, ma la mamma ha gridato tutta la mattina che quelli erano gli amici di Petro e che lei l'aveva sempre saputo e che sarebbe capitato anche a Petro se andava ancora alla Spezia invece di lavorare. Ma Petro non l'arrestano mica?

– Senti, neanche me hanno arrestato, – disse Rocco fissandole gli occhi. – Vedi che sono libero. Voglio soltanto parlare a Petro.

– Allora vado a cercarlo, – disse la bimba saltando all'uscio.

– No, – gridò Rocco correndole sopra, – ho tempo, aspetterò. Quando ritorna?

– Col primo buio quando si chiude lo stabilimento.

Rocco si sedette presso la finestra che l'ultimo sole riempiva di pulviscolo obliquo e si fece schermo di un battente dell'imposta. Cosí nascosto, come dietro l'inferriata coperta, non vedeva che un tratto di cielo, ma spostando un po' il capo poteva scorgere nel bagliore luminoso la costa arida e fiorita del monte strapiombante. La bimba era tornata alle sue faccende del tavolo e tritava vigorosamente con la mezzaluna una poltiglia di verdura. Di tanto in tanto si voltava a rimenare nel fumo piccante una padella che friggeva.

Rocco cercò una sigaretta che non aveva. Si tolse allora la giacchetta pesante di fustagno e, prendendosi le gote tra le mani, continuò a fissare il cielo. Lentamente il riverbero del sole si andava smorzando e l'aria si faceva piú serena.

Rocco rabbrividí a un tratto e fissò ferocemente gli occhi a terra. Sentí la bimba dire:

– Non è mica malato?

– C'è la luna, stanotte? – chiese Rocco.

– Oh sí, andremo in barca coi pescatori. Viene anche lei?

Rocco sorrise e le fece cenno di tacere.

La stanza era semibuia e la bimba tornava dall'entrata reggendo a due mani una lampada a petrolio per accenderla, quando si sentí bussare alla porta. La bimba posò in fretta la lampada e ricorse nell'entrata. Rocco alzò il capo, col cuore in gola. La bimba gridava: – C'è Rocco, c'è Rocco, – e a passi concitati entrò Petro.

Era in maglietta scura, a braccia nude. Rocco balzato in piedi, gli intravide appena la faccia nell'ombra.

– Sono venuto a cena, – balbettò.

– Ti hanno lasciato andare?

– Ho trovato la porta aperta.

– Ti hanno messo fuori? sei libero? – ansimò Petro.

– È facile che mettano uno fuori. Ho trovato la porta aperta e sono uscito.

– Ma allora l'hai ammazzato davvero? sei scappato?

– E perché non lo dovevo ammazzare? Certo che l'ho ammazzato. Vorrei non fosse, per ammazzarlo un'altra volta. Sei anche tu come la gente?

La bambina li stava a guardare con la faccia sollevata. Petro, sobbalzando, disse rauco:

– Accendi il lume, Mina, va' di là.

La bimba ubbidí e Rocco saltò a chiudere l'altra imposta. La piccola cucina accecava. Mina abbassò adagio lo stoppino.

– Fila, fila, – esclamò Petro.

Mentre la bimba usciva, Petro fissava la parete. Sulla maglia turchina stava scritto «Nettuno». Stringeva la bocca e guardava di traverso, come fosse lui Rocco. – Ti hanno veduto entrare qui? – chiese bruscamente, a voce soffocata.

– Sono scappato di nascosto, – disse Rocco.

– Ma perché sei venuto qui?

– Dove dovevo andare? Non conosco nessuno. Era giorno. Ma stanotte andrò via.

– Parla piano. Non si scappa di giorno. Hai rotto l'inferriata?

– Si vede che non sei mai stato dentro, – grignò Rocco. – Le inferriate sono di ferro. Sono passato dalla porta. Si vede che quel vecchio dai baffi ha creduto di chiudere e invece ha girato a vuoto. Ma sta' tranquillo, questa notte vado via.

Si sentí la vocetta di Mina tra l'uscio: – Il condimento brucia, – e la bimba corse al fornello.

Petro passeggiò lungo il tavolo, guardando per aria. Rocco s'era di nuovo seduto con le spalle alla finestra. Stettero zitti, mentre la bimba s'affaccendava su una pentola. Dalla strada saliva un brusio attutito.

Rocco disse: – Hai una sigaretta?

– Mangia anche Rocco stasera? – chiese Mina. Petro non rispose. Rocco sporgendo le labbra e la sigaretta al cerino, lo vide tentennare la mano e, per spegnere, dimenarla rabbiosamente. Stettero zitti un altro poco. La bimba acciottolava piatti sul tavolo.

– Chi è questa donna? – ruppe Petro.

– Che donna?

– Tutti sanno che vi siete attaccati all'osteria per una donna. Sta' a vedere che gli sei saltato addosso perché si soffiava il naso.

Rocco levò una faccia intenta. Mina riabbassò gli occhi sui piatti.

– Se nessuno lo sa, tanto meglio, – disse Rocco adagio. – Ho bisogno che nessuno lo sappia. Le va bene e le va male. C'è la luna stanotte?

– Che c'entra la luna?

– Con le donne c'entra sí. Vanno d'accordo. È molto chiaro, queste notti?

– Ma perché?

– Perché debbo uscire, tonto, e con la luna mi prendono –. Rocco abbassò la voce sull'ultima parola. Mina lo guardava ancora, incantata.

– Non so proprio che puoi fare, – disse Petro agitandosi. – Imbarcarti, sai bene che è impossibile.

– Lo so, – disse Rocco piano.

– Vuoi tornare alla montagna dai tuoi?

– Troppo lontano e inutile, – disse Rocco. – È il primo posto dove verranno a cercarmi.

– E allora perché sei scappato? – sbottò Petro. – Dovevi pensarci prima. Vuoi fare la morte del topo qui dentro?

– Farò quella del gatto, piuttosto, – disse Rocco, stringendo le labbra in un brutto sorriso.

Mina posò sul tavolo peperoni e pomodori rossi, togliendoli grondanti da una secchia. A un cenno brusco di Petro,

Rocco accostò la sedia al tavolo. Finiva la sigaretta e intanto Petro, affettando un pomodoro, chiese l'olio, irritato, alla bimba. Questa posò olio e sale, evitando gli sguardi di Rocco, e poi si volse al fornello, a infarinar pesci.

– È via tua mamma? – chiese Rocco, buttando la sigaretta. – Te la passi bene, vedo: quanto ti dànno al «Nettuno»?

– Miserie. Mangia.

– Niente pomodori, là dentro, – disse Rocco a bocca piena. – E fa un caldo del boia. Come qui, – disse voltandosi alla finestra. – Sembra d'essere in prigione.

– Apri le imposte, – ordinò Petro alla bimba. – Non voglio crepare. Tanto non ci vedono.

Nel fresco tumulto che salí dalla strada mangiarono tutti e due in silenzio. Mina tolse i pesci sfrigolanti dal fuoco e, posandoli sulla tavola, si sedette al lato libero.

– Io tutto capisco meno fare questa stupidaggine per una donna... – cominciò Petro masticando.

– Senti, mi hai conosciuto bene alla Spezia, – tagliò Rocco, – vengo dalla montagna ma non sono il piú quadro. Chi ti ha detto di stare attento quando facevi lo stupido con quella troietta di Rosa? Quella tirava alla paga. Chi ti ha detto... – Si fermò guardando Mina che, piantata sui gomiti, ascoltava. – Ero io, no, allora, che capivo le donne? E dunque lascia stare: avrò avuto un motivo.

– Ma le volevi bene?

Rocco non rispose.

– La volevi sposare?

– Se le avessi voluto bene, avrei ucciso lei, – disse Rocco stringendo le labbra.

Petro girò gli occhi sul piatto, vide Mina e le gridò: – Tu che fai? Fila fuori.

– Lasciala mangiare, – disse Rocco. – È meglio che resti qui... fin che ci sono io.

La bimba che era saltata indietro gli diede uno sguardo spaventato. Rocco le sorrise. Senza smettere la sua aria grave, la bimba lo fissò supplichevole.

Petro finí di mangiare in fretta, poi scattò in piedi e passeggiò per la stanza.

– Allora, eri ubbriaco, – riprese convinto. – Che cosa ti ha fatto insomma quel disgraziato? Lo dici tu stesso che non t'importa...

S'alzò anche Rocco, cauto.

– Adesso vado via, – disse piano. – È notte.

– Se non la volevi sposare, che senso ha? Si lascia correre...

– Mina, è ora di andare alla spiaggia. I pescatori ci aspettano. Sei già pronta, tu?

Mina agitò il mento di sotto in su, stralunando gli occhi verso Petro.

– Verrà anche Petro. Io debbo andare, Petro.

Petro imbarazzato si fermò fissando terra.

– E dove andrai? – balbettò. – Se ti vedono...

– Non avere paura, uscirò in un momento. E non tornerò piú. Una maglietta di colore non ce l'hai? Ti lascio la camicia e la giacca.

Petro esitava.

– Per non esser conosciuto... Ti lascio la giacca.

– Storie, – disse Petro. – La giacca non la voglio. Non è per il valore, tra noi, ma se poi ti conoscono la maglia? Sai che scoprono tutto. Chi vuoi che ti veda di notte?...

Rocco raccolse la sua giacca. Se la buttò sulla spalla e guardò intorno la stanza. Andò al tavolo e prese una pagnotta. – Questa me la darai, – disse ficcandosela nella giacca.

– La strada è libera? sono pronto.

Mentre Petro si volgeva all'uscio, Rocco stese rapido la mano a un coltello sul tavolo e se lo ficcò in tasca. Incontrò gli occhi stupefatti di Mina e le fece un sorriso.

– Ciao, Mina, – le disse, – non contare mai a nessuno che son stato a trovarti, – poi uscí dietro Petro.

Scendendo la scala a tentoni, tutti e due tacevano. Giunti alla porta, Petro si sporse nel tepore palpitante e bisbigliò: – Questo marciapiede è in ombra. Sull'altro, guarda, batte già la luna. Aspetta, passa qualcuno.

Rocco, dietro il battente, osservò a bassa voce: – Pensare che anche tua sorella fra qualche anno è una donna.

– Presto, – disse Petro, – ora. Tieniti al muro.

Rocco uscí d'un salto, nella penombra.

III.

– Sono quello dei gelati, – diceva il vecchio in bianco. – Noi si capisce una disgrazia, reverendo. Sconto sei giorni di carcere a saldo della multa che il pretore ebbe la bontà di infliggermi per un certo latte...

– Si faccia raccontare com'è che non gli sequestrano mai il carrettino, – interruppe l'altro.

– Semplice come un ovo. La moglie possiede e il sottoscritto delinque.

Un caldo tremendo, non piú di riverbero ma della pietra stessa e dell'aria, affogava la prigione. Il reverendo se lo sentiva sul viso e lo respirava appena, addensato di fortore umano e del lezzo di muro sotto il sole. Nanni lo scrutava sempre di sottecchi, fiatando appena l'atmosfera immobile.

– Non arriva fin qui aria di mare? – chiese al vecchio.

– Aria di mare al carcerato, – rispose la voce di scherno. – Ci tolgono anche quella di terra che ha fatto il Signore.

– Siamo i capponi nella stia, – disse il Biondo. – Solamente, non siamo davvero capponi e viviamo a stecchetto.

S'intravedeva la pelle stirata e sudicia di costui mentre ammiccava scoprendo i denti. Con uno sforzo il reverendo rialzò il capo e lo fissò.

Il vecchio chiese: – Lei non viveva in paese di mare?

– Vengo da Alessandria, sono della campagna.

– E... sono Loro che l'hanno messo in borghese?

Anche Nanni dalla branda ascoltava attento.

– Sia come vuole Iddio. Darebbe scandalo, l'abito, – disse il reverendo.

– Però uno è sempre prete, no?

– Certamente, – e il reverendo girò gli occhi. – L'ordine è come il santo battesimo: il sacerdote è sacerdote davanti a Dio, qualunque cosa accada; come chi è fatto cristiano dovrà rispondere a Dio della sua fede, qualunque cosa accada, e specialmente se l'avrà rinnegata. Non si deve credere che nessun peccato ci stacchi da Dio: è un peccato gravissimo credere questo, il peccato di Giuda...

Il Biondo rimasto in piedi, curvo e dinoccolato, ascoltava sornione.

– ... ma dobbiamo ricordarci che la Sua misericordia è infinita e ci tende le braccia proprio quando l'abbiamo offeso e rinnegato piú bestialmente...

Il Biondo ascoltava con un risolino. Il reverendo intravide Nanni nella penombra e si sentí il fiatare del vecchio sulla spalla. Abbassò gli occhi.

– ... e qualunque cosa ci accada, perdonare sempre gli altri come il Signore ci perdona. Perdonare per essere perdonati. Perdonare noi stessi negli altri, perché il male esiste anzitutto nel cuore di ciascuno, e qualunque cosa ci accada – qualunque ingiustizia – la colpa è sempre nostra prima che degli altri.

– Si sente dall'accento che lei è piemontese, – disse il Biondo. E, volgendogli le spalle: – Ehi, Nanni, non si scopa stasera che c'è il reverendo?

Mentre Nanni, saltato giú, si chinava d'impeto al pavimento nero, menando le due braccia, il vecchio si piegò confidenzialmente dalla branda.

– E come mai si trova qui? Inimicizie?

Il reverendo si riscosse a quella faccia scura e raggrinzita dove brillavano tra i peli occhietti grigi.

– Qualche parola di troppo?

Il reverendo vide i due giovani guardare dalla sua parte – il Biondo staccava allora le labbra dalla ciotola dell'acqua – e pronunciò con voce piana, senza esitare:

– Ho avuto torto in ciò che ho detto e fatto. Quanto mi accade, lo merito.

– Già, – disse il vecchio nel silenzio, – sanno metter uno dalla parte del torto. Ma lei che può, perché non si difende? Un esposto a chi di dovere...

– Quando impariamo a tenere la penna, eh, gelati? – interloquí il Biondo.

– Sta' zitto tu, forca: ai miei tempi non c'insegnavano a leggere e scrivere, ma a stare a suo posto. Per il servizio che ti ha reso, saper leggere!

Il reverendo sentiva quelle voci urtargli le tempie nella chiusa immobilità. Brusii remoti, dall'esterno, non giungevano. Di là dai tavolati neri c'era ancora aria e luce.

– Creda a me, – diceva il vecchio, – se uno offende la legge, lo mettono in carcere. Lei non è carcerato: non ha offeso la legge. Avrà offeso qualcuno.

– Vorrei potervi dire migliori parole, – rispose il reverendo, – e con altra autorità. Spero soltanto non pigliate scandalo per ciò che vi appaio e per quanto vi dico. So che nel carcere nessuno è colpevole, c'è sempre un errore; ma so anche che nessuno è innocente nella vita. Siamo poveri uomini, siamo peccatori; perciò abbiate pur ragioni da farvi, ma ascoltatemi. Se vi dico che merito quanto mi accade, non è per falso orgoglio d'umiltà. E nemmeno nel senso che tutti siamo peccatori e tutti meritiamo qualunque cosa ci accada. Benché ciò sia sacrosanto...

– Ma che ha fatto, insomma? – tagliò il Biondo.

– Una cosa cattiva e stolta, ragazzo: ho mormorato contro un mio superiore che mi era parso ingiusto.

Nanni e il Biondo, pallido nell'ombra, si guardarono. – Ebbene?

Il reverendo non sentí piú il sudore. – Ma vedete, – esclamò agitandosi, – voglio ammettere che lo fosse, ingiusto; che la persecuzione che avevo sofferto fosse immeritata: avevo per questo il diritto di guerreggiarlo, di cercare soccorsi, di scrivere memoriali che, delle due l'una: o erano falsi, e allora non si discute; o erano veri, e offendevano ugualmente quell'autorità che, badate, ha ogni diritto di pretendere il mio ossequio, e quando comanda va ubbidita, pena scandali sempre piú gravi?

– Tu, Biondo, sta' zitto, – cominciò il vecchio, meditabondo. – ... La capisco, reverendo, non è sempre cosí facile far memoriali, specialmente se c'entra la curia. Ma mi vuol spiegare come diavolo allora è capitato qui? Lei viaggia coi carabinieri, no? E cos'hanno a che fare le manette coi suoi superiori?

Il reverendo piantò gli occhi nell'oscurità del pavimento.

– Questa è la conseguenza di ogni azione cattiva, – disse adagio. – Da ciò potete conoscere come sia fonte di male ogni mormorazione, ogni risentimento temerario, sia pure in difesa della propria giustizia. La parrocchia da cui ero stato allontanato, ha creduto alle mie giustificazioni e si sono avute parole, tumulti in mio nome, di cui la colpa ricade in verità su di me, benché sa Dio se avrei voluto impedirli.

– Tumulti? – suonò la voce di Nanni.

– Sangue della Madonna, – esclamò il Biondo, – sono volate busse e lei si lamenta?

Rimbombò dietro l'uscio lo sbattito del cancello. Nel brusio del silenzio vago ansimarono sotto la finestra voci vicine. Qualcuno camminò nell'entrata. La faccia del vecchio, l'unica ancor visibile nell'oscurità, si ritrasse in un sospiro.

– Che succede, reverendo? ci lasciano al buio stasera.

Nanni disse: – Quello è Ciccia.

– Ehi, Biondo, – esclamò il vecchio, – infòrmati quando ci porta l'acqua e ci accende la luce. Che gli sia successo qualcosa quando gridava?

– Gli avranno rubate le chiavi, – ghignò il Biondo e corse all'uscio.

Cominciò a darvi dentro manate, lanciando richiami. L'uscio stridette e s'aprí lo spiraglio, illuminandolo. – Che succede? – vociò Ciccia.

– Che succede a voi? Ci sbattete sul naso la porta e ci lasciate allo scuro di tutto e senz'acqua. Qui si crepa. Fate il dovere vostro.

L'uscio rimbombò.

Il Biondo, volto agli altri, diceva: – Viene un odore di fritto di pesce dal cancello, che mette voglia d'osteria...

La porta tornò a sferragliare. Si spalancò stavolta in un fiotto d'aria luminosa ed ecco Ciccia con la brocca. La posò senza parlare: aveva un viso sbattuto, perfino i baffi scomposti, e gli occhi che scappavano. Si volse, torvo com'era entrato, e uscí mettendo la catena. Una sudicia luce giallastra inondò la cella, dal soffitto. Tutti si guardarono.

Ricomparve Ciccia. – L'avete preparato il letto per il reverendo? – chiese bruscamente.

– Non ancora, – balbettò Nanni, dritto nella luce, cercando con gli occhi le coperte.

– Allora venga con me, lei, c'è un letto migliore già pronto.

– Io?

– Sicuro, dormirà da solo in una branda. Qui, restare piú di tre non è sanitario.

– Oh perché ce lo portate via? – uscí il vecchio. – Si faceva buona conoscenza.

– Non perde nulla a perder voi. Guarda che letamaio.

– E dove diavolo volete metterlo? – chiese il Biondo. – Ve lo pigliate in casa?

– Per pulire aspettavo la luce, – disse Nanni.

– S'è fatta libera una cella: se n'è andato quell'assassino, – biascicò Ciccia tetramente.

– L'han già tradotto? – esclamò il vecchio.

– S'è tradotto da sé: partito, – disse Ciccia.

– Morto? – gridò il reverendo.

– Partito, perdio, scappato, tagliata la corda. Non mi faccia bestemmiare che non ne ho bisogno. Sono cose che Dio non dovrebbe permettere –. Gli lustravano gli occhi e ballavano i baffi. Tirò un'occhiataccia agli altri tre, rimminchioniti nella luce, e cacciò un gemito che era un rutto.

Il reverendo, sorto in piedi, apriva la bocca per dir qualcosa, quando Ciccia lo interruppe. – Venga su, li saluta domani: cotesti non scappano, non ho tempo da perdere.

Mentre il vecchio senza scender dalla branda gli faceva

un ghigno e Nanni immobile lo guardava, il Biondo lo seguí fino all'uscio. – Preghi che non riprendano il detenuto stanotte, reverendo, altrimenti si torna fra noi. A buon riverderci.

– Che soltanto lo prendano e lo ficco in cantina, – disse Ciccia chiudendo.

– Attento al vino, – canzonò soffocata la voce del Biondo.

Ciccia armeggiava sull'uscio della nuova cella. Cercava sempre terra con gli occhi.

– ... Se mi fanno l'inchiesta. Loro han solo bisogno di un reo. Se fosse giustizia, cercherebbe l'assassino. Chi va di mezzo è il carceriere, invece. Io l'ho commesso il delitto? Eppure, è la legge. Domando: la legge è fatta per gli assassini o per noi? Ecco che serrature. Ci pagano con la fame, celle che fan pietà, non si possono aprire né chiudere, verrà che li mettono in una cabina di spiaggia e noi dovremo rispondere. Gente che dà di coltello e si hanno ancora riguardi. Tre volte gli ho portato l'acqua, neanche fosse mio figlio – crepare bisogna lasciarli – uno gira la testa un momento e rovinano un galantuomo. Che gli serve, domando? Per loro, ammazzare e scappare non c'è differenza, purché facciano del male...

Schiuso l'uscio, Ciccia apriva e chiudeva con scatti esasperati la grossa serratura.

– Avrà voluto rivedere i suoi, – disse il reverendo, riscotendosi.

– C'è il maresciallo che già lo aspetta, a casa sua. Ma che vuole che torni? Non ha sentimenti un evaso. Dovunque vada, è appostato. Si butterà alla macchia, perché salvarsi non può, e tornerà come una bestia, affamato e graffiato, in mezzo ai carabinieri. Mi avrà levata la pace per niente. È già successo. E allora sentiremo se la colpa era mia –. Spalancò l'uscio, continuando: – A meno che faccia resistenza e non lo stendano al suolo.

Nella cella regnava la stessa pallida luce dell'altra. Sulla branda, contro la parete scalcinata, era il lenzuolo tutto sudicio e schiacciato. Per terra una striscia d'acqua; e la brocca, sopra lo sgabello, panciuta: L'aria immobile opprimeva di calore. Una pagnotta bruna, abbandonata sul cuscino, pareva una chiazza di sudiciume.

Quando tacque il trambusto della molteplice mandata che Ciccia dava dall'esterno e s'allontanarono i passi pesanti, il reverendo, fermo in mezzo alla cella, si riscosse. Guardò intorno a uno a uno quegli oggetti, oppressi dalla luce, sotto le pareti nude e le sbarre accecate. Venne alla branda e, presa con le due mani la pagnotta ruvida, l'andò a posare sulla brocca. Poi, tornato alla branda, vi appoggiò la mano inginocchiandosi in terra, si fece il segno della croce e, nascondendo il volto tra le mani, piegò la testa sulla sponda.

IV.

Rocco s'arrampicò per il sentiero degli ulivi, di fianco alla villa. Non si distingueva fra i tronchi e i riflessi, sotto la luna. Quando il precipizio del mare fu scomparso a quell'altezza dietro le foglie, Rocco rallentò e spaziando gli occhi sui luccichii giallognoli, sentí nel fresco il sudore.

Si volse e sdrucciolò giú dal poggetto verso la casa buia. Gli era parso di udire voci vivaci nel giardino di là dalla villa; la cucina e la stanza di Concia eran spente: tutti erano al cancello. Rasentando il buio degli ulivi, girò l'angolo e spinse gli occhi fra i cespugli tenebrosi del giardino, che il fascio dei fari di una macchina presso il cancello spaccava e abbagliava sotto la luna.

Rocco intravide figure concitate di ragazze e giovanotti in bianco, e un ragazzo e altri, che scorrevano in quella luce vociando. E laggiú presso la macchina c'era Concia, che porgeva qualcosa. Era Concia. Rocco si mosse appena poggiandosi a un tronco e respirò il buon profumo del grande giardino bruciato tutto il giorno dal sole.

Finalmente i padroni di Concia furono in macchina e, girando i fari sulle piante e nel cielo, partirono. Negli orecchi di Rocco restarono gli ultimi rombi e anche Concia pareva là ferma in ascolto. Sul giardino era tornata la penombra della luna.

D'un tratto Concia prese la rincorsa e fu sui gradini della villa prima che Rocco uscisse al chiaro. Perché lei saltellava tenendo levata la testa e buttando le lunghe gambe senza guardarle, Rocco la fissò senza pensare a muoversi. Era scomparsa.

Di corsa Rocco tornò nel cortile degli ulivi dietro la villa e uscí nella luna. Quasi subito s'accese la luce al primo piano nella stanza. Rocco s'addossò al muro, tremando. Si tenne a malapena da fischiare.

Stava per entrare risoluto in cucina, quando l'uscio in fondo alla stanza s'aprí e Concia, dritta nel vano, cercò l'interruttore. Rocco disse: – Non accendere, Concia, – e saltò a ghermirle il braccio, che si divincolò di scatto. All'ansito di terrore di Concia, Rocco ripeté: – Non accendere, sai. Vieni avanti, – e la tirò riluttante in mezzo alla cucina.

– Mi fai male, – disse Concia ansimando.

– Lo so, – mormorò Rocco.

Concia cessò di resistere a un tratto e gli abbandonò nella mano il braccio molle.

Si fissarono ansanti. La testa nera di Concia si profilava scuramente sul chiarore della porta esterna. Rocco indovinò il naso fremente, i denti, gli occhi dilatati. La sentí trarre il fiato e gonfiare le spalle. Riserrò nel pugno il polso sudato.

Concia tornò a divincolarsi, inutilmente. Rocco la spinse con le ginocchia, coi gomiti, fino alla parete presso la porta. Sentendola urtare, staccò il corpo dal suo, senza sprigionarle il polso. Concia si abbandonò su di lui, cercando di aderire, rilassandosi, ma un'altra ginocchiata la respinse al muro.

– Perdonami, Rocco, – gemette buttandogli il braccio libero al collo. Rocco non rispose e le prese il braccio per staccarlo. Allora Concia levò da sé il braccio e gli menò un'unghiata in viso. Lottarono in silenzio e Rocco tornò a sbatterla contro il muro, inchiodandola col peso di tutto il corpo. Per le narici graffiate sentí l'odore forte di lei.

Concia lanciò un strido acuto che gli fendé le orecchie.

– Sta' zitta, – ansimò Rocco, tappandole i denti, – sta' zitta, puttana, nessuno ti sente –. Concia gli morse il pugno e s'afflosciò un'altra volta.

– Sta' zitta, – disse Rocco staccandosi, – sta' zitta, altrimenti ti scanno –. L'ultimo strillo di Concia s'arrestò a mezz'aria, e di nuovo furono a scrutarsi fiatandosi addosso, nel repentino silenzio.

– Se qualcuno ha sentito... – balbettò Rocco.

– Credi di farmi paura? – sussultò la voce di Concia.

– Se qualcuno ha sentito...

Fuori cantavano i grilli e la luna s'allungava di qualche lastra sulla soglia, abbuiando la parete dov'erano addossati. Rocco lasciò il braccio di Concia e si piantò fra lei e la porta. Se qualcuno veniva, bastava un salto. Nell'angolo d'ombra discerneva appena la lunga macchia bianca del vestito, ma né gambe né volto. Non veniva nessuno.

Concia, immobile contro la parete, aveva un singhiozzo nervoso. Rocco si sentí colare sulla gota una lacrima tiepida. Si forbí con la mano: era sangue. – Mi hai ferito, – brontolò.

Concia cacciò una risata stravolta.

– Colpa tua, – disse. – Lo sanno che sei qui?

– Chi, lo deve sapere?... E tu lo sai, di dove vengo?

– Mi hanno detto che ti han messo in prigione. Che hai fatto? Hai picchiato qualcuno?

Rocco scrutò nell'ombra. – Vieni subito, – disse. Avanzandosi Concia, le prese il braccio e la tirò alla porta, sotto la luna. Comparve il viso bruno, gli occhi bianchi e una smorfia che le scopriva i denti. Senza abbassare le labbra la smorfia lampeggiò un sorriso rapido e gli occhi si socchiusero alla luna. Rocco buttò quel braccio e le afferrò il viso tra le due mani. Sentí il tremito del corpo e vide gli occhi dilatarsi, dibattersi, mentre le braccia lo cingevano al collo. Respinse col ginocchio il corpo che cercava il suo, ma serrò tra le dita quel viso.

– Sei piú falsa di Giuda, – le fiatò nel respiro. – Bisogna vederti la faccia e conoscerti. Ti ho scannato il genovese e lo sai... Credi serva a qualcosa, stavolta?

– Baciami... vigliacco, – mugolò Concia, occhi chiusi.

Denti a denti, Rocco ansimava: – L'ho scannato e lo sai... – Ma Concia incollata a lui con tutto il corpo, non staccava la bocca e mordeva e diceva: – Sei stupido... stupido... perché non mi prendi?

Rocco d'un tratto la cinse alla vita, brancicandola come un insensato. Concia, appesa al suo collo, non smetteva di dargli dei baci, tra i singulti nervosi. Rocco la strinse tra le braccia, sollevandola, e ciecamente, a tentoni, traversò la cucina, aprí l'uscio, urtò nel muro, salendo la scala. Senza parola spalancò la stanza, e si buttarono sul letto.

Quando Concia, stendendo il braccio nudo, spense la luce e si voltò dall'altra parte, Rocco seduto nel letto batté gli occhi nel buio. Per la finestra aperta a poco a poco entrò un barlume – la costa pallida degli ulivi sotto la luna – ma il davanzale era nero. Mosse un poco la gamba e subito Concia trasalí.

– È tardi, – brontolò.

Concia non disse nulla.

Allora saltò dal letto e sentí, subito represso, un movimento di Concia. Si chinò nel buio, sulle mattonelle fredde, tastando per i suoi calzoni. Infilandoseli trovò con la mano un largo squarcio tra le due gambe e intanto sogguardava a fior del letto, dove il corpo scuro di Concia era gettato immobile. Venne presso la finestra e quel respiro lo seguiva.

– Piantala, – disse iroso. – Si sente bene che non dormi.

Concia emise un lungo sospiro e stirandosi sorse a sedere nell'ombra.

– M'ero assopita, Rocco: che c'è? – gemette sbadigliando.

– Sei piú falsa di un gatto, ma non vale la pena. Chi te le insegna? Le tue padrone?

Concia piagnucolò: – Perché mi umilii?

Rocco si volse alla finestra. – Guarda qua, – disse seccamente. Teneva in alto il coltello. – Guardalo bene, ero per dartelo nel collo. E tu lo sapevi. Ma non vale la pena. Guarda bene –. Strinse la punta fra le dita e lo lanciò luccicante in alto, tra gli ulivi. Tese l'orecchio al tonfo, ma le fronde stormirono e non distinse nulla.

Concia non s'era mossa. – Vèstiti, maledetta. Nascondi quelle poppe. Dovresti aver vergogna anche dell'aria.

Concia saltò dal letto. – Se ti sentono, Rocco –. Venne a passi scattanti fin presso la finestra, Rocco fissava terra. Concia levò le braccia come a tenersi in equilibrio, poi girò su se stessa, volgendo la guancia a guardarlo. Ritornò senza un fruscio e si sedette sulla sponda del letto.

– Rocco, – susurrò nell'ombra. – Perché mi volevi ammazzare?

Rocco non rispondeva.

– Per fare il paio, Rocco? Uno non ti bastava?

Rocco stridette i denti.

– Parlo sul serio. Questi versi falli prima, vanno bene. Ma se non torni a letto, non farli; rispondimi. Ti credi la mia casa un cinematografo?

– Bada, Concia, – disse Rocco strozzato. – Lo sai che ti ho visto. E l'ho visto dal bosco mettersi la giacca a questa finestra. Se non sono salito a strangolarti, è per tua mamma vecchia.

– E allora hai ammazzato questo... chi dici che è? Sicuro: gli uomini vengono a mettersi la giacca alla mia finestra...

– Concia, non ridere. L'ha detto lui. Gliel'ho fatta sputare e lui se ne vantò.

– E tu per questo ammazzi un uomo? Non ho mai visto quel disgraziato, ma che il Signore gli perdoni... – Concia cercò sul letto il vestito e, tiratoselo avanti, si segnò.

Rocco seguí la mano pallida nel gesto. Balbettò piano: – Gli perdono anch'io. Non ne ha colpa, se ti ha conosciuta.

– Fa freddo, Rocco, – disse vivamente Concia, e s'infilò il vestito. Poi, camminando a piedi nudi, girò intorno al letto a rincalzare il lenzuolo. Rocco, appoggiato al davanzale, tremava ancora nei precordi. Chiese esitante: – Non hai da fumare? – Concia levò la testa: – Ma come non ci pensavo? subito al mio cattivo –. Corse a un cassetto e rovistò. Mentre accendeva, comparve il suo viso avvampato e smarrito, biancheggiando gli occhi. Stette intenta nel fumo di lui, godendone la carezza. Rocco si ritrasse.

– Sono estere, – brontolò.

– Sono dell'ingegnere, – rise Concia.

– Quando ritorna la macchina?

– Oh sicuro, la macchina. Tornano quasi a mattino, ma allora tu devi essere andato. Non vuoi proprio che Concia dorma un poco?

Bruscamente Rocco la respinse e lanciò la sigaretta dalla finestra.

– Tu lo sai che mi cercano a morte. Sai che debbo tornare in galera. E hai soltanto paura. Perché ridi cosí?

La punta rossa le cadde di bocca. – Io non rido.

– Hai soltanto paura. E mi fai compagnia perché tremi a voltarti. Perché fingevi prima e perché fingi adesso? Questa notte hai tradito anche lui. Tu, dovevi morire.

All'anelito di Concia Rocco levò il pugno. – Maledetta, tu ridi. E in questa stanza dove ci hai fottuti. Con un uomo in galera e un altr'uomo sotterra. Tu, hai fatto il cinematografo in questa stanza. Sempre.

Concia, le mani al volto, scoppiò in lacrime.

– Non frignare o ti strozzo, – mugolò Rocco, – non frignare con me. Da soli si piange, chi piange. E tu domani tornerai con tutti. Ma ricòrdati sempre che sei tu l'assassina.

– Io ti volevo bene, – disse Concia singhiozzando.

– Queste cose non dirle, – ruggí Rocco. – Se tornava quell'altro, era l'altro.

Concia si mosse nell'ombra e gli fu accanto adagio. – Rocco, – e non levò gli occhi, – resta... nascosto... qui con me.

Rocco non disse nulla e volse il capo alla finestra. – Vuoi, Rocco, restare con me? – riprese piano Concia. Poi si strinse insinuante al suo fianco, sporgendogli il labbro. Rocco distolse il capo e scrutò gli ulivi neri sotto il cielo limpido.

– Non c'è piú la luna, – respirò appena Concia. – Non ti

han visto salire quassú?... Se potessi restare, Rocco: tutte le notti mi castigheresti, noi due soli... Non mi castighi piú?

Rocco respinse la bocca che gli cercava la guancia e di scatto Concia drizzò il capo.

– Vile, perché tratti cosí una donna? Se non mi vuoi, vattene, vattene subito, scappa lontano, ma non trattarmi cosí perché sono una serva, – e la voce strideva ripresa dal pianto.

Rocco afferrò la giacca buttata sul davanzale e, levandosi Concia d'innanzi con una spinta, attraversò pesantemente la stanza, senza una parola. Giunto all'uscio si volse e cercò con gli occhi la figura bianca. La vide scura contro la finestra e sentí che lo guardava disperatamente.

– Tu non sai quanto sei falsa, – disse calmo, e uscí nel buio.

V.

Ciccia uscí all'aria fredda alzando gli occhi intorpiditi. Non c'era nulla né in cielo né in terra, e dalla caserma non veniva nessuno. Anche il mare a quell'ora stava fermo. Beati i pesci che dormivano sott'acqua.

Ciccia rientrò e spense l'interruttore delle celle. Tutti se la dormivano e non ci pensavano. Sulla porta faceva già chiaro e cominciava chi sa che bella giornata.

Ciccia portò la sedia al cancello e si sedette soffiando. Gli dolevano le costole e non era l'umidità dell'alba. Sporse il capo alla strada e non vide nessuno.

Si trovò assopito alla voce improvvisa che lo scosse. Era Cicciotto: solo.

– Nei boschi, niente. Te ne sono scappati degli altri? – Se la rideva, lui. Ciccia gli piantò un'occhiataccia e si drizzò rintontito.

– Siamo stati fino alla Torre, papà. L'appuntato mi ha detto che tanto lo prendono. È questione di tempo. Se non si dice niente a nessuno, e lo prendono di oggi, il maresciallo potrebbe non fare rapporto. Ma bisogna prenderlo.

– È tornato il maresciallo?

– Ci vogliono sei ore, solo andarci, lassú. Se l'avesse già preso, tornerebbe di stamattina. Però l'appuntato dice che secondo lui non è tornato a casa. Bisognerebbe sapere chi era quella donna: sicuro è andato da lei per nascondersi o per farle la pelle. Magari c'è qualche ragazza che la conosce.

Ciccia meditabondo, gli tremavano i baffi. – Bagasce, che fanno queste cose di nascosto. Fosse solo mia figlia!...

– Io credo, – disse Cicciotto, asciugandosi la fronte sudata, – che invece sia ancora in paese, nascosto da qualcuno. C'era troppa luna stanotte, e le strade io, Melo e i carabinieri le abbiamo passate tutte. Faceva un chiaro che dalla Torre vedevamo il frangente nel mare.

– Non cianciare tanto, – brontolò Ciccia. – Ché siete capaci solo a far questo...

– Se il maresciallo torna a mani vuote, è obbligato a dare la voce a tutta la riviera e allora, anche in paese, se c'è, lo prendiamo di sicuro.

– Sicuro, e, una volta avvertita la Spezia, io vado sotto processo.

– Se lo prendono, non ti fanno niente, papà. Ma è proprio passato dalla porta?

Ciccia mollò un ruggito. – E spalancata l'ha trovata, spalancata come questo cancello, e sarebbe stato un fesso a non uscire –. Agitò il mazzo delle chiavi: – Con questa ferramenta che ci dà il governo, neanche l'uscio dell'orto chiuderei, se avessi l'orto...

– Di', papà, ce l'hai qui il fiasco? – Ciccia lo guardò sospettoso. – No, no, vado a casa a far colazione; ma dicevo che è meglio levarlo di qui, se faranno l'inchiesta. Direbbero che hai bevuto, magari.

Ciccia si succhiò i baffi e accennò che capiva. Cicciotto piantava pestate con gli stivali per scrollarne il terriccio, neanche tornasse dalla caccia in palude. D'un tratto levò il capo:

– Possibile che non abbia toccata la serratura? Dice l'appuntato che tutto dipende di qua per la tua inchiesta. Se l'avesse forzata, tu non avresti nessuna colpabilità, e lui nemmeno, perché la legge li protegge sempre.

Ciccia aprí un occhio di traverso.

– Fa' vedere questa serratura, – concluse Cicciotto.

Davanti all'usciolo si chinò dicendo: – È chiuso?

– Sí, c'è dentro quel prete... uno che va al confino... ripartirà alle cinque, l'ho messo qui perché era vuoto...

Cicciotto lo lasciava dire con faccia di scherno.

– L'ha veduta il maresciallo?

– Sí... no, è venuto solo al cancello. Il sopraluogo lo farà quest'oggi...

– Mi avessi chiamato qui ieri sera, papà. Non puoi traslocare un momento questo prete? Io vado a prendere un ferro.

Svegliato in furia, il prete saltò su: non gli mancava che la giacca. Madonna, che barba da galera aveva in faccia. – Presto, reverendo, le dirà dopo, le sue devozioni –. Aiutando e spingendo, Ciccia lo portò all'altra cella. Aprí svelto e lo cacciò dentro nel buio caldo. – Vi conoscete già. Stia tranquillo, è un momento –. Chiuse e tornò all'altr'uscio. Sicuro, bastavano due colpi. Non tornava Cicciotto?

Cominciò a sfruconare con un'altra chiave, e far leva e spaccarsi le unghie, ma non veniva a capo. Avrebbe bisognato schiodarla, addirittura. Ficcò la chiave giusta e in due scatti gli uscí sottomano il paletto, solido come il ferro. Era ferro. Neanche con la mazza si sarebbe spezzato. Girò indietro e il paletto scomparve.

Ecco Cicciotto, trafelato, con la cassetta. Piantò uno scivolone nell'entrata e gliela buttò ai piedi. – Presto, fannullone, ché vengono i carabinieri del prete. Quando passa il treno?

Ciccia pasticciò qualche minuto, stringendo i denti e rompendo un cacciavite. Mugolava e tirò un calcio alla cassetta.

– Da' qua, papà, provo io.

– Serrature da cassaforte, sono. Neanche il fabbro la dice. Sono gli unici soldi che spendono volentieri.

– Chi è che borbotta?

– Ho messo il prete coi gelati. Va' deciso.

Cicciotto insinuò un semplice rampino nel buco e lo dimenò con cautela, cercando l'anima del congegno. – Non bisogna romperla male, – diceva tra le labbra, – bisogna che non chiuda, sembrando chiusa. Bisogna pensare che quello non aveva martelli. Ecco... – Si fermò un istante e premette leggero, socchiudendo gli occhi. – Pare che scivoli, – disse.

– Da' qua, buono a nulla. Rompiamo: vuol dire che il maresciallo gli ha dimenticato un chiodo in tasca. Io non sono obbligato a star qui tutto il giorno. Avrà rotto, che ero fuori.

– E se fosse riempire la buca del muro? Tu giravi e sentivi chiuso e invece non era.

– Non sai cos'è carcere, tu. Quando vuoi che l'abbia riempita?

– Ecco, – esclamò Cicciotto, sempre curvo ad armeggiare. – La molla salta. Prendi il martello.

Ciccia gli tese il martello sopra la nuca e Cicciotto immobile brancolò con la mano, a riceverlo. Poi, scostandosi di spalla, menò sul rampino ficcato un colpo deciso. Il rampino andò in terra.

– Buono a nulla, c'è restata la punta.

– Macché, – disse Cicciotto rialzandosi. – Prova la chiave.

Ciccia, trepidante, ficcò la chiave e girò nel silenzio. Mandò a destra e sinistra e nulla si mosse. Qualcosa saltellava sotto il gheriglio, ma il paletto non usciva piú.

Si asciugò il sudore. – Che adesso vengano, – disse rabbioso. – Quel boia è a suo posto.

– Il bello è che a lui non fa capo d'accusa. È ammesso che cerchi di scappare. Tu sí, se sapessero che hai rotto la molla.

– Io non ho rotto niente. Cos'ho rotto, io... E tu, mosca eh, gabbiano!... Porta via la cassetta.

Cicciotto diede anche lui il suo giro, mordendosi la lingua, poi raccolse i ferri e se ne andò.

Ciccia girò un'altra volta la chiave, accostato l'uscio. Ecco che l'uscio restava aperto. Naturale: non se n'era mai accorto.

Venne, ilare, tirandosi i baffi, all'altra cella e abbassò lo sportellino. Una voce lenta parlava. Ciccia gridò abbassandosi: – Si tenga pronto, reverendo, fra poco si parte, – e richiuse.

Ricomparve Cicciotto sulla soglia di strada. – Papà, i carabinieri, – e scappò, curvo innanzi.

Ciccia fissò la porta, vuota, il selciato fresco. Ecco i passi. Comparvero gli scarponi a stivale. Neri e rossi, il vestito pesante, il berretto per storto.

– Siamo già in piedi, giovanotti?

Quello tarchiato, dai baffetti a spazzola, aveva ancora gli occhi chiusi. Si cavò il berretto con una ditata e sorrise per disgusto.

– Tutte le notti fate questa festa? – disse di malavoglia. – C'è voluto del buono a restare in caserma. Il maresciallo ci voleva distaccare pure noi. Che si scherza? Noi non siamo della forza.

L'altro aspettava sulla porta.

Ciccia, andando alla cella, si volse: – Nessuno è tornato ancora? – Fece un muso compunto e cercò la chiave. – Sono casi eccezionali. Non tutti sanno scassinare una porta... L'avete fatto il bagno?

– Di sudore, – borbottò il carabiniere, cacciandosi la mano nel colletto. – È la spiaggia della miseria. Ci sono piú pietre che acqua.

– E zanzare e bagasce, – aggiunse quello taciturno, dalla porta.

– Ce lo date questo prete? – s'impazientí il piccolo. – Che non si perda il treno.

Ciccia aprí l'uscio e chiamò il reverendo. S'affollarono il Biondo e quel Nanni con lui, salutandolo. Il Biondo gli tendeva la mano, vociando: – Buona stagione, reverendo, si ricordi di noi detenuti, – e il prete usciva di schiena.

– Presto, – gli disse Ciccia. – Indietro voi –. Respinse Nanni e chiuse l'uscio. Il trepestio cessò.

Mentre riempiva il registro d'uscita il reverendo giungendo le mani s'avvicinò al carabiniere. Anche l'altro dalla porta s'avvicinava.

– Ci sono notizie di quel giovanotto che è evaso?

– Non ancora, reverendo. Sarà questione di tempo. Non è lui che la faccia franca, sicuro. Piuttosto, se fa altre sciocchezze, ne andrà di mezzo qui il nostro portinaio.

Ciccia levò la testa: – Quando si è fatto il proprio dovere...

– Lo chiamate fare il vostro dovere, lasciarlo scappare? – tagliò secco il carabiniere.

Ciccia perse il filo. Vide l'altro carabiniere, prima sovrapensiero, mettersi a ghignare. Riabbassò il capo, mangiandosi le parole.

Il reverendo stava immobile, nel centro della stanza, la sua giacchetta abbottonata, i larghi calzoni pesanti arricciati sulle scarpe.

– S'è già rinfrescato, reverendo? – disse il carabiniere. – Scusi, allora –. Si volse al compagno e questi s'avvicinò tastando nella giberna a tracolla.

Ciccia vide le due mani sovrapporsi e ficcarsi incrociate sotto il dente dei ferri. Le dita rapide del carabiniere fecero scorrere la vite e chiusero seccamente il lucchetto. Il reverendo rialzò il capo. – Regolamenti, – disse baffetti, sporgendo un labbro. – Ah! il cappello. Dov'è?

Prese il cappello sgualcito su una seggiola e glielo mise in capo.

Ciccia s'alzò e tese la penna al carabiniere. Mentre questi firmava, fuori strepitò arrestandosi la macchina.

– Siete almeno puntuali in questo paese, – borbottò il carabiniere. – Statemi bene allora. Credete a me, alla taverna andate dopo l'ultima ronda, non prima.

Uscirono. L'automobile s'allontanò. Dalla soglia Ciccia

vide certi leandri fioriti, alti di là dal muro, indorarsi alla luce calda. E cominciavano tonfi di porte, strida di bimbi, richiami. L'acciottolio d'un carretto fece tremare l'aria, e non c'era nessuno.

Ciccia rientrò, accostando il cancello, e andò lento all'armadio. L'aprí cauto e prese il fiasco, schiarendosi la gola. Già il bicchiere mostoso sapeva quel profumo. Ciccia versò e, bevendo adagio, levò gli occhi alla volta. Udí frusciare il cancello.

Controluce non conobbe subito quel vagabondo giacca a spalle, che girò gli occhi per la stanza. Poi lo prese uno scossone e gli cadde il bicchiere. Ma già quello diceva: – Bevete, la strada la so.

L'idolo

Tutto ricominciò in un pomeriggio d'agosto. Adesso, con qualunque cielo mi basta di levare il capo tra le case, per ritrovare quell'immobile giornata.

Ero seduto in quel salottino che non ho piú veduto, dove filtrava mi pare una penombra gialla. Venivo in quell'ora morta per essere solo. Ricordo ora che, quando lei entrò e non la conobbi, pensai soltanto ch'era un corpo troppo magro. Subito dopo, debbo essere saltato in piedi, perché mi venne incontro senz'esitare e mi tese la mano dicendo: – Che spavento. Fortuna che sono vestita –. L'altra mano se la premeva sul risvolto del colletto.

Aveva un abito bianco. Qualche istante dopo, quando piegò il capo lacrimandomi sulle dita, le vidi la nuca scoperta, annerita di sole. Al contrasto mi parve quasi bionda.

Ricordo che riuscii a dire: – Su la testa, Mina, tanto debbo vergognarmi io quanto tu, d'essere qui.

Mina mi guardò. – Non piango di vergogna, – balbettò a labbra tese, – sono commossa.

Mi fece adagio allora un sorriso che lasciai morire senza risposta. Le pieghe all'angolo della bocca incidevano profondamente: la sua antica espressione era scavata piú dura sul viso di un tempo.

– Perché mi guardi cosí? – gridò contraendosi tutta. – Credi di farmi vergognare?

Fu allora che la padrona sporse il capo fra i tendaggi scrutandomi, e subito si ritrasse. Io abbassai gli occhi sulle scarpette di Mina e, appena rifummo soli, diedi in un mugolío, sorpreso io stesso della mia voce: – È possibile, Mina, è possibile?

Mina mi fissava ora ironica, gli occhi arrossati; io la guardavo ansioso. – Non ti piace una donna abbronzata? – mi disse e si volse: – Bisogna chiamartene un'altra...

Le presi una spalla: – ... Mi lasci, – strillò dibattendosi, – mi lasci, non sono chi crede.

Se ne sgusciò cosí per i tendaggi, lasciandomi dritto in mezzo al salotto. Rientrò la padrona che tornò a squadrarmi, stavolta severa. Io raccolsi il cappello e mi feci alla porta.

– Tornerò un'altra volta, – balbettai uscendo.

È di quel pomeriggio e di qualche successivo, il ricordo di un cielo tranquillo e profondo che mi accompagnò per molte indocili camminate. Quando ci penso, non capisco come il tristo e incessante pensiero che mi cacciava, abbia potuto vestirsi d'una cosí serena atmosfera.

Era sabato e verso il crepuscolo mi sorpresi a rigirare per quelle strade deserte, ben sapendo che un sorriso vile mi torceva la bocca. Riattraversai il portone con un passo risoluto e, non levando gli occhi, mi ficcai nella sala comune. Dal mio angolo vidi presto che Mina non c'era e fu quasi un sollievo. La padrona mi guardò appena. Mi guardarono invece le due ragazze sedute sul divano a gambe nude accavalciate, e una mi colse l'occhio. I molti uomini seduti intorno alla parete fissavano il pavimento vuoto con un'aria assorta. Una ragazza grassa seminuda, in piedi in fondo alla sala, parlottava con un sergente.

Mina non compariva. «È sopra che lavora», pensai. Ecco che mi mordevo le labbra parlando a me stesso e un'angoscia intollerabile mi serrava le costole. Andai dritto alla padrona e le chiesi di Mina.

– Chi è Mina?

Le ricordai del pomeriggio. Sulle labbra dure della signora comparve un sorriso di dubbio.

– Lei vuol dire la Manuela. Non è scesa. Adelaide, va' a sentire Manuela.

Una delle due ragazze mi precedette sulla scala canterellando e voltandosi ridente. Aveva lunghe gambe che facevano a tre i gradini, ma andava adagio, aspettandomi. Sopra, sbatterono delle porte. Pensai che anche questa era una cara ragazza. Mi pareva di andare con lei.

– Voialtri uomini volete sempre quella che non c'è, – disse Adelaide nel corridoio.

Entrammo in uno scuro che sapeva odor di bagno.

– Apri la luce, Manuela –. La vidi distesa sul letto col braccio sollevato all'interruttore, i capelli negli occhi, vestita come al pomeriggio ma scalza. – Aspettate, – disse con una brutta smorfia, balzando a sedere. Cacciò i piedi nelle scarpette, corse per la stanza, si guardò attorno, ritornò verso il letto. – Sei cattiva, Adelaide, – disse volgendo la schiena a risalire. – Va' via, va' via.

Quando fummo soli, la guardai smarrito. Sotto le sue gambe distese c'era quella terribile stuoia. Accanto al letto, sul suo capo, pendevano camiciole leggere. A terra, uno scendiletto sfilacciato.

– È impossibile, Mina, è impossibile.

– Ti aspettavo, Guido, sapevo che saresti venuto.

– Sei rimasta su per aspettarmi?

Mina scosse il capo, sorridente. – No, stavo male davvero, in questi giorni sto male, ma sapevo che saresti tornato.

– Mina, devi dirmi tutto. Perché sei qui? perché? Non posso crederlo.

Quegli occhi s'indurirono. – Non c'è niente da dirti, no? Che sono qui, mi pare basti. Che cosa vuoi sapere? Ero sola e ho cercato lavoro. Se vuoi parlarmi, lascia stare questo.

– Ma tuo padre, Mina, tuo padre, che mi diceva sempre che ero un fannullone, ricordi? – non seppi sorridere, – lo sa tuo padre? Ti credevo laggiú...

– Papà è morto, – disse Mina senza abbassare gli occhi.

– Oh, – mormorai. – Ma perché non mi hai scritto, non mi hai cercato? Tante volte ho pensato a te, ti credevo sposata; eppure al mattino – ricordi? – certe volte dicevo: Forse Mina mi aspetta.

– Mina mi aspetta, Mina si è sposata, ma di scrivere non sei stato capace. E ora ti lamenti? – Mi caddero gli occhi. La voce ridivenne sommessa: – Davvero hai pensato a me qualche volta?

– Oh Mina.

Ronzò un campanello da qualche parte nel corridoio.

– Lo sa la signora che sei qui? – mi chiese bruscamente, balzando.

– Mi ha detto lei di Manuela...

– Guido, non puoi restare, la signora ti considera un cliente: in queste cose è il suo interesse, ci vedremo domani...

– E perché non posso restare? Sono un cliente. Pagherò come Manuela fosse un'altra. Quanto costa mezz'ora?

Mina abbassò la fronte sul cuscino. Mordendomi il labbro, trassi le cinquanta lire che avevo e le posai sul cassettone. Gli occhi fuggenti di Mina mi fissarono, raccogliendosi intenti. Poi allungò il braccio e suonò tre volte la peretta.

– Tu lavori e guadagni? – mi disse.

Mi sedetti sul letto. Faceva un caldo greve e sarei uscito sudato: allora non me ne accorsi.

– Io sto male, sai, – disse Mina. – Mi dolgono le reni se dormo sul fianco. Faccio una vita poco sana. Ma quest'anno sono stata al mare e va già meglio. Dovrei vivere sempre all'aria aperta.

Le persiane misteriose erano chiuse e accecate. Nessun rumore veniva dall'esterno.

Disse sollecita: – Che hai, Guido? – e mi prese una mano. Senza levare il capo dal cuscino mi fissava con occhi grandi. Io le strinsi le dita per esprimere quell'angoscia.

– Che t'importa di me? – disse pacata. – Sono cose lontane, lontane come Voghera. E tu magari sei sposato.

Scossi il capo. – Non sarei venuto qui.

– Ma poverino, – scattò Mina, levandosi sul gomito. – Tu cercavi una donna.

– La cerco sempre, – dissi.

Mina non m'ascoltò. – Che sciocchi eravamo, – disse. – Non rimpiango però nulla di quell'estate: e tu?

– Io rimpiango l'inverno, che ci siamo lasciati.

Mina si mise a ridere, di quel riso leggero che avevo dimenticato.

– Oh Mina...

– Sta' buono, sono malata.

– Almeno un bacio, Mina.

– Baceresti Manuela.

– Mina.

– Domani, ci vedremo. Domani mattina. Forse potrò uscire. Non dispiace anche a te vederci qua?

Ora che tutto è successo, rimpiango di non essere stato, in quel giorno brutale e di averle lasciato iniziare il suo gioco. Ma oggi ancora mi domando: forse che lei voleva?

Per nascondere il tremore delle labbra, accesi una sigaretta. – Io fumo, sai, – mi disse Mina.

Fumammo insieme, discorrendo ancora. Io volgevo il capo e me la vedevo distesa dietro, supina a guardarmi. Evitavo con gli occhi l'angolo del lavabo ingombro di asciugamani e di barattoli. A poco a poco ammutolivo. C'era a terra una grande bottiglia violetta.

– Dammi quel bacio, Guido, – mi disse brusca Mina. Mi volsi e le presi le guance: facendo uno sforzo, la baciai. Mina mi sussurrò sulle labbra: – È sempre estate, Guido, – e si staccò.

Stemmo in silenzio. Io le presi la mano e la serrai. Mina saltò dal letto. – Sono troppo felice, – mi disse affannata. – Sono troppo felice: va' via, potresti cambiare. Sí, domani ti aspetto... Prendi quello, là sopra: tu magari ne hai bisogno, son'io sola che debbo far festa: oggi è la mia giornata...

Io guardavo il biglietto, riluttante.

– ... E allora dàllo tu alla signora, ti deve dare venti lire, sta' attento. Ma non lasciarlo qui; Guido: sí, addio.

L'indomani le dissi che volevo sposarla. Mina s'arrestò aspirando d'un ansito l'aria fresca e immobile della strada e, nel tumulto che ci avvolse sul marciapiede, sussurrò un gemito chiudendo gli occhi. – Non importa, – mormorò, – se hai detto per dire, non importa, sei buono.

Il pomeriggio di quella domenica lo trascorsi, nelle ore bruciate, girando le strade. In nessun luogo mi riusciva di sedere e aspettare la sera, l'addolcirsi del cielo, il ritorno di quell'ora del giorno prima. Fino a martedí non dovevamo vederci. Parlavo a scatti, febbrilmente, tutto solo. Verso sera, ritornai nella mia stanza e, buttato sul letto, fumando, guardavo calare l'atmosfera dorata sui vetri sudici della casa di fronte.

Nel crepuscolo mi accorsi che, ascoltando un silenzio improvviso, stavo un attimo senza pensare a nulla. Allora mi spaventai di avere chiesto a Mina di sposarmi, di essere uscito con lei. Ero seminudo nel letto e scorsi gli occhi commiserando dal petto alle gambe che allora avevo brune, di un bruno leggero. Com'era fatta, Mina? L'idea di essere il solo a non saperlo, mi fece ghignare.

Mi alzai d'un tratto, risoluto, e mi vestii. Giunto davanti a quel portone, esitavo ma, costringendomi a un sogghigno, suonai subito.

Mina stavolta mi guardò atterrita. Era sull'uscio della sala comune, vestita di bianco e parlottava alla signora. Mi saltò incontro e mi afferrò una mano, facendomi sedere sul sofà dell'anticamera. Cadde anche lei, senza guardarmi, accanto a me. La padrona, dall'uscio, mi fece un cenno lieve del capo.

Stemmo seduti, senza aprire bocca. Fissavamo il pavimento a mosaico. Mina mi stringeva sempre il polso, convulsamente, e fui io il primo a levar gli occhi quando passarono due giovanotti, diretti in sala.

– Vuoi che me ne vada, Mina? – dissi a fatica, piano.

– Perché sei venuto?

– Non so.

– Non sei contento di stamattina?

– Ti voglio sposare.

Mina sorrise. – Non sono libera.

– Come?

– Ho il mio lavoro.

Mi contorsi, ruggendo.

– St! Guido, va' via –. Nella sala parlavano forte e, in mezzo, la voce acuta di una donna.

– Vai: ci vediamo martedí mattina. La signora ci spia.

– Non ho niente da nascondere.

– Guido, te ne supplico. Piuttosto, senti, – riprese esitando, – torna che io non ti veda e cerca Adelaide.

Feci una smorfia e alzai le spalle. Mina sospirò, guardandomi di sottecchi.

– Mina, hai qualche malattia forse? – chiesi senza guardarla.

– Oh no, Guido. Come non capisci?

Uscirono un signore e una ragazzina dalla scala e scomparvero nel corridoio. Spuntò la padrona.

– Non capisco, – dissi. – Perdonami, Mina.

– Martedí ci vedremo. Fídati, Guido. Ora, vai.

Ci guardammo, e scappai fuori senza voltarmi.

Dopo un cento metri, mi tornò sulle labbra quel sogghigno di prima. Camminavo brontolando e la tensione presto mi indolenzí le guance. Il fresco del primo buio e la folla domenicale non servivano a distrarmi. Mi ripetevo le parole che avrei dovuto dire a Mina, me ne agitavo e una grande amarezza mi riempiva la bocca.

L'indomani all'alba sul treno che mi portava in provincia, trovai un po' di pace. Ero assonnato, il treno andava e godevo intontito quel fresco tepore. Sotto la mano abbandonata sentivo, occhi chiusi, la busta dei miei campioni e quel viaggio era bello, cosí uguale a tutta la mia vita eppure nuovo, pervaso di un'indicibile e penosa dolcezza. In fondo, era quanto avevo sempre sognato. Nella coda dell'occhio mi passavano i campi che il sole radente svegliava. Intravidi un istante che entravo, occhi chiusi, sotto un nuovo orizzonte dove ogni cosa, la piú atroce o la piú meschina, mi sarebbe potuta accadere.

Pensavo a Mina nel torpore del suo risveglio, ci pensavo

avendo ancora nel corpo il calore del mio letto, e non potevo odiarla. Le ero grato di quel dolce desiderio che m'invadeva le vene. Certo era sola nella sua stanza. In quell'ora era sola, e potevo pensarla. Mi faceva sorridere quel consiglio esitante di provare Adelaide. Chi sa. Adelaide e Manuela. Forse erano amiche.

Fu martedí mattina e c'incontrammo nella stazione, al mio ritorno. Tornavo apposta per vedere lei, ché avrei dovuto continuare in automobile il mio viaggio su quelle colline alla ricerca di certi clienti. Mina mi disse che usciva ormai troppo spesso e questo la danneggiava, nella salute e agli occhi della padrona.

– Non hai bisogno d'aria fresca? – mormorai.

Mina mi fece attendere davanti a un negozio di calzature e uscí quasi subito con un piccolo pacco. Dritta e raccolta nell'abito marrone abbottonato sul fianco, e caschetto verde, mi cercò con gli occhi dalla soglia della lucida vetrina. Sfiorandoci il gomito, attraversammo la strada.

– Dove hai preso il tuo nome? – le chiesi.

– Non ti piace? – domandò vivamente.

– È bello sí, dove l'hai preso?

Mina mi guardò di tra i riccioli. – Non l'ho cercato: era scritto sulla porta della mia camera.

Quella mattina comperammo da fumare, poi mi fermai davanti a un negozio di calze. – Se mi prometti di portarle soltanto nelle giornate come questa, ti regalo le piú belle calze.

– Vieni avanti, Guido, qui no: non le compero mai qui.

Erano le undici e mi disse che doveva rientrare.

– Mina, sediamoci un momentino in un caffè?

Nel caffè cercai l'angolo piú segreto e non guardai in faccia il cameriere, mentre ordinavo.

Mina silenziosa e seria, mi fissò mentre non le staccavo gli occhi di dosso.

– Ti vergogni di uscire con me, – disse piano.

– Mina, – dissi stupito, – cerco d'essere solo, con te.

– Tu non mi perdoni la mia vita.

– Tutto il passato ti perdono, Mina, ogni giorno e ogni notte, voglio comprenderti, non sei piú la ragazza sciocca di un tempo, e benché dovrei piangere di quanto è successo, pure non piango. So che ti voglio bene e sono tuo come allora. Ma sposami, Mina, smetti questa vita: che cosa ti costa, dovrai ben smettere un giorno?

– Lo vedi che ti lagni? Questo non è perdonare.

– Ma debbo forse ringraziarti che tu continui a fare quello che fai? Non la capisci la tortura di quando sono solo e ti penso con tutti quegli uomini? Perché con loro, e con me no?

– Ma con loro è diverso, Guido, è diverso e... non sono tanti.

– Capirei se ne amassi qualcuno.

– Davvero? Io ti conosco, Guido, so che urleresti di piú.

– Mina, non ti fa schifo questa vita?

– Lo vedi, Guido, che ti vergogni di me?

Sentii in quell'attimo per la prima volta quel senso di uno sforzo enorme e futile come di chi si slanci con tutto il corpo contro una roccia. Mina mi osservava, curva la nuca, con due occhi chiari, e le rughette tra le ciglia, raccolte. Cacciai un ansito, abbassando gli occhi.

– Lo vedi che cosa pensi? – riprese Mina, intenerita: – Con te no. Ma lo faccio per te. So che dopo sarebbe peggio.

– Ah, – mugolai, con un sorriso tremante. – Ti farò lavorare, se ci tieni al mestiere. Se Dio vuole, posso andarci come tutti.

Quasi stravolta, Mina mi fiatò in viso: – Guai a te, Guido, se fai questo: dopo non mi vedresti piú.

Fu in quel pomeriggio che, dopo due ore di andirivieni sotto il sole per le vie torride e tranquille mi allontanai dal portone di Mina e mi diressi a un'altra casa che sapevo, in fondo a un vicolo. Ma pure saziandomi, la stupida e annoiata compiacenza della ragazza mi mandò a casa inebetito, con una feroce voglia di piangere. Inoltre, m'era cosí ritornato in mente – in ogni particolare – che cosa fosse il lavoro di Mina; verso sera, ero di nuovo fiaccato dall'angoscia, davanti al portone di lei. A quell'ora avrei dovuto essere in viaggio. «Se son tornato di stasera, – ricordo che pensai, – vuol dire che le voglio davvero bene».

Ma neppure ora osai suonare. Mi sedetti in un'equivoca osteria, quasi di fronte a quel portone, donde vedevo, tra certi vasi di piante e un cancello, l'androne foscamente illuminato e le persiane, ermetiche nell'ombra, della casa. «Qui passerò le sere», mi dissi. Ma dopo un quarto d'ora ero uno straccio. Ora un uomo qualunque, ora un giovane, ora un gruppetto di soldati e di sbordellatori chiassosi, scompariva in quel portone o – peggio – si soffermavano sulla soglia a schiamazzare. Giunse persino uno in motocicletta, riempiendo di fragore la notte, e smontò e corse sopra, vestito di cuoio.

Poi, quelli che uscivano. Ciascuno poteva essere stato con lei. Vidi un uomo grasso e calvo che si guardò furtivamente intorno e scomparve allontanandosi. Se non correvo, avrei gridato.

Senz'esitare questa volta mi ficcai sotto il portone e suonai subito. Nella sala affollata e fumosa, Mina non c'era. Rimasi in piedi respirando appena e fissando la porta. Mi comparve innanzi Adelaide seminuda e, strizzandomi l'occhio, mi fece il saluto militare.

Le chiesi se prendeva il fresco. In quell'istante vidi Mina che vestita d'una camicetta celeste e mutandine bianche di seta – abbronzata le gambe e la vita – porgeva qualcosa alla padrona. Mi vide, dietro Adelaide, e si rabbuiò. Non parve sorpresa: solamente risoluta. Mi venne incontro e, scostando Adelaide senza guardarla, stava per parlarmi, quando un uomo sparuto e biondiccio, dalla fronte calva sugli occhiali, fin allora immobile, le sgusciò accanto, accennandole con la mano. Mina piegò gli occhi, si volse e gli andò dietro, senza piú curarsi di me. Adelaide scoppiò in una risatella. Mi mancava il respiro.

Le lacrime d'immobile angoscia che mi salirono agli occhi, poterono parere sudore. Sentii Adelaide che parlava. Poi ronzarono i campanelli sopra il banco della padrona. Allora me ne andai, a fronte alta, senza veder nessuno.

Stupidamente quella notte feci un altro progetto impossibile: ubriacarmi ogni sera. Dicevo: «Lei è abbronzata di fuori, io mi abbronzerò dentro». Stetti subito male e nella vertigine non dimenticavo la camicetta di Mina. Avvezzo a vivere da solo com'ero, non scacciavo facilmente un'idea e quel biondo sardonico dagli occhiali mi ghignò tra i fumi tutta la notte.

Rividi Mina la domenica dopo, nella sua mattinata. Avevo atteso dall'osteria che sbucasse e le tagliai la strada risoluto. Mina mi guardò stupita, si fermò dandomi la mano, poi, siccome le impedivo il marciapiede, mi disse: – Camminiamo, non mi piace fermarmi qui.

Si lagnò che l'avevo trascurata e voluta tradire. Aveva molto pensato a me, specialmente al mattino svegliandosi, quand'era piú sola. Perché non ero buono con lei? Lo ero stato a Voghera, a vent'anni.

Io non dicevo nulla e pensavo affannosamente che adesso era una donna.

– Tradirti con chi? – chiesi a un tratto.

– Oh Guido, – mi rispose, – anch'io vorrei quel che tu vuoi, ma dopo sarebbe peggio, mi tratteresti come le altre...

– Facciamo una cosa, sposiamoci.

– Guido, non posso, è la mia vita, questa, e sono certa che fra un anno, forse meno, mi odieresti...

– Mina, ti voglio bene.

– Lo so, – mi disse, prendendomi la mano, – lo so, Guido, e credi che non comprenda il tuo tormento? Ma appunto per questo ti chiedo di essere mio amico, e non volere di piú –. Mi levò gli occhi in viso: – Di te mi vergognerei, – sussurrò.

– A Voghera accettavi di sposarmi.

– A Voghera mi volevi bene e mi hai creduto quando ti ho detto che papà non voleva.

– Si è visto il frutto.

– Guido, papà è morto e il resto riguarda me.

– E con chi dovrei tradirti?

– Perché parlavi con Adelaide?

– Ma se mi è capitata davanti: cercavo di te.

Mina s'oscurò. – Non venire mai piú in quella casa. La prossima volta non mi vedresti piú.

– Mina, – le dissi fermandomi, – non voglio chiederti nulla, ma che questa vita ti fa vergogna, lo vedo. Smettila dunque e sposiamoci. Io sono sempre come allora.

– Non ho nulla di che vergognarmi, Guido. E ti ho già detto di no.

– Hai la sifilide, Mina?

Le scappò un sorriso. – Come farei a lavorare? Oh Guido sei un ragazzo. Sarebbe cosí bello trattarci da buoni amici e dimenticare queste cose. Che t'importa? Fa' conto che mi fossi già sposata.

Ci vedemmo altre volte, di mattina in mattina; Mina portava quell'abito verde e marrone; una volta venne, vestita di bianco, e pareva piú alta e anche piú grave sotto la mantelletta svolazzante. Per avere due o tre mattini alla settimana, io viaggiavo di notte, scorciavo i miei giri, mancavo le scadenze di qualche cliente. Certe sere salendo in treno, solo, pensavo, anelando, alla Mina piú alta e piú seria, e non riuscivo a sovrapporla all'altra immagine che avevo di lei: eppure, sarebbe bastato svestirla. La sua piccola fronte di donna, aggrottata, mi faceva tremare. Rimpiangevo nell'angoscia i giorni ch'era stata ai bagni: la pensavo sola laggiú. L'accompagnavo nel suo viaggio, intenerito: sedevo con lei, le camminavo al fianco e mormoravo parole; dormivamo accanto. Talvolta vincevo l'orrore dei lenti pomeriggi persuadendomi che tutto era bene; che avevo trovato una donna nuova, intatta nella sua umiliazione. La stessa durezza con cui mi resisteva, aveva per me un valore e una amara dolcezza. Uno smarrito sollievo me lo dava il pensiero che la sua vita piú segreta era solitaria e sdegnosa. La sentivo mia eguale.

Un mattino fresco di settembre venne all'appuntamento in compagnia di una ragazza piú giovane, dal cappellino sbieco che le tagliava un occhio e labbra assai dipinte. Credo che feci un viso desolato, perché tutte e due, guardandosi, risero: la ragazza, molto sonoramente.

– Non andremo piú a mangiare insieme? – bisbigliai a Mina, mettendomi al suo fianco.

– Ci andremo, – sorrise, prendendomi il braccio.

Fece un saltello, stringendosi a me. Fui sorpreso e felice, perché quel giorno avevo preparato molte cose da dirle nell'ora tranquilla del pranzo. Ma la ragazza mi seccava.

Mina si mise a parlarmi del mio lavoro e mi fece nominare i luoghi dov'ero stato in quei giorni. Si rabbuiò quando con un sorrisetto rivelai che saltavo certi clienti per non mancare ai suoi mattini. Si fermò sul marciapiede, facendo una smorfia. Mi cadde il sorriso e le mostrai con occhi supplichevoli la compagna, ferma con noi.

– Tu ti rovini per delle sciocchezze, – disse Mina seccamente, – io non voglio questo. Sono ragazzate che non posso ascoltare. Quando si lavora, bisogna lavorare. Tu sei solo e hai bisogno di far la tua strada. Vuol dire allora che io ti rovino, e non ci vedremo piú.

Mi tornò stupidamente sulle labbra un sorriso. Intravidi il mezzo viso dell'altra volto a terra, impassibile. Non risposi a Mina, ma le presi il braccio e balbettai di camminare. Mina si svincolò e ci muovemmo.

Dopo un lungo silenzio, quell'altra chiese brusca qualcosa. Discussero se due dozzine di saponette all'ireos che Adelaide aveva consumato in un mese, giustificassero quei rigori della signora.

– Che cosa le ha fatto? – chiesi.

– Non le ha piú fatto, ecco, – ghignò la ragazza increspando gli angoli della bocca. – E quell'altra ha il capriccio e le prude assai.

Colsi Mina che a testa bassa fissava i ciottoli. Confrontai col suo profilo quello emaciato e sensuale dell'altra, e ritrovai la linea forte, la durezza del mento che amavo. Le sfiorai lieve il braccio e me lo strinsi.

– Da molto tempo vi conoscete? – dissi alla ragazza.

– Nuccia è una romagnola, – disse Mina.

– Sai, Nella, che la signora Martire mi ha chiesto quando torni a Bologna?

Io trasalii, Mina piantò gli occhi negli occhi di Nuccia. Affrettammo il passo. Giungemmo in silenzio davanti al caffè, dove Nuccia era attesa.

Al bianco tavolino della nostra trattoria ci guardavamo senza parlare. Osservai che le mani di Mina eran tornate chiare.

– Molto abbronzata eri?

– Ho fatto molta cura del sole. Prendevo una barca, andavo al largo e mi toglievo il costume.

– Remavi sola?

– Non è difficile.

La guardavo, occhi fissi. Mina tentò un sorriso. – Non dire nulla, Guido. Al mare vado per riposarmi.

– Ma io pensavo di venire con te.

– Appunto: ma vado per riposarmi.

Mina finí presto il suo piatto. Mentre mi osservava chino, disse a un tratto: – Perché fai queste cose?

– Che cosa?

– Perché trascuri il tuo lavoro? come vuoi che ti creda, se fai questo?

– E tu perché non vuoi sposarmi?

– Te l'ho già detto, Guido.

– No, che non me l'hai detto. Ti diverti a giocare con me. Quando vai a Bologna?

– Non vado a Bologna. Andrò forse a Milano.

– Quante case hai girato?

– Non ho pensato a contarle.

– Chi hai che ti mantiene?

Lo sguardo duro di Mina s'addolcí. – Devi soffrire molto, Guido, per dirmi queste cose. Credo facciano male anche a te.

– Male per male, preferisco questo. Tu non mi vuoi perché hai qualcuno.

– Ma, Guido, non vedi come lavoro e che vita faccio? Se qualcuno mi mantenesse... – disse penosamente, ma s'aggrottò d'un tratto: – Mi mantengo e lo sai.

– È perché vedo la vita che fai, che ti voglio sposare. Oh Mina, non vuoi proprio capirmi? Lavoreremmo insieme, se tu vuoi; ci vedremo soltanto la sera; se non vuoi, non saremo sposati, ma esci da questa vita, abbi pietà di me, tu sei l'unica donna che valga la pena, anche allora a Voghera non volevi sentir supplicare, ti chiedo il tuo bene, dimmi tu come debbo pregarti. Questa vita che fai...

– Questa vita mi piace, – disse Mina pacata.

Mi ricadde la faccia come a urtare una roccia. Istupidito volsi gli occhi intorno, e fu lo spasimo vivo a tenermi in me. Poi mi sorse nel cuore una furia scottante. A bassa voce la insultai come seppi.

– Vedi: e volevi sposarmi, – disse Mina.

Un mattino inaspettatamente mi chiese di vedere la mia camera e mettermela in ordine. La condussi trepidando su per la vecchia scala semibuia e appena entrato spalancai la finestra. Entrò col fresco della luce un senso nuovo. C'era per terra la valigia aperta presso l'armadio socchiuso, e un fascio di cataloghi vecchi della mia ditta. La tazzina ancor sporca di caffè sul comodino e il letto intatto erano quali li avevo intravisti uscendo poco prima.

Mina mi camminò incontro e mi baciò. Oggi ancora che tutto è successo, mi trema il cuore a ricordare la pura e solida dolcezza del suo corpo segreto. Per tutto il tempo Mina mi sogguardò con occhi limpidi, carezzandomi la schiena. Ci avvolgeva un'atmosfera fresca, quale non ho sentita mai piú.

Ma venne il pomeriggio e restai solo. Mina aveva promesso di darsi malata quel giorno purché partissi al mio lavoro. Piegai la testa e presi il treno. L'indomani all'alba ero già di ritorno e le scrissi un biglietto che l'oscena portinaia, apertomi in vestaglia, ritirò di mala grazia. Dormivano tutte, e corsi ad attendere nel nostro caffè, traversando le strade velate di un poco di nebbia. Gli alberi dei viali erano verdi ancora, e freddi.

Mina giunse assai tardi, quando già mi mordevo le dita, e

mi venne incontro senza guardarmi. Vestiva di verde e marrone. Si sedette e alzò gli occhi.

– Mina, sei qui, – dissi piano.

– Perché mi hai chiamata, Guido?

Balbettai: – Sono tornato per vederti e la mia azienda è fallita. Proprio oggi, – mugolai serrando un pugno.

– Debbo crederci? – balbettò Mina.

– Perché mentirti? Il danno è mio.

– Come l'hai saputo?

– Passavo stamattina per dare dei conti e ho trovato i sigilli. Da tempo m'ero accorto che si traballava, ma non pensavo... Può darsi ancora che l'aggiustino.

– E tu, che farai adesso?

– Vivrò di avanzi: ho qualcosa. Cercherò qualcos'altro. Dovremmo sposarci e cercare insieme.

– Oh povero Guido, ora devi pensare al lavoro.

– Tu non vuoi aiutarmi? – dissi, deluso.

– Certo che ti aiuterò. Ma non devi piú pensare a me... in questo modo. Hai già qualcosa in mente?

Mentre beveva il caffè e latte, la guardavo. La studiavo negli occhi, ricercavo la Mina di ieri.

– Tutta la sera ho tremato che tu scendessi, – dissi sfiorandole la mano.

– Sono scesa... oh caro. Sono scesa a cenare.

– Vedi, Mina, non potevo levarmi di mente quel tale – tu lo ricordi – di quel martedí sera che eri gelosa di Adelaide: aveva gli occhiali, un tipo frusto... Pensavo, chi sa se è tornato quest'oggi.

Mina socchiuse gli occhi, cercando. Poi fece una smorfia. – Mi ricordo... Sei stato cattivo quella sera. Perché eri venuto? Mi hai fatto soffrire molto.

– E io, Mina? Ma non è piú venuto quel tale?

– Perché proprio lui?

– Mina, con lui ti ho visto tradirmi.

– Tradirti? – sorrise Mina. – Posso tradire qualcuno io?

– Puoi far soffrire l'inferno, se vuoi.

– E ieri, Guido? era l'inferno?

Era bello quella mattina, seduti contro il vetro vibrante di sole. Era bello, ma le mani mi tremavano. Verso la fine Mina se ne accorse. – Che cos'hai che ti treman le mani?

– Ci vorrebbe un anello per fermarle.

Mina rise forte, divertita. – Quando dici queste cose sei caro, – e mi fece un sorriso.

Da quel giorno vissi come un folle. Diradavo i miei viaggi e cercavo di fare in un giorno il lavoro di una settimana – agli uffici dove mi si vedeva assai di rado, crollavano il capo e si preparavano a scavalcarmi. Quel mese avrei incassato solo metà delle percentuali solite. Passavo lunghi pomeriggi solitari a sognare il futuro, a pensar Mina, nel mantello bianco, scacciando i ricordi piú atroci e recenti della sua nudità. Specialmente la sera era una morsa lenta che d'attimo in attimo mi strappava le lacrime. Non poteva durare: gemevo, a alta voce, da solo. Qualche volta bevevo, ma allora le lacrime e gli urli sgorgavano in un ronzio di ludibrio piú esasperati che mai. Mi rompevo lo stomaco, ma non giungevo all'oblio. M'addormentavo stringendo il cuscino.

Lei, spietata e adorata, ogni tanto tornava da me. Mi trattava teneramente, soltanto inflessibile se le chiedevo di sposarmi. Fatto vile, esitavo a mostrarle il mio stato e supplicare ancora: mi atterriva il pensiero di quegli occhi duri e l'ostile parola: «Se mi vuoi bene, comprendimi». Qualche volta l'angoscia intollerabile mi strappava un lamento, su di cui lei sorrideva malinconica. Provavo a scherzare e pensavo di ucciderla. Glielo dicevo, a denti stretti.

Ero per lei ora un disoccupato e ogni mattina l'attendevo. L'accompagnavo a far le sue compere, cui per nulla avrebbe mancato, e qualche volta inutilmente cercavo di pagare un suo acquisto. Quand'ero solo, passavo a volte davanti ai suoi negozi di profumi o biancheria e pensavo a lei con un brivido.

– Mina, – le sussurrai un giorno che eravamo stesi accanto, – quando ti guardo o mi guardi, e tu hai quegli occhi cosí fermi. Qualcuno dice che le donne rovesciano le pupille, e mostrano il bianco. Tu no?

– Di che cosa t'intrighi? – mi sorrise contro il viso.

– È perché ti voglio bene, – risposi piano.

– Se mi vuoi bene, ti deve bastare, – disse stringendosi a me.

Quel giorno scendemmo le scale e camminammo restando in silenzio. Piovigginava e andammo a braccetto rasente il muro. Io assaporavo i primi spasimi dell'imminente solitudine.

– Guido, cos'hai?

– Niente, sono contento.

– Vedi, Guido, ricordi quel che diceva Nuccia quel giorno?

– Che, vai a Bologna?

– No, Guido, a Milano, – disse con una smorfia. – Quel che diceva prima, quando parlava di Adelaide.

Non ricordavo.

– Diceva che la signora era cattiva con Adelaide. Ricordi ora? – Accennai del capo: – Guido, noi siamo tutte un poco come Adelaide. Nasce dalla vita che facciamo. Non è una vita troppo bella, Guido.

Guardando fisso innanzi a me, senza vedere, ruppi il silenzio. – Con Nuccia, Mina?

– Non importa con chi.

Provavo un senso strano di umiliato sollievo. Respiravo a fatica l'umida aria, serrando senz'accorgermene il braccio di Mina. Ci arrestammo sull'angolo, senza un perché.

– Ora ti faccio ribrezzo, Guido? – disse Mina, occhi spalancati nei miei.

– Oh Mina, accetto in te qualunque cosa.

– Sai, – le dissi ancora lasciandoci, – forse mi fa piacere cosí. Preferisco –. Mina mi diede un sorriso obliquo e s'allontanò.

Due giorni dopo partimmo per Milano. L'avevo convinta che a Torino non ci facevo piú nulla e avrei forse trovato un impiego laggiú in una ditta concorrente. Scendemmo all'albergo e Mina stette due giorni e due notti con me. Io a Milano c'ero sempre soltanto passato, e furono i due giorni d'un sogno, camminando per lunghe strade ignote, stringendoci al fianco e guardando i negozi, tornando la notte con occhiate ridenti. Mi riempiva il cuore quella camera sommaria, ingombra di valigie, ma trepida e viva della presenza certa di Mina. Erano gli ultimi giorni sereni d'ottobre, e le piante e le case s'impregnavano d'un mite tepore.

Poi Mina se ne andò nella casa. Io scrissi ai miei padroni se non potevano affidarmi il controllo di quella provincia. Mi risposero che se non riprendevo il lavoro nel mio settore, mi toglievano subito la rappresentanza. Non risposi nemmeno e mi misi alla cerca in città.

Venne novembre, e la pioggia e il nebbione. Abitavo in fondo a un cortile in una stanza senz'aria e senza donne, dove non rifacevo mai il letto. Pulivo solo se veniva Mina. Ma venne di rado, perché al mattino era assai stanca. Passavo ore intiere disteso sul letto a fissare la porta socchiusa ascoltando la pioggia, e piú tardi guardando la neve. Avevo ancora qualche migliaio di lire, ma non sempre mangiavo, per la speranza che servissero a sposarci. Torvi pensieri indocili mi agitavano, quando giravo le strade intirizzito, e invidiavo gli spalatori che avevano trovato lavoro.

Mina stava in una palazzina austera, in fondo a una via aperta su un parco brullo. C'era dentro tappeti e un buon caldo; lo seppi una volta che l'accompagnai fin nell'entrata. Qui costava di piú e mi cominciò un nuovo rovello: i visitatori erano gente ricca, piú oziosa, molti vecchi: me lo disse lei stessa e l'avrei preferita tra le braccia d'un soldato o di qualche operaio. Di entrarci anch'io come tutti, non si parlava; certe notti piangevo di rabbia, ma bastava il ricordo di quell'occhiata ostile per piegarmi. Ero solo, – le dissi una volta, – non trovavo mai nulla, la città mi schiacciava cosí straniera e immensa, certi lividi pomeriggi avevo persino freddo e voglia di piangere: non potevo venirla a trovare?

– Se restavi a Torino... – mi disse. Ma aggiunse subito: – Dopo una volta, verresti un'altra e poi un'altra, e tu hai bisogno dei tuoi risparmi.

– Solamente a discorrere, Mina.

– No, verrò io presto da te.

Una sera che mangiavo un piatto di minestra in un locale, sentii due, uomo e donna, discorrere di un'agenzia che faceva miracoli. Di rappresentanze ormai disperavo, e poi mi occorreva un lavoro provvisorio. Su due bicchieri di vino parlammo. Guardavo quelle facce con infinita pena; sempre in quel tempo, quando non ero attanagliato dalla mia gelosia, provavo innanzi a due occhi umani un'umiliata tenerezza. La ragazza era magra, coi capelli negli occhi e un impermeabile frusto; l'uomo, un operaio ossuto, succhiava adagio una sigaretta. Erano stati disoccupati per mesi, lui adesso faceva il giardiniere e quella era la prima cena che potevano pagarsi. La ragazza non diceva nulla, ma solo annuiva, divorandomi con gli occhi.

L'indomani corsi all'agenzia, ma per il momento non avevano nulla.

Ritornammo nella nostra città alla fine di marzo. La mia vecchia padrona di casa mi conservava la stanza, ma quasi avevo onta di mostrarle la mia faccia ossuta. Ero diventato tale che, a una parola udita improvvisamente, traballavo.

Mina parlava di pigliarsi una vacanza, di fare un poco la «bimba viziata». Le rientravano leggermente le guance e si dava rossetto alle labbra troppo smorte. Ma sulla fronte la sua ruga era sempre dura. Mi parlava con molto affetto e mi chiedeva se l'amavo ancora.

Ma rientrò nella casa di prima, e l'avevo supplicata per la sua vita di non farlo, di andare un po' in campagna, di pensare a se stessa: sarei rimasto a Torino a cercarmi un lavoro. I primi giorni mi disse che non scenderebbe a lavorare; e infatti uscí sovente alla sera con me, ma un pomeriggio che osai entrare a cercarla, mi dissero che era occupata. Ritornai adagio a casa.

Trovai un lavoro saltuario, cui attendevo in tuta per conservare l'abito da passeggio. Lavavo automobili dopo cena e di notte in una rimessa non troppo lontana da casa, e ricordo ancora le lunghe veglie, seduto sulla panca dell'ingresso, fumando di nascosto sotto la luce rossa della grande insegna. Certi colleghi viaggiatori che un tempo conoscevo, ora li evitavo per non essere costretto a parlare di me. Non di rado, ero contento di quella solitudine.

Mina usciva al mattino e vestiva un'insolita casacca arancione, che la distingueva tra mille a distanza. I suoi riccioli sorridenti le davano un'aria di bimba, come una foglia su un'arancia. Rifiorí presto, e prese un modo provocante di socchiudere gli occhi alle mie parole che me la rese ancor piú cara. La durezza della sua volontà affiorava ora soltanto in un suo tono inconscio parlando di noi. Aveva un anno piú di me, ma la sentivo adulta, superiore, virile. Che altro ero che un ragazzo capriccioso di fronte a lei?

Parlavamo di quel giorno d'agosto che le avevo chiesto la prima volta di sposarci. – Ti ho voluto bene anche per questo, – mi diceva.

– Viene un giorno che si desidera di avere una casa, – diceva. – Tu mi hai dato un sentimento che una volta m'avrebbe fatto sorridere. Vorrei tornare com'ero a Voghera, sciocca ma giovane, e degna di te. Se allora non ci fossimo lasciati, Guido.

– Ma ci siamo ritrovati, Mina, e ora siamo sicuri di noi. Se penso a questo non rimpiango il tuo passato.

– Lo rimpiangeresti un giorno.

– Mina, ti ho mai rimproverato una volta il passato? È il presente che mi ammazza. Oh Mina, ormai sappiamo che possiamo stare insieme. Quei due giorni di Milano...

– Ma tu devi lavorare ora, non puoi pensare a donne...

Un'altra volta che tornai alla carica, stringendo ancora i

denti per una notte di gelosia, Mina mi disse, sorridendo imbronciata: – Tu dimentichi che io ho dei vizi.

– Provvederemo anche ai vizi, – risposi alzando le spalle. Ma ci guardammo imbarazzati.

Quell'anno, aprile non rasserenava. Fresco, freddo quasi, ogni mattino portava nuvole sopra gli alberi teneri dei viali. Ma pioveva sovente: la verde, la tiepida, sussurrante pioggia di primavera. Qualche volta, nella mia camera nuda, guardavo Mina con un'angoscia mortale. Lei allora trasaliva, si ricomponeva e diceva qualcosa. Le chiesi una volta che vizi fossero. – Sciocco, – scattò, tendendomi una mano, – mi prendi proprio sempre sul serio?

Finalmente ci fu il sole e una brezzolina leggera che schiariva le vie. Io pensavo che avrei presto ottenuto di portare Mina a riposarsi al mare. Non avevo mai visto il mare in primavera. Ero un mattino, senz'appuntamento, in quell'osteria davanti alla sua casa, e guardavo la chiazza di sole obliqua sull'acciottolato e pensavo a lei, dietro le persiane chiuse, dormente. Uscirono a un tratto dall'androne tre figure: un uomo e due donne. La seconda – azzurro e arancione – era Mina. Passarono sul marciapiede davanti ai vasi di piante. L'altra era Adelaide che conobbi a fatica, sotto il cappellino. E l'uomo aveva un profilo tagliente, dagli occhiali: il cappello nascondeva la fronte. Camminava a braccetto con Mina e mi parve il viso odiato di quella sera d'agosto.

Quando l'indomani gliene chiesi, e la voce mi esitava, Mina rispose che era infatti lo stesso; senza turbarsi, spiegò che era tornato una sera, fatto buon amico di Adelaide, e che loro due s'erano riconosciuti; poi un'altra, Mafalda, l'aveva portato su con sé; allora rimaste loro sole, Adelaide le aveva raccontato una storia un po' buffa e un po' commovente su quel tale, l'ingegnere; e cominciò a raccontarmi questa storia che parlava di un caso di timidezza ma l'interruppi indocile.

– Sei ritornata su con lui? – dissi strozzato.

Mina alzò le spalle: – È un buon cliente –. E dopo un momento: – Mi vuole sposare.

Mi fissò gli occhi in viso e subito li abbassò.

– Guido, non fare il ragazzo, – mormorò duramente.

Credevo d'avere un poco imparato a soffrire, ma in quel giorno provai l'uragano, e seppi perché si annaspi col capo per non soffocare. È come in un vento rabbioso, che il respiro manca. Solo nella mia stanza, poggiato al muro, ansimavo cacciando ogni tratto un gemito. Mi stupivo di non urlare, e non schizzare gli occhi, di non cadere fulminato. Non potevo gridare e non potevo muovermi. Stetti là soffocando: forse mezz'ora. Qualcosa dentro, mi calcinava.

Quando uscii verso sera, ero fievole e istupidito. Sapevo bene che nulla in fondo era mutato da prima: che le strade giacevano calme sotto l'ultimo sole, che la gente passava, che la notte scendeva e domani come sempre avrei veduto Mina; sapevo d'essere incolume e vivo, eppure giravo intorno gli sguardi come fossi insensato e ogni cosa stravolta.

Dal giorno seguente la mia inutile domanda fu un'altra: – Perché a lui dici sí?

– Non gli ho detto di sí, – rispondeva Mina.

– Ma lui ti viene a prender dentro, che vuol dire che lo accetti.

– Chi sa perché, – rideva lei, – poi.

– Lo sa che ti chiami Mina?

Chinò il capo contrita.

– Lo vedi, carogna.

I miei risparmi eran di molto diminuiti e nell'autorimessa guadagnavo appena per la giornata. Pensavo che ora, anche volendo, non avrei potuto sposar Mina, e un'ira cieca mi prendeva contro quel biondiccio che o possedeva molti soldi o, visto che l'andava a trovare, lei stessa manteneva. Glielo dissi una volta. Mina rispose: – È una persona decente e disgraziata. Lui davvero è mio amico, e non fa queste scene. Tu sei solo un ragazzo, Guido. Perché non torni al tuo lavoro?

– Ma non ho piú lavoro, lo sai.

– Ero tanto orgogliosa di te, quando viaggiavi.

– Vuoi che mi ammazzi, Mina?

Venne ancora a trovarmi una volta, un mattino di maggio. Restammo insieme a lungo. La guardavo tremando. Si strinse a me come una mamma e poi mi staccò. – Sei contento, Guido? – Le dissi di sí. – Vedi, caro, dovrai sempre ricordarti di me come quest'oggi. Mi hai sempre detto che mi perdonavi. Se ti ho fatto soffrire, pensa che anch'io ho sofferto per te. E piú di te, forse. Perché ti voglio molto bene.

– Mina, non ci vedremo piú?

– Certo che ci vedremo, ma non qui. Faccio il tuo male a venir qui. Tu devi pensare al lavoro.

– Senza di te, Mina...

– Con me, Guido: ci vedremo ogni mattino...

– E se lo sposi?

– Non ci ho ancora pensato.

– Lascia che venga anch'io da te: combatteremo ad armi uguali.

– Ma se non viene quasi mai...

Certe vuote mattine, Mina mancava all'appuntamento, il che voleva dire che qualcuno se l'era andata a trovare, mentr'era ancora a letto. Io sedevo, sedevo a lungo nel caffè, senza dir nulla, fissando l'aria, ascoltando appena il viavai: mi aveva preso il ticchio di abbozzare un sorriso che, già spento, mi persisteva impresso nelle linee delle labbra. Avevo la sensazione di esser sempre ubriaco.

Una sera non potevo piú respirare: tutto il pomeriggio avevo camminato e pianto. Dovevo scendere all'autorimessa e andai invece a cercare di Mina. Salii quei tre gradini come fossero la forca, suonai tremando, e m'infilai con quel sorriso nella sala.

Dissi forte: – Siete tutte puttane.

La frase venne intesa come un qualunque saluto e nessuno si mosse. Le ragazze – tra cui Mina – sedute presso la porta, discorrevano tra loro e si volsero appena. Invece qualcuno degli uomini seduti ai lati, levò vivamente il capo e mi guardò. Io trascorsi la fila, cercando quel viso. Ero tale da annientarlo.

Ma quel viso non c'era e Mina mi seguiva con gli occhi. Mi venne dietro e mi disse piano: – Vuoi salire con me, Guido?

La seguii trasognato. Per la scala pensavo a quel giorno ch'ero salito dietro Adelaide e ogni cosa doveva ancora accadere. Mina entrò nella stanza d'allora. Sulla porta era scritto Manuela.

Sul cassettone due grandi valigie stavano aperte vuote. Il letto era in ordine. Misto a un che di sapone e di gomma, nella stanza regnava un profumo leggero.

Mentre richiudeva, chiese senza voltarsi: – Che cercavi giú?

Fiaccamente risposi: – Volevo ammazzarti quel tale. E se viene, lo ammazzo, benché sappia che ormai non mi serve. Oh Mina, – e le caddi innanzi, abbracciandole le ginocchia.

– Vedi bene, – disse lei nervosa, senza chinarsi. – Vedi bene. Non serve. Non farmi piangere. Vedi che vado via.

– Vai a Bologna?

– No, stavolta è per sempre. Alzati. Mi sposo.

Disse questo con semplice calma, con voce raccolta; e sentii tutta la futilità enorme del mio stato. Mi rialzavo e guardavo la camera, lo specchio, la sedia ingombra, una fessura alla porta. «Soffrirò dopo, soffrirò solo dopo», mi ripetevo smarrito.

– Vuoi? – aveva detto Mina, reclinando il capo e guardandomi intenta. Si sfilò sulla spalla il vestito da sera.

Ora rimpiango di non averla accettata, pestata, distrutta: l'avrei forse staccata da me. Cosí invece, ancor oggi mi torna una pena che mi ripiega su me stesso e mi fa sentire come un cane.

Sempre fissandomi, Mina si brancicava la spalla. La fissai risoluto. – Non spogliarti, Mina, se ti devi sposare.

Mi venne incontro vermiglia di gioia e mi prese le mani, serrandole al cuore. – Perdonami, Guido, ora capisco che mi vuoi davvero bene.

– Ti ho fatto un altro sacrificio un tempo...

I suoi occhi divamparono.

– ... Ricordi il fallimento dei miei padroni? Non erano falliti. Io, volevo essere libero e seguirti.

Lasciò cadere le mie mani. – Hai fatto questo?

– Sí.

– Stupido, perché non ci torni? Oh sei stupido tu. Perché l'hai fatto? Perché hai voluto rovinarti? Ragazzo che sei! Tornaci dunque. Ragazzo. Stupido ragazzo.

La lasciai che questa parola mi rintronava senza fine nel cervello. Non mi cessò tutta la notte.

La sofferenza che seguí fu immensa. Ma la mattina seguente, non aspettai piú Mina nel caffè. Non la cercai piú nella casa. Una sola cosa avrei voluto ancora dirle, che mi lasciava come fuoco e ancora adesso mi sussulta nella gola quando penso al passato. «Lui te li cava i vizi, vero?»

Per molto tempo mi sentii schiacciato, come quando da bimbo mi addormentavo battuto piangendo. A Mina e al suo sposo pensavo come a due esseri adulti, che hanno un loro segreto e un ragazzo non può che guardarli da lontano ignorando le gioie e i dolori che fan loro la vita. Trovai lavoro anche per i lunghi mattini nella mia autorimessa e a poco a poco mi rassegnai mentre l'estate passava. Ora che sono fatto vecchio e ho imparato a soffrire, Mina non c'è piú.

Suicidi

1.

Ci sono dei giorni che la città dove vivo, e i passanti, il traffico, gli alberi, tutto si sveglia al mattino con un aspetto strano, usuale eppure irriconoscibile, come in quegli istanti che ci si guarda nello specchio e si chiede «chi è quel tale?» Per me, sono i soli giorni amabili dell'anno.

In queste mattinate io scappo, se posso, un poco prima dall'ufficio e scendo nelle strade mescolandomi alla folla, e non ho ritegno di fissare ciascuno che passa, allo stesso modo che, immagino, qualche passante guarda me, perché davvero in questi momenti provo un senso di baldanza che mi rende un altr'uomo.

Sono convinto che nulla di piú prezioso avrò mai dalla vita, se non forse la rivelazione di come mi possa venir fatto di provocare a piacimento questi istanti. Un modo di prolungarli che qualche volta mi è riuscito, è di sedermi in qualche caffè recente, invetriato e chiaro, e di qui cogliere il frastuono del viavai e della strada, il balenio dei colori e delle voci, e la calma interiore che regola tutto il tumulto.

Io ho sofferto in pochi anni delusioni e rimorsi cocentissimi, eppure posso affermare che il mio voto piú cordiale è solamente questa pace e questa serenità. Non sono fatto per le tempeste e per la lotta: se anche in certe mattine scendo tutto vibrante a percorrere le vie, e il mio passo somiglia una sfida, ripeto che null'altro chiedo alla vita se non che si lasci guardare.

Eppure anche quest'umile piacere mi lascia talvolta l'amarezza propria di un vizio. Non è da ieri che mi sono accorto come a vivere sia necessaria un'astuzia, prima che verso gli altri, verso di sé. Io invidio quelli che riescono – sono specialmente le donne – a commettere una malazione, un'iniquità, o anche solo a soddisfare un capriccio, avendo predisposto una catena di circostanze tale che la loro azione risulti, davanti alla loro stessa coscienza, legittima. Io non ho grandi vizi – se pure questo ritrarsi dalla lotta per sfiducia e ricercare una solitaria serenità, non è il maggiore dei vizi possibili – ma nemmeno so usare astutamente di me stesso e possedermi, quando godo quel poco che mi è consentito.

Succede insomma che mi fermo talvolta sul corso e mi guardo d'attorno e mi chiedo se ho il diritto di godere di quella baldanza. Ciò accade specialmente quando le mie uscite sono piú frequenti. Non ch'io rubi il tempo al mio lavoro; mi mantengo decentemente e mantengo in collegio una mia nipote sola al mondo che la vecchia, che si chiama mia madre, non vuole in casa. Ciò che mi chiedo è se non sono ridicolo in quella passeggiata dell'estasi: ridicolo e disgustoso. Perché penso talvolta che in verità non la merito.

Oppure, come è successo l'altra mattina, basta che assista in un caffè incautamente a qualche scena singolare che da principio m'inganna con la normalità dei suoi personaggi, per ricadere in preda a un colpevole senso di solitudine e a tanti desolati ricordi che, piú s'allontanano, piú scoprono nella loro immobile vita significati tortuosi e terribili.

Furono cinque minuti di scherzo fra la giovane cassiera e un avventore in soprabito chiaro, accompagnato da un amico. Il giovanotto gridava che la cassiera gli doveva il resto di un biglietto da cento e picchiava manate sulla cassa, pretendendo di perquisire la borsetta e le tasche.

– Giovanotta, cosí non si trattano i clienti, – diceva, ammiccando all'amico impacciato. La cassiera rideva. Il giovanotto inventò la storia di un viaggio che con quelle cento lire avrebbero fatto insieme sull'ascensore di un albergo diurno. Tra scoppi rattenuti di giocondità, decisero che avrebbero depositato quei soldi in una banca – quando li avrebbero avuti.

– Addio, giovinotta, – gridò infine uscendo. – Pensami stanotte.

La cassiera, eccitata e ridente, disse al cameriere: – Che tipo.

Avevo altre mattine osservata quella cassiera, e qualche volta sorridevo senza guardarla, in un istante di oblio. Ma la mia pace è troppo labile, è fatta di nulla. Mi venne il consueto rimorso.

Tutti siamo luridi a questo mondo, ma c'è una luridezza cordiale che sorride e fa sorridere, e un'altra solitaria che intorno a sé fa il vuoto. Dopotutto, la prima non è la piú sciocca.

È in mattinate come quella, che mi sorprende, ogni volta rinnovato, il pensiero che di veramente colpevole nella mia vita non c'è che la sciocchezza. Altri forse causeranno un bel male con calcolo, con sicurezza di sé, prendendo interesse alla vittima e al gioco – e sospetto che molte soddisfazioni possa dare una vita cosí spesa –; quanto a me non ho mai fatto altro che soffrire di una grande, inetta incertezza e dibattermi, se vengo a contatto con altri, in una stupida crudeltà. Perché – non c'è rimedio – basta che mi pieghi qualche istante al rimorso della mia solitudine, e ripenso a Carlotta.

Da piú di un anno è morta, e so ormai tutte le vie che il ricordo di lei può percorrere per sorprendermi. Se voglio posso anche riconoscere lo stato d'animo iniziale che prepara la sua apparizione e violentemente distrarmi. Ma non sempre voglio; e ancor adesso quel rimorso mi offre degli angoli bui, dei nuovi punti, che scruto con l'ansia trepida di un anno fa. Sono stato con lei tanto tortuosamente vero, che ognuna di quelle remote giornate mi ripresenta alla memoria non qualcosa di fisso, ma il volto elusivo che ha per me la stessa realtà di oggi.

Non che Carlotta fosse un mistero. Era anzi una di quelle donne troppo semplici – poverette – che se tralasciano un momento di essere fedeli a se stesse e tentano un sotterfugio o una civetteria, diventano irritanti. Ma finché sono semplici, nessuno le nota. Non ho mai capito come sopportasse di guadagnarsi la vita facendo la cassiera. Sarebbe stata una sorella ideale.

Ciò di cui ancor oggi non ho toccato il fondo sono i miei sentimenti, il mio contegno d'allora. Che dire, per esempio, di quella sera che Carlotta s'era messa in abito di velluto – un vecchio abito – per ricevermi nel suo alloggetto di due stanze e io le dissi che l'avrei preferita in costume da bagno? Era una delle prime volte che andavo a trovarla e non l'avevo nemmeno ancora baciata.

Ebbene, Carlotta mi aveva fatta una timida smorfia e, ritirandosi nell'anticamera, era ricomparsa – incredibile – in costume da bagno. Fu quella sera, che l'abbracciai e la buttai sul divano; ma – una volta finito – le dissi che dopo amavo star solo e me ne uscii e per tre giorni non mi feci vedere e quando tornai le davo del lei.

Ricominciò allora un assurdo corteggiamento fatto di trepide confidenze dalla sua parte e di scarse parole dalla mia;

d'improvviso le diedi del tu, ma Carlotta mi respinse. Allora le chiesi se s'era riconciliata con suo marito. Carlotta divenne piagnucolosa e mi disse: – Non mi ha mai trattata come mi tratta lei.

Fu facile farle poggiare il capo contro il mio petto e carezzarla e dirle che l'amavo – perché solo com'ero, non potevo amare quella specie di vedova? E Carlotta s'abbandonò, confessandomi piano che mi aveva voluto bene fin dal primo istante e che le sembravo un uomo straordinario, ma l'avevo già fatta soffrire molto, in quel poco tempo che c'eravamo conosciuti e lei – non sapeva perché – tutti gli uomini la trattavano in quel modo.

– Una calda e una fredda, – le sorrisi nei capelli, – fa durare l'amore.

Carlotta era pallida, con degli occhi enormi un poco consunti dalla stanchezza, e aveva pallido anche il corpo. Quella notte mi chiese nell'ombra della sua camera se l'avevo lasciata quell'altra volta perché non mi piacesse il suo corpo.

Ma nemmeno stavolta ebbi pietà e nel mezzo della notte mi rivestii e non accampai pretesti, dissi che dovevo muovermi e uscire. Carlotta voleva uscire con me. – No, mi piace star solo, – e la lasciai con un bacio.

II.

Quando conobbi Carlotta, uscivo da una burrasca che per poco non m'era costata la vita; e provavo un'amara ilarità a ritornare per le vie deserte fuggendo da chi mi amava. Per tanto tempo era toccato a me di passare le notti e i giorni umiliato e inferocito dal capriccio di una donna.

Ora sono convinto che nessuna passione ha tanta forza da mutare la natura di chi la subisce. Si può morirci, ma le cose non cambiano. Passato l'orgasmo, si ritorna onest'uomo o furfante, padre di famiglia o ragazzo, secondo che si era, e si vive la propria giornata. O meglio: si è veduta nella crisi la propria vera natura, e questa c'inorridisce e la normalità ci disgusta, e si vorrebbe magari essere morti tanto l'insulto che ci è fatto è atroce, ma non c'è altri da accusare se non noi. Io debbo a quella donna se mi sono ridotto a questa vita singolare che conduco, alla giornata, senza scopo, incapace di stringere un legame col mondo, disamorato del prossimo – disamorato di mia madre che sopporto, e di mia nipote che non amo –: debbo a lei tutto, ma sarei finito meglio con un'altra? Con un'altra, intendo, che fosse capace di umiliarmi come la mia natura esigeva?

Tuttavia, allora, il pensiero che mi veniva fatta una mala azione, che la mia donna si poteva chiamar perfida, mi aveva dato qualche conforto. A un certo grado di sofferenza è inevitabile, è un naturale anestetico, che si pensi di patire ingiustamente: ciò rimette in vigore, secondo i nostri piú gelosi desideri, il fascino della vita, ridà il senso del nostro valore di fronte alle cose; adula. Avevo provato e avrei voluto che l'ingiustizia, l'ingratitudine, fossero state anche piú atroci. Ricordo – in quelle lunghe giornate, in quelle sere d'angoscia – un senso diffuso e segreto come un'atmosfera o un'irradiazione: lo stupore che tutto accadesse, che la donna fosse proprio la donna, che i deliri e gli spasimi fossero quelli, che i sospiri, le parole, i fatti, io stesso, tutto accadesse davvero cosí.

Ed ecco che, avendo sofferto un'ingiustizia, ricambiavo di quest'ingiustizia, come avviene in questo mondo, non la colpevole ma un'altra.

Dall'alloggetto di Carlotta me ne uscivo di notte sazio e svagato, e mi compiacevo di girarmene solo, allontanando ogni sollecitudine, godendo in libertà quel lungo viale, inseguendo vagamente sensazioni e pensieri della prima giovinezza. La semplicità della notte – buio e lampioni – mi ha sempre accolto teneramente, consentendomi le piú assurde e care fantasie, colorandole col suo contrasto e ingigantendole. Persino il sordo rancore che portavo a Carlotta per la sua bramosa umiltà, aveva qui liberamente gioco, sciolto da un certo impaccio che la pietà per lei mi faceva sentire in sua presenza.

Ma non ero piú giovane. Per staccarmi meglio Carlotta, ripensavo e anatomizzavo il suo corpo e le sue carezze. Consideravo crudamente che, separata dal marito com'era, e giovane ancora e senza figli, non le doveva parer vero di trovare in me il suo sfogo. Ma – poveretta – era una troppo semplice amante e forse già il marito l'aveva tradita per questo.

Ricordo la sera che ritornavamo dal cinema a braccetto, girando per le strade semibuie, e Carlotta mi disse:

– Sono contenta. È bello andare con te al cinematografo.

– Andavi mai con tuo marito?

Carlotta sorrideva. – Sei geloso?

Alzai le spalle. – Tanto non cambia nulla.

– Sono stanca, – diceva Carlotta, stringendosi al mio braccio, – quest'inutile catena che ci lega, rovina la vita a me e a lui, e mi costringe a rispettare un nome che mi ha fatto soltanto del male. Si dovrebbe poter divorziare, almeno quando non ci sono dei figli.

Quella sera ero intenerito dal lungo contatto tiepido e dal desiderio.

– Hai degli scrupoli, insomma?

– Oh caro, – disse Carlotta, – perché non sei sempre buono come stasera? Pensa, se io potessi divorziare.

Non dissi nulla. Una volta, che mi parlava di divorzio, ero scattato. – Ma fa' il piacere, chi sta meglio di te? Fai quello che vuoi, e scommetto che ti passa ancora un tanto, se è vero che ti ha tradita lui.

– Non ho mai voluto nulla, – aveva risposto Carlotta. – Da quel giorno lavoro, – e mi aveva guardato. – Adesso poi che ho te, mi sembrerebbe di tradirti.

Quella sera del cinema, le avevo chiuso la bocca con un bacio. Poi l'avevo condotta al caffè della stazione e le avevo fatto bere due bicchieri di liquore.

Nella luce vaporosa dei vetri sedevamo in un angolo come due innamorati. Bevvi anch'io parecchi bicchieri e le dissi forte:

– Carlotta, facciamo un figlio, stanotte?

Qualcuno ci guardò perché ridente e rossa in faccia Carlotta mi chiuse la bocca con la mano.

Io parlavo, parlavo. Carlotta parlava del film e diceva sciocchezze, ma sciocchezze appassionate, confrontandoci alla trama. Io bevevo, sapendo ch'era l'unico modo per voler bene a Carlotta.

Fuori, il freddo ci rianimò e corremmo a casa. Rimasi con lei tutta la notte e risvegliandomi al mattino me la sentii accanto scarmigliata e assonnata che cercava di abbracciarmi. Non la respinsi; però alzandomi mi doleva la testa e m'irritava la gioia contenuta con cui Carlotta mi preparò, canterellando, il caffè. Poi dovevamo uscire insieme, ma ricordò la portinaia e mi mandò primo, non senza abbracciarmi e baciarmi dietro la porta.

Di quel risveglio il mio ricordo piú vivo sono i rami degli alberi del corso che trasparivano rigidi e stillanti nella nebbia, dietro le tendine della stanza. Quel tepore e quella sollecitudine all'interno e l'aria brulla del mattino che attendeva, mi animarono il sangue; solamente avrei voluto contemplare e fumare, da solo, fantasticando un ben altro risveglio e un'altra compagna.

La tenerezza che Carlotta mi strappava in questi casi, non appena ero solo me la rimproveravo. Passavo istanti furibondi a frugarmi nell'animo per affrancarmi dal piú povero ricordo di lei e a ripromettermi durezze che mantenevo anche troppo. Doveva essere chiaro che ci amavamo per ozio, per vizio, per qualunque motivo, tranne il solo di cui lei voleva illudersi. M'irritava il ricordo del suo sguardo grave e beato dopo l'amplesso, che m'indignavo di vederle in faccia, mentre la sola dalla quale l'avrei voluto non me l'aveva dato mai.

– Se mi accetti cosí come sono, bene, – le dissi una volta, – ma levati dalla testa di entrare nella mia vita.

– Non mi vuoi bene? – balbettava Carlotta.

– Quel po' d'amore di cui ero capace, l'ho bruciato quand'ero giovane.

Ma qualche volta m'incollerivo di avere ammesso per vergogna o per libidine di volerle un po' di bene.

Carlotta tentava di sorridere.

– Siamo almeno buoni amici?

– Senti, – le dicevo, serio, – queste storie mi ripugnano: siamo un uomo e una donna che si annoiano, e stiamo bene nel letto...

– Oh questo sí, – diceva adunghiandomi il braccio e nascondendo la faccia, – mi piaci, mi piaci.

– ... E non c'è altro.

Bastava uno di questi colloqui dove mi pareva d'essere stato debole, per evitarla settimane intiere e se dal suo caffè mi telefonava all'ufficio, risponderle che avevo da fare. La prima volta Carlotta tentò di sdegnarsi. Le feci allora passare una sera d'angoscia, seduto freddamente sul divano – il paralume le sprigionava sulle ginocchia una luce bianca – e sentivo nella penombra lo spasimo contenuto dei suoi sguardi. Io stesso nell'intollerabile tensione dissi infine: – Ringraziami, signora: ricorderai questa seduta forse piú di molte altre.

Carlotta non si mosse.

– Perché non mi ammazzi, signora? Se ti credi di fare la donna con me, perdi il tempo. I capricci li faccio da me.

Carlotta ansimava.

– Nemmeno il costume da bagno, – le dissi, – ti serve stanotte...

Carlotta mi balzò innanzi e vidi il suo capo nero passare nella luce bianca come un oggetto lanciato. Gettai le mani innanzi. Ma Carlotta mi crollò alle ginocchia e piangeva. Le posai due o tre volte la mano sul capo e mi alzai.

– Dovrei piangere anch'io, Carlotta. Ma so che non serve. Tutto questo che tu provi, l'ho provato. Sono stato per uccidermi e poi mi è mancato il coraggio. Questa è la burla: chi è tanto debole da pensare al suicidio è troppo debole per farlo... Su, sta' buona, Carlotta.

– Non trattarmi cosí... – balbettava.

– Non ti tratto cosí. Ma lo sai che mi piace star solo. Se mi lasci andar solo, ritorno; altrimenti non ci vedremo piú. Senti, vorresti che ti amassi?

Carlotta levò il viso sfigurato, sotto la mia mano.

– ... E allora smetti di amar me. Non c'è altro modo. È la lepre che fa il cacciatore.

Scene di questo genere scuotevano troppo a fondo Carlotta, perché pensasse di lasciarmi. E poi, non denotavano una fondamentale similarità di tempre? Carlotta era semplice in fondo – troppo semplice – e non poteva accorgersene con chiara visione, ma certo lo sentiva. Tentò – disgraziata – di allacciarmi con lo scherzo, e diceva talvolta: «Cosí è la vita» e «Poveretta me».

Io credo che, se mi avesse allora risolutamente respinto, un poco avrei sofferto. Ma Carlotta non poteva respingermi. Se mancavo due sere di fila la trovavo con gli occhi infossati. E se talvolta mi prendeva la pietà o la tenerezza e mi fermavo al suo caffè e le chiedevo di uscire, s'alzava avvampando e confondendosi, persino piú bella.

Il mio rancore non colpiva lei; colpiva ogni limitazione e ogni asservimento che la nostra intimità accennasse a crearmi. Siccome non l'amavo, il suo piú piccolo diritto su di me mi appariva mostruoso. C'erano giorni che darle del tu mi faceva ribrezzo, mi avviliva. Chi era per me questa donna, per tenermi a braccetto?

In compenso, mi pareva di rinascere, certe mezze giornate, certe ore che, sbrigato il lavoro, me ne potevo andare nel fresco sole per le vie luminose, sgombro da lei, da tutto, sazio di corpo e assopito l'antico dolore d'un tempo: teso a vedere, a fiutare, a sentire come quand'ero giovane. Che Carlotta soffrisse d'amore per me, alleviava e immiseriva le mie pene passate, me le estraniava un poco, come di un mondo risibile, e lontano da lei mi ritrovavo intatto e meglio esperto. Era la spugna che mi ripuliva, pensavo di lei sovente.

III.

Certe sere che parlavo, parlavo, e assorbito nel gioco ridiventavo un ragazzo, dimenticavo il mio rancore.

– Carlotta, – dicevo, – come si sta da innamorati? Da tanto tempo non lo sono. Credo, tutto sommato, che sia bello. Se va bene si gode, se va male si spera. Mi hanno detto che si vive alla giornata. Come si sta, Carlotta?

Carlotta scuoteva il capo sorridendo.

– E poi, si fanno tanti bei pensieri, Carlotta. Quello che amiamo e non ne vuol sapere, non sarà mai tanto felice come noi. A meno che, – sorridevo, – non vada in letto con qualche altra e se la rida.

Carlotta aggrottava le ciglia.

– Bella cosa l'amore, – concludevo. – E nessuno gli sfugge.

Carlotta mi serviva da pubblico. Parlavo per mio conto in queste sere. È il parlare piú bello.

– C'è l'amore e c'è il tradimento. L'amore per goderlo veramente, bisogna che sia anche un tradimento. È questo che non capiscono i ragazzi. Voialtre donne lo sapete piú presto. Tu l'hai tradito tuo marito?

Carlotta tentava un sorriso sottile, arrossendo.

– Noialtri ragazzi eravamo piú stupidi. C'innamoravamo scrupolosamente di un'attrice o di una compagna e le offrivamo i nostri migliori pensieri. Soltanto, ci dimenticavamo di dirglielo. Ch'io sappia, nessuna ragazza alla nostra età ignorava che l'amore è un problema d'astuzia. Pare impossibile, i ragazzi vanno nelle case di tolleranza e ne concludono che le donne di fuori sono diverse. Tu che cosa facevi a sedici anni, Carlotta?

Ma Carlotta aveva un altro pensiero. Mi diceva con gli occhi, prima di rispondere, che ero cosa sua, e io odiavo la durezza di quella sollecitudine che le irradiava dallo sguardo.

– Che cosa facevi a sedici anni? – ripetevo fissando terra.

– Niente, – rispondeva grave. Sapevo quel che pensava. Poi mi chiedeva perdono, si dava della poveretta, riconosceva di non aver diritto, ma quel lampo era bastato. – Lo sai che sei stupida? Per quel che importa a me, tuo marito potrebbe anche riprenderti –. E me ne andavo sollevato.

L'indomani ricevevo in ufficio una timida telefonata e rispondevo seccamente. La sera ci vedevamo.

Carlotta si divertiva quando le parlavo della mia nipote collegiale e scuoteva il capo incredula quando le dicevo che avrei voluto chiudere in collegio piuttosto mia madre, e vivere con la bambina. C'immaginava come due esseri a parte che fingono di essere zio e nipote ma in realtà hanno tutto un mondo di segreti e di dispetti che li contenta e li assorbe. Mi chiedeva scontrosa se non era mia figlia.

– Sicuro, e mi è nata quando avevo sedici anni. E ha voluto esser bionda per farmi dispetto. Come si fa a nascere biondi? Per me i biondi sono animali come le scimmie o i leoni. Mi parrebbe di essere sempre al sole.

Carlotta diceva: – Io ero bionda da piccola.

– Io invece ero calvo.

In quegli ultimi tempi provavo per il passato di Carlotta un'annoiata curiosità che mi lasciava di volta in volta dimenticare quanto mi avesse raccontato prima. La scorrevo come si scorre la cronaca. Giocavo a confonderla con uscite bizzarre, le facevo domande crudeli e rispondevo da me. In realtà non ascoltavo che me stesso.

Ma Carlotta m'aveva capito. – Raccontami, – diceva certe sere, stringendomi al braccio. Sapeva che farmi parlare di me era l'unico modo per avermi suo amico.

– Ti ho mai detto, Carlotta, – le dissi una sera, – che un uomo si è ucciso per me? – Mi guardò tra ridente e sbalordita.

– C'è poco da ridere, – continuai. – Ci siamo uccisi insieme, ma lui c'è restato. Cose di gioventú –. Strano, pensavo allora, non l'ho mai raccontato a nessuno: proprio a Carlotta mi tocca. – Un mio amico, un bel biondo. Lui sí che pareva un leone. Voi ragazze non fate di queste amicizie. A quell'età siete già troppo gelose. Noi andavamo a scuola insieme, ma ci vedevamo sempre la sera. Dicevamo porcherie come si fa tra ragazzi, ma c'eravamo innamorati di una signora. Dev'essere ancora viva. È stata il nostro primo amore, Carlotta. Passavamo la sera a discorrere d'amore e di morte. Nessun innamorato è mai stato piú certo d'essere compreso dall'amico, che noi due. Jean – si chiamava Jean – aveva una tristezza baldanzosa che mi faceva vergognare. Creava tutta lui la malinconia di quelle sere che passeggiavamo nella nebbia. Non avremmo mai creduto che si potesse soffrire tanto...

– Anche tu eri innamorato?

– Soffrivo di essere meno malinconico di Jean. Finalmente scoprii che potevamo ucciderci e glielo dissi. Jean entrò adagio nell'idea, lui che di solito era tutto una fantasia. Avevamo una sola rivoltella. Andammo in collina a provarla, caso mai scoppiasse. Fu Jean che sparò. Era sempre stato temerario, e credo che se avesse lui smesso di amare la bella, avrei smesso anch'io. Dopo la prova – eravamo in un viottolo nudo, d'inverno, a mezza costa – pensavo ancora alla violenza del colpo, quando Jean si poggiò la canna in bocca e diceva: «C'è di quelli che fanno...» e partí il colpo e l'ammazzò.

Carlotta mi guardava esterrefatta.

– Io non seppi che fare e scappai.

Quella sera Carlotta mi disse: – E tu volevi davvero bene a quella donna?

– A quella donna? Amavo Jean, te l'ho già detto.

– E volevi ucciderti anche tu?

– Certamente. E sarebbe stata una sciocchezza. Ma non farlo fu una grande vigliaccheria. Certe volte ho rimorso.

Carlotta si ricordò sovente di quel racconto e mi parlava di Jean come l'avesse conosciuto. Se lo faceva descrivere e mi chiedeva com'ero io a quel tempo. Mi chiese se avessi conservato la rivoltella.

– Non ucciderti, sai. Non hai mai pensato di ucciderti? – Cosí dicendo mi scrutava.

– Tutte le volte che uno è innamorato ci pensa.

Carlotta non sorrideva nemmeno.

– Ci pensi ancora?

– Penso a Jean, qualche volta.

IV.

Carlotta mi faceva molta pena a mezzogiorno quando tornando dall'ufficio passavo dinanzi ai vetri del suo caffè e mi nascondevo per non essere costretto a entrare e farle un po' di feste. A mezzogiorno, non tornavo a casa e mi piaceva troppo starmene solo in una trattoria quell'oretta, socchiudendo gli occhi e fumando. Carlotta, seduta nel suo scanno, staccava macchinalmente tagliandi e faceva dei cenni del capo e sorrideva e s'aggrottava, e qualche avventore le scherzava insieme.

Era là dal mattino alle sette e ci stava fino alle quattro del pomeriggio. Era vestita di celeste. Le davano quattrocento e ottanta lire al mese. Carlotta era contenta di sbrigarsi tutto in una volta, e pranzava con un tazzone di latte, senza lasciare il suo posto. Sarebbe stato un lavoro facile – mi diceva – senza gli schianti repentini della porta sbattuta nell'andirivieni. C'era delle volte che se li sentiva come pugni sul cervello nudo.

È da quel tempo che, quando entro nei caffè, accompagno la porta. Con me, Carlotta cercava di descrivermi le scenette degli avventori, ma non le riusciva il mio modo di parlare, come non le riusciva di scuotermi coi suoi furtivi accenni alle proposte che qualche vecchiotto le faceva.

– E tu stacci, – le dissi, – solamente non farmelo vedere. Ricevilo i giorni dispari. E attenta alle malattie.

Carlotta storceva la bocca.

Da qualche giorno un pensiero la rodeva. – Siamo di nuovo innamorate, Carlotta? – le dissi una sera.

Carlotta mi guardava come un cane bastonato. Io tornavo a spazientirmi. Quelle occhiate lucenti, la sera, nella penombra della stanzetta, quelle strette di mano, mi facevano rabbia. Temevo sempre con Carlotta di legarmi. E odiavo che anche solo ci pensasse.

Mi rifeci taciturno e villano. Ma Carlotta non accoglieva piú i miei scatti con l'orgasmo umiliato di una volta. Mi fissava restando immobile, e qualche volta con un gesto affettuoso si sottraeva alla carezza che allungavo per rabbonirla.

Ciò mi piacque anche meno. Farle la corte per averla, mi ripugnava. Ma la cosa non avvenne di colpo. Diceva Carlotta:

– Ho un mal di capo... quella porta! Stiamo buoni stasera. Raccontami.

Quando mi accorsi che Carlotta faceva sul serio e si dava della disgraziata e scavava rimorsi, non ebbi piú scatti violenti: semplicemente la tradii. Rivissi qualcuna delle opache sere di un tempo, quando di ritorno da una casa di tolleranza mi sedevo in un qualunque caffeuccio a riposare, senza gioia e senza tristezza, intontito. Pensavo ch'era giusto: o si accetta l'amore con tutti i suoi rischi o non resta che la prostituzione.

Pensavo che fosse da parte di Carlotta una finta di gelosia e me la ridevo. Carlotta soffriva. Ma era troppo semplice per trarre profitto dalla sua pena. Anzi, come avviene di chi soffre veramente, imbruttiva. Mi rincresceva, ma sentivo che dovevo abbandonarla.

Carlotta previde il colpo. Una sera ch'eravamo nel letto e io evitavo istintivamente il discorso, a un tratto mi respinse e si rannicchiò alla parete.

– Che cos'hai? – chiesi irritato.

– Se io domani sparissi, – mi disse volgendosi improvvisamente, – t'importerebbe qualcosa?

– Non so, – balbettai.

– E se ti tradissi?

– La vita è tutto un tradimento.

– E se tornassi da mio marito?

Diceva sul serio. Alzai le spalle.

– Sono una povera donna, – riprese Carlotta. – E non sono capace di tradirti. Ho veduto mio marito.

– Come?

– È venuto al caffè.

– Ma non era scappato in America?

– Non so, – disse Carlotta. – L'ho veduto al caffè.

Forse non voleva dirmelo ma le scappò che col marito c'era una signora in pelliccia.

– Allora non vi siete parlati?

Carlotta esitò. – È ritornato l'indomani. Mi ha parlato e mi ha accompagnata a casa.

Debbo ammettere che mi sentii a disagio. Dissi piano: – Qui?

Carlotta si strinse a me con tutto il corpo. – Ma io ti voglio bene, – sussurrò. – Non credere...

– Qui?

– Niente, caro. Mi ha parlato dei suoi affari. Solamente, a rivederlo ho capito quanto ti voglio bene e non tornerei piú con lui nemmeno se mi pregasse.

– Ti ha pregato, allora?

– No, mi ha detto che, se dovesse sposarsi un'altra volta, sposerebbe ancora me.

– E l'hai visto ancora?

– È tornato al caffè con quella...

Fu l'ultima volta che passai la notte con Carlotta. Senza aver preso congedo dal suo corpo, senza rimpianti, smisi di sollecitarla e d'incontrarla in casa. Lasciai che mi telefonasse e mi aspettasse nei caffè, non ogni sera ma di tanto in tanto. Carlotta veniva ogni volta e mi divorava con gli occhi. Sul punto di lasciarci, le tremava la voce.

– Non l'ho mai piú veduto, – sussurrò una sera.

– Fai male, – le risposi, – dovresti cercare di riprenderlo.

M'irritava che Carlotta avesse – come senza dubbio aveva – rimpianto il marito, e mi irritava che avesse sperato di stringermi a sé con quel discorso. E quell'amore bianco non valeva né i rimorsi di Carlotta né il mio rischio.

Una sera le dissi al telefono che sarei passato a casa sua. Venne ad aprirmi incredula e ansiosa. Mi guardai attorno nell'anticamera con qualche apprensione. Carlotta era vestita di velluto. Ricordo che era raffreddata e non smetteva di stringere il fazzoletto e portarselo al naso arrossato.

Vidi subito che aveva capito. Fu docile e taciturna, e rispondeva alle mie frasi con povere occhiate. Mi lasciò dire ogni cosa guardandomi furtivamente al disopra del fazzoletto. Poi si alzò in piedi e mi venne incontro e poggiò il suo corpo sul mio viso e dovetti abbracciarla.

– Non vieni a letto? – disse piano con la solita voce.

Andai a letto, e tutto il tempo mi dispiacque il viso umido e infiammato dal raffreddore. A mezzanotte saltai dal letto e presi a vestirmi. Carlotta accese la luce e mi guardò un istante. Poi spense e mi disse: – Esci pure –. Imbarazzato e incespicando, me ne andai.

Temevo, nei giorni che seguirono, una telefonata, ma nulla mi disturbò. Lavorai in pace settimane e settimane e una sera mi riprese il desiderio di Carlotta, ma l'onta mi aiutò a vincermi. Pure, sapevo che se avessi suonato a quella porta, avrei portato la felicità. Questa certezza l'avevo sempre avuta.

Non cedetti, ma l'indomani a mezzogiorno passai davanti al suo caffè. Alla cassa, c'era una bionda. Doveva aver cambiato orario. Ma nemmeno alla sera la vidi. Pensai che fosse malata o che il marito l'avesse ripresa. Quest'idea mi dispiacque.

Ma mi tremarono le gambe, quando la portinaia del corso fissandomi con due occhietti duri e molta mala grazia, mi disse che l'avevano trovata un mese prima, morta nel letto, col gas aperto.

« Si parva licet »

SCENA PRIMA

È alto mattino. Adamo, giovane aitante, di gambe pelose e petto largo. Esce dalla grotta in fondo a destra e si china a raccogliere una manciata di ciottoli. Li getta a uno a uno con cura contro il tronco di una palma a sinistra. Qualche volta sbaglia la mira.

ADAMO (*dice a un tratto riscuotendosi*) Io vado a pescare.

LA VOCE DI EVA DALLA GROTTA Vacci. Che bisogno hai di dirlo?

ADAMO Il fatto è che non ho voglia di andare a pescare.

LA VOCE DI EVA Stupido.

ADAMO (*guarda intorno, con aria svagata*) Questa la metto con tutte le altre, Eva. (*Silenzio*). Che cosa hai guadagnato quando m'hai detto stupido? (*Silenzio. Fremente*) Il fatto è che se continui a trattarmi in questo modo, un bel giorno me ne vado e non mi vedi mai piú. Non si può dirti una parola, che tu scatti. È un bisogno, no, che abbiamo, tutti e due, di parlare? Tu non sai quel che voglia dire esser solo. Non sei mai stata sola. E dimentichi troppo sovente che sei stata fatta per tenermi compagnia...

LA VOCE DI EVA Sí, caro, ma perché dirmi che vai a pescare?

ADAMO (*si china a raccogliere ciottoli e storce la bocca sorridendo*) Ho detto per dire, Eva.

LA VOCE DI EVA Sei piú caro quando non dici per dire.

ADAMO (*scaglia con rabbia i ciottoli*) Ebbene, vado a pescare.

Si sente una risatina di Eva. Adamo se ne va. Nella radura si diffonde la fresca calma del mattino. Passa un capriolo che saltella e annusa i pedali di varie piante, poi schizza via a sinistra.
Rientra Adamo, con la solita aria e, ciondolato un po' a

sinistra, si siede nel centro sopra un sasso, volgendo le spalle al fondo. Parla guardando innanzi a sé.

ADAMO Questa foresta è tutto Eva. Se potesse parlare, mi tratterebbe come lei. Tronchi e tronchi, foglie e foglie, angoli scuri che asciugano al sole, altri che non asciugano, piena di vita, piena di voci, ma di me, Adamo, s'infischia. È la verità. Mi dà l'ombra, mi dà il riparo, mi dà il cibo e l'aria buona, ma confidenza nessuna. Ah Signore, Signore, mi domando se capisci che cosa vuol dire esser solo.

Eva si è fatta sulla soglia della grotta e il sole giallo la illumina dai piedi fino al collo. È bruna e muscolosa, e la faccia appare seminascosta dall'ombra e dai rametti di convolvolo che pendono sull'ingresso. Adamo si volta e la guarda, rasserenato. Pausa.

EVA Sono queste adesso le tue orazioni?

ADAMO Non pregavo, parlavo tra me.

EVA (*sospettosa*) Però chiedevi qualcosa al Signore.

ADAMO Non oso piú parlare al Signore. I suoi benefici sono a doppio taglio.

EVA (*avanzando; porta dei fiori infilati nei capelli*) Come sarebbe a dire?

ADAMO (*con forzata gaiezza*) L'ultima volta che mi sono lagnato ch'ero solo, mi ha mandato te. (*Fa per abbracciarla e sedersela sulle ginocchia*).

EVA (*si scosta e dice seccamente*) Diventi volgare.

ADAMO E tu impertinente.

EVA Tutto perché al mattino non esco fuori come una bestia dalla tana, e mi pettino invece di scrollarmi come fai tu.

ADAMO Non hai da piacere che a me.

EVA Per quel che te ne intendi...!

ADAMO (*con voce mutata*) Oh Eva, perché non smettiamo quest'ostilità che a me mi fa ammattire, e a te serve a che cosa? Siamo soli a questo mondo e una mala parola nessuno ce la può risarcire. Che bisogno abbiamo di maltrattarci a questo modo? Se ci fossero un'altra Eva o un altro Adamo, capirei.

EVA Ci pensi troppo, a quest'altra Eva. Me ne parli sempre. (*Beffarda*) Te l'ha forse promessa il Signore?

ADAMO Sciocca. Lo sai bene che siamo soli.

EVA Un'altra Eva... Siamo soli... Capisco. Dimmi una cosa, unico uomo: se invece di me il Signore avesse creato un'altra Eva, con gli stessi capelli, con lo stesso corpo, con la stessa voce, tu l'avresti accettata come hai fatto di me? E ti vanteresti di volerle lo stesso bene e faresti le stesse smorfie, e andresti a pescare per lei, insomma sarebbe la tua Eva? Sí o no?

ADAMO Come... un'altra come te? Con gli stessi capelli? Che si chiamasse Eva? Ma saresti tu.

EVA Ecco. Sarei io. E poi ti lamenti. Buffone.

ADAMO Ma no, non hai capito. Se fosse un'altra, non saresti tu. Ma allora anch'io non sarei Adamo. (*Si ferma sorridendo*) Sciocchezze, io sono Adamo e tu sei Eva.

EVA (*lo guarda commiserando*) E se il Signore ne avesse fatte due di Eve e ti avesse dato la scelta, quale avresti scelto?

ADAMO Due?... Non so... Ma te, certo... Due Eve?

EVA E perché me?

ADAMO Perché?... Cosí... Ma ragiona, Eva...

EVA Te lo dico io quel che avresti fatto: ci avresti prese tutte e due e costrette a stare nella stessa grotta. E poi ti lamenti che non ti do confidenza. Ci mancherebbe altro. Tu non mi capisci e non mi meriti. Ti sono caduta addosso come una mela matura e hai creduto di raccogliermi senza fatica. E te la prendi ancora col Signore. Ma stai fresco. E può star fresco anche il Signore, se crede che abbia bisogno di te, o di lui. (*Esce a sinistra, lásciando Adamo esterrefatto*).

ADAMO (*balza in piedi*) Basta! Basta! Hai sentito, Signore? (*Tende l'orecchio. Silenzio*). Non ha sentito. Non sente mai. (*Si riabbandona sul sasso, col capo tra le mani*).

SCENA SECONDA

Stessa scena. È sera. Adamo e l'Angelo del Signore passeggiano davanti alla grotta. L'Angelo è un bel giovane biondo dal corpo nebuloso e raggiante.

ADAMO (*sommesso*) Dirai dunque al Signore che cosí non posso continuare. È comodo crearci per la Sua gloria e lasciarci negli imbrogli. Ha dato a me, come a tutti gli animali, delle esigenze, ne ha date piú che agli animali, come un certo decoro da sostenere, una naturale delicatezza di sentimenti e una capacità di giudizio che vuole il suo sfogo e il suo compenso in una compagnia congeniale. Eva ha capito il mio bisogno e se ne serve per rendersi preziosa e togliermi ogni pace. Adesso sostiene anche che non l'apprezzo come si merita. E da stamattina non la vedo. Insomma...

L'ANGELO DEL SIGNORE Riferirò, Adamo, riferirò, e se qualcosa si potrà fare, sarà fatto. Ho però l'impressione che in cielo si propenda a considerare i rapporti tuoi con Eva, un campo dove sarebbe indiscreto e inopportuno un intervento diretto. Non dimenticare, Adamo, che ti è stata conferita, all'atto della creazione, una certa autorità sulla tua compagna. Quanto alla gelosia che Eva ti ha mostrato, puoi assicurarle che per ora è assolutamente esclusa la creazione di altri esseri. E dopo tutto (*la sua luce balena*) questa gelosia dovrebbe anche un poco lusingarti. Addio, Adamo. (*Scalpiccio affrettato. Da sinistra piomba di corsa Eva ansante, coi capelli scomposti e il volto acceso*). Addio, Adamo. (*Si spegne e scompare*).

Penombra.

ADAMO Beato chi ti vede, Eva.

EVA Che cosa dicevi all'Angelo? Perché quando arrivo, lui fugge?

ADAMO Cose di questo Paradiso, Eva. E tu, perché non torni prima? Solo quando viene il buio ti faccio comodo, vero?

EVA Oh, Adamo, perché mi tratti cosí? (*Si avanza*) Cerca di capire, Adamo. Non ti basta che stiamo insieme tutta la notte?

ADAMO (*freddo*) Ci stai perché hai paura del buio, ecco perché.

EVA Non sei gentile, Adamo. (*Gli prende il braccio*) Te lo dirò, se da te non capisci. Mi allontano soltanto perché, se mi vedessi continuamente, ti stancheresti di me. E non credere che non soffra a star lontana da te. (*Si stringe*) Ma ho bisogno d'isolarmi qualche volta, per pensare a noi due e non tormentarti con la mia gelosia. Caro! Ti sei ricordato di Eva, oggi? (*Adamo l'abbraccia. Eva lo bacia *e s'incamminano allacciati verso la grotta*). Che cosa dicevi all'Angelo?

Entrano nella grotta. La notte è calata. Cominciano a brulicare nel buio le lucciole.

LA VOCE DI ADAMO Gli chiedevo se mi vuoi bene.
LA VOCE DI EVA Sciocco. Non lo sai da te?
LA VOCE DI ADAMO Qualche volta me ne fai dubitare.
LA VOCE DI EVA E anche adesso ne dubiti?
LA VOCE DI ADAMO No.

Il chiarore della luna si diffonde nella radura. Silenzio.

LA VOCE DI EVA Guarda! C'è la luna. Usciamo.
LA VOCE DI ADAMO (*supplichevole*) Eva, restiamo nella grotta.
EVA (*comparendo sulla soglia*) Vieni, vieni, usciamo.
ADAMO (*che le tiene un braccio*) Restiamo qui.
EVA (*divincolandosi*) Guarda com'è bello! Vuoi sempre parlare: su, parla, adesso: che bisogno avevi di raccontare i fatti nostri all'Angelo. Perché fai queste cose? Non mi vuoi proprio nessun bene. Io di te mi fidavo.
ADAMO Ma no, si discorreva, e poi sai bene che l'Angelo ha tutt'altro da pensare. Gli chiedevo se sapeva dov'eri, ecco.
EVA (*scontrosa*) Oh Adamo, chi sa che cosa gli hai detto. E chi sa che cos'ha risposto quel ficcanaso, tutto luce e nient'altro. Perché t'immischi con quegli esseri che non hanno nemmeno una mano in carne e ossa da tenderti? Vanno, vengono, non si sa dove stanno – che orrore – magari qualcuno è qui che ci ascolta.
ADAMO Ma Eva! Lo sai che li manda il Signore soltanto per farci del bene.
EVA E che cosa gli hai detto?
ADAMO Ma nulla. E tu dove sei stata tutto il giorno? Mi hai fatto soffrire, sai.
EVA Sediamoci. (*Si siedono sulla soglia*). Ho pensato molto a noi due. Ho camminato tutta la mattina e sono entrata nel bosco del Signore, dove ho veduto le Sue piante. Ma sai che ho ribrezzo dei serpenti, e là ce n'è di tutte

le qualità, che salgono e scendono per i tronchi, e mi è venuta l'idea – forse mi sbaglio, Adamo – che il Signore li abbia messi a far la guardia. Perché? Non può essere che per me, a te non fanno ribrezzo. Vuol dire che il Signore non si fida di me. Perché? Non mi vanno affatto queste cose, Adamo. O siamo i Suoi diletti, e allora perché i serpenti? O non lo siamo, e allora perché tante belle parole?

ADAMO (*spaventato*) Ricordati che il Signore ci può ascoltare.

EVA (*spazientita*) Ma dunque! La guardia dei serpenti, gli Angeli che ficcano il naso, Lui stesso che ci sta a spiare: che motivo gli abbiamo dato?

ADAMO Ma è perché ci vuol bene, Eva.

EVA Vorrei vedere se tu, perché mi vuoi bene, spingessi la gelosia a questo punto.

ADAMO Anche tu, Eva, sei gelosa di me.

EVA Sciocco, prima di tutto non è la stessa cosa, e poi (*seria*) lo faccio anche un po' per passatempo e per occuparci la giornata. Ma...

ADAMO Lo fai per passatempo!

EVA (*convinta*) Si capisce. Mi sentiresti, se ci fosse davvero l'altra Eva.

ADAMO Ah!... (*Riprendendosi*) E allora fa' conto che il Signore ci spii e ci tratti gelosamente, tutto per occupare la giornata e per distrarsi.

EVA (*col mento sul pugno*) Per essere il Signore, sarebbe un po' stupido. Ma perché proprio l'Albero e i serpenti?

ADAMO Quanto tempo, Eva, che non chiacchieravamo piú cosí insieme.

EVA (*c. s.*) Adamo! Perché non possiamo toccare proprio quell'albero? Quei bei frutti maturi? E se non possiamo, perché li ha fatti?

ADAMO Vedi, Eva. (*Si guarda attorno furtivo*) Io credo che siano frutti come tutti gli altri, ma che il Signore ci abbia proibito di toccarli per rendere piú interessanti le nostre giornate. Sono come le regole che abbiamo inventato per il nostro gioco dei sassolini. Se le togli, dov'è piú il gioco? Stai certa, il Signore ci vuole bene, altrimenti non ci avrebbe nemmeno creati.

EVA (*sempre assorta*) Mi sembra stupido.

ADAMO Eppure vedi che anche stasera questa proibizione ha servito a ravvicinarci e farci discorrere un poco.

EVA Ti dico che mi sembra stupido.

SCENA TERZA

Stessa scena. Meriggio sonnolento. Adamo è disteso davanti alla grotta e segue con gli occhi due farfalle che passano.

ADAMO Se gli Angeli del Signore, fossero un po' meno angeli! Ha ragione Eva: tutto luce e niente sostanza. Ma con chi, domando, con chi deve passare il tempo un disgraziato? Eva non è della mia razza: a lei starsene in giro da sola, fa bene. Si direbbe che piante e animali con lei se la intendano. Si ficca i fiori nei capelli, corre dietro ai caprioli, è capace di salire su un albero per strappare le penne della coda a un pappagallo. Bambinate... Ma intanto passa la giornata. E perché poi adesso è sempre via, e torna solo alla sera? Fa presto l'Angelo a dire che io sono il re di questo regno. Il fatto è che non ho a chi comandare. A quelle farfalle? Sto fresco, come dice Eva. (*Si alza in piedi*) Ma io divento matto, se continuo a parlare cosí da solo. Venisse presto la sera! Per conto mio potrebbe essere sempre notte. Vedere tutto cosí chiaro, cosí vivo, le bestie che se la spassano, le acque che corrono, le foglie che dondolano, mi fa rabbia. (*Si leva un gran vento che fa barcollare Adamo. Il bosco muggisce. Trasvolano foglie e uccelli variopinti, e in distanza echeggiano colpi di tuono*). Che succede? Ho forse bestemmiato? Ah Signore, come sei permaloso! (*Schianti e calpestii nel bosco. Altre raffiche. Passa a volo, balenando, un Angelo*). Che succede? Dove voli? Ti manda il Signore? Mi umilio, mi umilio!

L'ANGELO È accaduta una cosa terribile. Eva...

ADAMO Eh!

L'ANGELO La notizia non è ancora confermata. È troppo orribile. Eva ha mangiato del frutto dell'Albero del Signore.

ADAMO No!

L'ANGELO Cosí m'auguro anch'io. Ma è stato visto Satana saltare fuori dal Paradiso ululando di gioia. Da tempo era segnalata la sua presenza quaggiú. (*Scompare a destra*) Oh sventurati uomini!

Continua la bufera che ora piove anche una livida luce dal cielo. Passano caprioli, tigri, conigli, in rotta.

ADAMO Possibile? Eva, Eva! Dove sarà adesso? Eppure, i discorsi che faceva! È dunque vero? Oh Eva, che hai fatto!

Entra da sinistra Eva affannata e precipitosa. Cerca con gli occhi.

EVA Oh Adamo, dove sei? L'ho fatto per te. Dove sei? Proteggimi. (*Gli corre tra le braccia*).

ADAMO È dunque vero? Disgraziata! (*Eva gli singhiozza sul petto. Nel pugno sinistro stringe una mela*). Che dirà adesso il Signore? Perché hai fatto questo?

EVA (*tra i singhiozzi*) C'era un serpente che parlava. L'ho tanto pregato di venire alla grotta perché ci tenesse compagnia. Faceva dei discorsi cosí belli. Era cosí spiritoso. Pensavo: Come si divertirà Adamo, lui che vuole sempre discorrere. Come mi sarà riconoscente e mi vorrà bene.

ADAMO Ma non ti facevano ribrezzo i serpenti una volta?

EVA Non era un serpente come gli altri. Parlava. Se tu avessi sentito. Sapeva tutto. Su tutto diceva la sua. Mi spiegò che davvero la proibizione dell'Albero è un semplice gioco di quel vecchio testardo che anche lui non sa come fare a divertirsi e crea gli esseri a Suo piacere... Proprio come dicevi tu.

ADAMO Ma io dicevo per dire!

EVA Mi spiegò che bastava rompere la regola per fargli capire che cambiasse gioco. Anche noi abbiamo dei diritti e valiamo un po' piú che una partita di sassolini. (*Si ferma*) Allora ho mangiato il pomo. (*Tende la mano*).

ADAMO Disgraziata! E se il Signore ti scaccia?

EVA Il serpente diceva che il mondo è grande.

ADAMO E io resterò solo! Non hai pensato che ti volevo bene?

EVA Ma, Adamo, se mi vuoi davvero bene, hai un modo per provarmelo...

Pausa.

ADAMO Dà qua. (*Addenta la mela*).

Eva gli salta al collo.

LA VOCE DEL SIGNORE (*nella bufera*) Adamo, dove sei?

Villa in collina

Risalivo la strada della collina e gli antichi scenari di verde e di muriccioli, via via che sorgevano alle svolte, mi parevano finti. Tanto tempo ne ero vissuto lontano ripensandoci appena in certi istanti svagati, che la loro attualità materiale mi faceva ora soltanto l'effetto di un simbolo del passato.

Ma non erano simboli la brezza della sera e l'odore di quella terra. Qui ritrovavo corporalmente l'atmosfera della mia gioventú, perché queste cose non le avevo mai dimenticate, ma in lontane campagne o nei viali delle città, tante volte avevo fiutato l'aria riassaporando altri tempi.

Anche la voce al telefono non era stata un simbolo. Mi aveva fatto trasalire, tanto all'orecchio mi era suonata netta e fedele al ricordo. Probabilmente Ginia non s'era conservata come la sua voce. La voce è, con l'odore del nostro corpo, quanto abbiamo di piú inalterabile. Ma non avrei, credo, riconosciuto Ginia all'odore e nemmeno al profumo.

Costeggiavo la ringhiera che ai miei tempi non c'era ancora, cercando di ritrovare l'antica inquietudine a guardar giú nel torrentaccio che tante volte aveva arrestato, soltanto col suo alito freddo, i miei passi traballanti, quando tra un franare di sassi un giovanotto biondo sbucò con la giacca buttata sulle spalle dal letto semiasciutto, issandosi al livello della strada. Istintivamente mi fermai per creanza e quello scavalcando la ringhiera saltò sulla strada. Senza guardarmi fece un sorriso tra sdegnoso e preoccupato.

Gli dissi, faceto: – Buona sera.

Il giovanotto mi rispose in fretta: – Buona sera, – chinando rapido il capo, e si volse a risalire, a passi affrettati, la strada.

Quando scomparve alla svolta, non pensavo piú a lui, ma mi guardavo intorno cercando di riconoscere i luoghi. Da quanto ricordavo della collina e dai calcoli sulla numerazione delle ville, mi restava ancora un buon tratto di strada. Dovevo ancora sorpassare l'osteria alberata e il grande parco sempre deserto, dove in giugno si vedevano tra l'erba scura le fragole. Che idea, quella di Ginia, di andarsi a stabilire lassú. Si ricordava ancora Ginia della franca golosità con cui si buttava su un piatto di frutta o era ormai troppo invecchiata?

Per quanto l'idea di rivederla mi signoreggiasse, non ero inquieto. A me accade di gustare la solitudine specialmente quando so che tra poco dovrò uscirne, e, solo com'ero su per quella strada del passato, i ricordi mi facevano compagnia come tante nuvolette. Ero io? Ero proprio il ragazzo di un tempo? Chi avrei veduto quella sera? Guardavo il torrentaccio e i cancelli radi delle ville; e sulla strada asfaltata mi pareva di calpestare una segreta tristezza, quasi un presentimento. Melanconici erano soltanto i cupi scenari degli alberi antichi, non la brezza e la solitudine.

Giunsi cosí a un'altra svolta e vidi in distanza, seduto sopra un muricciolo, il giovanotto di prima. Stava a guardare il cielo, limpido nel primo imbrunire, e fumava una sigaretta. Ebbi l'impressione avvicinandomi che fosse straordinariamente giovane per la sua statura dinoccolata. Posava un piede a terra e l'altro sul muricciolo.

Alla mia domanda se sapeva indicarmi la villa, staccò la sigaretta e mi disse additandomi un cancello a pochi passi: – Ci vado anch'io. È qui.

Il cancello era solo accostato e mostrava una gradinata stretta che metteva a un terrapieno fiorito. Si vedeva tra le piante il tetto rosso della villa e veniva di lassú un chiacchierio di gente che si fa festa.

Il giovanotto non si muoveva. Continuava a fumare e guardare il cielo. Non so perché, stetti ad aspettare, in piedi, contro il cancello.

Adagio, la sigaretta finí. Allora il giovane saltò in piedi e, facendomi un sorriso, infilò con me la porticina.

– Non si può stare un momento soli, – disse Ginia entrando con me sul terrazzo e sbattendosi la porta alle spalle. C'era una scintillante mensa imbandita per sette o otto persone, che nella sera fresca raccoglieva in sé tutta la luce del cielo.

– Sembra d'essere su un lago, – dissi. Ginia si buttò su una panchina e mi fissò di sotto in su, intenerita. Dal basso venivano voci e scricchiolio di ghiaia.

Parlammo a lungo, avidamente. C'erano delle tristezze in Ginia che non penetravo, ma in questi casi tacevo, abbandonandomi a guardarla. Era pur sempre la stessa.

Alla fine contrasse il suo solido viso che le prime rughe scolpivano senz'avvizzirlo e si guardò intorno.

– Mi cercano, sotto, – disse.

– È arrivato tuo marito?

Ginia tornò a sorridere. – Non lui. Sa che abbiamo molte cose da dirci.

– Non si finirebbe mai, – dissi allora. – Ma tutto si riduce a questo: desideri sempre?

Ginia chinò il capo, ambigua. – Lodando il cielo, sí.

– E allora, tutto va bene.

– Vogliamo scendere? – disse alzandosi. Vestiva un semplice abito, bianco come la tovaglia sul tavolo.

Scendendo dissi: – Sono amici tuoi o di tuo marito, tutta questa gente?

– Li abbiamo mescolati, sposandoci, come si fa coi libri. Che poi non si leggono piú.

– Nemmeno i nuovi acquisti? – dissi con intenzione.

– Oh!... quelli.

Nel giardino sul crepuscolo, dove uscimmo, feci la conoscenza di qualcuno degli ospiti. Tutti, chiedevano a Ginia del marito. Ginia si schermí, scherzando con impazienza, e m'invitò a sedere su una poltrona di vimini. Il giovanotto biondo comparve da un viottolo.

Avevo di fronte una donna angolosa, dalle gambe accavalciate.

– Ginia mi ha molto parlato di lei, – mi disse a un tratto confidenzialmente. Siccome imbruniva, si sporgeva innanzi e socchiudeva gli occhi per vedermi meglio. Poi si riabbandonò sulla poltrona.

– Ginia è una donna straordinaria, – continuò, – ha la vitalità di un'adolescente e un *goût de vivre* eccezionale. Quando racconta un fatto del passato, pare di sentirla gioire con tutto il corpo. Ricordo sempre una volta che ci descrisse la gioia con cui faceva il bagno da bambina. Anche di lei parla con gusto. Come l'ha trovata dopo tanti anni?

– Bene.

– Sono contenta. A me pareva un poco stanca, preoccupata. Forse ha bisogno di distrazioni. Ma il piacere di rivedere un vecchio amico, e giovane, le avrà fatto da tonico. Lei conosce suo marito?

– No.

– Lo conoscerà. Ma come ritarda. Ritardano sempre i mariti, vero?

Siccome rideva, di un riso aspro, angoloso, socchiusi gli occhi nella penombra e mi congiunsi le mani sotto il mento.

La voce rauca riprese:

– È un uomo interessante, Paolo. Un uomo serio, troppo serio forse per Ginia. Tutto l'opposto di Ginia. Ginia è rimasta bambina, epidermica. Paolo vive forse anche piú intensamente di lei, ma si sorveglia, non traspare mai. Ginia invece è un cristallo, un delizioso cristallo. Ma sono sciocca: lei la conosce meglio di me.

In quell'istante qualcuno della casa accese la lampada sul nostro capo e mi apparve nel fiotto di luce il viso olivastro, magro, dagli occhi canzonatori. Accolse la luce un vocio d'applauso, e la conversazione divenne generale.

Un altro applauso salutò l'arrivo del marito di Ginia che, vestito di flanella bianca, sbucò dalla scaletta a braccetto di Ginia e seguito dal giovanotto. Era un uomo alto, dal viso fermo, che salutò in giro tutti con un sorriso leggero, senza scusarsi del ritardo. Mi strinse la mano con noncuranza, e ci pregò di sedere. Il giovanotto era rimasto indietro nella zona d'ombra.

Il marito s'allontanò con Ginia, a prepararsi per il pranzo. Qualche altro s'alzò ed entrò in casa. Poco dopo ero solo, nel cerchio delle poltrone, ma sentivo che nell'ombra il giovanotto respirava.

– Qui tutti fanno quello che gli pare, – dissi a mezza voce, conciliante.

– Ginia tornerà a chiamarla, – rispose. Uscí alla luce e si fermò sulla ghiaia, esitante. Il suo viso, improvvisamente illuminato, non mi pareva piú cosí giovane e liscio, ma portava un'unghiata di sofferenza che stonava con gli occhi.

– Malinconico? – chiesi.

– Mi scusi di prima, – disse adagio. In quel momento Ginia apparve sulla porta e venne verso di noi.

Finita la cena, qualcuno spense la luce nel turbinare dei moscerini, e restammo seduti sul terrazzo fra le cime nere degli alberi. Ginia e Ada accompagnarono dentro una signora che aveva preso freddo, e per un poco nessuno fiatò.

– Quest'oggi i marciapiedi erano un forno, – disse una voce profonda dall'altro capo del tavolo.

Due o tre fumavano e i puntolini rossi palpitavano come lucciole immobili. Sorseggiai il mio caffè come non avessi sentito.

Finalmente un'altra voce – la macchia pallida del marito di Ginia – osservò:

– Il piú forte è passato.

Poi una voce ben nota:

– Veramente, non era mai stato quassú?

– Conosco queste strade, – risposi nel buio. – Le battevo quando avevo la sua età. Senza discendere nei torrenti, sono però andato a rischio di rotolarci molte volte. Poi le ho perdute di vista.

– E conosceva Ginia, allora?

– Intendiamoci, la collina era una cosa e Ginia un'altra. Benché, credo che anche a lei le piacesse la cenetta all'osteria.

Il marito disse a un tratto:

– A sentir Ginia parlare di voialtri, sembra che foste tanti lupi.

Venne la cameriera e gli parlò all'orecchio. Il marito ci chiese scusa e la seguí senza scomporsi. Rimasero due signori anziani e una signorinetta che confabulavano in fondo al tavolo, e il mio giovanotto passeggiò un istante irrequieto, poi s'appoggiò alla ringhiera.

Socchiusi gli occhi, rovesciando il capo. Trascorse non so quanto tempo, poi di nuovo sentii vicinissima la voce del giovane che parlava beffardo. Quel tono mi fece alzare. Lo presi a braccetto e dissi: – Andiamo a cercarli?

L'altro mi portò invece alla ringhiera di dove si scopriva, nell'avallamento, una fetta immensa di città, tremolante come un lago.

– Dica la verità: lei è qui tutte le sere? – gli feci, dopo un poco ch'eravamo appoggiati.

– Sono stufo, – mi disse piano, – stufo. Mi spieghi lei come ha fatto a essere giovane in questi posti.

– Queste cose si scoprono quando sono passate. Tiri avanti e non ci pensi.

Non mi rispose.

– A lei non si confà la collina, – dissi tranquillo. – Provi laggiú...

Non disse nulla e sputò adagio nella grondaia.

– Come si sta in Sicilia? – chiese bruscamente.

– Nel suo caso, bene.

– Quella stupida di Ada! – esclamò piano. – Si è accorto come s'interessa di lei e di Ginia?

– Tutte le donne sono cosí...

In quell'istante ci raggiunse uno dei due vecchi signori e ci disse ch'era impensierito per sua moglie.

– Andiamo a cercarla.

La incontrammo sulla porta col marito di Ginia.

– Io sto bene. È preso male a Ginia.

– Niente, niente, – disse il marito. – Digestione.

Scoppiarono parole concitate e vidi il marito che tratteneva per il polso il giovanotto agitatissimo.

– Dove vuol andare? Tornano subito.

Ci risedemmo e molti parlavano. La signora diceva affannata ch'era tutto colpa del caldo e del freddo alternati; e il marito spiegò con calma che non era nemmeno il caso di parlarne. Il giovanotto non s'era seduto: camminava irrequieto.

– Vogliamo fumare?

S'aprí finalmente la porta e comparve Ada, scura e beffarda. E accanto Ginia, pallida, con l'aria stupita.

Avrei voluto non essere là. Meno male che la penombra m'isolava e isolava ciascuno degli altri seduti sul terrazzo, anche gli abiti candidi di Ginia e del marito. Qualcuno parlava, tra il frinio dei grilli. Poi parlò Ada.

Perché ero venuto lassú?

Dopo molto, molto tempo uno dei vecchi si lagnò dei moscerini, e parlarono di rientrare.

– È un peccato rinunciare a questa vista.

Ci alzammo tutti, e cominciammo a sfilare giú per la scala. Rimasi in coda, e Ginia mi venne accanto tra lo scarpiccio.

– Povero diavolo. Ti annoi?

– Non eccessivamente. Fate sempre cosí?

– Piú o meno –. Mi strinse il braccio e soffiò nell'orecchio stravolta: – Parla con quel ragazzo. Non lasciarlo solo un momento.

Sotto, i vecchi e il signor Paolo si sedettero in sala, mentre le donne proseguivano in giardino. Mi fermai un momento alla radio, dove tutti armeggiavano, e quando fui per mettere i piedi sulla ghiaia del sentiero, mi sbucò incontro Ada dall'ombra. Osservai che aveva un passo baldanzoso.

– Dov'è Ginia? – le chiesi.

– Si consola con la gioventú, – disse aspra. – Ha visto che cose succedono?

– Che cosa?

– Ma come non sa?

– Che cosa?

– Sono cose di cui non è lecito parlare, ma via, ci si sposa per questo.

Parlava con un tono irridente, piú aspra che mai.

– Su, vada a farle le congratulazioni. Le aspetta. Dice che le dà l'impressione di tornare bambina.

Entrò dentro. Non volevo cercare nessuno e mi sedetti, volto al buio delle piante.

Poi uscirono dall'ombra Ginia e il giovane, a braccetto. Si staccarono subito e Ginia mi fece un sorriso. Si sedettero anch'essi sulle poltrone di vimini. Piano, senza disturbare il silenzio della notte, la radio suonava dalla sala. Corse fuori la signorinetta bionda e si fermò di colpo sulla ghiaia, trovandoci seduti in circolo.

Non guardavo Ginia per non vedere l'occhiata supplichevole che mi gettava. Appoggiavo il mento sulle mani congiunte.

– Lei conta sempre di mettersi in viaggio? – dissi finalmente.

Mi rispose invece Ginia, con una voce remota: – A provare la noia di certe giornate viene davvero la voglia di mettersi in treno.

– È un'illusione come un'altra.

Il giovanotto guizzò. – Ha perfettamente ragione. E in certi casi è anche una vigliaccheria. Si dice degli ubriaconi, ma chiunque fugge una responsabilità è un ubriacone.

– La responsabilità di passare l'estate in collina non mi sembra capitale, – disse Ginia sorridendo.

– Posso entrare anch'io? – ci fece la signorinetta, sedendosi. – Come sta, signora?

Nel silenzio che seguí, ascoltammo la voce leggera della radio, fin che tacque. S'era levata un po' di brezza.

– Volete bere qualcosa? – disse Ginia alzandosi.

Quando tornò col vassoio, tacevamo. La biondina ci guardava inquieta. Ginia prese a versare.

– Tanto per qualcuno siamo tutti ubriaconi.

La biondina rise forte. Il giovanotto scattò in piedi.

– Voglio parlare con tuo marito, Ginia, – disse adagio.

Freddamente Ginia posò un bicchiere, e lo fissò. Si fissarono qualche secondo.

– Avanti, – disse secca. – Gli parleremo tutti e due. Andiamo.

Il giovane si fece vermiglio e sorrise sdegnoso. Poi si mosse al fianco di Ginia, ma quando giunsero all'entrata le strinse un braccio e la lasciò, scantonando nel buio delle aiuole.

Ginia piangeva. Il suo viso era tutto arrossato e si contraeva come quello di una bimba. Non l'avevo mai veduta piangere.

Le lasciai il braccio e me la feci sedere innanzi, chiudendo la porta.

Quando il silenzio divenne intollerabile, fu Ginia che mi levò incontro gli occhi, spalancati grandi.

– Come vedi, invecchio, – disse sorridendo. – Dove sarà andato quel ragazzo?

Non le risposi e la guardavo. Ginia riprese senza muoversi:

– È un ingenuo. Non è stato nemmeno capace di vendicarsi.

– Doveva?

– Pare di sí. Non c'è gente piú vendicativa degli ingenui. Sono capaci di tutto. Ma non sanno andare a fondo.

– Vorresti che l'avesse fatto?

– Forse era meglio.

– Lo sa, di te?

Ginia accennò del capo, gravemente.

– È questo che l'ha esasperato?

Ginia si piegò innanzi, poggiando il mento sulle mani. – Credo di essere il suo primo amore, – disse storcendo la bocca, – e non c'è cosa piú pericolosa.

Le sue narici arrossate palpitavano forte. Continuava a guardarmi intrepidamente e gli occhi eran tornati limpidi. Ma li abbassò.

Poi si alzò in piedi disinvolta, passeggiando.

– Tu a vent'anni hai mai creduto di esser padre?

S'aprí la porta e in un brusio di musica entrò il marito di Ginia. Chiuse dietro di sé e, nel silenzio, venne alla nostra volta.

Disse a Ginia: – Ero in pensiero. Come stai?

Ginia fece un comico broncio: – Piangevamo insieme.

Quell'uomo allora le prese la mano e, volgendola dalla palma, se la portò alle labbra. Tutti e due poi, a fianco a fianco, mi guardarono, e il marito disse: – Lei mi deve scusare ma sono in pensiero.

– Coi bambini non si scherza, – disse Ginia.

– Ecco.

Congratulandoci, rientrammo in sala. Avevo bisogno di star solo. Cercai gli occhi di Ginia tentando di strapparle una conferma. Lei si strinse nelle spalle, e dovette dare una risposta ad Ada. Uscii allora sulla soglia.

Vidi il capo biondo di quella ragazza, seduta ancora dove l'avevamo lasciata. Fissava una poltrona vuota e pareva riflettere. Le girai alle spalle e mi persi nel buio.

Speravo vagamente di incontrare il giovanotto e mi spinsi fino a una piccola radura sotto un tiglio, donde si scorgeva, alta e nera, la spalla della collina. Stridevano i grilli e non giungeva suono umano se non, attutita, la voce della radio.

Cercavo di abituarmi all'idea che il giovane fosse sparito. E l'ombra fresca, la fragranza dei boschi, la visione di Ginia, non mi davano pace, non si componevano piú in intimo ricordo, ma mi mordevano alle radici del cuore, inquietanti ed equivoche come cose non mie. Pensavo anche che in quella radura, davanti a quella collina, Ginia e il mio giovanotto dovevano avere passeggiato insieme molte volte.

Lo ritrovai seduto, invece della signorina, con le spalle alla luce. Era solo e pareva ascoltasse, tutto raccolto, la voce d'Ada che usciva grave dalla sala.

Fermandomi colsi qualche parola. Ada scherzava, forte. Mi sedetti di fronte alla luce e il giovanotto mi vide ma non parlò. Lo guardai pacatamente senza dir nulla.

Mi pareva di essere tornato al nostro incontro del muricciolo quando improvvisamente, buttando la sigaretta, mi aveva sorriso. Ma non fumava né sorrise questa volta. Disse invece:

– Anche lei cerca la solitudine?

Non rispondevo e lo guardavo.

– ... Non soltanto in disparte, ma solo capisce? via dai piedi e dagli occhi. Può dirlo a Ginia: starò solo. La rassicuri.

La sua voce suonava rauca e scandita.

– Perché è tornato a dirmelo? – chiesi.

Tacque un momento, e poi riprese:

– Lei non può sapere. Volevo dirlo a Ginia, ma non serve. Glielo dica lei che è suo amico. Io debbo andare –. S'era alzato in piedi.

– Io non le dirò nulla, – dissi.

– Perché?

– Perché mi pare che lei esageri.

Mi piantò in faccia quegli occhi sdegnosi, ma tremava.

– Vada da Ginia, – ripresi calmo, – e la tratti da eguale e le dica le cose che pensa; vedrà che Ginia non è donna da sciocchezze, e saprete uscirne. Tutto il resto non conta.

– Tutto il resto conta, – balbettò il giovane. – Ginia non tornerà indietro. Ginia non è una stupida. Io stesso che le parlo, non so la verità.

Senza levare gli occhi, fissai l'intrico d'ombre della glicine sulla ghiaia. Sentivo pulsarmi e dolere le tempie.

– Me ne vado, – disse il giovane, – senza salutare nessuno. Cosí non tornerò. La prego di parlare con Ginia –. Il fruscio leggero s'allontanò sulla ghiaia.

Quando rientrai in casa, trovai gli ospiti in procinto di andarsene. Mentre le donne salivano a prepararsi, il marito di Ginia m'invitò a tornare di pomeriggio quando, essendo molto caldo, Ginia era sola e avrebbe volentieri parlato con me dei tempi passati. Scusai il giovanotto, ma si mise a ridere e mi disse che sovente spariva a quel modo per gironzolare solo, sulle colline. E a quell'età non si poteva dargli torto.

Quando attraversammo in frotta il giardino, Ginia mi serrò la mano e mi bisbigliò di tornare, di non lasciarla sola. Il marito camminava avanti, tra la biondina e la vecchia signora. Al cancello Ada gli strinse forte la mano, e abbracciò Ginia baciandola.

Formammo due gruppi. Avanti, la signora e i due vecchi; dietro, io tra Ada e la biondina. Gli scenari scuri delle piante avevano perso nell'ombra ogni materialità, e il sentore profondo di terra e di notte era solo, sotto le stelle. Camminavo senza ricordi, rispondendo appena ai discorsi, anelando all'istante che sarei stato solo.

Il campo di grano

Finch'era durata la mezza stagione, nessuno aveva fatto caso di quell'erba piú tenera e piú alta del solito, ma adesso che i crepuscoli si allungavano e la gente usciva per le strade a prendere il fresco, la cosa saltava agli occhi. Il grano sarebbe diventato ancora piú alto e giallo e frusciante, e magari qualche papavero, e un bel giorno il vecchio avrebbe voluto mieterlo e fare i covoni e parlarne nelle strade e nei negozi. Forse avrebbe cercato di venderlo.

Amalia vedeva ansiosa certi ragazzotti fermi sulla banchina della strada, proprio dove finiva il muro della fabbrica e cominciava la striscia di campo, davanti alla casa. Li guardava ansiosa, tra la vergogna e una speranza non sapeva nemmeno lei di che, adesso che il grano era verde. Ma i ragazzotti guardavano un poco, e se ne andavano.

Una sera, mentre passavano in bicicletta gli operai che stavano nelle ultime case della barriera, Amalia rincasò col cappello in mano, alzando il capo per non vedere gli steli verdi. Mangiò in fretta, senza badare alla cartaccia sporca della cucina o ai piatti rotti; mangiava quello che c'era, di questo non le importava; non le importavano le ciabatte della madre né i calzoni sbottonati del vecchio o che si forbisse la bocca col dorso della mano; ma soltanto di far presto, di non sentire un'altra volta il vecchio ricominciare col suo grano e lamentarsi che il letame non aveva ingrassato bene.

Senza cappello, uscí fuori nel crepuscolo, allontanandosi da casa perché non voleva che Tosca venisse lei a cercarla. Andò, canterellando sottovoce, in fondo al corso, dove ricominciavano gli alberi, e cercò lassú la luce di Tosca. Nel viale era pieno di bambini che strillavano fin che c'era un po' di chiaro. Amalia si fermò davanti allo specchio del Bar Americano, e si rifece le labbra e la frangetta. Nel riflesso verdastro osservò che aveva gli occhi profondi e crudeli.

Tosca le aveva detto una volta che invidiava la loro catapecchia isolata. Tosca capiva soltanto la comodità di non fare le scale. Per Tosca la domenica era bella se si andava a fare merenda nei prati, e il suo sogno era di passare una giornata a vendemmiare.

Qualcuno la guardava. Era il fratello di Tosca. Amalia una volta gli aveva risposto male: quella faccia biondastra dagli occhi maligni, le grosse mani ciondolanti e le unghie rotte, le ripugnavano. Stavolta mormorava ridendo un complimento, e non si muoveva.

– Prima o dopo? – gli chiese Amalia, addolcendo il sorriso.

– Se mi dici quella cosa, sono dopo, – disse Tonino tendendo la mano.

– Aspetto Tosca.

– Io no, – disse quello, e alzò le spalle. Amalia batté il piede dall'impazienza. Ma Tonino se la rideva, contento di sé. Amalia si mise a passeggiare nervosa.

Quando fu sola, andò a camminare sul viale, sotto l'ombra delle piante. Su tutti gli odori di fritto, di polvere, di strada, sentiva passare il fresco della sera e le piaceva. Le piaceva in distanza il trabalzo dei tram.

Quella sera, sotto l'insegna rossa, Amalia guardò i riquadri delle fotografie e fece una smorfia. Tosca non insistette, e si allontanarono a passo svogliato. Capitarono davanti al «Giardino».

– Guardo se c'è qualcuno, – disse Tosca.

Una mano fece segno da un gruppetto seduto di là dalla siepe. – Vieni, – disse Tosca, – c'è Gianni.

– Non abbiamo neanche il cappello, – disse Amalia.

– Tanto si toglie, vieni.

C'era Gianni, c'era Tonino, c'erano tutti i meccanici del reparto. Invece di ballare bevevano la birra. Sul cemento, tra le piante, c'erano poche coppie, ma l'orchestra suonava tanto piú forte. Faceva fresco sotto le piante.

Amalia non accettò la birra e chiese un caffè. Era furiosa di aver tenuto le calze da lavoro, perché sul cemento, quando ci sono poche coppie, le gambe si osservano. Vide un tale in bianco che ballava a gambe nude, come fosse già estate. A un tavolino in penombra intravide una coppia: lui sportivo e baffetti – forse il padrone dell'automobile ch'era fuori – lei piegata sul braccio a parlargli: una dattilografa, aveva le unghie smaltate.

Tonino le chiese sarcastico se voleva ballare.

– Adesso sono stanca.

Tosca e Gianni erano già sul cemento.

I meccanici tacevano sorridendo scioccamente. Avevano certo troncato un discorso. Amalia li guardava senz'espressione. Tonino disse:

– Parlate pure, ragazzi, tanto la signorina non è torinese.

E un idiota che Amalia non conosceva, chiese:

– Ah sí? Di dov'è?

Uno disse, scuotendo il capo: – La donna è sempre la donna.

Ma quello stupido dagli occhi storti insisteva. Fu Tonino che – stavolta senza ghignare – rispose con gravità: – Siamo agricoltori. Siamo stufi di piantar cavoli e abbiamo emigrato. Dov'è quel paesello? – domandò.

Amalia finse di non avere sentito ma s'accorgeva di sudare. Per un istante le batté il cuore piú forte dell'orchestra.

Continuò Tonino: – Siamo superbi, al paesello, con quelli che non sono venuti in pastura con noi...

Veniva verso il crocchio uno alto, dal capo ricciuto, con la giacca buttata sul braccio, e qualcuno dei meccanici levò la mano esclamando. La maglietta bianca gli scopriva le braccia abbronzate. Era piú che un operaio. Lo strabico lo chiamò Remo, ridendo.

Si scambiarono feste, e Amalia stava seduta a capo basso. Poi sentí che questo Remo diceva agli altri: – Libera?

L'orchestra attaccava e Amalia saltò in piedi, facendogli un sorriso. S'incamminarono al cemento, a grandi passi.

Piú che abbracciarla il giovanotto le serrò la mano, piegandogliela contro la vita, e nell'istante che la cinse con la destra, le tastò la solidità della schiena. Amalia s'abbandonò volentieri contro di lui. Verso la fine del giro, quello le domandò a bassa voce di dov'era.

Amalia fece un sorriso stupito. Non dissero altro.

Finito il ballo, si guardarono un momento. – Si rimetta la giacca, fa fresco –. Scivolando tra le coppie ferme, giunsero al cancello e uscirono nelle penombre del viale.

Il suo compagno s'era buttata la giacca sulle spalle e con lunghi passi calmi si teneva a livello di lei. Non parlava, per lasciare a lei l'imbarazzo.

Amalia un certo momento s'era dimenticata di averlo al fianco, ma si riprese e disse: – Ne ho abbastanza di quei quattro maleducati.

L'altro la sogguardò, poi brontolò: – Sono quattro stupidi, non capiscono niente. Come si chiama? – e le prese il braccio.

Amalia risentí la stretta gagliarda di prima, e si divincolò agevolmente.

– Passeggiamo soltanto, – disse piano.

Quando giunsero alla strada ferrata, tra case e prati bui, Amalia gli pendeva dal gomito e lo ascoltava raccontare della grande corsa dell'anno prima quand'erano passati proprio per quella barriera, lui e il gruppo di testa. Amalia ricordò vagamente una domenica di folla e di clamori, e uno stormo di ciclisti aggobbiti e sfigurati sui manubri. Amalia non aveva mai sentito il suo nome, ma il ballerino aveva di bello che non si vantava e disse che correva in squadra.

– E adesso cosa fa?

Si allenava per una corsa in Riviera. Ad Amalia cominciò a battere il cuore, perché questo voleva dire che era un corridore importante.

– Tutta quanta la Riviera? – chiese.

Remo non sorrideva mai. Anche nel buio, Amalia s'era accorta che non sorrideva nemmeno quando le aveva detto che era una bella ragazza e carezzato un fianco.

– Tutta la Riviera?

Remo disse che le corse si vincevano in allenamento e che le strade erano tutte uguali. Amalia sentí un gran desiderio di vedergli le cosce scoperte: doveva averle robuste e ben fatte. Gli chiese se aveva delle fotografie.

Remo, sempre stringendole il braccio, disse: – Andiamo nel prato?

Mentre sedevano nell'erba, Amalia gli chiese quando sarebbe andato in Riviera o se c'era già stato. Remo brontolò qualcosa e le cacciò una mano su per le gambe, cingendole il collo e baciandola. Amalia saltò in piedi. Remo acquattato nell'erba, levò il capo.

Amalia balbettò: – Ci conosciamo appena.

Remo si distese per afferrarle una caviglia. Amalia balzò indietro e risaltò il fossato sulla sponda. Lontano sotto il lampione, passava uno in bicicletta.

Remo sempre seduto nel prato, brontolò: – Vieni qua, stupida. È notte.

– No, no, – disse Amalia col cuore in gola, – non siamo mica cani.

Allora, bestemmiando, Remo saltò in piedi. Amalia corse leggera e giunse sotto il lampione. Remo veniva a grandi passi. Amalia, rallentando il suo, deviò sul marciapiede.

Amalia dormiva sopra un sofà in cucina e aveva specchio e scatolette sopra il canterano nell'altra stanza, dove dormivano padre e madre. Per questo veniva in casa solo a mangiare e a dormire. Ora che davanti alla porta cresceva il grano, non ci restava neanche la mattina della domenica.

Le due stanze della catapecchia erano scrostate ma solide: parevano una vecchia osteria. Amalia avrebbe voluto che quelli della fabbrica si riprendessero davvero cortile e baracca e spianassero tutto. Ma suo padre pareva sicuro, se aveva persino seminato.

Di notte si sentiva attraverso la porta la voce dei passanti radi, e l'abbaiare di qualche cane e i treni; e sotto l'alba il cigolio dei carri. Qualche volta, ma di rado, il fruscio e il vortice di un'automobile.

Quella era la catapecchia che Tosca giudicava piú comoda del suo alloggio al terzo piano. Tosca al posto suo non sarebbe andata a sedersi nel prato col ciclista: non ci andava nemmeno con Gianni. Era nata nel rione. Ma l'avrebbe fatto nel cinematografo. O alla domenica in campagna.

Lei nella vigna da bambina l'aveva fatto, ma non ci sarebbe cascata piú. Valeva la pena esser venuta in città e vivere la sua vita, per buttarsi nei prati come una contadina? Fare quella cosa non era il piacere piú grande, e farla cosí era un disgusto. Sapersi concedere voleva dire distinguersi da quelle come Tosca che per un ingresso o una gita lasciavano fare da qualunque meccanico.

Tutti gli uomini sono uguali – pensava Amalia, – ma c'è uomo e uomo. Però il ciclista quella sera se n'era andato imprecando. Amalia voleva chiederne a Tosca che ne chiedesse a Tonino che ne chiedesse agli altri, ma temeva di venir canzonata. Una sera fu per entrare al «Giardino», ma ci vide tutto il crocchio con Tonino al centro, e restò fuori allungando il collo, cercando tra le piante se vedeva la testa ricciuta del ciclista. C'era, e aveva un maglione a colletto arrotolato, e discuteva rosso in faccia.

Proprio l'indomani – era una mattina nuvolosa e fresca –

Amalia si stava lavando nell'angolo buio della cucina, quando guardò dalla finestra e intravide un uomo alto, gambe nude, in maglione e berretto bianchi, che poggiato a una bicicletta levava il mento a guardare. Era Remo.

Amalia, quando uscí aggiustandosi il cappello a testa bassa, attraversò in quattro passi il sentiero tra il grano e fu in strada. S'incamminò senza guardare, e Remo le era al fianco accompagnando con la mano la bicicletta cigolante. Aveva le cosce brune da atleta, ammorbidite da un pelo biondiccio. Amalia tra sé imprecava che si era lasciata cogliere in casa.

– Si va al lavoro? – disse Remo, adagio come camminava.

Amalia lo sbirciò irritata e non seppe che rispondere. A un tratto gli chiese scontrosa: – Si allena? – e si fermò. Lontano, all'angolo, ragazze e meccanici erano raggruppati davanti all'ingresso. Scoppiò nell'aria fresca l'ultima sirena, lunga, assordante, imperiosa.

– Chi le ha detto dove abito?

Remo non aveva sentito. – Passo di qua tutte le mattine, – disse, – con la mia piccola. Oggi lavori?

– Ho fretta, – disse Amalia.

– Stasera passo a prenderti.

– Stasera vado al teatro.

Remo non si stupí. Chiese: – Sola? – E poi: – Allora vengo anch'io.

– Non passi a prendermi, – disse Amalia, – sarò davanti al «Giardino».

Quella sera invece andarono al cinematografo nel centro, perché Amalia gli fece capire che non le piaceva vedersi intorno le solite facce. Remo prima di salire sul tram si rimise la giacca. Nel cinema stette tranquillo, perché Amalia lo prese in giro e gli disse che c'era tempo per tutto. Lo spettacolo, visto dalla comoda poltrona rossa, la interessò tanto, che a un certo punto, se Remo avesse tentato qualcosa, si sarebbe davvero offesa.

Sulla via del ritorno si fermarono in un caffè e Amalia lo fece parlare della corsa in Riviera. Gli disse del mare, dei bagnanti e delle palme. Gli chiese se era mai stato all'estero. Volle che le descrivesse i suoi anni passati e i suoi progetti se vinceva la corsa.

Remo parlava volentieri della bicicletta e delle corse, ma d'altro non aveva molto da raccontare. Di tanto in tanto cercava di allungare una mano di scatto, e Amalia dovette menargli un colpo sulle dita che la fece vergognare per la vivacità del gesto.

Non si lasciò riaccompagnare fino al campo di grano: strinse la mano a Remo, che restò in mezzo alla strada, alto e un po' curvo, guardandola allontanarsi.

Vennero le giornate cocenti, e il vecchio era un fastidio. Rientrando dal lavoro, Amalia lo trovava quasi sempre davanti alla casa, che soppesava spighe, raschiava erbacce, risollevava la faccia raggiante, ombreggiata dalla cappellina irta e gialla come sarebbe diventato il suo grano. Attaccava discorso coi passanti e fortuna che, per l'antica diffidenza non metteva ancora in piazza i suoi ridicoli progetti.

Ma ragionava avidamente con la madre, e calcolava: si vedeva già il padrone di quei quattro palmi di campo. Amalia avrebbe dato la bottiglietta di Colonia perché quelli della fabbrica li sfrattassero. Invece il padre diventava sempre piú zelante la notte nelle sue ronde ai cortili, e delle volte restava fino al mattino perché i padroni lo vedessero, con la lampadina alla cintura, riconsegnare le chiavi.

Com'era possibile che quel corpo terroso e inacidito, venuto su tra le zolle e la stalla, fosse la stessa carne del suo? Amalia rabbrividiva pensando che ci si erano messi lui e la madre – la madre in ciabatte – la bocca baffuta e ciccosa sul corpo esangue della madre – per metterla al mondo. Amalia quando si lavava, chiusa in cucina, dritta nella tinozza, le pareva di raschiarsi dal corpo la terra e la vigna.

Una mattina vide dalla finestra il vecchio e Remo sceso di bicicletta, che discorrevano. Fece una scenata a Remo e per quella sera non andò all'appuntamento. Corse, appena cenato, a casa di Tosca, per non venire sorpresa da lui nella catapecchia.

Trovò Tosca che mangiava l'insalata e Tonino che si faceva la barba.

Si sedette al tavolo, davanti a Tosca. Tonino disse che le vedeva nello specchio.

– Siete fortunati voi due, – disse Amalia, – cosí soli. Tutto quello che guadagnate è vostro, e non vi piace cambiare.

– Perché non fa la terza? – disse Tonino. – Io ci starei.

Tosca masticando guardava fisso Amalia. – Oh, per te! – disse a Tonino. – La vita è una seccatura, – continuò; – io vorrei essere nata come te in una campagna, almeno non si sta chiuse tutto il giorno, e se si è stanche ci si stende all'ombra.

Tonino si mise a cantare: «Torna al tuo paesello».

Amalia sorrise guardando l'insalata. – Non è mica tanto facile: c'è da lavorare piú che qui e nessuno ti dice grazie. Stanno bene i maiali, ma non chi li guarda. È peggio che fare la serva.

– Ci fossero almeno i ciclisti! – esclamò Tonino, facendo un mezzo giro, con la bocca storta sotto la mano riversa.

Remo si riconciliò con Amalia, dimostrando di avere capito che lei non voleva visite intorno alla casa e aspettandola davanti al «Giardino». Amalia sorrideva vedendoselo venire incontro indocile e prenderle il polso. Le faceva persino una certa pena incontrare quegli occhi bassi contriti. Scherzando con Tosca una volta in fabbrica le disse: – Gli manca solo la parola.

Remo aveva presto capito che non le piaceva quand'erano insieme vedersi intorno le facce della barriera. Cosí una domenica la portò a una piscina elegante dove le automobili facevano coda.

Seduti sul mosaico fresco, coi piedi nell'acqua verdastra, fumavano una sigaretta. Amalia guardava le bagnanti e invidiava le linee snelle dei fianchi e delle schiene. Nel suo costume stretto si sentiva un poco tozza, ma ben fatta. Capí che abbronzandosi la pelle mutava l'intonazione coi capelli e che un fazzoletto da testa poteva dir molto. E s'accorse che pochi uomini erano ben fatti come Remo, tanto che guardandolo provò per la prima volta come una fitta nel sangue.

Distesa nella sabbia, occhi chiusi, il sole le pareva piú lucido e stupendo degli altri giorni. Possibile che fosse lo stesso che le aveva bruciato (da ragazza) i polpacci e la nuca nei campi? Disteso accanto a lei, Remo le chiese in un bisbiglio se quella sera avrebbero cenato insieme. Amalia non rispose, ma accettò.

Finirono in una sala dove servivano camerieri in giacchetta bianca. Amalia era indolenzita dalla giornata all'aria aperta e chiese scherzando a Remo se il suo allenamento non ne avrebbe sofferto. Remo rise allora, per la prima volta, mostrando i denti e le disse: – L'allenamento dà la forza, non la toglie –. Quel giorno aveva la camicia col taschino e il fazzoletto.

– Sono una povera contadina, – balbettava Amalia, mentre bevevano vino bianco in ghiaccio. – Non hai veduto dove abito? Mio padre ha piantato il grano intorno alla casa, come se fosse una stalla. Se tu mi vuoi davvero bene, dovresti dar fuoco a quella casa. Dare fuoco al grano, almeno, strapparlo, che non lo veda mai piú...

Remo la portò di peso, che rideva, su per le scale di casa sua fino a una soffitta di cui aveva la chiave, e ce la tenne fino alle tre del mattino.

Nei giorni che seguirono, Amalia prese a odiare quella soffitta e la branda di tela e la volta obliqua che, se non si faceva attenzione, ci si batteva la testa. Malgrado la loro nuova intimità Remo non diveniva piú espansivo.

Rispondeva brontolando quando Amalia diceva che sarebbe stato bello andare insieme in Riviera e avere una bella camera e passeggiare sulla spiaggia. Amalia aveva il rimorso di stancare troppo il corpo di Remo prima della corsa, ma capiva che doveva legarselo, innamorarselo, e ormai rifiutarsi non sarebbe piú servito. Bisognava invece abituarlo a lei. Tanto piú che anche lei passava le notti in un formicolio di sudore e trovava la pace solo in quel tuffo che il sangue le dava quando Remo la conduceva in soffitta.

Una domenica andò in motocicletta, appollaiata contro la sua schiena, alla Fontana Fredda, dove c'erano comitive venute da ogni parte. Appena abituata all'incerto equilibrio, Amalia sbirciò le campagne che volavano dattorno, e a guardarle in quel modo si sentiva felice. Ritornando al tramonto, nel sole dorato, premeva la guancia contro la solida schiena di cuoio di Remo e socchiudeva gli occhi nel fuggente barbaglio degli alberi.

Alla Fontana, Remo aveva parlato con un signore vestito di bianco, che gli dava del tu e gli batteva la mano sulla spalla. Era un tecnico della Federazione. La mattina seguente Remo intensificò l'allenamento e decise con Amalia di non fare piú disordini. La sera si trovavano a bere una birra o andavano al cinematografo. Amalia chiedeva ancora se non poteva accompagnarlo in Riviera, la domenica della corsa, ma Remo diceva di no.

A poco a poco lo vide piú di rado – qualche momento prima di cena – perché subito dopo Remo andava a letto, per alzarsi all'alba. Era molto preoccupato dalla corsa e piú silenzioso che mai.

Intanto il grano gonfiava e ingialliva. Scarso com'era, faceva tuttavia un'ondata davanti alla casa che arrivava alla cintura, e il vecchio lo lasciava solamente la notte. Già molti ragazzi aveva preso a scapaccioni perché tiravano pietre nel grano. Amalia emergendone al mattino si vergognava se qualcuno la vedeva.

Una sera che tutta sola usciva dal cinema, le venne voglia di rifare la strada dell'incontro e si diresse al «Giardino». Udí l'orchestra da lontano e solo avvicinandosi godeva il fresco di quelle piante. Ferma dietro la siepe guardò il cemento, gremito, e i tavolini. E vide seduti i meccanici – uno tornava con Tosca – vide Tonino che rideva, e vide Remo. Remo che da tre ore era a letto.

Ebbe una stretta al cuore e lottò per non entrare. Dopo tutto non ballava mica. Perché avrebbe mentito? Non ne aveva bisogno, parlava cosí poco. Aveva forse avuto sete ed era sceso a chiacchierare con gli amici. Ma, passato quel giorno della corsa, non lo avrebbe piú lasciato. Voleva dire troppo, per lei.

Pure, se non avesse avuto vergogna delle occhiate di Tonino e degli altri, sarebbe entrata. S'allontanò indignata, e rincasò guardando appena il grano frusciante. Che soltanto passasse presto quel giorno della corsa!

La ridestò a notte alta uno trepestio e persino un respiro ansimante, dietro la porta. Forse era un cane o un ubriaco. Ma un'angoscia vaga la tenne inchiodata sul sofà, a sbarrare gli occhi mentre udiva un andirivieni, un cigolio – forse il vento – ma il cuore l'aveva come schiacciato dall'orrore e dalla vergogna di dormire in una bassa cucina, dietro una porta, sulla strada, alla mercè di tutti i passanti, come una contadina; di dovere tenere di giugno la finestra serrata perché nessuno entrasse, di essere sola, di sapersi giocata anche da Remo. L'assalse il terrore che la porta non fosse ben chiusa. Ma il disgusto per lo sgocciolio del lavandino nell'angolo, fu piú forte; serrò gli occhi e volle dormire.

Non era certo stata una notte di vento. Il sole non s'era ancora levato, che già faceva caldo. Eppure Amalia asciugandosi davanti alla finestra vide il letto del grano tutto disfatto, abbattuto. Appariva la banchina della strada che ancora ieri le spighe verdigialle nascondevano.

Amalia era sulla porta quando sentí lo strillo della madre alla finestra. Saltarono nel fossato tutte e due – Amalia aveva già il cappello – e videro che gli steli erano spezzati, infranti, buttati alla rinfusa sul terreno scoperto. Qualche spiga perdeva i grani. Un operaio che passava in bicicletta si volse a guardare.

La vecchia – ancora scalza – si stringeva una guancia con la mano, tenendosi il gomito.

– Questa volta tuo padre ci ammazza, – disse rauca.

Amalia alzò le spalle. Si chinò, passò un'altra volta la mano tra gli steli che scoprivano, vicina, la terra biancastra.

– Cosa vuoi che dica? Sarà stato un ubriaco. Non si è mai ubriacato lui?

Se ne andò col rimorso di lasciare sola la madre che gemeva, se ne andò rapidamente, perché cominciavano a passare frotte di operai in bicicletta. A un tratto si ricordò di quello che aveva detto a Remo, ubriaca.

Rincasò a mezzogiorno, senza accompagnarsi con Tosca. Da lontano la catapecchia era la stessa. Le batté il cuore quando vide la striscia devastata: la porta pareva piú nuda.

– Dov'è papà?

La vecchia soffiava dentro la stufa. – È andato a licenziarsi dalla fabbrica. Dice che gliel'hanno fatto pestare loro, per riprendergli la terra. Vuole tornare al paese. Vuole morire di fame. Possibile che stanotte non si sia sentito niente?

– Per due covoni di roba, se c'erano. Costava di piú la semente.

– Vaglielo a dire a lui. Tu hai lavorato, stamattina?

– Ma ritorna?

– È già tornato due volte. Non sa piú dove andare. Ma possibile che tu non abbia sentito niente?

Quando il padre tornò, Amalia evitò le busse tenendo in testa il cappello e posando i guanti sul tavolo. Da scarlatto ch'era entrando, il vecchio a poco a poco si fece flaccido e nervoso, e andò fuori a rastrellare e tornò coi lucciconi e traboccò la minestra sulla tavola. La vecchia taceva.

– Oggi vai alla fabbrica? – disse il vecchio inaspettatamente. Amalia chinò gli occhi nel piatto.

– Lavora per quelle bestie, lavora. Corri a fare la coda. Ingrassali. Ne hanno bisogno di gente come te. Lavora. Di giorno ti fanno lavorare e di notte ti pagano. Vecchia, dove hai messo la zappa?

Amalia scappò alla mezza, per non gridare. Gironzolò nelle strade deserte sotto il sole, mordendosi il labbro, levando il capo quando in fondo al corso passava un tram. A un tratto passò un ciclista, a gambe nude, impolverato: non era Remo.

Sotto il portone della fabbrica Amalia chiese a Tosca di tenerle compagnia quella sera. Girò con lei che andò a comprare il pane, e salirono insieme le scale sporche e si sedettero in cucina a tirare il fiato. Poi Tosca si mise in faccende. Arrivò Tonino che salutò con un cenno d'intesa. Amalia gli rispose un sorriso distratto.

Mentre Tosca sgrondava l'insalata sul balcone, Amalia si alzò e cominciò a disfare il pacco delle uova. Tonino, che si lavava dietro la tramezza, disse allegro:

– Non mi dice nemmeno grazie? – Comparvero gli occhi e i capelli arruffati al disopra del legno.

– Non lo sa che le ho fatto un piacere?

Amalia levò gli occhi.

– Se quest'anno ha da vendemmiare, sono qua –. Tonino uscí in cucina strofinandosi una spalla. La guardò aguzzando gli occhi e sorrise. – Mi hanno detto che prima d'andare in bicicletta, voleva vedere quel grano tagliato. Non mi dice grazie?

Amalia appoggiata al tavolo non comprese subito. Poi le avvamparono le guance e morí il fiato. Saltò alla porta, l'aperse e corse abbasso. Torceva il viso camminando, per nascondersi, e gli strilli dei bambini le giungevano come da una distanza remota, attutiti in un ronzio. Dopo poco che era in casa si lasciò picchiare dal vecchio che, calando la notte, ancora non si capacitava che lei dalla cucina non avesse sentito nulla.

Fedeltà

I.

Quando Amelio venne portato a casa dall'ospedale e posato sul letto, gli altri smisero di andarlo a trovare, ma Garofolo cominciò allora. Prima non s'era deciso perché, quantunque Amelio all'ospedale fosse entrato sporco piú di benzina che di sangue, dicevano che su quel letto nel sangue ci dormiva, ingessato e legato come un gabbione di cemento. Garofolo aveva visto la motocicletta e ne aveva avuto abbastanza.

Ma ora che Amelio era condannato a non muoversi piú, Garofolo sentí il bisogno di fargli compagnia e aiutarlo come poteva. Gli avevano detto che, quando all'ospedale gli mettevano in bocca la sigaretta e gliel'accendevano, Amelio chiudeva gli occhi come un bambino. Salí con le tasche piene di sigarette, ma Amelio gli parve tutt'altro che umiliato: guardava invece negli occhi come se uno non ci fosse. Che faccia avesse prima, Garofolo non riusciva a ricordare, ma gli ossi della mascella e della tempia facevano cavità nerastre che dicevano quanto avesse urlato e stretto i denti.

Farlo parlare, a Garofolo era sempre riuscito difficile. Mentre fumavano, Garofolo lasciò andare un sorriso, che finí in una smorfia.

– Che c'è da ridere?

– Rido di Masino.

– Non so.

– Ha voluto provare anche lui. Suo padre smontava una moto; lui tutto quello che vede, salta sopra; una volta partito, gli resta in mano il manubrio. Adesso gli tocca pagarla.

– Ignoranti, – disse Amelio. – Non sanno neanche andare in bicicletta e vogliono fare i meccanici.

Faceva un mattino fresco, con un po' di nebbia chiara: una gran luce fredda empiva i vetri. Amelio era disteso sul sofà della cucina fra le lenzuola che traboccavano a terra. Aveva scoperto il petto peloso di un biondo piú pallido dei capelli e, poggiato sui gomiti, si grattava un capezzolo.

– Mi pare che aspetti qualcuno, – disse Garofolo. Andò a spalancare i vetri. – Non si sente nemmeno la strada, – disse, – si sta bene quassú –. Voltandosi vide la faccia tesa di Amelio rovesciato supino e la schiena arcuata sui gomiti. Teneva gli occhi chiusi e respirava.

Garofolo prima di salire aveva aspettato che la madre di Amelio passasse davanti alla tabaccheria. Ci passava tutte le mattine per andare alla spesa e non bisognava lasciarsi prendere perché tutti le servivano da sfogo e aveva un modo di parlare cosí astioso, che si capiva come il marito invece stesse zitto. Poveretto, sua moglie era stata una bella donna, e si vede che in quel figlio violento e ben piantato lui ci aveva messo tutta la sua forza e non doveva essergli parso vero di esser riuscito a tanto. Garofolo pensava che dei due lui soffrisse di piú; perché, se davvero quella donna era stata bella e robusta come dicevano, un giovanotto come Amelio non doveva esserle parso, come al marito, un miracolo.

Il vecchio faceva pietà. Era passato giorni prima dalla tabaccheria – non piú ogni sera come un tempo – a prendere un mezzo toscano e aveva cercato nella scatola a testa china, con una meticolosità distratta, brontolando a fior di denti tra i baffi, cascanti e ingialliti come fosse anche lui paralizzato.

– E Natalina? – disse Garofolo.

Stavolta la smorfia la fece Amelio.

– Fa freddo, – disse.

Quando Garofolo tornò dalla finestra, vide che Amelio rideva scoprendo i denti come quando era abbronzato dal sole.

– Le donne sono tutte cosí: finché va, va... Ma io vado ancora.

Garofolo sorrise.

– È venuta a trovarti?

– Viene stamattina.

Garofolo si alzò in piedi.

– È per questo che l'aspetti a letto, – disse ridendo.

Una volta in strada, Garofolo si sentí felice. Amelio insomma stava meglio di lui. Ecco quel che vuol dire sapersi fare una ragazza: tiene compagnia e si gode. Sotto il sole e le foglie secche Garofolo attraversò il viale e davanti alla tabaccheria si voltò alle gambe svelte di una che passava, invidiando Amelio.

Aver voglia di discorrere, il lavoro lo facevano gli avventori che buttavano i soldi sul banco e si palpavano loro i pacchetti o i sigari. Poi c'era la mamma che pensava ai francobolli e al sale. Un negozio che andava da sé. Garofolo pensava che, se fossero stati piú in grande, suo padre avrebbe potuto prendere anche Amelio che lavorare doveva. Quando però lassú si decidessero a comprargli il carrozzino e scendere al pianterreno. Ma avrebbe potuto un carrozzino girare dietro il banco?

Ecco entrarsene all'una Natalina, senza cappello e profumata, e guardare di cattivo umore Garofolo accorso dal retro. Natalina veniva di rado – aveva il tabaccaio davanti al laboratorio – ma sapeva che Garofolo era amico di Amelio e prima della disgrazia era anche entrata qualche volta con Amelio.

– Faceva fresco stamattina, – disse Garofolo. – Si stava bene nel letto.

Natalina levò gli occhi tra i capelli e fece quella smorfia ridendo. Garofolo aprí il banco e prese le boccette in vetrina. Mentre annusavano, si spargeva piú fino e piú caldo il sentore bruno di lei.

Dopo la Colonia, la violetta; dopo la violetta, il «Notturno». Natalina aveva fretta e non trovava il suo gusto.

– Ho una fame, – disse, – che non ci vedo piú. Passerò un altro giorno.

II.

La sera Garofolo era ancora contento e andò al biliardo. C'era Masino, con la testa fasciata, che aspettava qualcuno per lagnarsi.

– Come va? – disse Garofolo.

– Male.

– Vai, che sta peggio la motocicletta.

– Bisogna saper cadere, – disse Masino. Entrò nel discorso il padrone che portava un caffè: – Bisogna imparare a star dritti.

– Se non facevo la pallottola, mi rompevo la schiena, – disse Masino punto sul vivo. Si fermò. – Come Amelio.

Tacquero tutti e tre un istante.

– Amelio sta bene adesso, – disse Garofolo. – Pensa già alle ragazze.

– Ah sí? – disse il padrone, – non gli dà disturbi? Non avrei mai creduto. Ebbene, può essere contento.

– E le gambe? – interruppe Masino.

– Come fossero secche. Toccata la spina dorsale, è saltata la valvola. I comandi sono lí.

Riprese il padrone: – Pazienza, pazienza, ma almeno salvarsi le gambe senz'osso. Sono proprio contento, perché se lo merita. Ne aveva bisogno. È un miracolo che non càpita a tutti. Ti fa fatto vedere?

Garofolo sorrise. – Non a me.

Garofolo pensava che nella cucina di Amelio doveva esser rimasta quella traccia di profumo. Chi sa se, tornando padre e madre, Amelio si era trasportato con Natalina sul seggiolone della stanza da letto. Tanto facevano come gli sposi e non era Amelio quello che avesse soggezione.

Amelio con Natalina aveva sempre comandato. Bastava pensare come la lasciava sull'uscio quando entrava a comprare le sigarette e, quando usciva, lei correva a prendergli il braccio. E per strada, se incontravano qualcuno, Amelio si fermava a parlare come fosse solo. Una sera Masino e Garofolo l'avevano voluta far ballare e, a metà ballo con Masino, Natalina aveva detto *pardòn* scappando all'ingresso dove Amelio l'aspettava. Non c'era ora che non li trovassero in giro, e alla domenica partivano in motocicletta.

Garofolo cercò diverse volte d'indurre suo padre a prendere Amelio in tabaccheria, ma il padre non ascoltava nemmeno e fu la mamma che, una volta per tutte, gli disse chiaro di non fare sciocchezze. Difatti neanche lui non ci pensava veramente. «Non può nemmeno scendere le scale». Eppure Garofolo pensava che qualcosa si sarebbe fatto se la disgrazia fosse capitata in famiglia, o se i vecchi d'Amelio avessero avuto una tabaccheria.

Ma le disgrazie non vengono mai giuste. Che vita doveva fare ad Amelio e alla sua ragazza quella vecchiaccia che adesso si litigava con tutti? Garofolo non ritornò l'indomani a trovare Amelio, un po' per non legarsi troppo e un po' perché non sapeva se la vecchia era uscita.

Ritornò un pomeriggio che il profumo era ormai ben svanito: la cucina sapeva di piedi e d'umido. C'era poca luce – fuori piovigginava – e Amelio quel giorno non l'avevano alzato: la porta era aperta.

Amelio aveva una barba di molti giorni e prima cosa chiese da fumare. Stava appoggiato al muro freddo, seduto sotto le coperte.

– Quando cambiate casa?

Si sapeva che fino a primavera non sarebbero traslocati, ma era tanto per chiedere.

Amelio fumava, occhi chiusi.

– Ieri sera al cinema si sono picchiati, – disse Garofolo. – C'era uno che metteva una mano sul buco e faceva le ombre. Hanno fischiato, poi si è sentito gridare una donna e l'hanno tirata fuori dei soldati che sembrava morta. Aveva una calza strappata, ma quando è rinvenuta si è visto che era gobba. Gobba come una strega. Che gente c'è però: mettersi con le gobbe!

– Allo scuro, – disse Amelio, – vanno tutte bene.

– Non ti alzi? – chiese Garofolo.

– Come faccio? – disse Amelio, e aprí gli occhi. – Ci vuole uno pratico, a portarmi. Tanto è lo stesso.

– Dove ti mettono?

– Di là sul seggiolone.

– E tuo padre?

– Tira avanti come può. Gli ultimi soldi glieli hanno succhiati per farmi la cura elettrica. Non sono mica una dinamo.

– Che cura fai adesso?

Amelio alzò le spalle. Garofolo gli chiese se voleva giocare alle carte. Trasse di tasca il mazzo – erano già umide – e con cautela si sedette sul sofà. Mentre distribuiva sulla coperta una briscola, disse gioviale: – Bisognerebbe essere in quattro –. E poi, posando il mazzo:

– Come va Natalina?

Amelio succhiellava e non rispose. Cominciarono a giocare in silenzio. Mani e faccia ossute di Amelio parevano assorte. Garofolo vinceva, ma senza interesse non c'era gusto. Finita la mano, nessuno contò i punti e lasciarono stare. Scivolarono a terra delle carte.

Gli occhi di Amelio brillarono: pareva avesse la febbre. A un tratto contorse le labbra e cacciò un sospiro subito rattenuto.

– Sono stufo di stare qua dentro, – piagnucolò sommesso. A Garofolo parve di sentire un bambino. Piegandosi a raccogliere le carte, balbettò: – Pensa a rimetterti in forze, sei smorto. Con la bella stagione usciremo.

– Finché starò qua dentro come una pianta in cantina, avrò questa faccia. Lo sono già, in forze. Starei meglio se non lo fossi.

– Perché non apri mai? – chiese Garofolo.

– Poi si gela, e chi chiude?

– C'è tua mamma.

Garofolo, appoggiato al muro, sorrise.

– Quella ha solo paura che qualcuno mi porti da bere. Annusa anche l'aria. Tiene il fiasco sotto chiave.

– Vuoi che te ne porti io? – disse Garofolo.

Amelio alzò le spalle. – Da fumare, piuttosto. Da fumare. Poi, se ce n'è, da bere.

– Sí, ma devi guardarti, – disse Garofolo alzandosi. – Qualunque disordine ti può far male –. Parlava con gli occhi altrove.

– Te ne vai? – disse Amelio.

– Me ne vado prima che torni la vecchia –. Gli posò i tre pacchetti sul cuscino.

Amelio lo lasciò giungere alla porta, poi chiamò: – Non vuoi vedermele le gambe?

Garofolo voltandosi lo vide disteso nel letto, le lenzuola sino ai piedi, la camicia sul ventre. Dovette avvicinarsi. Le gambe ossute forti erano degne di Amelio. Solo le cosce dimagrendo s'erano fatte arcuate e bianco-sudice sotto il pelo. Amelio si torse per mostrarle con la mano.

– Non sembrano sane? – disse.

III.

Tornando a casa, Garofolo si fermava sul marciapiede. Non capiva perché Amelio gli avesse fatto vedere le gambe. Nel ricordo immaginava invece bianco e sodo il corpo di Natalina.

A ripensarci, le gambe d'Amelio gli facevano senso non per la paralisi, ma perché rivedeva verso l'alto delle cosce la peluria infoltirsi in una selva rossigna.

– Dovremmo andare nudi, per abituarci.

Era strano che un uomo gli facesse piú effetto delle donne. Ma si chetò, accorgendosi che in realtà pensava a Natalina.

L'indomani in bottega, tanti ne entravano tanti alzava gli occhi. Sarebbe tornata? Non si può comandare ai pensieri.

Entrò invece il padre di Amelio, con gli occhi rossi, e gli chiese un toscano. Allora Garofolo si ricordò ch'era domenica.

– Sta bene Amelio? – chiese affabile.

Il vecchio lo guardò di sotto in su, gli tremarono i baffi, e rispose come non aveva mai risposto. – Crepare dovrebbe –. Poi si pulí la bocca.

Garofolo cascò dalle nuvole. Ma il vecchio non aveva finito. – Poteva crepare in fabbrica e buscarsi l'indennità d'infortunio; non fare quel volo da stupido... chi gliel'aveva detto di passare i novanta?... Hanno vent'anni e si credono... non pensano a chi ne ha sessanta...

Era ubriaco e se ne andò. Garofolo sapeva che sua madre nel retro era stata a sentire, tralasciando per un momento, soddisfatta, di sbucciare le patate. Non osò voltarsi.

Natalina la rivide perché andò dalle sue parti a cercarla. Quando scorse sul marciapiede la sua stretta sottana, si fece avanti fissandola, la percorse con gli occhi e ammiccò. Gli bastava averla guardata ripensando al comune segreto. Natalina sorridente fece l'atto di fermarsi.

Ricordandola al braccio d'Amelio, Garofolo non si stupí. Si appoggiò al muro e le chiese perché non tornava in tabaccheria.

Natalina lo fissò divertita e gli rispose che non aveva bisogno di niente. Garofolo cambiò discorso, per non fare il piazzista. Le chiese come mai passava sola la domenica. Natalina s'imbronciò come una bimba, poi disse riprendendo a camminare: – Non posso fidarmi di nessuno: sono tutti sfacciati con me...

– Anch'io? – disse Garofolo, parandosi la guancia. Natalina fece un sorriso. – Oh, noi ci conosciamo.

La sera andarono al cinema in galleria, e Garofolo si vergognava di averla cercata per guardarle le gambe. Natalina aveva un modo cosí assennato di parlare, che Garofolo trasecolava ricordando le occhiate impertinenti che, aggrappata al braccio d'Amelio, aveva un tempo lanciato ai passanti che la guardavano. Non osò parlargliene ma capí che tutto nasceva dalla disgrazia. Pensava che, tenendole compagnia in quel modo, la sorvegliava per Amelio e gli faceva un favore. Pure, l'indomani che salí a trovarlo non osò dirgli nulla perché c'era la madre in cucina e non poté nemmeno dargli la bottiglia che aveva nella tasca del soprabito. Fumarono una sigaretta, e se ne andò.

Natalina ne aveva bisogno di essere sorvegliata. – Bravo, bravo, – gli disse un giorno Masino che li incontrò a braccetto, e le diede un'occhiata che non gli piacque niente. Natalina sorrise.

Garofolo s'abituò presto al braccio caldo di Natalina e alle parole misurate che si scambiavano scherzando. Parlavano dei tempi passati quando Natalina era tutta per Amelio, ne parlavano come di una cosa divertente e molto lontana. Poi c'era stata la disgrazia. La prima volta che Garofolo alluse allo stato presente di Amelio, Natalina gli serrò la mano, contrasse il viso e gli disse: – Ci penso già sempre. Non parliamone –. Garofolo le colse un lampo nello sguardo, che non era assennato, e capí di non contare proprio nulla. Ma Natalina si strinse a lui e gli disse: – Stiamo insieme! – Presero cosí l'abitudine di stringersi qualche volta camminando, purché non ci fosse nessuno.

Passavano intanto i giorni, ormai nevicava o faceva nebbia, e si stava bene al cinematografo. Garofolo ne trovò uno fuori mano, che piacque a Natalina.

Natalina aveva rimorso per quella povera ragazza cui rubava la compagnia: Garofolo negava ridendo.

Non aveva rimorsi, Garofolo. Era contento di uscire con una ragazza come Natalina che capiva tutto al volo e gli dava confidenza. Natalina era sveglia e che fosse anche esperta si vedeva dalla smorfia che faceva ogni volta che nel discorso veniva fuori quel quinto piano. Garofolo invidiava Amelio, era naturale: l'odore e i gesti di Natalina gli tormentavano il sangue; ma poi, non si deve cercare le donne solo perché sotto i vestiti sono nude.

– Dovremmo farci veder meno, – diceva Natalina, – trovarci soltanto al caffè. La gente sa che sei amico di Amelio e fa presto a pensar male.

Anche questo era giusto. Decisero di non dire ad Amelio che si vedevano, perché Amelio sempre solo e inchiodato nel letto poteva fare qualche storia.

IV.

– Ieri ho veduto Amelio e abbiamo giocato alle carte, – le disse una sera. – Gli ho portato da bere. È straordinario. Nemmeno da bevuto ha parlato di te.

– E perché doveva parlarne? – disse Natalina aggrottandosi.

Garofolo non seppe che rispondere.

– Avete tutti questo vizio, voi ragazzi, – continuò Natalina, – parlare, parlare. Che bisogno ce n'è?

– Ma... dicevo che Amelio non ha parlato...

– Vuol dire che ha la testa sul collo. Fa' lo stesso anche tu.

Sovente Garofolo pensava come sarebbero andate le cose se lui fosse stato al posto d'Amelio e Amelio al suo. E capiva ch'era stupido pensarci, perché al suo posto Amelio avrebbe avuto Natalina e non sarebbe successo niente. Ma lui almeno che stava al pianterreno avrebbe potuto uscire.

Amelio invece non usciva ancora. Salí a trovarlo una mattina, ch'era tornato un po' di sole. Mentre aspettava nel viale che la madre scendesse, ventilava di chiedere ad Amelio se Natalina anche con lui aveva degli scatti cosí irragionevoli. «Poveretto, non facciamo disastri», si disse e intanto la vecchia, data una brutta occhiata all'ingiro, uscí dal portone.

Trovò Amelio nella cucina squallida intento a sorbire, imbacuccato d'un mantello, un tazzone di latte. Si salutarono con un cenno.

Bevuto il latte, Amelio rosicchiò un po' di pane inzuppato in un piatto di minestra fredda. Masticò adagio, posò il piatto sul tavolo e s'abbandonò sul sofà.

– Hai veduto qualcuno?

Amelio alzò le spalle e, torcendosi sulla vita, tese una mano dalle coperte. – Dammi il pappagallo –. Prese il pappagallo tra le dita ossute e se lo cacciò sotto le lenzuola. Garofolo andò a guardare dalla finestra luminosa, e tornò quando Amelio sollevando le coperte gli tese con cautela la maiolica. – Vuota nel lavandino, – disse Amelio.

– Chi vuoi che venga a trovarmi? – disse, quand'ebbe la sigaretta accesa.

– Natalina la ricevi qui? – chiese Garofolo.

– Che cosa fai con Natalina?

Garofolo levò gli occhi.

– L'ho accompagnata una volta al cinema... Si lamenta che è sola. A te chi l'ha detto?

Amelio sorrise. – Natalina non sta sola neanche a legarla. Occhio alla tabaccheria.

Mentre Garofolo in piedi tormentava la sigaretta, Amelio fissava tranquillo le coperte. Il lavandino nell'angolo gocciolava cadenzato.

– Senti, Garofolo, – disse d'un tratto Amelio, – da tre mesi non esco di casa. Mio padre non è capace e per mia madre è peccato. Tocca a te. Se non mi trovi una donna, sono morto. Non portarmi piú da bere e con quei soldi affittamene una. La porti qui, che non ci sia nessuno.

Il sorriso idiota di Garofolo gli fece alzare la voce:

– ... E dille che sono uno storpio, ché non mi faccia poi storie. Prendila magra altrimenti mi schiaccia. Capito?

Garofolo aveva in gola una domanda, ma non la fece. Tormentò un altro poco la sigaretta, buttò il mozzicone, disse calmo:

– Qualunque donna?

– Che non sia troppo grassa, ma neanche un'acciuga.

– Secondo che la trovo. A che ora?

– Domani mattina a quest'ora.

– Se l'avrò già trovata. Vado subito?

– Fila.

Natalina se lo vide sul portone a mezzogiorno e lasciò in fretta le colleghe che ridevano e gli corse a fianco.

Girato l'angolo cominciò Garofolo.

– È vero che da tre mesi non vai piú da Amelio?

Natalina si fermò, gli serrò il polso e disse adagio: – Vorresti che ci andassi?

Siccome era sabato non c'era fretta. Girando per le stradicole deserte, Natalina gli disse ogni cosa, senza rimproverarlo che avesse parlato con Amelio.

– Gli ho voluto molto bene prima, e tu lo sai, – disse Natalina guardando avanti a sé. – Te l'ho detto sinceramente. All'ospedale andavo sempre a trovarlo, benché fosse colpa sua se era là. Ma dopo, – Natalina storse la bocca, – dopo non ho potuto resistere piú. È come se avesse le gambe di pietra. Tu vorresti bene a una donna con le gambe di pietra? Me le sogno di notte e mi fanno ribrezzo.

– Però è un uomo come tutti gli altri, – disse Garofolo tanto per dire.

– Che cosa importa? – e Natalina lo guardò con rimprovero. – Non cerca solo questo una ragazza. E gliel'ho detto.

– Gliel'hai detto?

– Sí.

Passeggiarono fino all'una e Natalina sorridendo si toglieva dalla vita la mano di Garofolo che, pensando alla donna che doveva portare ad Amelio, non aveva piú ritegno. Combinarono che dopocena sarebbe passata lei dalla tabaccheria a prenderlo. Poi si diedero un bacio sotto un portone dove entrava una banda di sole.

Natalina non l'aveva detto, ma Garofolo rincasando sospettava che Amelio l'avesse anche maltrattata.

Pure, nel pomeriggio andò per quella commissione. Provava un senso d'irresponsabile fastidio a rimetter piede in quella casa, ora che sapeva che con Natalina era questione di tempo e magari l'avrebbe sposata. Un po' trafelato chiese di parlare con la padrona.

In piedi, sulla porta di un salottino, la padrona l'ascoltò senza batter ciglio.

– La mattina, a che ora? – disse.

Garofolo in uno specchio laterale vide confusamente qualcosa di nudo.

– Bisogna intenderci subito, con voialtri. Sono almeno cento lire...

– Cento lire...

Nel pomeriggio Garofolo ci pensava ancora e concluse di cercare una di quelle della strada che, anche per l'avvenire, fosse a portata dei mezzi d'Amelio. Ma fino a notte non era possibile.

Garofolo fece sera servendo al banco, un po' distratto, perché adesso pensava con troppo gusto alle gambe di Natalina. Alla peggio, una ragazza come quella valeva la pena di sposarla. Senza quel capitombolo, Amelio l'avrebbe certo sposata.

Dopo cena si trovarono e andarono a spasso. Stavolta Natalina non cercava piú di nascondersi, e anzi per infilare un vicolo buio Garofolo dovette manovrare. – Sciocco, – diceva Natalina, – abbiamo tempo –. Si baciarono e strinsero insieme. Poi andarono a ballare e Garofolo ottenne che ballasse soltanto con lui. Ballando Natalina lo guardava, e stavano incollati come un corpo solo.

La lasciò sul portone, che c'era la luna. Baciandola Garofolo le disse a bassa voce: – Io ti sposo e cosí Amelio non potrà dir nulla.

– Che cosa vuoi che dica? – bisbigliò Natalina guardandolo negli occhi.

Poi Garofolo attraversò la città fino a un viale del centro, dove una volta era stato fermato da una vecchia e una giovane che litigavano. Faceva freddo, e si fermò stracco morto non vedendo nessuno: forse il chiarore della luna le scacciava? Prese una viuzza laterale e dopo il primo portone si sentí invitare.

Nell'ombra Garofolo fissò un viso smorto ch'era tutto occhi e bocca. La donna ascoltò impaziente prendendogli il braccio. – E tu non mi vuoi? – disse con voce roca.

Garofolo scosse il capo. – Non hai mica malattie?

– Provami, va'!

Presero appuntamento per le undici dell'indomani. Sempre tenendogli il braccio, la donna volle una sigaretta: Garofolo gliel'accese e contento di non avere nemmeno scherzato, se ne andò, pensando a Natalina.

Casa al mare

Quel tratto di mare violaceo davanti alla finestra rinfrescava tutta la stanza.

Mi accadde di svegliarmi all'alba, un poco inquieta e seduta contro il guanciale fissare un momento la finestra aperta, poi ricordo che mi venne da sorridere e accesi una sigaretta. Che fosse nuvolo me lo diceva il posto vuoto d'Andrea. Come mio padre, anche in questo: se c'è nell'aria un po' d'umidità Andrea si sveglia avanti giorno e non può piú stare in letto. Dice che sono i nervi, ma io credo piuttosto che sia quel bisogno d'isolamento che ogni uomo si porta nel sangue. Una volta mi disse che lo faceva per me: gli avevo confidato che mi fa rabbrividire il pensiero che qualcuno mi guardi mentre dormo.

Fumava probabilmente un sigaro nel giardinetto – uno di quei giardinetti della Riviera composti di un albero tra quattro mura – e io me lo figuravo passeggiare senza occhiali, con quel volto nudo e infantile che gli so, fumando a mano riversa e brontolando tra sé.

Ma no: in quei giorni Andrea era fresco d'amore e il fatto che l'avevo sposato gli dava ancora una certa baldanza. Non che ora sia piú tiepido – povero Andrea – ma insomma ha capito ch'è mio interesse volergli bene, come una figlia al padre.

È diventato quasi piú timido – strana cosa in un uomo risoluto e serio com'è lui – e mi usa il rispetto di lasciarmi sola quando lo piglia la malinconia di brontolare. Sono convinta che ha smesso la frenesia di «amarmi» senza remissione, come se non avessimo tutti un bisogno di distrazione segreta per raccoglierci e considerare le cose senza menzogna. Ora la sua gelosia è veramente diventata come la volevo: l'affettuoso interesse di chi si preoccupa con molta discrezione e lascia vivere.

Sono sicura che in quel mattino nel giardinetto si godeva

un'intera felicità, accresciuta anzi da quel tempo fresco e minaccioso che a lui stanco d'una settimana di lavoro cittadino doveva promettere piú che non la consueta torrida corvé della spiaggia. Già la sera prima aveva semiseriamente fatto il broncio alla mia pelle abbronzata – bruciata, diceva lui, dalle pubbliche occhiate – e crollato il capo e detto che voleva tagliarmi i viveri, ma questi eran giochi che si sa come finiscono. Ciò che non gli piaceva per nulla era di comparire al mio fianco – «io lesso e tu arrosto» – in mezzo a tante sciocche conoscenze piene di complimenti agli sposi freschi – e qui non so dargli torto – ma piene altresí di familiarità e di allusioni che lui non capiva e lo facevano parere un intruso.

. . . .

I mendicanti

Neanche da ragazzo Geri s'era mai capacitato di quei mendicanti che si presentavano alla porta vestiti decentemente – d'inverno, con un soprabito – e salutavano chiedendo l'elemosina seri, come chi attende a un affare e non ha tempo da perdere e lo fa capire. Geri aveva sempre provato contro di loro un sordo rancore come verso gente di un'altra razza e, se non fosse stato che gli davano soggezione, avrebbe sbattuto su quelle facce scarne e vagamente minacciose la porta, come la mamma gli diceva sempre di fare. Invece Geri lí per lí non capiva, poi riconosceva con terrore il povero dal brontolío esigente che usciva da sotto quel cappello. Con una vampa al viso, mormorava che non c'era nessuno e chiudeva in fretta accostando piano la porta senza guardare quegli occhi, ma restava inchiodato là dietro, nel buio, trattenendo il respiro. Attendeva lunghi minuti, in tumulto, spiando l'alito dell'altro di là dal battente, in un'agonia di vergogna e di paura, anelando di sentire quei passi allontanarsi. Ma era contento di non avergli dato nulla, contento di aver messo la porta tra sé e quell'uomo adulto e decentemente vestito che chiedeva l'elemosina con la durezza di chi ha diritto.

Una volta persino avevano suonato e Geri, corso ad aprire, si trovò davanti una signora col cappello e una pellicetta al collo che gli chiese sorridendo se non le dava qualcosa. Geri corse a chiamare la mamma, che appena fattasi all'uscio, si ritrasse e chiuse, e per molto tempo Geri sentí la mamma parlare di sfacciataggine inaudita. Da allora Geri pensò che i mendicanti decentemente vestiti avevano donne, e quindi case e ore di lavoro, e giorni festivi e sale da pranzo, e insomma era gente che lavorava e guadagnava. Ciò accrebbe il suo rancore.

I poveri che gli facevano veramente pena e anche un poco d'invidia erano invece i cenciosi della strada, i vecchi dalla faccia lacrimosa da ubriaco, le donne col bambino sporco come un fagotto, ma soprattutto i suonatori ambulanti, che suonavano suonavano sull'angolo senza parlare e senza guardare, poveri che non chiedevano nulla e abbassavano gli occhi se qualcuno si fermava. Un giorno, quando già usciva da solo, Geri trovò sotto i portici un vecchio che attendeva seduto sulla lastra del marciapiedi ricoperta di un disegno a gessetti colorati. Geri seminascosto dal pilastro studiò a lungo il quadro e gli parve che fosse san Giuseppe col giglio. Ritornò altre volte e il quadro era sempre differente e il vecchio seduto nella banda di sole masticava semi di zucca. Ma un giorno Geri arrivò prima del solito e vide il vecchio inginocchiato presso il pilastro, col mento sul petto e le braccia in croce che pregava fervorosamente; la gente faceva crocchio. Poi il vecchio si batté il petto e disse in cantilena a voce alta delle parole che fecero ridere tutti, ma Geri non capí. E finalmente prese i gessetti e si mise a disegnare una Crocifissione. Geri non vide mai nessuno gettargli una moneta.

Geri ritrovò questi pensieri un mattino che non ebbe voglia di scendere dal letto e la finestra senza tendine pioveva una luce umida e sporca su tutti gli spigoli.

Giungeva nella luce – e la porta ne trasaliva – qualche cigolío o voce roca dalla scala, qualche tonfo e qualche bisbiglio; e da un istante all'altro qualcuno poteva cozzare nell'uscio e stropicciare i piedi, e attendere.

Geri rivide d'un tratto quel bambino esitante inchiodato dietro la porta, un cuore che batteva follemente, teso l'orecchio al buio, come era teso e irrigidito lui contro il guanciale.

Ma vide pure l'uomo adulto, chiuso nel bavero, dagli occhi torvi e ossuti, fermo di là dalla porta, coi pugni stretti nelle tasche. Due che si odiavano senza vedersi e ciascuno sentiva il respiro dell'altro.

Geri si rivoltò nel letto, affogando il viso nel guanciale e tendendo l'orecchio nel vuoto. Per un attimo la casa fu immobile e vaga, e uno stridore lontano dalla strada raschiò l'enorme silenzio. Il tepore del letto attutiva anche il battito delle vene.

A Geri che sentiva nella nuca e nelle tempie il gelo della stanza, pareva di avere il corpo steso al sole e quel brusío lieve del silenzio era il clamore delle piscine.

Anni dopo, Geri si fece un amico che si chiamava Achille con cui giravano per le strade qualche ora dopo la scuola, e dicevano poi a casa che ciascuno era stato in casa dell'altro a studiare. Senza Achille, Geri tutt'al piú sarebbe corso nel piú vicino cinematografo, dove in ciascun intervallo chiedeva ansiosamente l'ora a qualche soldato o altro spettatore. Achille invece amava mescolarsi ai passanti e camminare fendendo la folla e volgendosi sovente a scambiare una frase con l'amico; ma soprattutto gli piacevano spedizioni che pareva inventare lí per lí e invece si capiva che già da tempo aspettava l'occasione e conosceva i luoghi. Una volta era entrare in un caffè dove frequentavano prostitute; un'altra attendere davanti alle Carceri mangiando noccioline caso mai arrivasse qualche delinquente ammanettato; un'altra ancora assistere all'uscita delle apprendiste da una grande sartoria, dove c'era del buono.

Achille per sentirsi piú sciolto lasciava i libri in deposito al bidello dell'istituto dove li ritrovava l'indomani. Geri lo ammirava molto, ma portava i propri con sé, benché alla sera non avesse piú nessuna voglia di studiare.

Il bello di quelle scappate era quando percorrevano strade insolite e fuori mano. Geri non amava la folla: tutti quegli occhi preoccupati e ansiosi, quello scalpiccio, quel viavai e quella fretta, lo spaesavano ricordandogli che il suo dovere era di trovarsi in quell'ora al suo tavolino tranquillo, aspettando la cena. Ma gli piaceva quando tornavano per marciapiedi silenziosi e l'aria fredda s'imbruniva e il cielo era piú limpido e da un momento all'altro poteva accendersi la lunga fuga dei lampioni.

Achille aveva già cercato di condurre Geri in un casino, ma Geri non era ancor deciso. Neanche Achille del resto non c'era mai stato sul serio. Sapeva come si faceva, che cosa si pagava, come si rispondeva alla portinaia, ma una volta che Geri gliene ridomandò scambiò nomi e particolari e fu evidente che inventava. Però Geri non osava rinfacciarglielo, perché Achille era cosí franco e convinto in tutti quei discorsi, che lasciandolo dire era un divertimento, mentre, a umiliarlo, si sarebbe stati male tutti e due.

– Voglio prima conoscere meglio le donne, – gli obbiettò invece. – Abbordiamo qualche sartina o qualche figlia di famiglia e, quando avremo piú esperienza, verrò là –. Diceva cosí per guadagnar tempo, perché tanto Achille, una sera che volle abbordare una serva in un giardino, s'era fatto solo beffeggiare. Geri assisteva a un dieci passi, palpitando di vergogna, e provò un senso di sollievo quando la ragazza – una bruna solida e grassoccia – rise sforzatamente sul naso di Achille che parlava, e s'allontanò raccogliendo il bambino. Achille le andò dietro per un po' e Geri non ne vedeva il viso ma sentí una voce rauca rispondere irritata: – Va' via, stupido.

Intanto veniva la primavera e Geri si stupiva di non essersi mai accorto in vita sua quanto fosse bello uscire e guardare e respirare. Non era soltanto l'aria e il bel tempo, perché già nell'inverno gli era piaciuto camminare anche nel fango o nella nebbia, e di malavoglia lasciava Achille sul portone di casa e sovente facevano la spola dall'uno all'altro fino all'ora di cena. «Sarà perché questo è il primo anno che esco e vivo da me», pensava filando a scuola coi libri sotto il braccio. E adesso non avrebbe piú fatto freddo, e venivano anche le foglie e durava la luce fino a tardi. Se soltanto Achille quando passava una bella donna non si fosse piú messo a canterellare «vorrei baciarti nuda». A Geri dispiaceva che per essere uomo, bisognasse dire quelle cose.

. . . .
. . . .

Il capitano

1.

Salivo quella scala semibuia in certe sere silenziose, dopo che avevo lasciato sull'angolo la ragazza; e a metà della rampa guardavo da una finestretta che dava sul cielo nudo. Non mi fermavo; facevo una carezza mentale al grande cielo che giungeva fin là dentro, e suonavo alla porta. Adesso so che il mio ospite nell'occhiata rapida che mi gettava, metteva la stessa furtiva intensità che un attimo prima io avevo dedicato al cielo, ma allora ero piú sciocco: mi figuravo di fargli piacere mostrandomi fatuo. Discorrevamo; a poco a poco io tacevo e lasciavo rapprendersi nella stanza il silenzio di prima; lasciavo che le scure pareti giganteggiassero intorno alla luce del nostro angolo; e sapevo che il mio ospite se ne contentava, e che un'ora dopo, quando me ne sarei andato, mi avrebbe detto di tornare.

Siccome era un uomo grande, non vecchio, dai gesti cauti e robusti come un contadino, non osavo accennargli in chiare parole ciò che in quelle sere m'infatuava: sarebbe stato assurdo come chiedergli se approvasse un colore o un profumo. Volevo però che sentisse in me una capacità di monelleria tale da farlo sorridere.

– Come si vestono adesso le donne? – mi chiese una volta. Levai la testa, stupito. – Intendo, che effetto fanno a voi giovani? – Esitavo, e lui aggiunse: – Già, per voialtri, sono sempre vestite allo stesso modo.

Aveva di queste uscite inaspettate. Io lo visitavo con una certa frequenza, semplicemente perché l'angolo dei distacchi era proprio sotto casa sua, e il portone di quell'enorme caseggiato non si chiudeva a nessuna ora della notte. Credo non ci fosse portinaio. Ero stato a trovarlo una prima volta mandato da certi amici politicanti, ma lui invece di rispondere alle mie allusioni stava zitto o, riscuotendosi improvvisamente, mi faceva insolite domande e se le spiegava da solo, ascoltando poi senza batter ciglio ciò che sapevo dirgli.

In quell'unica grande stanza c'era odor di chiuso e un cert'ordine disordinato dovuto al molto spazio vuoto. Solamente nell'angolo illuminato, formato da due vecchie poltrone e da una scansia piena di giornali dov'era posata la lampada, ci si sentiva in una stanza abitata. Provavo un senso avventuroso a trovarmi con lui in quell'intimità, e una certa nostalgia dell'aria aperta e dell'indomani, ch'è inseparabile dalla solitudine notturna. Quella pausa serale dopo la compagnia che lasciavo, era come un suggello di virilità. E il sorriso e i fatui pensieri li dedicavo al mio ospite per meglio godere nel contrasto la sua presenza e dichiarargli la modestia con cui lo ascoltavo.

Una sera mi disse: – Perché vieni da me invece di andare a divertirti?

Gli sorrisi con un mezzo sorriso.

– Alla tua età ero piú sveglio, – riprese.

– C'è tempo per tutto, – risposi.

– Perché vuoi occuparti di politica che non è il tuo mestiere?

Questo mi ferí. Lasciai passare un po' di tempo, noi si parlava cosí, e dissi con un certo affanno che volevo appunto sentire per farmi un'idea. Ma lui non riprese il discorso e quella notte, accomiatandomi, non mi disse di tornare. Forse era soltanto la mia agitazione che mi fece risentire di una dimenticanza avvenuta già altre volte, ma comunque ripensai molto a quell'ingiusto trattamento; poi, come succede, non tardai a convincermi che il torto era mio e mi disperai che quel maledetto avesse cosí bene penetrato il mio segreto.

In conseguenza, mi urtai l'indomani con la ragazza che voleva sapere perché fossi soprapensiero, e a lei non potevo certo dire di quel giudizio: cosí passai degli istanti avviliti, scoprendomi inetto a ogni cosa. Ma sere dopo ero di nuovo su per quella scala, perché l'abitudine e la stagione cospiravano a farmi ricercare quella pausa notturna. Il Capitano – cosí lo chiamavamo – mi aprí la porta con la consueta indifferenza, e mi accolse come se nulla fosse stato.

– Non sappiamo star soli, – disse, faceto. Nascosi la mia soddisfazione, e brontolai che non venivo da lui per svogliatezza, ma perché imparavo qualcosa. Non mi chiese che cosa; disse invece che bisognava imparare a star soli. Protestai che vivevo da solo, e lui sorrise di nuovo e si chinò avanti nella luce. – Sei troppo giovane per questo, – disse. – Siete tutti troppo giovani. Vi piace chiacchierare. La compagnia fa dire delle sciocchezze.

Pensai che per agire ci voleva pure compagnia, e glielo dissi. Non mi rispose e continuò: – Che cosa credete di fare chiacchierando?

– Io chiacchiero soltanto con le donne.

Al solito il discorso s'impaludò in un silenzio, e feci invano un'altra domanda su quello che avesse da rimproverarmi. Tacque guardando il tavolo e non levava gli occhi; dentro di me fui lieto che non l'avesse con la mia ragazza, e stavo già per rifare quel sorriso scemo, quando riprese:

– La prigione ha questo di bello, che insegna a non chiacchierare.

– Credevo invece che si uscisse con una gran voglia di compagnia.

– Certamente. I primi tempi, – brontolò. – Ma poi ti accorgi che hai imparato a farne a meno. Tutto il mondo diventa come una prigione. E voialtri ne avete bisogno.

Fu in quei giorni che l'amico N., uno di quelli che mi ci avevano mandato, mi parlò di lui con degnazione. Stavamo discutendo un suo progetto, e ricordo che gli chiesi a un certo punto che cosa ne pensasse il Capitano. L'amico mi guardò per traverso, quasi bieco, e sospirò. Chiesi seccato che cos'avesse contro di lui. L'amico allora mi spiegò che il Capitano nella sua lunga reclusione aveva perduto il contatto con la realtà ed era ormai un uomo del passato, incapace di seguirci.

– Potrebbe però comandarci, – dissi.

L'amico mi guardò male un'altra volta.

Quando parlai di lui al Capitano, questi non si scompose e mi disse ch'era un giovane da fidarsi.

– Vale qualcosa? – insistetti. Il Capitano s'irritò e, siccome tacevo, mi rispose: – Tu sei troppo intelligente. Non fare il ritratto dei compagni. Lavora –. Non potevo riferirgli quel che aveva detto di lui e la disputa finí. Dopo tutto, il mondo non consisteva soltanto di quella soffitta. Quel che facevo con gli amici aveva pure un significato.

Rimasi male, però, la volta dopo che, fresco ancora dell'occhiata a quella finestra, trovai seduto nel nostro cantuccio proprio l'amico N. Levò gli occhi da una rivista e mi accennò un saluto distratto. Non li avevo sentiti discorrere dall'esterno perché l'amico parlava naturalmente sommesso e il Capitano al solito doveva ascoltare. Mi fermai in mezzo alla stanza e chiesi se per caso disturbavo. – Siediti e non fare lo scemo, – disse N.

Rimasi invece nella penombra appoggiato sullo schienale della poltrona, guardando il Capitano ch'era tornato a sedersi di fronte a noi. Mi parve che attendessero ch'io dicessi qualcosa, ma io ero ben deciso, giacché il caso mi aveva fatto intruso, a restare sul margine della luce e godermi la discussione. L'amico torse la faccia a sbirciarmi e borbottò: – Avete litigato? – Credeva di mettermi in posizione di discolpa, giacché sapeva benissimo che ogni sera lasciavo la ragazza a quell'ora. – Fate i vostri discorsi, – risposi. – Io non ci sono.

Si guardarono di sfuggita – il Capitano senza scomporsi – con l'aria di divertirsi, e N. tornando a voltarmi le spalle spiattellò, quasi che davvero non ci fossi, le sue ragioni in piena luce. – Ve lo dicevo, Capitano? Quest'è Pippo. Pippo ama stare a guardare. Guarda le cose piú pericolose. Non c'è spettacolo che lo spaventi. Ma Pippo non c'è. Quest'è per lui l'attività clandestina.

– Verrà il suo giorno anche per lui, – disse pacato il Capitano.

L'amico non sapeva che proprio di questo avevamo già parlato e si stupí di quell'indifferenza. Ma, conoscendomi, sapeva che non era il momento di urtarmi. Tornò a parlare, a voce calma, dei suoi piani. Io mi ero messo a passeggiare per la stanza soffermandomi ogni tanto a sbirciarne l'effetto in faccia all'ospite. Mi pareva piú attento del solito.

Erano le stesse cose che il giorno prima N. voleva tacergli. Sotto sotto mi fece piacere che seguisse cosí la mia idea, ma andavo su e giú silenzioso, sospettando qualche finezza. Il Capitano aggrottava le ciglia.

– Siete tutti d'accordo? – chiese bruscamente.

Non gli rispondemmo subito, perché ciascuno di noi attendeva che l'altro parlasse, poi m'accorsi che N. gli aveva già risposto con un cenno affermativo del capo.

– No, – dissi allora, seccato. – Io, per esempio, non sono d'accordo.

– Lo sappiamo, – disse freddamente N. – Ci piaci appunto per questo.

Allora alzai le spalle e dissi: – Idiota.

Parlò il Capitano e spiegò la sua idea. Non aveva chiesto se il nostro progetto ci paresse o no praticabile – queste cose non sono mai praticabili – ma se i vari compagni erano decisi a esporre la pelle. Lui conoscendoci ne dubitava.

Allora N. incominciò a spiegargli che di pericolo non ne vedeva punto, quando le cose fossero fatte a dovere – e io me la ridevo perché sapevo meglio di lui la convinzione del Capitano: buttare la gioventú allo sbaraglio, proprio perché si scottasse. Quando N. ebbe dimostrato ben chiaro il suo punto, il Capitano alzò le spalle e concluse: – Allora è inutile. Vi consiglio di non scomodarvi.

– Lo vedi? – mi sentii dire scendendo le scale, – il Capitano non ci segue. Sei convinto?

– Però ha ragione, – brontolavo, e gli spiegai di mala voglia che bisognava essere ingenui per non aver capito che il Capitano ci giudicava dei chiacchieroni. – Perciò dobbiamo mostrargli che non lo siamo, – ribatté N.

Solitamente sono taciturno. Ma quella sera ero tutto preso dalla mia ragazza: per questo ero stato con loro loquace e aggressivo. Con lei in un cantuccio di caffè c'eravamo fatte certe promesse e poi avevamo camminato di buon accordo sotto le piante primaverili. Dal Capitano ero salito col cuore leggero. Adesso a zonzo per i viali con l'amico, non sapevo risolvermi a rientrare. Il discorso e la tesa atmosfera di prima caddero.

Eravamo vecchi compagni e ci accadeva sovente di camminare accanto tacendo, pensando ciascuno ai fatti nostri, senz'imbarazzo. In quella notte non pensavo a nulla; mi godevo il ricordo e pregustavo il fervore di tante altre discussioni future, perché mi pareva di essere capace di tutto fare e intraprendere, in una perenne notte di marzo. Ero giovane.

– Poveretto, – disse N. – Fa pena.

– Noi no? – ribattei.

– Mi fa pena, – disse N., – perché è un uomo spremuto.

– Ha lavorato piú di noi.

– Comunque, è spremuto.

– Però non lo dice, – protestai.

– Io mi chiedo se anche noi saremo un giorno come lui, – sospirò. – Se dura questo stato di cose, ho ben paura.

Di giorno c'era il sole, e non è da dire quanto mi piacesse. Quell'anno lavoravo – era il prim'anno che lavoravo, e salire al mattino nella gran fabbrica vetrata dove disegnavo davanti a una finestra, mi schiariva le idee. Scendevo a volte in un camerone dove certi operai sorvegliavano una fila di macchine e passando ammiccavo a un tornitore – un giovanotto sveglio, che poche parole mi avevano rivelato. Non c'eravamo ancora intesi e collegati, ma sapevo bene che volendo mi sarebbe bastato parlargli. Ritardavo questo momento, perché in fondo capivo che non era la nostra azione che poteva contare, mentre la tacita intesa era – almeno per me – ben piú preziosa. Mi dava il senso che, indipendentemente da me e dai compagni, era la realtà stessa che si moveva verso di noi.

II.

La mia ragazza mantenne le promesse, e in conseguenza rientravo assai piú tardi, stanchissimo e felice. Non avevo piú l'occasione di salire dal Capitano, ma sovente ci pensavo e me lo vedevo lassú solo e scontroso, davanti alle finestre che ormai con la bella stagione doveva tener spalancate. N. disse che qualcuno andava ancora a trovarlo, perché ai suoi tempi aveva avuto molti compagni, e i pochi che non s'erano dispersi cercavano anzi di aiutarlo.

N. in quei giorni andava e veniva alla stazione, occupatissimo a montare i suoi collegamenti con la provincia, e sapendo ch'io non li valutavo gran che, me ne parlava assai poco. Fortuna che il mio lavoro mi legava in città, altrimenti mi sarei sentito l'obbligo di fare anch'io qualche viaggio. Tanta cautela in N. che non era un ragazzo, mi metteva qualche ansia. Anche perché tra una gita e l'altra, N. ridiventava normale e mi telefonava, combinava incontri, parlava di me nei suoi salotti, alle mie obiezioni rispondendo che la polizia aveva troppo da fare a rincorrere il fantasma in provincia per pensare a beccarlo in città. Per il momento aveva depositato nella mia stanza certi manifestini che sapevo.

In compenso, mi rimproverava sovente di salire dal Capitano non appena lasciata la ragazza: al mio posto non si sarebbe fidato. Mi scappò la pazienza e gli dissi di stare attento piuttosto ai ragazzi che s'incontravano nei suoi salotti con certe signorine: le donne e la politica non vanno d'accordo.

C'era questo di bello tra noi: unico, credo, degli amici, potevo dirgli la verità fuori dei denti. In questi casi assumeva un'aria grave e mi spiegava il suo punto. E quella volta mi spiegò che le sue signorine non erano donne ma coscienze che, come me e come lui, si sentivano in dovere d'agire. – Al tempo che i tuoi operai sapevano lottare, non sai quante donne, quante ragazze di fabbrica, organizzavano.

Mi conosceva bene l'amico, e dandomi di queste risposte se la rideva a fior di labbra.

– Coscienze, – brontolavo, – non farmi ridere –; però il discorso era aperto ed N. insisteva che bisognava avere il coraggio del proprio ambiente.

– Ma io non ho un ambiente, – rispondevo incaponito, e l'amico rideva e mi chiedeva dove passavo le sere.

– Per le strade, – risposi.

– Finirà, finirà, – disse N. – Farai anche tu il tuo dovere.

A volte m'irritavo e cercavo di vivere altrove la mia giornata. Portavo in barca la ragazza o, se qualcuno mi telefonava, mettevo la condizione che saremmo andati in collina a bere una bottiglia, pur di non finire per disperazione in casa di N. sempre disposto a darci ascolto.

In fabbrica, il tornitore ammiccava, furbesco – aveva la parola pronta, eppure non si decideva a entrare in argomento. Si accontentava di guardare a bocca storta, sotto i miei occhi, certe scritte cubitali che coronavano la parete. Il nostro era un gioco. Ma a parlare con lui – che si chiamava Severino – io m'ero impegnato con N. una volta che, spazientito dai suoi sarcasmi, gli avevo risposto che lavoravo sott'acqua. In realtà avevo detto per dire, ma N., diabolico, invece di ridere aveva fatto il sollecito, stretto le guance e mostrato di credermi. Aveva pure sparso la voce tra gli amici, che a me toccava quel lavoro, ch'ero serio, e mi aveva creato una fama di esperto.

Comunque, non mi decidevo a sondare il tornitore. Preferivo cogliere a volo le sue uscite, le sue smorfie dissimulate sulla sigaretta furtiva, la bella insolenza che lui sapeva mettere persino nel passo quando doveva presentarsi a un superiore. Come passava le sue sere, mi chiedevo. Probabilmente a far l'amore come me. S'intendeva a occhiate coi compagni. Mi piaceva.

Un giorno accettai d'accompagnare N. in non so che spedizione in bicicletta, a rintracciare una certa persona che doveva fargli un certo favore, cavarlo da un dubbio: circa un tale di cui s'era servito incautamente. – Non credo, – mi disse con semplicità, – che sia una spia, perché a quest'ora saremmo tutti arrestati.

Mentre pedalavamo, si giustificò che bisognava pur agire

e qualche volta fidarsi alla cieca. Disse anzi scherzando che tanto valeva fidarsi sempre, fare come i crociati: lasciare a Dio, cioè alla prigione, la cura di distinguere i santi dai reprobi.

Gli dissi che cosí andava d'accordo col Capitano. Ciò lo fece sorridere.

– Sí, – gli spiegai, – dice che le cose vanno portate al limite. Piú ne finiscono dentro, piú la situazione si fa rivoluzionaria.

N. sorrise ancora, con una certa tolleranza. Poi una svolta del vale lo distrasse e, mentre riprendevamo a filare, mi accorsi di essere alquanto preoccupato dalla faccenda della spia.

L'idea della prigione, sempre vaga e avventurosa, prese in quella corsa che sembrava una fuga una sgradevole consistenza e mi portò l'amaro in bocca. La presenza di N. mi pareva il segno tangibile della minaccia. Le nostre gomme frusciavano sull'asfalto bagnato, e l'idea che quella fosse la nostra ultima corsa mi dava un'insolita tensione.

– Chi è questo tale che farebbe la spia? – dissi a un tratto.

Saltando giú dalla macchina davanti alla nuda banchina del viale, N. non mi rispose, e si guardò intorno. C'erano alcune case basse dal tetto di legno, non piú case operaie, ma baracche di campagna che la città aveva assorbito. Una porta era aperta, su un gradino infangato, e l'insegna diceva osteria.

– È qui? – gli chiesi. Appoggiammo le biciclette a una pianta; N. mi guardò incuriosito e disse: – L'ambiente ti dovrebbe piacere.

– Va' dentro, – gli feci, – e sbrigati. Io guardo le biciclette.

– Se vengono, fischia, – canzonò N. dalla porta.

Alzai le spalle e restai solo. Tra le piante si stendeva il lungo prato, l'incolto della barriera, e piú lontano altre case isolate sorgevano monotone. Dopo la pioggia, nel fresco del sole, quelli erano proprio i miei paraggi. Accesi una sigaretta per godermi in pace i pensieri, e quell'ansia di prima si chiarí non per paura ma per disagio all'idea di venire improvvisamente strappato alle mie occupazioni – all'incontro di dopocena, all'arrivo mattutino in fabbrica, al vagabondaggio, ai discorsi, all'imprevisto quotidiano. Ma mi accorsi che in fondo l'attesa presso le biciclette non doveva differire da una vita di carcere se non per la durata. Uno si ferma e pensa, mi dissi. Si ferma un po' troppo, ma è poi tutto qui. Molto piú assillante era il dubbio se in carcere si potesse fumare. Chiederò al Capitano, pensai. Se facevo ancora in tempo.

Naturalmente, ebbi tempo. Appoggiato alla finestra del Capitano, il pomeriggio successivo, ripensavo sorridendo alla nostra scampagnata – altro non era stato – e al rigoroso segreto in cui N. voleva che lo tenessi con tutti. Salendo, ci avevo trovato una visita, una signora Bianca.

– Ah, l'amico di Carlo, – aveva esclamato, sentendo il mio nome. Il suo invece non mi disse nulla. Stava seduta raccolta in se stessa, quasi sull'orlo della poltrona e guardava da me al Capitano con sollecitudine tutta materna.

La conversazione morí presto, perché dal Capitano io ci andavo per tacere e invece la signora aveva l'aria di attendersi chi sa che belle cose, e parecchie volte cominciava un discorso che nessuno di noi raccoglieva. Il Capitano intercalava sarcasmi, brontolii, di quelli che conoscevo. Finalmente la signora si agitò come per alzarsi, sogguardò la stanza e disse: – Allora quelle cose... – Il Capitano andò a cercare in un armadio un pacco della grandezza di un quaderno, che lei fece sparire nella borsetta.

– Si fa quanto si può, – disse furtivamente, alzandosi.

Quando il Capitano rientrò dopo essersi accomiatato da lei, io mi ero appoggiato alla finestra e pensavo appunto alla mia gita.

– Cos'hai da ridere? – suonò la sua voce.

– Succedono cose ridicole, – dissi. Ma il Capitano era di cattivo umore. Gli chiesi se l'avessi disturbato. Disse di no e prese il cappello. – Vuoi che usciamo?

In strada, ruppe il silenzio con un sospiro: – E tu perché vieni a trovarmi? – disse.

Si fermò in mezzo alla piazza.

– Abbiamo offeso la signora? – dissi. Mi guardò per traverso; non battei ciglio, un . . . .
. . . .
. . . .

La famiglia

Una volta, quando veniva l'estate, andavamo in barca. La si prendeva al ponte, ci si metteva in mutandine, e si arrivava fino ai boschi. Ci stavamo tutto il pomeriggio. Allora che eravamo giovani ci portammo sovente compagnia, ma – come succede – ci stavamo male, e ci volle qualche anno perché capissimo che all'aria aperta queste cose non si fanno. Adesso, ripensandoci, Corradino se ne vergognava.

Quando fummo sui trent'anni, Corradino aveva messo da parte una certa esperienza e credeva di essere lo stesso di allora, ma il giorno che ritornò sul fiume, l'idea di mettersi a remare lo disgustò e, contemplate le barche dall'alto del ponte, risalí sulla bicicletta e tornò a casa. Andò invece il giorno dopo negli stessi boschi, per una lunga strada polverosa e, raggiunto il Sangone per dei sentieri molto piú a monte che non fosse mai risalito con la barca trovò un ristagno chiaro e tranquillo, chiuso fra sterpi e cespugli. Il luogo gli piacque, e si spogliò in mutandine, si bagnò, si stese al sole, fumò guardando il cielo tra i salici – trascorse un'ora indimenticabile. Ci tornò con la bicicletta ben presto, e se ne fece – era il mese di luglio – un'abitudine. Il pericolo era di fermarcisi troppo e annoiarsi, ma Corradino che da un pezzo aveva cominciato a conoscersi, prese precauzioni e non ci venne mai che sul finire del mattino o un'ora prima del tramonto. Cosí gli toccava tornarsene con sveltezza.

Tuttavia, una volta giunto su quel greto, faceva sempre le stesse cose. Prendeva un po' di sole, traversava a nuoto l'acqua sassosa, ne usciva gocciolante e, appendendosi al ramo orizzontale di un albero, si scaldava e irrobustiva con flessioni. Tutto ciò era per godere, con corpo e respiro piú freschi, la sigaretta che poi fumava.

Nella vita ordinaria – tutti lo sapevamo – Corradino aveva orrore della solitudine. Viveva in una camera ammobiliata ma frequentava abitualmente le nostre case, e nulla gli faceva piú spavento che una serata da trascorrere coi suoi soli mezzi. Fino all'ultimo sperava sempre di ricevere una telefonata o una visita imprevista, ma, per quanto queste cose accadano talvolta proprio nel cuore dell'estate quando la città è semivuota, in quel luglio nessuno si fece vivo e Corradino era abbandonato a se stesso. Perché non affrettasse le sue vacanze e raggiungesse subito al mare certe persone che gli stavano a cuore, non me lo disse. Viveva con un'ansia annoiata, nel lavoro e nelle occupazioni abituali, e rimandava di giorno in giorno le decisioni avendo come unico punto fisso quotidiano la scappata tra i salici. Ben presto il suo corpo cominciò ad abbronzare, e ciò gli pareva desse un senso a quelle giornate, come la muda di certe bestie dà un senso alle loro stagioni. Corradino in gioventú era stato malaticcio e si era guarito con le sudate e il gran sole delle gite in barca. Era convinto che il corpo che giunge all'inverno senza essersi abbronzato, è inerme di fronte ai malanni. Ma la muda di quell'anno – mi disse sovente – gli pareva qualcosa di piú che un'igiene: era un ritorno, un ripiegamento su se stesso, condizione attiva di qualche avvenimento che lui sentiva imminente. Aveva di queste manie.

In quell'anno Corradino telefonava ancora di tanto in tanto a una ragazza – Ernesta – e se la portava in stanza la sera. La ragazza accorreva – era sempre libera – e lo lasciava stanco e mortificato. Era una conoscenza dei vent'anni; s'erano riveduti a lunghi intervalli e sempre l'incontro era finito in nottate senza seguito. Ma da quando Corradino s'era adattato a vivere solo, aveva piú spesso cercato Ernesta che, sempre compiacente, era ormai diventata una amica fissa. I primi tempi Corradino la portava anche a passeggio, al caffè, a teatro: adesso, quando le telefonava, era inteso che venisse direttamente da lui. Naturalmente Ernesta, figlia di una merciaia, l'avrebbe volentieri sposato. Era una donna semplice, incapace di darsi bel tempo e cercarsi un marito, come lui la consigliava: preferiva fidarsi del ricorrente bisogno che Corradino aveva di lei, e lo guardava docile, con gli occhi spalancati, molli. Corradino s'irritava e viveva di malumore l'indomani di quegli incontri.

Dal principio di luglio s'era proposto di non piú vederla.

La solitudine dei salici gli dava una specie d'orgoglio, un bisogno di fare il vuoto intorno a sé, che non aveva piú provato dagli anni dell'adolescenza. – Invece d'invecchiare, ridivento ragazzo, – mi disse. Ma la lunghezza delle ore adesso che quasi tutti ce ne andavamo, il rallentamento del lavoro, la scioperataggine e l'afa della stagione, lo indussero a ricercare quel piacere, per quanto monotono, ancora una volta.

Ernesta venne, come sempre, mostrandosi riconoscente che si fosse ricordato di lei. Fu inevitabile che gli vedesse la pelle fosca, e Corradino gliene diede una spiegazione evasiva. Ma quando uscirono insieme e presero il gelato – Ernesta ne era ghiotta come una bambina, e anche questo irritava Corradino, – il discorso ritornò sull'abbronzatura, e con la solita invadenza che metteva in queste cose, Ernesta disse: – Nessuno mi porta mai a prendere il sole in piscina.

– Perché non ci vai da te?

Ernesta sorrise. – Non sarebbe serio.

Corradino la guardò di traverso, fingendo di sorridere. – Non c'è niente di serio, – disse, – divertiti fin che sei giovane.

– Non sono piú giovane, – rispose Ernesta.

Dentro di sé Corradino gridava: «Quest'è l'ultima volta», e con la punta delle dita le sfiorò i capelli. Sorrise senza guardarla. Come un cane accarezzato Ernesta gli strofinò la guancia contro la mano. Quella sera Corradino non disse altro, nemmeno mentre aspettavano il tram. Tacque ostentatamente, perché Ernesta capisse. – Sei stanco, – disse lei quando fu per lasciarlo. – Ciao, – disse Corradino andandosene.

Tutti i giorni hanno un domani, e Corradino ritornò tra i suoi salici. Nudo al sole, fumò di malumore la sigaretta e si guardava intorno – gli stessi sassi infangati sulla riva, lo stesso silenzio, le stesse foglie immobili. Cominciò a pensare che di giorno in giorno nulla mutava in quella radura, che allo stesso frastaglio d'alberi sul cielo corrispondevano sempre uguali sensazioni e pensieri. Probabilmente le stesse cose aveva veduto e fantasticato molti anni prima, quando saliva remando fino ai boschi. Le stille d'acque, i salici, il passaggio di un uccello, il sole immobile sulla pelle. «C'è di nuovo, – pensò, – che non ho bisogno di compagnia e mi abbronzo da solo». D'estate all'aria aperta il malumore è solamente languidezza, e la gran luce lo smentisce. Tuttavia

Corradino ebbe il tempo di accorgersi – cosí ci disse quella sera – che anche il suo congedo da Ernesta somigliava a tanti altri rancori del passato, a un desiderio di solitudine antico. Lo irritava quest'insistenza delle cose a presentargli sempre per lo stesso verso. Tornando in bicicletta per le strade deserte del mezzodí, gli parve che davvero la città fosse disabitata.

Quell'anno facevo delle escursioni e Corradino, uomo sedentario, non volle saperne di accompagnarmi. – Ti abbronzerai lo stesso in montagna, – gli dissi la sera che ne parlammo, – e se, come credo, questa mania è solamente scapolaggine, ti troveremo una distrazione –. Ma Corradino mi ripeté la sua massima, ch'era di lasciare che le cose succedano e guardò la tappezzeria tra me e mia moglie con un'aria desolata che ci fece sorridere. Il suo cipiglio estivo con denti e occhi bianchi, prometteva ben altro e, al dire di mia moglie, era quello di un uomo che ne prepara qualcuna, per esempio che rimugina di sposarsi. Ma Corradino che ci parlava sovente e con disgusto del suo contegno con Ernesta, quella sera non c'insistette. Disse invece un'altra cosa – piú strana –: che se avesse dovuto sposarsi, l'avrebbe fatto soltanto dopo essersi ben abbronzato al sole. Mia moglie gli chiese perché. – Per diventare un altro, – brontolò Corradino. – Civettone, – disse mia moglie.

Quando noi partimmo, non aveva ancora incontrato Cate. Comunque, non me lo disse. Mi parlò a lungo, con una curiosa esaltazione, delle smanie diverse che si sentiva addosso, «smanie di tranquillità» come le chiamava, desiderio che gli accadesse qualcosa, che la sua vita cambiasse ma senza spostargli una sola abitudine. – Vorrei, senza accorgermene, diventare un altro, – mi spiegava. La cosa mi parve naturale, e glielo dissi. – Sei un uomo sulla trentina. Gli anni passano per tutti –. Corradino rimase interdetto. E subito rincarò la dose e si mise a spiegarmi che il suo non era desiderio di sistemarsi, di salire di grado, di cambiare di tavolo al giornale dove lavorava. – Queste cose le penserei se fossi innamorato. Invece no, me ne infischio. Penso al passato piú che all'avvenire. Vorrei essere un altro.

Non seppe spiegarsi di piú, e nemmeno con Giusti, nostro amico, che rimase unico a Torino in grado di tenergli compagnia, disse gran che. È vero che Giusti, uomo caustico, non era il tipo piú adatto per fargli da confessore, ma quei due se l'intendevano e probabilmente Corradino avrebbe finito per servirsene se l'altro non fosse venuto a raggiungerci. Tuttavia Giusti, nelle poche sere che ancora si videro prima dell'agosto, si accorse che qualcosa preoccupava Corradino. Non tanto dai discorsi quanto dalle occhiate febbrili che, stando seduti al caffè, gli vedeva lanciare sotto i portici, se portici c'erano, o nel buio tra le piante se sedevano all'aperto. – Tu non mi sembri estivo, – gli disse una sera, – la cura del caldo non ti giova. Se non fosse evidente che hai una donna per le mani, ti direi di cambiar aria, – continuava, davanti al silenzio dell'altro. – Non può farti che bene.

Ma già Corradino aveva trovato una risposta e scherzava sulla penetrazione dell'amico, non tanto spensieratamente però che non si sentisse la voce rauca.

– Bene, – diceva Giusti, – non voglio insistere, – e notava sulla bocca di Corradino una piega di dispetto per l'occasione sfumata. Perché naturalmente Corradino era quel tipo d'uomo che anche dagli amici, come dalle donne, andava pregato e cercato con insistenza.

– Secondo me è timidezza, – aveva detto Giusti una volta che discussero anche di questo. – Sarà bello lasciarsi amare. Lo dicono tutti. Ma senza santa sfacciataggine non può durare. Non è naturale. È dare alla donna il coltello dal manico.

– Che non sia bello è vero, – disse Corradino. – Si fanno delle disgraziate, questo sí.

– Fammi ridere, – disse Giusti, – quando una donna ti salta addosso, ha già fatto i suoi conti. È timidezza, ti dico.

Qui Corradino tacque un momento, poi disse ch'era questione d'abitudine e che c'era il vantaggio che, con una donna che fa resistenza, è tanto di guadagnato per il timido, perché cosí nulla succede.

– Dunque è una donna che fa resistenza? – disse Giusti ridendo.

– E nulla succede, – rispose Corradino.

– Ti piacerà la situazione...

– Infatti.

In agosto anche Giusti venne in montagna con noi e lasciò Corradino, come ci disse quando gliene chiedemmo notizie, solo e malissimo accompagnato.

– Quell'uomo è matto, – diceva. – Vedrai che quest'anno

passa l'estate a Torino. Fosse almeno capace di portarsela al mare... – Ma Corradino aveva detto che forse al mare non ci andava, e ciò intrigò molto mia moglie che conosceva la *** con cui Corradino aveva fatto conoscenza in Riviera l'anno prima. – Che stupidi siete voi uomini, – disse. – Con una ragazza bella, ricca e distinta come Marina, che non chiede che di farsi conquistare, vi perdete dietro a chi sa che donnaccia.

– Che magari non esiste, – obbiettai. In quei giorni non sapevo di Cate e tutt'al piú pensavo a Ernesta che, per quanto conoscessi bene Corradino, non stimavo capace di guastargli i sonni. – Si vedrà, – concludemmo. – Purché non sacrifichi le ferie com'è tipo.

Imbucammo per lui una cartolina firmata da tutti, e pensavamo a tutt'altro, alle nostre escursioni, quando mi giunse in risposta una lettera. In essa Corradino premetteva che non era una risposta alla cartolina comune – anzi mi pregava di considerarmi suo unico confidente e di non tradirlo – ma che la cartolina gli aveva fatto ricordare che aveva un amico e tanto valeva che si sfogasse. «Del resto, – diceva, – vado sempre al Sangone e sono solo come un cane. Ma quello per cui mi preparavo, tu capisci, è avvenuto. Comincio a credere che ci sia una Provvidenza. Qualcuno direbbe che basta volere intensamente qualcosa, perché qualcosa succeda, ma non è festa tutti i giorni e se l'ho indovinata a restare a Torino aspettando l'imprevisto – imponendogli di manifestarsi – c'è adesso uno scoglio, molti scogli, che mi tagliano la strada e mi romperanno la testa. Di piú non posso dire. Mi succede un pasticcio inverosimile. Mi sembra però che la vita mi stia fornendo un'occasione unica per diventare un altro – sai come. Ho in mente al proposito idee chiarissime. Fino a ieri la mia disgrazia era che non sapevo uscire da me stesso, dal mio cerchio naturale. Se tutti capissero come ho capito io – stamattina piangevo dalla rabbia – che cos'è questa condanna all'identico, al predestinato, per cui nel bambino di sei anni sono già scolpiti tutti gli impulsi e le capacità e il valore che avrà l'uomo di trenta, piú nessuno oserebbe pensare al passato e inventerebbero un detersivo per lavare la memoria. Nella vita giornaliera uno crede di essere diverso, crede che l'esperienza lo cambi, si sente giulivo e padrone di sé, ma pensati che venga una crisi, pensati che gli diano uno scossone e un calcio in faccia e la vita gli imponga "Su, deciditi", e lui farà infallibilmente come ha sempre fatto in passato, scapperà se vigliacco, resisterà se coraggioso. Sembra una stupidaggine, ma non è. Anche perché non si tratta soltanto di scappare o di resistere; le cose sono piú complicate. Si tratta di capire, di pesare, di valutare: è questione di gusti, e i gusti com'è noto non cambiano. Chi ha paura del buio, avrà paura del buio.

«Ora io sono sul punto di poter fare cose che non avrei mai fatto. La vita in questo mi ha aiutato – non dico altro. Potrei anche fare una cosa che non ha nessun vero rapporto con quanto mi succede; ricominciare da capo. Vedi che valeva la pena di restare a Torino.

«*PS.* Se sono cosí giulivo, non credere che non abbia passato e non passi dei momenti neri. Ma se ti dicessi quali, non capiresti. Mi convinco una volta di piú che tutto succede come alla guerra: è indescrivibile».

La giudicai una lettera innocua e naturalmente la vide anche mia moglie. Disse che non ci capiva niente. Io esitavo, ma finimmo per mostrarla anche a Giusti che promise di non parlargliene. Giusti sorrise leggendola e commentò che qualcosa di simile gliel'aveva sentito dire. – Non mi stupirei se fosse già padre, – concluse.

Allora telegrafammo a Corradino: «Attendiamo schiarimenti. Noi bene». Mi dispiaceva canzonarlo, ma Giusti ne disse tante che scrissi io stesso il telegramma.

Cate non era per Corradino piú di un vago ricordo. S'erano conosciuti quando lui era studente, perché un'amica di Cate andava in barca con quel collega anziano di Corradino, e un giorno avevano fatto insieme la scampagnata con vino e fonografo e si erano molto divertiti. Per qualche mese, quell'anno, Corradino e l'impiegatuccia ch'era Cate avevano continuato ostinatamente a vedersi, a tentare la barca – Corradino s'imbestialiva perché voleva averci l'amica come l'altro – Cate l'aveva accontentato, una volta, due, tre volte, ma Corradino fu lui il primo ad averne abbastanza, né l'aveva cercata mai piú. Me ne parlò qualche anno dopo con un curioso rimorso, dicendo ch'era stata una sciocchezza, un misto di smania e di bestialità, cose che si fanno, ma non si dovrebbe.

E adesso s'erano incontrati. Dice Corradino che tutto succede perché lo vogliamo, ma come potesse aver voluto quell'incontro lui che quella sera si abbandonò come un morto nelle mani di Giusti e gli andò insieme dove non andava mai, non capisco.

Camminavano e la conversazione languiva. Fu allora che Giusti propose una sala da ballo per finire la serata.

– Ma non sei stanco? – disse Corradino ridendo. L'idea di andare a ballare non gli era piú venuta da anni.

– Perché non fai una crociera? – diceva Giusti. – I trent'anni sono l'età buona –. Camminavano nella penombra di un viale e a Corradino riuscí facile brontolare, con piú serietà che non ne mettesse nella voce, che un viaggio è piú divertente sentirlo raccontare che farlo. – Tu sei sempre lo stesso, – disse Giusti. – Dove vai quest'anno? a Camogli?

Entrarono nel Varietà del Parco. Qui c'era da ballare per Giusti e della birra e un varietà per Corradino. I tavolini erano disposti intorno a una gran pista di cemento vuota, e in fondo, sopra l'orchestrina, era aperto il palcoscenico dorato dove usciva in quel momento una cantante. Nel tempo che si cercarono un posto e sedettero, costei aveva lanciato l'ultimo grido e s'inchinava tra i battimani. Corradino sorrise imbarazzato. – Sapevi ch'era cosí elegante? – disse Giusti.

– Non ci vengo mai.

La serata passava monotona. Tra un numero e l'altro si chiudeva il sipario rosso-sangue e l'orchestra chiamava le coppie sul cemento. Giusti si mise presto in giro, alla ricerca di una ballerina, e Corradino gli gridò dietro che non l'avrebbe trovata. Ma dopo un poco dovette trovarla perché non tornò, e nell'intrico di gambe danzanti Corradino intravide un paio di pantaloni bianchi che gli parvero i suoi. Qualche numero passò senza che l'altro si facesse rivedere, e Corradino se ne stette soprapensiero guardando distratto le cantanti, cercando di abbandonarsi a quel po' di musica e di eccitazione che riempiva la notte del parco. Finalmente, durando il ballo, vide lampeggiare sopra una spalla nuda gli occhi e il cenno di Giusti.

Vennero, lui e la donna, al tavolino. Corradino si era messo in testa di essere di troppo e guardò appena la dama dell'amico – aveva le spalle semicoperte: nella foga del ballo le doveva esser scivolata la bretella. Giusti li presentò e chiamò il cameriere. La donna tese la mano, una mano umida di sudaticcio; Corradino sorrise.

– Senza complimento, non ballo, – disse subito. La ragazza lo guardò sorpresa. Giusti li fece sedere.

Si aprí il sipario e ciò salvò la conversazione. Venne fuori una spagnola, e Giusti trovò modo di dire impertinenze. La ragazza ascoltava con un'aria attenta, poi d'improvviso batteva le mani infantilmente e dava ragione a Giusti, gli afferrava il polso, gli rideva in faccia. Poteva avere vent'anni.

Il ballo seguente fu loro. La ragazza si volse a Corradino e gli fece un sorriso di compiacenza. Rimasto solo Corradino girò gli occhi per la pista, sui tanti gruppetti dove un uomo, un giovanotto, s'inchinava davanti a un tavolo. Qualche volta la donna era già in piedi a braccia tese, e ancora l'uomo fendeva la calca.

D'un tratto ebbe l'impressione che qualcuno l'avesse fissato da qualche parte. Si voltò e vide una fuga di teste – un vecchiotto, spalle femminili, la faccia arrovesciata e ridente di un tale – nessuno di sua conoscenza. Provò un certo disagio e cercò una sigaretta ricomponendosi sulla seggiola, perché era certo che, se qualcuno l'aveva guardato, questo qualcuno era una donna. Frugò con gli occhi tra le coppie e non vide piú i suoi due. «Meno male, – pensava, – che quella stupida è con Giusti». Immaginò la scena che quella donna dell'occhiata si presentasse al tavolino per invitarlo a ballare. Da una donna si aspettava di tutto. Guardando di nuovo i tavolini al suo fianco, s'accorse che la parete nella penombra era tenuta da una lunga specchiera e che forse il lampo dell'occhiata gli era stato rimandato dal centro della pista. Ci si perdette. Ma pensò intanto ch'era stata la musica a suggerirgli l'idea di una donna.

Ascoltò quella musica, chiudendo gli occhi per cogliere in se stesso la sensazione fuggita. Non vide nulla. Il ritmo rendeva con banale clamore il pulsare del sangue. Seguí uno sparso battimano.

Quando i due tornarono, Corradino propose un liquore e, sotto gli occhi divertiti di Giusti, attaccò un vivace discorso con la ragazza. Costei non chiedeva di meglio che scherzare e gli tenne testa baldanzosa. Dissero molte stupidaggini. L'orchestra suonava. – Ci permetti di ballare? – Corradino si era alzato e guardava Giusti. – Figurati –. Si alzò anche la ragazza.

Si abbracciarono e se ne andarono. Quando furono in mezzo alla pista Corradino le disse: – Andiamo a prendere qualcosa? – Ci andarono, ridendo come di una scappata. La ragazza succhiò una menta. Corradino prese un liquore. In piedi, davanti al banco, la ragazza giurò che non l'aveva guardato nello specchio. Corradino l'abbracciò di nuovo e la trascinò sulla pista negli ultimi giri, stringendosela al corpo, voltandosi bravamente a destra e a sinistra. Quando la musica tacque, la ragazza fece il gesto di riprendere fiato premendosi la mano sullo stomaco, rossa e ridente. – Torniamo, – disse Corradino.

Per il resto della serata, non la toccò piú. Lasciò che andassero e venissero, lasciò che si parlassero all'orecchio; un certo momento che la ragazza gli parlò provocante, finse di non capire. Quando Giusti gli disse: – Scusa, noi ce ne andiamo, – annuí senza una parola.

Di nuovo si aperse il sipario. Per un istante si fece silenzio, poi uscí un giocoliere giapponese. Corradino fissò i primi gesti, le grandi maniche fiorite svolazzanti. Di tanto in tanto si levava un applauso. Finí anche questo.

Sulla ghiaia scricchiolante Corradino camminò verso l'uscita. La musica attaccava allora, e si formavano delle coppie attraversandogli la strada. Andò piú svelto, rasentando la parete; giunto agli arbusti d'alloro che facevano sfondo, si volse. Ecco quegli occhi.

Per un istante Corradino, non la riconobbe, fu imbarazzato: si mise in mente che Cate si trovasse fra gli arbusti per caso, o non fosse la Cate di un tempo, non lo aspettasse. Ma prima che Cate dicesse: – Corrado, – le aveva già fatto un sorriso e tese le mani. Prese la sua con effusione, esagerando la meraviglia, ma soltanto quando lei si fu scostata per tirarlo da parte, fu certo ch'era Cate. Riconobbe il gesto.

Corradino ricorda che prima cosa le chiese se era stata proprio lei la donna dello specchio. E dovette chiederlo con una preoccupata insistenza perché – mi disse – Cate gli ribatté gaiamente se non aveva proprio altro da domandarle in quel momento. E cosí alla sua richiesta non rispose ma ormai Corradino aveva confuso il ricordo di quegli occhi col viso presente e sapeva benissimo ch'era stata lei.

Parlava con inflessioni cordiali di una voce sinuosa e sonora, tanto che Corradino non fece a tempo a vergognarsi di se stesso come doveva, che già un altro imbarazzo – piú urgente – s'era sovrapposto, quello di darsi del tu con una donna adulta e compiacente, che gli era quasi sconosciuta.

Cate si sedette con vivacità sulla panchina dell'ingresso, tenendo sempre la mano di Corradino, accavallando le gambe dalle calze sottili. Aveva unghie e labbra scarlatte e una giacca quasi maschile sulla camicetta accollata: un abito da viaggio, senza dubbio. Della Cate di un tempo non restavano che gli occhi e i capelli. Corradino le cercò in viso i segni degli anni, ma ci vide soltanto un rossore di gaiezza.

Che Giusti gli avesse telefonato l'indomani lo sapevo, e sapevo pure che Corradino gli aveva risposto – Va' all'inferno –, tagliando corto ai suoi complimenti.

«Scusa se ieri ti abbiamo piantato», voleva dir Giusti che si piccava di delicatezza, ma disse invece: – Che ti prende?

Corradino, che si aspettava tutt'altra chiamata, disse semplicemente che non sapeva ancora che cosa avrebbe fatto la sera, e da quel giorno divenne evasivo, la sua faccia assunse quell'aria di tensione, che poi Giusti ci descrisse.

Cate era veramente una sconosciuta. Corradino non aveva nemmeno avuto il tempo di sentirsi a disagio, che subito lei l'aveva sbalordito raccontandogli volubilmente ch'era artista di varietà e che tornava da Napoli: era a Torino per riposarsi e si trovava al Parco perché il suo mondo era questo, un mondo di delinquenti ma c'era il suo bello, e gli chiese di punto in bianco se non fosse ammogliato. Disse proprio cosí: ammogliato. Corradino le diede un'imbarazzata risposta, sorpreso di raccontare con la sua voce piú semplice cose che non diceva sovente: che si sentiva invecchiare e a sposarsi non ci pensava, ma che non rimpiangeva i vent'anni. Sogguardava la punta delle scarpette di Cate, tendendo l'orecchio all'orchestra di là dalla siepe.

– Sei molto cambiata, – disse finalmente.

– Cos'è? un complimento? – ribatté Cate con un mezzo sorriso.

Che fosse un'altra – una donna – si capiva da una risposta simile. Entrambi senza guardarsi sorridevano: Corradino non sa se sorrideva a se stesso, al suo imbarazzo o alla sua ingenuità. Non era piú la Cate che gli aveva camminato a braccetto umiliata e in silenzio, la Cate che nascondeva nella borsetta un piumino di cipria consunto e il fazzolettino sporco. Anche la voce era mutata: aveva scatti, aveva nella franchezza un'energia, una prontezza aggressiva che appunto sapeva di palcoscenico.

– Credevo proprio che ti fossi sposato, – mormorò Cate.

– Lo sai che non sono il tipo, – disse Corradino.

Nel tempo che stettero seduti – l'orchestra suonava sempre e le cantanti strillavano – passò qualche individuo davanti a loro, gente che andava e veniva, una donna ossigenata e vistosa, e salutavano Cate, chi gettando una voce, chi con un cenno. Cate rispondeva a tutti con vivacità.

– Senti, – gli disse alzandosi. – Togliamoci dalla corrente. Sei solo stasera?

Allora andarono a braccetto a fare un giro sull'argine, e dalla voce di Cate si capí ch'era un gesto spontaneo di cordialità non un diritto che lei credesse d'avere. A Corradino scottava le labbra una giustificazione, un accenno noncurante al passato: sentirla parlare d'allora senza rancore, magari scioccamente, e riderne insieme. Invece nel semibuio delle piante dove il muggito della diga copriva l'orchestra, Cate riprese a raccontare del suo mestiere, di piazze e di rivalità. Era stata perfino in colonia. Tripoli era una città magnifica! – Sono stata una stupida a non fermarmi laggiú, – diceva. – C'è una eleganza che voi non ve la sognate nemmeno. Spendono piú degli altri. La sera: caffè, teatri, è una festa. Qui il varietà è un funerale.

– Insomma, hai fatto carriera, – disse Corradino.

– Mi mantengo, – disse Cate, premendogli il braccio. – Caro te, che vitaccia. Sapessi quante ne ho passate. Se non era della mamma, non riuscivo –. E raccontò, abbassando la voce, che la mamma era morta, che l'aveva ammazzata il padre, tanto le maltrattava tutte e due. Quando lei cantava le prime volte, era venuto in teatro a gridarle di smettere; le aveva fatto perdere delle scritture.

– E sai davvero cantare? – scherzò Corradino.

Cate gli strattonò il braccio. – Tu sei sempre lo stesso, – esclamò imbronciata. – Non vuoi credermi...

– Ma come hai fatto?

– Ho studiato, ho trovato chi mi aiutava. Mi ha aiutata anche la mamma. Tu non mi avresti aiutata?

Cate s'era fermata, tendendo il braccio e trattenendo Corradino, e lo guardò con franchezza. Corradino sorrise.

– E tu, che fai? studi sempre? – disse Cate riprendendo a camminare.

Era già notte alta quando Corradino guardò l'orologio accendendo un fiammifero. Decisero di prendere un tassí. Fu durante il tragitto che, per rompere il silenzio, Corradino le chiese se l'avrebbe riveduta. Lo chiese senz'intenzione, quasi senza volerlo, per compiacere a Cate e riparare in qualche modo la sua villania di tanti anni prima. – Telefonami, – le disse, – io al Parco non ci vado mai –. Gli parve che Cate attendesse il suo invito, ne fosse felice, perché gli premette la mano e sussurrò «Caro» all'orecchio. Improvvisamente Corradino l'avrebbe abbracciata, ma il tassí rallentò e Cate diceva: – Ci siamo.

Tornando a casa quella notte Corradino pensò all'amichetta di Giusti e si disse che tutti hanno le avventure che si meritano. Adesso era lieto di non aver cercato di abbracciare Cate, non perché temesse di venir respinto ma perché tutto il caso di quella sera si era svolto sotto un segno di franchezza e di fiducia ch'erano tanto piú straordinarie se si pensava al passato.

E ancora al mattino svegliandosi, sorrideva. Ma poi la telefonata di Giusti – Giusti non telefonava mai, proprio quel giorno doveva venirgli in mente –, e per compenso il silenzio di Cate, lo misero di malumore, tanto che non ebbe voglia di andare al Sangone. Un saluto di Cate, anche soltanto per telefono, quel mattino gli avrebbe significato molto. «Come non lo capisce, quella stupida?» pensò. Venne cosí la sera e gli mancò Giusti, gli mancò Cate, gli mancarono tutti. Poteva andare al Parco, ce l'avrebbe trovata, ma si fece forza. – No, mi venga a cercare –, e si ficcò in un cinematografo.

Con Giusti si vide il giorno dopo, e fu quando parlarono dell'iniziativa amorosa. Fu Giusti che coi suoi ragionamenti mise in testa a Corradino la possibilità di ritentare Cate, adesso che Cate era esperta del mondo. Corradino riconosce che l'idea di quella sera nacque un po' dal suo dispetto, dal disgusto e dai motteggi di Giusti. Ma già la notte stessa, rientrando, pensò che non aver smesso d'amarlo toccava se mai a Cate, e si coricò soddisfatto. L'indomani, il silenzio del telefono gli gelò il contento in faccia, e la rosea giornata che aveva sperato cominciò al solito angosciosa. Ma Corradino andò al Sangone e qui, fresco e abbronzato, contemplando i suoi salici ritrovò il suo piacere. Pensò a Camogli e al suo destino, e si chiese che cosa facesse in quel momento Marina. Qui davvero sorrise. Cominciava a capire che qualcosa era avvenuto, che la sua attesa di quei giorni era soddisfatta: con l'incontro di Cate era riemerso il passato e tutto si giustificava: la vita era piena di cose cordiali, bastava lasciare che accadessero. Si sentí insomma libero, libero e solitario – era ciò che aveva sempre voluto.

Ma Cate non telefonava. Una volta alla settimana Corradino prestava servizio notturno, e quella notte si attardò fino all'alba perché gli piaceva rientrare al mattino per le vie deserte. Gironzolò finché il caldo non si fece sentire e all'imbocco di un portico s'imbatté in Cate.

– Ciao, – si dissero ridendo.

Cate nella solita camicetta turchina accollata era davvero una bella donna. Dimostrava i ventott'anni e sembrava piú alta, piú grande. Soprattutto aveva un modo di sorridere inciso, che la truccatura accentuava. Era in cerca di calze e Corradino l'accompagnò.

Rideva volentieri e Corradino, spossato dalla veglia, non aveva la forza di resistere e a proposito e a sproposito le fece eco. Non si presero a braccetto.

Siccome non fecero un discorso filato, Corradino s'accorse che non sapeva cosa dire e ne fu lieto: confrontava mentalmente Cate con Marina e sorrideva. «Qualunque cosa succeda, è chiaro che siamo estranei», pensava. Davanti al banco delle calze, Cate fece aprire un pacco e gliene sciorinò una sulla mano. – Ti piace? – gli disse.

Uscendo, Corradino le prese il braccio d'istinto. Fecero insieme qualche passo, poi lui stesso si staccò. Cate lo guardò imbarazzata, poi gli chiese perché non era tornato al Parco. Da quel momento il loro discorso si fece impacciato, e Corradino disse molte cose guardandosi la punta delle scarpe. Disse in sostanza che l'aveva aspettata, ma che al Parco non voleva andare perché non gli piaceva quella gente, e si divertissero pure ma lui di divertirsi non aveva voglia.

Ma come passava le sere, gli chiese Cate.

– Questa sera per esempio ho lavorato tutta la notte.

Allora Cate sorrise – un sorriso incredulo, improvviso – e gli chiese se non aveva un'amica.

– No, – disse Corradino.

Cate non si stupí; continuò a sorridere e Corradino sostiene che in quel momento capí di venir giudicato. Non parlò, esitando tra la sicurezza di sé e la noncuranza. Ma – dice – in quell'attimo Cate decise – e forse fu un bene – il destino di entrambi.

Lei stessa gli chiese dove abitava, e accettò di accompagnarlo a casa. Durante il tragitto il discorso cadde sui loro lavori, e Corradino vantò assai le comodità e l'avvenire del suo. Disse persino ch'erano colleghi: tutti e due lavoravano per un pubblico. – Mantenersi è una bella cosa, – osservò Cate.

La padrona di casa chiudeva un occhio quando Corradino introduceva una donna. Si sentí traversare il corridoio e s'accontentò di far capolino dalla cucina, ma in compenso non aveva ancora rifatto il letto dal giorno prima. Corradino richiuse la porta, seccato, e disse a Cate di scusarlo. Distese la coperta sul groviglio di pigiama e lenzuolo, e tirò le tendine della finestra. La stanza prese una penombra rosata, tollerabile.

Corradino si ricorderà sempre di quella luce tranquilla. Cate s'era seduta sulla poltrona, con le gambe accavallate e le due mani sui braccioli. «L'altro giorno là c'era Ernesta», pensò Corradino, ed ecco Cate lo guardava come Ernesta – con gli occhi molli, raccolti – quasi che le frasi che s'erano scambiate salendo le scale e ridendo, fossero escluse da quella stanza, appartenessero all'esterno, al baccano della strada.

Parlavano di andare in barca e Cate fumava una sigaretta. Era come un discorso normale: Corradino diceva che non c'era piú andato, e Cate, esalando il fumo, ascoltava seria, come per dovere. – Prendo del sole, questo sí –. Cate taceva.

Salendo le scale aveva detto: – Vengo a fumare una sigaretta con te –, e adesso la sigaretta stava per finire e nulla accadeva. Corradino pensò con rivolta alla solitudine imminente, e il suo rancore contro Cate aumentò. Fu allora che prese il coraggio a due mani e le chiese se nemmeno lei era piú tornata in barca. Glielo chiese tra il fumo, quasi senza guardarla.

– Ti piacerebbe se fossi tornata?

– Non dicevo con me, – balbettò Corradino.

Cate allora sorrise, un sorriso cosí ambiguo che Corradino non poté distoglierne gli occhi. «È venuta per vendicarsi, – pensò disperatamente, – è venuta per questo».

– Corrado, sei sempre lo stesso. Si capisce che sono ancora andata in barca. Ma tu, neanche una volta hai pensato a me in questi anni?

Corradino annuí del capo, senza lasciarla cogli occhi. Il sorriso di Cate si era fatto sottilissimo, e dileguò a poco a poco, senza ostilità.

Cate si alzò e venne a posare il mozzicone, sul tavolo, accanto a Corradino. Corradino fu per abbracciarla, ma a un tratto Cate volse la faccia, proprio sotto la sua, scottante.

Nell'agitazione lo scrutava, uno sguardo sollecito e serio, come quando si consola un bambino.

– Mi piace la tua stanza, – disse. – Stai qui da molto tempo?

Corradino balbettò una risposta, e già Cate era alla finestra. Scostò la tendina e guardò nella strada. Corradino non si mosse: era ridicolo rincorrerla.

Cate si volse divenuta gaia. – Hai la pettinatrice proprio davanti al portone. Le tue amiche saranno contente.

– Non volevo salire, scusami. Ma sono curiosa –. Corradino le aveva preso una mano. Cate lasciò che le baciasse la palma – erano strane le unghie laccate – e disse canzonando: – Non sono mica una signora.

– Ho fatto male a salire, scappo –. Corradino le teneva la mano e non sapeva scherzare, non sapeva far sul serio. – No, non hai fatto male, – mormorò.

– Dico per te, – rispose Cate.

Le chiese almeno se potesse rivederla. – Oggi? – Cate pensò un momento. – Al giardino della piazzetta sotto casa mia. Ci sei passato l'altra notte. Verso le quattro?

Cate non volle uscire con lui; scappava subito, e lo lasciò nel corridoio. Corradino attese un pezzo nel buio, dietro la porta, che quei passi morissero giú dalla scala, poi uscí furtivo perché la padrona non capisse. Di finire il mattino nella reclusione della stanza non se la sentiva.

Era ridicolo rincorrerla, ma al giardino ci andò. Tanto il lavoro cominciava alle sei: tutto in quel giorno congiurava. Ci andò dicendo: «Posso sempre ritirarmi». Sperò persino che Cate non ci fosse e non vederla mai piú.

Ricordava il giardino come poche piante fra i caseggiati e una fontana e una fetta di cielo. Lo avvistò dall'angolo – pieno di sole, polveroso e strillante. Ci giocavano i bambini: c'erano donne e qualche balia. Corradino cercò con gli occhi la fontana. Coperto da un tronco, esaminò noncurante i gruppetti. S'era immaginato un appuntamento solitario, e piú del solito gli diedero ai nervi i bambini vocianti.

Cate lo vide: era seduta su una panchina in ombra e stava togliendo la giacchetta a un ragazzino che fuggí liberandosi con uno strattone. Corradino venne avanti a malincuore; Cate non era sola: due ragazze dall'aria di serve sedevano là; meno male che un soldato, poggiato a una pianta, se la discorreva con le ragazze.

Cate disse: – Buon giorno, – con cordialità; una delle serve volse la faccia tonda a guardarlo. Lo squadrò bene dalla testa ai piedi, poi sorrise, come Cate sorrideva tendendogli la mano. Corradino disse qualcosa; la serva guardava sempre; e allora Cate si alzò in piedi dicendo: – È una disperazione –. Aveva ancora in mano la giacchetta del bimbo e se ne fece riparo agli occhi per rintracciarlo tra gli altri.

Corradino aspettava che Cate si allontanasse con lui dalla panca, ma vide con dispetto Cate risedersi. Allora perse la pazienza e disse piccato: – Oh Cate, fai la balia? – Mentre parlavano, fissò la servetta con tanta attenzione che questa smise e si rivoltò ostentatamente al suo soldato.

Cate diceva: – Faccio la mamma.

– Chi è quel bambino?

– Mio figlio.

Corradino arretrò di un passo. Vide un guizzo, un rossore negli occhi di Cate, che imponevano silenzio. La servetta non s'era voltata.

Quando finalmente le due ragazze andarono a cercare i loro marmocchi e il soldato si fu allontanato, Corradino si sedette sulla panchina e chiese a Cate di spiegarsi.

– Ti ho detto che è mio figlio e quando vado in viaggio, lo lascio a mia sorella. È sposata e sta là al terzo piano.

– Ma tu non sei sposata, – balbettò Corradino.

– Ebbene? – disse Cate con semplicità. – Non si può avere un bambino se non si è sposate? Capita, no?

Corradino dice che Cate parlava senza scomporsi e ci metteva una certa picca. Dice che quando le chiese perché non gliel'aveva detto prima, Cate rispose che voleva prima sapere se gli dispiaceva. – Perché, adesso lo sai se mi dispiace? – chiese Corradino. – Dovevo dirtelo stamattina, – ribatté Cate, e lo guardò fisso. – Ho capito stamattina che dovevo dirtelo.

Corradino lí per lí non seppe rispondere, ma poi tornò alla carica e le chiese di nuovo se adesso sapeva che gli dispiacesse. Era giocare a rimpiattino, e Cate se la cavò rispondendo che loro erano amici e dovevano comprendersi. Dino – il ragazzo – tornò di corsa in quel momento, facendo schizzare la ghiaia.

Cate lo tenne e gli riavviò i capelli, gli volle infilare la giacchetta perch'era accaldato e gli disse di salutare.

– Quanti anni hai? – chiese Corradino.

– Sei e mezzo, – rispose Dino con una voce chiara, ansante, – vado per sette.

Cate gli chiese con chi giocava. Dino fece dei nomi, indicò dei balconi del caseggiato, parlò di classi.

– Vai a scuola? – domandò Corradino.

– E come, – disse Cate, – se deve uscire ingegnere bisogna pure che studi.

– Vuoi fare l'ingegnere? – disse Corradino.

Il sí della risposta giunse con gli schizzi di ghiaia. Dino era già lontano. – È uno strappatutto, – disse Cate.

Tacquero un poco, mentre lei riordinava una borsa, senza guardarlo.

– È un bellissimo ragazzo, – disse Corradino, fissandole le mani che tormentavano la borsa. Rivide quelle unghie rosse nei capelli agitati del ragazzo e si vergognò di aver pensato quel mattino a sedurla.

– Brava Cate. E vivi con suo padre? Posso almeno saper questo?

– L'abbiamo allevato io e la mamma, – ribatté Cate, rialzandosi a un tratto, rossa e orgogliosa. – Non c'è altro da sapere.

L'indomani arrivò una cartolina da Camogli, dove tra molte firme c'era il nome di Marina. Anche il padre e la madre avevano firmato e Corradino guardò a lungo quei nomi. «Qui si sono riuniti a consiglio», pensò beffardo, e uscí sbirciando il telefono, col terrore che scoppiasse a suonare. Quel mattino voleva star solo.

Non fece a tempo per il Sangone e andò piú presto alla trattoria, ma sul punto d'entrarci esitò e si decise per un ristorante insolito. Qui almeno non c'erano facce note, e i camerieri s'inchinavano e il servizio era tale che non sarebbe dispiaciuto nemmeno a Marina. La colazione gli costò il doppio, ma una vita solitaria come la sua costava sempre troppo poco. «Non ho mai mantenuto bambini, – pensava quel giorno, – non ho saputo legarmi con nessuno. Questa è la mia natura. Ho conosciuto delle donne e le ho piantate. Domani, se Marina ci stesse, pianterei anche lei».

Tutto quel giorno lo passò di malumore, e a notte si vide con Giusti. Non osò proporgli di andare al Parco e ascoltò tutta la sera le chiacchiere di Giusti che s'accorse della sua grinta e cercò di distrarlo. A un certo punto s'attaccarono e Corradino gli disse che l'esperienza serve a insegnarci non quello che dobbiamo fare ma quello che inevitabilmente faremo, dato che un uomo, per quanto in gamba, è come un ponte che ha una certa portata e non oltre. Viene un carretto che pesa di piú, e il ponte crolla.

– E be', questo è bello, – disse Giusti, – cosí uno fa prima i suoi conti.

Corradino, che si era animato parlando, non continuò la confessione fino a chiedergli che conti possa fare chi si è accorto di non portare neanche un grillo e scricchiolare tutto il giorno. Ma Giusti l'aveva veduto infervorarsi e ne fu soddisfatto, e passò a dire che trattandosi di donne – era ben di donne che si parlava? – il ponte lo facesse fare a loro. Qui cominciarono a scherzare e il discorso si perse.

Tale era la compagnia di quei due. Corradino dice che sentiva sovente il bisogno di sfogarsi con me, e che quando alla fine di luglio Giusti partí, provò un sollievo. Stavolta fu proprio solo, e un poco se ne compiacque: lui era fatto cosí. Riprese a bagnarsi tra i salici.

– Vedi, – mi disse testualmente l'anno dopo, – io in quel luglio aspettavo qualcosa, e quando si aspetta qualcosa, qualcosa succede. Ma per mettermi in questo stato io mi isolavo, me ne andavo la mattina al Sangone a cercare me stesso nell'acqua e sotto lo specchio del sole. Chi cerca, trova. E che cosa potevo trovare in mezzo a quei salici, nudo a guardarmi l'ombelico e il membro come se fossi per fare un figlio? Trovavo un essere ridicolo e superato – me stesso – e con Cate in mente, perché pensavo a Cate piú che a Marina, di volta in volta mi odiavo di piú, ritornavano a galla tutte le mie magagne, scoprivo – ecco il punto – che io la gente, e specialmente le donne, li avevo sempre trattati allo stesso modo: conosciuti e piantati. Con nessuno ho mai fatto vita in comune né assunte le mie responsabilità. Non sono amico di nessuno, neanche tuo.

Questa faccenda dell'amicizia Corradino ci torna sovente, me la spiegò piú volte, e sostiene che non è un mio vero amico perché è geloso di mia moglie. Cosí come dice lui, gli faceva dispetto che Cate in quei giorni non telefonasse: perché ciò significava che aveva di meglio, fosse questo meglio anche soltanto il piccolo. – E nota, – mi dice, – che avrei potuto andare al Parco –. Un'altra cosa che l'infastidiva era il dubbio che già in passato, quando anche lui l'aveva violata e umiliata, Cate potesse averlo giudicato con quel sorriso ambiguo. Lui davvero ci soffriva, perché il sospetto lo toccava nel vivo.

Verso i primi d'agosto Corradino si decise per Camogli e chiese le ferie. Se avesse potuto sarebbe scappato la sera stessa, ma l'ufficio gli fece presente che tutti mancavano e doveva aspettare una settimana. Corradino sorrise e brontolò: «Tanto peggio per Marina».

L'indomani portò Cate in barca, secondo che combinarono al telefono lí per lí. La sera prima era stato al Parco, dove l'aveva trovata assai truccata e con un nuovo cappello. Corradino andandole incontro le aveva visto stavolta, nel riverbero del palcoscenico, la faccia del mestiere, quei lineamenti consunti e troppo vistosi che sanno di luci false e di vita notturna. Cate era stata quella di sempre, e gli aveva dato la mano e parlato con confidenza, ma Corradino s'era compiaciuto di guardarla come se non l'avesse mai vista e aveva cercato di convincersi che questa Cate era la vera. Ci sarebbe riuscito ballando con lei (– Un giro con te Corrado posso farlo –), se al tavolino non avessero avuto compagnia – la compagnia invadente di chi nel Parco si trovava come di casa e non permetteva altro colloquio che il suo. Gente del varietà che a Cate dava del tu. Soltanto in quel giro di ballo Corradino aveva potuto farle promettere che avrebbe telefonato la mattina dopo. E telefonato aveva e concluso lei stessa: – Andiamo in barca.

Corradino sapeva che la proposta di Cate era innocente, ma il dispetto che l'accompagnò per la strada non nasceva di qua. Scesero all'imbarco tenendosi, non a braccetto – Corradino le prese il gomito con la mano – e saltarono ridendo e incespicando nella barca; Corradino la sostenne, fu sul punto di cadere, si sedettero. Cate rideva – rideva come tutte le donne in questi casi – e si raccoglieva la gonna alle ginocchia. In questo gesto, e nel viso beato dai denti scoperti, Corradino intravide l'inconscio passato di quand'erano ragazzi e capí che Cate veniva in barca per il capriccio di ritrovare, e giudicare al confronto, i suoi giorni lontani.

Cate adesso s'era ricomposta. Corradino si spogliò a torso nudo mostrando l'abbronzatura, e cominciò a remare. Scivolarono sotto la riva, nel verde tenero del Valentino.

– Perché al Parco non porti tuo figlio? – disse a un tratto Corradino, serrando i denti. Ma Cate non raccolse l'astio della voce; girava gli occhi socchiusi nel sole avanti a sé, godendo. Adesso che s'era tolto il cappello, le sue labbra e la gola scoperta non erano piú cosí giovani e tradivano il logorio della vita notturna.

A una replica della domanda Cate rispose che per ora Dino lo teneva la sorella; non aveva un'età da capire che il varietà è un mestiere come tanti. Forse, tra qualche anno, se lei si fosse sistemata, l'avrebbe portato in giro con sé, ma comunque doveva studiare e per studiare bisogna non distrarsi. – Ci penso sempre, – disse. – Non voglio che da grande mi possa rimproverare che gli sono mancata.

Corradino tacque, chinando e incrocicchiando i remi.

– Ma li hai i mezzi per tirarlo su? – disse a un tratto.

Cate rispose sorridendo, che finora se l'era sempre cavata. – Nel nostro mestiere ci sono tante canaglie, ma c'è anche della brava gente. Ho chi mi aiuta, – disse.

– Quel tale di ieri? – borbottò Corradino. – Cos'è? musicante?

Cate non smise di sorridere e non rispose con parole. Ma nel modo come lo fissò c'era un raccoglimento, un'insistenza che metteva a disagio.

Nel sole si cominciava a sudare. Corradino lasciò i remi e chinandosi sull'acqua se ne spruzzò a mano cava le spalle. Poi si bagnò i capelli.

– Non hai caldo, Cate?

Cate scosse il capo, senza smettere di guardarlo con quegli occhi ambigui. «Ecco, – si disse Corradino cercando i remi a tentoni, – mi fa l'esame; pensa com'ero a quei tempi; si ricorda le sciocchezze che dicevamo».

– Non sarebbe piú semplice se lo mantenesse suo padre? – disse rialzando il capo alla fine. – Lo sai almeno chi è suo padre?

Cate si strinse nelle spalle; non si offese nemmeno. Lo guardava non piú fissa, ma come di sottecchi; col sole in pieno sul viso non si capí se arrossiva.

– Corrado, – disse piano, – tu lo sai chi è suo padre.

Corradino dice che lasciò andare i remi e si sentí accapponare la pelle. Cate lo fissava sempre, con un sorriso di pena negli occhi, e sotto quegli occhi Corradino trovò la forza di contenersi, di riafferrare i remi, di tirare un respiro. Gemette: – Mah no, – con un tono che un nulla poteva rendere ironico, ma che gli occhi di Cate costrinsero subito a suonare smarrito.

Corradino dice che negli istanti che seguirono provò soprattutto un gran crampo allo stomaco e come uno smemorato non smetteva di pensare che da giorni, dalla sera dell'incontro e anche prima, aveva presentito quell'angoscia e saputo che per lui cominciava qualcosa d'irreparabile. Dice che mentre ascoltava e balbettava, dava ogni tanto un colpo di remo per raddrizzare la barca, e che Cate s'interrompeva con un riso forzato, ch'era come una difesa, quasi a dire che quel discorso lo faceva a lui come a un altro, cosí come si chiacchiera quando si è soli e si scherza per farsi coraggio. Una cosa – dice – fu evidente fin da principio: Cate non parlava per commuoverlo, per accalappiarlo. Aveva anzi un tono esitante, di sforzo, quasi sapesse di fargli del male e volesse smettere, risparmiarlo.

– Mi avevi appena lasciata, – diceva. – A che cosa serviva? Saremmo stati male tutti e due. In quei tempi ero matta ma non al punto da non capire che volevi piantarmi.

Corradino si aggrappò a questo tono di Cate perché ci vide – non la salvezza: all'avvenire non osò pensare – ma una semplice possibilità di non diventar folle sul posto, un permesso che Cate gli dava di continuare a essere lui. Dice che fece le obiezioni piú stupide e che intanto pensava che – siccome era vero – le sue parole erano inutili; ma come si fa a sentirsi dire che da anni si ha un figlio e conoscere appena la madre?

– Attento, c'è una barca, – disse Cate, e Corradino dovette riprendere i remi e scostarsi. Erano in quattro sulla barca – c'era anche un soldato – che rasentandoli respinsero la sua con le mani e dissero qualcosa, ridendo di Cate.

Tornando all'imbarco, la prua batté un colpo secco contro il molo, tanto che la padrona cominciò a lagnarsi, ma Cate e Corradino non stettero a sentire. Furono subito sul viale; non parlarono. Quando ripresero il passo normale, andavano a braccetto.

Era evidente che adesso Cate aspettava qualcosa da lui. Cominciare per esempio a rimproverarla perché aveva osato affrontare da sola un cosí grande sacrificio. Invece Corradino disse che il bambino aveva sei anni e loro non si vedevano da otto. Cate scosse il capo. Da sette.

– Scusami, – disse allora Corradino, – ma è come ricevere un mattone in testa.

Cate gli strinse il braccio e con voce piú calma, adesso che non si vedevano piú negli occhi, prese a spiegargli che non gli serbava rancore, che gli aveva parlato non sapeva bene perché, che nessuno di loro ci aveva colpa, o lei soltanto per essere stata una sciocca. – Quanto è successo non cambia niente, Corrado. Vorrei soltanto che tu mi capissi.

Corradino cércava affannosamente qualcosa da dire che le facesse piacere. – Come, non cambia niente? – esclamò.

– Restiamo amici come prima, – disse Cate. – Non avere paura.

Qui a Corradino accadde una cosa curiosa. Via via che le parole di Cate – ma potrebbe giurare che Cate gli disse ben altro da ciò che ricorda – confermavano la prima impressione che lei fosse decisa a non chiedergli nulla, né a farsi aiutare, né tanto meno a sposarlo; che gli avesse insomma confidato il segreto per debolezza e ora pensasse di andarsene stringendogli la mano e rimanendo creditrice; via via che questo si faceva evidente, Corradino sentiva nascere in se stesso un rancore, un sentimento di orgoglio ferito, come se in credito fosse lui.

L'idea di avere un figlio era mostruosa – e di averlo a quel modo, di fidarsi a quel modo della parola di Cate, era assurda – eppure il solo sospetto che quelle donne – lei, la madre e la sorella – avessero per sei anni, per sette, maneggiato come proprio quel bambino, l'avessero allevato, trattato, vestito, come se lui non ci fosse ma intanto sapendo, almeno Cate, ch'era suo, gli rimescolava il sangue.

Staccandosi, per l'agitazione, dal braccio Corradino disse la prima cosa gentile, l'unica di quel giorno:

– Magari mi somiglia.

E cacciò un sospiro. Si sentiva sorvegliato dagli occhi di Cate.

– No, – disse Cate, – non trovo. Forse quando sarà giovanotto...

– Capisci. Gli aveva messo il mio nome, – brontola Corradino ogni volta che me ne riparla. – Ma era convinta che non mi somigliasse. Non aveva torto probabilmente, ma sono cose da dire a chi ha saputo in quel momento di esser padre e non se n'è ancora capacitato?

La forza di Cate – dice Corradino – era questa, fatta d'ingenuità. Cate non aveva segreti, diceva tutto crudamente magari guardando in faccia e ridendo per farsi coraggio. Non si curava di nascondere una sua decisione, un sentimento che le paresse di provare. O forse faceva cosí soltanto con Corradino perché sapeva ch'era il modo piú certo di dominarlo e schermirsi.

– Tu sei buono a parlare cosí, – gli disse nel giardinetto quel giorno stesso, – ma io non potrei mai darti la certezza che Corrado è tuo figlio. Ho fatto male a parlartene. Queste cose o si sentono subito o mai piú.

E cosí Corradino, venuto a vederli per dire al ragazzo: – Non lo sai chi è tuo padre? – se ne andò con l'impressione di essere stato lui sedotto, sette anni prima. Dino al solito giocava con gli altri, e gli stette fra le ginocchia solo quel tanto che bastò a Cate per tirar fuori dalla borsa la merenda. Corradino l'aveva preso per i polsi e fece fatica a trattenerlo. Ne sentí le braccia riluttare energicamente, come ci si stupisce della forza di un cagnolino. La voce acuta che levò dibattendosi gli scosse il cuore; Corradino non aveva mai pensato che tra i grandi e i bambini è aperta una lotta, una diffidenza perpetua, e che i bambini non lo sanno ma vivono gelosamente in un altro mondo. Quando restarono soli, Cate disse che Dino, tutto sommato, era ubbidiente, ma che piacergli era difficile e l'anno scorso per non salutare un tale aveva passato un pomeriggio nascosto in fondo alla scala.

– E di suo padre non sa niente? – disse Corradino.

Cate scosse il capo. – Non chiede? – Sí, l'ha chiesto, ma non ho mai voluto dirgli ch'era morto. Per adesso si accontenta di sapere che non c'è.

Fu allora che Corradino giocò tutto e disse, interrompendosi piú volte, che lei Cate doveva comprenderlo («parlo come una donna», pensò) e lasciargli il tempo di orientarsi, di conoscere Dino, di conoscere lei, di convincersi che voleva bene a suo figlio e intanto la ringraziava, anzi non aveva parole, per tanti sacrifici che lei doveva aver fatto. E Cate calma ma recisa gli aveva dato quella risposta.

Ripensandoci, Corradino cominciò a sentirsi giustificato. Quella notte (la sua prima notte di padre) andò in giro solo, fumando nervosamente, riesaminando tutto quanto. Era evidente che Cate, se davvero da lui non voleva nulla, non aveva mentito e quel Corrado era suo figlio. Se invece Cate avesse finito per irretirlo e accettare – che cosa? di sposarsi o soltanto dei soldi? – ecco che il dubbio rimaneva. Quando vide chiaramente il dilemma, Corradino fece una smorfia – di sogghignare non ebbe la forza.

Nel ricordo che gliene rimase, Corradino insiste che quella notte festiva fu assai diversa da altre consimili da lui trascorse a fuggire per le strade un accesso vulcanico di gelosia, d'amore o di entusiasmo. Dice che, per quanto il senso del precario equilibrio in cui ancora si sosteneva lo dilaniasse, sentiva sotto il tumulto una calma, una certezza e speranza, che non volevano lasciarlo. Al solito, quando me ne parlò, sostenne che questa sicurezza gli veniva soltanto da ciò che Cate aveva detto per tranquillizzarlo: e piú che dai discorsi, dalla voce di lei, risoluta a non cedere e a non lasciarsi aiutare. Fin da allora, dice Corradino, aveva capito che Cate di lui non voleva saperne, e questa era la calma, la speranza che lo sorreggeva.

Ma io so che Corradino ama calunniarsi e mi provai a convincerlo che, se tra i pensieri smaniosi di quella notte non entrò piú quel senso di futilità di tante sue crisi, ciò nasceva soprattutto dal fatto che stavolta la crisi lo trattava da uomo, proponendogli, invece che sciocchezze, delle realtà, delle vite umane, un problema di condotta che lo strappava al suo isolamento. Ma Corradino scuote il capo e dice che è vero tutt'altro: che per Cate non sentiva una briciola d'amore ma piuttosto dell'astio come per tutti i testardi, e quanto a Corrado, al suo minacciato figlio, dice che ancor oggi ci pensa come a un estraneo, pur essendo convinto che Cate non gli ha mentito. – Non sono fatto per l'amore paterno, – protesta, – l'idea che mio figlio fosse finito in mano altrui, prima di tutto mi dava un senso di scampato pericolo e poi, se mai, m'indignava come indignano un furto o una truffa patita.

– Ma è naturale, – gli dico, – anche di questo è fatta la paternità.

– Spiegami allora, – comincia lui ridendo, – come mai già da quella notte io sapessi, sapessi che, passati sei giorni, sarei partito per Camogli e avrei lasciato Dino a Cate, e sarei corso dietro a Marina?

– E quella lettera che mi hai scritto in montagna?

La lettera, borbotta Corradino. Era accaduto questo. L'indomani di quella notte lui s'era svegliato con un senso di affanno, di annientamento del cuore e, come succede, nel dormiveglia aveva toccato il fondo del disgusto. Con l'atroce evidenza che prendono all'alba certi pensieri, si era sentito nudo nel letto, meschino e colpevole. Cominciarono a passargli in mente in un crescendo di rimorsi le sue poche donne: Ernesta, Cate, una commessa senza nome, le prostitute senza volto e persino, benché non l'avesse mai toccata, Marina. Tutte gli dissero la stessa cosa, l'oppressero con lo stesso ricordo, come deve succedere a un imputato caduto nelle mani dei suoi accusatori. Incapace di difendersi, nell'alba silenziosa, Corradino vide stavolta lucidamente ciò che sostiene essere la sua realtà. Quelle donne lui le aveva sempre trattate a un modo, con nessuna era stato capace di dire una parola da uomo, di uscire dal suo isolamento. Almeno fosse stato brutale, capace di dominio o di stupro. Pensò quel mattino che lui le aveva tutte violate lasciandosi violare, primo le prostitute con le quali – impossibile vincersi – passava sempre per signore compito, per distinta persona, e ancora adesso a trent'anni gli chiedevano se non era studente. E tutte – Ernesta, Cate, e domani Marina – finivano per staccarsi da lui, indispettite e deluse dal suo invincibile lasciar fare. Ora – questo scottò Corradino – se cosí si era comportato con tutte, voleva dire che la sua realtà era questa e che sempre avrebbe reagito a un modo. La portata del ponte.

Quel mattino ritornò al Sangone, per ripensare a queste cose nella calma del sole. Si spogliò in mezzo ai salici e poi fumando si guardò il corpo asciugare nella luce. Va da sé che l'umiliata tristezza del risveglio s'era ormai dileguata nella luce e nella fatica; pensava adesso, com'era inevitabile, a Cate e al ragazzo. E sul suo corpo abbronzato e adulto faceva confronti con la statura di Dino, con le gambette e i polsi di quel diavolo tanto piú vigoroso che lui non si aspettasse, che lui – ne era certo – non l'avesse generato. Indiscutibile che il merito di averlo fatto cosí bravo e sano andava a Cate. E allora – pur sospendendo il giudizio se fosse lui suo padre – cominciò a chiedersi se anche in quel piccolo corpo non maturasse un carattere come il suo – solitario e ritroso. «Sarebbe un esperimento, – pensava. – Se, lontano da me, verrà un giorno a somigliarmi vuol dire che il carattere è dato dalla nascita e non dall'ambiente. È il caso degli orfani». Su questo pensiero, Corradino tornò a vergognarsi e si disse che lui purtroppo non era morto e gli toccava sposar Cate. Con la stessa evidenza con cui la mattina svegliandosi aveva sentito la sua futilità, capí stavolta che aveva un dovere da compiere. Un dovere – dice adesso beffardo – che non era spiacevole: «Cate è una bella donna e mi farà degli altri figli».

Fu allora che, commosso da velleità, concepí la lettera che

doveva scrivermi, e soprattutto quelle frasi «*... c'è adesso uno scoglio, molti scogli, che mi romperanno la testa... tutto succede come alla guerra: è indescrivibile... potrei anche fare una cosa che non ha nessun vero rapporto con quanto mi succede...*»; e questa cosa – va da sé – fu ciò che fece quando in capo a sei giorni salí sul treno per Camogli.

Una rivelazione come quella della barca avrebbe dovuto avvicinarli almeno per un poco, per un giorno, avrebbero dovuto vedersi e riparlarne – non sarebbe mai piú salita Cate nella sua stanza? – ma lasciandosi, al solito non avevano preso appuntamento. Era inteso, questo sí, che si potevano trovare nel Parco la sera. Corradino pensò ch'era un modo di Cate per imporgli il suo ambiente e vendicarsi. Sette anni prima, un pomeriggio – *quel* pomeriggio – l'aveva lasciata su un angolo dimenticandosi di darle appuntamento e non s'erano piú veduti.

Ma Corradino tornò al giardinetto. Vi fece una scappata, perché al giornale lo aspettavano; sbucò tra le piante, si fermò dietro un cespuglio. Non volle, o non osò, farsi vedere da Cate; forse fu l'idea romanzesca di nascondersi per spiare suo figlio. Seguí con gli occhi un ragazzetto che già conosceva; ne vide un altro, poi un altro: ecco Dino. Stavano in cerchio, e proprio Dino contava animatamente i compagni puntando successivamente a ciascuno il dito sul petto. Poi si levò uno stridio e tutti fuggirono. Si formò, piú lontano, un gruppetto di tre, fra cui Dino e cominciarono a urlare stringendo i pugni. Dopo un momento se ne staccò Dino trottando col colletto in aria, e corse fino alla panchina di Cate che s'era alzata e lo chiamava. Corradino la vide afferrarlo per un braccio e parlargli. «È un vigliacco com'ero io», balbettò staccando gli occhi e allontanandosi.

La sera stessa andò al Parco. Fino all'ultimo resistette – toccava a Cate telefonargli – seduto davanti alla finestra spalancata, guardando il giorno cadere. Dice che come al solito in quell'ora pensò a Camogli, a Marina.

Il telefono suonò improvvisamente. Corradino impallidí dalla rabbia quando sentí la voce di Ernesta. Le chiese bruscamente perché telefonava. L'altra, con voce esitante, balbettò che non aveva piú notizie, che non c'era piú nessuno, che credeva che fosse già partito per la campagna. Voleva salutarlo. – Vedi che ci sono ancora, – disse Corradino, addolcendo la voce. Ernesta tacque, senza riattaccare. Corradino taceva. – Allora, ciao, – disse Ernesta piano. Corradino le rese il saluto e riattaccò.

Prese il tram, risoluto, e andò al Parco. Cate non c'era ancora. Lui voleva parlare, voleva muoversi, fare qualcosa. Vide quel tale dell'ultima volta, che aveva spettegolato di canzoni insieme a Cate, e che Cate rispondendogli guardava negli occhi con calore. Era un bell'uomo dalle tempie grige. Lo abbordò. Mentre discorrevano, ecco Cate.

– Oh, avete fatto amicizia, – disse. – Aspettatemi.

Quella sera cantava una certa Naldina, che tutti loro conoscevano e che andavano e venivano a salutare. Era una donna piú giovane di Cate, una bionda sciupata e fiorentina, che rideva con slancio, e dominava il pubblico con gesti da predicatrice. Corradino si chiese, mentre ascoltavano, che cosa poteva essere Cate sul palcoscenico. Cosí seduta vicino a lui e attenta con la mano sotto il mento alla voce sfacciata dell'altra, aveva qualcosa di assurdamente infantile e insieme materno che lo fece sorridere. – Canta bene? – le chiese all'orecchio. Cate s'aggrottò un istante e, senza distogliere gli occhi dal palcoscenico, sorrise.

La Naldina, applauditissima dal loro gruppo, meno dagli altri tavoli, venne poi a sedersi con loro, fendendo le coppie vestita dell'abito da sera con cui aveva cantato. Quel musicista di Cate, dalla voce compita, quarantenne, l'accolse con entusiasmo – tutti si davano il tu – e soltanto allora Corradino s'accorse ch'era anche lui toscano. La Naldina, quando le ebbero acceso la sigaretta, scrutò Corradino, e intanto tutti, compresa Cate, parlavano del diverso calore del pubblico di Firenze e di Roma.

– Voialtri siete piú mosci, via, – disse la Naldina emettendo la boccata, quando Corradino ebbe detta anche lui la sua, e Corradino la detestò, la detestò dalla testa ai piedi, ne odiò lo sguardo, la voce, il mestiere, il vestire. Tanto piú l'odiava perché c'era in lei qualcosa di Cate: quella schiettezza, quel bastare a se stessa, quel discorrere tra loro di cose futili con la gravità delle donne.

Tutti parlavano dei fatti loro, tutti intorno alla Naldina – soltanto il compíto toscano pur intervenendo con uscite improvvise nel discorso comune, intrattenne Corradino intavolando con lui una chiacchiera sostenuta. Corradino gli diede risposta su argomenti per lui vergini, ma Cate l'aveva presentato come giornalista e bisognava starci. Il signor

Pippo – tutti lo chiamavano Pippo – era preoccupato di una questione di protezione sindacale degli orchestrali, e di qui Corradino si convinse definitivamente che fosse un musicante. Di tanto in tanto anche Cate volgeva gli occhi, in ascolto.

Poi Pippo e la Naldina si alzarono per ballare e la Naldina disse a Cate facendo una smorfia: – Tu permetti, vero? – e tutti sorrisero e risero.

Venne un momento quella sera che loro due sedevano soli sulla panchina dell'ingresso, e Cate taceva nervosa, aspettando qualcuno, rispondendo appena al discorso di Corradino. Il Parco era già semivuoto; la Naldina e il signor Pippo mancavano da mezz'ora. Corradino aveva capito ogni cosa; fin dall'ultima sera l'aveva capita; soltanto un dubbio gli restava e se lo rivolgeva tra sé, per quanto assurdo.

– Da quanto tempo lo conosci questo maestro Pippo?

Cate si fece rossa e gli chiese perché lo chiedeva.

– Niente, – disse Corradino. – Vedo che te ne fidi molto e non vorrei che fosse il primo venuto.

Allora Cate gli spiegò vivacemente che l'aveva conosciuto due anni prima e che era un ottimo compagno, pieno di volontà di lavorare, di quelli che fanno carriera senza rinnegare i colleghi.

– E cosa fa qui a Torino?

Allora Cate gli disse: – Tu potresti aiutarlo.

Corradino ascoltò come poteva aiutarlo, e rispose che alla Radio non conosceva nessuno. – Basterebbe una parola al Tale, – disse Cate, con un certo fervore ma senza smettere di allungare il collo verso l'ingresso.

Corradino sorrise. – Devo proprio ringraziarti, – disse. – Non solo non mi rinfacci nostro figlio, ma vuoi che ti aiuti a liberarmi di te.

Cate aggrottò la fronte. Non capí le parole, capí il sentimento. Si confuse un istante ma senza arrossire, perch'era già rossa; lo guardò di sfuggita, con gli occhi molli. – Corrado, – disse, – non ne abbiamo colpa, – e gli strinse il polso con un gesto convulso.

– Naturalmente il tuo pianista è scapolo, – continuò Corradino. Cate annuí, senza guardarlo.

Allora tacquero entrambi. Corradino, sorridendo per dominarsi, capiva che Cate pensava già ad altro, a quel Pippo. Quella sua agitazione dei sentimenti piú assurdi era sprecata, era inutile. Si alzò in piedi, tendendo la mano a Cate. – Buona notte, – le disse. Cate lo guardò vivamente, e gli tese la mano esitando. – Arrivederci, – balbettò.

Per qualche giorno Corradino, nei momenti piú critici della sua attesa si compiacque di ripensare all'imbarazzo di Cate e alla nuova capacità di veder tutto dall'alto cominciata per lui nell'istante che aveva sorriso invece di offendersi. «Basta un niente, – pensava, – basta sorprendere una donna quando lei non se l'aspetta, e si ridiventa i padroni». Padroni di chi? Toccava a Cate farsi viva, e passarono due lunghi giorni senza che il telefono squillasse.

Corradino si proibí anche di recarsi al giardinetto, e per darsi pace si diceva che magari il ragazzo era figlio di quel Pippo e che Cate, trascurata da costui, aveva tentato una truffa per farsi compiangere da lui Corradino e strappargli una raccomandazione con cui sistemare l'amante e rientrargli nelle grazie. Ma in questo caso la sua attesa di mezza l'estate, la sua preparazione in solitudine, il suo bisogno di una solitudine diversa, si sgonfiavano e sfumavano. Corradino avrebbe accettato anche questo, ma alla durezza, alla seria semplicità di Cate non poteva rinunciare: adesso che si trattava di combattere, voleva una Cate per cui valesse la pena di sentirsi geloso. E che Dino fosse suo figlio gli sferzava il sangue, gli dava il diritto di guardare in faccia Cate. – Certe disgrazie si desiderano, – dice oggi ancora Corradino.

Ma il telefono taceva. La sera del terzo giorno (ancora due notti e poi le ferie) tornando dall'ufficio Corradino trovò il nostro telegramma. Dice che lí per lí sorrise compiaciuto all'idea che avessi data tanta importanza alla sua lettera; ma poi rilesse, cominciò a vergognarsi, si sentí canzonato e soffrí molto. Ripensò a quanto aveva scritto e all'umiliazione di quel mattino, ai tumulti di quella notte quando il pensiero di avere un figlio e di non possederlo gli riempiva il cuore di velleità generose. Era dunque accaduto che anche stavolta lui s'era futilmente abituato. La sua realtà era proprio questa, come svegliandosi aveva pensato quel mattino. La sua portata aveva ceduto come al solito, e non c'era che da piangerci sopra. «Qualcosa voglio fare», si disse.

Invece non fece nulla. Andò semplicemente al Parco e trascorse la solita sera al tavolino degli artisti, ascoltando le canzonette, guardando ballare. A Cate, un momento che restarono soli, chiese notizie di Dino e l'ascoltò parlare delle sue preoccupazioni, dell'indole e dei piccoli fatti del ragazzo. S'accorse che Cate era felice, e un po' orgogliosa di dirgli queste cose. Ballarono insieme.

Poi accompagnò il maestro Pippo al bar e gli disse che Cate gli aveva accennato al suo caso ma non s'era spiegata bene; non poteva lui precisargli qualcosa del suo passato? Nella chiacchierata che seguí Corradino ebbe la conferma che quell'uomo conosceva Cate soltanto da due anni. Per quanto pianista, parlava con molto buon senso e pareva persuaso di non essere un dio. Nel Varietà aveva suonato per vivere, ma la sua educazione era piú seria; accennò di passaggio a un Conservatorio, e soprattutto ebbe giudizi coloriti sulle cantanti del Parco, che fecero dimenticare a Corradino di odiarlo. Venne Cate a cercarli.

Alla presenza di lei, Corradino gli chiese scherzando come cantasse insomma Cate. Pippo stette al suo tono e rispose che le tavole del Varietà avevano già sentito di peggio. Cate lo guardò tra provocante e imbronciata e disse che non tutti potevano avere le doti della Naldina. Pippo sorrise; sorrise anche Corradino e stava per dire: «Non s'è vista stasera?», quando Pippo osservò con calma: – Trista cosa una figliola come quella.

Con Cate – era evidente – s'erano rappacificati, se pure avevano mai litigato. Corradino si chiedeva se il pianista sapeva di Dino e che cosa ne pensasse.

In una pausa del discorso disse di punto in bianco che fra due giorni aveva le ferie e sarebbe partito. – Vado in campagna.

Cate disse: – Peccato, – sotto gli occhi di Pippo. – Ma prima vedrò di parlare alla Radio, – aggiunse Corradino.

Chiacchierarono della campagna e Cate disse con semplicità che quell'anno le dispiaceva di non poterci portare Dino.

– Fai male, – interruppe Pippo, – non piú tardi di ieri quel ragazzo mi disse che si secca e tanto varrebbe andare a scuola. Sono ragazzi...

Nella fitta di gelosia che lo morse, a Corradino salirono lacrime agli occhi. Per un istante, annebbiato, non sentí le parole dei due e non le ricorda. Quando si fu ricomposto, stavano andando – con lui – verso il tavolino. Allora approfittò che il pianista si distrasse a parlare con un tale, e afferrando Cate per la mano le bisbigliò a denti stretti: – Dopo domani parto. Voglio parlarti. Domani mattina ti aspetto da me –. Cate sbalordita lo guardò appena, e chinò il capo. – Telefona almeno, – balbettò ancora Corradino.

Ma Cate l'indomani non venne da lui. Corradino soffrí d'orgoglio, di gelosia, di umiltà; trovò appena un sollievo nel pensiero che ciò che soffriva era un'ingiustizia, e si disse e ripeté che non la meritava. Persino l'assenza d'amore e anzi l'astio che provava per Cate, gli parevano un sacrificio che faceva al ragazzo. Fu in questo stato che telefonò a un conoscente raccomandandogli quel Pippo – persona seria e capace. Si sentí generoso.

Quasi a ricompensarlo, Cate nel pomeriggio telefonò in ufficio. Gli disse che aveva avuto da fare, ma manteneva la promessa di salutarlo. Non veniva stasera al Parco?

Corradino addolcí la voce e rispose che aveva parlato di Pippo alla Radio. Cate tacque un istante. – Pronto, – disse Corradino. – Cosa c'è? – Ma la voce di Cate riprese subito gaia e ringraziò a nome di Pippo.

– No, stasera non vengo, – disse allora Corradino. – Tanto che ci sto a fare? – Cate disse qualcosa, ma Corradino continuò: – Quello è il tuo mondo, io non c'entro. Vieni tu questa sera da me.

– Non posso, Corrado.

– Sono solo, Cate.

Ne vide gli occhi seri, colpevoli, chini – e la bocca accostata all'apparecchio come a fargli un bacio o un bisbiglio.

– Verrò domani, – disse Cate. – A mezzogiorno.

S'incontrarono in un angolo e Corradino capí subito che non sarebbe salita. Aveva un'aria da faccende e lo portò verso un negozio. Si guardarono di sfuggita, nonostante il saluto cordiale.

Quando le chiese di salire, lei scosse il capo. – Di che cosa hai paura? – sbottò Corradino. – Non sei mica una bimba.

– Se fossi una bimba verrei, – disse Cate.

Allora andarono a sedersi in un caffè e Cate taceva. A Corradino venne in mente Pippo, ma non osò cominciare. Si guardò negli specchi, e vide una nuca energica, abbronzata che non gli parve neanche sua. «Nessuno direbbe che noi due abbiamo un figlio», pensò nel bianco dell'occhio. Cate s'era scoperta, rigettando indietro i capelli, e adesso lo fissava, con le ciocche castane sugli occhi. Sapeva di essere provocante in quella posa? Sembrava piú giovane, e fissandolo ansava.

«Mi guarda per l'ultima volta, – pensò Corradino. – Facciamo la scena».

Quando Cate finalmente si riscosse e sorrise corrugando la bocca, Corradino disse: – Piú ci penso e meno ti conosco. Non sei piú tu.

Allora parlarono. Cate disse che era vecchia, ecco tutto; e Corradino non protestò, disse soltanto ch'era vecchio anche lui. – Siamo quasi alle nozze d'argento, – osservò Cate e sorrise.

Scherzarono un poco, e le chiese dove avrebbe cantato quell'inverno. Cate disse che non sapeva, che per adesso c'era tempo.

– Dino avrà presto un papà, non è vero? – osservò Corradino con aria noncurante, ma Cate non si confuse; lasciò che dicesse, continuando a fissarlo stavolta con durezza.

– Ce l'ha già, – mormorò.

– Ce l'ha ma non lo vede, – ribatté Corradino.

Cate tacque impassibile. Allora Corradino le disse che voleva sposarla. Glielo disse tranquillo come chi parla di un altro, e quand'ebbe finito si trovò commosso, sudato, sconvolto.

Ma Cate aveva già risposto, con un cenno e un sorriso impassibile. Tacquero un lungo istante.

– Vedi, – disse Cate con la voce calma, – devi capire che non sono piú la stessa e che tu invece non sei cambiato. Per me è passato troppo tempo. Tu non credi che Dino sia tuo figlio e hai ragione. Sono stata una stupida a parlare quel giorno.

– E se invece ci credessi? – disse Corradino.

Cate ascoltò quelle parole come se le vedesse.

– Se ci credessi? – ripeté Corradino.

– Non è questo, – disse Cate girando gli occhi e tornando a fissarlo. – Noi facciamo una vita diversa. Non sapremmo neanche di che parlare. Non saresti contento.

– Sei tu che non saresti contenta.

– Corrado, – disse Cate, – andiamo a casa? È la mezza, passata.

E cosí uscirono, e Corradino l'accompagnò fino al portone di casa, sfiorandole il gomito, scambiando lato quando cambiavano marciapiede, dicendosi cose inutili e cortesi. In un momento che Cate fece una smorfia, notò con piacere che aveva insomma un sorriso volgare.

– Non sei mica una donna, – le disse.

– Cosa sono?

– Sei tu, – brontolò Corradino.

Quando l'ebbe salutata – e fu un saluto senza cerimonie, quasi senz'imbarazzo – Corradino attraversò il giardinetto senza fermarsi. Soltanto quand'ebbe svoltato accese una sigaretta. L'accese cercando di ricordarsi se nel caffè aveva fumato, ma non ci riuscí.

La libertà

L'amico Alessio mi confessa che non ama i bambini. Non perché siano seccanti, mi dice, ma perché soltanto a guardarli si capisce che vivono in un mondo che non è il nostro e vedono sentono ascoltano tutt'altro che noi. Qui sulla spiaggia ce ne sono molti; parliamo, beninteso, di quelli che hanno piú di tre anni, che vanno, che giocano per conto loro. Ce ne sono dei deliziosi, specialmente i biondini; qualcuno strilla, fa lo sciocco, scappa. Ma qualcuno, a volte, si ferma, ritto davanti al mare, guarda la sabbia, la tenta col piede nudo, oppure si siede in attesa: sono queste le pose che arrestano Alessio.

Un vero livore gli dànno i piú grandi verso i sei, gli otto anni. Perché questi non soltanto vivono a modo loro ma sanno anche rendersene conto, e lo squadrano dall'alto in basso, valutandolo. I piccini, se non sono convinti della sua faccia, tutt'al piú scappano o si mettono a strillare; ma questi altri non cedono, non hanno motivo di cedere: lo guardano o, peggio, di guardarlo non si degnano.

– E adesso che cosa farai, – dice un giorno a mio figlio, che s'era appeso a un ramo trasversale d'ulivo e non sapeva piú né tornare al tronco né lasciarsi cadere. Finí che si lasciò cadere e poi finse di non potere piú drizzarsi e cominciò a mugolare, e Alessio senz'avvicinarsi lo guardò tra spaventato e astioso.

– Ci ho gusto, – si dissero a vicenda, Alessio con rabbia, e l'altro saltando in piedi, ma fu Alessio che rimase male.

Alessio è sposato ma non ha figli. Sua moglie racconta alla mia che non fanno nulla per non averne. Sono convinto che se avesse un figlio non ci vedrebbe piú che per i suoi occhi, ma tant'è, non ce l'ha, e passa il tempo a odiarne la razza.

– Non è che gli voglia male, – mi disse una volta. Ne avevamo davanti tutta una banda che confabulavano giocando a carte sulla sabbia. – Guarda che facce. Sembrano giocatori di professione. Quello che spaventa in questa gente è che, non essendo responsabili, si comportano come se lo fossero. Perché quello lí magro si è legato il fazzoletto a piegabaffi? Non è soltanto imitazione. Hanno altri motivi. Non li sanno neanche loro. E quando saranno uomini agiranno in conseguenza.

Effettivamente, quando passeggiamo con Alessio, la spiaggia che un momento prima era soltanto baccano e serenità, si trasforma in un limbo di anime inquiete, di attimi silenziosi che isolano ciascuno, piccolo o grande, e gli dànno un'angoscia, un disagio che non appaiono a fiore del volto ma si ricorderanno.

Parlavamo dei bambini. E Alessio è ossessionato dall'idea che, nella sua incoscienza, ogni bambino va sperimentando e auscultando dentro di sé gli istinti, le velleità, le voci che seguirà una volta adulto. Secondo Alessio è mostruoso che in un'età di mero gioco, di umori e capricci irresponsabili, si vada formando, come si forma sott'acqua un corallo, tutto lo schema del contegno futuro. S'infervora in questo discorso. Evidentemente parla di sé.

Mio figlio non ha l'aria di tendere l'orecchio alle voci dell'istinto. È un poco canaglia e burlone, ma non ha doppi fondi. Pensa soltanto a divertirsi e a fare i tuffi. Alessio dice che a sette anni lui era tale e quale.

– Vedi, – mi spiega, – non è che in quest'età si abbia coscienza di se stessi, e si ragioni sui propri atti per chiarirsene il valore. È evidente. Non per niente i ragazzi vivono in un mondo diverso dal nostro. I ragazzi non pensano, agiscono. Per questo si chiamano istintivi. Ma è proprio questa scelta innocente che avviene dentro di loro: per esempio davanti a un pericolo, uno piange, l'altro scappa, l'altro si butta a terra, l'altro fischia; e loro non lo sanno, ma, uomini, faranno lo stesso.

– Macché. E la libertà?

Alessio dice che della libertà se ne infischia e che non vuole sentirne parlare. Ha di queste uscite brusche; e poi, magari dopo mezz'ora, ritorna sul discorso e tende a scusarsi. Ciò gli succede anche con la moglie, che ha l'aria sempre un poco spaventata. – Alessio, – lei dice, – per voler bene ha bisogno di agitarsi. Poi se ne vergogna –. Mia moglie che la conosceva prima del matrimonio, come io conoscevo Alessio, seppe da lei una truce storia di stravizi cui l'amico si dava a ogni intoppo del loro amore. Anch'io ne ero al corrente, ma non l'aveva mica detto a me l'amico che l'amarezza degli stravizi gli serviva a farsi perdonare e redimere dalla fidanzata. Alessio ha gli occhi azzurri, e quand'è avvilito non si può senza commuoversi vedere come li rivolge distratto. E lui lo sa.

L'altro giorno che punii mio figlio perché aveva fatto non so che, Alessio mi chiese: – Dove va, adesso?

– Va sotto la scala a fare il cane bastonato, – risposi. Lui allora, uscendo con me, prese a raccontarmi che quand'era bambino di sei-sette anni faceva lo stesso. – Certe volte ero contento se mi picchiavano, perché cosí mi sentivo disperato e potevo guardare fieramente il cielo, o rinchiudermi col gatto sul balcone e piangergli sulla schiena. Nessuno sapeva che in quel momento tutti i miei, e il paese, e il mondo intero, esistevano soltanto per torturarmi e che questo piacere era cosí grande che non l'avrei cambiato con i baci di nessuno. Potevo farlo allora, era una cosa innocente. Ma chi si accorga di ripeterlo a quindici anni, a diciotto, a venticinque, e nell'avvilimento si lasci andare come una spugna nell'acqua, è ancora un innocente, o è un disgraziato? La natura non si smentisce.

– Diciamo che è un sentimentale.

Alessio storse la bocca. – C'era dei giorni che dicevo «Sí, papà» e intanto pensavo come sarebbe stato bello levargli la cravatta e scannarlo. Questo ti sembra sentimentale?

– Evidentemente.

Ma Alessio sa che scherzo volentieri, e non si offese. Mi disse invece che mio figlio stava assaporando in quegli istanti le sofferenze di tutta la vita futura. Eravamo sulla spiaggia e mi distrassi a guardare i corpi distesi. C'era un gruppo di ragazzi che discutevano qualche loro gioco; riconobbi parecchi amici di mio figlio, ma lui non lo vidi. Cercai mia moglie: era distesa prona sulla sabbia e si rosolava le spalle. Scambiai ancora qualche parola inquieto; poi non mi tenni piú. Dissi ad Alessio di aspettarmi all'ombrellone e tornai a casa.

Ricordo che a Guido avevo dato un secco schiaffo in pubblico, mantenendo il viso impassibile come usa in questi casi; e lo schiaffo era stata la conclusione di un lungo armeggío di occhiate tese intercorso tra noi. Già la sera prima c'era stata tempesta per un'altra monelleria, e ormai capivo che il ragazzo poteva anche trovarsi nello stato d'animo descritto da Alessio. Lo cercai nel cortiletto, nella casa vuota – le camere disordinate e spoglie di quando si è tutti alla spiaggia. Vidi i suoi calzoncini su una sedia, ma lui non c'era.

Infastidito ma col cuore che batteva, stavo per uscire, quando udii uno scricchiolío nel cortile. Levai gli occhi. Come non l'avevo veduto prima? Mio figlio se ne stava appollaiato sul tetto del cesso con le ginocchia sotto il mento, e guardava non guardava me e la strada. Abbronzato com'era aveva un viso impassibile.

– Che fai? – gli chiesi.

Guido lasciò passare un istante e rispose con un grugnito.

– Perché sul cesso?

– Niente.

Si guardò con ostentazione le punte dei piedi. Io non sapevo piú che dire; soprattutto non volevo che capisse che ero venuto a cercarlo.

– Tua madre ti cerca, – dissi.

Guido sorrise sdegnoso. Un sorriso che, cosí di sotto in su, non gliel'avevo mai veduto.

– Non vai a fare il bagno?

– Lasciami stare, – brontolò Guido, e quel sorriso dileguò nel semplice broncio che conosco. Non soltanto sdegnoso ma nel lampo degli occhi c'era stato qualcosa di crudele, di cattivo. Sapevo bene che a parlargliene l'avrei soltanto fatto mentire. E perciò mi accontentai di pigliarlo con le buone e di dirgli che venisse a giocare e aiutarlo a scendere.

Ricordo che Guido fu caritatevole e non ebbe l'aria di trionfare per la sua vittoria. Ma questo è proprio nel carattere descritto da Alessio.

Sandra passò la mattinata senza allontanarsi dalla stazione. S'era messa per un viale di piante che parevano mazzi di fiori e andava guardando le vetrine, soffermandosi, girandosi a volte. Poi s'accorse che le case del viale digradavano sempre piú basse, che il cielo là in fondo era vuoto, che il viale finiva in una specie di svolta, come un salto nell'aria. Allora si fermò, e girò gli occhi, irresoluta, da una vetrina di frutta alle piante, alle finestre alte.

Là c'era il mare. Sandra aspirò l'aria e sentí solamente l'odore acuto dolcissimo dei fiori. Allora tornò indietro cercando quel caffè che aveva già veduto. Le parve di non riconoscerlo, ne ebbe quasi dispetto, ma poi rivide i tavolini di vimini nascosti dalla colonna del portico e sparpagliati nell'ombra. Qualcuno era già seduto a quei tavolini con la faccia distratta e le mani intrecciate; non c'erano donne. Sandra entrò senza guardarli. Mentre beveva il latte al banco, e il garzone non faceva di lei nessun caso, pensò che vita doveva essere quella, a pochi passi dalla spiaggia per anni e anni.

Col garzone parlò, non appena gli colse l'occhio. Si fece spiegare dov'era la piazzetta, ma accadde che quello non capiva e balbettò un poco, come tutti i giovanotti di questo mondo. Allora Sandra si decise e gli mostrò l'indirizzo in fondo alla lettera e dovette spiegargli ch'era un alloggio per la stagione e dirgli il nome dei padroni. Il garzone l'accompagnò fino alla soglia, fra i tavolini, e si spiegò con molti gesti: adesso scherzava. Sandra se ne andò indispettita.

La piazzetta era a due passi dalla stazione e ci si arrivò per una viuzza a scalini di pietra. Sandra cominciava a sperare che le stanze sarebbero almeno tanto in alto da spaziare sulle case frapposte e scoprire il mare. Solamente a questo patto rinunciava allo strapiombo sugli scogli. Si guardò intorno nella piazzetta deserta: c'era un quadrato di cielo tenero, sparso di nuvole bianche che venivano dal mare. Una delle case era fiancheggiata da un muricciolo, e Sandra si ricordò che la lettera diceva pianterreno con giardino: niente vista sul mare, niente stanze aperte al sole, quindi. Sandra si fermò davanti alle finestre inferriate del pianterreno, troppo delusa e invelenita per aver voglia di accasciarsi, troppo lontana da casa. Aveva levato gli occhi al balconcino del primo piano, dove uscí una donna grassa col fazzoletto in capo, a stendere biancheria. Valeva la pena vivere al mare, per essere cosí sordide e grasse.

Allora finse di passeggiare e attraversò la piazzetta. Era acciottolata in modo ineguale e vi sbucava un vicolo piú stretto. Quando vi giunse Sandra levò il capo perché dall'alto udí una voce rauca e si mosse qualcosa e, davanti, le piombò uno scroscio d'acqua. Non ebbe il tempo d'imprecare che le apparve in fondo al vicolo, luminoso e lontano, lo spicchio celeste del mare.

Altre voci vennero dalla piazzetta, violente, e di nuovo quella rauca si fece udire: Sandra entrava nel vicolo e capiva che gridavano a lei, ma non si volse. Scese fissando l'orizzonte vago, abbandonandosi al piacere di andare. Attraversò una strada asfaltata e fu davanti alla spiaggia.

Sandra era disperata perché, adesso che la piazzetta le era quasi piaciuta, non riusciva piú a vincere l'indignazione per quel baccano e per la villania dell'acqua. Quando in casa avevano deciso che lei prendesse il treno sola e venisse a trattare per l'alloggio, Tonino aveva osservato: – Se ci arriva senza rompersi la faccia –. Ma doveva arrivarci. Sandra guardò il mare, guardò la spiaggia ancora deserta.

Passava gente sulla strada, si soffermava sulla banchina, ce n'erano di seduti ai tavolini sotto le piante. Prendevano il sole fresco; nessuno ancora si bagnava. Sandra guardava il mare senza vederlo, quando un passo la raggiunse. Si sentí afferrare a un braccio e non si stupí: si volse adagio, scostandosi. Era un ragazzone che pareva un bagnino, spalle nude e abbronzate, che sorrideva come per gioco. – Siete scappata, – disse.

– Che c'entra? – ribatté Sandra, scontrosa, e distogliendo il viso e il gomito da lui colse negli occhi il cielo chiaro, lo svolazzare di un lenzuolo a una finestra, il profilo del promontorio dietro la costa. Si sentí il vento sulla gola e le uscirono le lacrime agli occhi. Li serrò per dominarsi, ma una, stupida e calda, le sgorgò per la guancia. L'altro non batté ciglio. La guardava sornione. – Vi abbiamo chiamata, – le disse, – non sentivate?

Sandra riaprí gli occhi, scarlatta dal dispetto. Il giovanotto non rideva: la mano con cui le aveva afferrato il gomito era ancora sporta verso di lei; il vento gli agitava i capelli. Sandra non rispose: non era sicura della voce. Si guardarono un poco, a faccia a faccia, poi lui le prese di nuovo il braccio – lo sfiorò –, e si mosse verso lo sbocco del vicolo, come chi si sposta per avere piú agio a parlare. Sandra si spostò con lui.

Il giovanotto le disse che il fatto del catino era stata una villania inconcludente: gentaglia del vicolo che non sapeva che cosa fosse pulizia e civiltà né che lei stesse passando. A un certo punto Sandra disse: – Basta. Che ve ne importa? – Quello restò interdetto. Allora Sandra sorrise e gli chiese se abitava sulla piazzetta. – Se vi do noia, me ne vado, – disse l'altro, adagio. – Ma voi perché piangete? – Sandra si toccò la guancia di scatto e disse: – No!

– Prima, – spiegò il giovanotto. – Prima vi ho vista piangere. Vi succede qualcosa?

Allora Sandra dovette sorridere e fece una smorfia, e finí per dire: – Sono una stupida.

– Io mi chiamo Nanni, – disse l'altro con semplicità.

Restarono un momento sulla soglia del vicolo – ch'era la loro giustificazione – ma Sandra si volse subito al mare, e parlarono del mare. Quando si tesero la mano, Sandra non gli disse il nome e si allontanò senza voltarsi, contenta di esser stata di spirito. Scese per un sentiero sulla spiaggia e cominciò a guardare l'acqua che le schiumava ai piedi e questa volta respirò la salsedine. Era sola sulla lunga spiaggia, ferma davanti al largo, col mento in su. Se quel Nanni era rimasto tra le palme del viale, stavolta rideva lui.

Sandra risalí sulla strada dopo aver camminato fino in fondo agli stabilimenti, dove la sabbia si perdeva nel letto di un torrente. Ritornò per il viale, guardando le ville dai bei giardini fioriti, che sarebbero ancora fioriti nell'agosto. Nell'agosto le foglie sarebbero addirittura sparite, lasciando, sodi e fragranti, fiori su fiori. Quando giunse allo sbocco del vicolo, ci rivide quel Nanni.

Era fermo e guardava in su. – Cerco un alloggio, – disse Sandra. Quello neanche stavolta scherzò. Strinse le labbra e disse: – È difficile.

– Come, difficile? – esclamò Sandra; – ho già la lettera.

– Siete sola? – disse Nanni.

– Adesso sí. Verrò poi con la mamma in agosto.

Nanni fece un sorriso contento, senz'intenzione. Era tanto grande che stava un poco curvo, e i capelli gli tremolavano al vento.

– Non siete sposata? – disse.

– Ho diciannove anni, – brontolò Sandra.

Allora Nanni le disse che, se non fosse già stata in trattative, lui poteva farle vedere delle ville, perché conosceva i custodi e anche qualche padrone. Sandra lo guardò incredula, e al suo sorriso rispose che non era per nulla legata e poteva visitare tutti gli alloggi che credeva. Ma le ville erano troppo lusso per lei. Nanni alzò le spalle e le fece strada.

Ne visitarono due. La prima era una casetta carina, tra le piante di magnolia; ma non si trovò la donna che ne aveva la chiave, e si accontentarono di sbirciare le finestre e parlarono del padrone che stava in America. Non erano discorsi di chi affitta una villa. Fu allora che Sandra guardò le mani di Nanni e gli chiese che mestiere faceva. – Quand'ero in America, facevo lo scaricatore, – disse Nanni ridendo.

– E adesso?

Adesso, quand'era al verde, Nanni faceva il cameriere. Sandra tacque e fu contenta.

L'altra villa era sul mare. C'era un terrazzo per prendere il fresco e un giardino di leandri e di ghiaia. Il cancello socchiuso spaventò Sandra, ma Nanni le prese il braccio e la fece entrare. Trovarono un vecchio giardiniere curvo sotto una cappellina, che squadrò Sandra con gli occhi rossi e poi disse a Nanni che la casa era in vendita e ci voleva altri che lui. Nanni scherzò un poco, e si fece dare le chiavi chiamando Sandra «la signora». Il giardiniere venne fin sulla soglia, e gli gridò dietro di non lasciare finestre aperte.

Non era certo il pianterreno della piazzetta. Nell'afa immobile del vestibolo chiuso, Sandra pensò ch'era sola con un uomo e fuori c'era il sole, ma questo Nanni era un ragazzone. Non le aveva nemmeno chiesto il nome. «Magari spera nella mancia», si disse. Girarono le sale dai mobili tutti infoderati; e le grandi finestre, le gambe lucide di un pianoforte, i lampadari, le fecero dispetto, tanto la vita che evocavano era ricca e irraggiungibile.

– È proprio bello.

Nanni, silenzioso nelle sue scarpe di corda, apriva e chiudeva finestre. Al primo piano uscirono sul balcone della sala invetriata. Sandra guardò con slancio il giardino, il viale donde saliva attutito il brusío dei passanti, e il mare, il mare splendido aperto e azzurrino, piú alto – pareva – per chi stesse sul balcone.

– Ecco, mi fa pena, – brontolò Sandra, – che ci sia gente cosí felice –. Nanni appoggiato alla balaustra la sogguardò taciturno, con gli occhi chiari. – Qui si sta bene, – disse.

Mentre rientravano e lui chiudeva i vetri, le disse a un tratto: – Come devo chiamarvi? – Sandra si fermò sul primo gradino, lo attese e glielo disse. Allora Nanni le giunse al fianco e, mentre scendevano, la baciò piano sui capelli.

In fondo alla scala, Sandra voleva chiedergli: «Perché mi hai baciata?» ma disse invece: – È tardi, non ho ancora veduto l'alloggio. Questo non è fatto per noi –. Ma era furente di non sapere dir altro, e Nanni taceva, le grosse mani ciondolanti tranquille. Sulla soglia del vestibolo socchiuso la cortina di sole che penetrava dall'esterno la fermò. Nanni si volse calmo, attendendola. Sandra col cuore in gola stava per piangere, per gridare – perché adesso avrebbe rivisto la spiaggia, la gente, perché anche Nanni stava per diventare un estraneo, come la villa, come il mare, come lo stupido mattino. «Sa che mi chiamo Sandra, – si disse. – Perché non parla, perché?»

Poi si trovò tra le braccia di Nanni – si sentí i muscoli contro la spalla –, e invece di piangere o di ribellarsi, levò gli occhi e lo guardò.

Quando Sandra tornò dal bagno nel vestibolo, Nanni le disse: – Stamattina hai già pianto due volte –. Sandra si fermò sulla soglia e sorrise appena. Stava dicendosi «Forse è il padrone della villa» e rise di se stessa.

Nanni era in piedi nella banda di sole e fumava una sigaretta. Nel raggio le spire di fumo parevano seta, venatura di un legno prezioso. Nanni la guardava, con un fermo sorriso. Di nuovo Sandra esitò a parlare. Temeva di avere ancora nella voce quel rauco, quel laceramento.

Nanni finí la sigaretta e la buttò per la fessura. Nel movimento che fece, scompigliò tutta la parete luminosa, e Sandra a passi rapidi venne fino alla porta. – Vuoi che andiamo? – gli bisbigliò sulla spalla. Nanni annuí senza parlare, e aprí la porta. Fece uscire Sandra e poi rinchiuse. Mentre

Nanni girava la chiave, Sandra sentí come un urto l'impulso di correre, fuggire, non vederlo mai piú. Gli disse invece, con la voce baldanzosa: – Se scappassi, diresti che sono una sciocca –. Allora Nanni la guardò sorpreso.

Traversarono insieme la ghiaia che scricchiolava, e Sandra gli chiese se aveva perduto la lingua. Nanni disse che adesso bisognava mangiare. – Non ho fame, – disse Sandra. – Non ho fame e bisogna che ci lasciamo.

Si sedettero, taciturni, su una panchina. – Capisci, – disse Sandra. – Devi lasciarmi sola. Bisogna che pianga da sola. Poi ho da fare. Ci vedremo piú tardi.

Nanni si rassegnò ma volle l'appuntamento preciso. Su quella panchina, alle quattro. – Adesso va'. Lasciami sola.

Sandra restò sulla panchina, perché il viale era ormai deserto. Non aveva fame. Non aveva nulla. L'aria celeste e il mare quasi invisibile nel sole non dicevano nulla. Tutto esisteva come prima, come lei. Non le veniva affatto da piangere. Avrebbe pianto se qualcuno fosse venuto a consolarla. Non sapeva decidersi se prendere subito il treno. Le dispiaceva lasciare il mare. Le dispiaceva ingannare Nanni. Ma sapeva fermamente che a quei bagni non ci sarebbe tornata.

Allora si alzò e cercò lo sbocco del vicolo e cominciò a salire, con un passo che le parve inverosimile tant'era sciolto e vigoroso. Le scappò da sorridere. Quando sbucò sulla piazzetta, si ricordò del catino e levò gli occhi. Tutt'era silenzioso nel sole immobile: lassú sventolava un lenzuolo, teso attraverso il vicolo. Allora andò verso la casa del balcone, e costeggiò il muricciolo, donde volgendosi al vicolo rivide il tratto aereo di mare. Tutt'era uguale.

La padrona grassa del mattino uscí sul balcone, alle bussate che Sandra menò contro l'uscio socchiuso. Aveva sempre il fazzoletto in capo, ma stavolta che si sporse a parlare, parve a Sandra dalla voce una buona donna. Sandra agitò la lettera, e quella disse che scendeva. Poco dopo si sentí zoccolare sulla scala interna.

Quand'ebbero girato le tre stanze strette e buie – la vecchia correva avanti spalancando imposte e drizzando quadri: c'era la carta festonata sulle mensole – soffermate nel giardino sterposo, parlarono delle comodità e del vicinato. – Qui soprattutto è una casa onesta, – diceva la vecchia grassa. – Qui non c'è altri che il mio Nanni...

Tacquero al nome di Nanni, e Sandra si stupí di non sentirsi arrossire. Sapeva che doveva succedere.

– Adesso è sopra, e si mangia un'insalata cosí. Volete gradire?

Sandra disse alla donna che la ringraziava ma doveva sbrigarsi. – Prendete almeno quattro pesche. Aspettate –. Sandra la vide correre alla porticina delle stanze e la seguí senza dir nulla fino in fondo alla scala. La vecchia ansimando si attaccò alla ringhiera e cominciò a salire. – Ve le faccio in un pacco. Aspettate –. Sandra le guardò dietro fin che non fu scomparsa al giro del pianerottolo, e poi piano spinse la porta e fu fuori. Traversò la piazzetta col cuore in tumulto. Al vicolo, prese a correre e si fermò soltanto nel giardino della stazione.

Wanda

Eccomi che suono alla porta e se invece di Wanda esitante e sorpresa mi aprisse una Wanda sdegnosa chiedendo che cosa voglio e se credo che basti presentarmi per metterle addosso le mani e passare una notte respirando con lei dovrei pure chinare la testa e levarmi il cappello brontolando che mi sono sbagliato.

Entro invece seguendola e tenendola al polso e fermandomi anch'io se si ferma a strusciarsi. Anche Wanda dovrebbe coprirsi la faccia e scappare a nascondersi se le chiedessi che cosa vuole da me. Ma le donne non ascoltano, e per tutta risposta fanno carezze: le ha fatte al marito quando aveva un marito e ora le fa a me mentre siedo, e mi guarda e mi tiene la mano e mi chiede con gli occhi perché sono in ritardo. Ancora non ha cercato di baciarmi.

Se non fosse una donna ma l'unico amico che è morto quel giorno, capirebbe che vengo non per farle carezze e parlarle d'amore ma soltanto per piangere. Mi guarda invece imbronciata come una figlia offesa e non pensa che aspetto soltanto che si alzi e mi lasci qui solo. Non si sa rifiutare una volta su mille e capisco perché suo marito se ne sia nauseato. Se sapesse sorridere quando siamo in un letto. Pare invece ogni volta che alla fine l'aspetti la forca e i suoi giochi non sono che lunghi sospiri, occhi pesti e singhiozzi.

A vederla mi toglie la voglia di piangere e mi viene il sospetto che sia identica a me. Se davvero è cosí, mi compiango davvero. Perché lei la fortuna di amarmi ce l'ha; e io non l'amo, non provo un sollievo speciale a vedermela innanzi. Ma se fossi al suo posto, sarei vivo di gioia.

Finalmente si è alzata e traversa il salotto. Posso piangere adesso. Non è già piú che piangere, venire la notte da Wanda, vederla soffrire e sapere che nulla ch'io faccia le giova, perché tanto di lei non m'importa? M'importava qualcosa di Bruno?

Ora Wanda dovrebbe tornare e non torna. Sono solo con Bruno.

«Oh Wanda, ascoltami, mi sento come un cane».

. . . .

Nel caffè della stazione

Un mattino entrai prima di giorno nel caffè della stazione e, poiché il mio treno non partiva subito, sedetti accanto a due giovanotti circondati da sacchi da viaggio.

– È luce, – disse uno.

– È luce.

– Stanotte era sereno.

– Sarà una giornata serena.

Le pareti invetriate del caffè della stazione non consentono di scorgere il cielo, e nemmeno un traversino del libero binario; una grande tettoia le ricopre, e all'occhio giunge appena un maggiore o minore volume di luce. C'è poi sempre un gran fumo sotto la tettoia, e di qua dall'invetriata gli schizzi e gli sbuffi delle macchine espresso. Molta gente va e viene.

– Siamo venuti troppo presto.

– Non potevo dormire.

– Vorresti dormire.

– Vorrei che fosse già domani.

Questi due fumavano a mano riversa, senza guardare la sigaretta.

– Neanche domani non potrai dormire.

– Dormirò sul treno.

– Non si potrà.

– Vedremo.

Né l'uno né l'altro guardava dalla mia parte; erano raggomitolati contro la spalliera, a fianco a fianco, e fissavano il tavolino. Uno dei due teneva un piede sopra un sacco da viaggio.

– L'ultima volta che hai dormito è stato ieri.

– Se n'è accorto?

– Non gl'interessa. L'unica cosa è che partiamo.

Tacquero un momento, poi disse quello di prima:

– Devi capire che è una cosa presto fatta.

– Lo so bene.

– E dunque.

– Ma ci pensiamo da un pezzo, e io stanotte non ho dormito. Chi sa quando dormiremo.

Gettò un'occhiata al segnalatore dei treni in arrivo, dove s'era acceso un nome pallido di città. Parecchi nel caffè si mossero. Un omone venne dal banco al tavolino. Subito il piede lasciò il sacco da viaggio, e l'omone li raccolse soffiando e se ne andò. Dalla porta invetriata cominciarono a entrare viaggiatori. Le macchine espresso schizzavano.

– Vedrai che sul treno non ci penserai piú, – disse quello dei due che incoraggiava. – Una volta partito, non ti tocca piú che lasciarti portare. Faremo un bel viaggio con la bella giornata.

– Col bel tempo non mi piace lavorare. Mi piace andare a spasso, a me, quando c'è il sole.

– Dici cosí ma non è vero.

– E come?

– Andare a spasso piace a tutti. È di fare che tu non hai voglia.

– Puoi dirlo. Mi piacciono le cose già fatte.

– Io viaggio volentieri col sole al finestrino.

– E io no? Ma che sia un sole sul serio e potermela dire con la bella giornata e non aver altro da pensare. Stanotte non ho neanche dormito.

Allora l'altro ghignò sulla sigaretta e sogguardò per la prima volta il compagno.

– Tu farai un lavoro ben fatto, – disse. – Ti conosco. Cominci sempre col nervoso.

– È meglio averlo prima che dopo. Ma non mi piace lo stesso.

Finirono di bere le tazze di latte. Non c'era bisogno di levare il capo per sapere che fuori era giorno. Quello che aveva riso riparlò.

– Per lui conta soltanto che partiamo.

– Puoi dirlo.

– Lui sí che va a spasso quando vuole.

– Io so che stanotte non potevo dormire.

– Ma questa volta è l'ultima.

– Si dice sempre.

Quello dei due che aveva il nervoso accese un'altra sigaretta, e tornò a raggomitolarsi contro la spalliera.

– Se almeno perdessimo il treno.

– Non càpita mai.

Tacquero un altro poco.

– Farà freddo anche laggiú.

– Quando c'è il sole c'è il sole dappertutto.

– Non lo volevi il sole.

– Non mi piace lavorare col sole. Mi piace al mattino di andarmene a spasso. Mi piace svegliarmi che tutto sia fatto. Vedrai che domani quando avremo finito, il sole non ci sarà piú.

Il gruppo

Non eravamo piú giovani, eppure ci scappavano fatte delle cose inesplicabili. Ci trovavamo i pomeriggi della domenica su per quella scala buia, chiusa fra due pareti, e salivamo salivamo fino al pianerottolo che una finestra aperta sul cielo nudo rischiarava. Il Capitano ci riceveva impassibile, apriva la porta senza fermarcisi, e noi entrando lo trovavamo già in mezzo alla stanza, come se la porta si fosse aperta da sé. La stanza, desolata, aveva una grande finestra come quella del pianerottolo e c'era un tavolo, qualche sedia, ma sembrava vuota.

Non ricordo chi di noi ci avesse fatta fare la conoscenza del Capitano. Mi pareva di esser sempre salito lassú la domenica pomeriggio, e d'averci sempre trovato gli altri. Succede come quando si frequenta un caffè abitualmente: uno si lascia cadere sul suo divano, si guarda intorno soddisfatto, ma non saprebbe dire come ci venne la prima volta.

Probabilmente – anzi di certo – l'amico G., visto che godeva lui la maggior confidenza del Capitano, era stato il primo a visitarlo. E, ancora di recente, un nuovo compagno era stato portato lassú da G. Nei discorsi che ci accadeva di fare a volte intorno al Capitano, era G. che parlava con maggior calore e diceva le cose piú importanti. E se qualcuno di noi contraddiceva, era G. che si metteva a sorridere con commiserazione.

Ma, per quanto disuniti di pareri, la domenica c'eravamo sempre tutti. Di volta in volta non si prendeva appuntamento, non ci si diceva arrivederci. A una certa ora si usciva di casa, si bighellonava un po', ci si riuniva a due a tre e, capitati su quella piazzetta, si levava la testa alla finestra altissima, si aspettava se veniva qualche altro, poi si saliva.

Il pomeriggio trascorreva in discorsi pacati, qualche volta in diverbi. A questi il Capitano non prendeva parte. Il piú litigioso era U., avvocato e vedovo, eterno antagonista dell'amico G. che con lui s'impermaliva e qualche volta dimenticava di sorridere. Quando parlava il Capitano, era quasi sempre di torti, di violenze inflitte o patite, e della forza d'animo necessaria a sormontarle.

Ma non sono le parole dette o ascoltate lassú che possono darmi la chiave del nostro strano contegno di quel tempo. Quando si è un crocchio, i discorsi riescono sempre banali, o trascurabili. Ciò che mi sorprende è che non piú giovani, anzi uomini fatti com'eravamo, lasciassimo chi la famiglia, chi lo spettacolo, chi una piú cara compagnia, per arrampicarci come ragazzi su quelle scale e «guardare la città di lassú».

Fuori, per le vie, il Capitano nessuno l'aveva mai visto. Pareva deciso a finir la sua vita lassú, aggirandosi per quell'unica stanza, gettando occhiate dalla finestra sui tetti. Le sue passeggiate le faceva di buon mattino, tanto che, discorrendone la domenica, aveva l'aria di parlare di un'altra città che non la nostra: le sue strade avevano un diverso movimento e tutt'altra luce. E anche noi salivamo – ormai per abitudine – quelle scale, dicendoci che il nostro gesto era soltanto un atto di simpatia verso un vecchio degno, ma nel suo intimo ciascuno si lusingava che quella volta la riunione sarebbe riuscita per lui specialmente importante, consacrando una sua parola memorabile, una confessione, un detto che, piacendo al Capitano, l'avrebbe poi per sempre contraddistinto davanti a tutti e a se stesso.

Di noi soltanto l'avvocato U. pareva non pesare le parole e osar di mostrarsi al Capitano, senza riguardi, qual era. Uomo verboso e sarcastico, parlava in presenza di lui come avrebbe parlato da solo in piazza. Qualche volta mi sentivo a disagio io, per la sua mancanza di tatto.

Ora avvenne una domenica scendendo le scale al crepuscolo – il Capitano andava a letto col sole –, che G. disse una mala parola all'avvocato, e l'altro al solito minacciò di chiedergli soddisfazione in pretura. La cosa non ebbe seguito perché ci riuscí di volgerla in scherzo, ma quella sera l'amico G., accompagnandomi a casa, si sfogò con me del rancore accumulato, lagnandosi e raccontandomi i suoi sospetti. Stava di fatto che U. l'arrogante si permetteva quel tono perché era stato a trovare il Capitano da solo a solo, e usava insomma salire da lui di tanto in tanto nel pomeriggio e anche al mattino.

La cosa presto si seppe da tutti quanti. Dapprima ci parve

incredibile, dato che il Capitano con la sua franchezza avrebbe almeno dovuto lasciarcelo capire nei pomeriggi di riunione. Che cosa il vecchio facesse negli altri giorni in cui non lo vedevamo, era sempre stato per noi argomento di curiosità, di quella curiosità che favorisce la fantasticheria e non desidera veramente esser soddisfatta giacché è un piacevole e lusinghiero passatempo. Ma ora, il sapere che uno di noi saliva lassú per conto proprio, sapere che discorreva col vecchio e che il vecchio ci stava, ci irritò e ci deluse. Se a qualcuno il privilegio poteva toccare, questo qualcuno era l'amico G., non altri.

Espressi all'amico la mia indignazione e lo consigliai di parlarne con tatto una buona volta la domenica pomeriggio. G. mi disse che ci aveva pensato, ma non avrebbe voluto creare dell'imbarazzo. Comunque, era pronto. Ma proprio quella domenica andò che a uno di noi nacque il primo figlio, e ciò produsse un incrociarsi di visite e un ricevimento che scompaginarono la riunione. In sostanza salirono la scala del Capitano soltanto l'avvocato U. e l'ultimo venuto, quello presentato da G. Da allora crebbero i malumori, e ben presto cessammo di dirigere lassú i nostri passi.

La zingara

Come tutte le mattine mi svegliai prima di giorno, ma aspettai che fosse luce chiara prima di scendere dal letto. Era tanto di guadagnato sulla lunga giornata. La pioggia, al suo solito, invece di lavarmi il vetro me l'aveva insudiciato. Attesi alle cose mie senza avere il coraggio di uscir fuori. Verso le undici, spinto dalla fame, guardai il cielo e scesi quei tre scalini. Persisteva nel vento l'umidità della pioggia.

Tutto il mondo era un pantano agitato dal vento. Sulla porta delle case uomini immantellati aspettavano l'immancabile sole. Una donna scalza che attraversava la piazzetta mi diede il coraggio di arrivare fino all'osteria. Sulla soglia mi volsi – non per guardare il mare: sapevo già ch'era anch'esso un pantano – ma come facevo sempre caso mai qualcuno traversasse la piazza dietro a me. Di là dal vetro vidi seduto Carletto – gli altri se n'erano già andati – che aspettava guardando la porta. Si teneva afferrato, coi pugni chiusi, ai bordi del tavolino, nel gesto di chi sta per risolversi ad alzarsi facendo uno sforzo, e fissava la porta. Fissò anche me senza muoversi.

Non parlammo fin che non vennero i nostri piatti. C'era tutta la giornata per parlare e non era il caso di sprecare gli argomenti. Noi due avevamo già tanto parlato, che dovevamo pensarci due volte prima di aprire un discorso. A un tratto dissi che la vite del municipio era piú rossa che mai: tutto marciva e scoloriva in quel paese, ma non la vite del municipio. Carletto fece un cenno e tornò a chinarsi sul piatto. Mi ero già accorto che pensava a casa: era nel solito stato in cui ci si guarda intorno non credendo ai propri occhi e il boccone viene masticato a metà e dimenticato. Se cominciava quel discorso, non l'avrebbe piú smesso.

– Chi ti dice che anch'io non sia lontano da qualcuno? – gli avevo risposto una delle prime volte che mi aveva bloccato, e lui mi aveva rivolto un'occhiata sorpresa, sorpresa e felice, come di chi trova un amico insperato. E mi aveva raccontati tutti i particolari della sua solitudine, senza vergogna, senza piú ritegno, quasi ch'io potessi dargli la chiave di ciò che non avveniva, che non si poteva far sí che avvenisse, trattandosi di una volontà che non era la nostra.

Ma stavolta non parlò della moglie assente. Stavolta mi annunciò che in paese erano comparsi degli zingari, con pentole e carrette, che qualcuno era stato visto in mattinata, e le donne, al dire del barbiere di fronte, visitavano le case in cerca di lavoro. – Pare impossibile, – disse con improvvisa foga: – oggi qui, domani sulla montagna, dopodomani chi sa dove; nessuno li comanda, nessuno li trattiene. Sono l'opposto di noialtri.

– Sono di casa dappertutto, – dissi.

Carletto aveva di nuovo afferrato coi pugni il tavolo ai bordi e sembrava fare uno sforzo per starsene fermo.

– Mangia, – gli dissi.

Ma lo agitava specialmente la notizia che gli zingari andassero per il mondo accompagnati dalle loro donne. Diceva ch'era gente dal sangue caldo, che non potevano fare a meno delle donne, e per questo se le portavano dietro. – Devono fare una vita d'inferno, – ripeteva.

– Non vuoi mica scappare?

Mi rispose con una smorfia. Sul vetro s'era acceso un po' di sole giallo, e mentre aspettavo che Carletto finisse di mangiare, fantasticai anch'io, sbirciando la luce pallida, sugli zingari e sul loro vagabondare. Uscimmo insieme sulla piazzetta, nel vento che dibatteva quel sole apocalittico, e non ci trovammo i soliti ragazzi a fare il chiasso. Una donna ci disse ch'erano andati a vedere gli zingari e c'indicò una certa direzione. Allora pian piano, senza dircelo, c'incamminammo lungo la spiaggia godendoci il poco sole che resisteva e adocchiando la schiuma terrosa del mare. Carletto non parlava. Teneva le mani dietro la schiena e calpestava meditabondo la sabbia bagnata.

Io guardavo la collina brulla. – Al loro posto me ne sarei già andato, – dissi a un tratto, incontenibilmente. Carletto non mi rispose.

Camminammo, camminammo fino al solito ciuffo di piante brulle e sfrondate. Qui la spiaggia era chiusa da rupi e bisognava salire sulla strada. Ci arrampicammo, guardammo oltre e non vedemmo segno di vita. Nell'aria vibrante non s'udiva altro che il cigolio del vento e i rimbombi del mare.

Su queste rupi eravamo soliti fumare, fumare fissando l'orizzonte e adocchiando il volto inconsueto delle rupi o le colline dietro di noi. Ma quel giorno non c'era nessuno, e il fumare fu presto finito. Carletto disse qualcosa sui molti inverni che dovevano ancora passare per noi su quella costa. Stavolta fui io a non rispondere.

Rientrammo in paese e gli dissi di venire a scaldarsi da me. Il sole se n'era andato, ma l'imbrunire era ancora lontano. L'osteria era vuota. – Qui sono morti tutti, – dissi. – Io vado a casa –. Carletto non mi mollava. In quei pomeriggi era diventato appiccicoso come le foglie marce. Non parlava, non dava segno di vita, non levava piú il capo. Pensava a sua moglie. Ma anch'io ero cosí stufo e solo, che provavo un sollievo a sentirmelo accanto. Poteva sempre darsi che dicesse qualcosa anche lui.

Entrammo nella stanza e misi subito il caffè sul fornello. Lui si sedette al suo solito sulla cassa del carbone, e accese la sigaretta con un impaccio che ogni volta mi faceva pena: le grosse mani sembrava avessero paura di toccare la sigaretta. Aveva imparato da me a fumare.

Sul tavolo c'erano libri, e Carletto anche questa volta vi posò gli occhi con una nuova sorpresa. Benché un tempo fosse stato operaio tipografo, vedeva con imbarazzo tanti libri e non capiva a che mi servissero. Adesso girava gli occhi per la stanza.

– Dicono che gli zingari sanno tutto, – brontolò. – Sanno tutto, girano il mondo, ne sanno piú di noialtri.

– È gente che non ha regola. Vivono a modo loro.

Poi mentre gli davo il caffè, lo feci parlare di sua moglie. Gli chiesi notizie, abbassai la voce e sentii nei suoi lamenti il consueto balbettio di commozione. L'avevo messo sul discorso di quel che faceva ai bei tempi tornando a casa dal lavoro, e delle speranze che la moglie aveva di sistemarsi e raggiungerlo, quando la porta a vetro socchiusa alle nostre spalle si dibatté, fu aperta e una voce energica ci fece voltare. Sulla soglia era salita una donna, una donna bruna dalla sottana svolazzante, che nella luce grigia di quel giorno maledetto ci guardava parlando a vanvera, e intanto teneva d'occhio qualcos'altro nel cortiletto, forse la porta contigua alla nostra. Con una mano ci tendeva una paletta e ci diceva gutturalmente di comprargliela, ma stava già sul punto di andarsene, quasi l'avessero chiamata.

– La zingara, – mi soffiò Carletto alle spalle.

Lí per lí imbarazzato, guardai la donna, specialmente il fazzoletto rosso che aveva annodato alla gola, e credetti che se ne andasse. Continuò per qualche secondo la lagna della sua voce, e la paletta di ferro veniva alzata e abbassata, ritmicamente, mentre la donna mezza dentro e mezza fuori a poco a poco ci guardava piú fisso, tanto che fu nella stanza e non me n'ero accorto.

– Compratemi una paletta, compratemi una paletta, – diceva guardandosi intorno e avanzando, con l'aria di sapere che lí per lí saremmo stati sbalorditi e non le avremmo risposto; e vide i libri, vide il bicchiere semipieno di caffè, vide le scorze d'arancia che facevano mucchio su una sedia, vide il letto disfatto e rovesciato. Era un viso non giovane, a capo scoperto, e i capelli intrisi di goccioline lucenti. Fuori piovigginava. Questa donna era magra di corpo e di pelle scura – una contadina di gesti rapidi e voce insolita. Calzava sotto la gonna due stivali, e soltanto per questo non pareva una contadina.

Lei guardava il fornello acceso e lasciò cadere la paletta. Carletto si era alzato, alle mie spalle, e io dissi qualcosa. La zingara aveva già mutato discorso. Con la stessa cadenza, ma con piú vivo calore, ci fissò entrambi negli occhi e disse bruscamente che molte donnacce avrebbero voluto trovarsi con noi magari subito ma che noi sapevamo l'arte nostra e le donnacce non potevano vantarsi di nulla, bensí noi potevamo vantarci di essere attesi e invocati da una donna prigioniera dietro porte di velluto. Dicendo questo, un sorriso le incise gli angoli della bocca. Non era uno scherno che avesse rapporto con le parole; aveva parlato senza fermarsi e, per quanto animatamente, con la cantilena macchinale di chi ripete un discorso. Quel sorriso era piuttosto il segno che ci aveva capiti.

La zingara posò la paletta contro la parete chinandosi senza perderci di vista e si cavò, non so come, un mazzo di carte da una tasca e cominciò a farlo schioccare tra le mani. Dissi a Carletto, che la guardava incredulo a bocca aperta, che quella era la buona sorte e se aveva voglia di sentirsela dire. Carletto, inaspettatamente, venne avanti di un passo, e si animò tutto e passò la mano sul tavolo come a sgombrarlo perché la zingara potesse farci il suo gioco. Ma la zingara mi chiese «un segno».

Misi sul tavolo una moneta – la prima che mi venne tra le dita, e lei cominciò a guardarmi fisso facendo scorrere le carte sotto il pollice. Le dissi allora che non io ma quell'altro aspettava la sorte, e risi come aveva sorriso lei prima e andai al fornello, lo attizzai, voltandomi a dire che conoscevo la mia sorte per almeno tre anni. Lei, senza insistere, prese la mano di Carletto e se la voltò a palma in su.

Era strana, la grossa mano pesante di Carletto, abbandonata nelle mani della donna e scrutata cosí. Ma subito fu lasciata ricadere e la zingara disse che mani come quelle non parlavano; posò il mazzo di carte sul tavolo, e le distese. Io adesso la vedevo china, quasi di schiena, sentivo i suoi brontolii e i suoi aneliti, i piccoli gridi di sorpresa – il discorso che si fa a un lattante o a un gattino vezzeggiandolo. Quegli stivali e il fazzoletto rosso, e gli occhi pronti e inafferrabili che indovinavo intenti al gioco, quasi mi fecero dimenticare che non era piú giovane. Non mi sarei stupito se, voltandosi, mi fosse apparsa bella e fiera, ridente, come la sposa di un bandito.

Chi l'ascoltava col cuore in gola, era Carletto. Dubbioso e intento, con la fronte corrugata, seguiva i gesti delle mani sulle carte e riceveva le rivelazioni e salutava le figure con l'aria di chi le vedesse allora per la prima volta. Osò perfino qualche domanda.

La zingara gli diceva che lasciasse fare alle donne. Due donne, una nota e una ignota, se lo contendevano e si sorvegliavano a vicenda. I suoi rivali erano già sconfitti in partenza. Una lettera stava volando verso di lui. Una malattia gli avrebbe mutato la sorte. La sorte del resto basta interrogarla perché si affretti. In quello stesso momento stavano contando una somma ch'era destinata a lui e una donna sognava i suoi baci.

– Volete il caffè? – dissi alla zingara, quando si volse. Le pieghe scure che le incidevano la bocca le avevo dimenticate, e mi stupirono quando le rividi. Peccato quell'asciuttezza e quella tensione di tratti. Aveva gli occhi e i movimenti di una donna stata bella.

Lei sorrise, con quell'involontario viso di scherno ch'era la sua cordialità. Si aggiustò la gonna, si passò un dito tra la gola e il fazzoletto, e guardò la stanza volubilmente, prendendo la tazza.

Si sedette, rispondendo a Carletto che voleva sapere qualcosa ancora, ma volgendosi a me, e disse che tutti gli uomini hanno un destino e una donna che pensa a loro.

Carletto le chiese quale fosse il destino delle donne. Mi

scappò da sorridere. Aveva parlato in piedi, con una voce tra goffa e tentante, come di chi voglia scherzare, con un viso ancora serio e corrugato.

– L'uomo, – disse la zingara, accostando la bocca alla tazza. E ci scrutò mentre beveva. Io le guardai gli stivali un'altra volta.

– Avete degli stivali da uomo, – dissi. – Li portate sempre?

– Faccio molta strada.

– Non andate sul carro?

– Il carro va spinto, quando le strade sono rotte.

– Non vi fermate nei paesi?

Carletto ci guardava parlare, esitante, al fianco della mia sedia. Disse alzando il capo: – Non sta mica bene una donna, con quelle scarpe. Le tenete sempre nei piedi?

La zingara rise, un po' rauca. – Me le tolgo per dormire nel letto –. E guardò, con quegli occhi, alle nostre spalle.

– Sul carro avete il letto? – dissi.

Mi fissò, impavida. – No, ma ne trovo delle volte che mi piacciono.

Allora mi volsi a Carletto, quasi a invitarlo che dicesse la sua. Carletto, con le mani in tasca, fissava di sotto in su la zingara, tra pronto e imbronciato. «Adesso le dice di sua moglie», pensavo. Ma Carletto fece un passo avanti, a testa bassa come un toro, e con una voce malferma, quasi rabbiosa, balbettò: – Se vi togliete gli stivali, qui potete anche dormire.

La donna guardò da me a lui, guardò in mezzo, ci guardò entrambi e aveva di nuovo sulla bocca quella piega macchinale. Ma stavolta rideva.

Tacemmo un momento, e io mi alzai. Fuori la nebbia aveva preso una tinta azzurra, quasi caliginosa. – Non piove piú, – dissi guardando il vetro. – Vado a vedere all'osteria se c'è qualcuno. Tu poi vieni a cena.

E senza badare a Carletto, feci un sorriso e un cenno di saluto alla zingara, chiusi l'impermeabile e uscii.

Il signor Pietro

Mio padre morí che avevo sei anni e io giunsi a venti senza sapere come un uomo si comporta in casa. Continuai già diciottenne a scappare nei prati, convinto che senza una corsa e una monelleria la giornata era perduta. Mia madre aveva cercato di tirarmi su duramente come farebbe un uomo, e ne aveva ottenuto che tra noi non usavano né baci né parole superflue, né sapevo che cosa fosse famiglia. Fin che fui debole e dipesi da lei ne ebbi soprattutto paura – una paura che non escludeva le fughe e i ritorni – e quando fui uomo la trattai con impazienza e sopportazione come una nonna.

Adesso avevo pure un lavoro, e anche questo lo dovetti a lei che non solo mi fece studiare ma mi costrinse a correre il rischio di un concorso. Toccò a lei spiegarmi che alla mia età dovevo rendermi indipendente. Beninteso, continuammo a stare insieme e abitavamo in una casa della periferia che mi piaceva perché davanti aveva il viale e la città, dietro – dai finestroni delle scale – certi prati e, piú lontano, macchie d'alberi. Fino a qualche anno prima vivevamo in campagna e per me un orizzonte verde, stradette nei prati, le case fra boschi e canneti, volevano dire libertà e vacanza. Ora che il giorno lo passavo a tavolino, m'accontentavo rientrando la sera di gettare un'occhiata dalle scale sul gran vuoto di cielo e di prati, per assicurarmi che c'erano sempre. Ma, benché quando lasciavo il lavoro mi restassero diverse ore di luce, non passeggiavo mai da quella parte. Mi soffermavo piuttosto alla Stazione Centrale di cui mi piaceva il via-vai, o mi aggiravo in certi rioni lontani dal nostro, dov'erano fabbriche, frastuono, e solitudini improvvise.

Un giorno che rientrando di buon'ora sentii parlare in salotto e la mamma mi disse vivamente attraverso la porta: – Vieni vieni a vedere chi c'è –, ero in uno dei miei umori scontrosi. Esitai sulla porta del salotto e tesi l'orecchio: capii che tacevano nell'attesa di vedermi comparire. Ciò m'irritò tanto, che avrei voluto essere ancora sulle scale. Indietreggiai, gridai qualcosa dal pianerottolo e ridiscesi di corsa.

Sbollito il primo impeto ero già lontano, e ritornando passo passo nell'imbrunire immaginavo senza volerlo la scena. La mamma mi avrebbe accolto a tavola, imbronciata. A quei tempi mangiavamo in cucina, e una cena in due è presto finita, ma io sarei rimasto seduto finché lei non si fosse mossa per sparecchiare. Allora mi sarei cacciato nella mia stanza e seduto alla finestra, fumando nel buio avrei fatto notte. Non avrei osato uscire come al solito lasciandola sola, e di là dalla parete avrei sentito le sue mani sciaguattare nell'acciottolio dei piatti.

Invece trovai la casa illuminata e imbandito in salotto, e la mamma e il signor Pietro che parlavano di me. Da quindici anni non veniva a casa nostra e lí per lí non lo riconobbi, ma lui subito mi chiese di una certa Ninina, di cui pare ero innamorato ai suoi tempi. La mamma aggrottava le ciglia ma sorrideva. Quando ci mettemmo a tavola, avevano già ricordato tante prodezze della mia infanzia che mi pareva di rivivere nella villa dove facevamo campagna, le sere d'estate, quando lui e il babbo arrivavano insieme gridando e ridendo sulla stradetta del cancello, e io li aspettavo correndo a incontrarli e frugando nelle tasche del babbo, finché la mamma non compariva alla balaustra del giardino e si salutavano e discorrevano cosí a distanza, e io tiravo lui per il braccio perché non andasse a casa ma venisse a cenare da noi.

Tra un piatto e l'altro la mamma si alzava per andare in cucina, e lui una volta le tenne dietro continuando a parlare. Io non sapevo intrattenerlo, e quella foga non mi dispiacque. Ci parlò di sua moglie – un'argentina che doveva raggiungerlo a Genova, dove volevano stabilirsi. Del babbo il signor Pietro era stato tanto amico, che da noi si diceva che fosse stata la sua morte a indurlo a girare il mondo. Ma adesso era vecchio – ci disse – era vecchio e voleva fermarsi. Notai che gli occhi scuri e vivaci erano pieni d'energia, e alto stempiato vigoroso com'era tutt'ora, piú che invecchiato il signor Pietro appariva uno di quegli uomini che hanno raggiunto un equilibrio cosí solido da durarci inalterati.

Da quella sera venne spesso a trovarci. Diceva che dovevamo aver pazienza ma era solo, e che noi gli facevamo da famiglia. La mattina la passava a organizzare una certa impresa che doveva dargli stabilità; scriveva lunghe lettere d'affari e aspettava telefonate nel suo albergo. Io passavo a mezzogiorno a salutarlo e fargli l'invito di venire da noi. Lo attendevo seduto nella grande poltrona, tra il va e vieni della gente, e capivo che un uomo che è sempre vissuto all'albergo, nelle stazioni e in viaggio, doveva avere quella faccia e quell'energia. Ne aveva viste di ogni sorta nella sua vita, il signor Pietro, e i primi giorni ne parlò volubilmente con me e la mamma, facendo un gesto della mano come a dire che quel tempo era finito. Ma a me pareva che la sua voce, il suo passo, lo scatto con cui congedava gli interlocutori, e il piglio stesso che usava con me, serbassero il tono della sua vita recente.

Sinora gli avevo nascosto che lavoravo per il Municipio. Ma una volta mentre ci accompagnavamo a casa, vertendo il discorso su mio padre, non potei fare a meno di confidargli il mio impiego. Lui disse distratto: – Fai bene, – e tornò all'argomento che lo interessava.

In casa nostra si era sempre detto che il babbo, se fosse vissuto, voleva fare di me un marinaio, un comandante, perché girassi e vedessi il mondo. Dentro di me gli ero riconoscente per avermi destinato a una vita bella, e se anche la sorte aveva voluto altrimenti non lasciavo per questo di fantasticare mattino e sera, da solo, quando uscivo di casa, che finalmente cominciava il mio gran viaggio, che mi bastava camminare camminare fino in fondo alla città, fino agli incolti dei sobborghi, e qualcosa sarebbe accaduto: voltato l'angolo dell'ultima casa, nel cielo fresco o nei rossori della sera, mi sarebbe apparso il mare, un mare mai visto, immenso e fumante di porti, di spiagge, di fragori. Nella mia idea, anzi, l'immagine di questo spettacolo si mescolava al ricordo svanito del babbo, e sempre ero stato avidissimo di notizie su di lui, di aneddoti, di singolarità sue: non mi stancavo per esempio di ascoltare dalla mamma il racconto della fuga dal collegio, quando mio padre quindicenne aveva dormito per due notti sotto un ponte, e intorno nevicava. Adesso so che frugavo nei miei ricordi, nei miei istinti, in tutta la mia coscienza, per scoprire alla radice le identità della mia natura con la sua, soltanto perché sentivo in lui prefigurato il mio destino.

Che la mamma fin dalla prima sera lodasse al signor Pietro il mio attaccamento per il babbo, mi aveva seccato. Tuttavia non seppi trattenermi e parlando con lui ci tornai. – Tuo padre, – disse allora il signor Pietro, – era un uomo che vedeva giusto e avrebbe anche dato un calcio al Municipio, ma sapeva di dover morire presto. Ciò gli tolse ogni iniziativa –. Rimasi male e m'indussi a tacere. La notizia che il babbo in quegli anni che io uscivo dall'infanzia aveva presentita la morte, non mi era nuova. Lo ricordavo agitato e rosso in faccia, una sera lontana che si era messo alla finestra e vociava rauco che si sentiva soffocare, che per lui non c'era piú aria.

– Sei innamorato? – mi chiese il signor Pietro guardandomi di sfuggita, e fu tanto il mio dispetto che andai lí lí per piantarlo e scapparmene a casa. Ma andavamo appunto verso casa, me lo sarei ritrovato davanti e le sue canzonature sarebbero durate di piú. M'accontentai quella sera di rimetterli sul discorso dei loro tempi, e la mamma che mi aveva sempre insegnato a non cedere all'ira portandomi l'esempio del babbo che, pur sapendo di dover morire, era vissuto sopportando, disse quella sera che, se Enrico avesse fatto la vita di Pietro, non sarebbe forse morto perché ciò che l'aveva ucciso era stato il rassegnarsi, l'incaponirsi in un lavoro sedentario, senza prendersi mai uno svago. Mi sorprese la voce diversa dal solito, piú energica e quasi astiosa, con cui finí questo discorso. Pareva che sfogasse un rancore. Meno male che il signor Pietro cominciò a raccontare di quando mio padre la corteggiava, e a lui toccava intrattenere il cane mentre il babbo saliva nientemeno che una scala a pioli per deporre un bigliettino in una certa colombaia. Poi si trovavano ai balli. La mamma allora aveva un celebre vestito celeste che voleva dire qualcosa; quando invece compariva in bianco, voleva dire il contrario. La mamma adesso non se ne ricordava piú; né ritrovarono, per quanto cercassero, il senso del messaggio. – Forse Enrico lo saprebbe, – osservò il signor Pietro, – se fosse con noi.

Una cosa che non avrei osato dire a nessuno, e meno che mai al signor Pietro, era che lo invidiavo specialmente perché viveva all'albergo. Lui c'entrava e ne usciva senza farci caso, ma in quei pochi minuti che passavo ad attenderlo io studiavo avidamente le persone e i bagagli, piú i bagagli che le persone, giacché queste, a uno a uno, erano le solite facce che si vedono per strada o sul tram, mentre certe valige multicolori, tempestate di etichette, mi parlavano come vive. Del signor Pietro non vidi neanche una valigia perché lo incontrai sempre nell'atrio, né lui amava raccontare dei suoi viaggi tranne il poco indispensabile. Era piuttosto preoccupato per le sue telefonate, e un giorno che il portiere gli diede una lettera, di cui vidi a volo che il francobollo era esotico, la guardò appena e se la cacciò in tasca. Due giorni dopo, all'improvviso, disse fermandosi sulla porta dell'albergo che sua moglie era a Genova. L'indomani sarebbe partito.

Venne a fare la cena d'addio a casa nostra e portò lo spumante, per tenersi allegro, disse, perché sua moglie non tollerava l'allegria e quello era l'ultimo che avrebbe bevuto. La mamma ci guardò bere preoccupata, ma quando il signor Pietro brindò all'avvenire, levò anche lei con le dita ossute la coppa e toccò la sua, e poi la mia, con molta gravità. Non la vidi negli occhi, perché avevo già sorseggiato e nuotavo in altri pensieri. Né la guardai in faccia quando dissi che uscivo col signor Pietro per accompagnarlo all'albergo, ma ricordo che ci raccomandò a tutti e due di non prendere freddo.

Era notte di nebbia e non so perché avessi voluto uscire col nostro ospite. Probabilmente, siccome l'avevo già fatto altre volte, seguii l'abitudine. Ma anche mi pareva impossibile che se ne andasse cosí, come una visita, senza tornare sul discorso di mio padre e del mio avvenire. Dentro di sé pensava certo che io dovessi cambiar vita.

La strada era allineata di cumuli di neve, e tra un banco e l'altro di nebbia scintillava qualche stella. Feci notare al signor Pietro che l'indomani sarebbe stato sereno, un'alba rossa di nebbia e di sole. Lui fiutò il freddo e mi chiese a che ora me ne andassi all'ufficio. Gli risposi che uscivo di casa sul presto, perché, prima di chiudermi nel mio sotterraneo, mi piaceva girare per le strade deserte. Lavoravo al pianterreno, ma pronunciai sotterraneo quasi con le lacrime agli occhi. – Fa freddo, – brontolò il signor Pietro. – Beviamo qualcosa?

La prima insegna di caffè fu la nostra. Io tendevo a sedermi ma il signor Pietro ordinò due vini caldi al banco. – Diamine, – disse, – per scaldarsi non bisogna sedersi. Alla tua età non facevo cosí. Se mai si gira, come fanno i marinai, da un caffè all'altro.

Tracannai quel vino. Il signor Pietro lo sorseggiava adagio sporgendo il labbro dal colletto di pelliccia, e per tutto il tempo ch'ebbe in mano il bicchiere non disse parola. Era davvero vecchio, ma i capelli biondicci e gli occhi pronti ne facevano un uomo vivo. La donna anemica e scura che ci aveva serviti, lo guardava con la coda dell'occhio, come incantata.

– Ti piace, eh? stai meglio? – mi disse quand'ebbe finito, e una volta in strada parve piú allegro. Si strinse nella pelliccia e osservò melanconico: – Se ne fan tante a questo mondo per restare a galla, e invece basterebbe un bicchiere di vino –. Quando fummo davanti all'albergo, parlava ancora del vino e diceva che per chi non ha terre è difficile farsi una buona cantina. Di qui venne a toccare della villa che voleva comprarsi, di cui sinora aveva parlato soltanto con mia madre, e mi spiegò che, se non fosse stato della moglie, lui si sarebbe relegato in campagna. Ma sperava di farne per lo meno una casa vinicola, e da Genova vendere per mare dove sapeva lui. Intanto eravamo entrati, e lui disse: – Vogliamo assaggiare che vino hanno qui?

A un tavolino della trattoria annessa, si fece portare una bottiglia vecchia da un cameriere che chiamava Giacomo. Sotto il paralume, il morbido colore del vino risaltava sul candore della tovaglia. Anche il signor Pietro aveva gli occhi ammorbiditi. Soltanto accostando il bicchiere smise di chiacchierare.

– Noi non facciamo come i marinai, – dissi guardandolo. – Noi non ci siamo seduti.

Non so perché parlai quella sera. La mia timidezza scontrosa andò fusa a quel calore cordiale e all'improvvisa benevolenza del signor Pietro. Se avevo ancora gli occhi umidi, non era certo per la pena del distacco. Chiesi di punto in bianco al signor Pietro se non aveva per me un posto di marinaio, di cameriere su qualche sua nave. Gli dissi che o lui mi liberava da quella vita o io finivo come il babbo. Parlai con foga, e ricordo che non osavo fermarmi per paura dell'inevitabile risposta.

Ma il signor Pietro mi guardò gravemente, e versandomi dell'altro vino ebbe l'aria addolorata. Storse la bocca e borbottò ch'ero uno stupido. Perché non gliel'avevo detto prima? – Io non sono padrone di navi, – disse. – Ma conosco chi le comanda. Non ti conviene imbarcarti da mozzo. Chi comincia dal basso non combina mai niente –. Mi guardò di traverso, con soddisfazione. – Mi pare di vedere tuo padre, – brontolò. – Di cos'hai paura? Si comincia coi soldi e poi si viaggia in prima classe.

Gli dissi che io chiedevo soltanto di lasciare la riva, di respirare con un altro fiato e raccontai del vecchio sogno di mio padre, raccontai dei miei sogni, a lui che mi guardava fisso, sporto nell'alone di luce, con un sorriso tra incredulo e macchinale.

Di tanto in tanto gravemente interloquiva. Gli parlai di velieri e di porti d'approdo, e anche lui, riscaldato, mi parlò dei suoi porti, dei suoi arrivi, dei suoi guadagni. Discutemmo se era meglio un veliero o una motonave. Mi spiegò, ma già lo sapevo, che i velieri sono ormai mosche bianche, ruderi da museo, navi-scuola. Quando sentí che il mare non l'avevo mai veduto, cambiò faccia di botto, fu costernato. Mi strinse la spalla e mi chiese perché l'indomani non partivo con lui. Ci mettemmo d'accordo che avrebbe scritto da Genova non appena mi avesse trovato un buon posto. Subito dopo, mi parve stanco, lo vidi assonnato e mi alzai per andarmene. Brontolò senza muoversi, poi mi tese la mano.

Quella notte non tornai a casa. Entrai invece nel caffè della Stazione, per godermi, da solo, il mio avvenire e gustare la mia nuova indipendenza. Ero ubriaco ma non di vino, sentivo anzi in me una chiarezza e un ardire che poi non ho provato mai piú. Verso l'alba ero stanco, e tuttavia non avevo sonno. Rientrai di buon umore.

Non fu facile calmare mia madre, ma il pensiero che tra poco avrebbe dovuto abituarsi a un'assenza ben diversa mi rese buon figliolo. Naturalmente non voleva credere che avessi passato la notte da solo, e questa sua idea mi divertiva. Sarebbero venute anche le donne, piú tardi.

. . . .

. . . .

Vespa

Corradino da poco conosceva un tale che senza che avessero gran che da dirsi, occupava qualche serata. Era Vespa, un giovanotto reduce dall'Africa, ferito e malato. Viveva al quinto piano di una casa senz'ascensore, dov'erano saliti la prima volta con Fabio nel giugno. Una sera che con Fabio erano venuti su parlando, s'era sentito toccare la porta prima ancora che bussassero ed era subito stato aperto, quasi che Vespa li aspettasse con impazienza. Questo Vespa era secco e bruno, si muoveva per la stanza zoppicando e parlava poco. Fabio che l'aveva aiutato quando faceva il ciclista, gli toccò la caviglia gonfia e lo fece parlare dell'Africa. Vespa aveva, del ciclista, un maglione giallo chiuso al collo e la faccia stirata che quando rideva sembrava un altro.

Corradino c'era tornato da solo, soffermandosi sull'ultimo pianerottolo a guardare da una finestretta che dava nel vuoto. Aveva di bello, questo Vespa, che un po' per la convalescenza un po' per il cattivo umore non si muoveva di lassú, contento che qualcuno venisse a trovarlo. Non aveva né madri né sorelle; si sedeva sopra un letto sempre sfatto (una sera Corradino osservò tutto il tempo la cocca del lenzuolo che scendeva in terra a toccare una pozza d'acqua) teneva alla rinfusa sul tavolo pane secco chiavi inglesi e gusci d'uovo, e spalancava la finestra al suo arrivo per rinnovare l'aria. C'era del tanfo nella stanza, ma Vespa era tanto giovane che parevano puzzo e sporcizia d'altri tempi, di quando si vive da studenti in mezzo al disordine e non ci si bada.

Vespa con Fabio si davano del tu, perché questa è l'usanza tra sportivi; ma Corradino, benché salisse ancora quelle scale dopo che Fabio non fu piú in città, mantenne sempre con Vespa un certo distacco, non per superbia ma per sua pace. Non voleva che Vespa troppo avvezzo a gente come loro, diventasse invadente. Erano insieme in un rapporto come da ufficiale a graduato, lo stesso rapporto che se anche a lui fosse toccata l'avventura dell'Africa avrebbero naturalmente tenuto.

Gli piaceva salire e fargli compagnia, ascoltarlo e rispondere, ma domani, se avesse voluto, smettere e starsene solo. Gli invidiava del resto proprio quella capacità di vivere isolato e bastare a sé in cima a un pianerottolo, di aspettare qualcosa – la guarigione, l'avvenire – senza pena eccessiva. Capiva che Vespa non s'isolava apposta, come lui, tra i salici: Vespa apriva la porta con un saluto breve e convinto, accettava le visite senza stupirsene, e non aveva l'aria di credersi piú disgraziato di un altro. Del resto vari suoi coetanei lo venivano a trovare nelle ore piú insolite – gente che lavorava, e la sera si divertiva – e magari a tarda notte, di ritorno da una festa, si ricordavano di lui e facevano quei cinque piani per portargli una commissione o raccontargli una novità.

Di questi ragazzi Corradino cominciò a conoscerne qualcuno, quando Vespa gli chiese se, passando davanti al caffè non aveva veduto questo o quello. Poi ne incontrò una volta uno in bicicletta sulla strada dei boschi, proprio nei giorni che scoprí la radura. Era un biondo lungo lungo, che era passato una volta da Vespa avanti notte – non in visita, quella gente non si faceva visite – e se n'era stato qualche minuto seduto contro la finestra senza parlare. Poi s'era alzato bruscamente, brontolando: – Là, addio –. Non riconobbe Corradino, s'erano visti che la stanza era già buia; Corradino lo ricordava perché aveva acceso la sigaretta nell'ombra rischiarando un viso ossuto e severo – ma forse era stata la luce radente e improvvisa a dargli risalto. In bicicletta, nel sole di luglio, parve un qualunque giovanotto meccanico; e pedalando si dondolava e fischiava. Corradino lo guardò allontanarsi e gli venne in mente che andare in barca e girare nei boschi era stata ai suoi tempi la gran distrazione della gioventú dei sobborghi.

Allora con Fabio ne aveva conosciuto qualcuno; alla domenica se ne incontravano barche piene, con chitarre e ragazze, tutti i prati della periferia echeggiavano dei loro canti e delle loro voci. Si ripromise di non parlare con Vespa della radura tra i salici, ben sapendo che Vespa aveva bisogno dei bagni di sole per la sua caviglia che al minimo sforzo tornava a dolergli.

Del resto Corradino smetteva ogni tanto di andare al

Sangone, e le ore che la stagione avanzata gli lasciava libere, le bighellonava nella città, per stradicciole fuori mano. Se Vespa gli avesse chiesto perché saliva da lui, Corradino gli avrebbe risposto ch'era per sentirsi piú solo, e non si sarebbero capiti, ma Vespa non era uomo da far di queste domande, e certe sere parlavano unicamente del tempo, di un po' di vento che rompeva l'afa, della pioggia imminente.

Per giungere alla casa di Vespa, si traversava una grande via che il fresco della sera rendeva animata e clamorosa. Ma, una volta lassú, bisognava tendere l'orecchio per cogliere le voci e il tramestío. All'angolo c'era un grosso caffè di sobborgo che raccoglieva passanti intorno al muggito della sua radio. Tra i visi già noti degli uomini e delle ragazze che si cercavano, Corradino passava in incognito, e tanto gli piaceva questa condizione, che avrebbe voluto avvicinarsi a qualcuno dei crocchi e ascoltare i discorsi dalla porta del caffè. Poteva darsi che qualcuna delle ragazze si tradisse come conoscente di Vespa, e allora gli sarebbe piaciuto cavarne un ricordo, una parola, uno scherzo, da portare lassú. Gli amici ciclisti o meccanici di Vespa si lasciavano sempre dietro un'eco di avventura, di casi salaci, di perpetrate oscenità. Erano ragazzi, ma non tanto. Vespa con lui non ne parlava, ma gli ridevano gli occhi.

Una sera Corradino – era stato piú a lungo del solito sulla riva del Sangone – chiese un gelato alla ragazza del banco. Mentre la ragazza si asciugava la fronte col braccio nudo, Corradino le chiese se aveva qualcosa di fresco da dargli che si potesse portare al quinto piano. La ragazza disse: – Un gelato –, e già si chinava sul banco, quando una voce venne da un tavolo dietro la porta, una voce casuale: – Vespa ci sputa sul gelato –. La ragazza si fermò; era quel biondo Amelio che aveva parlato; Corradino chiese allora impassibile che cosa poteva prendere. La voce di Amelio – che giocava alle carte e non si era voltato – disse: – Nina; portategli Nina. È abbastanza fresca.

I giocatori ridevano; la ragazza fece un gesto impaziente, come a dire che si decidesse; Corradino brontolò: – Se volete venire.

Nuova risata degli astanti. Amelio disse ancora qualcosa che andò perduto nel frastuono, e la ragazza senza scomporsi guardava ambigua Corradino.

– Datemi della birra, si vedrà.

Vespa accolse la birra senza stupirsi. Mise in fresco le

bottiglie e intanto cercò i bicchieri. Zoppicava al solito e Corradino gli chiese se uno di quei giorni non avrebbe disceso le scale.

– Scendere è niente, salirle è difficile, – rispose Vespa.

Corradino sapeva che una vicina, una vecchia casigliana, gli preparava i pasti e qualche volta ripuliva la stanza. Vespa che la caviglia se l'era definitivamente spezzata dopo il congedo saltando dalla bicicletta, non aveva un soldo dal Governo, e non si capiva di che cosa vivesse. È anche vero che medicine non ne comprava. Da varie sere tuttavia parlava di scendere e vedere qualcuno. – Ci vuole un pianterreno, – gli diceva Corradino. – Dal pianterreno potrete muovervi –. Diceva questo ma sapeva che un Vespa mescolato alla gente, non piú solo e sdegnoso sotto i tetti, lo avrebbe interessato molto meno, né lui avrebbe piú contato per Vespa. Il vantaggio che godeva sugli altri, sui coetanei di Vespa, di avergli fatto compagnia, era legato a quel quinto piano.

Ora, proprio la sera della birra, Corradino intorpidito dal gran sole del Sangone, era salito da Vespa per far notte passivamente, abbandonandosi alle rade parole e al consueto ricordo che la finestra sul vuoto, il brusio delle strade, e la presenza amica provocavano. Vespa capiva questo modo di passare il tempo, ci s'era avvezzato da un pezzo –, una delle prime sere, quando c'era anche Fabio, aveva raccontato di mezze giornate trascorse con dei colleghi sul ciglione del mare nei pomeriggi d'uscita, quando aspettavano d'imbarcarsi e non sapevano ancora se ci sarebbe stata la guerra. Diceva che un uomo, messo a far questa vita, pensa a casa sua piú che all'avvenire, e gli sembra di esser vecchio mentre soltanto l'anno prima andava ancora alla scuola serale.

– E voi perché non vi togliete dai marciapiedi, come il vostro amico? – disse Vespa bruscamente, quando fu seduto sul letto.

Corradino sorrise nella penombra: – Non sarei qui a bere la birra.

– Voi siete malato, scommetto.

Corradino, a cavalcioni della seggiola, col mento appoggiato sullo schienale, fissava il riquadro della finestra. Mai s'era sentito cosí bene, cosí rassodato dal sole e dall'acqua. Ma queste cose non poteva dirle a uno storpio, a Vespa.

– Può darsi, – rispose. – Sono piú vecchio di voialtri.

– Voialtri chi?

– Amelio... voi...

– Quel lavativo, – disse Vespa.

Tacquero un pezzo e Corradino temeva che Vespa volesse accendere il lume a petrolio. L'aveva sentito muoversi sul letto e attese che continuasse il discorso. Dalla finestra venne un fiato fresco che sapeva di piante.

– Stasera volevano mandarvi una donna, – disse Corradino. – La ragazza dei gelati. Nina.

Vespa non disse nulla né si mosse. Corradino s'accorse che le sue parole pesavano nella stanza. Per caso la radio da basso era taciuta, e cosí per un attimo s'erano spente le voci e i fragori della città.

– Silenzio, – brontolò ridendo.

Ma Vespa non dovette sentirlo. Aveva già detto con voce diversa: – Con Amelio chi c'era?

– Non so, – disse Corradino. – Giocavano a carte. La ragazza mi ha fatto due occhi...

– Nina?

– La ragazza del banco.

– Quella è una stupida, – disse Vespa. – Nina è un'altra.

. . . .

. . . .

Il sangue

Il mio orrore del sangue cominciò il giorno che capitai presso un capannello di gente a cui accorrevano sempre nuovi passanti, e circondavano un tram: c'era qualcosa a terra vicino al tram e io mi gridavo «Non andare, non andare» ma sapevo che i morti li coprono con un telo di tenda. Uscí una donna pallida, sorretta da una guardia, e non aveva indosso tracce di sangue: restai deluso e già me ne andavo, quando capii che la donna aveva avuto soltanto paura come me; e già tornavano a tremarmi le gambe perché la gente cominciò a muoversi, a circolare, e adesso dovevo guardare le rotaie. Il tram aveva dato indietro; la chiazza di sangue era enorme, riempiva lo spazio tra le rotaie, e le scanalature ne scorrevano.

. . . .

. . . .

Il Castello

Bagnanti ce ne sono sempre stati in questi paesi, e d'estate spuntano per la strada della collina, in mezzo ai canneti, e si voltano a guardare il mare. Può anche darsi che col tempo riempiano la città, e sul molo si vedano altrettante cabine. Se è vero che il porto s'insabbia e che un giorno sarà una spiaggia, vedremo anche questa. Ma io non ci credo. Non credo neanche che il porto sia gran che cambiato. È che i ragazzi ch'eravamo allora, non ci sono piú. E neanche i vecchi ci sono: morto Gregorio, non s'è trovato piú nessuno al Castello che sappia dire una parola a quelli che vengono a terra e li conosca e li accontenti. Quei pochi che ci capitano, prendono la strada del Corso e vanno subito a donne. Dormono chi sa dove.

L'altro inverno, eravamo appena sposati, che scendevo al Castello tutti i giorni. Era Ginia che diceva: – Dove sei? qui basto io, voglio vederti sempre allegro. Va' a spasso –. Io il gusto di vedere il mondo me l'ero già tolto, ma le donne non vogliono un uomo tra i piedi tutto il giorno: gli piace che ritorni a una cert'ora e raccontargli quello che han fatto e farsi raccontare. Adesso poi che aspetta un figlio, ne ha bisogno di muoversi e correre dall'orto in cantina.

Dalla strada certe mattine vedevo dei vapori che giravano i moli fumando nel sereno, e di rado, questo sí, magari un veliero che sembrava fermo. Da ragazzo bastava questo per mettermi le ali ai piedi; ero sicuro che nel corso della giornata il Castello si empiva di gente, negozianti, padroni, servitori, facchini, tutti su e giú sulla porta, tutti contenti dell'occasione di vedere novità.

Verso sera uscivano dal Castello i marinai ubriachi e noi li aspettavamo, li facevamo parlare e gridare, e la mattina dopo c'era da divertirsi a scaricare sacchetti, casse di frutta, corde, ogni sorta. Si era noialtri ragazzi i padroni delle barche e dei velieri all'ancora. La piazzetta dallo scalo al Castello era il nostro regno, e ancora adesso a mezzogiorno, manda un odore, un riverbero che mi ricorda quei tempi.

Quest'estate ci passai una volta, faceva caldo, e dico: «Saranno all'ombra». Entro al Castello, non vedo nessuno. Mi siedo contro l'inferriata della finestra, per sorvegliare la piazza e aspetto. Lo stanzone del Castello ha i muri imbottiti di legno e non c'è banco: servono direttamente dalla cucina. In cucina qualcuno lavava i piatti; nessuno viene. Mi alzo per farmi sentire e metto il naso in cucina: era aperto il lavandino e l'acqua faceva quel rumore cadendo sui piatti. Come se l'uscio fosse chiuso, dormivano tutti, anche le serve.

Quando racconto queste cose a Ginia, lei ride e dice che la colpa è delle donne. – L'avessi io il Castello, – ripete. Secondo lei non sanno servire i vecchi avventori né i nuovi. Dice che se si vogliono i bagnanti, bisogna cominciare dalle lampade e dai tavolini, buttare giú i muri, verniciare le porte, e del cortile fare un giardino. Ma neanche lei capisce che il Castello è il Castello, e che allora tanto varrebbe trapiantarlo sul Corso.

Io ci passavo volentieri, sperando sempre di vedere sulla porta uno di quei grossi negozianti dalla catena d'oro e vicino il mandriano dalla berretta sulle orecchie e dal bastone spellato, perché anche il bestiame passava una volta dal Castello. Ma adesso anche i negozianti sono vestiti come noi, e non ne vidi piú nessuno. C'era Ciccotto, questo sí, che veniva per vedere Carmela. Fin da ragazzi, quei due s'erano fatta compagnia e già allora per entrare al Castello bisognava essere amici di Carmela, che dagli scalini ci guardava giocare sulla piazza e aveva paura dell'acqua. Ciccotto allora, quando lei lo guardava, faceva dei tuffi in quell'acqua nera che lo portavano al fondo, e usciva fuori levando in mano qualcosa, pietre pezzi di ferro che aveva trovato. Con lui Carmela scappava di casa per andare per fichi o per uva sulla collina, e se li mangiavano insieme, dietro un muretto o sotto un ponte. Carmela a quel tempo andava scalza come noialtri. Ciccotto stava in una viuzza a pochi passi dalla piazzetta, dove suo padre aveva fatto il fabbro e adesso sua madre vendeva la frutta. Negli anni che togliemmo la voglia di vedere il mondo – chi lavorò lontano da casa, chi sposò chi sa dove, chi dev'essere morto – lui non si mosse dalla piazzetta. Alla leva lo trovarono malato e gli diedero un anno di vita. E lui che prima lavorava in fabbrica e guadagnava piú di tutti, tornò a casa e cominciò a sputar sangue.

Ciccotto veniva tutti i giorni al Castello con una scarpa al collo, e Carmela, che adesso non andava piú scalza, si faceva aspettare senza riguardo. In tutta la mattina era molto se entrava un facchino a bere in piedi un cicchetto. Lui gironzolava dalla cucina al cortile; la cognata o la serva gli dicevano che Carmela era uscita; e lui allora tornava ai tavoli, si metteva sotto la finestra, e aspettava guardandosi le mani. Lo trovavo cosí, oppure entrando lo vedevo alzar gli occhi alla porta, quegli occhi sporchi della malattia. – Sono io, – gli dicevo, – vieni a prendere il sole –. Ciccotto alzava le spalle, ma poi ci stava, e passavamo in cucina, dicevamo qualcosa alle donne, e uscivamo nel cortile, quel cortiletto di un piano che un ulivo in mezzo sopravvanzava. Era un grosso ulivo che dalla parte del muricciolo scopriva il mare, e anche qui avevamo regnato salendoci sopra a guardare nelle stanze. Un bel momento Carmela si affacciava a una finestra, a braccia nude, pettinandosi: non era mica uscita, si levava allora. Ciccotto con gli occhi in su fingeva di guardare nelle foglie.

Carmela aveva dei gerani sulla finestra e li bagnava con l'acqua del catino. Non so che cosa volessero dire i gerani, ma a Ciccotto faceva un enorme piacere quando lei li toccava e puliva vedendoci. Ci fermavamo e smettevamo di parlare. La serva veniva sulla porta della cucina a buttar via qualcosa e rideva. A me, con tutte quelle donne, pareva di essere tornato ragazzo.

Ma c'erano i giorni che Carmela era uscita davvero, e allora le donne, incontrando Ciccotto, gli dicevano che uscisse dai piedi, che se l'andasse aspettare in piazza. Lui girava con quella faccia scontenta e ficcava il naso dappertutto. Certi giorni mi veniva incontro scendendo le scale – che cosa avesse fatto lassú nelle stanze vuote, non so. Invece di stare al sole nel cortile a scaldarsi, era sempre negli angoli o sulle porte, tra quei muri grossi e muffiti. Avevo idea che battesse le nocche sui muri per sentire quanto erano spessi. Il Castello è vecchio, vecchie le tavole, vecchi i vetri, vecchie le pietre. Erano vecchi anche i liquori, comprati ancora da Gregorio: tante bottiglie da allora non erano piú state aperte. Se non ci fossi stato io che per creanza prendevo un cicchetto ogni tanto, lui non avrebbe lasciato un soldo al Castello.

Faceva freddo quell'inverno, ma Ciccotto era sempre sudato e dimagriva di giorno in giorno. Che cosa si dicessero lui e Carmela, non so, ma li lasciavo soli insieme quando Carmela vestita per uscire entrava in sala, e mi ficcavo in cucina a dare ascolto alla cognata che in quei momenti si dava da fare e gridava alla serva e spaccavano legna o parlottavano insieme in confidenza. Carmela da un pezzo non aiutava piú in cucina e quando litigavano, gridava alla cognata che lei quella bicocca l'avrebbe chiusa anche l'indomani. Se ne andava franca per la piazzetta, sempre arrabbiata, e l'unico che salutasse era Ciccotto. Se Ciccotto avesse avuto un mestiere, se almeno non fosse stato moribondo, sono sicuro che l'avrebbe preso lei. Quando Carmela non tornò piú al Castello e si seppe ch'era scappata con uno, Ciccotto fu l'unico a non cambiar faccia e a me disse che sapeva da un pezzo che sarebbe finita cosí. Ci sputò sopra un bello sputo nel fazzoletto e non si mosse dal tavolo dove stava seduto aggobbito. A me pareva ancora di vedergli Carmela seduta accanto sul bordo del tavolo, con le gambe accavallate, e non potevo credere che se ne fosse proprio andata abbandonandolo cosí.

. . . .
. . . .

Il fuggiasco

Sui fienili e nelle stalle da un pezzo non volevano piú nessuno, perché poi succedeva che venivano gli altri a far rappresaglia. Davano un piatto di minestra e del pane solo a chiederlo, ma dicevano di andarselo a mangiare lontano; ci voleva un discorso ben grosso per trattenerli sulla porta. Ogni tanto pioveva e bisognava ripararsi sotto i ponti. Quando trovai quella cappella abbandonata non dissi niente a nessuno e, ficcata della foglia nel sacco, mi ci misi a dormire. Di scappare e ascoltare ne avevo abbastanza.

Mi svegliai ch'era ancor notte piú che giorno e dalla finestretta non entrava tanta luce da vederla. S'era rimesso a piovere forte, e qualche spruzzo m'arrivava in faccia. Stavo disteso dentro il sacco e mi godevo il tepore. Non lontano, un cane abbaiava e lo immaginavo randagio sotto l'acqua e dolorante di fame. In quel buio invernale sembrava la voce di tutta la terra. Nel dormiveglia sussultavo.

La pioggia all'alba si schiarí e mi vidi intorno delle vigne vendemmiate. Tutto era fango e foglie rosse. Della cappella restava ancora un vetro rosa screpolato e da quel vetro si vedeva la campagna. Nella buona stagione dovevano starci per guardia dell'uva.

Qualunque cosa succedesse, era un posto fuorimano. Passai la giornata in paese. Era domenica e giocavano alle bocce. Io me ne stetti contro il muro a guardare le facce e conoscerli; li ascoltavo scherzare e gridare. Di lassú s'intravedeva nella nebbia tutta la vallata e la strada grande e le colline in faccia che calavano a Po. Un paese di quella valle era stato bruciato, e della gente uccisa. I piú dicevano per dire, ma un piccolotto che ascoltava disse subito: – Per passare è meglio di là; dove han bruciato non c'è piú sorveglianza.

Col buio tornai nella cappella e, inquieto com'ero, avrei voluto che piovesse. S'era invece levato un gran vento che sbatteva le stelle e rifaceva quella notte ch'ero uscito sulle colline. Nel vento tutto era nitido e nero e si sentivano le foglie rotolare. Dormii appena.

Il vento durò qualche giorno. C'era di buono che asciugava la campagna. Non sapevo risolvermi a lasciare il paese. Quell'ultima barriera di colline mi faceva paura.

Mi ritrovai col piccolotto delle bocce. Parlava poco ma capiva al volo. Mi aveva condotto nel suo cortile, dietro casa, e qui d'accordo con le donne portato un piatto di minestra. Poi a queste avevo dovuto raccontare delle storie, perché volevano sapere quando la guerra finiva. – Durasse anche un secolo, – dicevo, – chi sta meglio di voi? – C'era ancora sotto il portico la chiazza di sangue dove avevano ucciso il maiale. – Vedete com'è, – disse il mio giovanotto, – questa fine la dobbiamo far tutti.

Piú tardi, in cortile, gli avevo chiesto se non si vergognava di parlare soltanto. Lui mi aveva guardato ridendo e fatto un cenno alla casa e alla finestra illuminata.

– Avevo anch'io una casa, – gli dissi.

A lui lasciai vedere dove dormivo la notte. Mi accompagnò ch'era già buio e mi disse che, se bastasse dormire in chiesa per stare al sicuro, le chiese sarebbero piene. – Qui non è piú una chiesa, – dissi, – sull'altare ci han pestato le noci e acceso il fuoco per terra.

– Ci venivamo da ragazzi a giocare, – mi disse.

Poi mi disse com'era in paese e che tutti vivevano nella paura che sullo stradale toccasse una fucilata a un soldato o fermassero un camion. – A O... hanno incendiato anche la chiesa, – dissi.

– Bruciassero queste soltanto, – disse lui, – sarebbe una cosa.

Ma di tutte le chiese che avevo veduto, la mia cappelletta era la piú sicura. Raccogliemmo tutti i rami che trovammo, e coi cartocci della meliga buttati accendemmo un po' di fuoco nel cantuccio sotto la finestra. Poi seduti davanti alla fiamma fumammo nella pipa, come fanno i ragazzi. Dicevamo scherzando: – Per dar fuoco, sappiamo anche noi –. In principio non ero tranquillo, e uscii fuori a studiare la finestra, ma il riflesso era poco e, di piú, parato da un rialto. – Non si vede, no, no, – disse Otino.

Allora parlammo un'altra volta delle facce del paese e di quelli che avevano paura piú di noi. – Anche loro non vivono piú. Non è vivere. Lo sanno che verrà il momento.

– Siamo tutti in trincea.

Otino rideva. Lontano scoppiò una fucilata.

– Incominciano, – dissi.

Tendemmo l'orecchio. Ora il vento taceva e i cani abbaiavano. – Andate a casa, – dissi.

Spensi subito il fuoco. Passai la notte nel puzzo di fumo, tremando ai pensieri. Mi pareva, rivoltandomi nel sacco, che il suo scroscio riempisse la notte.

L'indomani studiai risoluto la barriera di colline che mi attendeva. Erano brune e disseccate dal vento e dalla stagione, limpide sotto il cielo. Il pericolo non era lassú, ma di là, sulle strade d'accesso ai ponti e alla piana. Nessuno sapeva dirmi la libertà di quelle strade. I nostri che battevano i boschi avevan certo provocato una cintura di terrore agli sbocchi. Era prudente abbandonare la cappella per cacciarsi laggiú?

Salii la stradicciuola a comprare del pane in paese. La gente mi guardava dagli usci, sospettosa e curiosa. A qualcuno facevo un cenno di saluto. Dalla piazza in alto, si vedevano altre colline quasi azzurre. Mi fermai contro la chiesa, sotto il sole. Nel tepore e nel silenzio ebbi un'idea di speranza. Mi parve impossibile tutto quel che accadeva. La vita avrebbe un giorno ripreso, sicura e ferma com'era in quest'attimo. Da troppo tempo l'avevo dimenticato. Il sangue e il saccheggio non potevano durare per sempre. Stetti un pezzo con le spalle alla chiesa.

Ne uscí una ragazza. Si guardò intorno e discese la strada. Per un istante entrò anche lei nella speranza. Scendeva guardinga sui ciottoli scabri. Ma fece la donna e non si volse a guardarmi.

Sulla piazzetta non vedevo anima viva e i tetti bruni ammonticchiati, che fino a ieri m'eran parsi un nascondiglio sicuro, adesso mi parvero tane da cui si fa uscire la preda col fuoco. Il problema era soltanto resistere alla fiamma finché un giorno fosse spenta. Bisognava resistere, per ritrovare un giorno la speranza intatta.

La sera vennero voci di un'azione nella vallata accanto, contro un paese che non aveva mai avuto un solo guaio. Cosí giuravano. Difatti non s'era sentita nemmeno una fucilata: le stalle erano state saccheggiate e dei fienili incendiati. La gente, fuggita nei boschi, sentiva i suoi vitelli muggire e non poteva accorrere. Era stato sul tardo mattino, proprio nell'ora ch'io guardavo dalla chiesa.

Andai a cercare Otino nel campo. Fermò uno dei buoi per

la coda, e mi disse: – Stanno freschi. Sono giornate che passano presto. Viene il maltempo e chi è piú capace a lavorare.

Gli dissi che poteva toccare anche a lui.

– Ma è per questo, – mi disse, – che diamo dentro a finire. Poi si sta chiusi fino a marzo.

. . . .

. . . .

Non ero stato il solo quel giorno a osservare le montagne che parevano nuvole. La padrona di Otino era uscita fra i pini e s'era fermata un momento a guardarle. Poi rientrando aveva appeso il secchio d'acqua in cucina e messo il latte al fuoco per il piccolo Guido. Da un pezzo era passato Otino coi buoi ma Guido dormiva e non era salito sul carro. La donna s'era fatta alla finestra e aveva chiesto a Otino se ero sempre in paese.

– Dorme sempre a San Grato? e chi è? – Allora Otino aveva detto che con me si poteva parlare ma che chiedere a uno «chi sei?» non si può. – Dalla montagna? forse viene di lassú? – gli aveva detto la padrona.

– Gli scarponi li ha, – disse Otino.

Nel pomeriggio erano andati con le sorelle di Otino a raccogliere le ultime mele. Guido corse avanti col cesto, e un grosso nugolo di storni s'era levato dai filari. Fecero un rombo come fosse un motore. Guido si chinò e ai fuggiaschi tirò una manciata di sassi, strepitando a mitragliatrice: – Tatatà, tatatà.

– Fatti furbo, – gli disse la donna, – sei vecchio quest'anno.

Le ragazze ridevano. – Siete vecchie voialtre, – disse Guido. – E vi piace ballare. Volete che la guerra finisca per tornare a ballare.

– Tu non vuoi che finisca? – disse una.

– Non può finire, – disse Guido, – quando la guerra è dappertutto come adesso, non può finire mai piú.

La padrona disse: – Raccogliamo queste mele.

Dalla vigna Guido aveva fatto una corsa al campo di Otino e rotolando in mezzo ai solchi chiamò se c'ero anch'io.

– Chi? – gridò Otino.

– Quell'uomo che dorme a San Grato. San Grato!

– È andato via. Via! – rispose Otino, senza fermare l'aratro.

– Dovevi dirgli di venire a casa nostra.

– Perché? – gridò Otino, ridendo.

– Perché le donne sono vecchie. Vecchie!

Poi Guido corse fino ai piedi della costa, scese ancora, arrivò tanto in basso nel campo, che invece di vedere le colline a strapiombo le travedeva lontane, fra gli steli del canneto.

Qui si nascose nelle canne, e pensò che cominciasse un'azione, e si tastava le mele nella camicia, indeciso se farne pallottole o pane. Poi le morse e scagliava i torsoli agli uccelli. Cercò piú volte col tiro di passar sopra alla cappella di San Grato, per non farsi un nemico di chi ci dormiva, e s'accostò alla cappella strisciando per terra. A quell'ora io scendevo dalla collina del bosco, dove salivo per dominare la valle.

Lassú era pieno di nascondigli e di valloni, di stradette perdute nella macchia, di salti improvvisi nel vuoto. Avevo visto di lassú nel campo bruno i buoi d'Otino che sembravano fermi. Nell'aria fresca si sentivano le voci suonare tranquille, e se un urlo, uno sparo, avesse rotto quella calma i buoi laggiú non si sarebbero mossi. Quella sera ero contento; dovevo mangiare una minestra nel cortile di Otino, poi tornarmene solo nella vecchia cappella e star nascosto. Pensavo che, se nessun armato sarebbe mai salito per quelle strade, il mio rifugio era come un gioco, come un'insolita villeggiatura di convento. In alto, sulla collina, avevo ritrovato quella speranza, quella libertà, e capivo che per viverla bastava pensarla reale. Qui non c'erano le case, le soffitte e le piazze dove il pericolo guatava all'angolo. Qui nessuno mi aspettava a un appuntamento mortale. Qui non c'era che terra e colline e bastava appiattirsi alla terra per vivere ancora.

. . . .

. . . .

Anni

Di quel ch'ero allora non resta piú niente: appena uomo, ero ancora un ragazzo. Lo sapevo da un pezzo, ma tutto avvenne alla fine dell'inverno, una sera e un mattino. Stavamo insieme, quasi nascosti, in una stanza che dava su un viale. Silvia mi disse, quella notte, che dovevo andarmene, o andarsene lei – non avevamo piú niente da fare insieme. La supplicai di lasciare che provassimo ancora; ero disteso al suo fianco e l'abbracciavo. Lei mi disse: – A che scopo? – Parlavamo a voce bassa, nel buio.

Poi Silvia s'addormentò, e io tenni fino al mattino un ginocchio contro il suo. Comparve il mattino com'era sempre comparso, e faceva molto freddo; Silvia aveva i capelli negli occhi e non si muoveva. Nella penombra io guardavo il tempo passare, sapevo che passava e correva, e che fuori c'era la nebbia. Tutto il tempo ch'ero stato con Silvia in quella stanza, era come una sola giornata e una notte, che adesso finiva al mattino. Allora capii che non sarebbe mai piú uscita con me nella nebbia fresca.

Era meglio se mi vestivo e me ne andavo senza svegliarla. Ma adesso avevo in mente ancora una cosa da chiederle. Aspettai, cercando di assopirmi.

Quando fu sveglia, Silvia mi fece un sorriso. Riprendemmo a parlarne. Lei disse: – È bello esser sinceri come noi. – Oh Silvia, – bisbigliai, – che cosa farò uscendo di qui? dove andrò? – Era questo che avevo da chiederle. Senza staccar la nuca dal cuscino, lei sorrise di nuovo, beatamente. – Sciocco, – disse, – andrai dove vuoi. Non è bello esser liberi? Conoscerai tante ragazze, farai tutte le cose che vuoi. Parola, che t'invidio.

Adesso il mattino riempiva la stanza e non c'era un po' di calore che nel letto. Silvia aspettava paziente. – Tu sei come una prostituta, – le dissi, – e lo sei sempre stata.

Silvia non aprí gli occhi. – Ora che l'hai detto stai meglio? – mi disse.

Allora me ne stetti come se lei non ci fosse, e guardavo il soffitto e piangevo senza rumore. Le lacrime mi riempivano gli occhi e colavano sul guanciale. Non valeva la pena di farmene accorgere. Tanto tempo è passato, e adesso so che quelle lacrime mute furon l'unica cosa da uomo che feci con Silvia; so che piangevo non per lei ma perché avevo intravisto il mio destino. Di quel ch'ero allora non resta piú niente. Resta soltanto che avevo capito chi sarei stato in avvenire.

Poi Silvia mi disse: – Adesso basta. Devo alzarmi.

Ci alzammo insieme, tutt'e due. Non la vidi vestirsi. Fui presto in piedi, alla finestra, e guardavo le piante trasparire. Dietro la nebbia c'era il sole, il sole che tante volte aveva intiepidito la stanza. Anche Silvia fu presto vestita, e mi chiese se non portavo con me la mia roba. Le dissi che prima volevo scaldare il caffè, e accesi il fornello.

Silvia, seduta alla sponda del letto, si mise a rifarsi le unghie. In passato se l'era sempre rifatte al tavolino. Sembrava soprapensiero e i capelli le cadevano continuamente sugli occhi. Allora dava scosse con la testa e si liberava. Io girai per la stanza e raccolsi la roba. Ne feci un mucchio su una sedia e a un tratto Silvia saltò in piedi e corse a spegnere il caffè che versava.

Poi tirai la valigia e ci misi la roba. Intanto, dentro mi sforzavo di raccogliere tutti i ricordi spiacevoli che avevo di Silvia – le futilità, i malumori, le parole irritanti, le rughe. Questo portavo via dalla sua stanza. Quel che lasciavo era una nebbia.

Quand'ebbi finito, era pronto il caffè. Lo prendemmo in piedi, accanto al fornello. Silvia disse qualcosa, che quel giorno sarebbe andata da un tale, a parlare di una faccenda. Poco dopo, deposi la tazza e me ne andai con la valigia. Fuori la nebbia e il sole accecavano.

Lavorare è un piacere

Io vissi sempre in campagna nella bella stagione, da giugno a ottobre, e ci venivo come a una festa. Ero un ragazzo, e i contadini mi portavano con loro ai raccolti – i piú leggeri, far su il fieno, staccare la meliga, vendemmiare. Non a mietere il grano, per via del sole troppo forte; e a guardar l'aratura d'ottobre mi annoiavo, perché come tutti i ragazzi preferivo, anche nel gioco e nella festa, le cose che rendono, le raccolte, le ceste piene; e solamente un contadino vede nei solchi appena aperti il grano dell'anno dopo. I giorni che non c'era raccolto, me ne stavo a girare per la casa, o per i beni tutto solo, e cercavo la frutta o giocavo con altri ragazzi a pescare nel Belbo – lí c'era dell'utile e mi pareva una gran cosa tornare a casa con quella miseria, un pesciolino che poi il gatto si mangiava. In tutto quello che facevo mi davo importanza, e pagavo cosí la mia parte di lavoro al prossimo, alla casa, e a me stesso.

Perché credevo di sapere che cosa fosse lavoro. Vedevo lavorare dappertutto, in quel modo tranquillo e intermittente che mi piaceva – certi giorni, dall'alba alla notte senza nemmeno andare a pranzo, e sudati, scamiciati, contenti – altre volte, gli stessi se ne andavano a spasso in paese col cappello, o si sedevano sul trave a discorrere, e mangiavamo, ridevamo e bevevamo. Per le strade incontravo un massaro che andava sotto il sole a una fiera, a vedere e parlare, e godevo pensando che anche quello era lavoro, che quella vita era ben meglio della prigione cittadina dove, quand'io dormivo ancora, una sirena raccoglieva impiegati e operai, tutti i giorni tutti i giorni, e li mollava solamente di notte.

A quel tempo ero convinto che ci fosse differenza tra uscire la mattina avanti giorno in un campo davanti a colline pestando l'erba bagnata, e attraversare di corsa marciapiedi consunti, senza nemmeno il tempo di sbirciare la fetta di cielo che fa capolino sulle case. Ero un ragazzo, e può anche darsi che non capissi la città dove raccolti e ceste piene non se ne fanno; e certo, se mi avessero chiesto, avrei risposto ch'era meglio, e piú utile, magari andare a pescare o raccogliere more che non fondere il ferro nei forni o battere a macchina lettere e conti.

Ma in casa sentivo i miei parlare e arrabbiarsi, e ingiuriare proprio quegli operai di città come lavoratori, come gente che col pretesto che lavorava non aveva mai finito di pretendere e dar noia e far disordini. Quando un giorno si seppe che in città anche gli impiegati avevano chiesto qualcosa e dato noia, fu addirittura una cagnara. Nessuno in casa nostra capiva che cosa avessero da spartire o guadagnare gli impiegati – gli impiegati! – a mettersi coi lavoratori. «Possibile? contro quelli che gli dan da mangiare?» «Abbassarsi cosí?» «Sono pazzi o venduti». «Ignoranti».

Il ragazzo ascoltava e taceva. Lavoro per lui voleva dire l'alba estiva e il solleone, la corba sul collo, il sudore che cola, la zappa che rompe. Capiva che in città si lamentassero e non volessero saperne – le aveva viste quelle fabbriche tremende e quegli uffici soffocanti – starci dentro dal mattino alla sera. Non capiva che fosse un lavoro. «Lavorare è un piacere», diceva tra sé.

– Lavorare è un piacere, – dissi un giorno al massaro, che mi riempiva il cesto d'uva da portare alla mamma.

– Fosse vero, – rispose, – ma c'è chi non ne ha voglia.

Quel massaro era un tipo severo, che il piú del tempo stava zitto e sapeva tutti i trucchi della vita di campagna. Comandava anche a me qualche volta, ma per scherzo. Aveva terre sue, una cascina oltre Belbo e ci teneva dei massari.

Questi massari la domenica gli venivano a portare la verdura o a dare una mano se il lavoro picchiava. Lui era sempre dappertutto e lavorava a casa nostra, lavorava sul suo, girava le fiere. Quando i massari ci venivano e non c'era, si fermavano a discorrere con noi. Erano due, il vecchio e il giovane, e ridevano.

– Lavorare è un piacere, – dissi anche a loro, quell'anno che i miei si arrabbiavano perché in città c'eran disordini.

– Chi lo dice? – risposero. – Chi non fa niente, come te.

– Lo dice il massaro.

Allora risero piú forte. – Si capisce, – mi dissero, – hai mai sentito dir dal parroco che andare in chiesa sia mal fatto?

Capii che il discorso diventava di quelli che si facevano in casa quell'anno.

– Se non vi piace lavorare, – dissi, – vi piace raccogliere i frutti.

Il giovane smise di ridere. – Ci sono i padroni, – disse adagio, – che dividono i frutti senz'aver lavorato.

Lo guardai, rosso in faccia.

– Fate sciopero, – dissi, – se non siete contenti. A Torino si fa.

Allora il giovane guardò suo padre, mi strizzarono l'occhio, e tornarono a ridere.

– Prima dobbiamo vendemmiare, – disse il vecchio, – poi vedremo –. Ma il giovane scosse la testa e rideva. – Non farete mai niente, papà, – disse adagio.

Difatti non fecero niente, e in casa mia si continuò a piantar baccano sui disordini d'impiegati e operai ch'eran stati guastati dalla facile vita degli anni di guerra. Io ascoltavo e tacevo, e pensavo agli scioperi come a una festa che permetteva agli operai d'andare a spasso. Ma un'idea – da principio non fu che un sospetto – m'era entrata nel sangue: lavorare non era un piacere nemmeno in campagna. E stavolta sapevo che il bisogno di vedere il raccolto e portarselo a casa, era ciò che impediva ai villani di fare qualcosa.

Fuoco grande

I. *Giovanni*

L'ultima volta che andai al mare con lei, Silvia si rivestí tra i ginepri e la vidi chinata scrollarsi il costume dalle gambe, tutta rosa e brunita. La faccia gliela nascosero i capelli. Io chiamai il suo nome, ma a voce cosí bassa che tra i capelli non mi sentí. Fu l'ultima volta, e quel giorno non l'avevo neanche toccata. Poi ce ne andammo e l'indomani lei mi disse che non voleva piú saperne di me. Allora stetti solo e non mangiai che frutta e avanzi per molti giorni. Mi piaceva soltanto uscire e camminare.

Camminando pensavo con chi poteva essersi messa Silvia. La volevano in molti. Ci pensavo anche di notte quando non potevo dormire, e le dicevo delle cose a bassa voce contro il cuscino, come se lei fosse lí accanto. «Silvia, – le dicevo, – ritorna. Che cosa ti costa ritornare? Sei stata cosí poco con me. Dobbiamo fare insieme tante cose. Ritorna».

In nessuno di quei giorni Silvia tornò. Non sapevo con chi stava. Non era lei ch'era sparita; lei non aveva cambiato per nulla il suo modo di vivere; sapevo la casa, le stanze, le parole che diceva, il suo risveglio, le strade; chi s'era perduto ero io e non mi vedevo piú intorno cosa che conoscessi. Ero come chi aspetta una persona su un angolo, e la persona ritarda, e lui s'accorge stupefatto dei passanti, delle chiazze sui muri, dei negozi che non aveva visto mai. Mi accadeva di vedere altre donne. «Quante Silvie, – dicevo. – Ogni donna è una Silvia. Possibile?» Altre Silvie avevo conosciuto in passato. La mia vita era un nodo di Silvie che mi avevano accostato un istante. Tutte si somigliavano, tutte mi avevano capito al volo. Ma stavolta seppi ancora questa cosa: che quel che penavo per Silvia non era casuale. Dovevo pensare che proprio con Silvia non mi era consentito di vivere. Lei, quegli occhi, quei capelli, quella voce, non erano fatti per me. Già nascendo s'eran formati e cresciuti per essere visti, ascoltati e baciati da un altro, da un uomo diverso, che di me non avesse nulla, che mi fosse piú dissimile di un animale o di un tronco. Che si poteva fare?

A quel tempo credevo che il modo come avevo vissuto con Silvia fosse una cosa irreparabile, e che il mio corpo, la mia pelle e i miei gesti, non fossero piú quelli di prima. Ma sapevo che giorno per giorno qualcosa di quella nuova sostanza se ne andava e mi pareva di perderci il sangue, la vita.

Invece un'alba si levò e rividi Silvia. Mi aveva mandato a chiamare e parlava impacciata cercando di sorridere. Mi venne incontro strofinandosi un fianco che aveva urtato contro la porta e mi disse: – Sei vivo?

– Certo, – le dissi.

– Che male che fa, – e si toccò ancora.

Mi parlò in piedi, nella prima stanza, perché di là aveva gente che facevano baccano, e non capivo se rideva per un discorso interrotto o se voleva farmi festa. – Di ridere hai voglia? – mi disse.

– Tu no?

– No, quella gente mi dà noia, – disse lei. – Sei piú stato in mare?

Era inverno, e d'un tratto mi parve che agosto tornasse.

– Tu non sei piú quello di prima, – disse.

– Perché?

– Guardami in faccia.

La guardai. Mi guardava aggrottata.

– Tu non mi vedi, – disse. – Tu non hai mai veduto me. Che cosa hai fatto in questi mesi?

– Niente.

– Vuoi aiutarmi, Giovanni? – chiese a un tratto.

Io non mi ero levato il mantello. Avevo ancora il bavero alzato. La guardai cosí come l'avevo ricordata salendo le scale e mi parve di non essere mai uscito da quella stanza.

– Vuoi aiutarmi?

Non sorrideva piú. Guardava a terra. Di là facevano baccano e riconobbi qualche voce.

– Devo tornare a Maratea, – disse adagio. – Devo tornarci subito. Con te –. Mi guardò viva e dura. – Vuoi sapere il motivo?

La guardai senz'aprir bocca.

– Mi terrai compagnia, – disse. – Mi dirai che cosa hai fatto in questi mesi.

Poi mi disse di andarmene. – Partiamo domani alle sette.

Quella sera dovevo veder Giorgio, un amico vecchio, che

aveva saputo come vivevo in quei mesi e voleva distrarmi. Lo portai nella bettola dove mangiavo qualche volta. Gli pagavo la cena. Fuori faceva freddo e c'era festa. Era la vigilia di Natale e l'aria sapeva di montagna.

– Ti è toccata una disgrazia? – disse subito Giorgio prendendomi il braccio come si fa con le ragazze.

Sulla porta ci staccammo. – Che cosa intendi per disgrazia? – dissi.

– Volere qualcosa che non si può avere.

Non sapevo decidermi a entrare. Respiravo quel vento che veniva di lontano. Maratea era alle falde di un monte selvoso e bagnava le sue case al mare. Silvia era quel paese. Quante volte ne aveva parlato.

– Non voglio niente, – dissi. – Stasera e stanotte non voglio piú niente.

Mentre mangiavamo nel chiasso, Giorgio mi raccontò che da bambino aveva capito improvvisamente che si poteva esser felici senza dire una parola né muovere un dito, semplicemente rifiutando di volere cose nuove. – Non c'è bambino che non abbia già tutto, – disse. – È allora che s'impara a esser felici.

Giorgio mi guardava sorridendo, come aspettasse da me una mia parola – un consenso o uno scoppio di lacrime. Sentiva di avermi toccato dicendo bambino. Giorgio è sciocco; di quella innocenza testarda che vuole tutti uguali a sé.

– Tutti vogliamo quel che abbiamo in fondo al sangue, – dissi. – Non c'è niente di nuovo. Io da bambino mi arrabbiavo quando avevo finito la mela.

Ma Giorgio continuava a sorridere e mi chiese con gli occhi: – L'hai dunque finita la mela, che sei cosí triste? – e io respirai per un attimo l'aria vuota dei mesi passati, il distacco, la morte, quel buio agghiacciato di prima dell'alba, e la strada tra mare e montagna, annerita e fresca, dischiusa tra poco al tremito del giorno. Nel cuore cantavo e dissi a Giorgio un'altra volta: – Abbiamo tutto in fondo al sangue.

Viaggiammo tutta la mattina lungo la costa bruna e bassa, e gli altri pochi passeggeri venivano da molto lontano, per trovarsi ancor sul treno la mattina di Natale. Silvia taceva in un cantuccio e guardava scontrosa me e gli altri, ma a un certo momento mi aveva sorriso per farmi coraggio.

Qualcuno notò nel cielo nebbioso un volo basso di uccelli marini e tutti si mossero a guardare, tutti, anch'io, tranne Silvia che mi chiese cos'era. Mentre la gente discuteva, io le vidi un sorriso furtivo sulle labbra, come a una bimba, e invidiai quegli uccelli.

Capii piú tardi perché aveva sorriso. Dietro le case di Maratea la montagna, prima di farsi bosco, era una rupe a strapiombo, enorme e sanguigna, ch'era nido perenne agli uccelli svolazzanti dal mare. Silvia mi disse che, in passato, correva là sotto ogni sera a raccogliere piccole piume. Camminammo su un viottolo brullo, avendo il mare alle spalle e intorno, nell'ultima luce, ficaie d'india e tronchi morti. L'orizzonte era tutto montagne, accidentate, nere. Prima, in mezzo alle case, la gente sugli usci s'era tolto il berretto o taciuta un istante, al vederci passare. Eran uomini secchi, villosi, donne tarchiate e gutturali, che sbirciavano furtive la grossa pelliccia di Silvia. Sembravano sorpresi, non contenti come avrebbero dovuto. Perfino un cane si fermò a guardarci.

La casa di Silvia era fuori paese, su una costa di faggi. Brillava una luce a un finestrone. Tanto tempo è trascorso, tante cose terribili abbiamo commesso, e vili e indegne di noi, ma quei muri nella notte che scende, e la luce tranquilla e i portici scuri, mi appaiono ancora, a ripensarci, qualcosa di misterioso e di ricco, quasi che là fosse trascorsa la mia infanzia, con la sua.

II. *Silvia*

Dal telegramma non si capiva che cosa avesse. Ricordo che leggendolo pensai prima ad un tranello, un modo per farmi cascare. Leggendolo fu questo che pensai. Ma rileggendolo qualcosa incominciò a tremarmi dentro, un tremito che fosse vero, che non ci fosse altro che il senso delle parole. Pensai che poteva essere vero e mentre lo pensavo sentii il sangue battermi forte, sempre piú forte mentre capivo che non c'era dubbio e allora cominciai a girare per casa e la casa mi parve ancora piú isolata come se fosse in mezzo al mare.

Poi sentii freddo. Aspettavo gente per la sera e mi stavo vestendo, e quando ripresi a vestirmi doveva essere passato del tempo perché nella stanza era già quasi buio e per truccarmi accesi la luce vicino allo specchio. Mi truccavo e intanto cercavo di vincere quel tremito freddo. «Dopo tutto non è la fine del mondo e può non avere conseguenze», ragionavo. In cucina cercai il vassoio che non era al suo posto, preparai le tazze per la serata, misi la pentola dell'acqua sul fornello, preparai pane imburrato. E ogni gesto mi sembrava definitivo, toccavo ogni cosa cautamente come se potesse precipitare.

Ero piú calma muovendomi in quel modo. Flavia arrivò per prima. Flavia ormai mi conosceva, non le avevo nascosto niente perché mi conoscesse. Era piccola con gli occhi grandi e dolci e in tutto era dolce e chiara come gli occhi e la pelle. Vide in cucina che io avevo già preparato e siccome mi conosceva dimostrò meraviglia che non l'avessi aspettata e mi fossi messa io, insolitamente, a preparare quelle cose. Si guardò attorno in cucina e disse: – Hai preparato tutto, – e allora tornammo in camera mia. Il letto era sfatto ancora dal mattino. Lei disse: – Il letto bisogna rifarlo, – e prese a muoversi intorno al letto tirando su lenzuola e coperte. Toccò i fiori nei vasi e si sedette. Mi chiese: – Chi viene stasera?

– Gente dall'ufficio, – dissi io, – porteranno da bere.

La mia voce ormai era quella di sempre. Le persiane alle finestre erano aperte e le case di fronte si vedevano appena, attraverso la nebbia del fiume.

Flavia parlava: – Abbiamo ottenuto l'aumento. Ci hanno visti decisi e abbiamo ottenuto l'aumento. Mettetevi in sciopero anche voi.

Io dissi piano: – Flavia, leggi quel telegramma –. E mentre lei lo leggeva avrei voluto gridare che era un tranello, una trappola per farmi cadere. Rivedevo mia madre che confabulava, mia madre come l'avevo vista, un ragno, una bestia acquattata. Avrei voluto infuriarmi e urlare che mia madre era come una bestia, ma Flavia non mi guardava ed io capii che anche lei non aveva dubbi. Mi domandò: – Quando parti?

Io mi ero di nuovo calmata. Pensai che dovevo partire. Non avevo pensato ancora che dovevo partire. Pensavo che tutto finisse lí, nel telegramma e in quel tremito pungente e poi niente altro che non fosse la solita vita, il lavoro, l'ufficio, le miserie di ogni giorno, la fatica di ogni giorno ad essere viva quando tutto è già accaduto, senza rimedio e anche l'imprevisto non poteva rimediare. C'era solo da essere vivi, giorno per giorno come ignorando che tutto era accaduto e persino che cosa era accaduto, perché non ci fosse piú speranza.

Ero quasi ubriaca una sera, altrimenti non l'avrei confidato nemmeno a me stessa. Giovanni ed io eravamo stati al mare. Una giornata intera nel sole e nel mare. Al ritorno Flavia ci aspettava e andammo tutti e tre a mangiare in trattoria. Poi Flavia dormí nel mio letto. Io ero smaniosa. Avevamo bevuto. Anche Flavia aveva bevuto. Giovanni ci aveva accompagnato. Per tutta la strada aveva tenuto il mio braccio, stretto come se gli scappasse. E io avevo voglia di scappare e di muovere il braccio liberamente e non avere quel corpo accanto teso ed intenzionato.

– Giovanni, – gli dicevo, – non mi potresti lasciare? Ti prego, Giovanni, sarebbe cosí bello se tu potessi scomparire.

Glielo dicevo scherzando e forsennata. Era peggio di un carcere la strada col braccio stretto in quel modo.

Gli dicevo: – Giovanni, perché non ti sposi? Perché non ti metti con quell'altra?

Giovanni diventava tetro. Flavia ogni tanto mi guardava come si guarda un mare in bufera. Giovanni non mi guardava. Io nemmeno lo guardavo, guardavo in alto e camminavo come se fosse discesa e in fondo un salto da fare.

Lui camminava a testa bassa. La strada era la stessa anche prima, ma allora Giovanni non mi teneva cosí stretta e io potevo camminargli accanto. Le strade allora erano deserte e sui muri il chiarore della luna. Io sapevo che non c'era speranza, lo sapevo però cosí oscuramente che invece potevo pensare che c'era speranza. «Giovanni è speciale, – pensavo, – mai visto un uomo cosí. Con Giovanni è possibile», pensavo, e glielo dicevo anche.

– Sai, – gli dicevo, – non mi posso innamorare, però con te c'è speranza.

Anche per quegli altri avevo sperato, ma dopo la sera che parlai con Flavia nel mio letto e avevamo bevuto, capii che niente poteva cambiare e che c'era una cosa accaduta per sempre come se mi avesse folgorato.

Giovanni camminò in silenzio fino alla mia casa. Mentre aprivo il portone chiese se poteva ancora vedermi e io gli dissi che certo poteva vedermi: – Sono di carne, – gli dissi col tono di tutta la serata. – Non sono uno spirito invisibile. Vieni domani in ufficio –. E lui se ne andò a testa bassa. A letto con Flavia cominciammo a parlare. Io ero tutta agitata per il sole che avevo preso e mi bruciavano le spalle. Le finestre erano aperte e si sentivano, dagli argini del fiume, le rane e i grilli.

Flavia disse: – Però come lo tratti quel povero Giovanni –. Sinceramente lo compassionava benché fosse sempre ammirata per come io potevo trattare Giovanni o uno qualunque di quegli altri.

Io dissi: – Non è colpa mia se non mi posso innamorare; l'intenzione ce l'ho e anche la voglia. Stasera, per esempio, ho voglia.

Lei disse: – E allora perché lo tratti in quel modo?

– Perché ho disgusto che lui abbia voglia –. Dissi: – Ecco perché.

– Non capisco, – disse Flavia. – Io quando ho voglia tratto bene, – disse lei. – Quando si ha voglia si dà e si riceve.

Io ero agitata. Persino il respiro di Flavia cosí vicino mi dava agitazione. Pensai che Flavia era morbida e dolce e pensai che i suoi polsi si potevano spezzare. Le presi un polso e lo strinsi nella mia mano. Le dissi: – Che polso ridicolo hai.

Lei disse: – Ridicolo perché?

Ed io: – Mario non ti ha mai fatto male?

– Credo di no, – disse lei. – Io almeno non ho mai sentito male.

– Dimmi, – chiesi, – prova a spiegarmi quello che senti –. E mentre Flavia parlava io non capivo.

Diceva: – Adesso che Mario è lontano, faccio uno sforzo a non pensarci; solo a pensarci mi sento illanguidita.

– Anche la prima volta illanguidita?

Flavia mi rispondeva come se fosse un discorso normale quello fra noi, come se fosse un'abitudine per noi quell'argomento e continuava a raccontare di Mario e lei, come era stato la prima volta e poi come era stato sempre piú bello e che adesso non poteva stargli lontana.

Io non avevo mai fatto quei discorsi, e da principio che Flavia parlava pensavo ancora che fosse lo stesso per tutte, che tutte sentissero la medesima cosa, e quindi non capivo.

– Tu che provi? – mi chiese.

Io le dissi che per me era diverso. – Io credevo che fosse cosí per tutte press'a poco, – dissi.

Flavia si era sollevata e il chiaro suo volto mi scrutava.

Io dissi: – Anche la voglia ho diversa, anche la smania ho diversa.

– E come, dunque?

– Come? – le dissi. Ma di colpo lo seppi come ero, e fu in quello sgomento che seppi come ero, come cieca in un mondo che vede, e prima non sapevo come ero, né in che fossi diversa.

Flavia tacque e si alzò sul guanciale. – Che pensi? – Flavia mi domandò.

Lo sguardo di mia madre quel giorno.

– Da dove vieni? – mi chiese. Mia madre mi guardava. Io riuscii a balbettare.

– A che fare in scuderia? – e mi guardava.

– Niente, – dissi. – Ho dato la biada a un cavallo.

– Bel sistema ridursi in quello stato, – disse e intanto mi guardava. Non so come guardandomi mi penetrasse in quel modo.

Io mi reggevo appena sulle gambe sicché, mentre lei mi guardava in quel modo, caddi svenuta.

Flavia adesso fumava. – Che pensi, Silvia? – mi domandò. E non piú per sapere, ma per la paura di quel silenzio che si era fatto sulle nostre parole.

Di mia madre avevo parlato a Giovanni. Gli avevo detto come mi guardava e come l'obbedivano in paese. Gli raccontavo una storia che somigliava. Con Giovanni parlavamo tanto. Poi anche lui cominciò a disperarsi come quegli altri prima di lui. Pensavo quanto si erano disperati Giovanni e quegli altri. Pensavo al mare e al sole di quel giorno e a Giovanni come si era accucciato per tutto il resto del giorno. Ogni tanto mi chiamava, piano. Io nemmeno rispondevo per il rischio che mi volesse ancora baciare.

I primi tempi era bello con Giovanni. Facevamo progetti. Io gli dicevo che non mi potevo innamorare, ma lui faceva progetti cosí belli che a volte pensavo persino che si potessero realizzare. Il disgusto mi venne all'improvviso, sulla spiaggia, quel giorno. E fu cosí intollerabile che mi volesse baciare che dopo, quando accucciato mormorava il mio nome, io nemmeno mi voltavo, ferma come se dormissi.

I primi tempi parlavamo tanto. Stavo in città da dieci anni e mi consideravo cittadina. Del mio paese, con Giovanni potevo parlare. Parlavo di mia madre e dell'infanzia. Gli raccontavo una storia in cui io ero ribelle al paese e a mia madre dal terribile sguardo, una storia che somigliava: avevo tredici anni, quando ero fuggita e da allora lavoravo in città. Un giorno gli parlai del primo amore. Fu una storia cosí ben costruita che quasi mi commosse mentre gli parlavo. « Morto in guerra », diceva la storia. – E cosí, – dicevo, – è difficile che io mi possa innamorare.

Di questa volta, la prima, Giovanni non era geloso. Anzi diceva: – Povera Silvia; eppure è bello per te, che sia stato un grande amore, anche se adesso non ti puoi piú innamorare.

Ma io non ci credevo a questa storia, né ci pensavo alla vera. Fu a Flavia, quella notte che parlammo, che raccontai tutta la storia e c'era già il fresco e la luce dell'alba e quando tacqui era come se mi fossi dissanguata.

III. *Giovanni*

– Voglio arrivare in tempo, – aveva detto Silvia quasi correndo sul viottolo.

Entrammo nel cortile, davanti ai portici scuri; e un contadino seduto contro lo stipite del muricciolo si alzò e aspettò Silvia. Parlarono, guardando la finestra illuminata. Erano già sulla porta, quando Silvia si volse e mi gridò di stare lí, di fare quello che volevo, di sedermi e aspettarla. Entrarono insieme.

Subito dopo il contadino uscí, mi venne incontro e aspettava anche lui. Era scuro, un uomo asciutto e ricciuto. Mi guardò appena, eppure attese, con l'aria cauta di un cavallo adombrato. Io, venendo con Silvia, mi ero atteso qualcosa di simile. Ma piuttosto dalle cose – dalle pietre dalle piante e dal cielo – dalla sua terra insomma. Non avevo pensato che anche la gente, i cuori e gli sguardi umani, sarebbero come lei, chiusi in quel modo impenetrabile. Conoscevo di Silvia gli umori scattanti, le gaiezze, la dolcezza brutale e repentina, che la invadeva tutta quanta senza sforzo, come una fiamma avvolge un tronco. E pensavo che anche gli altri fossero pronti a aprirsi e riardere d'un tratto, come lei.

Il contadino mi sbirciava, nel cortile ormai fosco, e la finestra in alto brillava sempre. C'era nell'aria, nella caligine fredda, un sentor acre che mi parve una cosa sola con quel buio. Era come se non lontano bruciassero scorze d'arancia sulla carbonella. Dilatai le narici.

D'un tratto sentii chiamare, dall'alto. E una donna sbucò – parve scalza – dal portico e disse qualcosa traversando di corsa il cortile e sparí in casa. Anche il contadino voltò il capo e fu lí per parlare; ascoltai, lui si cacciò una mano in tasca e tirò fuori qualcosa che esaminò accostando la mano alla faccia. Io feci un passo e mi guardai intorno. Decisi di non farci piú caso, e pensare a me stesso.

Dissi di botto a voce alta: – Stanno in molti in questa casa?

Il contadino mi guardò – parve sorpreso e incuriosito; – poi sorrise in un lampo come un ragazzo, e disse subito:

– Non ci pensate. È casa grande.

In quel momento due finestre s'accesero a pian terreno, e la luce rischiarò anche il cortile, di sbieco. Sentii il frastuono di un carro alle mie spalle, e molte voci – una cantava – e sulla porta, quasi subito, ci fu qualcuno e ci chiamarono. Il cortile si riempí di rumori. Ecco che avevo salito i gradini e dicevo: – Sei tu, Silvia? – e il contadino era sparito e una figura tozza e grassa mi tese la mano e mi diceva: – Che diamine? salite anche voi, – ed entrammo nella sala illuminata.

Che cosa dissi alla madre di Silvia? Non sapevo che dire; mi aspettavo una brusca domanda: «Lei, che vuole da Silvia?»; ero entrato in un mondo di passato e di sangue, di cose compatte e ignote, come si entra nel letto di un altro. Quello che c'era tra me e Silvia – o c'era stato – mi negava anche la calma indifferenza di una visita. Ero lí per fiutare, ricordare e soffrire. Potevo parlarne?

Mi contenni come in visita. E la madre di Silvia mi accolse come una signora – innervosita e pronta – che ha cose troppo piú gravi sulle spalle ma sa il suo dovere. Le dissi del viaggio – parlammo in piedi davanti a uno specchio – mi chiese dell'umore di Silvia. – Che Natale! – diceva, corrugando lo sguardo in materna sollecitudine; la scusassi – era dura e cortese. Strascicava la voce come per dialetto. Io osservavo le labbra, le spalle sformate. Era quella la madre terribile? la carne e l'infanzia di Silvia?

Mi accompagnò su per la scala, nella stanza, e mi lasciò. Mi sedetti sul letto. C'era un tavolo, tendine, e una poltrona alla finestra. C'era un nitido odor di bucato e di frutta. Ecco ero entrato nel mondo di Silvia, e la madre mi aveva introdotto, e la casa era quella, e vedevo, ascoltavo, fiutavo quel passato che avevo sempre soltanto presentito. La finestra era buia, dava sulla campagna; domani avrei veduto l'orizzonte di Silvia, e respirato il suo mattino, e saputo tante cose. Mi ricordai ch'era Natale e pensai com'era strano che proprio Silvia tornasse dai suoi a Natale. Ed era strano quel silenzio, quella calma profonda. La casa era solida, ricca, di spesse pareti e impassibile. E piú strano, piú bello di tutto, era che un giorno quell'immobile vita avesse visto Silvia giovane, bambina, e i suoi stupori e le sue prime audacie. Che c'era stato di cosí terribile perché Silvia dovesse urlare e schiumare, e abbandonarla a tredici anni? Che cosa le aveva fatto quella mamma? Tra donne, avrebbero dovuto capirsi. Presi a sorridere tollerante, come un amico di famiglia, e sorrisi e girai nella stanza, mi guardai nello specchio, tesi le braccia e chiamai: – Silvia.

Dopo un poco bussarono, e un'altra donna – una contadina grigia – mi entrò nella stanza con una bracciata di legna. Allora mi accorsi che c'era un caminetto. La vecchia disse: – Buon Natale e buon anno, – mi sorrise grinzosa e cominciò a mettere il fuoco. Mentre curva mi voltava le spalle – io stavo in piedi alla finestra – chiesi a un tratto: – Contenti che Silvia è tornata? – E la vecchia si volse a guardarmi di sbieco, rise un poco a modo suo gorgogliando, e diceva: – Pover'anima, brutta cosa star lontano dai suoi.

– Ma Silvia sta bene, – dissi, – e ha voluto venir subito. Sta molto male quel ragazzo?

– Giustino, dite? – fece la vecchia tornando a chinarsi alla fiamma. – I bimbetti si sa, ci vuol pazienza... E voi, siete ancora figliolo?

– Si vede che Silvia vuol bene a Giustino, – dissi, e a dire quei nomi mi sentivo il cuore in bocca, – è corsa subito a trovarlo e mi ha lasciato nel cortile... Dov'è adesso?

– La madre non può stare lontana dai figlioli. Silviuzza doveva tornare... Vi aspettano sotto per mettersi a cena.

Io guardavo la fiamma, ascoltando senza troppo sentirle le parole della vecchia. Compresi a un tratto che Silvia mi aspettava, e un dispetto m'invase, una rabbia, per aver perso senza scopo quei minuti. Pettegola e scema, non poteva dirlo subito? ma le feci un sorriso e le chiesi la strada.

– Non conosco questa casa, – dissi.

– Potreste sbagliarvi di stanza, – borbottò la vecchia, e si fece alla porta.

IV. *Silvia*

Arrivammo a Maratea all'imbrunire. La stazione era quasi deserta e in paese la gente che ci incontrava guardava come se mi riconoscesse. Usciti dalla stazione la casa apparve da lontano orlata di chiarore sul cielo terso e cupo. Una luce brillava alta sulla facciata, forse nella mia camera da letto in mezzo alle altre camere al primo piano sul cortile.

Anche in treno ripensavo a quella stanza, e ai mobili chiari e fiorati, al balcone aperto sul cortile, le case dei coloni attorno, altre case fra i faggi e in fondo il mare come in una conca.

Giovanni camminava vicino. Ogni tanto incespicava sul viottolo sassoso, mi guardava. Anche in treno mi aveva guardata in silenzio e io mi chiedevo come mai potesse starsene lí senza farmi domande. Partendo gli avevo detto: – Vuoi sapere il motivo? – e lui nemmeno mi aveva risposto. Poi in treno gli dissi del telegramma e che avevo fretta di arrivare.

Fu Flavia a consigliarmi di chiamarlo. Andò lei stessa a chiamarlo e Giovanni poco dopo arrivò a casa mia. C'era gente quella sera e nessuno oltre Flavia sapeva che avrei dovuto partire e ridevano forte e chiacchieravano e anche io ridevo e chiacchieravo quando Giovanni arrivò. Flavia mi aveva detto che non dovevo partire senza che un uomo mi accompagnasse. Io ero indecisa, poi lei disse: – Potrebbero impedirti di ritornare, – e questo mi spaventò. Chiesi a Giovanni di partire. Il viaggio non finiva mai e quando arrivammo era già quasi buio e la casa sembrava piú grande nel colore della sera ed io di colpo sentii, come se non fossero passati dieci anni, l'ansia di essere fuori a quell'ora che era l'ora di cena e forse in casa erano già a tavola e entrando mia madre mi avrebbe guardato col suo solito modo. Mia madre sedeva a capotavola, io a sinistra e l'avvocato dall'altra parte vicino a lei. Io avevo creduto che fosse mio padre, lo credetti per molto tempo, anzi questo pensiero mi tormentava immensamente quando doveva nascere Giustino ed ero chiusa tutto il giorno nella mia stanza.

Io non potevo uscire di casa nemmeno un momento, nemmeno d'estate che morivo di caldo nella stanza con il sole che vi batteva fino al tramonto, e nemmeno di notte mi potevo affacciare. Era marzo quando mia madre mise il lucchetto alle persiane e fino a Natale stetti là dentro senza poter uscire di casa, né scendere al pianterreno, e il mare attraverso le persiane diventava irresistibile, ogni rumore del cortile mi attanagliava e avrei voluto vedere, sapere, camminare sopra il battuto di terra del cortile e correre fino al mare e tuffarmici dentro, girare nel bosco, salire in cima alla montagna e buttarmi a capofitto dalla rupe pur di non stare chiusa in quella stanza e non sentire il vento della notte e i passi di mia madre davanti alla porta.

L'avvocato rientrava all'imbrunire, sentivo il cavallo nel cortile, i cani che gli facevano festa e la sua voce che comandava, poi i passi a pianterreno. Piú tardi saliva con mia madre, passavano davanti alla mia porta e andavano a letto.

Dalla stanza sentivo bisbigliare. I primi tempi che dovevo stare chiusa la voce di mia madre era alterata e lui rispondeva bisbigliando, poi anche lei bisbigliava. I primi tempi ancora speravo che sarebbe venuto a liberarmi, che avrebbe fatto qualcosa per farmi uscire, aspettavo che una volta il suo passo si fermasse. Poi da come bisbigliava capii che non potevo sperare, che non avrebbe fatto nulla per farmi fuggire.

Peppe e Catina erano al corrente, erano gli unici in casa a sapere, ma tacevano, benché fossero buoni. Quando entravano per portarmi da mangiare mi dicevano di far penitenza e che forse Gesú Cristo mi avrebbe perdonato.

C'era Catina nel cortile quando caddi svenuta per come mia madre mi guardava, e quando rinvenni Catina mi bagnava la faccia e vidi per prima il suo volto rugoso, sentii l'odore d'aglio e di menta delle sue mani che mi spruzzavano l'acqua.

In paese sapevano che ero malata, molto malata e che nessuno mi poteva avvicinare. Catina invece seppe che cosa era accaduto ed era presente quando mia madre mi vide in quello stato e mi frugò dentro il corpo. Io non avevo nemmeno la forza di dimenarmi mentre lei mi guardava; ero come spezzata, le gambe e le braccia senza forza.

– Chi è stato? – poi chiese mia madre. – Chi è stato? – ripeté curvandosi sul letto e mi venne cosí vicina con gli occhi che io i miei li richiusi, tanto non potevo sopportare quegli occhi e quell'alito vicino.

Rauca ripeté: – Parla, chi è stato? – Ed io con quel poco di forza dissi chi era stato e lei mi colpí nella faccia. Io riaprii gli occhi e vidi il lampo dei suoi, dilatati vicino alla mia faccia. Poi si drizzò e uscí con Catina dalla stanza.

Era marzo. Ero stata la mattina nel bosco e al ritorno lo avevo incontrato. Mi disse di salire sul cavallo. Io salii e lui spostò indietro la sella per farmi posto.

Disse: – Vuoi fare una galoppata?

– Altroché, – dissi io. Cosí galoppammo un bel pezzo fino alla casa di Peppe nella radura. Entrammo. Lui chiamò ad alta voce ma la casa era vuota. Posò il fucile dietro la porta e si sedette su una seggiola impagliata. Poi disse: – Vuoi mangiare?

Anch'io avevo fame e lui tirò fuori da mangiare e trovò nella credenza un fiasco di vino. Mangiammo e bevemmo. Non c'erano altre seggiole oltre quella impagliata sicché mangiavo seduta sulle sue ginocchia. Lui era proprio affettuoso e io ero contenta che fosse affettuoso perché credevo che non mi volesse bene e non riuscivo a capire perché non mi volesse bene e io gliene volevo tanto e non ero mai dispettosa con lui, anzi con gli altri ero dispettosa, con mia madre soprattutto che mi guardava come se mi volesse accecare.

Di mia madre avevo paura ma non m'importava che non mi volesse bene. Di lui invece m'importava benché non avessi paura. Lui non mi trattava male, soltanto non mi parlava, come se non ci fossi, ecco com'era e io pensavo come sarebbe stato bello se lui qualche volta m'avesse tenuta vicino e mi avesse fatta parlare.

Io parlavo con Peppe; con Catina non m'andava. Con Peppe parlavo e ridevo. Facevamo matte risate della maestra che veniva a darmi lezione. Con la maestra nemmeno parlavo e lei diceva a mia madre che non studiavo la lezione. Parlavo con Peppe di quello che studiavo e mi piaceva raccontargli cosa avrei fatto da grande, quando mi sarei sposata e l'avrei portato in città per guidarmi la carrozza. Peppe ascoltava e rideva come se davvero ci credesse alla città, alla carrozza che avrebbe guidato, a me che mi sposavo e che l'avrei portato via. Poi diventava serio e scuoteva la testa scarna e ricciuta. – Signorina, – diceva, – all'avvocato chi ci pensa?

– L'avvocato viene in città, – gli dicevo.

– E vostra madre chi la serve?

– Catina e gli altri, – dicevo.

Peppe si rassicurava. Scherzavamo sellando i cavalli. Mi piaceva aiutarlo a sellare, toccare le gambe dei cavalli che guizzavano sotto le dita fra le ossa e la pelle.

Peppe mi aveva insegnato a cavalcare ed era per me un grande piacere star con lui. Lo cercavo spesso in scuderia o fuori radura nella sua casa mezzo diroccata.

Catina era vecchia e biascicava tutto il giorno preghiere e imprecazioni. Era buona e mi voleva bene ma non sopportavo che biascicasse tutto il giorno. – Sei un castigo di Dio, – mi diceva quando arrivavo trafelata.

Quel giorno che caddi svenuta non disse parola e le sue mani tremavano sulla mia faccia mentre mia madre mi frugava in quel modo. Rimase odore d'aglio e di menta sul mio letto poi calò sera e sentii bisbigliare e gridare nella stanza accanto e il mio corpo spezzato doleva, il ventre mi pulsava con violenza come se il cuore fosse precipitato dal suo posto e mi battesse con violenza nel ventre. E mentre il sangue mi percuoteva sentivo bisbigliare nella stanza accanto, finché m'addormentai in un oscuro sonno e quando fu giorno mia madre entrò nella stanza e mise il lucchetto alla finestra e io capii che ero condannata, solo che non sapevo quanti mesi sarebbero passati prima che potessi fuggire, né immaginavo perché.

Sul viottolo Giovanni mi seguiva. Quando fummo nei pressi della casa io affrettai il passo. C'era Peppe nel porticato.

Mi disse: – Il padrone vi ha fatto un telegramma.

Chiesi: – E mia madre?

– Non ne sa niente vostra madre, – disse piano. – Ditele che siete arrivata all'improvviso.

Guardai Giovanni che se ne stava discosto e in un lampo inventai perché ero tornata e in quell'orgasmo gli gridai che m'aspettasse e a Peppe dissi: – Non fargli accostare nessuno.

Dentro, le scale e il corridoio erano al buio. Entrai nella stanza illuminata e vidi sul guanciale una testa che si dibatteva da una parte e dall'altra, senza che un gemito uscisse da quel dondolio. Tutto il corpo era immobile sotto le coperte, anche le braccia sotto le coperte, solo la testa riversa si muoveva senza posa.

– Sei arrivata, – disse una voce dietro di me. Mi voltai.

Gli dissi: – Perché mi hai telegrafato? – e lui subito non rispose.

Poi disse in fretta come se qualcuno ci spiasse: – L'hai visto nascere, lo vedi morire –. Poi ancora piú in fretta: – Di' che sei arrivata all'improvviso.

Io dissi: – Sicuro, c'è il mio fidanzato che vi vuole conoscere.

– Bene, – disse lui. Poi senza guardarmi: – Ti sposi davvero?

– Sí, – dissi. – È giú nel cortile.

E di nuovo guardai verso il letto la testa che si sbatteva, la fronte che luccicava. «È biondo», pensai ed ebbi voglia che aprisse gli occhi per saperne il colore. Anche allora, quell'unica volta che l'avevo visto, aveva gli occhi chiusi, la faccia tutta rossa, e i capelli piccoli e sottili erano biondi anche allora, quell'unica volta che glieli toccai.

Disse la voce dietro a me: – Tua madre gli era molto affezionata.

Io dissi: – Anch'io mi sarei affezionata.

Domandai: – Non sa niente di me?

– Sa che sei fuggita, – disse. – Ti chiamava la sorella misteriosa.

– Misteriosa davvero, – dissi e non capii come potessi ironizzare e non un pensiero solo che mi addolcisse, tesa e inchiodata mi sembrava di essere, con quella voce dietro le spalle.

Dissi: – Chiama mia madre, dille che mi sposo e che sono tornata.

Lui uscí ed io restai nella camera da letto in mezzo ai mobili chiari e fiorati. Mi vidi stesa su quel letto il giorno che avevo urlato e poi era nato Giustino. Fu un momento in braccio a Catina, e un attimo lo avevo toccato, quando mia madre se lo portò via e io da allora non l'avevo piú visto né sapevo il colore degli occhi. Nient'altro avevo saputo, solo che adesso moriva e non sapevo il colore degli occhi né quello che era.

Mia madre entrò. Venne vicino al letto e ci trovammo di fronte, ai lati del letto. Anche lei guardò Giustino.

Disse: – Non c'è speranza, – ed io volli colpirla sulla faccia, farle ingoiare quelle parole e ogni altra parola che avrebbe detto.

Dissi: – Sono arrivata a buon punto.

Lei disse: – Un figlio muore e un altro è per le scale.

– Già, – risposi e non capii se alludesse al mio ritorno o a Giovanni che aspettava nel cortile.

Dissi: – Sono venuta per sposarmi.

Lei: – Adesso pensiamo ai funerali –. E si sedette sulla sponda del letto come aspettando la fine.

Io dissi: – Giovanni è nel cortile, bisogna farlo entrare.

– Tu resta, – disse mia madre. – Vado a fare questa conoscenza.

E nel dirlo si mosse pesante verso la porta, poi sentii che parlava con Giovanni, il passo suo e di Giovanni per le scale, una porta che si chiudeva.

Dopo, nella stanza entrò Catina.

V. *Giovanni*

E cosí cenammo – nella sala di prima – e capii che qualcosa d'irreparabile avveniva che non sapevo e non avevo mai saputo. Tra Silvia e sua madre era seduto l'avvocato – quel viso freddo, dagli occhi insistenti, chino sul grosso petto. Si alzò a mezzo e mi tese la mano, la punta delle dita, a un contatto sommesso.

Anche qui il caminetto scoppiettava. Ci scambiammo parole vaghe – in sostanza tacemmo – io guardavo la mensa elegante e caotica. L'avvocato mangiava una mela, e aveva davanti il bicchiere ammezzato; nel piatto di Silvia la minestra era intatta. La vecchia Catina entrava e usciva in silenzio.

«Perché non parla?» pensavo di Silvia. Almeno avesse gli occhi rossi, almeno si agitasse o ascoltasse. Invece guardava furtiva la fiamma e pareva aspettare, annoiata. La madre mi disse di servirmi ancora.

– Bisogna mangiare, – fece a un tratto l'avvocato, senza muoversi, – dopo un viaggio bisogna mangiare. Anche te.

Silvia non si mosse. Nella voce di lui si sentiva una vecchia abitudine al comando; nel silenzio di Silvia la durezza consueta. Ero in mezzo a persone stranite e infuriate – ancora credevo – per l'imminente disgrazia. Nessuno di loro mi aveva ancor parlato del bambino morente – se proprio stava cosí male – e pensavo atterrito che quello era il modo piú tenero che Silvia avesse di soffrire.

La voce dura riprese:

– Gioventú che non mangia, burrasca vicina.

Silvia fece una smorfia, e sorrise. Anche il padrigno sorrise, un sogghigno sfuggente, come il contatto di poco prima nel darmi la mano.

– Povero fidanzato, – disse Silvia, – mi ha seguito fin qui senza sapere quel che dovrà fare. Gliel'hai detto, tu mamma?

La madre ci guardò entrambi, e mi parve sorpresa – sorpresa e urtata, come da un'insolenza. E stava ancora a bocca aperta, che già l'avvocato ridacchiò: – Molte cose si fanno senza sapere il perché. Silvia vorrebbe ringraziarvi e non sa farlo. Vero, Silvia?

– Perdonate, – riprese, volto a me. – Sta morendo mio figlio. Siamo tutti un po' scossi.

Che potevo dire? Silvia non batté ciglio; né la madre rispose alla domanda di prima. Rimanemmo a guardarci, a guardare la fiamma, e di nuovo sentii quel disagio, quel peso – mi sforzai di calmarmi, di essere ragionevole, dopo tutto stavan peggio di me. Avrei voluto essere solo, essere chiuso nella stanza e che tutto finisse – uscir fuori un mattino e ritrovare solo Silvia – come se nulla fosse stato.

Allora la madre, tutta agitata, disse:

– Non potete sposarvi subito.

L'avvocato mi guardò divertito. Anche Silvia sorrise. In quel momento entrò Catina con dei piatti e si fermò.

L'avvocato diceva: – Silvia è sempre la stessa sventata.

Allora Silvia si alzò in piedi e andò al camino. Appoggiò la scarpetta sulla pietra arrossata e guardò il fuoco. Con la punta del piede toccò la brace. Le cadevano i capelli negli occhi. Avrei gridato qualche cosa – ma che cosa?

– Si fa per parlare, – disse ancora quell'uomo. – Voi capitate in un momento cattivo. Dobbiamo conoscerci meglio.

Silvia alzò le spalle e disse fredda: – Che orrore. Vado su da Giustino, – e se ne andò.

Adesso tutti aspettavamo qualcosa. – Fumate? – disse il padrigno e pescò nel panciotto un mezzo sigaro e lo morse. Nella fiammella dello zolfino gli occhi vivaci e le dita, le labbra contratte, mi parvero caldi, quasi umani. La testa e le spalle massicce non facevano pensare a vecchiaia, ma soltanto a una forza caparbia. Quell'uomo non aveva cinquant'anni. Io pensavo al padre vero di Silvia, e che cosa era stato, se già quest'altro aveva tanto di comune con lei – la sua durezza, il suo lampo beffardo. O forse il primo, quello vero, era stato un nonnulla, fatto fuori dalla madre come un cencio, e Silvia era nata di terra e di sangue come penso alle volte che nascano i cavalli o i tronchi piú belli dei boschi.

L'avvocato taceva e fumava. La madre attendeva, con le mani congiunte sulla tovaglia, la fronte aggrottata. Ma ebbi in mente che tendesse l'orecchio e che fosse con Silvia.

– Silvia è ancora sconvolta, – dissi. – Da quando ha avuto il telegramma non si è piú data pace.

Me ne accorsi parlando. Ma non ero piú in tempo. Uomo e donna si guardavano con odio e con sfida. Qualche cosa accadeva. Fu la donna stavolta a ghignare cattiva. E serrava le mani, sulla tovaglia. L'avvocato la fissava beffardo, nel fumo.

Non dissero nulla. Mi nacque un profondo rancore per Silvia, per tutti, perché capii ch'ero stato all'oscuro, e che senza volerlo l'avevo tradita in qualcosa.

L'avvocato disse a Catina di cambiarci il bicchiere. Parlò con la voce di prima, pacata.

Tornò a offrirmi da fumare. Accettai.

– Vedo che Silvia non vi ha dato confidenza, – disse a un tratto, pronto. – Sempre la stessa. Non sanno che cos'è una famiglia... Voi lo sapete?

Me lo chiese come parla un padrone. Io stavo toccando quel sigaro, e la mano mi si fermò per aria. Lo guardai con occhi vuoti.

– Credo che lo sappiate. Silvia manca da casa da quand'era bambina. Non è questo che conta, sicuro. Silvia sa di chi è figlia e che cosa ci deve. Ma vedete – ora si fa per parlare – le donne mancano del senso della famiglia. Non lo sapevate?

Mi tese lo zolfino, per accendermi il sigaro. Fece un segno a Catina.

– In tutti i tempi, – disse, – si è sempre visto le famiglie andare all'aria per la smania di una donna irresponsabile. Tocca all'uomo pensarci. Le donne non sanno tenere i segreti – o ne fanno di assurdi. È come in politica. Ve ne intendete di politica?

– No, – disse subito, – ne parleremo. Adesso siete troppo giovane. Ma, dicevo, la famiglia è un organismo di cose segrete e di altre cose che si vedono. Fuori, la pelle, l'espressione degli occhi, il contegno, la buona salute – dentro, i visceri, i rifiuti, l'elemento innominabile.

– Smettila, Dino. Che gusto ci trovi? – sbottò la moglie, incontenibile. Aveva ancora sulle labbra quel convulso.

– Ecco, – riprese l'avvocato, ridendo, – volevate una prova? Sposarvi e tenervi all'oscuro. Questo piace alle donne. E viceversa raccontarvi addirittura i fatti loro quand'è tutt'altro che deciso se un matrimonio si farà.

Finí la frase leggermente, come un gatto compare e scompare.

– Prendete, – disse minaccioso, – è un altro vino.

Tesi il bicchiere e lo guardai. Catina aspettava, come attendesse il mio giudizio. L'avvocato versò a tutti e tre. Mi stupii della moglie. Possibile che avrebbe bevuto?

Allora dissi: – Non so le intenzioni di Silvia. Ma potete contarci che per lei la famiglia è una cosa da farsi, non qualcosa di fatto.

Deponemmo il bicchiere. Vidi la madre che con gli occhi abbassati fissava il suo. L'avvocato se ne stava proteso, senza curarsi di nascondere ch'era rimasto colpito. Mi studiò con un occhio socchiuso, poi depose il bicchiere e si alzò. – Buona sera, – disse. – Vado a vedere quel ragazzo.

Trovarmi solo con la madre – Catina entrava e usciva a sparecchiare – mi ridiede un po' di fiato. Lei mi disse che scusassi l'avvocato, e anche Silvia – parlò con calore – disse che Silvia era una povera ragazza, che dava a pochi confidenza, perché aveva vissuto una vita difficile, se l'era voluta. – Ma è buona, e vedete come soffre stasera. Non so se vi ha mai detto di noialtri. Non credetele mai, – disse a un tratto. – Silvia è fatta cosí. Bisogna sempre che offenda chi le vuol bene. Ma voletele bene. Vi sposerete, ne son certa. Non lasciateci adesso. Aspettatela. Partirete con lei –. L'avvocato, mi disse, era fuori di sé per la disgrazia del figliolo – irritato e geloso, si capiva. Un uomo forte come lui. Da tanto tempo non vedeva la bambina – s'era offeso, era fatto cosí.

Io le dissi di Silvia, e di come viveva in città. Le descrissi la casa, le amiche, parlammo di Flavia. Con le mani congiunte, lei mi ascoltava. Le giornate di Silvia la costernarono. – Possibile? e qui sarebbe una signora, – disse. Aveva scritto qualche volta a casa, sempre per dir che lavorava, ch'era viva, che non aveva un momento per muoversi. – Sono molte le Silvie, in città, – dissi contento. – Sono sole e si sanno guardare. Bisogna capirle. Non è vero che disprezzino i suoi. Durante il viaggio Silvia ha sorriso una sola volta: quando si è ricordata lo strapiombo dove andava a raccogliere piume. E ci vuole tornare.

Con un'ombra sul viso tondo e ossuto la donna mi ascoltava. Cominciavo a vedere in che cosa somigliava a sua figlia. La stessa calma, la stessa prontezza. Il suo bicchiere, ancor pieno, le stava davanti. Ero a un tratto per chiederle cosa mai le avesse indotte a separarsi, quando Catina entrò di colpo. Non capii, perché parlarono in dialetto, ma le vidi alzarsi e andarono insieme alla porta. – Scusatemi, – balbettò, – qui siete in casa vostra, – e sparí.

VI. *Silvia*

Giustino morí la stessa notte. Io e Catina lo vegliavamo, gli altri erano andati tutti a dormire. Giustino si era calmato, cosí potei guardarlo, adesso che stava fermo. Somigliava a mia madre nelle orbite e nelle mascelle, solo i capelli diversi, castani, dorati: sulla fronte il sudore l'iscuriva. All'avvocato non somigliava. Pensai che a lui somigliasse nel corpo.

– Catina, – dissi, – era cresciuto molto?

– Cresceva, – disse Catina.

– Con chi andava d'accordo?

– Con le bestie, – lei rispose.

Io dissi: – Perché parli in questo modo?

– Dico quello che è, – disse lei.

– Eppure con qualcuno doveva parlare.

– Quando parlava voleva sempre qualche cosa –. Poi disse: – Dell'avvocato aveva la camminatura.

Io dissi piú piano: – Quello non parla quando vuole qualche cosa. Ma insomma, – dissi, – chi gli voleva bene?

– Tua madre gliene voleva. Sembrava gliene volesse come a te quando eri nata.

Io ripensai a mia madre, come l'avevo riveduta. Dritta ai piedi del letto guardava Giustino con quegli occhi di pietra.

Dissi: – La morte non la scompone.

– È cosí da quando sei arrivata. Prima che l'avvocato glielo dicesse, era sconvolta. Li sentivo parlare; quando l'avvocato le disse che tu eri tornata, lei smise di singhiozzare.

Io domandai ancora avidamente. E Catina: – Nient'altro, smise di piangere. Poi l'hai veduta.

E da questo capii che nulla era mutato da allora. Mia madre si preparava, preparava una rete e si acquattava.

Giustino respirava furiosamente e tutto il silenzio della casa e della terra intorno si addensava su quel respiro. Io dissi: – Muore subito, se continua a respirare in questo modo.

– Muore certo, – disse Catina. E detto da lei sembrò una sentenza. Fino a quel momento la morte di Giustino non mi aveva persuasa. Troppe cose si mischiavano a quella morte perché potesse persuadermi veramente. Nascita, morte, tutto ciò che accadeva, anche gli avvenimenti piú urlanti, ricadevano senza consistenza. C'era un fuoco che bruciava sempre e nascita, morte, guerre, alluvioni svanivano in mezzo a quella fiamma. Dissi: – Catina, qui si sta sempre in mezzo al fuoco.

– Fuoco grande, fuoco grande, – disse Catina. E attraverso la notte sentii che mia madre bruciava, che Dino bruciava, che anch'io mi ero messa di nuovo a bruciare.

Dissi: – Quel poveretto che mi ha accompagnata.

Catina domandò: – Da quant'è che ti vuoi maritare?

Io pensai che Catina non sapeva niente che era stato il padrone a farmi ritornare e per non metterla in agitazione: – È già un po' che lo conosco, – dissi, – mi vuole bene, facciamo lo stesso mestiere.

Lei disse: – Non dovevi tornare. Basta un niente e lui capisce ogni cosa.

Chissà Giovanni che cosa aveva capito. Mi stupii di non avergliene mai parlato. Allora gli dicevo molte cose, terribili anche, ma di quello che era accaduto gli raccontavo cose vere e non vere. A Flavia soltanto potei raccontare tutta la storia. Quella notte parlai come da un'altra vita, e mentre parlavo, dentro mi entrava una luce, sempre piú dentro, finché tutto fu chiaro, e in quel chiarore vidi giorno per giorno la mia vita, e seppi che non c'era speranza come se fossi mutilata. L'indomani dissi a Giovanni di non farsi piú vedere, e lui se ne andò disperato, come quegli altri prima di lui. Io restai molti giorni intorpidita. Pensavo che era ingiusto non potermelo tenere, che era perfido essere cosí menomata da non potermi tenere vicino uno che gli volevo bene, a cui potevo dire tante cose, doverlo mandar via come uno degli altri, solo perché mi disgustava. Poi la partenza, l'arrivo.

Pensavo che Giovanni non si poteva addormentare in quella casa sconosciuta. Alzandomi da tavola, non l'avevo nemmeno salutato.

Catina si mosse nella stanza. – Vado a riempire la borsa di ghiaccio, – disse e la casa rimbombò, sotto, mentre Catina frantumava il ghiaccio. Sentii subito bisbigliare nella stanza accanto e il letto scricchiolò per un corpo che si muoveva.

«Questo è Dino», dissi fra me rapidamente e mi venne voglia d'incrudelire per come l'avevo riconosciuto. Quando Catina rientrò dissi: – Sarà lunga la nottata.

Lei disse: – Piú è lunga piú è dura –. Ed io desiderai ardentemente che la notte non finisse mai, non per Giustino che doveva morire, ma per me, per quella voglia che mi era venuta di essere crudele, di esserlo almeno con me stessa, se non potevo sbranare quel silenzio che sovrastava, strozzare quel bisbiglio, quel cigolio.

Anche Catina sentí che nell'altra stanza si erano svegliati. Si volse a me di sfuggita con gli occhi e disse: – Noialtri come ci trovi?

– Siete piú vecchi, – dissi io. L'avvocato era ingrassato. Anche allora sembrava un gigante. Sembrava che il cavallo si dovesse spezzare mentre gli saltava in groppa e pensai che mia madre se lo godeva. Dissi a Catina: – Ho voglia di vomitare, – e poggiai indietro la testa sulla poltrona. Catina si alzò e mi venne vicino.

– Vattene a letto, è stato un viaggio strapazzoso, – diceva.

Ero stanca e avevo davvero nausea in gola come quando aspettavo Giustino. Ed ora, che moriva, non riuscivo a spiegarmi perché avevo tremato cosí profondamente leggendo il telegramma. Lessi che Giustino moriva e incominciai a tremare dalla testa ai piedi, un tremito mi scosse profondamente e sentii per un attimo che anch'io morivo in qualche modo.

Mi addormentai sulla poltrona. Mi svegliai nello stesso silenzio. Catina sonnecchiava, la testa sulle braccia appoggiate al legno del letto. Quando si sollevò vide che mi ero svegliata: – Vai a dormire, –

mi disse. – Appena giorno ti chiamo –. Io mi alzai e uscii dalla stanza.

Ormai non potevo piú dormire; mi giravo nel letto, non mi potevo addormentare. La mia porta si aprí senza rumore e vidi Giovanni che entrava.

Mi ricordai che la sera non l'avevo salutato; gli dissi: – Lo immaginavo che non potevi dormire.

Gli dissi: – Vuoi sapere che succede?

Giovanni mi toccò con la sua mano e io rabbrividii tanto era fredda.

Gli domandai: – Ancora non ti sei spogliato?

– Non sono ancora andato a letto, – disse lui.

– Spogliati, entra nel letto, cosí se viene qualcuno penserà che ci siamo già sposati.

Non sapevo io stessa perché lo facessi spogliare. – In questa casa non si perde tempo, – dissi mentre si spogliava. – Te ne sei accorto anche tu che qui ogni attimo si afferra qualcosa?

– Silvia, – disse Giovanni come se non ascoltasse, – ti voglio abbracciare.

– Possibile che tu non abbia nient'altro per la testa? Credevo chissà che discorsi.

– Debbo abbracciarti un momento, – lui disse e allora io mi avvicinai.

– Sei il polo nord, – gli dissi, – mi prenderò una polmonite.

Ma Giovanni mi teneva stretta, stava aggrappato. Era strano come mi stringeva, la testa la teneva lontana, sicché il suo volto non mi sfiorava.

Io seguitai col mio tono: – Hai sempre paura che ti scappi via, ma stasera non scappo, lasciami respirare –. E un po' mi sentii intenerita per lo sgomento che vedevo in quell'abbraccio.

– Ma che ti piglia? Sembri proprio un bambino nell'antro dell'orco.

A un tratto: – Giovanni, – dissi, – che hai? – Mi sporsi col braccio verso il comodino.

– Spegni quel lume, – sentii che diceva.

Restai protesa cosí sul suo petto mentre accendevo la lampadina.

Lui ripeté: – Spegni quel lume –. Io spensi subito senza capire.

Adesso Giovanni si era scostato; stavamo immobili adesso ai due lati del letto, fermi in silenzio.

La faccia di Giovanni mi turbinava per quel momento che l'avevo veduta prima che spegnessi, quel modo di starmi scostato, quella faccia che avevo vista, occhi chiusi, la bocca serrata.

– Giovanni, – mormorai, – cosa succede? – Cercai la sua mano sotto le coperte e stavo per mormorare ancora qualche cosa quando mi trovai col suo fiato carico addosso e tutto il suo corpo che annaspava, finché sentii sul collo un acutissimo dolore e gridai. Giovanni si era fermato.

Si udirono passi nel corridoio e Dino si affacciò: – Silvia, sei tu che hai gridato?

Risposi: – Non è niente, sognavo.

– Cerca di riposare, – disse lui e richiuse la porta.

Giovanni intanto era rimasto col respiro teso. – Sei un mostro, – gli soffiai piano sul viso, il cuore mi scoppiava. Gli dissi ancora: – Sei un mostro, – e glielo ripetei tante volte finché il cuore non mi si fu calmato.

Posai la testa sul cuscino, il collo mi sanguinava. Gli dissi: – Accendi, dammi il fazzoletto –. Lui accese ma non mi guardava.

Mi pulii del sangue che era colato. – Parla, – dissi, – devi parlare.

– Ti prego, – disse, – non possiamo parlare. Domani, ti prego, andiamo alla rupe.

Io pensavo: «Domani Giustino sarà morto».

Giovanni se ne andò nel suo letto; quando sentii trambusto nel corridoio capii che Giustino era morto e mi alzai.

VII. *Giovanni*

Ero di nuovo solo. Cercavo di convincermi che l'andirivieni, il disordine, provenivano dalla disgrazia di quel ragazzo, dal nostro arrivo intempestivo durante la disgrazia – ma sapevo benissimo che non era cosí, che quello era il modo di fare di Silvia e dei suoi, di quella casa, e sorrisi pensando che anche il dispotico avvocato subiva in questo le sue donne. Nell'abbandono in cui ero lasciato sentivo una Silvia ben nota, l'affanno futile di Silvia sempre dispersa e sempre sola. Riscaldato dal vino la compiansi e compiansi sua madre.

Il caminetto s'era spento, e venne freddo. Silvia non ritornava. Sentii rimbombare dei colpi pesanti, dalla cucina, come di chi frantumasse qualcosa. Allora cominciai a camminare nella stanza, e vedevo gli specchi, le tendine, i ninnoli – non potevo guardarli, anche qui c'era Silvia, l'infanzia di Silvia. Nel grande specchio sulla mensola vidi un uomo tranquillo, un po' solenne, dagli occhi immobili. L'aveva mai pensato Silvia bambina che un giorno quello specchio avrebbe riflesso costui? Io ero quest'uomo, per Silvia. Possibile?

I rimbombi continuavano fragorosi e villani. Pensai che forse il mio destino si era deciso quella sera, nelle caute parole scambiate intorno al tavolo, davanti a quello specchio. Era questo che avevo cercato venendo con lei. Qualcosa d'irreparabile era stavolta accaduto. Per tanti mesi avevo atteso quest'istante, l'avevo anelato, e adesso che c'ero non sapevo che fermarmi davanti a uno specchio e chiedermi che cosa facesse quest'uomo in questa casa. Va bene, un fratello moriva – ma anch'io per tutto l'inverno ero stato per morire, e qualcuno s'era forse occupato di me? Mi riprese il rancore – un rancore umiliato – che uno sciocco legame di sangue contasse piú di un patimento durato tanto tempo.

Fu allora che decisi di andarla a cercare. Salii la scala e

il corridoio, giunsi alla porta della mia stanza. Catina mi aveva detto che Silvia dormiva nella stanza di fondo. M'avvicinai e bussai piano. Lo sapevo. Silvia era ancora a vegliare il ragazzo. Aprii piano la porta, chiamai. Tastai la luce e accesi.

Era una stanza di mattoni rossi, e in fondo un lettino di ferro. Eran chiuse finestre e persiane. La luce accendeva non dalla volta ma su un piccolo comò vicino alla testa del letto, e ciò impiccioliva la stanza, la faceva amorosa e bambina. Sul letto era ancora buttata la pelliccia di Silvia.

Riattraversai il corridoio, tendendo l'orecchio, e ritornai nella mia stanza. Risentii quel profumo di frutta e di brace, ma anche qui il freddo era ripreso e soltanto spegnendo la luce vidi un bagliore nel camino. Allora spalancai la finestra, mi coprii col soprabito e stetti nel buio a guardar la campagna, seduto nella poltrona. Ripensai molte cose, mi pareva di viaggiare di notte. Cosí tendendo l'orecchio alla porta socchiusa, era come se dall'esterno spiassi una casa ignota. Pensavo al viaggio, al passato, a quella Flavia l'amica di Silvia.

Ero tutto intirizzito ma non smettevo di scrutare nel buio e pensare al mattino di Silvia. Davanti a me era la montagna, e quella rupe di Silvia. Nel barlume delle stelle intravedevo l'orizzonte nerastro, e ne venivano aneliti, brusii, sospiri. Il freddo era qualcosa di solido, di violento. Alle mie spalle cigolava anche la casa.

Sentii passare e ripassare nel corridoio – gente furtiva – non per riguardo, ero certo, ma per vecchia abitudine. Pensavo a Flavia, dolce e bionda, che aveva ascoltato le confidenze di Silvia. Pensavo alla nostra vita di prima, di quando anche Flavia tornava dal mare con noi, e nulla era stato detto ma lei certo sapeva. Quasi l'amavo Flavia. Strana cosa. Se qualcuno mi avesse veduto nel cuore, vi avrebbe trovato una struggente tenerezza per le cose e le presenze di quel tempo, per la calda ricchezza di quella vita, e i silenzi, gli sguardi, le risate, gli incontri – un entusiasmo di speranza – e al centro un vuoto uno sgomento un'angoscia – la mia Silvia, la Silvia vera. Ripensai ch'ero stato felice, e forse ero felice anche stanotte. Forse era questo la felicità – questa triste speranza.

Mi riscossi nel freddo. Adesso Silvia era certo rientrata. Chiusi adagio la finestra, m'infilai il soprabito e, rabbrividendo, andai da lei.

Entrai senza bussare. La luce era accesa e Silvia in quel lettino, coi neri capelli in disordine. Ebbe un sorriso nella voce, un sorriso di pronto sollievo, quasi di festa, quasi che m'aspettasse. Mi disse di entrare nel letto con lei, di spogliarmi. Parlava volubile, come se nulla fosse stato, con un'aria fra stanca e sollecita. – Se viene qualcuno penserà che ci siamo già sposati, – disse a un tratto.

«Ecco, quest'è Silvia», pensavo, e quei gesti di spogliarmi nel freddo, senza guardarla, mi parvero assurdi, diversi da tutti quelli del passato. Capii che facevo qualcosa di triste, di futile, qualcosa che nulla mutava al nostro stato. Posavo a uno a uno gli indumenti per terra.

– In questa casa non si perde tempo, – disse Silvia impassibile. – Lo vedi anche tu.

Entrai nel letto rabbrividendo.

– Silvia, – dissi a un tratto. – Ti voglio abbracciare.

Lei di nuovo scherzò, impassibile.

– Possibile che tu non abbia altro per la testa? Non volevi parlarmi?

Eravamo scostati. La cercai e la strinsi al mio fianco. Sentii che il freddo la urtava e invadeva. Riconobbi il suo corpo. Si dibatté un poco, lagnandosi che l'agghiacciavo.

La tenni stretta, in un'assurda non-volontà di calore. Non cercai di baciarla. C'era in lei, nel suo fare, la freddezza di sempre, accresciuta da quel tono di scherzo materno. – Hai paura che ti scappi, – disse. – Lasciami respirare, non ti scappo.

E mi sorrise. – Che ti piglia? Sei proprio un bambino.

Avrei potuto possederla, avrei potuto dirle addio. Serviva a qualcosa? mutava qualcosa nel nostro rapporto? Non la guardavo; con la guancia appoggiata al cuscino, la sentivo respirare, e chiusi gli occhi. – Spegni quel lume, – dissi. Lei si protese su di me esitando. Dopo un poco spense.

Mi aveva guardato pesandomi addosso, mi aveva scrutato, mentre la mossa del protendersi mi aveva incollato il suo corpo sul mio. Nell'immobilità mi sentii dentro il sangue un sussulto, una schiuma d'amaro, d'inutile furia. Capii che con Silvia non potevo far altro che amarla cosí – senza un bacio che tanto era inutile, senza dirle parola, senza un gesto d'amore. Mi vennero in mente i miei abiti a terra, e pensai ch'era come al casino. Ci si svestiva, ci si rivestiva e si andava. Non durava nemmeno la notte.

Allora la presi con furia. Lei disse il mio nome, io tacevo, alla fine le morsi ciecamente la gola. Volli, non so, sentirla urlare.

Gettò un grido. Io ricaddi spossato, e sentii che parlava. C'era qualcuno sulla porta. Stetti immobile come una bestia braccata. Era il padrigno. Silvia gli disse che aveva sognato, con una molle voce familiare e assonnata. La porta si richiuse.

Mi batteva il cuore, e sentivo battere il cuore di Silvia. Non m'importava piú di nulla. Ero felice e disperato d'aver fatto veramente quella cosa irreparabile. Stavolta Silvia lo sapeva.

– Sei un mostro, – mi disse la voce umida sul viso. – Sei un mostro –. Una voce di sangue, segreta. – Sei un mostro, – come un'altra avrebbe detto: sei l'amore.

Poi la sentii rilassarsi e toccarmi una mano. Mi disse di accendere, di darle un fazzoletto. Io accesi, senza guardarla. C'era in lei qualcosa di umiliato, d'infantile, quel tono che a volte prendeva per scherzo. E capivo che invece faceva sul serio.

– Parla, – disse, – devi parlare.

Adesso la guardavo – non le guardavo la ferita – le vidi gli occhi raccolti e severi. Mi parve che non fosse piú lei, che mi guardasse come un giorno quando mi aveva conosciuto. Io non provavo piú rancore, non provavo piú lotta – avevo voglia di serrare le labbra e sorridere. Ero come un malato cui la febbre è caduta. Ero fiacco e svogliato, ma in fondo al cuore mi cantava una recisa volontà. Potei pensare all'indomani senza Silvia.

E allora come per calmarla, per non toglierle tutto, le dissi, sicuro di me: – Ti prego, adesso non parlare. Non possiamo. Domani andremo sulla rupe, parleremo.

Tutta la notte continuò l'agitazione, in quella casa. Seppi l'indomani, che Giustino era morto. Io non mi mossi dal mio letto. Mi assopivo, ogni tanto, contento della mia nuova libertà da Silvia. Verso il mattino presi sonno, e mi svegliai che tutto era silenzio, e luce fredda. Guardai un po' dalla finestra le montagne, le rupi, e la pianura frapposta – brulla e rossa. Ero tranquillo. Le macchie d'alberi lontano eran nere nel sole. Un carro formicolava su un viottolo. Pensai che dietro, alle mie spalle, c'era il mare.

Quando scesi e sentii la notizia – me la diede la madre che non piangeva: pianse Catina portandomi il caffè – presi un'aria impassibile e mi offrii di esser utile. Si poteva vedere il bambino? Certamente, ma poi ce ne dimenticammo, e uscii fuori nel cortile.

Qui andavano e venivano certi vecchi paesani, e ragazzi, e portavano ceste. Uno gridava e dava ordini; era il villano ricciuto della sera prima. Mi riconobbe con un cenno del capo. – Si lavora, – mi disse. Era un uomo abbronzato e svelto; portava stivali e una cintura rossa intorno ai fianchi. Mi venne subito accanto e mi chiese se andavo lontano.

Gli risposi qualcosa e proseguii fino al muricciolo che chiudeva il cortile dalla parte del mare. Ostentatamente mi piantai contro lo stipite e levando la testa spaziavo le occhiate dai poggi a sinistra, dov'era – rosato – il paese, a destra dove una marina nebulosa e smorta balenava sotto il sole. C'era un freddo frizzante, e davanti a me si stampava fresca la mia ombra sul terreno. Quest'è l'aria e la luce di Silvia, pensai macchinalmente, respirando. Poi ricordai quel ch'era stato quella notte, e la mia nuova libertà. Potevo e dovevo esser solo – che ci fosse anche Silvia era soltanto un'occasione, un pericolo. L'agitazione e l'imprevisto, il gioco futile di tutti, anche la morte recente, anche il domani e il giorno dopo, non dovevano toccarmi piú a fondo di quel vocío gutturale alle mie spalle. Che cosa speravo? Mi prese un'ira sorda, indignata. Sapevo che Silvia aveva già dimenticato il suo terrore della notte. Non ne avrebbe nemmeno parlato.

– Brutta nottata, – disse a un tratto una voce al mio orecchio.

Era di nuovo il contadino, che mi aveva raggiunto.

Quell'uomo mi urtava. Lo squadrai pacato, benché lui accennasse a sorridere.

– Lo sapete che è morto? – dissi.

– Siete parente? – mi chiese imperturbabile.

Non risposi, per fargli capire che mi aveva seccato.

– La padrona vi dice, – fece a un tratto, voltandosi a tornare tra i suoi, – di scusarla ché è andata in paese. Se volete, vi aspetta laggiú nella chiesa.

M'incamminai per la stradina che scendeva verso il mare. Veramente dovevamo incontrarci alla rupe, ma ecco Silvia e il consueto imprevisto: la morte del piccolo serviva a schermire, a dibattersi. Era sempre la stessa. Camminai fra gli sterpi e i filari di fichi: tutto di quella terra, il suo sentore e il suo duro splendore, mi urtava, mi respingeva. La guardavo con curiosità indolenzita, non altro. Giunsi a un bivio segnato da una croce, in un piccolo avvallamento, e non seppi risolvermi. Allora mi sedetti su un sasso e attesi fumando.

Dopo un poco passò un vecchio in ghette bianche – un contadino –, e gli chiesi per dove s'andava al paese. Mi guardò inebetito e non disse parola. Si fermò un momento, poi salutò col berretto e riprese la strada. Allora, a caso, proseguii sull'altro viottolo.

Giunsi in paese, poco dopo. Rividi le facce e le soglie della sera prima. Le case che da lontano sembravano chiare, qui si mostravano com'erano, frontoni corrosi, muri grevi e sudici, vetri appannati. Il sole implacabile rivelava le crepe e i rigagnoli. Bambini scalzi vi giocavano.

Entrai nella chiesa, una grande facciata monumentale, salendo dei gradini. Dentro, i banchi eran vuoti, e molti altari luccicavano, e una nicchia a firmamento, col presepio. Un sacrestano traversava la navata.

M'accostai al presepio dove il bambino era sepolto nella paglia. I pastori avevan facce come il villano dalle ghette e tutti quanti nel paese e il ricciuto di casa. Pensai che oltre Silvia non conoscevo donne giovani in quella terra. Le statuine a colori vivaci le rappresentavano belle. Guardando la mangiatoia mi rincrebbe di non aver conosciuto il fratellino di Silvia. Sentii pena per tutti, anche per lei.

Silvia non si vedeva, e non osavo informarmene. Dopotutto ero in chiesa. Che idea di darmi appuntamento proprio lí. Mi sedetti in un banco aspettando.

Non passò molto tempo che uscii fuori, davanti al mare. Ormai sapevo ch'era già tornata a casa, e la gita perduta. Fui contento di provare solamente un disappunto, un «lo sapevo», non piú quell'angoscia che fino a ieri era legata al suo imprevisto. «Ci riesco davvero», mi dissi pacato, serrando le labbra. «Voglio proprio vedere fin dove mi porta. Sono libero e solo».

«Se la perdessi in questo istante?» mi chiesi, ma in quel momento sulla piazza Silvia comparve impellicciata, e veniva da me.

VIII. *Silvia*

Mentre mi avvicinavo, Giovanni disse: – Credevo non saresti piú venuta.

Io domandai: – Che ora è?

Nella piazza non c'era nessuno oltre noi due. Vidi due grandi aiuole sul sagrato; prima non c'erano, e la porta della chiesa aveva un colore piú lucido e vivo. Dissi a Giovanni: – Aspetta un momento, per favore –. Entrai in chiesa. Il parroco quando mi vide salutò: – Sia lodato Iddio.

– Buon giorno, padre, – dissi, – sono Silvia. Mi riconosce?

– Silvia, – lui ripeté. E poi: – Certo ti riconosco, la faccia è sempre la stessa.

Io dissi: – Giustino è morto stanotte.

– Lo so, – disse lui, – me l'hanno già detto.

Dissi: – Domattina si fa il funerale. Alle otto la messa, a mezzogiorno il funerale.

– Va bene, – disse lui.

E poi: – Che peccato, era un ragazzo molto sveglio. Tua madre, poveretta, dev'essere disperata.

– Sí, – dissi io, – disperata.

Lui disse: – E l'avvocato? Che sciagura.

Io dissi: – È una grande sciagura. Io ero arrivata con il mio fidanzato, invece trovo questa sciagura.

Lui disse: – È cosí. Dio punisce e consola. Quando ti sposi?

– Non lo so ancora, padre, – dissi. – Non abbiamo deciso.

– Quanto tempo è passato da quando sei via?

– Dieci anni, padre, – io dissi. – Siamo vecchi.

– Siamo vecchi, – lui ripeté.

Io dissi: – La saluto, padre.

– Salute a te, vieni a trovarmi con il tuo futuro sposo.

– Verremo senz'altro prima di ripartire, – gli dissi e lo salutai.

Giovanni camminava sul piazzale quando io uscii dalla chiesa. C'incamminammo attraverso il paese, e la gente mi riconosceva ora che aveva saputo del mio arrivo. Ma nessuno si avvicinò, la presenza di Giovanni li intimidiva.

Fuori paese cominciammo a salire, finché arrivammo a mezza costa fra gli ulivi. Erano enormi; la strada saliva ripida e pietrosa e il mare sembrava piú vicino, visto quasi a strapiombo. Giovanni ed io camminavamo lentamente.

– Dove resta la casa? – Giovanni domandò guardando attorno.

– È dietro il poggio, – dissi, indicando l'altura che avevamo alle spalle. Salendo il freddo non si sentiva. Entrammo nel folto dopo gli ulivi. La strada era un viottolo appena segnato e il terreno coperto di foglie, uno strato profondo e frusciante a ogni passo.

– È un paese meraviglioso, – disse Giovanni guardando la valle.

– È magnifico, – io replicai. – Non c'è nessun altro luogo che io conosca che sia valido in me come questo che vedi. I colori, l'aria di questa terra, il paesaggio cosí combinato. I colori soprattutto, sono colori primordiali. Gli altri colori, quelli delle altre terre, mi sembrano rifatti, impalliditi. Qui ogni cosa ha un colore supremo, non si può immaginare che ci sia altro dopo.

– Come l'eternità, – disse Giovanni.

– Press'a poco, – dissi io. A un tratto: – Guarda, – gli dissi. Un falco volteggiava immobile nell'aria.

Giovanni si fermò guardando come se fiutasse dal cielo il senso delle mie parole.

Io dissi: – È un effetto curioso ritrovarmi qui dentro. È come un buio che si conosce, non ti posso spiegare –. E dissi: – Ti ringrazio di essere venuto. Ad averti vicino ho l'impressione che il mondo continui il suo corso. So com'è questo pantano; ci caschi, lo conosci, magari credi che non ti può inghiottire. Ma non basta credere alle cose. Hanno una loro sostanza le cose, a volte non si può scappare.

Il bosco era fitto e il freddo si sentiva adesso che la salita terminava. Camminavamo nel folto. – Sai, – gli dissi, – mi pare come allora, sento che ti posso parlare come se non fosse passato nemmeno un giorno da allora. Se tu sapessi che vuoto ho provato in certi momenti, dopo che ci siamo lasciati. Sapevo che soffrivi e anch'io soffrivo. Sono stati mesi difficili, ho dovuto superare tante cose e il vuoto di averti lasciato. Che farci?

Ad ogni silenzio il fruscio dei nostri passi diventava immenso, un vasto rumore profondo come in riva al mare.

Continuai: – Ho intuito cose terribili sul mio conto. Credo di averti lasciato quando fui certa che non c'era speranza, mai niente per me che fosse da realizzare. E allora tutto acquista un volto diverso. Non lasciarti significava trascinare anche te in fondo al pozzo.

– Ma che dici? che pozzo?

– Già, – dissi io. – Parlo sempre per me sola; dovrei dirti dall'a alla zeta giustamente. Parlo sempre per farmi chiaro, quando mi capita di parlare, ed è come se prendessi una boccata d'aria e poi giú di nuovo nel pozzo.

Mi fermai. Giovanni mi guardava. Il suo sguardo scivolò sul mio collo e subito tornò a guardarmi in viso. Disse: – Che orrore, che orribili cose possono accadere.

Io avevo raccolto un pugno di foglie e strizzando le mani le frantumavo. – Senti che odore, – dissi avvicinando a Giovanni il palmo aperto. Poi dissi: – Fra cinque minuti siamo alla rupe.

– Ecco, – dissi. – Da qui mi volevo gettare quando ero proprio disperata. Lo desideravo cosí intensamente che mi sembrava contro natura non poter correre fin qui e poi saltare a capofitto, purché dopo non ci fosse piú né la mia stanza né mia madre né il vento della notte.

– A tal punto, – Giovanni mormorò. – Ma tu, – disse, – mi avevi detto che era un rifugio questa rupe.

Io dissi: – Quando non ero ancora disperata e potevo venire qui, raccoglievo le piume, le conservavo in uno scatolone che tenevo in camera mia.

Giovanni disse: – Non ci sono piume.

– Non è stagione, – dissi io. – Gli uccelli arrivano in primavera, fanno i nidi, poi li lasciano, vanno via e ritornano l'anno dopo e ricominciano da capo, rifanno i nidi che il vento d'inverno ha distrutto. Era bello quando potevo salire quassú. Stavo ore intere, giravo qui intorno, al mare andavo meno spesso, era piú bello guardarlo da lontano. Mi piaceva pensare di arrivarci correndo da qui trafelata, spogliarmi in fretta e bagnarmi. Ma qui mi piaceva piú di tutto. Quando fui disperata, diventò un'ossessione il desiderio di buttarmi a capofitto, fare un salto da qui, giú sul pendio, purché dopo non ci fosse piú niente, pur di non ricordare.

Mi ero appoggiata con la testa sul braccio di Giovanni e cosí con la testa un poco riversa vedevo la rupe netta e seghettata sullo sfondo del cielo. Giovanni era in pace. Lo sentivo vicino, mi ascoltava parlare con tenerezza, come allora quando parlare con lui era dolce, una cosa fervida e buona, finché gli potei parlare. Sentivo che era tranquillo, ed io mi sentii ancora piú menomata, vicino a lui. «Sono un mostro», pensavo con tristezza, poi pensai che ero limpida e chiara anch'io in quel momento, e questo mi dette vigore.

Giovanni mi domandò: – Ti dispiace che sia morto Giustino?

– Non so, – gli dissi. – È stato strano. Mentre leggevo il telegramma provai un senso di smarrimento come se franasse in me qualcosa che non supponevo. Qui poi, hai visto, non è stato un grande dolore. In fondo, ai parenti si è attaccati se abbiamo vissuto vicino a loro. Anche per i figli dev'essere lo stesso. Se li metti al mondo e poi te ne vai per conto tuo, credo si resti indifferenti anche se li vedi morire –. Pensai nuovamente « Sono un mostro. Che sto dicendo? Cosa ho provato vedendo che Giustino moriva? Nemmeno adesso so che cosa provo. Sono chiusa, oscurata. Mi sembra di rimestare un pozzo nero».

– Giovanni, – scattai, – quando ripartiamo?

– Anche domani, – rispose Giovanni, meravigliato del tono che avevo preso.

– E allora domani, è deciso. Basta con queste storie, si diventa stupidi e sentimentali in questo paese o si perde la ragione.

– A casa tua mi sembrano tutti ragionevoli, – disse Giovanni, intanto che si alzava.

– Se lo dici tu, – dissi io, – debbo crederci. Sei uno psicologo nato.

Giovanni non replicò. Imbarazzato per quell'ombra che improvvisamente ci aveva circondati. – C'è freddo, – disse, incamminandosi. Io lo seguii per la discesa. – C'è di peggio, – dissi astiosa.

La casa già si vedeva, quando Giovanni domandò: – Prima che ci sia gente, perché dici a tutti che ci dobbiamo sposare?

Io dissi: – Non mi volevi sposare? Credevo fosse implicito il matrimonio nel nostro viaggio. Non lo avevi capito?

Io camminavo piú in fretta adesso. Avevo fretta che ci fosse gente, sentivo che lui mi aggrediva. – Insomma, – dissi con impazienza, – domani si parte.

– Ma certo, – disse Giovanni. – Partiamo.

IX. *Giovanni*

Naturalmente non partimmo, l'indomani. L'indomani ci fu il funerale del piccolo, ma già la sera prima sapevo che Silvia avrebbe cambiato idea. Non so se pensasse di farmi piacere restando dell'altro o andandocene, ma questo non conta. Silvia faceva sul serio con me, come sempre. Aveva preso con me una decisione e voleva che la vivessimo, che fosse una cosa nostra. Ma si lasciò poi persuadere dal padrigno, dalle cose, da tutto, a fermarsi in paese, a distrarsi, a vivere sul serio una seconda decisione. Troppe voglie se la contendevano. Non credo che già allora l'avesse materialmente ripresa il suo passato, la cosa atroce che poi fece. Ma che con me soffrí sul serio, ora lo so.

Silvia voleva conservarmi. Che accanto a me il mondo continuasse per lei il suo corso, era vero. Ma purtroppo era anche vero che Silvia viveva in piú mondi, e volendo esser sincera con tutti non era piú niente essa stessa, e soffriva e si dibatteva. Dicono che per capire a fondo un altro bisogna volergli bene. Non so. Io mi accorsi che Silvia era buona e meritava pietà, soltanto dopo il disgusto di quella notte, dopo ch'ebbi deciso di non volere piú nulla da lei e di poterne fare a meno. Da quel momento l'ascoltai con pietà, e la compresi come si comprende se stessi. Mi cadde ogni smania di farla parlare e confidarsi. Fin quell'uscita inaspettata che dovevamo sposarci e che per lei contavo molto, mi lasciò indifferente. Né le chiesi altre spiegazioni.

La giornata fu per me calma e insolita. Salimmo a vedere il bimbo morto, e non riuscivo a capacitarmi che fosse fratello di Silvia, carne sua. Lo avevano tutto circondato di muschio e certi rametti dai petali gialli – sembrava un presepio – e coperto di un drappo ricamato a fiorellini azzurri, e sul comò candele accese e una gran croce. Anche il piccolo viso contratto, sepolto là sotto, pareva di cera. Non riuscivo a non pensare che, se Silvia fosse morta, l'avrebbero trattata allo stesso modo, ne avrebbero fatto addirittura una madonna, qualcosa di assurdo, di barbaramente contadino e ieratico – eppure sapevo che il cieco sangue ancestrale che s'era espresso in quel fasto era anche il suo. Uscii dalla stanza con un senso di sollievo. Nel corridoio e nella sala tutti andavano e venivano – c'era il prete –, e il morto sembrava soltanto un pretesto per discorrere e darsi d'attorno. La madre e il raggelante avvocato, e perfino Catina, perfino Silvia, avevano assunto una faccia non di pena ma di cerimonia. Credo che in cucina si servisse il caffè.

Allora li lasciai ai loro riti e me ne uscii nel cortile e di lí passeggiando, nel salubre freddo, guardai il mare, e poi sotto i faggi girai intorno alla casa e fui solo di fronte alle nere montagne e la pianura accidentata a perdita d'occhio. Mi versai tutto in quella vista e lontananza. Era uno di quei giorni che paiono screziati: grandi nuvole lucide e bianche andavano sotto il sole, e smorzavano o accendevano i poggi e le coste lontane. Le parole di Silvia alla rupe mi richiamavano adesso quell'antico pensiero, che non esiste paesaggio vuoto: dovunque è vissuto un ragazzo, dovunque lui ha posato gli occhi, si è creato qualcosa che resiste nel tempo e tocca il cuore a chiunque abbia negli occhi un passato. Mi tornò vivido un ricordo d'infanzia: un paesaggio come quello, sotto un cielo screziato, una brulla campagna autunnale, il mio paese. E pensai vividamente, come da tempo non avevo piú fatto, al ragazzo ch'ero stato.

Mi chiesi se anche in me c'era quel sangue contadino e tenebroso che incupiva gli occhi di Silvia cosí spregiudicata e cittadina. Ero nato in campagna, questo sí, ma la mia campagna era qualcosa di fantastico e lieve, qualcosa di sognato in città, che non mi aveva dato sangue. Ne ritrovavo ricordi remoti, quasi di là dalla coscienza, di là dal mio risveglio cittadino. In me il sangue s'era messo a schiumare soltanto in città, la mia prima passione erano stati gli amici, i compagni di scuola – avevo pianto e fatto a botte con loro – ne sa qualcosa anche Giorgio che poi divenne cosí fatuo e ragionevole. Prima di allora tacevo e attendevo, accoglievo negli occhi vigneti e colline, ma fin dall'inizio sapevo che il mio destino, la mia vita sarebbero stati in città, con altra gente, e avrei smesso il dialetto e salito scale e guardato da finestre su viali, come le finestre di tutte le Silvie che conobbi. Perché fin da ragazzo seppi sempre che avrei trovato una Silvia e pianto e fatto a botte con lei. Adesso mi pareva impossibile di aver mai creduto in un altro sguardo e in un'altra bocca, ma già nei giorni piú sanguinanti di quell'estate m'ero accorto che chi l'aveva preceduta l'aveva soltanto annunciata. Sempre tra noi s'era creata quella discordia scattante e selvaggia, quella rabbiosa tenerezza, ch'è il rigurgito della campagna divenuta città. E adesso che credevo di aver vinto l'amplesso, di non essere piú schiavo del sangue di lei né di nessuna, ecco che ritrovavo dei ricordi d'infanzia, di là dai viali e dalle case, dei ricordi fantastici e lievi, come di chi sogna un destino e un orizzonte che non è la collina o la nuvola ma il sangue la donna di cui nubi e colline non sono che un segno. E la Silvia che avevo strappato da me e soffocato, era invece con tutta la sua spregiudicata apparenza una cosa selvaggia di sangue e di sesso. Ciò – devo dire – mi fermò davanti alla scena della montagna lontana, e mi riempiva di speranze inconfessate.

Poi venne l'ora della cena, e fu una cena lunatica e stracca, quasi che sul nostro capo non vegliassero quel piccolo morto. La madre di Silvia, che fin dal pomeriggio s'era cambiato il consueto abito da casa in uno di seta nera accollato e frusciante, mangiò presto e tornò sopra. Restammo noi tre a intrattenerci, e di nuovo l'avvocato fece venire altro vino – un vino marrone, come caffè diluito – e mi chiese se non valeva quello spesso e generoso delle mie terre. Lo valeva sí, e ne bevemmo piú bicchieri; anche Silvia ne volle. Con la solita faccia tra sorniona e imbronciata l'avvocato ci disse ch'era inutile rimpiangere i morti. – Lui sta meglio dov'è, – disse a un tratto. Quanto a noi, gente giovane, dovevamo pensare a distrarci, a vivere e continuare la vita. – La famiglia, – disse, – è un baluardo contro la morte –. E sospirava.

– Lo sappiamo, – disse Silvia sorridendo.

Si punzecchiavano cosí ogni volta, senza troppo calore, s'ignoravano astiosi, eppure c'era nella loro ostilità come un terreno comune, d'intesa, la tranquilla certezza d'un passato e avvenire. Io ascoltavo quel gioco senza farmici prendere, ben deciso a mantenere l'interiore libertà. E di nuovo m'accorsi che mai la voce di Silvia era stata cosí umile e buona come da quando avevo deciso di esser solo.

– Per molti la famiglia è la morte, – dissi secco, in appoggio a Silvia.

– Possibile? – replicò l'avvocato. – Voi mi sembrate una persona di proposito, volitiva e studiosa. Sono queste le idee che regnano adesso? Siete anche voi un comunista? Giovanotto, due cose non vanno toccate: la famiglia e i sentimenti. Toglietene una, e l'altra cade. Toglietele entrambe, e che cosa ci resta? Lussuria bestiale e la musica negra. A voi piace la musica negra?

E cosí parlavamo, e Silvia un poco si animava, un po' taceva, e del piccolo morto ci eravamo scordati.

Io dicevo le cose piú enormi e caparbie, perché tanto era l'ultima sera che passavo in quel luogo, e l'incanto e il mistero del passato di Silvia non lo salvava piú ai miei occhi. L'avvocato, malgrado le sue uscite bizzarre, mi seccava e irritava.

A un certo punto il discorso si accese tra loro.

– Non devi andar via senza fare una visita a Donna Francesca, – aveva detto il padrigno.

– Uh che noia, – disse Silvia. – Noi partiamo domani.

– Non si può. Pensa a quel che direbbero.

Silvia alzò le spalle.

– C'è la fiera di Lauria. Dovete venirci. Il tuo ospite sarà contento di vederla. Al suo paese non c'è niente di simile.

– Lui se ne infischia, – disse Silvia.

– Lo capisco. Ma tu perché non verresti? Un tempo tua madre ti lasciava a casa e tu piangevi disperata.

– Viene anche mamma?

– Lei? Poveretta... Dopo questa disgrazia. Attacchiamo il biroccio leggero, e ti porto io...

X. *Silvia*

Rimase odore di cera. Al posto del bambino morto una rete metallica con il materasso arrotolato. Polvere per terra, piú che altro odore di polvere, come, dopo un ballo, in una sala vuota.

Pensavo che avrei potuto dormire in quella stanza almeno una notte prima dell'indomani. Ancora non l'avevo annunciato che partivamo all'indomani. L'avrei detto a tavola, la sera. Giusto, che stiamo a fare qui ancora? Quando il morto è un bambino, non è mai lutto rigoroso.

Mia madre si era vestita di nero. Io non avevo un vestito nero e porta male vestirsi di nero se si è fidanzate. Tutto il paese venne al funerale; al cimitero fecero un discorso davanti alla cappella di famiglia, prima che interrassero la bara. « I figli, – augurò chi parlava, – come i frutti, vengono ad ogni stagione e i frutti dell'autunno sono i piú belli». L'avvocato stava in piedi, mia madre da una parte, io dall'altra, in piedi davanti alla tomba.

Anche in città pensavo a volte a quella tomba, l'unica costruzione nel cimitero, oltre la chiesa e la casetta del guardiano. Dentro c'erano quadri e ingrandimenti fotografici, lumini ad olio e inferriate di ferro battuto.

Giustino lo misero sotto mio padre. In casa ritratti di mio padre non ne avevo visti mai. C'era quello nella cappella. Sembrava messo per caso fra gli altri, tanto era diversa la sua faccia e le mani, una poggiata su di un libro, l'altra, come se lo impacciasse, con due dita fra i bottoni del panciotto. Mio padre non l'avevo conosciuto. Morí prima che io nascessi. Era andato in guerra e ho sempre pensato che avesse voluto andarci per scappare in qualche modo. Poi era morto, anche questo, io credo, per scappare. Di lui mi raccontava Catina a volte, ma sempre con fatica. Infatti me ne parlava senza calore, come di un ricordo svanito, una cosa esistita per sé sola, sicché gli altri non possono dire niente. Era nobile, istruito. Credo che il matrimonio con mia madre fosse un matrimonio combinato.

A guerra finita, portarono la salma. Dopo qualche anno mia madre risposò. L'avvocato era di Lauria, un paese vicino, piú grosso e piú ricco di Maratea. A Lauria nel cimitero ci sono molte tombe costruite riccamente; a Maratea, invece, c'era quella soltanto. In città pensavo che forse, a mia insaputa, un giorno, dopo morta, mi ci avrebbero portata, come accadde a mio padre.

Venne anche Giovanni ai funerali. Aveva la sua solita faccia compunta, la faccia di chi si comporta per come è stabilito ma prevede altre cose. Sempre cosí. Gli dicevo: – Sai, adesso non ho tempo, precedimi, ti raggiungo fra poco –. E se non fosse stato per quell'aria meticolosa con la quale si avviava, se non fosse stato per quella diffidenza che intravedevo, forse lo avrei sempre raggiunto. Avrei fatto, insomma, ogni volta quello che avevamo stabilito.

Era un meccanismo che conoscevo a perfezione. Lui, la sua faccia in quel modo, quel suo modo di stare rigido e inclinato, quel muoversi come il giuoco distratto e rassegnato sullo scacchiere di chi sa già l'esito della partita.

Ah sí? Non credi che partiamo domani? Se non avessi tanta voglia di andarmene da questo paese, manderei tutto all'aria, ti punirei nel solito modo. Ma partiamo, stavolta partiamo, stavolta non mi trascini. Partiamo lo stesso, anche se non ci credi. Caro Giovanni, come sai renderti odioso. E adesso come puoi, dopo ieri alla rupe, malgrado la notte scorsa e il collo che mi fa male? Non te ne ho nemmeno accennato ieri alla rupe. Tu l'hai guardato ieri il mio collo. Io non ti ho detto niente. Posso persino capire che cosa è accaduto l'altra notte, ma ieri ho taciuto per non umiliarti, come se nulla fosse stato. Che vuoi di piú? Ti ho detto che partiamo, domani partiamo, è stabilito. Torniamo in città. Ma che diavolo vuoi? Perché fai quella faccia? Sciogliti, respira, sembra che ti stiano trapanando. Domani sera saremo ritornati in città, mangeremo in trattoria, berremo il vino che ci piace. Flavia sarà con noi, dopo la porteremo a casa sua e noi due resteremo tranquilli, come marito e moglie che tornano a casa. Non ci pensi a queste cose? Tu fai solo quella faccia che non posso sopportare. Anche gli altri non li posso sopportare. Guarda lí l'avvocato. Il colletto gli stringe la gola; sembra un agnello al supplizio. E mia madre, non ha colore la sua faccia, una faccia terrosa, con gli occhi neri, di pietra. Avvolta tutta nel suo velo, nel suo sacro dolore di madre. Ma insomma che farsa è questa? Giustino non sarebbe morto se io gli fossi stata vicina. Lo curavano con gli scongiuri, ci scommetto, con le coppette dietro la schiena; chissà con quali altre fattucchierie. Finalmente la bara è interrata. Torniamo a casa. Nella camera c'è un odore putrefatto, richiudo la porta, scendo al pianterreno. Mangiare è quello che conta, puntualmente, regolarmente. C'è un'altra cosa che conta. E anche in questo sono appaiati, l'avvocato, mia madre. E Giovanni è con loro.

L'indomani non partimmo. Invece di partire, andai con l'avvocato a Lauria. Mia madre ci lasciò andare. Non so se a lui disse qualche cosa. So che lui schioccava la frusta sul primo tratto di strada come se fosse nervoso, e Dino non era mai nervoso, anzi solenne e pacato in ogni movimento. Certo qualcosa dovette dirgli in segreto mia madre quando capí che saremmo andati a Lauria. Fu a tavola che ci decidemmo e lei non protestò, o forse pensava che tutto davvero fosse sotterrato quella sera col corpo di Giustino.

Dino ed io ce ne andammo subito dopo mangiato. C'era la luna grossa all'orizzonte e il mare era quieto come d'estate. Gennaio è quieto a Maratea. Le bufere infuriano in autunno, dopo tutto si quieta nel freddo invernale. A marzo c'è ancora qualche bufera e piove pazzamente tra vento e mareggiate, poi l'estate dilaga sulla terra come se un coperchio la coprisse tutta, finché a ottobre, alle piogge piú forti, scoppia tuonando come una caldaia e il mare ribolle, dirupa il torrente con i sassi delle rocce, trascina alberi e terra, pecore e case. Sul greto, tornata la calma, trovavo coltelli, piatti rotti, bacili di legno e padelle arrugginite.

Un lungo ponte attraversava il torrente, dopo Maratea, un lunghissimo ponte con quattro cipressi, uno per parte all'inizio e dove finiva. Sul ponte l'avvocato mise il cavallo al passo.

– Copriti bene, – mi raccomandò. Infatti l'aria soffiava piú fredda.

– Sono coperta, – dissi. – Che pericolo c'è? Carne d'asino ha lunga vita.

Lui disse: – Ringrazia Dio che ti ha dato la salute.

– E grazie! – io dissi.

– Hai perduto il rispetto di Dio, – Dino disse. – Anche il parroco ha detto che in chiesa non ti sei inginocchiata.

– Chi ha mai avuto rispetto di Dio? Non mi ricordo di averlo visto rispettare.

– Non ti pesa la coscienza quando dici queste cose?

– Lascia stare la coscienza, – dissi io. – Peso piú peso meno. È sempre leggera la mia.

Parlavamo a voce alta per coprire il rumore del calesse. La strada era gelata sotto la luna, lucida e chiara.

Lui disse: – Da come parli si capisce che sei cambiata. All'aspetto non si direbbe. Sei come allora, precisa. Un po' piú magra. Ti sei slanciata, ecco. Ma in niente sei diversa.

– Invece sono diversa, – dissi io. – So che il rispetto non esiste per nessuno.

– Eppure esiste. Vedi tua madre? Perché, allora, si è presa Giustino? E adesso perché credi ti abbia accolta nuovamente in casa? La famiglia va rispettata. E io, perché ho lasciato fare a lei? Per rispettare te, lei, e il bambino che sarebbe nato.

Allora io dissi: – Senti, – gli dissi. – Falli a Giovanni questi discorsi. Giovanni non sa come mi hai rispettata e può crederci, lui –. Sentivo una smania prendermi tutta. Avrei gridato: «Porco, porco unico al mondo». L'avrei frustato in pieno viso.

Lui riprese pacato: – Non capisci. Mai ho tradito tua madre, lei invece l'ha capito, che non le ho mai fatto un torto. Con te è stata un'altra cosa. Tu e lei per me siete lo stesso. È questo il punto, fra te e lei non c'è interruzione. Tu sei piú bella, sei piú sottile, forse nemmeno vi somigliate, eppure non c'è differenza.

Io dissi come fra me: – Da allora ogni volta è lo stesso. Non c'è differenza. Sempre lo stesso orrore. Ogni volta la stessa aggressione, l'impulso di fuggire, un senso di essere ingannata.

E lui subito: – Questo perché ancora non hai con te l'uomo destinato, quello a cui non si sfugge, anche se inganna, anche se aggredisce. Che vuoi che sia Giovanni? Non lo sposare.

Mi ero tolta i guanti, fumavo. Dino mi prese una mano, la strinse fra le sue dita. – È fredda, – disse portandola sotto la coperta. La coperta ci copriva le gambe e lui tenne appoggiata sotto la coperta la sua mano e io non mi muovevo, né lui parlava, né si muoveva là sotto.

La mia testa cominciò a turbinare.

Casa Alcantra era al centro del paese. Una casa enorme con tante finestre, con muri coperti di edera rampicante.

Arrivati che fummo, aprirono il cancello e Donna Francesca venne incontro.

Ci fece ancora mangiare, fece i soliti discorsi: Giustino, la morte, io che ero tornata, mia madre poverina che gran dolore. C'era altra gente di Lauria; alcuni giocavano a carte, altri suonavano un grammofono. Quando entrammo nel salone, smisero subito di suonare.

Donna Francesca disse: – Ormai sei rimasta tu sola. Adesso sei tu il conforto di casa. Levati le fisime cittadine, sposa un uomo delle nostre parti e pensa che l'erede di tutto ora sei tu.

– Sono già fidanzata, – dissi. – Mi sposo in aprile.

– Non c'è fretta, non c'è fretta, – disse lei, voleva sapere perché Giovanni non era venuto.

– Abbiamo preso il calessino. Giovanni era stanco, vi manda i suoi saluti.

Donna Alcantra era grassa. In gioventú era stata una bellezza.

Quando ero bambina dicevano tutti che avrei sposato suo figlio Salvatore. Gli Alcantra infatti avevano avuto quest'intenzione. Mentre aspettavo il bambino e mia madre mi teneva chiusa in casa, spesso sentivo la loro carrozza nel cortile, la voce di Donna Francesca e di Salvatore che s'informavano della mia salute e Donna Francesca insisteva sempre che un cambiamento d'aria mi avrebbe fatto bene e anche Salvatore pregava mia madre di farmi andare a Lauria. Mia madre allora diceva che la gente avrebbe mormorato: « Salvatore è un giovanotto e Silvia ormai è una signorina».

Salvatore doveva avermi pensata molto durante i dieci anni trascorsi. Lo capii da come mi guardava e dal riserbo con cui accolse la notizia che mi ero fidanzata. Anche in città Salvatore Alcantra avrebbe fatta la sua figura. Vestiva con eleganza, le mani curate, le unghie tagliate corte e non puntute come gli altri signori del paese.

Della mia vita in città nessuno faceva parola. Dopotutto ero tornata ed ero l'erede di una grande fortuna. Quello che ha fatto ha fatto e non se ne parli piú.

Salvatore mi disse che aveva costruito un canile e che l'indomani me lo avrebbe mostrato.

– Che cani hai scelto? – gli domandai.

– Setter e lupi, – Salvatore disse piano.

– Che memoria! – dissi civettando. – E che altro ricordi?

– Ti piaceva la crostata e la cicoria fritta.

– E che altro?

– Forse anch'io ti piacevo, ma non potevi saperlo. Eri cosí ragazzina!

Mi divertivo ad agitarlo. Donna Francesca si avvicinò. – Chi è questo Giovanni? È ricco? È titolato?

– Macché, – risposi. – È giornalista.

– Bell'affare che hai fatto, – disse lei. – Comunque non c'è fretta a sposare un giornalista.

Gli altri a poco a poco erano ritornati alle loro occupazioni, chiacchieravano, giocavano a carte, a scacchi, a dama. Il grammofono, per rispetto non lo fecero piú suonare.

Eppure io alla vista di tutta quella gente avrei voluto sentire una musica forte e mettermi a ballare, sgambettare in mezzo al salone e raccontare a squarciagola cose da farli inorridire.

In città? Ci ero arrivata in carro bestiame, senza mangiare, senza dormire. Conoscevo un maestro di scuola che aveva insegnato a Maratea. Lo cercai. Il cuore mi batteva forte salendo le scale. E se avesse cambiato casa? Ma no, il maestro esisteva. A lui raccontai che Peppe mi aveva violentata.

– Peppe, si ricorda, professore? Quello secco e ricciuto che badava ai cavalli? Mia madre e l'avvocato mi vogliono ammazzare. Mi hanno cacciata via.

Il professore mi dette da mangiare. Poi lui uscí. Tornò, mi dette ancora da mangiare. Poi uscí, ritornò e quella notte mi fece dormire su di una brandina nel corridoio. La sera dopo, mentre stavo per prender sonno: – Vieni di là, – sentii che diceva, – dormirai meglio –. Mi prese in braccio e mi portò. Io dicevo: – Ma no, professore. E lei dove va a dormire?

E lui: – Con te bambina, povera, cara la mia bambina.

Di giorno mi faceva studiare, mi dava da mangiare. Io studiavo senza tregua, non avevo amiche, nessuno con cui parlare. Due volte all'anno davo esami in una scuola affollata. Di quegli anni ricordo solo la folla di ragazzi due volte all'anno, come un disco che ad intervalli si ripete sempre quello. Poi di nuovo studiavo, stavo sola tutto il giorno, sbrigavo le faccende di casa. Il professore veniva la sera, mangiavamo, m'interrogava, correggeva i miei compiti e poi mi portava a letto con lui. Ma non mi faceva soffrire, mi sembrava. Non credevo che mi facesse soffrire. Non ricordavo quelle notti. Era proprio come se mi addormentassi. Lui rantolava «bambina, cara» e simili cose, poi anche lui si addormentava.

A sedici anni andai all'Università. Conobbi Flavia che frequentava un altro corso. A Flavia dissi che mio zio mi bastonava e che volevo essere libera come lei. Lei abitava in una pensione; andai anch'io in quella pensione. Il professore non voleva che io me ne andassi, non voleva in nessun modo. Allora io lo minacciai che avrei detto alla sua scuola che razza di nipote ero io. Gli dissi le parole che avrei usato. E lui fu sorpreso di sentirmi inferocita, e allora io capii che non avevo dormito mai, quando di notte lui biascicava nel mio orecchio. E di colpo lo odiai intensamente, gli dissi quanto l'odiavo. Gli dissi: iena, corvo, bestia maledetta. Allora lui mi lasciò andar via.

Con Flavia fu una vita meravigliosa. Trovai lavoro, pagavo per me da mangiare, da dormire, risparmiavo per qualche vestito. Flavia era buona, mi difendeva quando litigavo con qualcuno. Mi urtavo sempre con qualcuno perché non credevo né in Dio, né alla terra; subito ero contro ogni cosa che un altro rispettava.

Quando Flavia s'innamorò di Mario io rimasi sola, senza Flavia che ormai stava con Mario ed era andata a vivere con lui.

Flavia diceva: – Ho Mario e te, per ora. In seguito avrò anche un bambino.

Che orrore. Non capivo come potesse lei non provare orrore. Una volta confidai a Flavia tutta la mia storia. E da quel momento fu chiaro in me che l'orrore esisteva per me sola e che mai avrei avuto un punto fermo sulla terra, qualcosa che io potessi rispettare.

A Lauria, aizzai Salvatore. Gli dissi frasi sentimentali.

– Anch'io t'ho pensato, – diceva lui. – Sei come questa terra. Parto, sto fuori e non ci penso. A un tratto torno, però. Giro per le campagne, mi sprofondo. Ce l'ho nel sangue, – diceva a occhi bassi.

– Devi venire a trovarmi, – gli dissi.

Lui disse: – La prima volta che farò un viaggio. Ma tuo marito non sarà geloso?

Volevo dire: «E se fosse geloso?» Invece dissi: – Ma no, Giovanni è sicuro di me, non è geloso.

Prima di andare a letto restai sola un istante con Dino.

– Debbo parlarti, – disse.

Giovanni, è colpa tua, è colpa di quella tua faccia che non crede a ciò che ho stabilito. Io volevo partire veramente. Invece adesso aspetto Dino. Che vorrà Dino? Non ci penso, non ci penso.

L'indomani tornavamo a Maratea.

La mattina a Lauria c'era stata la fiera e Dino comprò due cavalli che al ritorno ci portammo attaccati dietro al calessino.

Da lontano la casa fra i faggi sembrava disabitata con il portone e le finestre chiuse. Trovammo Giovanni e mia madre nella sala, e benché fosse giorno ancora, la luce era già accesa. Il fuoco era acceso nel camino. Tutto il giorno con Dino non avevamo parlato. «Giovanni, perché non siamo partiti?» mi ripetevo tutto il giorno, mentre giravo per la fiera. Ci fu chiasso, colori variopinti, pentole di coccio marrone, bicchieri decorati, ceci arrostiti. Mangiai ceci arrostiti tutto il giorno; c'era una zingara che leggeva la mano: «Prosperità, tanta fortuna». In un baraccone vendevano stoffe, comprai una stoffa azzurra per Flavia, comprai lacci da scarpe, mi comprai un nastrino per i capelli.

Salvatore stette con me tutto il giorno. Mi chiese: – Stai male? Cosa hai?

– Non ho nulla, – risposi fiacca. – Mi dispiace lasciarti.

Ma noi Giovanni, perché non siamo partiti? Come hai potuto che Dino ed io ce ne andassimo soli? e mia madre, perché l'ha permesso?

Al ritorno li trovammo tutt'e due, lei e Giovanni, accanto al fuoco. Ci accolsero con freddezza. Io andai subito a letto e dissi che non avrei mangiato.

XI. *Giovanni*

Attesi Silvia tutto quel giorno e, come succede, passai traverso stati d'animo che già conoscevo, del tempo ch'ero solo e la cercavo dappertutto. Ma adesso Silvia era davvero dappertutto e passai la giornata assai piú vicino a lei che se le avessi parlato. La casa, il cortile e la campagna contenevano una Silvia immutabile e antica, cui potevo pensare senz'affanno né dolcezza. Mi bastava sentire e assorbire quant'era grande e diversa e familiare quella realtà che l'aveva fatta e cui lei, pur dibattendosi, anzi perché ci si dibatteva, veniva ad appartenere sempre piú. Poter fare a meno di lei perché tanto ero giunto a toccare qualcosa di piú profondo della sua presenza, mi liberava e mi saziava. Ritornarono la sera dopo, lei e il padrigno, staccarono rumorosamente il calessino, entrarono intirizziti e straniti dalla festa, e io mi accorsi che tutto ciò mi disturbava: non avevo nulla da dirle, nemmeno i pensieri che avevo fatto su di lei lungo il giorno. Veramente ero solo.

Silvia andò subito a letto e io rimasi con la madre accanto al fuoco a continuare lo stracco discorso e i silenzi. Dietro di noi si mise a tavola l'avvocato a cenare, e tra i bocconi interloquiva e diceva della fiera, degli Alcantra, delle famiglie che vanno in rovina, che suonano il grammofono e tengono canili ma non hanno piú un uomo a dirigerle. E anche Salvatore, quell'idiota, dove prendeva il buon senso di venire a turbare una ragazza in lutto coi suoi ricordi teneri? Silvia – dichiarò l'avvocato – ha bisogno di rimettersi da questa tragedia; nessuno deve parlare di nulla; le occorre un lungo riposo in famiglia, tra i suoi.

– Dice a me, avvocato? – gli buttai senza voltarmi.

Ma lui non se la prese. Disse invece che per molte ragioni io facevo parte degli intimi di Silvia e quindi toccava anche a me rispettarne il dolore.

Mi parve che la madre facesse apposta a non rispondere, fissando testarda il fuoco con un lieve sorriso, quasi una smorfia, sulle labbra. Quando l'avvocato si alzò e disse che andava a dormire, fui stupito che la donna non lo seguisse, e rimasi con lei perché, capii, mi voleva parlare. Tutto il giorno e la sera tra noi due s'era svolto un colloquio quasi muto, s'era creata una tensione, nata dal fatto che senz'aver nulla da dirci eravamo legati a una stessa presenza. Io giravo per casa, o fumavo, o guardavo dalla finestra, con l'aria vuota o preoccupata dei giorni d'attesa; lei, la madre di Silvia, funerea, mi scrutava e un momento mi disse che Silvia era stata molto chiesta in passato e anche a Lauria ci stava un pretendente: se noialtri del Nord non eravamo piú gelosi. C'insistette piú volte. Poi, a tavola, c'era ancora tornata, e mi aveva descritto l'infanzia dei due, di Silvia e di quel Salvatore, che per molto tempo le famiglie avevano considerato promessi. – E adesso si rivedono. Dopo dieci anni, – mi disse preoccupata. – Sono cose importanti.

A me seccava di non essere andato alla fiera, non mica per star dietro a Silvia, ma per sfuggire ai pensieri assurdi che, non pensandoli io, la madre mi suggeriva. Non so come, mi dava noia che a un giorno dal funerale del figlio quella donna avesse testa di pensare a gelosie e pettegolezzi e ripicchi – mi pareva che anche Silvia, la risoluta franchezza di Silvia, ne scapitasse. Quella sera avrei quasi preferito le banalità dell'avvocato, se il suo tono e un disgusto profondo non mi avessero cacciato in guardia. C'era poi quel silenzio scontroso della madre, che mi toccava.

Rimasti soli, mi chiese perché non facevo piú spesso passeggiate con Silvia. Non dovevo lasciarla sola, nemmeno un momento. Vedevo bene che cose sgradevoli nascevano. Non dovevo lasciarla sola nemmeno con loro, con lei o con l'avvocato, perché tanto – lei lo sapeva – la vita di Silvia era un'altra e riprendere le abitudini di casa non poteva che nuocerle. Dovevamo partire, e al piú presto.

Non che volesse scacciarci, aggiunse. Non che l'avesse con me. Voleva anzi aiutarci. Se restavamo in paese ci sarebbe toccato rispettare un lungo lutto e rimandare il matrimonio. In città invece sapeva – e qui esitò, rassegnata – che questi ostacoli non c'erano e la vita, la nostra, sarebbe stata in libertà.

Tanta confusione mi fece quasi sorridere. C'era in quella madre come un rovescio bizzarro del tessuto di Silvia – le esitazioni, i riguardi, i pregiudizi, gli assurdi che Silvia schiacciava in sé ma doveva pur portare nel sangue. Forse quello che Silvia aveva sempre temuto nella madre era questa profonda incongruenza, questa mancanza di spirito, che rende i deboli cosí temibili alle volte.

– Tutto questo va bene, – le dissi, – ma non credo che Silvia sia decisa a sposarsi.

La madre stette muta un istante. Poi, senza guardarmi, con voce impassibile mormorò: – Lo sapete anche voi?

– Conosco Silvia, – le risposi, e in quel momento mi ero accorto che la sua frase voleva dir altro, alludeva a qualcosa che non s'era mai detto. Ma non feci a tempo a raccoglierla, che già lei s'era ripresa e contenuta.

– Sentite, – mi disse, – ma voi le volete davvero quel bene che dite?

«Quando mai te l'ho detto?» pensai.

– ... So molte cose, non credete, anche se vivo in un paese come questo. Qui da noi le famiglie s'imparentano quando gli sposi sono ancora ragazzi, qui si segue l'usanza, e non è detto che sia il peggio. Le cose possono andar bene o andar male secondo gli umori, ma un uomo e una donna qui hanno casa e famiglia, e se l'uomo non è una bestia si può vivere in pace. Ma per voialtri è diverso. Per voialtri che lavorate in città e non volete saperne di usanze, ci vuole di piú, ci vuole qualcosa che valga tutto il resto. Siete lontani da casa e famiglia, da usanze e rispetti, siete soli. Voi dovete cominciare col volervi bene, non potete sperare che arrivi piú tardi. Voi ne volete a Silvia?

– Glien'ho voluto molto. Ora non so.

– Silvia somiglia a suo padre. Non l'ha nemmeno conosciuto. Bisogna proprio dire che l'ha nel sangue. Curioso che si somigli sempre a un parente morto, non ai vivi. È che ci sono tanti morti in una casa. Ma sapendola prendere, è buona anche lei.

Allora le chiesi com'era scappata da casa.

– Vi ha detto ch'è scappata? Non credeteci. Voi sapete che esagera. Ma non ha mai dimenticato i suoi. Avevamo conoscenze in città. Io ho dovuto risposarmi per ridarle una famiglia. Ci vuole un uomo nelle nostre case. L'avvocato le ha fatto da padre. Ma poi è venuto Giustino... – Qui tacque, e fissò il fuoco. – ... E allora lei si mise in mente che l'avevamo abbandonata. Passava il giorno intero sulla spiaggia o nei boschi. Sono di troppo, diceva. Molte volte, per evitare le chiacchiere, ho dovuto rinchiuderla. Diventò una selvatica...

Chi ha ragione? pensavo. Era tutto plausibile.

– ... Vorrei tanto vederla a posto. Anche domani. E tanto meglio in città, lontano di qui. Perché da quando è arrivata, l'ha ripresa la smania di prima. Io vivo sola e rassegnata ormai, ma lei non può vederci insieme, l'avvocato e sua madre...

Fu poco dopo – ero già a letto – che il cuore prese a battermi, prima ancora che capissi il perché. Non mi mossi, non dissi parola con me stesso. Feci finta di nulla. Credo perfino che sorrisi. Ma fu come chi si è presa una fucilata in pieno petto. L'evidenza sgorgò come sangue.

«Che te ne importa? – dissi. – Non sapevi già tutto? Questo o quello è lo stesso». Non mi dissi che avevo deciso di non volere piú nulla da lei: nemmeno mi ricordai ch'ero libero. L'uomo notturno ch'è in me s'era svegliato; l'odore di quel sangue travolse ogni cosa. Tutto ciò che avevo toccato e raccolto in quella terra, la nostra durezza, le nostre parole, il passato di Silvia, le sue confidenze infinite, tutto andò sommerso e avvilito alla luce improvvisa che m'invase. «Per evitare le chiacchiere ho dovuto rinchiuderla ... Io vivo sola e rassegnata ma lei non può vederci insieme...» Come avevo potuto non capire di colpo? E quanto c'era di non detto in quel discorso? Come succede, non tanto mi feriva la notizia, quanto di averla voluta ignorare. Perché, chi sa, forse Silvia era stata per dirmelo, ma la mia ostinatezza l'aveva dissuasa.

Stavo disteso, immobile, come una bestia che fa il morto. A due pareti di distanza quella gente dormiva. O forse no. Valeva la pena contenermi e tacere? A un certo punto saltai fuori, mi vestii e discesi le scale. Non avevo piú freddo. Aprii piano la porta e mi fermai sotto le stelle. Volevo andare fino al mare.

Note al testo

Questo volume è dedicato ai racconti che Pavese non aveva compreso nella raccolta *Feria d'agosto* (1946) e che aveva – nella loro quasi totalità – lasciato inediti. Oltre a quelli contenuti nella precedente raccolta generale (*Racconti*, 1960, comprensiva anche dei dieci della prima scelta postuma d'inediti *Notte di festa*, 1953), qui viene per la prima volta pubblicato il ciclo di novelle (e poesie) *Ciau Masino* (1932), e viene ripubblicato il romanzo incompiuto scritto in collaborazione con Bianca Garufi *Fuoco grande* (pubblicato postumo nel 1959).

Ciau Masino, il piú importante e organico degli inediti giovanili, reca sul frontespizio del manoscritto un indice con la data 9 febbraio 1932 e con le date dei singoli testi come di seguito:

Il Blues delle Cicche, ottobre 1931.
Congedato, novembre 1931.
I Mari del Sud, settembre 1931.
L'acqua del Po, ottobre 1931.
La Langa, dicembre 1931.
Le maestrine, ottobre 1931.
La zoppa, dicembre 1931.
Arcadia, novembre 1931.
Il Blues dei blues, novembre 1931.
Masino padre, novembre 1931.
Ospedale, dicembre 1931.
Il vino triste, dicembre 1931.
I cantastorie, gennaio 1932.
Hoffman, gennaio 1932.
Antenati, febbraio 1932.
Religiosamente, gennaio 1932.
Masin 'dla frôja, gennaio 1932.
Donne perdute, novembre 1931.
Carogne, febbraio 1932.
Il mare, febbraio 1932.

Le poesie *I mari del Sud* e *Antenati* sono state poi pubblicate da Pavese nella raccolta *Lavorare stanca.* Queste due poesie compaiono nel presente volume nella versione non definitiva con cui figurano nel manoscritto di *Ciau Masino.*

Terra d'esilio, 5-24 luglio 1936. Manoscritto. Nella minuta ha il titolo *Sterilità*. Pubblicato postumo nel volume *Notte di festa*. Il tema verrà ripreso ne *Il carcere*.

Jettatura, 11-13 novembre 1936. Manoscritto.

Viaggio di nozze, 24 novembre - 6 dicembre 1936. Manoscritto. Pubblicato postumo nel volume *Notte di festa*.

Misoginia, 16-24 dicembre 1936. Manoscritto.

L'intruso, 30 dicembre - 14 gennaio 1937. Manoscritto. Pubblicato postumo nel volume *Notte di festa*.

Le tre ragazze, 23 gennaio - 12 febbraio 1937. Manoscritto. In una copia ha il titolo *Primo amore*, attribuito poi a un altro racconto. Pubblicato postumo nel volume *Notte di festa*.

Notte di festa, 5-29 marzo 1937. Manoscritto. Pubblicato postumo nel volume omonimo.

Amici, 8-14 maggio 1937. Manoscritto. Pubblicato postumo nel volume *Notte di festa*.

Temporale d'estate, 30 maggio - 9 giugno 1937. Manoscritto con molte correzioni. Pubblichiamo la stesura completa, compreso il primo pezzo che era stato cancellato, mentre l'inizio era stato spostato piú avanti col titolo *La draga* e la data: 17 settembre.

Carogne, 20 giugno - 7 luglio 1937. Manoscritto. Nella minuta ha il titolo *Un incontro*. Pubblicato postumo nel volume *Notte di festa*.

L'idolo, 4-21 agosto 1937. Ne esiste solo la minuta.

Suicidî, 1-13 gennaio 1938. Manoscritto. Pubblicato postumo nel volume *Notte di festa*.

«*Si parva licet*», 10-14 febbraio 1938. Manoscritto.

Villa in collina, 28 giugno - 24 luglio. Manoscritto. Il titolo è solo nella minuta. Pubblicato postumo nel volume *Notte di festa*. Il tema verrà ripreso ne *La spiaggia*.

Il campo di grano, 26 luglio - 2 agosto 1938. Manoscritto. Pubblicato postumo nel volume *Notte di festa*.

Fedeltà, 2-13 ottobre 1938. Manoscritto. Il tema verrà ripreso in un abbozzo incompiuto di una cinquantina di pagine del dicembre 1941, e finalmente ne *Il compagno*.

Casa al mare, incompiuto, senza titolo, 25 gennaio (1940?) Minuta. Copia del primo capoverso voltato in terza persona col nome Flora. Forse primo tentativo per *La spiaggia*.

I mendicanti, frammenti senza titolo, 18-21 febbraio (1940?) Minuta con molte correzioni.

Il Capitano, incompiuto. Iniziato il 20 febbraio 1941. Minuta senza titolo.

La famiglia, 1-30 aprile 1941. Minuta. Delle prime pagine esistono stesure posteriori: una in parte dattiloscritta, col titolo *La feria*, datata 29 aprile 1942, con correzioni a penna (dalla terza persona si passa alla prima) e abbozzi di varianti a matita; una del 28-30 agosto (1942?) con diverso inizio e diverso nome del protagonista.

La libertà, 2-6 luglio 1941. Dattiloscritto con l'annotazione: «Minerva», 1° settembre 1941.

L'avventura, 5 agosto 1941. Pubblicato in «Primato», Roma, 1° settembre 1941.

Wanda, frammento. 13 settembre (1941?) Minuta senza titolo.

Nel caffè della stazione, frammento. Minuta senza titolo, 28 ottobre - 1° novembre 1941.

Il gruppo, 6-8 novembre 1941. Pubblicato ne «Il Messaggero», 22 novembre 1941. Il tema è lo stesso del frammento *Il Capitano*.

La zingara, novembre 1941. Copia dattiloscritta con correzioni di pugno dell'A.

Il signor Pietro, incompiuto. 26 febbraio - 7 marzo 1942. Minuta senza titolo.

Vespa, frammento. 9-10 maggio 1942. Minuta senza titolo. Ne esistono due abbozzi precedenti, del 4 maggio. In origine era un seguito de *La feria*, nuova stesura dell'inizio de *La famiglia*.

Il sangue, frammento. 28 giugno 1942. Manoscritto.

Il Castello, incompiuto. 23 giugno - 4 luglio 1942. Ne esistono stesure diverse e frammentarie, tutte in minute piene di correzioni.

Il fuggiasco, frammento. 13 settembre - 7 ottobre 1944. Minuta senza titolo. È la prima stesura di pagine che saranno utilizzate poi ne *La casa in collina* (cfr. *Prima che il gallo canti*, pp. 97-217). Il secondo frammento segue il primo in una seconda stesura datata 16 febbraio 1947 (precedente quindi di alcuni mesi la stesura definitiva del romanzo).

Anni, 6 gennaio 1946. Copia dattiloscritta con correzioni di pugno dell'A. e l'indicazione: «Giornale del Mattino», 13 gennaio 1946. Ne esiste anche una minuta, come primo capitolo di una prima stesura del romanzo incompiuto scritto in collaborazione – a capitoli alterni – con Bianca Garufi e che porta la data d'inizio del 4 febbraio 1946. Nella stesura posteriore (che è stata pubblicata postuma nel 1959 col titolo *Fuoco grande*) questo primo capitolo è stato sostituito con un altro.

Lavorare è un piacere, 26 febbraio 1946. Copia dattiloscritta, con l'indicazione di pugno dell'A.: «L'Ora del popolo», 18 marzo 1946.

Fuoco grande, romanzo incompiuto, scritto a capitoli alterni: i capitoli dispari da Pavese, e i capitoli pari da Bianca Garufi. Il titolo è dell'editore. Il dattiloscritto, senza titolo (un capitolo porta il titolo *Silvia*) era contenuto in una cartella con le date a matita di pugno di Pavese 4/2/1946-6/?/1946. Nel presentare il volume (pubblicato per la prima volta nella collana «I coralli» di Einaudi nel 1959), Bianca Garufi scriveva: «Nel romanzo, che procede a capitoli alterni, un capitolo scritto da Pavese e uno da me, Pavese seguiva la vicenda dal punto di vista dell'uomo, Giovanni; io facevo altrettanto dal punto di vista della donna, Silvia.

«All'undicesimo capitolo, il romanzo s'interrompe. Nella nostra prima intenzione, questo doveva essere solo l'inizio di una narrazione piú vasta. Infatti sia il dattiloscritto appartenente a Pavese che quello da me conservato, erano corredati (oltre che da schizzi a matita della pianta di Maratea e della pianta dei due piani della casa materna di Silvia) da nostri appunti su quello che sarebbe dovuto essere il seguito della vicenda, cioè la vita di Silvia e dell'avvocato fuggiti in città, un amore tra Giovanni e Flavia, il suicidio di Silvia. Ma l'interruzione del racconto al culmine del viaggio di Silvia e Giovanni a Maratea, quando il segreto di Silvia e della sua famiglia è svelato, fa sí che la carica emotiva e la tensione narrativa raggiunta dalla vicenda in quel punto può permettere di considerare il romanzo non come una parte, ma come un'opera in sé compiuta ».

Appendice biobibliografica

Vita e opere di Cesare Pavese

1908 9 settembre: nasce a Santo Stefano Belbo (Cuneo) da Eugenio, cancelliere di tribunale, e Consolina Mesturini.

1914 Prima elementare a Santo Stefano.

1915-26 Studia a Torino: elementari (istituto Trombetta); ginnasio inferiore (istituto Sociale); ginnasio superiore (Cavour); liceo (Massimo d'Azeglio). Il professore d'italiano e latino è Augusto Monti, gli amici Enzo Monferrini, Tullio Pinelli, Mario Sturani, Giuseppe Vaudagna.

1926-29 Facoltà di Lettere e Filosofia: studia con passione le letterature classiche e quella inglese. Frequenta altri amici, sempre del clan (o «Confraternita») Monti: Norberto Bobbio, Leone Ginzburg, Massimo Mila. Si apre alla letteratura americana, vagheggiando, senza ottenerla, una borsa alla Columbia University. Altri compagni via via lo affiancano: Franco Antonicelli, Giulio Carlo Argan, Vittorio Foa, Ludovico Geymonat, Giulio Einaudi.

1930 Si laurea su Walt Whitman con Ferdinando Neri. Non riesce a essere accolto come assistente all'Università. Ottiene alcune supplenze fuori Torino, avvia i primi rapporti editoriali come traduttore dall'inglese (*Il nostro signor Wrenn* di Sinclair Lewis, premio Nobel dell'anno, per Bemporad), scrive racconti e poesie. Novembre: gli muore la madre Consolina (il padre è scomparso nel 1914).

1931 Ancora supplenze, ancora saggi, poesie e racconti, ancora traduzioni. Gennaio: Federico Gentile, per la Treves-Treccani-Tumminelli, gli commissiona la traduzione di *Moby Dick* di Herman Melville, che uscirà nel '32 da un nuovo editore, il torinese Carlo Frassinelli. Febbraio: raccoglie in una silloge manoscritta dal titolo *Ciau Masino* i venti racconti che è venuto scrivendo dall'ottobre '31 sino ad allora (il libro uscirà postumo soltanto nel 1968). Ha preso a pubblicare sulla «Cultura» saggi su scrittori americani (dopo S. Lewis nel 1930, escono due suoi studi su S. Anderson e E. L. Masters).

1933 Escono sulla «Cultura» tre suoi saggi su J. Dos Passos, T. Dreiser e W. Whitman. Si iscrive al Partito Nazionale Fascista: ottiene cosí la prima supplenza nel «suo» d'Azeglio. Novembre: Giulio Einaudi iscrive la sua casa editrice alla Camera di Commercio.

1934 Frassinelli pubblica la sua traduzione di *Dedalus* di Joyce. Invia le poesie, raccolte sotto il titolo *Lavorare stanca*, per il tramite di Leone Ginzburg, ad Alberto Carocci, che le pubblicherà nel 1936 presso Parenti, a Firenze, nelle Edizioni di Solaria (la seconda, nuova edizione uscirà presso Einaudi nel 1943). Maggio: sostituisce Leone Ginzburg, arrestato per attività sovversiva, alla direzione della «Cultura» sino al gennaio 1935.

1935 Mondadori pubblica le sue traduzioni di due romanzi di Dos Passos, *Il 42° parallelo* e *Un mucchio di quattrini*. Relazione con Battistina Pizzardo (Tina), insegnante, comunista. Maggio: la redazione della «Cultura» è tratta in arresto alle Carceri Nuove di Torino. Giugno: è tradotto a Regina Coeli, a Roma. Luglio: gli viene comminato il confino, per tre anni, a Brancaleone Calabro, sullo Jonio, e vi giunge il 3 agosto.

1936 Marzo: gli viene concesso il condono del confino e il 19 è a Torino, dove è costretto ad apprendere che Tina si è fidanzata con un altro e s'appresta al matrimonio. La crisi è per lui molto violenta.

1937 La ripresa della collaborazione con Einaudi gli ridà qualche energia e speranza. Lavora altresí per Mondadori (traduzione di *Un mucchio di quattrini* di John Dos Passos) e per Bompiani (*Uomini e topi* di John Steinbeck). Scrive molti racconti e liriche, le cosiddette «Poesie del disamore».

1938 Finisce di tradurre per Einaudi *Fortune e sfortune della famosa Moll Flanders* di Daniel Defoe e *Autobiografia di Alice Toklas* di Gertrude Stein, editi nell'anno. Il 1° maggio è «asservito completamente alla casa editrice», cioè finalmente assunto: deve tradurre (sino a)

2000 pagine, rivedere traduzioni altrui, esaminare opere inedite, e svolgere lavori vari in redazione. Scrive vari racconti.

1939 Conclude per Einaudi la traduzione di *Davide Copperfield* di Dickens, pubblicato nel corso dell'anno. Aprile: termina la stesura del romanzo *Memorie di due stagioni* (nel 1948, *Il carcere*, nel volume *Prima che il gallo canti*). Giugno-agosto: scrive il romanzo *Paesi tuoi*.

1940 Per Einaudi, nei radi intervalli che il lavoro editoriale gli concede (è ritenuto dai colleghi un redattore infaticabile), traduce *Benito Cereno* di Melville e *Tre esistenze* della Stein. Marzo-maggio: stesura del romanzo *La tenda* (nel 1949, *La bella estate*). Reincontra una ex-allieva, Fernanda Pivano.

1941 Esce a puntate su «Lettere d'Oggi» il romanzo breve *La spiaggia* la cui stesura è compresa tra il novembre precedente e il gennaio di quest'anno: il libro vedrà la luce presso la stessa sigla nel 1942. Maggio: esce *Paesi tuoi*, che segna la sua consacrazione come narratore.

1942-44 Il ruolo di Pavese nella Einaudi aumenta giorno dopo giorno. Senza essere formalmente il direttore editoriale (carica che Giulio Einaudi gli riconoscerà solo a guerra finita), lo è di fatto. Nella primavera 1943 è a Roma, a lavorare nella filiale con Mario Alicata, Antonio Giolitti e Carlo Muscetta. L'8 settembre 1943 la casa editrice Einaudi è posta sotto la tutela di un commissario. Pavese si trasferisce a Serralunga di Crea. A dicembre dà ripetizioni nel collegio dei Padri Somaschi a Trevisio, presso Casale Monferrato, dove, sotto falso nome (Carlo de Ambrogio), si trattiene sino al 25 aprile 1945.

1945 Dopo la Liberazione, viene riaperta la sede torinese dell'Einaudi, ora in corso Galileo Ferraris. Pavese è ormai il factotum della casa editrice e riprende, uno ad uno, i contatti con i collaboratori, interrotti durante i venti mesi dell'occupazione tedesca. Nell'agosto si trasferisce a Roma e coordina anche la sede di via Uffici del Vicario 49.

1946 Intenso lavoro a Roma, avvio di nuove collane e iniziative (Santorre Debenedetti e i classici italiani, Franco Venturi e le scienze storiche, De Martino e l'etnologia). Agosto: rientro a Torino. Novembre: esce *Feria d'agosto*.

1947 Escono, nel corso dell'anno, *Dialoghi con Leucó* (la cui stesura è compresa tra il dicembre '45 e la primavera '47) e *Il compagno*, nonché la traduzione di *Capitano Smith* di Robert Henriques e l'introduzione a *La linea d'ombra* di Conrad.

1948 Esordio della «Collezione di studi religiosi, etnologici, e psicologici», codiretta con Ernesto De Martino. Giugno-ottobre: stesura de *Il diavolo sulle colline*.

1949 Marzo-maggio: stesura del romanzo breve *Tra donne sole*. Novembre: esce *La bella estate*, che comprende il racconto omonimo, *Il diavolo sulle colline*, *Tra donne sole*. Settembre-novembre: stesura de *La luna e i falò*.

1950 Aprile: esce *La luna e i falò*. Una nuova crisi sentimentale (l'attrice americana Constance Dowling, per la quale ha scritto molti soggetti), intensa produzione poetica. Giugno: riceve il premio Strega per *La bella estate*. Agosto: la notte del 26 si uccide nell'albergo Roma di Torino.

Bibliografia essenziale

In assenza di una biografia, criticamente fondata, di Pavese converrà al lettore affidarsi ai due fondamentali volumi di *Lettere 1926-1950*, a cura di Lorenzo Mondo e Italo Calvino, Einaudi, Torino 1966[4].

Un riepilogo dello «stato della questione» in merito alla critica pavesiana è in chiusura dell'*Introduzione a Pavese* di María de las Nieves Muñiz Muñiz, Laterza, Bari 1992.

Tra gli studi d'insieme segnaliamo:

E. N. GIRARDI, *Il mito di Pavese e altri saggi* (1951), Vita e pensiero, Milano 1960.

L. PICCIONI, *Vita e morte di Cesare Pavese*, in *Letture leopardiane e altri saggi*, Vallecchi, Firenze 1952.

G. MANACORDA, *Pavese poeta saggista e narratore*, in «Società», VIII (1952), n. 2, pp. 220-37.

C. MUSCETTA, *Per una storia di Pavese e dei suoi racconti*, in «Società», VIII (1952), n. 4, pp. 614-41, poi in *Letteratura militante*, Parenti, Firenze 1953.

C. SALINARI, *La poetica di Pavese* (1955), in *La questione del realismo*, Parenti, Firenze 1960, poi in *Preludio e fine del realismo in Italia*, Morano, Napoli 1967.

L. FIEDLER, *Introducing to Cesare Pavese*, in «Kenyon Review», XVI (1954), n. 4, pp. 536-53.

I. CALVINO, *Pavese: essere fare*, in «L'Europa letteraria», I (1960), nn. 5-6, pp. 25-30, poi in *Una pietra sopra*, Einaudi, Torino 1980, pp. 58-63.

F. MOLLIA, *Cesare Pavese*, Rebellato, Padova 1960, poi La Nuova Italia, Firenze 1963.

L. MONDO, *Cesare Pavese*, Mursia, Milano 1961.

J. HÖSLE, *Cesare Pavese*, De Gruyther, Berlin 1961.

M. TONDO, *Itinerario di Cesare Pavese*, Liviana, Padova 1965.

P. DE TOMMASO, *Ritratto di Cesare Pavese*, in «La Rassegna della letteratura italiana» (1965), n. 3, pp. 545-78.

F. LONGOBARDI, *Ancora Pavese*, in «Belfagor» (1966), n. 6, pp. 693-716.

D. FERNANDEZ, *L'échec de Pavese*, Grasset, Paris 1967.

A. GUIDUCCI, *Il mito Pavese*, Vallecchi, Firenze 1967.

G. C. FERRETTI, *Pavese e «gli altri»*, in *La letteratura del rifiuto*, Mursia, Milano 1968, pp. 124-40 e 340-47.

G. P. BIASIN, *The smile of the Gods*, Cornell University Press, Ithaca 1968.

G. CONTINI, *Letteratura dell'Italia unita*, Sansoni, Firenze 1968, pp. 1003-8.

G. VENTURI, *Pavese*, La Nuova Italia, Firenze 1969.

E. GIOANOLA, *Cesare Pavese, la poetica dell'essere*, Marzorati, Milano 1971.

PH. RENARD, *Pavese prison de l'imaginaire, lieu de l'écriture*, Librairie Larousse, Paris 1972.

E. CATALANO, *Pavese tra politica e ideologia*, De Donato, Bari 1976.

A. M. MUTTERLE, *L'immagine arguta. Lingua, stile, retorica di Pavese*, Einaudi, Torino 1977.

S. PAUTASSO, *Guida a Pavese*, Rizzoli, Milano 1980.

M. GUGLIELMINETTI - G. ZACCARIA, *Cesare Pavese*, Le Monnier, Firenze 1976 (nuova ed. 1982).

R. LUPERINI, *Il mestiere di vivere e il mestiere di scrivere*, in *Il Novecento*, Loescher, Torino 1981, tomo II, pp. 579-87.

T. WLASSICS, *Pavese falso e vero. Vita, poetica, narrativa*, Centro Studi Piemontesi, Torino 1985.

Sui romanzi e racconti:

D. FERNANDEZ, *Le roman italien et la crise de la conscience moderne*, Grasset, Paris 1958 (trad. it., *Il romanzo italiano e la crisi della coscienza moderna*, Lerici, Milano 1960, pp. 117-67).

M. MIZZAU, *Tecnica e conoscenza nella narrativa di Cesare Pavese* (1961), in *Tecniche narrative e romanzo contemporaneo*, Mursia, Milano 1965, pp. 111-23.

G. PULLINI, *Il romanzo italiano del dopoguerra*, Schwarz, Milano 1961, pp. 11-35.

R. BARILLI, *La barriera del naturalismo*, Mursia, Milano 1964, pp. 185-250.

G. BARBERI SQUAROTTI, *La fuga nella metafora*, in «Sigma», nn. 3-4, pp. 165-88.

I. CALVINO, *Pavese e i sacrifici umani*, in «Revue des Etudes Italiennes», XII (1966), n. 2, pp. 107-10.

G. P. BIASIN, *Il rapporto io-altri nei romanzi «politici» di Cesare Pavese*, in «Italica» (1966), n. 2, pp. 141-66.

J. GOUDET, *Note sur l'univers et sur le style de Pavese romancier*, in «Revue des Etudes Italiennes», XII (1966), n. 2, pp. 107-10.

E. GIOANOLA, *L'essere e la morte ne «La luna e i falò»*, in «Sigma» (1969), n. 22, pp. 51-66.

M. MATERASSI, *«Feria d'Agosto», lettura di un campione: «un semplice e profondo nulla»*, in «Il Ponte», XXV (1969), n. 5, pp. 742-51.

A. M. MUTTERLE, *Un esperimento di prosa d'arte*, in «Comunità», XXIII (1969), nn. 159-60, pp. 122-43.

– *«Ciau Masino»: dal plurilinguismo al monologo interiore*, in «Belfagor» (1970), n. 5, pp. 559-91.

A. MUSARRA-SCHRODER, *La crisi della ricerca del passato in «La luna e i falò»*, in *Narciso allo specchio. Il romanzo moderno in prima persona*, Bulzoni, Roma 1988, pp. 157-66.

G. BARBERI SQUAROTTI, *Il viaggio come struttura del romanzo pavesiano*, in AA.VV., *Cesare Pavese oggi*, a cura di G. Joli, Comune di San Salvatore Monferrato, 1989, pp. 47-72.

D. BISAGNO, *Il diavolo sulle colline: la dissonanza tragica*, ivi, pp. 87-100.

M. R. LACALLE - R. PELLEREY, *La narrazione di Cesare Pavese*, in «Revue des Etudes Italiennes» (1990), nn. 1-4, pp. 71-84.

[1994].

Indice

Ciau Masino

Racconti

Fuoco grande

Stampato per conto della Casa editrice Einaudi
presso Mondadori Printing S.p.A., Stabilimento N.S.M., Cles (Trento)

C.L. 13532

Edizione						Anno			
8	9	10	11	12	13	2001	2002	2003	2004